VISIONS
DU FUTUR
DE L'HUMANITÉ

Chez le même éditeur :

Collection Science en Conscience

Science dans la Lumière *(Jacqueline Bousquet)*
Au Cœur du Vivant *(Jacqueline Bousquet)*

Collection Témoignages

Il est Vivant ! *(Andrée Fauchère)*
Lumière sur le Chemin *(Andrée Fauchère)*

Collection Mickaël

La Sagerie du Levant *(Michel Cahu)*
Sterenn, la Damoiselle du Graal *(J. Daul)*
L'Initiation dans l'Ere du Verseau *(Jean Spinetta)*
Approche d'une Vie Intérieure *(Aimée André)*
Terre, Entité Vivante *(Germaine Gicquel)*
Amour, Lumière, Charité *(Germaine Gicquel)*
Petit Livre de Santé

Collection Astrologie

Bases techniques et fondements spirituels de l'Astrologie
Astrologie Pas à Pas - tome 1 *(Guy Dupuis)*
Interprétation Pas à Pas - tome 2 *(Guy Dupuis)*
L'Univers des Astéroïdes *(Jean Billon)*
Ephémérides à 0h 1900-2000, 2000-2050,
1900-1950, 1950-2000
Ephémérides Astéroïdes et Lune Noire 1900-2050
Tables des Maisons

Catalogue gratuit sur simple demande.

Chet B. Snow
Helen Wambach

VISIONS DU FUTUR DE L'HUMANITÉ

Collection Témoignages

St Michel Editions
F — 07200 Saint Michel de Boulogne

Couverture : Influx, Wallis photothèque

Titre original : Mass Dreams of the Future, ISBN 0-07-059516-X

Edition américaine par McGraw-Hill Publishing Company,
New York
Traduit de l'américain par Mme Christiane Joseph

ISBN 2-902450-42-7

A mes parents, qui m'ont donné la possibilité d'écrire ce livre,

et

à Helen Stewart Wambach, Ph. D. (1925-1985), qui fut mon guide, ma collègue et mon amie, et dont l'ampleur de vision et l'esprit de pionnier n'avaient d'égal que son humour chaleureux et son amour pour l'humanité.

Helen, j'attends de te retrouver dans ce "Grand Bar du Ciel" pour y prendre un verre et regarder se dérouler un nouvel acte de la pièce.

Helen Wambach :

Née en 1925 à Chicago, elle était psychologue clinicienne et professeur de psychologie, diplômée de l'Université de Chicago et de l'Université de l'Etat de Louisiane. En 1974, elle s'installa en Californie et ouvrit un cabinet privé de psychologie où, pendant plusieurs années, elle dirigea ses recherches sur les vies antérieures et les vies futures, jusqu'à son décès en 1985. Elle est l'auteur de *Revivre le Passé* (Laffont, 1988) et *La vie avant la vie* (J'ai Lu, 1981).

Chet B. Snow :

Le Dr Snow a été archiviste et historien pour le compte de l'Armée de l'air américaine avant de collaborer, dès 1984, avec la regrettée Helen Wambach sur la thérapie par la régression dans les vies antérieures et la pratique nouvelle de la progression dans les vies futures. Il a depuis dirigé plus de cent séminaires et ateliers en trois langues et sur trois continents. Après le décès de son amie, c'est lui qui a mené jusqu'au bout l'écriture de ce livre. Il vit actuellement en Arizona.

Remerciements

Bien que je porte la responsabilité ultime des paroles et des idées exprimées dans ce livre, ces dernières ne sont évidemment pas sorties du néant. Il m'est certes impossible de remercier individuellement tous ceux qui m'ont aidé dans ce voyage vers la connaissance de soi et l'éveil spirituel, mais j'ai une dette de reconnaissance toute particulière à l'égard de ceux dont l'assistance matérielle et le soutien moral, de 1985 à 1989, ont permis la réalisation de **Visions du Futur de l'Humanité**. C'est pourquoi, outre les personnes à qui ce livre est dédié, j'exprime ma profonde gratitude à toutes celles qui suivent :

Aux U.S.A. : je ne pourrai jamais assez remercier Joanne Biggs pour son amitié, son hospitalité et le dévouement avec lequel elle a veillé aux détails matériels qui ont permis mon existence vagabonde entre Paris et la vallée du Napa. Plus précieuse encore a été sa confiance en ma capacité à mener à bien ce projet, même lorsque je doutais de moi. Sans toi, chère amie, ce livre n'aurait pas vu le jour.

Je remercie spécialement mon éditeur américain, Elisabeth Jakab, dont le ferme soutien et les aimables conseils m'ont aidé dans la rédaction de mon manuscrit. Mon agent littéraire, Helen McGrath n'a pas ménagé sa peine pour assurer la plus large diffusion à ce livre et à son message. La fille de Helen Wambach, Julie Rubenstein, et sa secrétaire, Starlyn Smith, m'ont aidé à rassembler les données et les compte-rendus d'entretiens rassemblés par Helen.

Ma tante et mon oncle, Lee et Ron Crisman, m'ont donné la possibilité d'effectuer d'importantes visites en m'accueillant dans leur demeure de Los Angeles et m'ont aidé à choisir une imprimante que je pourrais emporter à Paris. Le Dr Walter Snow m'a fourni une aide technique grâce à ses connaissances en informatique et en physique. Il m'a aussi offert son hospitalité et ses conseils fraternels.

Sans l'aide en informatique apportée par Pat et Dave Cook, je n'aurais jamais acquis une maîtrise suffisante du traitement de texte. Mes amis membres de l'Association for Past Life Research and Therapy (Association pour la recherche et la thérapie par les vies antérieures), en particulier Hazel Denning, Winafred Lucas, George Schwimmer et Bill Baldwin m'ont fait connaître de nouveaux ouvrages et m'ont ouvert à de nouveaux concepts, tandis que Leo Sprinkle m'aidait à entrer en contact avec Ida K. et d'autres contactés par les ovnis, et me communiquait des données provenant de ses propres ateliers de progression dans les vies futures. J'exprime aussi ma gratitude au Dr Charles Musès et à Martye Kent pour leur aide toute particulière. Des amis de longue date, "Mack" McLane et Bob Sacher m'ont donné l'hospitalité lors de plusieurs visites à la maison d'édition américaine. Lillian Bennett et le groupe A.R.E. de Napa ont apporté leurs prières et leur amitié. Merci aussi à Ruth Montgomery, à Raymond Moody et à Cathy Lake pour leurs précieux avis.

A Paris : les mots sont impuissants pour exprimer ma profonde gratitude à l'égard de Patricia Kowlowski qui a relu, à mesure, les chapitres de ce livre et a veillé à ce qu'ils arrivent sains et saufs à New York en dépit de la grève des postes françaises et d'autres risques inhérents au fait de vivre dans divers pays. Avec d'autres membres du groupe d'études de l'A.R.E. de Paris, elle m'a apporté chaque semaine un soutien spirituel bien nécessaire. Elke Pion, Gilles Guattari et Frédéric Baudry m'ont ouvert leurs bibliothèques et donné accès aux ouvrages de métaphysique qu'elles contiennent, tandis que Ralph et Chris Rizzuto ont fait usage de leurs relations avec des agents américains pour m'aider à trouver du papier d'ordinateur de format américain et des rubans d'imprimante. Enfin, j'adresse mes remerciements tout particuliers à Joseph Doucé pour m'avoir procuré un lieu où vivre et écrire, ainsi qu'à tous ceux qui en Europe et aux Etats-Unis ont aidé Helen Wambach et moi-même à organiser nos ateliers de recherche.

Pour l'édition française, je tiens à remercier tout particulièrement Christiane Joseph pour sa traduction soignée ainsi que Bénédicte Abelé, pour son aide dans la relecture et la correction des chapitres.

Sommaire

siècles, le Dr Snow présente des cas où les sujets se retrouvèrent soit dans des environnements souterrains artificiels ultramodernes, soit dans des villages isolés, au mode de vie rural. Il rapporte aussi des données provenant de ses propres ateliers des années 1985 à 1988 aux U.S.A. et en France, où les participants eurent également la possibilité de progresser jusqu'en 2100, et prouve qu'elles correspondent aux données précédentes. Il termine ce chapitre en montrant comment ces visions reflètent la "mentalité apocalyptique" de notre époque.

Ce chapitre poursuit l'étude des progressions en groupe réalisées par le Dr Wambach et le Dr Snow. Ce dernier analyse les compte-rendus des sujets qui firent l'expérience d'une existence future située entre 2300 et 2500 et se retrouvèrent soit dans un environnement spatial artificiel, soit sur une planète étrangère à notre système solaire dans un autre secteur de la galaxie. A nouveau, il classe ces récits en se référant à l'environnement domestique et les compare à ceux des sujets projetés en 2100 qui se retrouvèrent dans des stations spatiales sur orbite.

Dans ce chapitre, le Dr Snow termine l'analyse des progressions dans les vies futures en étudiant les révélations sur l'avenir de notre planète faites par les sujets qui se retrouvèrent en vie sur la Terre dans trois ou cinq siècles d'ici. Ces compte-rendus révèlent la persistance des mêmes modèles essentiels de civilisations futures : à savoir des communautés spirituelles en expansion vivant en harmonie avec leur environnement naturel; une société urbaine à technologie avancée habitant à l'intérieur de dômes dans des conditions artificielles; des populations vivant en milieu rural et plutôt en retard sur le plan technologique. Il compare ces récits entre eux ainsi qu'à d'autres compte-rendus similaires sur les années 2100 et conclut qu'après le monde disloqué des années 2100, réduit aux rescapés de quelque catastrophe, on assiste quelques siècles plus tard à l'émergence d'une civilisation plus naturelle et plus harmonieuse.

Présentation de certaines découvertes récentes et controversables de la mécanique quantique sur le temps, l'espace et la conscience humaine. Comment la notion de plus en plus admise selon laquelle la création est un hologramme peut-elle affecter notre conception de la précognition, de la prédiction et de la prophétie ? S'il est possible que le Temps tout entier ne soit que la projection d'une réalité unique, quel sens donner aux visions des

Note de l'Editeur

Avant de décider d'éditer *Visions du Futur de l'Humanité*, nous nous sommes demandés quel serait l'impact d'un tel livre sur le public en général : inquiétude ou responsabilisation ?

Bien qu'il soit écrit à de nombreux endroits que ces visions de notre futur restent hypothétiques et que l'homme a le pouvoir de les modifier, il n'en reste pas moins que l'attention de certains lecteurs risque de s'arrêter essentiellement à certaines dates et événements décrits — même si, là encore, il est clairement dit que le temps perçu dans les visions est relatif. Nous connaissons aujourd'hui l'importance de la pensée et savons qu'un sentiment d'inquiétude ne ferait que renforcer la probabilité qu'un tel avenir survienne.

Il est important de noter que les visions exposées dans cet ouvrage sont issues d'un échantillon d'expérimentateurs qui ont "vu" et partiellement "exploré", sur une fréquence déterminée, des archétypes existants, mais il est fort probable qu'il en existe d'autres. D'autre part, tout archétype du futur est modifiable par le pouvoir de la volonté de l'homme. Celui-ci demeure le créateur et le responsable de son avenir. Un archétype peut être totalement modifié en quelque temps par une prise de conscience de l'humanité, et les visions exposées dans ce livre datent déjà de quelques années (voir postface).

Parmi les rêves éternels de l'homme, celui de connaître son avenir a toujours existé. Chaque époque a connu ses visionnaires; tous ont ramené diverses prédictions annonçant des changements spectaculaires qui se sont plus ou moins réalisés. Cela confirme bien la relativité de toute prévision concernant notre futur.

Les enseignements sur l'immortalité de l'âme sont une réalité encore méconnue pour de nombreuses personnes. La notion d'Esprit survivant au corps mortel interroge bon nombre d'êtres humains axés sur la vie physique. L'humanité vit aujourd'hui un tournant capital de son évolution. Face à ses craintes, elle est plus prête que jamais à prendre conscience de l'existence de l'Esprit.

Nous avons estimé que ce livre était une étude intéressante d'un domaine encore fort peu exploré. Ce type de recherche de caractère pionnier et original (aujourd'hui, on explore plus le passé que le futur) est un témoignage digne d'être apporté au discernement des personnes intéressées par les techniques d'exploration du futur.

Ce livre souligne les erreurs de l'homme, actuellement au bord de la catastrophe écologique, et le futur possible qui peut en découler si la notion de responsabilité personnelle ne s'éveille pas en chacun. Est-il un avertissement ? Chacun réagira et considérera cet ouvrage par rapport à son propre parcours. Quel que soit le niveau où est lu ce livre, il a le mérite de bousculer nos pensées, de nous interroger et de nous inciter à bâtir ensemble un avenir meilleur...

Et si la réalité était un rêve, permettons-nous d'être le metteur en scène de ce rêve pour ne pas en faire un cauchemar.

Le monde est ce que nous en faisons.

Bien sincèrement vôtre.

Prologue

C'est au début de 1983 que je fis la connaissance du docteur Helen Wambach, psychologue à Berkeley (Californie). A cette époque, rien n'était sans doute plus éloigné de mon esprit que l'idée d'écrire un livre sur la prédiction du futur. Je résidais non loin de là dans la vallée du Napa, employé en tant que civil par l'Armée de l'Air américaine pour remplir les fonctions d'archiviste et d'historien militaire. Une série de circonstances, parmi lesquelles les retours périodiques d'une mystérieuse douleur dans le dos provenant d'un accident de travail ancien, l'apparition dans une existence jusqu'alors "normale" de phénomènes métapsychiques inexplicables et un blocage persistant à l'égard de l'écriture qui me gênait dans mon travail, tout cela m'incita à rechercher l'assistance professionnelle du docteur Wambach. Ayant appris qu'elle avait réussi à aider d'autres personnes à découvrir les causes de leurs problèmes actuels dans des événements et des attitudes héritées d'existences antérieures, les "vies passées" comme elle disait, j'espérais qu'elle pourrait m'aider à trouver ce qui m'arrivait et me permettre ainsi de résoudre mes difficultés personnelles.

Au bout de quelques séances seulement de régression dans mes vies antérieures sous la conduite du docteur Wambach, je fis d'importants progrès et me sentis très satisfait. De plus, dès notre première rencontre, une relation personnelle singulièrement proche et chaleureuse s'était établie entre nous. Au début, naturellement, notre échange resta centré sur les difficultés que je traversais et sur ce que révélaient les séances d'exploration sous hypnose de mon passé. Apparemment je me montrais un très bon sujet, capable de se détendre et de "lâcher" le contrôle du cerveau conscient, permettant ainsi aux souvenirs enfouis de remonter aisément et rapidement à la surface.

En outre, dès ma toute première régression, j'avais pris l'habitude, sur la suggestion de Helen Wambach, de résumer par écrit ce que j'avais vécu et de l'apporter à la séance suivante. Ceci m'aida non seulement à me rappeler plus nettement ce qui s'était produit, mais agit aussi comme une excellente thérapie pour dissoudre le blocage à l'égard de l'écriture dont j'étais alors affligé. J'en vins à attendre nos rendez-vous avec impatience.

Lorsque nous nous connûmes mieux, Helen commença aussi à discuter avec moi de son étude sur le futur. Reconnaissant que j'étais un bon sujet et impressionnée par mes compte-rendus hebdomadaires, elle me demanda si je me porterais volontaire pour effectuer un voyage personnel "en avant" dans le temps. Après avoir examiné exactement les risques qu'entraînait une tentative de ce genre, j'acceptai. Nous choisîmes d'effectuer la séance la semaine de mon anniversaire, en juillet 1983, car nous considérions l'un comme l'autre que les dates personnelles significatives ressortent en général avec plus de relief à tous les niveaux du mental. Nous décidâmes d'avancer d'environ quinze années, laps de temps suffisant pour pouvoir noter tout changement important survenu dans ma vie mais, comme j'atteignais tout juste trente-huit ans, peu susceptible de dépasser les limites de mon existence physique actuelle. Cette première "progression" personnelle dans le futur est relatée dans le premier chapitre de ce livre.

Quelque temps avant notre rencontre, Helen Wambach avait décidé de compléter sa recherche précédente — sur le processus du rappel sous hypnose des vies antérieures et de la période prénatale — par l'étude des conceptions que les Américains d'aujourd'hui se font de leurs existences futures éventuelles. Elle avait présenté son travail de pionnier sur les vies antérieures et la période prénatale dans deux ouvrages respectivement intitulés : *Revivre le passé* et *La vie avant la vie*[1]. Dans chacun de ces ouvrages, elle comparait les compte-rendus de plusieurs centaines de ses sujets qui, plongés dans un état semi-éveillé de transe légère au cours d'ateliers de groupe, s'étaient remémoré des incidents de leurs vies antérieures, ou des événements de la période prénatale, survenus avant leur naissance dans leur corps et leur personnalité actuels.

Satisfaite de la façon dont elle avait démontré que son traitement de groupe avait permis à la plupart des gens de se rappeler le passé, elle se demandait ce que donnerait sa méthode si on l'appliquait au futur. En conséquence, elle se mit en 1980 à organiser des ateliers similaires qui offraient aux participants une chance d'explorer leur éventuelle vie future. Son amie de toujours, Mme Beverly Lundell, et le Dr R. Leo Sprinkle, psychologue-conseil agréé et professeur à l'Université de Wyoming, acceptèrent de l'aider. Eux

---

1 *Revivre le passé*, 1988, éditions Robert Laffont. *La vie avant la vie*, 1981, éd. J'ai Lu.

aussi dirigèrent plusieurs ateliers identiques où ils faisaient progresser les participants mentalement dans le temps jusqu'à des existences futures potentielles situées entre 2100 et 2200 d'une part, et entre 2300 et 2500 d'autre part, en utilisant ses méthodes.

Helen Wambach avait donc déjà commencé à recueillir des documents écrits sur ces ateliers quand je la rencontrai en 1983. A mesure que notre amitié se développait, je sentais grandir mon intérêt pour cette étude. Frappée par le sérieux de ma recherche et par mes aptitudes à écrire, confrontée aussi à une santé de plus en plus chancelante, Helen finit, en 1984, par me persuader de l'aider à mener à son terme le travail de recherche, d'analyse et de rédaction sur les vies futures qu'elle avait commencé. C'est ainsi qu'il devint notre projet commun. Les résultats obtenus au cours de ces "progressions de groupe dans les vies futures", sont analysés dans les chapitres 5 à 8.

Lorsque je devins plus étroitement associé à son travail, Helen Wambach et moi passâmes de nombreuses heures à discuter du traitement des progressions sous hypnose et de la manière dont elle concevait l'interprétation des données ainsi recueillies. Elle m'expliqua en détail comment elle en était venue à s'intéresser à ce sujet, et pourquoi il était important, à son avis, de publier nos conclusions. Nous discutâmes aussi des progressions dans le futur proche, c'est-à-dire plus avant dans leur vie présente, qu'elle avait fait faire individuellement à un petit nombre de volontaires sélectionnés pour voir si leurs récits concorderaient avec le mien, car elle sentait intuitivement que ce dernier était assez exact. J'ai utilisé mes enregistrements de ces conversations et les notes personnelles prises par Helen Wambach dans ses séances de travail pour fournir une documentation sur cette méthode unique de "voyage intérieur dans le Temps". Ces éléments se trouvent dans le chapitre 2.

Néanmoins, malgré les progrès réalisés dans l'obtention des données, et bien que nous en eussions commencé l'analyse préliminaire à la fin de 1984, deux événements survenus en 1985 retardèrent assez considérablement la rédaction finale et la publication du manuscrit. En premier lieu, la santé physique de Helen Wambach déclina beaucoup plus rapidement qu'aucun de nous deux ne s'y était attendu. Elle se trouva bientôt dans l'incapacité de recueillir de nouvelles données ou de mettre à jour les résultats que nous avions trouvés. En second lieu, mon propre intérêt pour la thérapie par le rappel des vies antérieures et un sentiment permanent d'insatisfaction à l'égard de mon emploi m'avaient conduit à quitter mon poste, obtenir un diplôme d'hypnothérapeute, et former une clientèle privée en thérapie de régression.

De mon côté, j'avais aussi commencé une étude transculturelle sur les vies antérieures qui impliquait des séjours à l'étranger, notamment à Paris. Chose intéressante, cette démarche avait été prévue au cours de l'une de mes progressions de 1983. En conséquence, c'est en Europe que j'appris la disparition prématurée de Helen Wambach à la suite d'une crise cardiaque survenue en août 1985. Malgré mon retour aux U.S.A. à l'occasion du congrès annuel de l'Association pour la Recherche sur les Vies Antérieures et ses Applications Thérapeutiques[1], où l'on rendit hommage à sa mémoire, je me sentis tout simplement incapable de donner suite dans l'immédiat à notre travail commun sur les vies futures. Il resta donc "en suspens" pendant près de trois ans.

Mais aujourd'hui, il est temps de présenter au monde cette étude importante, car nombre de tendances prévues par moi-même et par d'autres sujets progressés commencent à se manifester de plus en plus clairement. Avec la montée récente de l'activité sismique à l'échelle mondiale et la découverte de lignes de failles profondément enfouies sous des zones jusqu'ici considérées comme sûres, le scénario projeté du chapitre 1 n'est plus aussi invraisemblable qu'il le paraissait il y a quelques années. Seule la date du "grand tremblement de terre californien" reste imprécise.

Qui plus est, les conditions climatiques et le régime des vents à l'échelle planétaire, au lieu de s'apaiser comme on l'avait prédit un peu partout au cours des années 80, connaissent des écarts de plus en plus extrêmes. Il semble que nous oscillions entre la menace d'une nouvelle époque glaciaire et cet "effet de serre" tant discuté qui pourrait entraîner la fonte des calottes glaciaires des pôles et causer de vastes inondations. Quant à l'évolution de la situation économique et politique, elle n'est guère rassurante. Bien que l'Occident semble pouvoir se remettre du plus grand crack boursier connu de l'histoire, celui d'octobre 1987, une crise monétaire mondiale et une guerre commerciale internationale paraissent plus proches que jamais, cependant que de nouvelles périodes de sécheresse continuent à faire grimper les prix alimentaires. Enfin, l'épidémie de SIDA, virtuellement inconnue lorsque le Dr Helen Wambach commença à rassembler ses informations sur les vies futures en 1980, représente aujourd'hui une menace très réelle pour

---

[1] Association for Past Life Research and Therapies (A.P.R.T.).

les futures générations et pourrait bien contribuer à l'importante baisse de population que nos recherches laissent présager pour les 150 prochaines années.

Ces éléments actuels se conjuguent aux prédictions émanant des traditions religieuses et prophétiques les plus vénérables de l'humanité qui, presque toutes, admettent que l'espèce humaine se trouve au seuil d'un changement de cycle important de son existence. Qu'on ajoute foi ou non au message de la Grande Pyramide, à l'astrologie, aux avertissements bibliques sur l'Armageddon ou aux communications de médiums contemporains comme celles du célèbre clairvoyant Edgar Cayce, tout ce qui est annoncé sur des changements radicaux imminents fait partie de la "mentalité apocalyptique" d'aujourd'hui.

Cette mentalité va certainement s'intensifier à mesure que nous nous approchons de la fin de ce millénaire fatidique. L'an 2000 sera là dans quelques années, et même si notre cerveau rationnel rejette les prophéties de malheur comme de simples superstitions, les images apocalyptiques qui ont pris force au cours de plusieurs millénaires de culture humaine commune rôdent sous la surface de ce cerveau conscient, et influent sur nous d'une façon que nous ne percevons et n'admettons que vaguement. Ces archétypes de notre "inconscient collectif", pour employer la terminologie du célèbre psychologue suisse Carl Jung, constituent les paramètres à l'intérieur desquels nous prenons nos décisions quotidiennes. Il est temps maintenant d'examiner certaines des images que nous entretenons sur les difficultés à venir et sur leur impact potentiel au niveau de notre futur individuel et collectif.

Pourtant, pour des raisons que j'exposerai aux chapitres 10 et 11, malgré le caractère inquiétant des tendances et des présages actuels, je reste personnellement optimiste en ce qui concerne l'avenir de l'humanité. En outre, je serai le premier à admettre que la date exacte des événements futurs à l'échelle individuelle est de loin le côté le moins fiable de toute prémonition, prédiction ou prophétie. Enfin, comme je crois en la réalité de notre "libre-arbitre" et en notre capacité de modifier au moins notre situation future personnelle, j'ai le sentiment que ceux qui sont en vie aujourd'hui détiennent le pouvoir collectif de façonner notre destin planétaire.

Cependant, ce pouvoir de choisir ne peut se manifester que lorsque les gens sont informés intelligemment. Donc, ni le Dr Wambach ni moi-même ne présentons les aperçus sur le futur qui vont suivre, qu'ils émanent de nous ou de nos patients, comme incontournables ou irréversibles. Ils font néanmoins partie de ce "rêve collectif" du futur que nous projetons ici et maintenant sur cette Terre, par l'intermédiaire de notre subconscient. En tant que tels, ils sont les présages importants de ce que nous risquons de vivre demain au niveau conscient.

Première

Partie

—I—

Le jour où la terre s'était effondrée

Le vent froid et moite me fouettait le visage et me glaçait les os. Frissonnant en dépit de l'épais caban de marin et du bonnet de ski dont je me trouvais vêtu, je gravissais rapidement une petite butte qui dominait le paysage désert et désolé étendu devant moi.

"Mais enfin, qu'est-ce que je fais ici ? me demandai-je. C'est aujourd'hui mon anniversaire, et l'on devrait être en juillet."

Mais avant même de formuler ces mots dans mon esprit, j'en connaissais la réponse. Oui, c'était mon anniversaire. Et l'on était bien en juillet. Seulement, on était en juillet 1998, et le monde avait basculé "le jour où la terre s'était effondrée".

Tandis que mon corps continuait à gravir rapidement la pente, je me "souvins" que j'étais sorti pour voir ce que devenaient les chevaux et m'assurer que le vieux corral[1] de bois que nous avions construit tenait toujours bon. Jusqu'ici, tout allait bien; les chevaux étaient toujours là et je ne voyais aucune fissure dans la palissade rudimentaire que nous avions fabriquée. Un fort crachin glacé fondait le ciel presque noir à l'horizon montagneux. Quelques rares cactus saguaro se dressaient çà et là dans ce paysage arizonien couvert de broussaille. Mais même en cette heure de midi, seules leurs maigres silhouettes étaient visibles sous le ciel bas. J'avais froid et faim. Ma tâche terminée, je me hâtai de revenir vers le ranch et la chaleur du feu.

"Bien, à présent vous voici de retour dans la maison et vous vous préparez à dîner. Où vous trouvez-vous ?"

La voix douce mais ferme de mon amie et collègue, le Dr Wambach, interrompit ma rêverie solitaire dans le froid. Un court

---

[1] NdT : enclos où l'on parque le bétail.

instant, je sentis à nouveau la chaleur du soleil de l'été californien et la proximité rassurante de sa présence à elle. Je savais, à ce moment-là, que mon corps physique était confortablement étendu sur le lit de son cabinet d'hypnothérapie. Pourtant, ma conscience demeurait loin de là dans le Temps et l'Espace, projetée dans ce paysage désolé de l'Arizona de 1998.

M'ajustant à la question du Dr Wambach, je me retrouvai en Arizona, cette fois dans une cuisine spacieuse, garnie de panneaux de bois, en train de réchauffer mes mains à un poêle ventru d'un modèle ancien. Près de moi, une douzaine environ d'autres personnes étaient en train de prendre place sur de longs bancs autour d'une table de bois brut. Au bout de la table, une chaise m'attendait. Ayant enfin réchauffé mes mains mouillées et glacées, je les rejoignis. Quelqu'un me versa un gobelet d'une boisson chaude. Il y avait une cruche de lait frais, mais je fus surpris de ne voir ni viande ni légumes verts sur la table. Chacun plongeait dans une grande jatte emplie de bouillie de flocons d'avoine ou autres mueslis. Cela paraissait nourrissant. Une odeur chaude, épicée, rendait le plat irrésistible.

"La faim est la meilleure des sauces", pensai-je en plongeant ma cuiller avec les autres.

"A présent, le repas est terminé, et vous regardez ce qui vous entoure dans ce ranch où vous vivez. Qu'est-ce qui attire votre attention ? Y a-t-il quoi que ce soit qui pourrait être différent aujourd'hui et qui suscite en vous des remarques particulières ?"

La voix douce mais insistante de Helen Wambach m'aida à me concentrer à nouveau sur mon environnement arizonien. Tandis que deux personnes débarrassaient la table et commençaient la vaisselle, je laissai mon regard se promener sur la scène. Presque automatiquement, il se porta vers l'angle sud-ouest de la pièce. Je me rendis compte, alors, que ce dernier était en partie démoli et que le toit y penchait d'une manière bizarre. Je savais, d'une façon ou d'une autre, que cela s'était produit un peu plus tôt cette année-là, au cours d'un des violents tremblements de terre qui avaient secoué la région. Nous avions effectué des réparations de fortune pour nous protéger du vent. Un étrange sentiment de tristesse m'envahit quand je me souvins qu'un des membres de notre groupe, Jimmy – je crois que c'était son nom – avait été tué, soit dans l'effondrement, soit dans quelqu'autre incident survenu au cours du tremblement.

Le souvenir de l'accident de Jimmy me fit prendre conscience du peu d'attention que j'avais portée à mes compagnons de table quelques instants plus tôt. J'en fis la remarque. Helen me suggéra alors de retrouver un moment récent où je parlais de l'existence que j'avais précédemment menée en Californie avec l'un de mes compagnons actuels. Mais alors même qu'elle parlait, je me rendis compte que je ne connaissais à cette époque aucun d'entre eux. J'avais nettement l'impression que nous nous étions rassemblés au cours des quelques années qui avaient précédé juillet 1998. En général, nous évitions de parler de ce qui s'était passé auparavant dans notre existence. D'une certaine façon, cela paraissait sans importance. En fait, c'était drôle, bien que je susse que c'était mon anniversaire, et que la suggestion initiale de Helen eût été de me projeter à cette date-là, je ne parvenais pas à me rappeler qu'on l'avait célébré d'une manière quelconque ou qu'on y avait accordé une attention particulière. C'était comme si seuls comptaient pour nous le moment présent et les tâches indispensables.

Chose singulière, la pensée d'être absorbé par le seul souci de survivre au point que j'avais oublié ma date anniversaire ajoutait à l'impression générale de désolation qui régnait sur cette étrange scène du futur. J'avais envie de crier, de pleurer, de faire n'importe quoi, simplement pour affirmer mon identité personnelle. Ma respiration se fit rauque et étouffée. Ma gorge devint sèche et douloureuse. Mon corps, maintenant tendu et sur la défensive, s'agitait péniblement sur le lit. Je voulais sortir de ce lieu inquiétant et inconnu.

Mais avant que j'eusse le temps de parler, Helen perçut ma détresse. Réagissant comme de coutume à sa manière chaleureuse et attentionnée, elle se mit tout de suite à me ramener de ce lieu où ma pensée subconsciente m'avait entraîné. Ses paroles mobilisèrent bientôt toute mon attention, et je m'apaisai en écoutant sa voix.

"A présent, la nuit est tombée en ce même soir de votre anniversaire de 1998, et vous êtes prêt à vous coucher. Allongez-vous confortablement à l'endroit où vous dormez habituellement. Laissez votre esprit et votre corps se détendre tandis que vous dérivez doucement. Et tandis que vous glissez à présent dans le sommeil, votre détente se fait de plus en plus profonde... Toute tension corporelle et tout malaise émotionnel s'évanouissent à mesure que vous descendez de plus en plus profondément à l'intérieur de vous-même... Vous pouvez même maintenant retrouver votre nuage chaud, sûr, et confortable. C'est un ami et un compagnon de voyage de longue date... Mais quelle que soit la profondeur à laquelle vous vous laissez dériver, quelle que soit votre détente, vous vous rappellerez nettement, précisément, toutes les scènes et tous les événements dont vous avez fait l'expérience au cours de ce voyage..."

En me berçant, la voix de gorge, hypnotique, de Helen m'amena à cet agréable état de détente que j'avais connu avec elle tant de fois auparavant. A mesure que je m'enfonçais mentalement dans la douceur familière de mon petit nuage pelucheux et blanc, les événements et les souvenirs étranges de ce jour sombre et froid que j'avais situé en 1998 s'estompèrent dans mon esprit. Je savais que bientôt Helen me ramènerait à cet "ici et maintenant" de juillet 1983. Je soupirai en me renversant dans mon oreiller de nuage, et une fois de plus abordai le voyage de retour dans la "réalité de veille ordinaire".

* * *

Ainsi prit fin ma première expérience de ce que l'on connaît maintenant sous l'appellation de Thérapie de Progression où, au lieu de tenter de faire régresser quelqu'un dans le passé, le thérapeute utilise un état de conscience modifié, souvent au moyen de l'hypnose, pour faire progresser un individu dans ce qui est ordinairement perçu comme le futur. En fait, les termes "passé" et "futur" semblent n'avoir guère de sens objectif pour les régions du cerveau situées en dehors de notre conscience du monde matériel quotidien où la plupart d'entre nous travaillent et se divertissent. Je sais que mes incursions fascinantes et instructives dans le passé au moyen de l'hypnose, aussi bien que cette percée presque insoutenable dans ce que mon cerveau me disait être un futur très réel, avaient ébranlé l'attitude quelque peu blasée que j'avais eue jusque là vis-à-vis de la réalité objective ainsi que du temps et de l'espace.

Bien qu'en juillet 1983 j'eusse déjà travaillé depuis plusieurs mois avec Helen Wambach et effectué des explorations hebdomadaires dans un certain nombre de mes vies antérieures, cette première excursion dans le futur, en particulier dans un futur si proche et si réaliste, me laissa beaucoup plus troublé que je ne voulais l'admettre. Je ne me rappelle pas grand chose du reste de la séance, mais ce dont je suis sûr, c'est que Helen me suggéra comme de coutume d'éprouver une impression d'énergie renouvelée et une sensation de bien-être personnel. Je sais aussi que nous discutâmes un moment de ce que j'avais vécu au cours de la progression. Sans doute jusqu'à ce qu'elle fût convaincue que j'étais vraiment de retour dans l' "ici et maintenant", comme elle disait, et capable de rentrer en voiture sans encombre.

Le moment du départ n'arriva que trop tôt. Tandis que je me débattais dans les encombrements des heures d'affluence qui paralysaient les autoroutes entre son bureau et ma demeure du Napa, je m'avisai que je n'avais pas vu d'automobiles dans ce ranch de l'Arizona, à quelques années d'ici seulement semblait-il.

Est-ce que les embouteillages vont disparaître comme les dinosaures ? me demandai-je. A ce moment-là, c'était presque une pensée réconfortante.

Depuis notre première séance d'exploration de mon passé, j'avais pris l'habitude de prendre des notes détaillées de ce que j'avais vécu pendant les régressions que Helen provoquait en utilisant sa "méthode Wambach" d'hypnose légère. En général, je tapais mes notes et mes commentaires quelques jours après la séance, puis je les apportais à son bureau la semaine suivante pour en discuter. J'avais adopté cette manière de faire sur le conseil de Helen pour améliorer ma mémoire de ce que j'avais vécu au cours de la régression. Je m'apercevais aussi que c'était là un excellent entraînement pour vaincre les "blocages" subjectifs à l'égard de l'écriture qui, joints à une douleur persistante dans le dos causée par un accident de travail, avaient contribué au départ à me diriger chez elle.

Cependant, les images que j'avais reçues en ce jour de juillet étaient si fortes et si alarmantes que je rompis cette habitude. Je m'assis presque dès mon retour pour consigner sur le papier tout ce que je pouvais me rappeler de cette scène sombre et désolée de l'Arizona.

Je me sentais à la fois intrigué et un peu effrayé par ce que cette vision du "futur" paraissait impliquer, d'autant plus qu'il ne s'agissait pas d'une quelconque fantaisie surréaliste de science-fiction remplie de fusées exotiques ou de planètes lointaines habitées par d'étranges créatures inconnues, du genre de ce que je lisais depuis des années. Non, il s'agissait seulement d'un petit "saut" de quinze ans en avant, rempli de choses qu'à ce stade de mon existence, je n'aurais certainement jamais envisagées pour la fin des années 90 ! Plonger le regard dans ce désert balayé par ce vent sombre et glacé était bien plus paniquant que l'apparition d'aucun monstre de l'an 2500 ou d'un extraterrestre venu de l'espace.

En resongeant plus tard à la séance, je me demandai : "Pourquoi une réaction si forte, qui me ressemble si peu ?"

Peut-être parce que la fin des années 90 est bien proche de nous, si l'on compte de la manière rationnelle courante. Elle représente donc un territoire beaucoup plus dangereux pour l'esprit conscient qu'un lointain futur. Notre esprit conscient avec son mode de pensée logique, analytique, qui est apparemment filtré à travers l'hémisphère gauche du cortex cérébral, résiste naturellement à l'intrusion dans notre mental du temps non linéaire ou de l'absence de temps. Pourtant de tels concepts, dont on admet facilement qu'ils ont un fondement "réel", paraissent correspondre à des conditions normales de fonctionnement pour d'autres niveaux de notre mental – ceux qui sont accessibles à travers l'hémisphère droit de notre cerveau lorsque nous faisons l'expérience de soi-disant états de conscience modifiés.

Ceci est vrai tant pour l'expérience de régression dans les vies antérieures que pour les progressions dans le futur. Pourtant, il est peut-être plus facile à notre esprit conscient d'accepter l'idée de revoir le passé parce que nous croyons qu'il a "déjà eu lieu". Ainsi, il semble moins déconcertant de revoir une série d'événements passés, même s'ils sont douloureux ou dramatiques, que de scruter quelque chose qui est situé dans le futur proche. Sans mentionner la possibilité qu'il existe d'autres plans parallèles de la réalité ou la probabilité d'autres dimensions, et leur relation à la conscience humaine. Les perspectives sont sans fin.

Mais revenons à cet aperçu fascinant des dernières années 90... Qu'avais-je encore entrevu pendant que Helen me promenait adroitement à travers cette journée hivernale de juillet 1998 ? Une chose me revenait clairement à la mémoire : je n'avais pas l'impression que le changement brusque et radical survenu dans les conditions climatiques était dû à quelque holocauste nucléaire ou à un accident dans une centrale atomique. Bien que les symptômes fussent peut-être les mêmes, il ne semblait pas que les ciels noirs et la tempête de vent frigorifiante fussent des manifestations de l' "hiver nucléaire" tant claironné par Carl Sagan et d'autres scientifiques au cours des années 80. Je n'avais pas souvenance d'inquiétude portant sur des maladies radio-actives, ni de rien d'autre de ce genre dans le ranch arizonien.

La plupart des préoccupations qui m'apparurent au cours de la séance de progression étaient plus élémentaires, plus liées à des problèmes de survie immédiate. Nous passions beaucoup de temps à nous assurer une nourriture suffisante, et en particulier le nombre de vitamines indispensables à une nutrition saine. Nous étions également soucieux du bon fonctionnement des systèmes d'électricité et de chauffage. Il était aussi vital de protéger notre petit troupeau, particulièrement les chevaux. Pour le lait, nous dépendions de nos quelques vaches, et pour les déplacements locaux de nos chevaux. De toutes façons, je n'avais pas l'impression que nous nous éloignions beaucoup du ranch.

L'autre pensée, plus effrayante peut-être, qui me rongeait sourdement l'esprit pendant la plus grande partie de ce premier voyage dans le futur, c'était, franchement, la peur sous-jacente d'être découverts par d'autres êtres humains ! Même si je me sentais à la fois relativement isolé et protégé dans le ranch, au-dedans de moi-même je savais que si des gens de l'extérieur venaient à découvrir l'existence somme toute assez sûre que nous y menions, il nous faudrait la défendre ou nous enfuir. Ce n'était pas là une pensée très belle, et peut-être était-ce un peu égoïste de ma part, mais je ne pouvais nier que l'instinct de conservation était manifestement là !

Il y avait toutefois, au-dessus de toutes ces préoccupations, de toutes ces craintes quotidiennes, la conviction que notre groupe avait été rassemblé dans un but spécifique. Qu'en quelque sorte cette situation nous avait été donnée comme une chance, non pas seulement de survivre mais encore d'apprendre, et d'aider ceux qui en avaient besoin et qui souhaiteraient et pourraient recevoir notre assistance. Le chef naturel de notre groupe était une femme. Je me souviens de l'avoir appelée "Patsy", bien que je ne puisse affirmer que ce fût son nom réel, ou plutôt la manière dont mon subconscient assimilait ses traits de caractère à ceux d'une de mes amies des années 80 qu'on surnommait Patsy. Je savais qu'elles n'étaient pas la même personne, mais que leurs personnalités étaient très semblables.

Extrêmement intuitive, la femme que je "connaissais" en 1998 avait choisi le lieu dont je faisais l'expérience longtemps avant les divers événements qui avaient causé tant de destructions et de changements visibles. Bien que je n'eusse jamais visité cet endroit avant la progression de juillet 1983, je savais quelque part en moi qu'il était situé au nord de Phoenix, dans l'Arizona.

Selon toute apparence, Patsy avait eu une sorte de prémonition des changements climatiques et planétaires qui allaient se produire et avait discerné que cette région serait épargnée. Notre groupe y trouverait abri et sécurité, même vis-à-vis de ce qui semblait être devenu notre plus dangereux ennemi : les bandes errantes de maraudeurs déséquilibrés sécrétés par les grandes villes. Je savais aussi que notre groupe s'était rassemblé en cet endroit désert pour que nous y développions nos facultés psychiques et (ou bien) nos perceptions extra-sensorielles. Arrivé à ce point, après cette unique séance de progression, je ne savais pas au juste pourquoi ni comment tout cela était arrivé, mais j'étais d'accord, et je l'acceptais comme une nécessité.

Ce que je viens de décrire représente la totalité de ce que je réussis à extraire de cette première progression dans le futur lorsqu'ensuite je me la remémorai chez moi. Le sentiment d'acceptation et de mission continua à m'habiter après que j'eus fini de rédiger mes notes que j'expédiai à Helen dès le lendemain.

En dépit de la vive curiosité que j'éprouvais de savoir ce que tout cela signifiait, Helen et moi fûmes d'accord pour reporter le prochain voyage dans le futur après la fin de la série de régressions qui concernaient ma carrière actuelle. Nous sentions l'un comme l'autre que la compréhension des difficultés que je traversais alors serait d'une importance cruciale pour l'interprétation des données sur les années 90. Cette impression, conjuguée à des déplacements de vacances et d'affaires, nous conduisit à laisser passer plusieurs mois avant de parler d'un second voyage en avant dans le temps.

Quand il en fut enfin question, nous décidâmes de nous concentrer sur la période qui avait abouti aux événements responsables des changements climatiques et culturels spectaculaires dont j'avais fait l'expérience au cours de la première progression. Le sort voulut que la seconde séance eût lieu le 31 octobre 1983, le jour de la fête de Halloween ![1]

"Vos yeux sont fermés, et cela vous fait du bien de fermer les yeux... Maintenant, tous les muscles de votre visage se détendent et votre respiration se fait tranquille et régulière..."

Une fois de plus, mon esprit s'accorda à l'intonation familière de la voix hypnotique, un peu râpeuse, de Helen. Les yeux clos, le corps étendu sur le lit légèrement creusé de son cabinet, je me concentrai sur sa voix et laissai le monde extérieur s'éloigner lentement.

Mais cette fois, à la différence des régressions précédentes dans mes vies antérieures, je découvris que mon esprit conscient résistait activement à la démarche, maintenant familière, du lâcher-prise. Il ne cessait de bavarder à l'intérieur de mon crâne, me remettant en

---

[1] NdT : fête des morts ou des sorcières, très célébrée aux U.S.A., qui a lieu le 31 octobre et au cours de laquelle les enfants revêtent un déguisement et vont dans chaque foyer quêter des friandises en exerçant un chantage espiègle ("treat or trick" : "donnez-nous une gâterie ou nous vous jouons un tour").

mémoire des projets et des préoccupations du moment, lors même que je continuais à écouter Helen me dispenser les instructions de relaxation. C'était presque comme si une partie de moi-même savait qu'en quelque sorte je n'allais pas aimer cette expérience. Peut-être qu'en réalité je n'avais pas envie de savoir ce qui m'attendait à la fin des années 90 ! Après tout, raisonnait une partie de mon cerveau, ce futur n'était pas encore arrivé ou du moins n'était pas encore concrétisé en termes tri-dimensionnels. Mon moi conscient, raisonneur, qui parlait à travers mon cerveau gauche à demi-éveillé, intervenait manifestement pour m'empêcher de me centrer et de laisser un moment le présent derrière moi.

Comme je l'ai dit plus haut, il m'apparaît que l'esprit conscient trouve beaucoup plus facile de gérer l'information obtenue au cours des régressions dans le passé que celle qu'il recueille dans les progressions, parce qu'il accepte l'idée que le passé est en quelque sorte "fixé" tandis que le futur devrait rester "ouvert" et modifiable. Cette attitude de l'esprit conscient peut passer dans le subconscient au cours des premiers moments de transition entre la conscience ordinaire, qui opère dans le temps linéaire, et l'intemporalité du monde intérieur. Si, comme l'affirme "Seth", l'entité qui s'est manifestée à travers Jane Roberts, nous créons en fait notre propre réalité, alors il s'agit probablement d'un mécanisme sain de défense de l'ego dans les circonstances ordinaires.

Néanmoins, une fois ouverte la boîte de Pandore des progressions dans le futur, je me sentis décidé à poursuivre l'exploration de ce nouveau territoire. J'utilisai ce désir pour pousser de l'avant et me libérer à nouveau, petit à petit, des préjugés conscients.

"A présent, tandis que vous dérivez et flottez dans une détente totale et paisible, vous pouvez traverser rapidement la vastitude de ce que nous appelons le Temps et l'Espace... Et vous pouvez avancer maintenant au-delà de 1983 dans le futur... De plus en plus vite à mesure que vous vous laissez propulser à une vitesse de plus en plus grande en avant dans le temps... Et tandis que vous avancez, vous découvrez que vous devenez de plus en plus conscient de la période de Noël 1996... Vous avez traversé les années 80, dépassé 1990, et voici Noël de l'année 1996, et vous y êtes *maintenant* !... Où vous trouvez-vous ?"

Enfin branché sur la voix de Helen et sur ses suggestions concrètes et insistantes, je soupirai et laissai l' "observateur" intérieur se détendre. Je sentis alors une légère secousse se produire dans ma conscience, et je me mis à avancer mentalement. Des images fantomatiques défilaient rapidement devant mon regard intérieur. J'en recueillais des éclairs, tandis qu'elles passaient devant moi. Cela faisait penser aux flashes d'un magnétoscope réglé sur "avance rapide".

Une image, pourtant, frappa ma mémoire consciente. Tandis que j'étais étendu là, sur le lit du cabinet d'hypnothérapie de Helen Wambach en cette veille de la Toussaint de 1983, je vis nettement la Tour Eiffel. C'était un spectacle familier puisque j'avais auparavant étudié et vécu à Paris. Puis, devant mes yeux, la tour se transforma en un cactus saguaro géant pareil à ceux qu'on trouve dans le désert de l'Arizona. Et pendant que s'opérait cette transformation, je sus que je voyais là deux endroits où je vivrais entre le moment présent et ma destination prévue pour décembre 1996 .[1]

Tandis que cette intuition atteignait ma conscience, mon mental s'immobilisa et les images cessèrent leur défilé rapide. Je me retrouvai dans le ranch de l'Arizona qui m'était familier depuis mon voyage dans le futur en 1998. Seulement, cette fois-ci, les couleurs paraissaient plus vives et plus claires. Est-ce que tout venait d'être repeint ?

"Ah, mais bien sûr, m'exclamai-je en moi-même après un instant de réflexion, aujourd'hui le soleil brille !" Et c'était vrai. En regardant par la fenêtre de la pièce où je me trouvais, je pouvais même voir un beau ciel bleu. Les montagnes, d'un brun fauve, paraissaient à portée de main. Quel contraste avec la brume sombre et froide dans laquelle je m'étais trouvé en 1998 ! Vu dans ces conditions, l'Arizona semblait positivement beau.

A ce stade, Helen interrompit ma rêverie pour me donner de nouvelles instructions : "A présent, c'est Noël 1996. Vous allez vous trouver engagé dans une discussion sur les événements de l'année écoulée avec quelques personnes qui sont auprès de vous en ce moment, ou peut-être en train de regarder une émission rétrospective d'actualités à la télévision."

Mais malgré les injonctions de Helen, je continuais à me sentir complètement seul dans le ranch. Peut-être qu'une partie de ma conscience ne voulait pas encore accepter de savoir ce qui m'attendait. Je "savais" toutefois que c'était l'après-midi de la veille de Noël, et que les autres se trouvaient quelque part à proximité.

---

[1] En ce mois de décembre 1988, il faut remarquer que la première moitié de cet aperçu prémonitoire du futur s'est vérifié. Pour des raisons totalement étrangères à ce livre, j'ai quitté Napa en 1985 pour me rendre en Europe, et la majeure partie de ce manuscrit a été écrite à Paris.

Finalement, comme Helen réitérait ses suggestions avec douceur mais insistance, je me retrouvai en train de sortir pour aller au corral où Patsy était engagée dans une discussion animée avec deux des hommes.

"Non, nous ne pouvons absolument pas utiliser des containers de plastique pour nos réserves de vivres", entendis-je Patsy répondre à l'un d'eux. "Même s'ils paraissent tout à fait adéquats, avec le temps le plastique va contaminer tout ce qui se trouvera à l'intérieur. Il se produit une réaction chimique subtile qui modifie les vibrations de la nourriture, et par la suite son effet sur le corps. Aujourd'hui, cela n'a pas tellement d'importance pour la plupart des gens car, de toutes façons, leur corps est en général terriblement en dissonance avec les vibrations universelles. Mais vous savez que nos étudiants sont extrêmement sensibles. Et étant donné ce qui se prépare, nous allons tous dépendre de plus en plus de leur sensibilité et de la nôtre – à mesure que les événements se dérouleront."

En l'entendant parler, j'eus la perception immédiate que cette question des réserves de vivres était d'une importance cruciale pour notre survie future. Je savais, d'une manière quelconque, que l'intuition pénétrante de Patsy lui avait fait saisir que nous manquerions bientôt des aliments et des vitamines indispensables. L'une des raisons essentielles de notre installation dans ce lieu au centre de l'Arizona était la création d'une école pour le développement des capacités de communication psychique ou télépathie mentale. Dans la perspective de ce qui paraissait approcher, nous souhaitions qu'elle fût accessible et en même temps relativement isolée. Les enfants et les jeunes adultes que Patsy connaissait seraient attirés par cette école à mesure de l'aggravation de la situation mondiale et deviendraient, en fait, les précurseurs du Nouvel Age à venir.

En cette fin de 1996 déjà, je sentais que les enseignants et certains étudiants avaient été attirés vers ce lieu afin de préparer les choses. Il s'agissait de bien plus que de simple survie physique, quoique celle-ci eût évidemment son importance. Ce qui comptait, c'était la sauvegarde de ceux qui aideraient à la transformation de l'humanité pendant que l'ordre ancien s'effondrerait et que de nouvelles formes de pensée, de nouveaux modes de communication et une nouvelle conscience transpersonnelle émergeraient.

Mon attention revint lentement à la conversation qui se déroulait près de moi à l'extérieur de la maison. L'un des hommes était en train de parler.

— Bon, d'accord, mais si l'on ne peut pas utiliser de containers en plastique, comment protéger les vivres pendant un grand laps de temps ? Vous savez que les récipients de verre ne feront pas l'affaire, surtout si les tremblements de terre et les glissements de terrain que vous annoncez se produisent effectivement par ici. Le verre se cassera tout bonnement, et cela contaminera les aliments sacrément plus qu'un peu de plastique, si vous voulez mon opinion.

— Oui, ajouta l'autre gars, bientôt il ne restera plus qu'à gratter assez d'argent pour se procurer les variétés de fruits secs, haricots, céréales et vitamines que vous indiquez, sans parler d'acheter de grands bocaux de verre en nombre suffisant.

— Ne croyez pas que je n'aie pas conscience de ces problèmes, répondit Patsy, mais à quoi servirait de dépenser nos ressources à acheter et à stocker de la nourriture qui ne vaudra plus rien quand nous en aurons besoin ? Il existe d'autres solutions, et nous avons encore le temps de les trouver. Après tout, c'est bien d'abord pour cela que nous sommes venus ici, n'est-ce pas ?

— Ecoutez donc, dis-je en prenant part à la discussion, peut-être qu'on pourrait essayer une certaine combinaison de matières. Supposons qu'on mette les aliments secs dans des sacs en papier ou des boîtes en carton pour commencer, et qu'après on place les récipients de papier dans du plastique ? De cette façon on aurait une étanchéité hermétique vis-à-vis de la moisissure ou des rongeurs, et en même temps une protection à l'égard de substances chimiques peut-être nuisibles. Croyez-vous que cela pourrait marcher, Patsy ?

— Ma foi, peut-être bien. Evidemment, il faudrait d'abord tester le papier ou le carton pour voir avec quelle sorte de produits chimiques on les a traités. Mais je sais que même l'utilisation de papier du commerce serait beaucoup plus sûre qu'un contact direct prolongé entre la nourriture et les récipients de plastique. L'important, c'est de conserver intacts les vivres que nous emmagasinerons et de les placer dans des cachettes souterraines sûres. Même s'il se produit des secousses et des glissements par ici, je ne crois pas qu'ils seront assez forts pour ensevelir nos réserves si nous travaillons sérieusement.

— Eh bien, il ne reste plus qu'à trouver rapidement une méthode, conclut le plus grand des deux hommes qui conversaient avec Patsy. Vous savez à quel point le prix des aliments a grimpé déjà. J'ai vu que les fèves "pinto", sur lesquelles vous comptez comme source première de protéines, ont pratiquement doublé de prix rien qu'au cours de cette année. L'inflation dans le domaine alimentaire a déjà été terrible ces dernières années, et avec la grande sécheresse de l'été dernier dans le Middlewest, la nourriture va se faire encore plus chère.

— Je suis d'accord, répondit Patsy. Faisons-en un objectif prioritaire. Il nous faut trouver quelle sorte de containers nous pouvons élaborer le plus vite possible.

Le bruit des voix et cette scène du dehors s'estompèrent alors, tandis que la voix de Helen intervenait dans ma conscience extérieure.

"A présent, vous êtes revenu dans la maison, et c'est le moment des informations du soir à la télévision. En compagnie des autres, vous regardez ces informations. Ecoutez un moment, et racontez-moi ce que dit le présentateur."

Obéissant à sa suggestion, je me laissai prendre conscience d'un feu de cheminée et d'un groupe de huit ou dix personnes occupées à regarder les informations télévisées. Le Président apparut brièvement pour dire quelques mots du plan infaillible qu'il avait conçu afin de relancer l'économie, restaurer la confiance et réduire l'inflation. C'était quelqu'un de beaucoup plus jeune que Ronald Reagan et ses oreilles étaient plus apparentes. Le visage m'était vaguement familier, mais je ne pus le reconnaître au cours de ce bref clip qui nous fut présenté. J'avais le sentiment que cet homme avait été sénateur des Etats-Unis, ou un gouverneur important pendant les années 80, mais pas quelqu'un que j'aurais envisagé comme futur Président une douzaine d'années plus tôt.

Puis, le présentateur enchaîna sur un fait-divers se rapportant à la situation au Moyen-Orient. J'eus l'impression qu'un groupement radical juif, en Israël, s'efforçait d'expulser les Arabes des territoires occupés par les Israéliens, et en particulier de Jerusalem, afin de rétablir le royaume biblique de David et de Salomon. Leur projet de démolir la Mosquée de la Coupole du Rocher pour reconstruire le temple juif provoquait des controverses un peu partout. Aux condamnations irritées des états arabes avaient succédé de nouvelles menaces d'une jihad, ou guerre sainte, si ce plan venait à être exécuté.

Les conditions météorologiques mondiales aberrantes demeuraient un élément majeur des informations, car des tempêtes et des variations anormales provoquaient de nouveaux records de chaleur et de froid, de sécheresse et de pluie, en divers endroits du globe. J'eus nettement l'impression que d'importantes zones côtières avaient subi une série d'inondations étendues à mesure que le niveau de la mer s'élevait et que la violence des tempêtes s'intensifiait. Même en

Arizona, le climat hivernal était plus frais et plus humide qu'une douzaine d'années auparavant.

Quant à l'économie mondiale, elle était à bout de souffle, et aucune des mesures proposées jusque là par le gouvernement ne semblait efficace. Les prix des denrées alimentaires, en particulier, étaient montés en flèche, et il était pratiquement impossible d'obtenir du crédit. Les rivalités commerciales et les barrières douanières avaient fait échouer les tentatives de coopération internationale pour mettre fin à la crise. Ce n'était guère un joli tableau de fin d'année !

Tandis que je regardais défiler sur l'écran ce scénario rien moins que plaisant, je me rappelai qu'ici, au ranch, Patsy avait prédit la majeure partie de ce qui arrivait maintenant. Sous son autorité, qui était naturelle et jamais imposée, nous développions nos facultés intuitives par la méditation et d'autres exercices spirituels, en même temps que nous nous préparions à devenir une communauté autonome. Chacun apprenait à bien monter à cheval au lieu de compter sur des automobiles ou des jeeps. Nous possédions encore un camion qui nous servait à transporter les chargements lourds, et bien que l'essence ne fût pas rationnée, elle était devenue plus chère.

Notre groupe comptait maintenant vingt-quatre membres. Certains entretenaient des potagers tandis que d'autres s'occupaient des bêtes, qui comprenaient des moutons, des bovins et des chevaux. D'autres fabriquaient des objets d'artisanat pour les vendre sur les marchés locaux. Je savais que nous avions fait l'acquisition d'une pompe spéciale pour assurer nos propres besoins en eau, laquelle provenait d'un puits trouvé par un radiesthésiste dont nous avions loué les services lors de l'achat des terres. Deux hommes travaillaient à un groupe électrogène alimenté par une éolienne et destiné à servir en cas d'urgence si le courant venait à manquer.

Je dois mentionner ici que j'eus à ma disposition un temps exceptionnellement long pour réfléchir et me poser des questions sur cet environnement futur et ses activités potentielles au cours de cette seconde séance de progression du 31 octobre 1983. A la différence de la plupart de nos séances d'hypnose qui ne duraient qu'une heure et pendant lesquelles Helen me faisait naviguer dans le temps afin de recueillir le plus d'informations possibles, la séance de ce soir-là fut fréquemment interrompue par une véritable armée de visiteurs qui se livraient au "quémandage" traditionnel. Helen avait toujours adoré les enfants et par conséquent elle habitait une résidence où ils fourmillaient. Comme elle offrait aux enfants de ses voisins de petites gâteries sous forme de bonbons ou de biscuits en échange de menus services, et souvent rien que parce qu'elle aimait leur compagnie, son appartement était sans aucun doute l'étape la plus populaire du voisinage le jour de Halloween ! Elle fut donc fréquemment obligée de me laisser "en suspens" dans quelque scène du futur tandis qu'elle allait à la porte accueillir des troupes de fantômes, de lutins, et toutes sortes d'autres personnages.

C'était quelque chose d'assez inédit pour moi que d'assister en même temps aux préparatifs dictés par l'attente d'une catastrophe majeure dans le désert de l'Arizona au milieu des années 90, et d'écouter Helen s'occuper à sa manière calme et aimante de la ribambelle d'enfants du voisinage qui tambourinaient contre la porte de son appartement californien en 1983 pour lui demander des bonbons. Vous parlez d'une division de la personnalité !

Finalement, Helen revint et me suggéra d'avancer d'un an, jusqu'à la fin de 1997. Mon impression fut que la vie dans le ranch se poursuivait à peu près de la même manière que l'année précédente, sauf qu'à présent nous avions emmagasiné toutes les réserves que nous avions pu acheter et que nous étions encore plus autonomes et plus indépendants. Il avait été difficile d'obtenir de bonnes récoltes et la terre me décevait beaucoup, car j'avais fait tous mes efforts pour que la moisson égale ou surpasse celle de l'année précédente. Je pense que le temps de plus en plus mauvais et imprévisible que nous avions eu était le grand coupable. Patsy ne semblait pas s'en inquiéter beaucoup, en tous cas. Notre école se développait lentement. Nous avions même commencé à faire de petites expériences pour tenter de joindre par télépathie ou médiumnité d'autres groupes animés des mêmes intérêts en Amérique du Nord. Apparemment, une sorte de réseau du Nouvel Age avait surgi à travers le pays, et notre groupe avait des contacts avec lui. Mais notre préoccupation majeure était d'effectuer des préparatifs internes en vue des changements à venir.

En réfléchissant à cette séance du 31 octobre, je reste frappé du caractère familier des événements que je voyais projetés là-bas, sur l'écran de télévision, en décembre 1997. Ils ressemblaient terriblement aux gros titres d'aujourd'hui. Les problèmes économiques que nous voyons apparaître en cette fin des années 80 continuaient à avoir des conséquences importantes sur notre existence en 1996-97, associés à la hausse des prix des denrées alimentaires, laquelle apparemment va s'aggraver. Le climat s'était aussi détérioré depuis 1983, car les variations extrêmes se faisaient de plus en plus courantes. Le Moyen-Orient demeurait un foyer de tensions et de terrorisme potentiel.

Malgré tout, pour nous autres Américains en tous cas, la plupart des activités ordinaires de la vie suivaient leur cours habituel. Tout était de plus en plus cher et quelques articles se faisaient rares. Le crédit individuel était limité et le taux du chômage élevé. Mais les avions continuaient à voler, les voitures encombraient toujours les autoroutes aux heures d'affluence, et les réseaux de téléphone et de télévision nous maintenaient en contact avec le reste du monde.

Si j'insiste sur l'impression de normalité ressentie en cette fin de 1997, c'est peut-être parce que tout cela changea rapidement lorsque Helen me fit avancer encore, cette fois au-delà de mon anniversaire de 1998, jusqu'à la fin de cette même année fatidique. C'était tellement différent de 1997 ! On avait maintenant l'impression que le monde s'était effondré et que tout ce qui avait paru important jusque là ne comptait plus. Je me sentais en quelque sorte déprimé, car tant de choses semblaient perdues. Pourtant, je me rendais compte que nous avions su que ces changements allaient se produire. C'est pourquoi quand ils s'abattirent nous nous sentîmes presque soulagés. Un peu comme lorsqu'on sait qu'un ouragan meurtrier est sur le point de frapper notre maison et qu'après son passage on est soulagé de simplement se retrouver vivant.

Cette fois, en décembre 1998, il n'y avait pas d'émission rétrospective télévisée car nous n'avions plus de poste de télévision. Des émissions radio émanant de Phoenix et de Santa Fé étaient toujours transmises, cependant, et elles nous maintenaient en contact avec le reste du pays, ou plutôt avec ce qu'il en restait. Je sus immédiatement que de grands pans de ce qui avait été la côte ouest avaient rapidement sombré dans le Pacifique lorsque plusieurs tremblements de terre et des éruptions volcaniques avaient décimé les terres situées à la périphérie de la "Ceinture de Feu" qui entoure la plaque du Pacifique. Il serait peut-être plus exact de dire que l'océan s'était précipité à l'intérieur des vallées de la Californie, car la terre s'était littéralement effondrée à des points de jonction clés de la côte, secoués par l'activité sismique. L'eau avait pénétré si loin en certaines régions qu'elle avait envahi une partie du Nevada et de l'Arizona.

Apparemment, quelque chose de spectaculaire s'était produit en 1998, qui avait complété l'œuvre d'ébranlement déjà commencée dans les années 80 avec l'élévation du niveau des océans et des effondrements terrestres mineurs. Il était arrivé quelque chose de semblable à ce qu'avait prédit Edgar Cayce et beaucoup d'autres médiums. Au début, je ne savais pas la date exacte où le désastre s'était produit en 1998, mais je savais que c'était avant mon anniversaire en juillet et qu'il y avait eu plusieurs secousses. Même à présent, en décembre, le sol tremblait encore fréquemment. Une réplique du séisme avait causé l'écroulement de notre maison, déjà en partie endommagée, nous obligeant à nous installer un peu plus loin. Lorsque j' "atterris" en ce mois de décembre, nous vivions dans plusieurs tentes de plastique jaune vif, dressées à côté de falaises comme des pyramides. Elles semblaient avoir été conçues de telle sorte que nous pussions aussi creuser dans la falaise et nous construire des grottes. Une fois de plus, Patsy avait eu une mystérieuse prémonition de la probabilité d'un tel désastre. Bien que personne à mon avis, pas même elle, n'eût imaginé que la maison toute entière allait s'affaisser, elle s'était ainsi assurée que nous étions prêts.

A la suite de ces catastrophes matérielles, le gouvernement local avait été transmis à la Garde Nationale. Le Président et le Congrès avaient encore la charge des mesures d'ensemble destinées à apporter des secours mais, dans notre région du moins, la Garde Nationale sous l'autorité du gouverneur veillait à l'application effective de la loi. Notre groupe avait fait en sorte que deux ou trois d'entre nous fussent députés par le bureau du shérif du comté afin de conserver notre indépendance et obtenir des informations précises. Je ne suis pas certain d'avoir été l'un de ces députés; il me semble que oui. Ce que je savais, c'est que j'avais aidé Patsy à stabiliser notre groupe psychologiquement et à nous faire sortir du ranch en ruines pour nous installer plus haut sur un sol plus stable.

Malgré tout, en ce mois de décembre désolé, la terre tremblait presque constamment et le climat était beaucoup plus froid et plus humide qu'auparavant. Un vent moite et glacé soufflait presque sans arrêt. Le ciel restait obscurci, même en plein jour, par la terre et les cendres projetées lors des séismes et des éruptions volcaniques qui avaient précédé l'effondrement de la côte ouest. Bien que je ne pusse le voir depuis le lieu où nous vivions, j'avais nettement l'impression que l'Océan Pacifique ne se trouvait maintenant qu'à deux cents milles à l'ouest. A l'est, la mer était plus loin, mais les Etats-Unis avaient presque été coupés en deux. La plupart des liaisons de transport et de communication est-ouest avaient été rompues.

"Vous allez maintenant vous rendre à un moment de cette semaine de décembre 1998 où vous écoutez les informations à la radio. Le présentateur donne des nouvelles d'autres parties des Etats-Unis et du reste du monde..."

La voix de Helen pénétra dans mon champ de conscience quelque peu engourdi par le froid. Suivant ses directives, je me laissai me concentrer sur la radio. Je savais qu'elle restait notre lien principal avec le monde extérieur. Toutefois, comme notre génératrice s'était écroulée au cours des récentes perturbations, nous utilisions pour le moment nos batteries. En conséquence, nous limitions notre consommation d'électricité, car il n'était guère vraisemblable que nous puissions les renouveler dans un avenir proche.

Néanmoins, tandis que j'écoutais, j'entendis de nouveaux récits de perturbations associés à des actes de courage et d'héroïsme individuels. Apparemment, toute la zone du Pacifique avait été dévastée par des tempêtes et par divers bouleversements planétaires : tremblements de terre, éruptions volcaniques, effondrements. De l'autre côté du continent, il s'était aussi produit des inondations et des secousses sismiques, mais en général le sol s'était élevé au lieu de s'effondrer dans la mer.

Malheureusement, l'avidité humaine et la politique internationale s'étaient conjuguées pour aggraver le scénario, d'après ce qui apparaissait depuis la perspective de 1983. Au lieu de prendre des mesures humanitaires immédiates de secours, les Soviétiques avaient profité de notre impuissance temporaire pour s'emparer de Berlin-Ouest et de la majeure partie de l'Allemagne de l'Ouest. La Yougoslavie était minée par une haineuse guerre civile dans laquelle des troupes hongroises et tchécoslovaques conduites par les Soviets étaient intervenues. Washington avait protesté en vain et avait une nouvelle fois resserré ses alliances avec la Grande-Bretagne, la France et l'Italie, mais ne pouvait pas faire grand chose de plus.

A ce point, Helen me questionna sur l'Extrême-Orient et en particulier le Japon. Je me souviens avoir éprouvé une sensation de glace au creux de l'estomac tandis que je répondais simplement :

"Le Japon, en tant que pays, n'existe plus. Il a en grande partie sombré dans la mer."

Il en fut de même quand elle me questionna sur les pertes humaines causées par tous ces cataclysmes.

"Combien de gens sont morts à la suite de ces guerres et de ces catastrophes naturelles ?" demanda-t-elle.

"Des millions", fut ma réponse immédiate et laconique.

Bien que mon ton fût si calme, ce simple mot, un chiffre seulement mais lourd de quelles implications, donna un choc à mon esprit conscient qui, comme toujours, contrôlait l'expérience. Je pensai : "Je dois me tromper !" Mais le triste sentiment qu'il ne s'agit là que d'un chiffre minimal persista en moi longtemps après cette séance fatidique d'octobre 1983, et il me faut m'en tenir à cette réponse, si difficile qu'elle soit à accepter rationnellement.

Je me souviens aussi que lorsque Helen continuait à me demander des nouvelles d'autres parties du monde telles que l'Europe et l'Asie, qui signifiaient beaucoup pour moi dans les années 80, mon "moi futur" persistait à penser : "Mais c'est sans importance !"

Ces lieux auraient aussi bien pu se trouver sur la lune pour ce que nous en avions à faire en ce mois de décembre 1998, où chaque journée représentait une lutte rien que pour rester en vie. Il semblait que toute l'énergie dont nous disposions fût utilisée pour continuer à nous organiser et à travailler ensemble afin d'assurer notre avenir immédiat en tant que communauté. De plus, je savais que notre mission ne se limitait pas à garantir notre survie personnelle. Nous nous occupions beaucoup aussi de contacter des survivants, qu'il s'agît d'individus isolés ou de groupes, et de les amener chez nous pour associer leurs talents aux nôtres. A toutes fins utiles, notre "monde" consistait en notre communauté et en ses efforts pour atteindre des survivants qui seraient en accord avec nous. Cela incluait évidemment le travail de l'école. Patsy était convaincue que ceux qui étaient susceptibles de bénéficier de notre aide et de notre formation seraient attirés vers nous. En outre, nous continuions à perfectionner le réseau rudimentaire de communication télépathique et de guérison amorcé plus tôt. Ce réseau s'étendrait avec le temps, mais à la fin de 1998 il était encore en formation et composé en majorité de gens et de groupes que nous avions déjà contactés avant "le jour où la terre s'était effondrée".

"Vous pouvez quitter cette scène, maintenant, et je voudrais que vous vous laissiez dériver plus avant dans le temps... A présent vous voici en train d'avancer dans le temps, et l'année 1999 est déjà derrière vous... Vous glissez en avant, et voici l'an 2000... Continuez toujours, et nous approchons de la fin de cet an 2000. Vous y êtes *maintenant*... Où vous trouvez-vous ? Entendez-vous parler ? Qui sont ces gens près de vous, et que disent-ils ?"

Adroitement, de son ton familier, Helen me fit progresser dans le temps. Alors même qu'elle était en train de parler, il me sembla sentir que le ciel s'éclaircissait. En cette fin de l'an 2000, il paraissait moins obscurci par la cendre et la poussière bien que je fusse toujours en train de vivre dans le désert de l'Arizona. Notre groupe s'était agrandi aussi. Quand je “réapparus”, plusieurs d’entre nous étaient sortis à cheval, toujours à la recherche de nouveaux venus, ceux qui avaient été appelés à nous par nos messages télépathiques d’amour et de partage.

Il semblait que ce fût notre mission essentielle, à ce moment-là, que d’offrir chaleur et protection aux réfugiés s’ils pouvaient se “brancher” sur notre longueur d’onde psychique. Je savais que de cette façon nous avions déjà ajouté plusieurs dizaines de gens à notre groupe. L’un d’entre eux était un ingénieur qui avait réparé le groupe électrogène, si bien qu’au moins nous avions à nouveau un peu d’électricité pour nous éclairer et nous chauffer. Un autre nouveau venu avait révélé des talents de radio-amateur. Nous acquîmes donc, en plus, la possibilité de communiquer dans les deux sens avec d’autres groupes qui partageaient nos idées, dans les Rocheuses du Colorado et au nord, dans ce qui avait été l’ouest du Canada. Il va sans dire que notre réseau de communication télépathique s’était aussi perfectionné. Nous possédions maintenant assez d’opérateurs entraînés pour assurer la réception vingt-quatre heures sur vingt-quatre.

Profitant d’un court instant de repos, je m’approchai de Patsy. “Dites moi”, m’entendis-je lui demander, “quelle nouvelle a donc rapporté le groupe situé près du Mont Cheyenne, hier soir ? J’ai entendu une rumeur ce matin, au petit déjeuner, selon laquelle il y aurait eu une sorte de coup militaire.”

— Eh bien, je crois que personne ne sait au juste, mais il semblerait que les “huiles” ont décidé de faire quelque chose de peur de perdre le pouvoir quand la situation va s’arranger. Vous savez que la base militaire du Mont Cheyenne, dans le Colorado, a maintenant le pouvoir d’appliquer la loi martiale partout jusqu’à l’ouest de la mer centrale. Nos amis du centre situé près de Pikes Peak disent qu’ils arrivent à intercepter des messages radio militaires. Ils affirment qu’une sorte de complot a été découvert, et que certains chefs civils ont réclamé la fin de la loi martiale, tout au moins dans l’est. Donc, les gars en uniforme en ont tout simplement éliminé deux, et cela a très vite fait taire les autres, pour le moment du moins. Evidemment, on n’entend pas un mot de tout ça aux informations officielles.

— Ouais, c’est toujours la même histoire, on dirait. Il y a des gens qui n’apprendront jamais rien je suppose, répliquai-je. Est-ce qu’on sait quelque chose sur la situation dans le nord ?

— Oui, on a de bonnes nouvelles. Nous avons établi un contact de troisième niveau avec des gens passablement évolués. On dirait qu'ils ont encore de grandes villes, ou du moins d'assez grands centres de population, là-haut. Cette région a été beaucoup moins durement touchée que la nôtre. J'espère que nous pourrons échanger quelques uns de nos réfugiés novices contre deux de leurs enseignants si nous réussissons à mettre au point un itinéraire à travers les montagnes.

Pendant que Patsy parlait, je savais qu'elle faisait allusion à l'ouest du Canada et aux parties intérieures des Etats côtiers du nord-ouest, le long du Pacifique. Selon toute apparence, la zone comprise entre l'Alberta et le Saskatchewan et entre l'Etat de Washington et les Dakotas était restée intacte. Elle était toujours reliée à la partie du continent où nous nous trouvions par les Montagnes Rocheuses et par ces portions des Grandes Plaines qui n'avaient pas été inondées lorsque le Golfe du Mexique avait déferlé vers le nord, tandis que la terre surgissait sous certaines zones de la Mer des Caraïbes et que des tremblements de terre faisaient s'effondrer la vallée du Mississippi. Etablir des contacts avec des gens qui partageaient nos idées et dont la civilisation demeurait relativement indemne serait d'un avantage énorme pour notre travail.

Avant que j'eusse pu obtenir plus d'informations, cependant, les petits "quémandeurs" s'interposèrent, et je restai seul, à cheval, dans le vent humide et froid. A ce moment, mes mains et mes pieds étaient positivement engourdis ! Je ne saurais dire si c'était l'effet de la suggestion mentale prolongée du temps propre à vous glacer les os de la fin des années 90, ou simplement la conséquence physiologique d'être resté étendu en état de transe pendant si longtemps sur le lit du studio de Helen. Tout ce que je savais, c'est que je me sentais bougrement gelé et mal à mon aise.

Pendant que je débattais en moi-même pour décider si je devais ou non interrompre tout bonnement ma concentration et me ramener moi-même en 1983, je me rendis compte que bien que Helen fût toujours dehors, je n'étais plus seul dans son bureau. Je sentais distinctement la présence, près du lit, d'une autre entité. En levant le regard, bien que mes yeux physiques fussent toujours fermés, je perçus un homme d'un certain âge, qui ressemblait un peu à la statue de Moïse par Michel-Ange : grand, avec une longue barbe blanche et vêtu d'une robe blanche flottante.

Je sus instinctivement qu'il n'était pas là dans son corps physique, mais plutôt comme une présence réconfortante.

Sans prononcer de paroles, il m'offrit le choix de me libérer de ma situation inconfortable et de réintégrer le moment présent, ou de continuer "l'expérience", ainsi qu'il semblait considérer cette aventure. Il m'indiquait que c'était à moi de choisir. Il n'était pas venu pour intervenir, mais pour offrir son aide s'il en était besoin. Sa présence et son message me calmèrent et me rassurèrent d'une certaine manière. Je décidai d'aller jusqu'au bout de la séance de progression, comme prévu. L' "expérience" continuerait.

En fait, Helen avait peut-être aussi reçu un message subconscient l'avertissant que la situation avait assez duré. Car lorsqu'elle revint, quelques instants plus tard, elle entama dans ses suggestions le processus de plongée intérieure, annonciateur je le savais de la fin de cette séance prolongée. Habilement, elle me dirigea à travers ce processus, rassurant mon esprit conscient en l'informant que ce que j'avais éprouvé ne me perturberait par indûment, que c'était en fait comme si j'avais fait un rêve très net. Quand je m'éveillerais, je me sentirais reposé et détendu. Toutefois, je me rappellerais en détail les événements que j'avais vécus, et je serais capable d'en discuter ensuite. Comme j'étais alors bien rodé à cette démarche, je me sentis réellement mieux au moment où elle arriva à son injonction finale :

"Un... Ouvrez les yeux, vous êtes réveillé !"

Bien que je fusse complètement revenu au mois d'octobre 1983, les images de ce désert morne, froid et venteux de la fin des années 90 continuèrent à m'habiter. Je me sentais glacé jusqu'au coeur.

* * *

Une fois de plus, la pression des événements extérieurs retarda de plusieurs mois la poursuite de nos séances de progression dans le futur. Un certain nombre de facteurs contribuèrent à cette interruption. J'avais d'autres engagements. L'état physique de Helen se détériora. La saison des vacances arriva. De plus, à l'arrière-plan de mon esprit conscient, je savais que je répugnais à l'idée de revenir vers un environnement futur aussi désolé. Je déteste le temps froid et venteux. L'une des principales raisons qui m'avaient fait venir de New York en Californie quelques années auparavant, c'était mon désir d'échapper au blizzard et aux congères. L'idée de m'en aller en Arizona pour trouver la région transformée en un désert glacé n'avait rien d'alléchant !

Néanmoins, il serait faux de dire que la période de temps intermédiaire fut sans événements. Pendant les derniers moments de la progression du 31 octobre 1983, j'avais reçu la conviction forte que, d'une certaine manière, ma voix — ses inflexions ou son timbre — aurait un jour une importance. C'était là l'un des messages non verbaux transmis par la présence ou le guide qui était si mystérieusement apparu pendant que Helen attendait ses visiteurs de Halloween.

Mes séances antérieures avec Helen Wambach avaient déjà suscité en moi un intérêt nouveau et sérieux pour la recherche dans les vies antérieures et ses applications thérapeutiques. Je me mis maintenant à envisager la manière dont je pourrais utiliser mes propres capacités pour aider les autres à bénéficier de cet outil thérapeutique sans précédent. Je me rendais compte, bien sûr, que les tonalités de la voix sont très importantes en hypnothérapie. La voix de Helen Wambach, d'une qualité unique, à la fois profonde, un peu rocailleuse et pourtant maternelle, contribuait sans aucun doute à sa capacité de détendre ses patients. Peut-être, si mon guide avait raison, pourrais-je moi aussi apprendre à aider les autres par l'hypnothérapie. De plus, développer mes connaissances sur la manière dont fonctionne l'hypnose me paraissait constituer un pas important dans le développement de mes propres facultés intuitives, chose qui m'intéressait de plus en plus à mesure que ces séances se poursuivaient.

Helen m'encouragea dans ma nouvelle ambition et me donna le conseil judicieux de me doter d'une formation de premier ordre. C'est ainsi qu'au début de décembre, je me trouvai inscrit à un programme d'hypnothérapie professionnelle au Centre d'Etudes de l'Hypnose, à Oakland (Californie), qui était alors dirigé par sa fondatrice, le Dr Freda Morris, psychologue agréée. Les cours avaient lieu le soir et pendant le week-end, afin de ne pas gêner les étudiants qui, comme moi-même, travaillaient dans la journée. Pour la première fois depuis que j'avais commencé à voir le Dr Wambach, je me mis à envisager sérieusement la possibilité de quitter un jour ou l'autre mon emploi de fonctionnaire de l'état, et de consacrer tout mon temps à travailler avec elle.

Le programme de formation complète à l'hypnothérapie s'étendait sur plusieurs mois. Ceci, ajouté à mon travail ordinaire et à un handicap physique résultant d'un accident de travail ancien, nous fit repousser la reprise de nouvelles séances de progression jusque très avant dans l'année 1984. Helen et moi continuâmes notre travail commun sur les vies antérieures tandis que nous traversions cette période de transition qui devait finalement nous unir en tant qu'associés professionnels.

En conséquence, ce ne fut qu'en avril 1984 que nous convînmes à nouveau que le moment était venu d'effectuer un voyage dans les dernières années de ce siècle pour avoir un troisième aperçu de l'état du monde après "le jour où la terre s'était effondrée". Comme d'habitude, la séance de progression eut lieu dans la chambre d'amis qui lui servait de cabinet d'hypnothérapie à Pinole, en Californie.

"Vos yeux sont fermés et cela vous fait du bien de fermer les yeux... Un état de détente profonde passe maintenant de vos muscles faciaux à ceux de votre mâchoire... et pendant que les muscles de votre mâchoire se détendent, votre langue tombe doucement vers le fond de votre bouche..."

Je poussai un soupir et m'enfonçai plus profondément dans les oreillers du divan de Helen, tandis que les intonations hypnotiques de sa voix me conduisaient doucement vers l'intérieur. C'était maintenant un voyage familier, même si je savais que mon mental conscient conservait encore un peu d'appréhension à l'idée d'affronter une nouvelle fois cet affreux vent froid du désert.

"... Cette fois-ci, pendant que vous flottez en avançant dans le temps, vous allez vous laisser éprouver ce que vous voyez, entendez ou sentez, comme s'il s'agissait d'un rêve... Vous n'allez pas vous sentir inquiet ni exagérément préoccupé par ce qui se passe autour de vous. En fait, vous allez être quelque peu détaché de ces scènes. Mais vous vous remémorerez tout cela clairement et nettement, exactement comme s'il s'agissait d'un rêve très réel..."

Percevant mon hésitation à retrouver la fin des années 90, Helen avait accepté de suggérer que cette fois l'expérience serait perçue comme un rêve. De cette façon, avions-nous raisonné, les images auraient une coloration moins personnelle. Comme je n'étais plus du tout un sujet inexpérimenté en hypnose, nous voulions aussi tester cette approche pour voir si mes souvenirs seraient aussi précis et exacts. S'ils l'étaient, nous pourrions peut-être utiliser cette méthode pour projeter deux autres volontaires dans les mêmes périodes de temps afin de voir ce qu'ils relateraient.

Pendant que je me détendais et dérivais au son de la voix de Helen, des pensées et des images se formèrent graduellement dans mon esprit. Cette fois, je me retrouvai en train de regarder la télévision dans la maison du ranch, apparemment avant son écroulement. Le ciel que je voyais par la fenêtre était d'un bleu vif et clair, assez comme il peut l'être en Californie après qu'une tempête hivernale l'ait nettoyé de la brume et de la pollution, si bien que l'on peut voir à des milles de distance. On paraissait être au début du printemps.

— Très bien, dit la voix de Helen, en interrompant le déroulement de mon jour de printemps. Maintenant, vous vous laissez avancer jusqu'au milieu du mois de mars 1998... Que se passe-t-il, maintenant que nous sommes en mars 1998 ?

— Il y a eu quelques éruptions volcaniques récentes et des tempêtes terribles, ainsi que des affaissements de terrain qui ont provoqué de graves inondations le long de la côte ouest. Cela a secoué l'atmosphère et causé pas mal de dégâts dans toute la région de l'océan Pacifique.

— Quels volcans sont entrés en éruption ? Où est-ce que cela a commencé ?

— Le Fuji.

— Où ? Redites-moi le nom de ce volcan ? Votre voix parle clairement et distinctement tandis que vous laissez la scène toute entière pénétrer dans votre conscience, tout à fait comme dans un rêve... alors ?

— C'était le Fujiyama, je crois. Un volcan du Japon, en tous cas. Il est entré en éruption et a déclenché une série de violents tremblements de terre, et d'autres éruptions autour du Pacifique jusqu'à travers l'Alaska. Dans les journaux, on appelle ça : "L'allumage de la Ceinture de Feu".

— Quand cela s'est-il produit ?

— Vers le début du mois de mars, me semble-t-il. Je n'ai pas la date exacte, car il y a eu quelques autres petits tremblements de terre dans cette zone avant que le Fuji ne démarre.

— Et la Californie ? Est-ce qu'il s'est passé quelque chose par là ?

— Oui, il y a eu de violentes tempêtes et de fortes marées... peut-être même ce qu'on pourrait appeler de petits raz-de-marée... et je crois qu'il y a eu d'autres secousses sismiques. Il y a eu de grosses inondations. Une partie de la côte s'est tout simplement enfoncée, laissant une masse d'eau de mer s'engouffrer jusque dans les vallées et les plaines centrales. La situation est pire dans le sud de la Californie où un grand nombre de zones construites ont été englouties.

Après un moment de silence, j'entendis ma voix continuer : "Mais je pense qu'il a dû y avoir quelque avertissement ou que tout ne s'est pas produit d'un seul coup, car je sais qu'il y a eu des évacuations massives vers des régions plus élevées et vers les montagnes. Maintenant, en cette fin du mois de mars, la télévision et la radio disent à tout le monde que le pire est passé. Les eaux se retirent lentement, et nous n'aurons plus qu'à nous adapter à la nouvelle situation. Le gouvernement fédéral est déjà en train d'organiser des centres de relogement temporaire dans l'intérieur des terres, et tout le monde parle de reconstruction. Beaucoup de terres cultivables sont définitivement perdues toutefois, sans parler de toute cette partie de la côte sud de la Californie. Et Patsy nous dit toujours, en dépit de ce qu'on raconte, que tout n'est pas encore fini.

"Très bien. Maintenant, vous pouvez encore avancer dans le temps... Vous allez avancer de plusieurs mois, jusqu'au premier jour de juin 1998. Nous voici le premier juin 1998... Où vous trouvez-vous ? Que se passe-t-il ?"

La voix de Helen me fit avancer. Au début, tout parut totalement noir autour de moi. Puis, je me rendis compte qu'à présent le ciel était complètement obscur. De la suie et des particules de boue remplissaient l'air, rendant ma respiration difficile pendant un moment. Lorsque cette sensation passa, je me rendis compte que les conditions étaient alors fondamentalement les mêmes que celles dont j'avais fait l'expérience le jour de mon anniversaire en juillet 98, au cours de cette progression dans le futur qui avait eu lieu en juillet 1983.

"On a frappé le grand coup", répondis-je. Puis je me mis à relater comment "cela" s'était produit, un mois plus tôt, en mai. Les dates précises paraissaient sans importance. Je me revis à l'extérieur de la maison, en train de m'occuper des chevaux et des jardins que nous cultivions pour nos besoins en légumes frais. J'aimais ce travail avec les animaux et les plantes, en plus de l'enseignement et de la recherche que j'assumais. Il y eut un grondement soudain dans les profondeurs de la Terre, et une brusque "coup de roulis" qui me jeta à terre pendant un moment. Une partie de la maison s'écroula, et les gens sortirent en foule en poussant des cris et des hurlements. Nous avions fait des exercices d'entraînement en cas de catastrophe, c'est pourquoi je savais qu'il fallait courir à la grande citerne de propane et tourner la vanne pour couper le gaz. Ce n'est qu'après l'avoir fait que je me rendis compte que je tremblais de partout et que j'avais très peur !

Comme Helen me demandait davantage de détails sur ce qui avait suivi cette catastrophe, je lui décrivis la confusion générale qui, un peu partout, en avait immédiatement résulté. L'impact global de ce désastre — un tremblement de terre extrêmement important qui s'était produit dans le sud de la Californie, semblait-il — eut un effet beaucoup plus destructeur que les secousses et les inondations précédentes du Pacifique. Celui-là, c'était le "bouquet". Il accéléra l'effondrement de vastes zones situées le long de la côte ouest, si bien que le littoral se rapprocha jusqu'à une distance de deux cents milles de Phœnix, en Arizona, et que seules les régions montagneuses, jusqu'à l'Oregon, restèrent émergées.

Les destructions matérielles, toutefois, ne constituaient qu'un aspect du tableau. Rassurés par de nombreux "experts", tous les esprits avaient été conditionnés à croire que "le pire était passé", et que les calamités du mois de mars avaient marqué le point culminant des désastres californiens prédits depuis si longtemps. C'était comme si toutes les catastrophes que l'on avait annoncées étaient enfin arrivées et que nous pouvions dès lors soupirer de soulagement à l'idée d'avoir réussi à survivre. On pouvait se mettre à ramasser les morceaux et reprendre la vie habituelle.

Mais cette fois-ci, en ce mois de mai, toutes ces certitudes avaient été balayées. Personne ne pouvait plus avoir confiance en l'avenir. La panique, puis le pillage et la délinquance s'ensuivirent sur une vaste échelle. L'état et les gouvernements locaux étaient incapables de faire face à l'étendue des désastres et à la destruction des communications commerciales et des services de transport. De violentes répliques de séismes désorganisaient les services de secours. Je me souviens avoir pensé que notre communauté resserrée, elle-même, pourrait devoir se déplacer vers une zone plus sûre car la terre continuait à se soulever fréquemment.

Qui plus est, cette fois, les "effets de vague" produits par les mouvements cahotants de la plaque se propagèrent bien au-delà de la Californie. La plus grande partie du désert du sud-ouest subit des dégâts importants, tandis que des éruptions volcaniques et des bouleversements telluriques survenus simultanément sur l'ensemble de la planète aggravaient la situation. Alors que le Golfe du Mexique déferlait vers l'intérieur par-dessus le Texas, la partie de l'Arizona où nous nous trouvions fut plus ou moins isolée par les eaux tant à l'est qu'à l'ouest.

Le temps aussi s'était détérioré, car des tonnes de poussière et de cendres volcaniques avaient été projetées dans l'atmosphère par cette série d'éruptions. Bien que le pire se fût produit au cours des toutes premières semaines de cataclysme, le soleil ne réapparut tout bonnement pas cet été-là à travers les épais nuages noirs. Sur une vaste ceinture de la zone tempérée, quasiment toute la verdure se flétrit et mourut, y compris celle de mon précieux jardin potager. Il nous restait, bien sûr, nos fèves "pinto" et d'autres denrées que nous avions enterrées. Mais en considérant les dégâts subis par la maison, les répliques de séisme qui continuaient et la situation presque anarchique qui régnait en ville, Patsy elle-même pensa qu'il serait plus prudent de se rapprocher des montagnes.

Arrivés à ce point, Helen fut d'avis que nous avions déjà suffisamment exploré cette partie de mon odyssée future. Elle me suggéra donc de me laisser avancer de quelques années.

"Rendez-vous maintenant à une époque où vous faites l'expérience de quelque chose de nouveau ou de différent, quelque chose qui se rapporte à votre contribution dans la communauté", me suggéra-t-elle.

Pendant qu'elle parlait, j'eus la sensation que le ciel s'éclaircissait, perdant sa triste teinte gris-noirâtre de 1998. "Les choses paraissent décidément s'arranger après la fin de ce siècle", pensai-je en moi-même.

"Maintenant, où vous trouvez-vous ? Savez-vous en quel moment de l'année vous êtes ?" La voix de Helen interrompit le fil de mes pensées en me posant de nouvelles questions.

"Il me semble que je voyage. Je suis là-haut dans les montagnes, en route vers le nord. Je pense que c'est l'été, car l'air est seulement vif et frais; il n'y a ni vent ni neige."

J'attendis un moment que mon esprit s'ajuste à cette nouvelle scène tandis qu'elle se déployait plus pleinement dans mon champ de conscience intérieur.

"Nous sommes en août ou en septembre de l'année 2002. Je m'en vais vers le nord, au Canada. J'ai été appelé là-bas pour une sorte d'échange. Il y a quelques années, notre groupe a établi un contact télépathique avec un certain nombre d'autres groupes évolués. Ils nous ont envoyé certains de leurs enseignants en échange de quelques uns de nos réfugiés novices, après le grand bouleversement. Ils viennent de me demander de me joindre à eux, pour un certain temps du moins. Ils veulent que je parle à la radio. Je ne sais pas très clairement de quoi il s'agit, mais je pense que ça a quelque chose à voir avec ma voix. Oui, c'est cela. Je m'en suis servi comme d'un instrument pour aider les gens à s'ouvrir psychiquement. D'une certaine manière, les inflexions de ma voix et ses tonalités qu'ils perçoivent à travers les mots que je prononce les éveillent à une nouvelle conscience de la globalité de leur être. Il semble que j'aie la faculté d'aider les gens à se mettre davantage au diapason de leurs capacités télépathiques ou médiumniques naturelles. Maintenant, ce groupe de l'ouest du Canada souhaite que je parle à la radio et que je projette ma voix pour contribuer à établir le même type de communication avec d'autres groupes animés des mêmes intérêts, qui se trouvent dans d'autres régions. A l'heure qu'il est, c'est là leur principal objectif. Je suis enthousiasmé par cette idée et par la possibilité de contribuer à sa réalisation.

Nous sommes six qui voyageons ensemble, à cheval. Je pense qu'il nous faut le faire secrètement, car nous paraissons nous déplacer surtout à la tombée de la nuit. J'ai l'impression que le gouvernement américain n'apprécie pas précisément la liberté de mouvement à l'extérieur des localités, sauf s'il s'agit d'affaires officielles. Je ne sais pas ce qu'ils pensent des communautés canadiennes. Je suppose qu'ils souhaitent voir les gens concentrer leur activité à reconstruire sur les lieux où ils se trouvent. C'est sans grande importance en ce qui nous concerne; nous n'avons guère affaire à eux là où nous sommes, en Arizona"

"Très bien, intervint Helen, en me demandant d'avancer à nouveau. Vous voici arrivé au lieu de votre destination. C'est votre première semaine là-bas. Vous êtes en train de regarder la région qui vous entoure. Pouvez-vous décrire ce que vous voyez ?"

"Oui, je suis quelque part, dans ce qu'on appelait l'Alberta, au nord d'Edmonton, me semble-t-il, dans une nouvelle implantation. Il fait étonnamment chaud ici. On m'a dit que le climat avait considérablement changé, rendant cette région beaucoup plus tempérée qu'elle ne l'était. Peut-être est-ce dû à une nouvelle répartition des océans ou des vents... quelque chose de ce genre influence le temps. Il y a plusieurs milliers de gens qui vivent dans cette vallée. Ce n'est pas exactement ce que j'appellerais une ville, bien que la population y soit vraiment très nombreuse. D'abord, il n'y a qu'un petit nombre de constructions permanentes, et ces dernières sont en forme de dôme géodésique. La plupart des gens habitent des constructions légères, d'un seul étage, qui peuvent s'affaisser en douceur. Elles sont constituées d'un matériau plastique ou synthétique tendu autour de poteaux d'aluminium ou de bois. Je dirais qu'elles font un peu penser à des yourtes mongoles. Les dômes sont recouverts d'une texture métallique de papier d'aluminium. On les utilise surtout pour entreposer des provisions, m'a-t-on dit. En fait, je ne suis pas encore entré dedans.

Ils ont gardé un assez haut niveau technologique, ici, car la plupart des dégâts se sont produits plus au sud. J'imagine que les gens se rendent dans les grandes villes comme Calgary et Edmonton pour y travailler à la fabrication de matériaux de construction et d'autres articles que la société moderne considère comme indispensables. Au cours de notre voyage vers le nord, nous évitions les grandes villes. je ne sais donc pas si elles n'étaient pas également en partie détruites ou si leur administration n'était pas hostile. On m'a dit qu'ici aussi, au cours de 1998, il y avait eu pendant un moment d'assez sérieux bouleversements telluriques. Rien de comparable, bien sûr, avec ce ce que nous avons connu dans le sud-ouest, mais suffisant pour que la plupart des gens préfèrent habiter dans ces structures pliantes qui ressemblent à des yourtes, et qui peuvent s'abattre sans causer de grands dommages.

On prépare ici une série d'émissions radio qui seront diffusées dans quelques mois. J'ai vu une partie de leur matériel de communication, qui est impressionnant, bien que je ne puisse prétendre le comprendre car je n'ai pas de connaissances techniques. Quelqu'un a investi pas mal de temps et de talent pour adapter les dispositifs existants aux conditions nouvelles. Mes hôtes m'ont dit qu'ils avaient connaissance de mon travail et des qualités de ma voix grâce aux contacts que nous avions établis depuis le ranch de l'Arizona. Je crois comprendre qu'ils veulent que je les aide à donner des instructions spirituelles et psychiques à d'autres groupes qui sont plus isolés mais qui peuvent recevoir des messages par radio. Ceci est en relation avec leur projet d'établir parmi nous une unité de groupe qui sera transmise à la génération suivante. A peu près ce que nous faisions en Arizona dans l'école que nous avions fondée juste avant "le jour où la terre s'était effondrée". Ils me disent que j'ai la capacité requise pour ce genre de travail, mais que pour le moment il me faut recevoir ici une préparation supplémentaire. Tout se fera en temps voulu, je suppose."

"Bon", interrompit la voix de Helen. Je savais intuitivement qu'elle sentait que cette séance ne devait pas se prolonger aussi longtemps que celle du mois d'octobre précédent.

"Je veux que vous avanciez à présent jusqu'au jour où vous allez mourir dans cette existence... Vous n'éprouverez aucune souffrance physique ni aucune peur. Votre mental conscient ne sera pas perturbé par ce que vous apprendrez... Il n'est pas important qu'il sache quand ni où cet événement se produira. Mais ce que je veux, c'est que vous vous concentriez sur la cause de votre mort physique... A nouveau, laissez les images venir comme celles d'un rêve, un rêve très net, un rêve qui ne comporte ni douleur, ni crainte...

Maintenant, c'est le matin du jour où va survenir votre mort physique... Que sentez-vous ? Que se passe-t-il ?"

Soudain, je me sentis à nouveau submergé par une sensation de froid intense. C'était comme si j'étais revenu en ce jour glacé et humide dont j'avais fait l'expérience au cours de notre première séance de progression dans le futur, seulement je savais que je n'étais pas de retour en Arizona ni en l'année 1998. Une impression de léthargie et d'épuisement rhumatismal m'envahit, mais je n'éprouvai ni douleur ni peur. Je m'efforçai d'exprimer par des mots ce que j'éprouvais :

"Je suis couché dans un lit, me semble-t-il. Mes articulations me font mal et j'ai terriblement froid, si froid ! Comme je déteste cette atmosphère glacée et humide !"

Il était clair que je me trouvais au dernier stade d'une maladie, probablement d'une maladie respiratoire car mes poumons me faisaient souffrir.

Helen intervint aussitôt pour me transporter au-delà du moment où je quittai mon corps physique.

"Maintenant vous êtes mort, et vous avez quitté ce corps physique, ce personnage que vous avez connu sous le nom de Chet Snow. Et vous êtes en train de flotter juste au-dessus de la scène... Maintenant, quelles sont vos pensées ? Qu'éprouvez-vous ?"

"C'est merveilleux ! chuchotai-je, saisi d'un ravissement presque mêlé de crainte. Oh, Seigneur, quel soulagement d'être sorti de cette époque lugubre !"

Telle fut ma première réaction en quittant cette existence à ce moment du futur, quelque part dans les premières décennies du vingt-et-unième siècle. Les mots seuls ne peuvent véritablement rendre justice à mon sentiment de joie et de délivrance. Oh, comme j'étais heureux d'être en-dehors de ce corps et loin de cette situation ! Je remarquai que plusieurs personnes entouraient mon lit, en-dessous de moi, et pourtant je n'hésitai guère à prendre mon essor, m'élever et quitter ce monde matériel ténébreux pour pénétrer dans la plus merveilleuse lumière blanc doré que j'eusse jamais vue.

Quelle différence avec certaines des autres morts corporelles dont j'avais fait l'expérience au cours de récentes régressions dans le passé. Cette fois, je me sentais seulement incommensurablement heureux d'être libéré des liens physiques de la Terre. Tout ce qui existe ici-bas me semblait si éloigné à cet instant ! J'aurais voulu qu'il dure éternellement. Environné d'une lumière dorée d'un amour si pur que je ne peux littéralement pas l'exprimer – les mots n'existent pas – je me sentis transporté au-delà de toutes les luttes et de toutes les souffrances dont je restituai à l'univers jusqu'au moindre lambeau tandis que je m'envolais "chez moi".

Si ceux qui ont connu ce que l'on appelle les "expériences proches de la mort" passent par un processus aussi libérateur et rempli d'amour que celui-ci, rien d'étonnant à ce qu'un si grand nombre d'entre eux se sentent mystifiés lorsqu'on les renvoie dans leur corps physique. Si j'en avais eu la liberté à ce moment-là, moi non plus je ne serais jamais revenu dans l' "ici et maintenant" !

Helen, cependant, était comme d'habitude plus intéressée par les questions qui se rapportaient à sa recherche que par mes tentatives pour décrire mon envol vers le nirvâna. La question qu'elle me posa ensuite interrompit ma rêverie bienheureuse en ramenant mon attention vers des préoccupations immédiates :

"Maintenant que vous êtes mort et que vous avez quitté ce corps, je veux que vous reconsidériez le but de cette expérience de survie en tant que Chet Snow... Pourquoi était-il important que Chet Snow fasse l'expérience de changements aussi radicaux et fasse cet usage de sa voix ? Et pour quelle raison les autres survivants demeurèrent-ils dans leur corps physique ? Quel but supérieur servait cette expérience ?"

Comme mue par une arrière-pensée, elle ajouta alors : "Vous pouvez le demander à ces entités qui vous entourent en ce moment pour vous aider à répondre à ces questions. Ils sont là pour vous assister. Allez-y maintenant, demandez-leur leur avis."

Tandis que mes oreilles entendaient ces paroles, je me rendis compte qu'il y avait en effet plusieurs êtres non-physiques à mes côtés dans cette lumière. Je suppose qu'ils avaient été là tout le temps, et qu'ils avaient patiemment attendu que je remarque leur présence. J'eus l'impression qu'ils avaient des éternité d'expérience dans l'accueil des nouveaux "revenus", car ils semblaient observer avec un léger amusement ma réaction de stupeur émerveillée devant cette étincelante beauté. Leur attitude était amusée, mais également infiniment aimante et attentionnée. Rassuré, je me tournai vers eux pour répéter les questions de Helen. Mais au moment-même où je regardais vers eux, leurs réponses arrivèrent à flots dans mon esprit.

Ce qu'ils communiquaient était à la fois drôle et dégrisant. L'une des choses que j'ai apprises au cours de ces séances avec le Dr Helen Wambach, c'est que ces entités non-physiques — ou bien l'inconscient collectif, ou n'importe quelle source qu'il m'arrivait de "capter" pour obtenir des informations dans cet état modifié, quoi que ce soit ou qui que ce soit —, possède à coup sûr un sens de l'humour hors du commun ! Et le souci de se conformer à mes conventions ou à celles de la société, en ce qui concerne les attitudes "convenables", n'est certainement pas une priorité.

Car, voyez-vous, la réponse que j'obtins aux questions philosophiques de Helen sur les raisons de ces changements futurs fut qu'après "la Transformation", comme ils l'appellaient, il restait essentiellement deux catégories d'êtres humains : la "boue" et les "éboueurs" ! Qui plus est, cette réponse me fut transmise non seulement par voie télépathique, mais aussi olfactive. Oui, par l'odeur ! Et ça sentait... horriblement mauvais !

Et voilà pour notre haute conception de la vie humaine et pour l'obsession de notre race pour la vie physique. Voilà pour la charmante vision chère au Nouvel Age de l'évolution spirituelle de l'humanité après le "nettoyage" de la planète. Je suppose que le limon restera toujours limon, du moins en ce qui concerne la forme physique. "Tu es poussière et tu retourneras en poussière..." semblait bien être la conception que ces entités avaient de la vie humaine sur cette terre.

Après s'être livrés à leur petite plaisanterie un peu grasse au sujet de la Terre, sur un mode non-verbal, mes amis non-physiques poursuivirent dans une veine plus sérieuse. Ils expliquèrent qu'en fait, la Terre est comparable à un gigantesque programme de jardinage, et que dans un sens physico-matériel il est plus que temps pour elle de passer par une période de mise en jachère ou de compostage. Selon toute apparence, avec notre tendance innée à exploiter les ressources naturelles de la planète et à les faire circuler, nous autres humains fournissons le meilleur compost ! De temps à autre cependant, le jardin "Terre" a besoin d'une période de renouvellement physique. C'est pourquoi les forces naturelles, renforcées et accélérées par des manipulations humaines telles que forages sous-marins et explosions nucléaires souterraines, plongent les zones les plus sur-exploitées au fond des mers pour leur ménager un temps de repos. Certains des fonds océaniques, d'autre part, surgissent pour fournir de nouvelles terres naturellement fertiles.

A de telles époques qui reviennent au terme de longs cycles naturels, ceux qui restent dans leur corps physique se répartissent en deux groupes principaux. Certains demeurent afin de fournir le compost et le labeur nécessaire pour réensemencer le sol et repeupler la Terre. Ils restent là essentiellement parce qu'ils doivent apprendre certaines leçons sur les pertes matérielles, les privations, la survie et la capacité de ne compter que sur soi. L'obligation de se colleter à des changements radicaux dans leur environnement physique représente pour eux l'enseignement le meilleur et le plus efficace. En réalité, me dit-on, ce premier peloton ne pourrait aller nulle part ailleurs à ce stade de son évolution.

Le second groupe qui restera là sera composé des éboueurs ou, si vous souhaitez une terme plus positif, les jardiniers. Ces derniers sont pour la plupart des volontaires qu'intéresse l'étude de semblables périodes de renouvellement du monde ou qui souhaitent accélérer leur évolution personnelle en acceptant un service difficile. Leur tâche consistera à s'assurer que le nettoyage a été fait et que les terres neuves seront utilisées de manière productive par l'humanité nouvelle qui arrivera pour les peupler.

Les jardiniers aideront également à préserver l'essentiel de la connaissance spirituelle et matérielle, moins en vue de l'avenir physique immédiat de la Terre que pour les générations qui suivront. Ces nouveaux Adam et Eve hériteront du jardin regarni car, dans l'avenir, un plus grand nombre d'êtres humains reviendront dans des corps physiques. Ils contribueront aussi à élever la conscience christique globale de toute la Création, et pas seulement de cette Terre ou de cette dimension matérielle. Car avec chaque retour d'un cycle terrestre, un pas de plus s'accomplit dans le sens d'une ré-unification de tout ce qui existe. De toute évidence, il faut un bon sol, bien travaillé, pour obtenir des récoltes de meilleure qualité.

En ce qui concerne mon propre petit rôle dans l'ensemble de ce grand dessein, mes amis non-physiques répétèrent que mes paroles et ma voix pourraient être un atout susceptible d'aider à ce processus de recyclage et de rassurer les gens en les informant que des calamités apparentes ne signifient pas la fin du progrès humain. Selon toute apparence, j'aurais quelque chose à dire au moment opportun, et les mots pour le dire. Ce fut l'assurance qu'ils me donnèrent.

Pour finir, on me dit que je ne devrais pas attendre tellement longtemps avant l'achèvement de cette période dans mon corps physique et que je pourrais continuer le voyage, passant une fois de plus à travers cette merveilleuse lumière régénératrice. D'une certaine manière, cela m'apparut comme l'idée la plus rassurante de toutes !

La dernière pensée qui me vint avant que mes compagnons ne me gratifient d'un ferme "Au revoir, et bonne chance !", et qui ramena promptement mon mental conscient à un état pleinement éveillé avant même que Helen eût le temps de parler, fut la suivante. Elle résume cette expérience beaucoup mieux que je ne pourrais le faire autrement, c'est pourquoi je la transmets ici intégralement. Ils me dirent :

> *Voici qu'arrive à nouveau un temps de préparation et peut-être aussi d'initiation. Car c'est le moment où les outils doivent être affûtés et les bonnes techniques de jardinage révisées. La moisson est pour demain.*

— II —

De la régression dans les vies antérieures à la progression dans le futur

Depuis les temps les plus anciens, l'humanité s'est passionnée pour les tentatives de prédiction du futur. Sages et prophètes, voyants et devins ont, au cours des âges et avec des succès divers, utilisé une grande variété de rituels dans un même effort pour découvrir ce que demain nous réserve. Quelques rares individus sont vénérés comme les grands prophètes des principales religions mondiales. D'autres, comme Michel de Nostredame qui vécut en France au seizième siècle, plus connu sous le pseudonyme de Nostradamus, continuent à confondre croyants et sceptiques réunis par leurs prédictions mystérieuses qui semblent correspondre à des événements historiques décisifs plusieurs siècles après qu'elles aient été énoncées.

Aujourd'hui, alors que l'humanité lutte pour éviter son auto-destruction par un holocauste nucléaire ou un suicide écologique, et tandis que nous nous approchons de la fin du second millénaire de l'ère chrétienne, les spéculations sur le futur de l'humanité sont particulièrement populaires. Tout un chacun, depuis des Chrétiens pentecôtistes comme Hal Lindsey jusqu'aux adeptes de nombreux gourous hindous et aux disciples d'entités désincarnées connues par le *channeling* comme "Ramtha the Ram" ou "Mafu", font connaître leurs propres visions de l'Apocalypse qui se profile devant nous. De plus, bien que ce genre de prédiction sinistre demeure en dehors du courant dominant de la pensée occidentale contemporaine, de nombreux scientifiques et historiens estimés admettent qu'un échange accidentel ou délibéré de bombes thermo-nucléaires entre les super-puissances pourrait bien déclencher un "hiver nucléaire" susceptible d'anéantir toute possibilité de vie intelligente sur cette planète. Même si l'on fait abstraction de ce scénario ultime et violent, les pressions plus subtiles résultant d'une croissance incontrôlée de la population et la pollution permanente, sur une vaste échelle, des ressources naturelles de la Terre, ne peuvent manquer d'engendrer de graves problèmes planétaires dans les décennies à venir.

L'état présent de la situation, quant à lui, inclut des tensions Est-Ouest persistantes, un terrorisme répandu dans le monde entier, le spectre toujours présent de famines massives en Afrique, l'épidémie croissante de SIDA et des écarts de plus en plus extrêmes dans les conditions climatiques avec des records de vent, de pluie et de sécheresse sur la plus grande partie de la Terre. La menace permanente d'un effondrement financier et d'une récession économique préoccupent toujours les leaders mondiaux. Jusqu'à notre foi jadis inébranlable en de nouveau progrès technologiques pour la conquête de l'espace, qui a été ébranlée par le désastre de la fusée Challenger en 1987 et par le peu d'efficacité et le coût élevé des plans américains de la préparation militaire à la Guerre des Etoiles. A coup sûr, tout n'est pas négatif dans le monde d'aujourd'hui : certains témoignages d'ingéniosité individuelle et les efforts internationaux pour assurer une paix durable en sont la preuve. Mais nombre de tendances actuelles devraient nous faire réfléchir tandis que nous approchons de la fin de ce siècle critique. Que se passe-t-il donc ici-bas ? Ces fanatiques religieux et ces "entités" désincarnées n'auraient-ils pas raison, après tout ? La fin du monde est-elle arrivée ? Sommes-nous uniquement en train d'attendre la venue du quatrième chevalier annonciateur de l'Armageddon ?

Un examen prolongé et assidu de situations identiques à la nôtre ainsi que des prophéties léguées par l'humanité incita le Dr Wambach à commencer l'exploration de la mécanique des prédictions du futur dès le début des années 80. Déjà célèbre par sa recherche de pionnier dans les mystères de la réincarnation, la psychologue médicale californienne se tourna vers ce sujet à cause de ses études précédentes. Son travail antérieur, par exemple, avait démontré que lorsqu'on les amène en douceur à un état éveillé de transe légère, en utilisant sa méthode d'hypnose Wambach, la plupart des gens, en fait presque 90 pour cent, se révélaient parfaitement capables de se rappeler des événements survenus dans leurs vies antérieures au cours de nombreuses périodes de l'histoire. Ils pouvaient répondre à des questions banales, mais statistiquement contrôlables, telles que "Etes-vous un homme ou une femme ? Qu'allez-vous manger au dîner ? Quels vêtements portez-vous ?" et "Quelle sorte de monnaie utilisez-vous pour vos achats ?" Dans un millier de cas pris comme échantillon, les réponses fournies à Helen Wambach par ses sujets légèrement hypnotisés se révélèrent correspondre à des faits historiques connus tels que les courbes de population, la proportion des sexes, la répartition des races et les sources d'alimentation. Les réponses qu'elle reçut et l'analyse qu'elle en fit constituèrent les fondements de son premier livre.[1] En réunissant les données qu'il lui fallait pour cet ouvrage, le Dr Wambach remarqua aussi qu'environ 60 pour cent des gens qui participaient à ces ateliers de recherche rapportaient qu'ils s'étaient trouvés "en avance" sur ses questions pendant l'état de transe partielle. Il lui devint bientôt évident qu'une fois plongés dans le "mental des rêves", comme elle l'appelait, beaucoup de gens pouvaient transcender les aspects linéaires du temps et de la mémoire. Lorsque leur cerveau se trouvait au niveau élevé des ondes thêta d'après un contrôle par électro-encéphalographe, leurs capacités télépathiques latentes étaient apparemment activées. Au bout d'un moment, l'idée lui vint d'exploiter ce qui semblait être un état de prescience pour obtenir des réponses au sujet du futur aussi bien que du passé. Comme elle me le dit une fois :

"J'ai pensé : Il serait vraiment intéressant de se mettre à hypnotiser des milliers de gens pour voir ce qu'ils prédiront sur l'avenir. Pourquoi s'en tenir à un prophète ou un voyant seulement alors qu'on peut utiliser la manière démocratique et avoir l'opinion de tout le monde ?"

C'est pourquoi, peu de temps après la publication de son second livre sur les souvenirs de la période prénatale et les choix faits par ses sujets peu de temps avant leur naissance à cette vie présente.[2] Helen se mit à organiser des ateliers qui offraient la possibilité de "progresser" jusqu'à l'une des deux périodes futures suivantes : 2100 ou 2300 de notre ère – aussi bien que de "régresser" dans une vie antérieure. Comme auparavant, sa technique consistait à amener ses sujets à un état éveillé de transe légère, puis à leur poser des questions de routine dont on pourrait statistiquement comparer les réponses. Puisque pour le mental conscient, du moins, le futur n'a pas encore eu lieu, elle se concentra sur l'obtention de données sur lesquelles un nombre significatif de participants étaient d'accord. Elle effectua, selon ses propres termes, "un sondage du mental subconscient".

Comme je l'ai déjà mentionné, je fit la connaissance de Helen Wambach au début de 1983, quand je vins la voir pour des séances individuelles de thérapie par les vies antérieures dans l'espoir qu'elle m'aiderait à éclaircir des problèmes personnels qui me tenaillaient.

---

[1] *Revivre le passé*, op.cit.

[2] *La vie avant la vie*, op.cit.

Progresser dans le temps, que ce fût dans cette existence-ci ou dans une existence future, était bien loin de mon esprit. Toutefois, à mesure que notre amitié grandissait, je me sentis de plus en plus intéressé par son projet. Lorsque j'entrepris d'effectuer une progression personnelle jusqu'à la fin des années 90, les résultats obtenus me fascinèrent et me consternèrent tout à la fois. Comme je suis un individu foncièrement optimiste, j'éprouvai un choc à être projeté par mon mental subconscient dans un scénario si froid et si lugubre ! Je n'avais jamais été dans cette région de l'Arizona que je "vis" si clairement au cours de ces séances, et aujourd'hui encore, tandis que j'écris ces lignes plusieurs années après, je n'ai pas encore eu le courage de vérifier l'exactitude de l'environnement physique qui reste si nettement imprimé dans ma mémoire. Pour le moment, du moins, je suis tout à fait disposé à laisser de côté ce fragment de mon "avenir" potentiel de la fin des années 90 ! [1]

Toutefois, à mesure que je m'associais davantage à la recherche de Helen, dans le cours des années 1984 et 1985, je me mis à discuter longuement de son travail avec elle. Comment au juste avait-elle élaboré les techniques sans précédent qui lui permettaient d'obtenir des résultats statistiquement comparables au cours d'ateliers nombreux ? Quel intérêt l'avait poussée à tenter de faire progresser des individus au cours de leur vie présente ? Quelqu'un d'autre que moi avait-il rapporté des éléments correspondant à la situation plutôt déplaisante que j'avais prévue pour 1998 ? Ce qui suit est le résumé de ce que j'ai appris des conceptions de Helen Wambach sur ces sujets et d'autres qui leur sont apparentés, en la suivant dans son odyssée depuis les régressions dans les vies antérieures jusqu'aux projections de la conscience mentale dans nos "rêves collectifs" du futur.

L'un des premiers sujets que Helen Wambach explora avec moi fut son concept de l'hypnose et de l'imagerie hypnotique. Pour la plupart des gens, l'hypnose est un état inhabituel et peut-être dangereux, imposé par des illusionnistes à des individus crédules dans le but de leur faire accomplir des actes ridicules dont ils n'ont pas conscience. Ou bien ils croient que c'est une sorte de sommeil artificiel employé par médecins et dentistes au cours d'interventions chirurgicales mineures afin d'éviter ou de limiter l'emploi d'anesthésiques. Dans un cas comme dans l'autre, on considère que l'hypnose entraîne une perte de conscience et de contrôle temporaire,

---

[1] NdT : depuis janvier 1991, le docteur Snow habite en Arizona à l'adresse suivante : P.O. Box 9732, Scottsdale, AZ 85252.

généralement suivi de l'oubli de ce qui s'est passé au cours de la séance hypnotique. Ces deux phénomènes se produisent à coup sûr, mais ils ne représentent qu'une petite partie des processus mentaux intervenant dans l'hypnose. La plupart du temps en fait, l'hypnose se pratique à un niveau semi-conscient où l'individu garde parfaitement contact avec son environnement physique, mais où son attention se trouve concentrée intérieurement sur des images et des impressions jaillies du subconscient, ceci habituellement en réponse aux questions du thérapeute plutôt que sous l'effet de stimuli extérieurs. Après quoi, il est relativement aisé de se rappeler ce que l'oeil intérieur du mental a révélé, surtout si le sujet reçoit une suggestion positive pour renforcer le rappel conscient. Ainsi, à ce niveau de l'hypnose, l'expérience est-elle tout à fait semblable à un rêve éveillé, sur les plans à la fois mental et physiologique, comme en témoigne l'activité des ondes cérébrales contrôlée par des appareils comme l'électro-encéphalographe (EEG). Cette ressemblance a inspiré le titre de ce livre : "Quand l'humanité rêve son futur".[1]

Helen Wambach a toujours insisté sur le fait qu'au cours de ces séances de régression, les sujets recevaient des images mentales directes issues de leur subconscient en réponse à ses questions d'ordre général et souvent banal. Grâce à la forte concentration mentale obtenue dans cette sorte d'hypnose, les réponses des sujets jaillissent de niveaux enfouis d'expérience sans qu'interviennent, semble-t-il, les contraintes de temps et d'espace propres à l'esprit conscient. L'information contenue dans ces images est alors traduite par le cerveau en concepts et en mots qui peuvent être communiqués à l'extérieur, soit verbalement, soit par écrit. Ceci incita Helen Wambach à penser que le cerveau fonctionne comme une valve de réduction permettant aux expériences des niveaux mentaux inconscients d'être transmises au monde extérieur.

Il est parfaitement naturel qu'au cours de ce processus de réduction des données rapportées par le subconscient pendant l'hypnose les réponses du sujet soit filtrées et subtilement colorées par tout le reste de ses expériences, y compris celles dont il n'a pas conscience. Ceci est particulièrement vrai chaque fois que l'information récupérée touche un événement émotionnel, quelque chose qui a causé douleur ou plaisir ou qui, croit-on, est susceptible de provoquer souffrance ou joie. De la même manière, quand les mots prononcés sont entendus par quelqu'un qui écoute, le cerveau de

---

[1] NdE : "Mass Dreams of the Future" en anglais. Ce titre a été traduit par "Visions du Futur de l'Humanité" pour la version française.

l'écouteur va aussi les filtrer sous l'influence de l'ensemble de ses expériences, si bien que lui aussi "entend" à travers ses propres schémas émotionnels.

Il s'ensuit qu'au cours de toute communication humaine normale, aussi bien pour celui qui parle que pour celui qui écoute, le cerveau qui reçoit l'expérience directe produite par le mental et la fait passer au stade de l'expression verbale fonctionne comme un tampon. Il nous sépare d'une réalité qui, autrement, pourrait nous submerger émotionnellement. Donc, le cerveau relie le mental, qui en réalité fait toutes les expériences, à notre conscience de veille qui ne reçoit que des fragments choisis de ce que le mental en sa totalité connaît. Les mots effectuent une réduction supplémentaire et séparent les expériences personnelles des individus, même si ces derniers se servent de symboles communément admis.

Il va de soi qu'il y a d'autant plus d'interférences entre ce que le mental révèle à travers le subconscient et ce qui est "remémoré" et traduit en mots quand il s'agit du futur. Pourquoi cela ? Eh bien, tout d'abord parce que les niveaux conscients de notre mental sont profondément impliqués dans notre avenir individuel, comme le sont nos émotions. Ensemble, ils ne cessent de comploter et mijoter ce que nous allons dire et faire jour après jour afin de retirer le maximum de plaisir et le minimum de souffrance de n'importe quelle situation, suivant un ensemble de règles complexes établies par la société dans laquelle nous nous trouvons. Et c'est là leur rôle, après tout ! C'est ce que l'on a défini comme la "conduite normale" ou santé mentale. La psychologie est faite pour aider les gens à demeurer sur ce sentier rectiligne et étroit, puisque chaque fois que nous nous en écartons et que notre conduite ou nos opinions exprimées ne sont pas "rationnelles" selon les normes établies par nos parents ou nos pairs, nous sommes considérés comme des excentriques ou des névropathes ou, si les choses nous échappent vraiment, comme des psychopathes. Et nous savons tous où cela mène !

C'est pourquoi la préoccupation de l'avenir s'élabore au sein des vastes expériences de notre mental à travers le Temps et l'Espace. La qualité de notre vie présente et le maintien de notre système organisé de perceptions conscientes, ce que Sigmund Freud appellait l' "ego", dépend de la capacité de notre cerveau à gérer ce que notre mental voit comme le présent tout en songeant au futur.

Ceci explique que tout au long de leur histoire les êtres humains aient été fascinés par l'idée de prédire l'avenir. Qui plus est, en partie à cause de la division de notre cerveau en deux hémisphères, nous avons deux manières fondamentalement différentes d'exprimer consciemment ce que sait notre mental, y compris les prédictions concernant le futur. C'est ainsi que nous développons soit les capacités imaginatives et prophétiques du "cerveau droit" afin d'apprendre ce que demain nous réserve, soit les fonctions propres au "cerveau gauche" rationnel, qui rassemble, organise et compare autant d'informations sensorielles sur le passé et le présent qu'il est possible et prédit à partir des corrélations qu'il discerne parmi les données obtenues. De nos jours, on dit que la première sorte de prédiction est "métapsychique" et la seconde "prévisionnelle". Elles ont reçu d'autres noms dans le passé, mais tout se réduit à la différence fondamentale existant entre les deux parties du cerveau et tout dépend de celle que nous sollicitons pour obtenir des réponses.

En cherchant de quelle manière elle pourrait explorer l'avenir, Helen Wambach commença par établir une distinction entre deux domaines de recherche : d'une part, les prévisions effectuées par des "groupes de réflexion" à tendance rationnaliste, tels que le Hudson Institute, la Rand Corporation et les World Futurists; d'autre part, les prédictions émanant de *channels*[1] contemporains. A sa surprise initiale, elle fut amenée à conclure que bien que les deux groupes connussent plus d'échecs que de réussites dans leurs prédictions à court terme, la "moyenne des scores" obtenus par les médiums était aussi élevée, peut-être même un peu plus, que celle des prévisionnistes. Ceci paraissait particulièrement le cas lorsque les prédictions des médiums avaient peu de rapport avec leur vie personnelle immédiate ou peu d'impact sur elle. Tout se passe comme si le mental conscient, ou ego, interférait d'autant plus avec ce que nous prédisons que nous sentons un risque d'être personnellement atteint.

Les prévisions effectuées par le cerveau gauche rationnaliste sont moins exactes que les prévisions médiumniques parce qu'elles émanent uniquement du niveau conscient du mental, lequel est très impliqué dans notre avenir personnel. En conséquence, les nécessités sociales, l'environnement et les espoirs partagés du prévisionniste concourent pour "contaminer" ce genre de prédiction. En dépit de ceux qui prétendent couramment le contraire, elles sont loin d'être objectives. Le Dr Wambach se rendit compte que toutes ces prévisions fondées sur une analyse au niveau conscient – qu'il s'agît des tendances économiques ou de pronostics touchant le monde

---

[1] NdT : on désigne par le terme de *channel* les médiums qui recoivent et transmettent des messages et des communications d'entités désincarnées. Leur activité est le *channeling*.

politique ou même technologique – sont par trop influencées par les intérêts socio-économiques et les systèmes de croyance actuels qui accordent une valeur excessive à la stabilité et au changement progressif. Tout ces prévisionnistes sont directement intéressés à prédire un type d'avenir étroitement lié au passé immédiat, et qui préserve les avantages des élites contemporaines.

Ainsi, sans rejeter les efforts des prévisionnistes populaires, elle se dit qu'elle obtiendrait un tableau plus équilibré en examinant les rapports issus du subconscient d'un grand nombre d'individus ordinaires plongés dans un état d'hypnose légère. De toute évidence, l'information sur le futur obtenue au moyen de l'hypnose, où les images mentales directes sont reçues à travers le subconscient, est plus proche de la prédiction médiumnique que de la prévision des groupes de réflexion. Néanmoins, son expérience de la recherche conduisit Helen Wambach à tenter de trouver un moyen de conjuguer les deux méthodes. En hypnotisant partiellement d'importants groupes de gens et en posant à tous les mêmes questions, elle chercha à vérifier si leurs réponses à ses questionnaires, remplis immédiatement après chaque séance, composeraient des schémas de groupe significatifs. Elle porta son intérêt sur la comparaison de choses ordinaires, telles que la nourriture, le genre de vêtements et le style des maisons. Tous les types de réponses concernant ces domaines pouvaient alors faire l'objet de comparaisons statistiques, donnant ainsi une image de ce à quoi pourrait ressembler notre société future. On pouvait aussi les contrôler en se référant aux récits de sujets individuels tels que moi-même, dont les compte-rendus verbaux étaient plus détaillés.

Mais ce sont toujours les schémas de groupe, la preuve de l'existence de "rêves collectifs" concernant les situations passées et futures, qui ne cessaient de captiver Helen. Elle me répétait souvent que l'une des leçons les plus précieuses de toute sa carrière de psychologue médicale, c'était que "les mots sont un écran de fumée". La vraie communication, insistait-elle, se fait télépathiquement, sous le niveau des mots. Elle se produit quand au cours d'une conversation personnelle soudain vous "savez" ce que l'autre est sur le point de dire. Elle se produit quand la joie et l'enthousiasme de quelqu'un, ou sa peur et sa souffrance, jaillissent à travers l'écran de télévision ou dans un entretien face à face. Elle est là quand on reconnaît ses sentiments les plus profonds dans l'histoire de quelqu'un d'autre, en sachant que malgré les différences superficielles, on a partagé la même expérience, la même émotion humaine fondamentale. Elle survient encore pendant l'état hypnotique de "rêve éveillé" dont Helen se servait pour projeter ses sujets, individuellement ou en groupe, dans le passé ou dans l'avenir.

Helen pensait que les preuves amassées dans ses ateliers — qui démontraient que sous hypnose la moitié au moins de ses sujets pouvait capter télépathiquement des pensées et des sentiments —, représentaient l'une des plus grandes découvertes de toute sa carrière de chercheur. Dès qu'elle avait rendu ses participants à la conscience normale de veille, elle leur demandait toujours s'ils avaient remarqué qu'ils recevaient des réponses, soit en images, soit en impressions, un peu avant d'entendre sa question. Régulièrement, 50 à 60 pour cent d'entre eux répondaient oui. Qui plus est, la plupart n'étaient nullement surpris d'avoir eu ce talent, en dépit du fait que ce qu'ils faisaient – répondre à des questions avant de les entendre – est normalement considéré comme tout à fait impossible !

Elle aimait mentionner cette attitude "terre-à-terre" de ses sujets vis-à-vis de leurs capacités télépathiques précognitives pour montrer que, tout en se considérant sur le plan conscient comme des êtres logiques et rationnels, à un niveau plus profond la plupart des gens admettent volontiers être dotés de facultés précognitives leur permettant, par exemple, de trouver des réponses avant que les questions ne soient posées, d'avoir des intuitions et des "pressentiments". La prédiction "psychique" du futur (du futur immédiat, au moins) nous est bien plus familière que nous n'en avons conscience. Notre incapacité apparente, dans les conditions ordinaires, à voir au-devant de nous, est peut-être simplement due au fait que notre mental conscient refuse de croire que c'est possible. Et, naturellement, de telles inhibitions, qui s'opposent à ce que nous voyions ce que sera notre futur personnel dans cette existence présente, peut servir de protection à l'ego individuel. Nous *croyons* que nous souhaitons connaître le futur, mais peut-être qu'à des niveaux plus profonds du mental, en réalité nous ne le voulons pas. Notre mental rationnel est directement intéressé à continuer de nous faire croire que c'est lui qui mène la barque !

En conséquence, lorsqu'en 1980 Helen Wambach commença son étude sur les progressions dans la vie future, elle n'avait jamais eu l'intention de faire progresser des individus au cours de leur vie présente. Au lieu de cela, elle avait prévu d'étudier des existences futures potentielles à des périodes distantes de 150 à 400 ans de l'époque actuelle. Reprenant la méthode décrite dans son livre[1], elle offrit aux participants de ses ateliers de groupe le choix entre cinq

---

[1] *Revivre le passé*, op.cit.

périodes de temps, en suggérant à leur subconscient de choisir l'une de ces périodes pour y faire l'exploration d'une autre existence. Ces cinq périodes en comprenaient trois qui se trouvaient dans le passé, la plus récente étant l'année 1900, et deux dans le futur, aux environs de 2100 et de 2300. Etant donné que le choix était fait entièrement au hasard et indépendamment des tendances démographiques, on aurait dû, par conséquent, se retrouver avec 60 pour cent de vies passées et 40 pour cent de vies futures. Considérant l'explosion démographique mondiale de ces deux derniers siècles, laquelle se poursuit de manière incontrôlée, on aurait pu s'attendre à ce qu'une grande moitié des sujets se retrouve dans l'une des périodes futures. Qui plus est, quand on leur proposa de faire leur choix avant la séance d'hypnose, près des deux-tiers des participants (62 %) exprimèrent leur désir conscient de connaître l'une de leurs vies futures.

Toutefois, dès les toutes premières séances, une orientation complètement différente se dessina. Bien que 90 pour cent des deux premiers groupes de participants aient indiqué sur leur questionnaire qu'ils avaient pu faire l'expérience d'une vie différente, 5,5 pour cent seulement rapportèrent qu'ils s'étaient retrouvés en vie aux environ de 2100, tandis que 11 pour cent s'étaient retrouvés aux environs de 2300. Helen contrôla et recontrôla ces deux cents premières réponses, mais l'évidence était claire : le processus hypnotique fonctionnait, mais une poignée seulement des sujets intéressés étaient progressés dans l'avenir. Plusieurs groupes qui suivirent confirmèrent cette tendance. Ce ne pouvait donc pas être un simple effet du hasard.

Déconcertée par ce résultat inattendu, elle persuada un ami et collègue, le Dr R. Leo Sprinkle, psychologue-conseil et maître de conférences à l'Université de Wyoming, de l'aider à organiser des ateliers identiques dans les états des Montagnes Rocheuses. Le Dr Sprinkle connaissait déjà sa technique, car il l'avait précédemment aidée dans sa recherche sur les vies antérieures. Helen lui demandait maintenant d'avoir l'amabilité de vérifier s'il n'était pas possible qu'en dépit de ses précautions son propre subconscient ait influé télépathiquement sur le processus, empêchant ainsi ses sujets de "progresser" dans le futur. Elle se disait que peut-être son mauvais état de santé (elle avait déjà des problèmes cardiaques et souffrait de diabète), ou quelque peur inconnue de découvrir son propre futur, lui faisaient retenir ses sujets. Les résultats montrèrent qu'il n'en était rien. Les statistiques obtenues par le Dr Sprinkle reproduisirent ce qu'elle avait constaté chez ses propres participants. Environ 6 pour cent de ses sujets à lui avaient choisi l'année 2100, tandis que 13 pour cent poussaient de l'avant jusqu'à atteindre les environs de 2300.

Et il en fut ainsi dans pratiquement tous les ateliers organisés à travers les Etats-Unis, où furent obtenus des résultats statistiques semblables. Helen remarqua avec un intérêt particulier qu'il n'y avait pas de différence sensible entre ses sujets de Californie, ceux des groupes du Dr Sprinkle dans le Colorado et le Wyoming, et les participants aux ateliers organisés dans le Middlewest et sur la côte Atlantique. Partout, 5 à 7 pour cent des sujets faisaient l'expérience d'une existence au cours du vint-deuxième siècle, et 11 à 15 pour cent allaient au-delà de 2300. Il arriva même qu'un groupe nombreux de gens (300 personnes) qui connaissaient les prédictions du célèbre voyant Edgar Cayce — et en bonne logique souhaitaient donc voir si elles s'étaient réalisées en 2100 — rapportèrent les mêmes données.

Helen Wambach fut décontenancée et troublée par ces résultats. D'une part, il devenait pratiquement impossible d'obtenir un millier de cas pour ces deux périodes du futur : s'il n'y avait que 20 pour cent des participants à se retrouver en vie dans l'une de ces deux périodes, il lui faudrait alors hypnotiser quelque 10 000 sujets pour atteindre son objectif. Cela demanderait du temps et des ressources dont elle ne disposait absolument pas. Malgré tout, entre l'année 1980 et 1985, elle-même et ses aides hypnotisèrent approximativement 2500 Américains pour atteindre le nombre de cas dont il est fait usage dans ce livre. Helen et une assistante, Mme Beverley Lundell, organisèrent 62 ateliers de groupe auxquels Leo Sprinkle ajouta deux autres douzaines. J'en dirigeai aussi quelques uns en 1984 et 1985, et d'autres encore après la mort de Helen, entre 1986 et 1988. Les résultats de cette recherche sont examinés dans les chapitres 5 à 8.

Au début, confrontée à cette étrange évidence d'une diminution possible de jusqu'à 95 pour cent de la population mondiale en l'espace de deux générations, Helen eut l'impulsion de mettre un terme à son projet. L'examen des compte-rendus faits par les sujets qui pendant les douze premiers ateliers s'étaient rendus en 2100 lui renvoyait une image plutôt négative de ce que serait la vie à cette époque. C'était particulièrement vrai pour le petit nombre de ceux qui se retrouvaient en vie au cours de la période la plus proche de l'année 2100 elle-même. Elle en fut déprimée et se sentit l'envie d'arrêter net. Si tout les gens allaient se mettre à imaginer une terre desséchée, des champs vides, de la pollution et des catastrophes, elle ne se sentait plus envie de continuer à leur poser des questions !

Mais évidemment, elle ne pouvait en rester là. Sa curiosité scientifique était éveillée. C'est pourquoi elle décida, au contraire, d'hypnotiser quelques individus à la tête solide, des gens dont l'équilibre psychologique lui inspirait toute confiance, pour voir ce qu'ils raconteraient sur le futur proche – c'est-à-dire sur la période qui précédait l'année 2100. Cela pouvait impliquer pour certains d'être projetés en avant dans leur existence présente. Mais bien qu'elle eût trouvé rapidement plusieurs volontaires, Helen rencontra bientôt des problèmes avec cette méthode aussi. Elle découvrit que les huit premiers sujets, placés individuellement en état d'hypnose et projetés dans le vingt-et-unième siècle, se retrouvaient tous en train de "flotter, légers et libres". C'était là des symptômes que Helen Wambach était capable d'identifier grâce à ses séances de régression. Ils signifiaient que ses sujets avaient déjà quitté leur corps physique, qu'ils étaient morts. Aucun d'entre eux ne se retrouva physiquement en vie au cours de cette période. Alors elle prit le risque de suggérer que l'un de ses bons sujets se laissât progresser jusqu'à une date spécifique de la fin des années 90, c'est-à-dire moins de vingt ans plus tard. Mais Helen dut rapidement ramener la jeune femme au moment présent, car cette dernière se retrouva en train de mourir suffoquée au milieu d'un gros nuage noir. Elle resta un bon moment encore à chercher son souffle après être sortie de sa transe légère. Ce fut une expérience que ni elle ni Helen n'eurent envie de renouveler.

En psychologue médicale avertie, Helen Wambach avait pour principe général que l'on ne doit rien faire qui soit susceptible de nuire à un patient. La même règle, naturellement, s'applique aux sujets utilisés pour la recherche. C'est pourquoi, très prudemment, elle se mit à travailler avec quelques médiums exercés, des gens que leurs compétences particulières rendaient moins vulnérables au choc qu'on peut éprouver à découvrir qu'on a quitté ce monde matériel. Elle commença par les faire avancer d'année en année pour tenter de repérer le début précis des désastres présumés. Ce fut un travail monotone et fatigant, d'autant plus qu'elle ne voulait pas risquer de les projeter par mégarde au moment de leur mort.

Helen fit aussi une séance d'ordre plus général avec le célèbre médium et auteur Alan Vaughan[1] qui avait prédit avec justesse les assassinats de Robert Kennedy et de Martin Luther King en 1968. Tout ce travail fut accompli en 1981 et 1982, mais se trouva interrompu par ses graves problèmes de santé. Elle fut plusieurs fois hospitalisée pour insuffisance cardiaque congestive et pour la pose d'une valve. La

---

[1] *Patterns of Prophecy*, 1973.

conséquence fut qu'elle n'avait pas classé les notes prises au cours de ces séances. Mais elle me dit une chose concernant le voyage d'Alan Vaughan dans le futur : c'est qu'il s'était retrouvé, un peu avant l'an 2000, dans le comté de Mendocino, très au nord de San Francisco, vivant dans une cabane fruste au milieu des bois. Cela le surprit, car il avait toujours été plutôt citadin !

Helen découvrit rapidement, toutefois, que la plupart des médiums professionnels qu'elle projetait dans le futur proche se révélaient des sujets insatisfaisants. A cause de leur profession même, leur mental conscient était directement intéressé à leurs prédictions. Leur ego se trouvait sans doute impliqué parce qu'ils voulaient tomber juste et démontrer ainsi la sûreté de leurs pouvoirs médiumniques ! Mentalement, ils étaient presque aussi "contaminés" par leur situation sociale et leur attente que les prévisionnistes rationnels des "groupes de réflexion". C'est ainsi que la plupart d'entre eux rapportèrent des informations générales contradictoires, ne tenant aucun compte des questions qu'on leur posait sur eux-mêmes et sur leurs occupations au cours des années à venir, et parlant au contraire d'événements à caractère sensationnel. A l'exception de la séance avec Alan Vaughan, Helen ne trouva pas leur contribution très convaincante.

C'est pourquoi, quand elle fut suffisamment rétablie pour poursuivre sa recherche, elle décida de s'en tenir aux non-professionnels qui ne portaient qu'un intérêt moyen au futur. Elle se mit à travailler avec deux sujets ordinaires mais équilibrés : un étudiant et une ménagère, et les hypnotisa individuellement, les faisant avancer d'anniversaire en anniversaire. Elle avait déjà fait usage de cette approche au cours de son étude sur les régressions dans les vies antérieures, car elle s'était rendu compte que le subconscient de ses sujets se concentrait plus facilement sur des événements personnels marquants tels que les anniversaires, ou des fêtes importantes comme Noël ou le Jour de l'An, que sur des intervalles de temps à caractère impersonnel.

Helen Wambach avait déjà découvert, en travaillant avec des médiums professionnels, qu'il n'était pas bon de poser des questions sur des événements spécifiques du futur qui risquaient soit de perturber soit d'impliquer exagérément la personnalité égoïque actuelle des sujets. Des questions du genre : "Quand votre corps va-t-il mourir ?" ou "Y a-t-il un moment où votre maison est détruite ?" ou encore "Devez-vous déménager subitement ?" provoquaient instantanément un blocage dans l'écoulement de l'information médiumnique à cause de la tension émotionnelle qu'elles occasionnaient au mental conscient. A l'inverse, Helen se rendit compte qu'en faisant avancer ses sujets année par année de période de fêtes en période de fêtes, ou en les amenant à une date spécifique et significative du futur (par exemple mon anniversaire de 1998), elle pouvait leur faire décrire directement ce qui arrivait avec une interférence moindre de leur ego.

Elle se rendit compte aussi qu'elle pouvait faciliter le processus en commençant par faire vivre une expérience heureuse, ou du moins neutre, à ses sujets individuels. Il était important d'éviter autant que possible de débuter par un événement émotionnellement déprimant. Dans cette optique encore, les anniversaires, ou les fêtes comme Noël, convenaient bien en général. Elle essayait aussi de poser des questions spécifiques qui appelaient des réponses simples, car ce sont les plus faciles à gérer pour le subconscient adapté à fonctionner sur le plan littéral. Elle découvrit qu'en règle générale plus la question était spécifique et moins importante la réponse pour l'ego conscient, plus exact était le résultat. C'est ainsi, par exemple, que la question suivante se révéla comme une bonne suggestion de départ :

> *"Nous nous trouvons à présent à la saison de Noël dans dix ans d'ici. Vous vous préparez pour les fêtes en faisant quelques courses préalables. Vous vous trouvez dans un magasin d'alimentation. Allez au rayon de boucherie et regardez le prix de la viande. Dites-moi maintenant combien coûte un paquet de côtelettes de porc ?"*

Peu de gens se sentent perturbés par l'idée de Noël ou de quelque autre période de fêtes, ni particulièrement menacés en faisant des courses dans un magasin d'alimentation. Au contraire, ils ont tendance à se rappeler ce qu'ils faisaient pendant les vacances et aussi où ils les passaient. Helen commençait donc par faire avancer ses sujets jusqu'à une date précise et significative du futur, généralement un moment associé à une période de vacances importante ou à l'anniversaire du sujet. C'est ainsi qu'elle décida de me projeter jusqu'à cet anniversaire fatidique de 1998.

Quand elle projetait quelqu'un dans le futur proche, Helen commençait toujours par concentrer son attention sur deux sujets particuliers : les prix et les conditions alimentaires. Ce sont là les indicateurs de base de notre civilisation. Naturellement, les sujets relataient leurs expériences dans ce domaine et décrivaient d'autres activités plus personnelles accomplies à la date suggérée. Puis ils étaient déplacés vers d'autres dates et s'entendaient poser des questions détaillées de même nature. Un jour de janvier, tandis qu'elle regardait les informations à la télévision, Helen s'avisa d'un moyen d'obtenir plus de renseignements de caractère général auprès de ses sujets individuels, car leur état d'attention concentrée, caractéristique de l'hypnose, maintenait habituellement leurs réponses dans le champ de leurs préoccupations personnelles immédiates. Les chaînes de télévision diffusent fréquemment des informations rétrospectives aux environs du Nouvel An, passant en revue les événements marquants de l'année écoulée. Helen se demanda si le subconscient de ses sujets pourrait lui fournir des informations à partir d'émissions télévisées futures. Elle leur demanda donc s'il leur était possible de se trouver en train de regarder un programme futur de ce genre, et quelques uns y parvinrent. Ce fut aussi l'une des tactiques qu'elle utilisa au cours de mes progressions.

Evidemment, comme dans tout travail avec l'hypnose, elle savait qu'il lui fallait être très attentive aux termes exacts qu'elle utilisait pour formuler ses suggestions ou pour poser ses questions. Le mental subconscient a une compréhension extrêmement littérale. Je me souviens de l'une de mes propres progressions où Helen avait dû commettre un lapsus et utiliser une expression comme "janvier et la période des Fêtes", que mon subconscient interpréta comme le Noël suivant et non celui qui précédait immédiatement ce mois de janvier. Il nous fallut un bon moment pour remettre les choses en place. Bien sûr, quelque chose de personnellement contrariant pour moi devait s'être produit au cours du mois de décembre précédent et mon subconscient n'avait pas envie de le révéler à ce moment-là. Il y a toujours plusieurs raisons possibles pour qu'un sujet hypnotisé élude certaines dates.

Chaque fois que des éléments contrariants faisaient surface, comme cela arrive si fréquemment au cours de ces séances d'hypnose qui entraînent les individus dans leur futur proche, Helen adressait toujours à ses sujets des suggestions directes destinées à en diminuer l'impact. Ainsi lorsqu'en 1998 je fis l'expérience des tremblements de terre en Arizona, elle mit fin à cette exploration en me disant : "Ces choses ne vous perturberont pas. Vous aurez une attitude neutre à leur égard et vous penserez qu'il s'agissait d'un rêve". Ceci évita à mon ego conscient de s'inquiéter outre mesure de ce qui était perçu comme une expérience future où ma vie était menacée. Elle utilisa des techniques semblables avec tous ses sujets individuels.

Avec les groupes qui se déplaçaient au-delà de leur espérance normale de vie, jusqu'en 2100 ou 2300, nous ne pensions pas que des suggestions directes de cet ordre fussent aussi nécessaires. Mais même dans ce cas, l'expérience nous enseigna qu'il fallait à la fin ajouter des instructions du genre : "Une lumière blanche pénétrera votre plexus solaire, votre centre émotionnel, et éliminera toute répercussion négative d'ordre physique, mental ou émotionnel provenant de cette progression dans le futur". La méthode a dû fonctionner, car personne ne vint plus tard se plaindre à nous d'être exagérément perturbé par ce qui avait été vu à l'avance. Néanmoins, les participants ont souvent quitté l'atelier avec "de quoi réfléchir" aux conséquences possibles de leurs habitudes et de leur manière de vivre courantes.

Ayant ainsi mis au point une stratégie de base destinée à faire progresser sans danger un petit nombre d'individus équilibrés dans le futur proche, Helen commença à travailler avec l'étudiant et la ménagère qui s'étaient portés volontaires. Au début, tout se passa en douceur. Leur vie était remplie par les occupations habituelles – payer les factures, moucher le nez des enfants, obtenir des diplômes, faire des plans de carrière et tout le reste. La femme prédit la réélection de Reagan en 1984, ce qui n'était sûrement pas une projection du mental de Helen, car elle était fortement en faveur de Mondale, bien que le sujet vît la compétition entre les deux hommes beaucoup plus serrée qu'elle ne le fut en réalité.

Projetés dans un magasin d'alimentation à la veille de diverses périodes de vacances, les deux sujets rapportèrent que le prix des denrées alimentaires s'élevait, mais sans grimper de manière dramatique, jusqu'à environ une dizaine d'années plus tard. La femme parla de difficultés pour obtenir ses cartes de crédit, mais sans pouvoir préciser s'il s'agissait d'un problème d'ordre général ou personnel. Et puis, lorsqu'ils se trouvèrent emmenés environ quinze ans en avant au cours de séances séparées, chacun d'eux mentionna cette sensation familière et agréable de "flotter" associée dorénavant par Helen à l'expérience du mental subconscient après la mort. Tous deux exprimèrent des impressions très positives de soulagement, comme s'ils étaient tout à fait heureux de se trouver en dehors de leur corps et de leur environnement physique. Mais ni Helen Wambach ni eux-mêmes ne voulurent prendre le risque de revenir aux circonstances exactes qui avaient immédiatement précédé la transition.

Arrivée à ce point, Helen se sentie dans une impasse, comme elle me l'avoua plus tard. Elle soupçonnait fortement l'arrivée de quelque catastrophe dans un assez proche avenir, car il y avait là au moins trois personnes relativement jeunes (l'étudiant et la ménagère, plus la jeune femme qui s'était réveillée en étouffant et en toussant), qui avaient signalé leur disparition avant l'an 2000. Evidemment, Helen était aussi au courant des divers compte-rendus prophétiques et médiumniques, y compris ceux d'Edgar Cayce, qui prédisaient que des changements spectaculaires se produiraient sur la Terre vers la fin de ce siècle. Mais qu'est-ce que tout cela signifiait exactement ? Il lui manquait toujours le récit cohérent d'un ensemble de circonstances futures capables de détruire de manière concevable tant de gens que même après un siècle la Terre en resterait sévèrement dépeuplée. C'est vers cette époque qu'elle se rappela qu'environ un an auparavant, au cours d'un de ses fréquents séjours à l'hôpital, elle avait eu un rêve très net, ou une expérience hors du corps, où elle s'était trouvée en train de "flotter" dans l'atmosphère et de contempler une scène du futur qui se passait à quelque quinze ou vingt ans de distance. Voici comment elle me décrivit sa vision :

> *"Dans ce rêve, je fus sortie de mon corps et entraînée dans une époque future où je vis l'image d'une de mes nièces qui m'est particulièrement chère et que je ressens comme quelqu'un de très mystique. C'était déjà une jeune femme qui approchait de la trentaine. C'est ainsi que je me rendis compte que j'étais dans le futur, parce qu'à l'époque elle était encore adolescente. Quoi qu'il en soit elle était là, vêtue d'un ciré jaune, à bord d'une sorte de navire de recherche, et je savais qu'on y mesurait la profondeur de l'eau qui avait envahi les terres sur la côte du New Jersey juste au sud de la ville de New York. J'observai l'appareil de mesure qui n'était pas différent de ceux que nous avons maintenant et qui indiquait 9,6 quelque chose. Je ne sais pas exactement s'il s'agissait de pieds ou de brasses; la chose toute entière n'était que pure imagerie psychique subconsciente, comme celle dont les survivants d'états proches de la mort ont fait l'expérience, et il ne m'est nullement venu à l'esprit de me poser des questions sur des unités de mesure. J'acceptais simplement ce que je voyais.*
>
> *Une chose dont je suis sûre, c'est que je reconnaissais le lieu où elle effectuait ses mesures. C'était le site du champ de courses d'Ocean Port, près de Rumson, New Jersey, où j'avais habité. Et je me dis : "Oh, quel bonheur ! Jennie est toujours là" et ensuite : "la côte est a été beaucoup moins maltraitée que la côte ouest". Je fus alors réveillée par les infirmières et les médecins qui m'injectaient des stimulants et me ramenaient dans mon corps."*

Helen fit encore cette remarque que dans cette vision pareille à un rêve, elle se rendait compte qu'elle observait l'incident avec sa nièce sans posséder aucune forme physique, et qu'elle savait ainsi qu'elle ne serait plus là lorsque la scène se produirait. Elle me dit en

1984, un peu plus d'un an seulement avant sa mort prématurée, que cela ne l'avait pas personnellement affectée. Elle était seulement heureuse de voir que quelqu'un qu'elle aimait était toujours en vie, mais elle avoua qu'elle s'était sentie frustrée de ne pas avoir eu plus de détails sur ce qui se produirait peut-être dans l'intervalle.

Je rencontrai Helen Wambach quelques mois après qu'elle eût atteint cette impasse avec ses deux volontaires. Comme je l'ai indiqué plus haut, je vins la consulter d'abord à cause de quelques problèmes personnels qui me paraissaient liés à certaines de mes vies antérieures. L'exploration de catastrophes qui surviendraient peut-être plus tard, au cours des années 90, n'avait aucun rapport avec cela ! En fait, cela faisait de moi un sujet idéal pour Helen, parce qu'ainsi mon ego conscient n'était guère concerné par ce que je pourrais découvrir. Qui plus est, je sais qu'elle était impressionnée par les compte-rendus détaillés et apparemment exacts de mes incarnations précédentes, qui résultaient de nos séances de régression. Comme elle le dit une fois, je suis l'un de ces rares individus qui ont "la bosse de la recherche" ! C'est pourquoi après que nous eûmes exploré plusieurs de mes vies antérieures et apporté une solution à ce qui se cachait derrière quelques uns de mes problèmes actuels, Helen me demanda si j'accepterais de participer à sa recherche sur le futur. Pour lors, elle était également convaincue que j'avais une personnalité passablement équilibrée et que je ne serais pas exagérément perturbé si je me retrouvais moi aussi en train de "m'en aller en flottant" avant la fin de ce siècle. J'acceptai volontiers et nous fîmes les séances que j'ai décrites au chapitre 1.

Ces séances me conduisirent à travers les années 90, puis pour finir à un moment situé au début du siècle prochain où semble survenir la mort causée par une maladie respiratoire. D'un commun accord, Helen et moi décidâmes qu'il était préférable de laisser mon esprit conscient dans le vague quant à la date exacte de ma mort dans cette existence. Bien que le subconscient sache que nous sommes des esprits immortels dont l'existence continue au-delà de la mort physique, l'ego conscient et le corps savent qu'ils sont mortels. Amateur de jeux de mots, elle disait souvent en riant de bon coeur : "Le corps n'est pas d'accord, après tout !"

A mesure que se déroulait mon histoire dans le désert de l'Arizona, Helen eut enfin l'impression qu'elle obtenait une idée assez précise du tableau que pourrait présenter l'Amérique vers la fin du siècle ainsi qu'un calendrier approximatif des événements prévus. En utilisant cette information, elle organisa alors des séances individuelles avec cinq autres volontaires : un autre étudiant, deux ménagères, un enseignant et un cuisinier. Ils vinrent soit à titre de patients, soit parce qu'ils avaient lu ses livres ou entendu parler de sa recherche. Comme moi, ils semblaient avoir été dirigés vers elle. Du reste, elle fit un jour cette remarque : "Je n'ai pas mis d'annonce à leur intention dans la *San Francisco Chronicle.*"

Helen travailla avec ce petit nombre de volontaires essentiellement pour satisfaire sa curiosité personnelle au sujet des événements que nous réserve peut-être le futur proche. Elle était aussi curieuse de savoir si les récits faits individuellement par ses sujets correspondraient à mon expérience. Son intérêt principal, toutefois, restait centré sur son projet plus important de recherche en groupe où des centaines de gens étaient transportés dans des vies futures potentielles vers 2100 ou 2300, au moyen de l'imagerie hypnotique.

Elle reprit donc la procédure monotone de progression individuelle de ses sujets, presque année par année. Et lentement mais sûrement, un schéma émergea de leurs compte-rendus séparés. Il confirmait pour l'essentiel le tableau plus détaillé dessiné au cours de mes séances, même s'il en différait en de nombreux points de détail. C'est là ce qui nous parut le plus convaincant à Helen et à moi dans cet aspect de sa recherche sur le futur : à savoir que des individus séparés proposaient un schéma d'événements similaire. Les dates auxquelles ces événements se produisaient n'étaient pas toujours les mêmes. La gravité des changements était également diversement appréciée. Leur localisation et les expériences individuelles auxquels ils donnaient lieu étaient aussi évidemment différentes. Mais il subsiste une ressemblance sous-jacente, sans omettre le fait que tous les sujets de Helen, y compris moi-même, nous retrouvâmes en train de quitter joyeusement notre corps physique bien avant le terme normal de notre vie, si l'on s'en réfère aux normes d'aujourd'hui.

Quels sont les points essentiels relevés par Helen dans ce schéma ? Tous les compte-rendus commencent par indiquer une hausse importante du prix des denrées alimentaires, en particulier de la viande et des produits frais. Cet état de choses est en corrélation étroite avec les récits de phénomènes atmosphériques inhabituels qui auraient ravagé les récoltes et décimé le bétail. Une femme décrit une période de sécheresse dans le Middlewest et le Texas, tandis qu'une autre fait mention de pluies glacées et de violentes tempêtes hivernales dans les contrées du nord-ouest, en bordure du Pacifique. Un autre sujet se plaint que "la terre va mal" dans une partie du sud de la Californie après deux années d'une sécheresse exceptionnellement grave. Le dénominateur commun parait être une orientation vers des conditions atmosphériques extrêmes, soit de forte chaleur accompagnée de sécheresse, soit de grand froid et d'humidité. L'existence de vents dévastateurs signale la présence possible d'un vaste système d'alternance de fronts. Ceci semble être le point de départ de perturbations telluriques plus sérieuses.

Helen remarqua que plusieurs de ces compte-rendus font mention de problèmes personnels d'argent ou de crédit. Le marché boursier ne représente plus une valeur sûre pour l'investissement, car ses hausses et ses baisses se succèdent à un rythme plus frénétique que jamais. Les crises financières s'intensifient et les faillites bancaires se multiplient. Deux des sujets se plaignent d'avoir des difficultés avec leur carte de crédit dont le champ d'utilisation se restreint, quand elles ne se trouvent pas périmées. Ce phénomène se conjugue à une raréfaction de l'argent et au développement du troc pour les petits échanges personnels. Ces faits paraissent particulièrement concerner les sujets qui se retrouvent dans des zones rurales ou dans de petites villes. Il est intéressant de noter que cinq des six sujets mentionnent avoir quitté la zone de la Baie de San Francisco au cours de la prochaine décennie, pour venir habiter dans des Etats moins urbanisés comme l'Iowa, l'Arizona ou l'état de Washington. Deux sujets notent qu'ils ont reçu une nouvelle monnaie de papier, signe d'une réforme gouvernementale monétaire des années 90.

De graves bouleversements telluriques, incluant une augmentation de l'activité volcanique ainsi que plusieurs tremblements de terre violents répartis autour du globe, figurent aussi au tableau. Ils coupent les communications et renforcent les pressions inflationnistes. On indique que l'essence se fait localement rare dans les zones rurales de la Californie. Deux des sujets, en dehors de moi-même, disent avoir entendu des informations signalant des perturbations importantes dans la région de l'océan Pacifique, à savoir des séismes sous-marins, des éruptions volcaniques et des affaissements. La zone qui entoure le Japon est perçue comme très instable. Des secousses au mont Shasta pourraient indiquer une reprise là-aussi de l'activité volcanique, bien qu'il ne soit pas fait mention d'une éruption véritable dans aucun de ces compte-rendus.

Comme on peut s'y attendre, les tensions politiques restent fortes dans le monde entier car les nations, confrontées à ces problèmes parmi d'autres, font toutes leurs efforts pour conserver leur niveau de vie habituel. Les troubles continuent au Moyen-Orient et un compte-rendu mentionne que de véritables combats se déroulent à Jérusalem autour de la Colline du Temple. Un autre sujet voit aux informations les images d'une cinquième guerre israélo-arabe. Les problèmes politiques prennent également de l'ampleur en Europe, accompagnés de perturbations sociales et de grèves. Une seule femme parmi ces six sujets dit qu'elle meurt dans une explosion nucléaire. Cela se passe, dit-elle, en 1999 en Europe. Elle est la seule à avoir relaté qu'elle vivait en dehors des Etats-Unis à cette époque. Il est intéressant de remarquer qu'il paraît s'agir d'un incident isolé et non d'un conflit nucléaire ou du début d'une troisième guerre mondiale.

Pour finir, tout porte à penser qu'on assiste à la convergence d'un ensemble des facteurs que je viens de décrire avec pour résultat de vastes destructions, à la suite de quoi les sujets indiquent qu'ils se trouvent libérés de leur corps physique et de leur environnement déplaisant. On a l'impression qu'il se produira une conjonction de désastres d'origine à la fois naturelle et humaine qui, réunis, causeront la disparition d'un grand nombre de gens dans un laps de temps relativement court. Les six sujets ne sont pas d'accord sur la date exacte de cette catastrophe générale, mais elle paraît survenir entre l'époque présente et la fin des années 90. De toutes façons, aucun de ces individus ne se retrouve en vie longtemps après l'an 2000, quand ils vont jusque là. Helen me dit une fois que le récit que j'ai fait de ma propre mort, quelque part au Canada dans les premières décennies du siècle prochain, était le plus tardif des six.

Les implications terribles résultant des découvertes de ses sujets, qui semblaient confirmer que la planète serait sévèrement dépeuplée au vingt-et-unième siècle, déprimèrent Helen Wambach dont la personnalité, d'habitude, débordait d'entrain. Elle se sentit tourmentée par l'incertitude et se demanda s'il fallait ou non continuer et publier les résultats de cette recherche. Finalement, ce furent les réactions rien moins que négatives de ses sujets eux-mêmes qui lui inspirèrent sa décision de m'associer à son projet et d'en assurer la publication future. Comme elle me le dit un jour :

> *"Assez bizarrement, mes sujets se sont montrés beaucoup moins troublés que moi par ces résultats. Peut-être est-ce en partie dû à l'impression merveilleuse de délivrance et de joie qu'ils disent tous avoir éprouvée en quittant leur environnement physique. Je sais que Kenneth*

Ring dans "En route pour Omega"[1] *décrit ce scénario possible comme une traversée de l'enfer. Mais mes sujets voient les choses autrement, du moins en ce qui concerne leur mort".*

Helen poursuivit alors en me racontant l'histoire de cette jeune femme qui s'était retrouvée en train de mourir au cours d'une explosion nucléaire en Europe. En mourant, elle éprouvait une sensation d'étouffement car ses poumons étaient brûlés par les flammes. Mais dès qu'elle eût quitté son corps, un grand sourire apparut sur son visage. Stupéfaite de ce changement, Helen lui demanda : "Y a-t-il autour de vous un grand nombre d'âmes bouleversées ?" comme on peut raisonnablement s'y attendre dans le cas d'un holocauste nucléaire. Mais elle répondit : "Non, il y a beaucoup de gens autour de moi et nous nous sentons tous très heureux et très soulagés. C'est un rassemblement tout à fait agréable. Nous sommes des milliers et nous sommes libres !"

Si telle n'est pas exactement l'idée que se fait notre intelligentsia d'une destruction massive, elle est néanmoins en accord avec les sentiments éprouvés par les cinq autres sujets de Helen au moment de leur mort survenue également, semble-t-il, au cours de quelque catastrophe. Je me rappelle aussi la joie que j'avais ressentie à laisser derrière moi le corps de Chet Snow lorsque je me retrouvai en train de mourir sur ce futur lit canadien. Cette expérience correspond à celle de beaucoup d'autres individus hypnotisés, après la fin d'une existence soit passée soit future. Ceux qui sont revenus d'un "état proche de la mort", pendant lequel leur corps se trouva cliniquement mort pendant un court laps de temps, parlent fréquemment aussi des sentiments positifs intenses d'amour et de chaleur éprouvés en atteignant le point de décision au-delà duquel il n'était plus possible à leur conscience de revenir dans leur corps présent. La mort physique n'est donc peut-être pas une expérience aussi déplaisante que nous le craignons.

Helen me confia qu'elle s'était souvent demandé pourquoi il est si fréquent de rencontrer des sentiments aussi positifs immédiatement après l'expérience sous hypnose de la mort corporelle, en particulier chez les sujets qui disparaissent dans des catastrophes. Elle me dit qu'elle en était venue à penser que c'est parce que les gens qui mourront dans les désastres à venir auront une fin rapide. Ils mourront généralement avec tout le reste de leur famille parce que ces cataclysmes seront très étendus. La conception consciente,

---

[1] *Heading For Omega*, Wm. Morrow, 1984.

intellectuelle que nous nous faisons de toute catastrophe comme d'une chose horrible est basée sur notre peur de quitter ce corps physique. Beaucoup de gens cependant ont conscience que ce n'est pas la personne qui meurt qui est à plaindre. Ceux qui perdent un être cher sont ceux qui souffrent le plus. Si nous subissons des désastres sur une vaste échelle comme ces sujets semblent le prévoir avec quelques médiums contemporains, il ne restera pas beaucoup de parents proches pour pleurer.

Néanmoins, il y aura manifestement des survivants. Plusieurs des participants aux ateliers de Helen, dont les histoires sont relatées dans *La Vie avant la Vie*[1], indiquèrent qu'ils avaient choisi de naître à cette époque-ci afin d'aider la Terre à se transformer avant son entrée dans le Nouvel Age. Apparemment, ces séries de désastres font partie de ce processus de transition. Ces survivants semblent le savoir à l'avance et certains d'entre eux se préparent déjà aux temps difficiles qui les attendent. C'est particulièrement vrai de ceux qui sont en train de créer des installations rurales à caractère autarcique. La Terre, après tout, a besoin de soins attentifs. Il faut à notre mère la Terre des infirmières et des médecins parce qu'elle ne disparaîtra absolument pas.

Conjointement à cette vision pleine d'espoir sur la réincarnation et le caractère passager de la mort physique, l'information la plus positive peut-être qui ressort des compte-rendus de ces sujets sur le futur imminent, c'est que la vie sur cette planète ne sera pas totalement annihilée. La guerre mondiale nucléaire, si redoutée par les prévisionnistes des "groupes de réflexion", n'est absolument pas prévue par les sujets de Helen ni par les miens. La Terre semble plutôt entrer dans une période de profond changement évolutif. Certaines personnes paraissent avoir su, avant même de naître, que l'un des buts de leur incarnation présente est soit d'enseigner les vérités sur l'immortalité de l'âme et l'aspect transitoire de la mort physique, soit de devenir des survivants et faire du Nouvel Age une réalité ici, sur Terre, au cours du siècle prochain.

Bien sûr, il y a aussi de nombreux individus maintenant en vie qui n'ont jamais entendu parler des concepts familiers au Nouvel Age, tels que les vies futures, l'énergie psychique, ou la possibilité de faire des expériences en dehors du corps physique. Nous vivons dans une époque de matérialisme si criant que ces choses paraissent effrayantes à de nombreuses personnes. On doit se sentir inquiet pour

---

1 Op.cit.

ces gens qui sont tellement emprisonnés dans leur moi physique qu'ils ne peuvent même pas concevoir que l'esprit ou la conscience soient indépendants de la réalité matérielle. Ils rejettent automatiquement l'idée de leur survie en dehors de leur corps physique ou de leur capacité à voyager à travers l'espace et le temps. Ce sont ceux qui sont si terrifiés par l'idée de la mort qu'ils comptent sur les découvertes de la technologie moderne pour maintenir leur corps physique à tout prix en vie. Ce sont ceux qui attendent impatiemment la création du coeur artificiel ou les transplantations multiples d'organes.

Helen me dit souvent qu'elle pensait que ces individus sont en proie à la peur subconsciente répandue dans notre culture contemporaine – la prémonition qu'en fait la mort arrive, qu'elle va frapper sur une assez vaste échelle, et c'est comme si de nombreuses personnes édifiaient une ultime résistance mentale. Cette résistance, qui s'exprime à travers la poursuite frénétique d'objectifs purement matérialistes et de plaisirs immédiats, elle l'appelait "la mentalité apocalyptique" de notre époque. C'est presque comme si notre culture se trouvait prise en ce moment entre la peur de la mort la plus aiguë que nous ayons jamais connue et un mouvement contraire, presque clandestin – la prise de conscience grandissante que nous sommes plus que notre corps physique, que nous sommes des êtres éternels de nature spirituelle. Aujourd'hui, nous sommes à la croisée des chemins, face à des choix fondamentaux en ce qui concerne le futur qui approche à grands pas.

Bien que les résultats des séances individuelles de progression dans le futur proche organisées par Helen Wambach avec ses autres volontaires aient essentiellement confirmé les orientations que nous avions décelées pendant mes visites au ranch de l'Arizona, elles ne fournirent pas de réponse à la question de savoir pourquoi la Terre entrait précisément maintenant dans une période de transition si radicale, ni pourquoi des prémonitions apocalyptiques devraient aujourd'hui rôder dans les recoins de notre subconscient. De quelle manière sommes-nous affectés par des pensées enfouies de cet ordre ? De quelle manière sont-elles susceptibles de façonner la réalité future que demain pourrait nous réserver ?

Helen se débattit au milieu de ces questions pendant les toutes dernières années de sa vie, intriguée par l'accumulation grandissante de preuves scientifiques émanant de la physique et de la biologie modernes, d'après lesquelles tous les organismes matériels vivants sont entourés d'une bande de radiations invisibles, comme l'ont depuis longtemps affirmé les mystiques des religions orientales et traditionnelles qui l'appellent l'"aura" ou le "halo". Les traditions ésotériques anciennes associent la force et la vitalité de l'aura au bien-être tant physique que spirituel. On dit qu'elle nous relie aux énergies non-physiques dont l'interaction avec notre corps matériel se fait à travers sept points spécifiques de transmission bio-énergétique situés le long de la colonne vertébrale et connus sous leur nom sanscrit de "chakras", mot qui signifie "roue", et qui probablement exprime le mouvement circulaire de la spirale énergétique.

Jusqu'à ces dernières années, notre science occidentale matérialiste se moquait de ces concepts considérés comme des superstitions ou des spéculations métaphysiques dénuées de fondement. Aujourd'hui, la présence d'un champ électromagnétique autour des objets vivants a réellement été décelée et mesurée à l'aide de techniques comme la photographie Kirlian. Cette dernière consiste à projeter un courant électrique à haute fréquence à travers un objet placé entre deux électrodes en forme de plaque devant une pellicule non développée. Lorsque le courant passe à travers et autour de la matière, son interaction avec la couronne d'énergie invisible de l'objet produit une image sur le film. On n'a pas besoin de caméra pour ce genre de "photographie". Cette technique fut élaborée par un couple soviétique travaillant en équipe, Semyon et Valentina Kirlian, au cours des années 60, bien que les principes qu'elle met en oeuvre datent de la moitié du dix-neuvième siècle[1].

La découverte la plus intriguante sur ces champs d'énergie qui entourent toute matière vivante, y compris les êtres humains, est que leur forme et leur couleur changent en réagissant à des stimuli émotionnels. Ainsi, l'émission de la couronne autour de la main d'une personne détendue et calme se modifiera si elle se trouve en proie à la colère ou à la surexcitation. Qui plus est, les chercheurs occidentaux qui ont travaillé sur la photographie Kirlian, comme le Dr Thelma Moss maintenant retraitée de ses fonctions à la faculté de l'U.C.L.A., découvrirent aussi que certains individus, notamment des "guérisseurs" médiums expérimentés, pouvaient selon toute apparence opérer un transfert réel d'énergie à partir de leur propre champ

---

[1] Jeffrey Mishlove, *The Roots of Consciousness*, Bookworks New York, et Random House, Berkeley, 1975, pp. 225-228. Ce livre présente une excellente étude de la photographie Kirlian et des expériences du Dr Moss. Consulter également Stanley Krippner et Daniel Rubin édit., *The Kirlian Aura*, Doubleday & Co., Garden City, N.Y., 1974.

dans celui de quelqu'un d'autre en le touchant. Des expériences contrôlées scientifiquement ont démontré qu'après de semblables interventions thérapeutiques l'émission de la couronne du guérisseur pâlissait temporairement tandis que celle du patient devenait plus grande et plus brillante. Des tentatives effectuées par des sujets "de contrôle" ordinaires, pour répéter cet exploit, échouèrent.

D'autres expériences montrèrent qu'une maladie peut être décelée sous la forme d'anomalies présentes dans l'émanation (ou aura) qui entoure un organisme avant que le corps ne présente des symptômes physiques décelables même par les microscopes électroniques. Les Kirlian démontrèrent que le champ d'énergie qui entoure une feuille provenant d'un plant de maïs apparemment sain, placée à côté d'une feuille atteinte de mildiou, s'affaiblissait plusieurs jours avant que la plante ne montrât par des signes extérieurs qu'elle avait contracté la maladie. De plus, lorsqu'une partie de feuille saine était découpée, l'image de son champ énergétique sur la plaque photographique restait entière longtemps après. Ceci permet peut-être d'expliquer ce que les chirurgiens décrivent comme le syndrome du "membre fantôme", où les gens continuent à éprouver des sensations dans un bras ou une jambe après son amputation. Peut-être que dans leur "aura" électro-magnétique, les gens conservent la totalité de leur corps après qu'un de leurs membres ait été enlevé. Cet effet est différent du processus de maladie, plus lent, qui paraît au début envahir notre champ énergétique, portant ainsi atteinte aux défenses immunitaires de notre organisme, si bien que des germes physiques souvent quotidiennement présents deviennent dangereux pour notre santé.

Qu'a donc la photographie Kirlian à voir avec nos "rêves collectifs" du futur et l'existence possible d'un courant de mentalité apocalyptique circulant dans notre culture contemporaine ? A mon avis, deux constatations s'imposent nettement. Tout d'abord, dans les domaines qui traitent des interactions se produisant entre les réalités physique et non-physique, notre technologie de l'ère spatiale commence à nous révéler que de nombreux concepts traditionnels et ésotériques "non-scientifiques" recouvrent des processus réels permanents qui affectent notre bien-être physique et émotionnel. C'est pourquoi nous devons examiner ce que ces sources traditionnelles ont prédit sur notre futur immédiat, ainsi que la manière dont les conditions matérielles d'aujourd'hui sont reliées aux réalités cosmiques plus vastes du temps et de l'espace. Mon travail de recherche sur les prophéties traditionnelles indique que nombre d'entre elles prédisent des changements importants au cours du prochain quart de siècle.

En second lieu, les documents fournis par la photographie Kirlian incitent à penser que notre bien-être physique reflète la vitalité d'un champ d'énergie invisible (l'aura), qui entoure notre corps. Ce champ énergétique est à son tour affecté par nos émotions les plus secrètes. Si ces découvertes sont valables pour des individus, elles peuvent très bien s'appliquer à l'humanité en tant qu'espèce et même par analogie à la planète toute entière. Cette idée est beaucoup moins tirée par les cheveux qu'elle pourrait le paraître au premier abord. Nos ancêtres ont longtemps considéré notre "Mère la Terre" ou notre "Mère Nature" comme une entité vivante unique. Les astrophysiciens d'aujourd'hui reconnaissent que la Terre est entourée d'un champ électromagnétique invisible qui contrôle le climat et d'autres conditions indispensables à la vie. Biologistes et écologistes admettent de plus en plus la nature unifiée et interdépendante de la vie sur cette petite boule de poussière qui fend l'espace à toute allure comme une fusée. Des théoriciens contemporains comme James Lovelock[1] et Peter Russell[2] soutiennent que la Terre constitue un seul organisme vivant dont nous autres, êtres humains, ne sommes qu'une partie. Selon leur "hypothèse Gaia", cette planète où nous vivons est elle-même un être en évolution avec ses besoins et ses priorités écologiques propres.

Si donc il existe une conscience de l'espèce ou une conscience planétaire, alors les prémonitions contemporaines subconscientes de catastrophes imminentes pourraient refléter la crainte collective inexprimée que seul un changement radical spectaculaire est de nature à résoudre les nombreux problèmes épineux de la situation mondiale actuelle. Pire encore, l'existence de toute cette mentalité apocalyptique sous-jacente que nous laissons inexplorée risque de nous pousser, sans que nous le sachions, vers une crise future, crise que la plupart d'entre nous souhaiterions éviter si nous étions conscients du processus. C'est l'une des raisons pour lesquelles je crois qu'il est d'une importance vitale de diffuser les résultats obtenus par Helen et moi-même aussi largement que possible, aujourd'hui où il est peut-être encore temps d'agir. Ce n'est qu'en faisant face à nos craintes de catastrophes profondément ancrées, et en choisissant d'autres attitudes plus optimistes, que nous pourrons renforcer notre champ énergétique humain collectif et réaliser les

---

1 *The Ages of Gaia*, Norton, 1988.

2 *The Global Brain*, BM Noetics, 1988.

changements planétaires requis d'une manière plus saine et plus positive.

Helen Wambach pensait qu'il existait un facteur supplémentaire qui reliait les prophéties traditionnelles sur notre proche avenir et la condition de l'aura "bio-magnétique" de la Terre. Elle était convaincue que de nombreux bouleversements naturels à venir, entrevus par moi-même et ses autres sujets, résulteront d'une accélération des vibrations du champ énergétique terrestre lui-même, indépendamment de l'activité matérielle ou spirituelle humaine. Il nous faut donc les admettre et les accepter. L'humanité peut contribuer à atténuer les dommages physiques en s'y préparant et en aidant ceux qui seront le plus directement affectés par ces temps difficiles.

Helen affirmait que la Terre et le système solaire se déplacent en spirale à travers le Temps et l'Espace selon de vastes cycles dont chacun dure de 25 000 à 26 000 ans. En deux points opposés de ces circuits en spirale, nous pénétrons dans un secteur de la réalité matérielle baignée de rayons cosmiques qui, lorsque nous entrons en contact avec eux, augmentent la fréquence de l'énergie électro-magnétique terrestre décelable. Le processus est cumulatif et ne devient perceptible qu'au bout de plusieurs décennies.

L'un de ses premiers effets, toutefois, sera d'augmenter la température du noyau magnétique terrestre, provoquant un accroissement des bouleversements géophysiques comme les éruptions volcaniques et les tremblements de terre. Ces phénomènes seront à l'origine des catastrophes planétaires tant redoutées qui réduiront la population du globe. Finalement, ce changement d'énergie vers ce que Helen appelait "l'au-delà de l'ultraviolet" entraînera une modification du champ énergétique de tous les organismes vivant sur la Terre, y compris de l'humanité, favorisant le développement de pouvoirs métapsychiques tels que la télépathie. Seuls les organismes capables de s'adapter à ces fréquences vibratoires plus élevées survivront dans une forme matérielle.

Helen Wambach admettait volontiers qu'elle ne possédait aucune preuve scientifique solide pour étayer ce scénario du futur qu'elle sentait néanmoins déjà en train de s'installer. Elle me dit que la plupart de ces idées lui avaient été transmises de manière médiumnique au cours d'une expérience profonde, dans un état proche de la mort, qu'elle avait eue pendant l'intervention chirurgicale où on lui posait une valve. Elle était morte cliniquement deux fois sur la table d'opération. C'est au cours de ces états hors du corps et plus tard au cours de deux méditations profondes vers deux heures du matin effectuées dans sa maison de Pinole, en Californie, qu' "on lui avait montré" des systèmes énergétiques qui pénétraient la Terre à des vitesses supérieures à celles de l'ultra-violet.

Il serait plus facile de ne pas prêter attention à cette conviction en apparence assez fantaisiste de Helen Wambach, à savoir qu'un changement énergétique planétaire progressif est déjà en train de se produire aujourd'hui, si d'autres sources, tant traditionnelles que contemporaines, ne venaient y faire écho. Comme nous le verrons dans le prochain chapitre, le concept selon lequel le mouvement de notre histoire se ferait suivant de vastes cycles de temps dont chacun serait d'environ 26 000 ans constitue le fondement de la plus vieille science connue de l'humanité – l'astrologie astronomique. Nos lointains ancêtres avaient connaissance de ce que nous appelons la "précession des équinoxes" et semblaient accorder une importance toute spéciale à une série de catastrophes qui se produisirent vraisemblablement entre 12 500 et 13 000 ans avant l'époque présente, à mi-chemin de ce que l'on nomme "La Grande Année Tropicale". Pour nos hommes de science contemporains, cette période aurait également marqué la fin de l'ère glaciaire la plus récente. Certains paléontologues déclarent aussi qu'ils viennent de découvrir la preuve de catastrophes survenues à l'époque préhistorique – au moins à une échelle locale – il y a 26 000 ans environ, au moment à peu près où le moderne homme de Cro-Magnon remplaça ses cousins du Néanderthal.[1]

Des sources médiumniques contemporaines, pour la plupart sans doute inconnues de Helen, s'appuient aussi sur l'affirmation que notre système solaire pénètre actuellement dans de nouveaux champs énergétiques pour prédire un basculement des pôles au cours des prochaines décennies. Le plus fascinant de ces exposés se trouve dans le livre du Dr Shafica Karagulla[2] où ce dernier fait le récit d'une série de "cours de nuit" éducatifs, suivis dans un état hors du corps par son amie intime Viola Petitt Neal, Ph. D., au cours des années 60. Comme le raconte ce neuro-psychiatre expérimenté, Mme Neal, professeur de philosophie, découvrit qu'elle se souvenait d'avoir participé à plusieurs "séminaires" en dehors du corps où des esprits désincarnés lui dispensaient un enseignement pendant son sommeil. Les matières enseignées allaient du développement de capacités métapsychiques

---

[1] William Stevens, "Life in the Stone Age : New Findings Point to Complex Societies", *The New York Times*, 20 déc. 1988, p. C-1.

[2] Viola Petitt Neal et Shafica Karagulla, *Through the Curtain*, De Vorss & Co., Marina del Rey, Calif., 1983, pp. 275-76. Citations autorisées par l'éditeur.

telles que la télépathie, à la physique nucléaire. Une grande partie de ce matériel pédagogique comprenait des prédictions concernant le futur.

Graduellement, Mme Neal s'entraîna à maintenir un état de conscience divisé pendant son sommeil. Elle pouvait alors résumer le contenu de chaque cours à voix haute, tandis que sa conscience demeurait en dehors de son corps. Le Dr Karagulla put ainsi enregistrer directement sur bande magnétique certains des compte-rendus de son amie et transcrivit des résumés d'autres "cours de nuit" similaires qu'elle se remémorait. Plusieurs de ces séances, enregistrées en 1962 et 1963 mais publiées en 1983 seulement, c'est-à-dire après l'expérience faite par Helen Wambach d'un état proche de la mort, présentait les changements terrestres à venir en des termes étonnamment semblables à ceux que Helen employa pour me relater ses propres expériences en dehors de son corps. Le passage suivant extrait d'un cours intitulé : "Les énergies cosmiques et leur effet sur la planète Terre", résume l'essentiel de l'histoire :

> *"A l'époque où nous sommes, le système solaire traverse une nouvelle partie de l'espace où des courants et des marées cosmiques importants affectent le Soleil et toutes les planètes, d'abord au niveau physique. Ceci s'est déjà produit à l'époque de l'Atlantide, il y a environ 25 000 ans. Ces changements surviennent selon des cycles d'environ 24 000 ans (sic). Il s'agit d'une spirale et d'un cycle cosmiques qu'il est difficile à l'homme d'identifier parce que sa conscience n'a pas encore la capacité d'embrasser d'aussi vastes espaces de temps...*
>
> *Ces radiations élèveront la fréquence vibratoire de la planète et affecteront la conscience. Au moment où nous sommes, la substance elle-même, tant physique qu'astrale et mentale, se trouve élevée. Ceci signifie que les véhicules d'expression destinés au règne humain seront nécessairement constitués d'une substance à plus haute fréquence. Il s'ensuit automatiquement que les Egos – ou les Ames – qui se trouvent à un niveau d'évolution inférieur ne pourront pas se réincarner.*
>
> *En conséquence, pendant plusieurs millénaires les êtres les plus évolués reviendront en incarnation. Peut-être pendant tout le reste de cette onde de vie planétaire".*

S'il n'est pas indispensable d'adhérer dans le détail aux récits de Helen ou de Viola Petitt Neal, on ne peut qu'être frappé par leur ressemblance générale, surtout si l'on considère que chacune ignorait l'existence de l'autre. Je ne pris moi-même connaissance du livre du Dr Karagulla que lorsqu'un jeune guérisseur américain tout à fait remarquable, venu d'Hawaï, me rendit visite à Paris en juillet 1988. Cette même idée fondamentale, à savoir que la Terre entre en ce moment dans une nouvelle “zone d’énergie”, a été également exprimée par l’entité dénommée “Seth” qui parlait à travers le médium Jane Roberts, dans les années 70, et plus récemment par Ken Carey dans *The Starseed Transmissions*[1]. De toute évidence, cette idée commence à faire partie de notre “rêve collectif” actuel sur l’émergence proche d’un Nouvel Age ici sur Terre, époque attendue avec espoir et crainte tout à la fois depuis le début de ce cycle de l’histoire humaine.

---

[1] Pour de plus amples informations sur Seth et les *Starseed Transmissions*, voir respectivement les chapitres 4 et 11. Ken Carey, *The Starseed Transmissions*, Uni Sun (P.O.Box 25421, Kansas City, MO 64119), 1982.

— III —

A la découverte du temps futur, une antique tradition.

Depuis l'aube de son histoire, la race humaine a été animée d'un désir ardent de comprendre, prédire et contrôler l'avenir. Apparues longtemps avant la compilation méthodique des documents écrits, les traditions orales et les peintures rupestres témoignent encore des efforts de nos ancêtres pour sonder les mystères du Temps. Essayer de savoir à l'avance quelle sera notre situation future dans l'écoulement continu du temps, avec l'espoir de pouvoir ainsi l'améliorer, a toujours été une entreprise spécifiquement humaine. C'est l'une des quelques différences qui nous séparent du règne animal environnant.

Sur cette planète, du moins, seuls les êtres humains se posent des questions sur leur origine et leur destin en cherchant à élargir leur horizon au-delà de leur bien-être matériel immédiat et de la survie instinctive de leur race. Tout au long de l'histoire, dans toutes les parties du monde, des hommes et des femmes ont pris le temps de méditer sur la nature de la création, sur les premiers tressaillements de la vie et sur le sort futur de l'univers. Et depuis le commencement, ils ont tourné leurs regards vers les cieux pour trouver des réponses. Les antiques autorités spirituelles, comme les modernes astrophysiciens, émettent l'hypothèse que les événements qui influent sur notre sort actuel ont commencé leur déroulement avant que cette planète, la Terre, ce grain de poussière cosmique où nous nous sentons chez nous, ne prît forme. De plus, les uns comme les autres considèrent que nous ne pourrons réellement appréhender le futur que si nous comprenons correctement le passé.

Comment tout cela a-t-il donc commencé ? Quand on considère que cette Terre où nous nous trouvons n'est qu'une petite planète qui tourne autour d'une étoile de catégorie plutôt ordinaire, dans un secteur éloigné de cette énorme galaxie qu'est la Voie Lactée, laquelle n'est elle-même que l'une des milliards de galaxies lancées à toute allure à travers l'univers à une vitesse fantastique, on ne peut qu'éprouver une crainte respectueuse à la pensée des circonstances incroyables qui ont conduit à notre situation présente.

Cette existence est-elle le seul fruit du hasard, un assemblage fortuit de particules innombrables de matière autonome qui aurait fini par constituer les "choses telles qu'elles sont" ? Cela a-t-il simplement commencé par de la substance entraînée à l'aventure à travers le temps et l'espace ? Ou faisons-nous partie, au contraire, d'un dessein plus vaste, d'un projet organisé, une sorte de super-production dont le budget et les proportions d'ensemble feraient rougir un metteur en scène hollywoodien ?

Si l'on admet qu'il est invraisemblable qu'un phénomène aussi solidaire, aussi organisé que l'univers matériel où nous vivons soit le résultat d'un pur hasard, alors on est inévitablement conduit à se poser de nouvelles questions sur ses origines et son destin final. Dans quel contexte se déroule cette pièce de théâtre que nous nommons le Temps ou l'Histoire ? Les acteurs y sont-ils indépendants et co-créateurs ? Ou sont-ils plutôt des sortes de marionnettes dont les pensées et les actes reflètent les impulsions de ficelles invisibles ? Par ailleurs, cette pièce a-t-elle un dénouement fixé à l'avance et irrévocable ? Le futur est-il écrit, de manière relative ou absolue ? Ou bien ce scénario, dans sa totalité, transcende-t-il les limites du temps et de l'espace à l'intérieur desquelles se déroule la séquence des événements matériels ?

Toute recherche sur ces questions conduit à se demander ultimement ce que c'est que le temps. Quelle est la nature du temps ? Le temps est-il strictement linéaire, va-t-il toujours d'un passé immuable vers un futur inconnaissable ou bien est-il en quelque sorte circulaire, faisant un tour sur lui-même, si bien que les choses se répètent indéfiniment en un "éternel retour" ? Le débat sur la nature du temps, d'une importance cruciale dans toute discussion concernant la prophétie et la prédiction du futur, a occupé les philosophes pendant des millénaires, parce que la manière dont l'homme se perçoit et conçoit son rôle dans l'évolution de l'univers en découle étroitement.

D'un côté, notre observation quotidienne du temps nous fait découvrir son caractère indiscutablement linéaire, du moins en ce qui concerne le futur immédiat. Aucun individu doté d'intelligence ne peut croire que les actions qu'il accomplit à tel ou tel moment vont se réitérer indéfiniment, l'immobilisant dans une répétition interminable interdisant tout progrès. Nous nous attendons à ce que demain soit différent d'aujourd'hui et faisons nos plans en conséquence. Le fait que les événements du lendemain nous apparaissent toujours accompagnés de fraîcheur et de nouveauté est une source d'espoir pour ceux qui attendent de l'avenir quelque chose de meilleur. Le sens commun refuse aussi d'admettre que des événements historiques spécifiques puissent se reproduire de manière identique. Personne ne peut sérieusement s'attendre à ce qu'une réplique de George Washington revienne bientôt livrer un nouveau combat pour l'Indépendance de l'Amérique. Nous rejetons avec horreur l'idée de voir des atrocités comme celles de l'Inquisition espagnole, de l'holocauste nazi ou du génocide des Khmers Rouges se reproduire sur la scène de l'histoire humaine.

Mais au moment même où nous refusons l'idée de "l'éternel retour" pratiquement identique d'événements passés, nous continuons dans notre vie quotidienne de dépendre du temps circulaire. Sans nous en rendre compte, nous présumons que des phénomènes cosmiques fondamentaux comme la révolution de la Terre autour du Soleil, le rôle régulateur de la Lune sur les marées, l'effet de la gravité sur le poids et la cohésion des objets, vont continuer à se répéter indéfiniment. Les plans d'avenir que nous élaborons impliquent le caractère prévisible des forces fondamentales de la nature. Si tout était toujours totalement nouveau et différent d'instant en instant, l'univers retournerait au chaos. La vie, telle que nous la connaissons, serait impossible.

Donc, dans la sagesse de notre bon sens, nous vivons dans une sorte de temps hybride. Pour nous, le temps se présente comme cyclique, mais avec des propriétés à la fois linéaires et circulaires. Psychologiquement, l'expérience d'un temps se déroulant en cycles ou en spirales est porteuse d'espoir, car elle relie les conséquences futures à notre activité présente. Considéré dans sa nature cyclique, le temps crée la possibilité de la relation de cause à effet, fondement essentiel de toute morale humaine. La relation de cause à effet, connue dans les cercles du Nouvel Age sous le vocable sanscrit de *karma*, ne peut exister que si le temps se déroule selon une spirale ascendante. Si rien n'est éternellement neuf sous le Soleil mais se trouve dans une certaine mesure déterminé par ce qui s'est déjà passé, alors l'espoir nous est permis d'influencer favorablement l'avenir par nos actes présents. Si le passé revient dans l'avenir, non d'une manière identique ou immuable, mais sous une forme modifiée déterminée par ce qui a eu lieu entre temps, alors nous autres, simples mortels de passage sur cette scène terrestre, prenons beaucoup plus d'importance. Nous devenons responsables de notre avenir, car il est l'amalgame de notre passé et de notre présent.

Les grandes prophéties dépendent de cette conjonction car leur but, à chaque fois, est de donner un avertissement. Les prophètes de la Bible ont toujours présenté soit l'image d'un futur modifiable pourvu que les imperfections du moment fussent corrigées, soit celle d'un futur inévitable découlant de la non prise en considération au moment voulu des avertissements passés.

Le prophète Isaïe, par exemple, commence par prédire une mort prématurée au roi faible et irrésolu de Juda, Ezéchias, dont le royaume a déjà été une fois sauvé du péril assyrien grâce à l'intervention divine. Mais après que le roi ait manifesté un repentir sincère et supplié Yahvé (le Seigneur), le prophète biblique revient sur son triste pronostic, annonçant que le règne d'Ezéchias a été prolongé de quinze ans. Peu après cependant, notre roi, imbu de confiance en lui-même, étale son importante collection de trophées d'or et d'argent aux yeux des émissaires d'un autre ennemi potentiel, le roi de Babylone. L'orgueil déplacé d'Ezéchias conduit Isaïe à prédire à nouveau la chute du royaume de Juda. Cette fois, la sentence est sans appel, bien que son exécution soit reportée à la génération suivante (Isaïe 37-39).

Les grands prophètes de l'antiquité classique ont aussi averti l'humanité grâce à leur capacité de lire dans l'avenir. Mais leurs prophéties mettent également en relief l'orgueil exagérément confiant de beaucoup d'hommes qui pour la plupart n'ont tenu aucun compte des exhortations qui leur étaient faites de changer. Pour le poète de la Grèce antique, Homère, ce qui fait la tragédie de la prophétesse troyenne, Cassandre, c'est que personne ne l'écouta pendant qu'il était encore temps d'éviter le désastre, en dépit de la véracité constante de ses terribles prédictions. En conséquence, ses avertissements revêtirent le caractère de l'accomplissement d'un destin implacable.

La plus célèbre peut-être des prophéties antiques, dont les effets apparemment évitables ne furent que trop vérifiés, fut celle du devin romain Spurinna Vestritius qui avertit Jules César qu'un "grand danger" l'attendait le jour des Ides de mars (le 15 mars 44 av. J.-C.)

D'après l'historien romain Suétone, Spurinna fit cette prédiction quelque temps à l'avance dans le but d'avertir le chef ambitieux. Les deux hommes se rencontrèrent plus tard dans la rue, à la date fatidique. Un César moqueur tourna le sage en dérision, lui disant que les Ides de mars étaient venues et qu'il se sentait très bien[1].

"Oui", lui répliqua paraît-il Spurinna, "mais elles ne sont pas encore passées".

Peu de temps après, notre César trop sûr de lui fut assassiné sur les marches du Forum par ses soi-disant amis, Cassius et Brutus. Lui aussi avait négligé de prêter attention à l'avertissement du prophète et se trouva, en conséquence, pris dans la trame du Temps où joue le principe de cause à effet, ou *karma.*

La meilleure description du temps cyclique est peut-être celle du philosophe allemand du XIXème siècle, Georg F. Hegel[2]. Selon lui, l'homme perçoit le temps à la manière de quelqu'un qui gravirait lentement un sentier tournant autour d'une montagne. Imaginez, dit-il, une montagne en forme de cône s'élevant au milieu d'une plaine. Un sentier en spirale s'enroule autour de la montagne depuis sa base jusqu'à son sommet. En gravissant la montagne, on se retrouve nécessairement du même côté à de nombreuses reprises, bien que ce soit chaque fois à un niveau un peu plus élevé.

En conséquence, le voyageur qui fixe son regard sur la plaine en contrebas verra périodiquement réapparaître les mêmes repères, cycle après cycle, tandis que celui qui se borne à regarder à ses pieds le sentier qui se poursuit verra devant lui un sol sans cesse nouveau. Il pourra falloir au premier des générations avant qu'il se rende compte que s'il est vrai que les mêmes repères réapparaissent, c'est à chaque fois depuis une perspective nouvelle et plus élevée, et qu'il s'ensuit que le mouvement du temps est progressif et non éternellement répétitif. Celui qui ne voit que le sol à ses pieds pourra ne jamais se rendre compte qu'en fait son sentier est jalonné d'expériences antérieures similaires. Le sage, lui, comprendra que sa progression vers le sommet peut être prédite et aidée par l'observation attentive du retour périodique des principaux repères spécifiques qui se trouvent en bas, ainsi que de la nature rocailleuse ou lisse du chemin qu'il est en train de fouler. De toute évidence, ceci est également

---

[1] David Wallechinsky, Ann Wallace et Irving Wallace, *The Book of Predictions*, William Morrow and Co., Inc., New York, 1980, pp. 381-82. Et Renée Paule Guillot, "Les Oracles de l'Antiquité", pp. 28-33, *Historia*, N° 397, bis, Paris, 1979.

[2] Michael Damien et Charles Hirsch, *La Crainte de l'An 2000*, Editions Seghers, Paris, 1979, p. 206.

valable pour celui qui étudie les prédictions du futur. Il est essentiel pour lui, tout en demeurant conscient de la nouveauté qu'apporte chaque tour de la roue du Temps, de reconsidérer ce que les sages qui l'ont précédé ont correctement prédit et de comparer leurs repères avec ceux qu'il a sous les yeux. De cette manière, on se rend compte à quel point le déroulement de l'histoire humaine s'est fait de manière cyclique malgré les preuves d'un indiscutable progrès culturel.

Nos ancêtres les plus lointains étaient parfaitement au fait de cette nature cyclique du temps. Equipés d'annales soigneusement conservées et de techniques de mesure étonnamment sophistiquées, ils demandaient aux cieux de les aider à résoudre les problèmes de la vie. Dans une mesure difficile à apprécier aujourd'hui, les civilisations anciennes de la Terre étaient fondées étroitement sur le retour périodique des phénomènes célestes, de la révolution apparente des étoiles et des planètes autour de la Terre. Les ruines d'anciens observatoires astronomiques font partie des reliques les plus anciennes de l'humanité, remontant souvent à plus de 5000 ans. Dispersés sur la totalité du globe, ces monuments néolithiques de pierre témoignent de l'importance qu'avait pour nos lointains ancêtres la connaissance précise de l'aspect et de l'activité de systèmes stellaires et planétaires spécifiques. En Angleterre, le cercle bien connu de Stonehenge, vieux de quelque 4000 ans, selon l'estimation de l'archéologue John Michell dans son livre *The New View Over Atlantis,* représente les restes d'un seul de ces observatoires astronomiques qui remontent à une très haute antiquité[1].

Toutes les cultures anciennes ont honoré ces "mages" qui contemplaient le ciel : en astronomes expérimentés, ils pouvaient prédire l'apparition de phénomènes célestes spécifiques, et en tant qu'astrologues interpréter leur influence sur la société. La Bible elle-même, malgré une mise en garde contre une dépendance excessive à l'égard de techniques comme l'astrologie ou la divination, ou de leur utilisation païenne, cite l'arrivée à Bethléem des trois Sages comme preuve du caractère surnaturel de la venue de Jésus.

Les civilisations anciennes, par dizaines, portent clairement témoignage que cet intérêt pour les cieux n'était pas que superstition ou savoir météorologique conçu en fonction des semis et des récoltes. Nos ancêtres étaient convaincus que les planètes et les étoiles représentaient des forces divines qui intervenaient personnellement

---

[1] John Michell, *The New View Over Atlantis,* Harper & Row, San Francisco, 1983, pp. 127-31.

dans le déroulement de l'histoire humaine. Les traditions religieuses les plus anciennes de l'humanité divisent clairement la préhistoire entre l'ère des dieux et des déesses célestes, où les interventions de cette sorte étaient courantes, et des époques plus récentes où les prêtres et les rois étaient investis de prérogatives divines et agissaient comme régents ou substituts de leurs maîtres célestes absents.

De plus, pratiquement toutes ces traditions prédisent le retour de cet Age d'Or où les dieux contrôlaient directement le destin du monde. On croyait que les cieux eux-mêmes enverraient des signes et des présages de ce retour, exactement comme le mouvement quotidien du Soleil et les cycles annuels des constellations servaient à rappeler et garantir cette promesse lointaine.

Ainsi, dès les tout premiers jours les êtres humains ont concentré leur attention sur les cieux et imaginé des moyens de relever et de consigner les activités célestes sur une bande connue sous le nom de "zodiaque". Les origines du zodiaque se perdent dans la nuit des temps. Divers experts en ont attribué l'invention à plusieurs cultures anciennes différentes, mais aucun n'a prouvé de façon convaincante qu'il possédait le modèle original. Les Phéniciens, les Mésopotamiens ou les Chaldéens, les anciens peuples de l'Egypte, de l'Inde ou de la Chine, possédaient tous des zodiaques parfaitement semblables, indication possible de l'existence d'un archétype commun. Les cultures pré-colombiennes des deux Amériques partageaient cette croyance en une intervention céleste à l'époque de la préhistoire humaine, et possédaient aussi un zodiaque circulaire complexe et des calendriers, bien que leurs représentations et leurs signes fussent différents de ceux d'Europe et d'Asie.

Le mot "zodiaque" lui-même dérive du grec ancien *zodiacos*, qui signifie "cercle de petits animaux". Certains occultistes font remonter le terme plus loin encore jusqu'à deux radicaux de l'égyptien ancien, *zo* et *on*, signifiant respectivement "vie" et "être". Les deux racines peuvent être correctes, car si nos ancêtres croyaient que les étoiles représentent des puissances divines vivantes, depuis les temps anciens les constellations qui composent le zodiaque ont été représentées sous diverses figures humaines et animales, chacune porteuse d'un symbolisme particulier. Ainsi, par exemple, le signe du Cancer est symbolisé par le crabe tandis que son voisin le Lion est représenté par l'animal qui porte son nom.[1]

---

1 Manly P. Hall, *The Secret Teaching of all Ages*, The Philosophical Research Society Inc., Los Angeles, 1977, pp. 53-56 (réimpression de l'édition originale de 1928).

Les constellations qui composent le zodiaque occupent une bande spécifique dans le ciel qui, vue depuis la surface de la Terre, semble tourner autour de notre planète. Pour mesurer cette bande astronomiquement, on part de "l'orbite" du Soleil telle qu'on peut la voir de la Terre. Notre étoile la plus proche semble donc décrire une immense ellipse autour de la Terre, inclinée de 23°27' par rapport à l'équateur terrestre. Cette orbite a reçu le nom d'écliptique. Toutes les planètes du système solaire parcourent leurs orbites terrestres apparentes à l'intérieur d'une bande, de chaque côté de l'écliptique. Cette bande qui mesure à peine 17° de large est ce que l'on appelle le "zodiaque". Toutes les constellations qui sont représentées sous des formes humaines et animales dans l'horoscope quotidien sont visibles à l'intérieur de cette ceinture de 17° qui entoure l'écliptique.[1]

Traditionnellement, le zodiaque a été divisé en douze secteurs de 30° chacun pour former un cercle parfait de 360°. A chaque secteur a été attribuée une représentation spécifique, ce qui nous donne les douze "signes" du zodiaque. Comme la Terre tourne autour du Soleil, ces signes se succèdent dans le ciel nocturne. Et comme l'écliptique est inclinée par rapport à l'équateur terrestre, leurs deux plans ne coïncident que deux fois par an. Ces deux points, où l'orbite apparente du Soleil est équidistante des pôles célestes nord et sud, sont appellés les deux équinoxes, parce qu'ils marquent les deux points où le Soleil se couche exactement à l'ouest et où la durée du jour est égale à celle de la nuit. L'équinoxe vernal (21-22 mars) marque le début du printemps, où la durée des jours va de nouveau dépasser celle de la nuit dans l'hémisphère nord. Symbolisé par le Bélier, il fut choisi par les astrologues anciens, qui étudiaient l'influence des étoiles sur les affaires des hommes, comme point de départ de chaque année zodiacale.

L'orbite que décrit la Terre autour du Soleil n'est pas son seul mouvement cyclique important, car elle effectue aussi une rotation quotidienne sur elle-même autour de l'axe des pôles. Si l'un ou l'autre de ces deux cycles répétitifs venaient à s'arrêter, la vie physique telle que nous la connaissons ne pourrait se maintenir ici-bas. La Terre cependant n'effectue pas une rotation parfaitement régulière. Notre planète oscille autour de son axe selon un mouvement gyroscopique. Cette irrégularité dans le mouvement de rotation détermine un autre cycle temporel terrestre important, souvent dénommé "Précession des Equinoxes".

---

[1] André Barbault, *Petit Manuel d'Astrologie*, Editions du Seuil, Paris, 1972, pp. 8-14.

Vu depuis la surface de la Terre, le Soleil accomplit sa révolution annuelle en traversant les douze signes du zodiaque, revenant à son signe de départ à chaque équinoxe vernal. Cependant, comme la rotation de la Terre incline l'axe nord-sud de notre planète en un mouvement conique lent comparable à celui d'une toupie qui oscille, le Soleil n'accomplit pas dans le ciel un tour absolument complet de 360° au cours d'une année solaire. Il s'ensuit qu'à chaque équinoxe vernal, il traverse l'équateur un peu après le point du zodiaque où il l'avait traversé l'année précédente. C'est pourquoi, lors de chaque équinoxe vernal, la position des constellations zodiacales semble s'être décalée légèrement en arrière. L'équinoxe paraît se déplacer lentement dans un sens opposé à celui de la marche du Soleil à travers les douze signes du zodiaque, déterminant de la sorte un cycle contraire. Ce dernier marque la réorientation extrêmement lente mais inexorable de l'axe nord-sud de la Terre, qui est en quelque sorte la colonne vertébrale de la planète, depuis l'étoile polaire d'une époque à celle d'une autre.

Ce cycle a un mouvement extrêmement lent, car il faut environ 72 ans au soleil pour rétrograder d'un degré. Comme il y a trente degrés dans chaque signe du zodiaque, les équinoxes mettent environ 2160 ans à passer d'une constellation, ou signe, à celle qui la précède. Un parcours entier du zodiaque, soit une oscillation complète de notre Terre en rotation par rapport aux constellations, nécessite donc près de 25 920 ans pour s'effectuer. En exprimant les choses autrement, on peut dire qu'il faudra environ 26 000 ans pour que les constellations observées à un moment donné depuis la Terre retrouvent la même position à la date correspondante.

Cette majestueuse roue du Temps, appelée le "Grand Cycle" par Dane Rudhyar, l'un des astrologues les plus estimés de ce siècle, est dénommée la "Grande Année Tropicale". D'autres sources traditionnelles estiment à 25 827 ans la durée de ce cycle, soit 2152 ans par signe astrologique. Des fluctuations périodiques mineures dans le mouvement de rotation de la Terre ne permettent pas de donner des chiffres exacts. Ceux qui sont le plus communément admis sont 2160 ans pour chaque signe, et 25 920 ans pour la Grande Année Tropicale.[1]

---

[1] Dane Rudhyar, *Occult Preparations for a New Age*, The Theosophical Publishing House, Wheaton, Ill., pp.131, 280-82. La somme des diagonales de la base de la Grande Pyramide est égale à 25 826,4 "pouces pyramidaux" ; la géométrie de la pyramide exprime correctement de nombreux cycles célestes et terrestres. Voir Peter Lemesurier, *The Great Pyramid Decoded*, Element Books, Longmead, U.K., 1977, Appendix B, p. 309.

Les périodes de 2160 ans au cours desquelles l'équinoxe vernal tombe dans un signe spécifique représentent les "Ages" de la Terre. Selon une coutume astrologique depuis longtemps admise, chacun des Ages se distingue par les caractéristiques de l'animal qui symbolise son signe zodiacal. Or ceux qui interprètent le langage des étoiles ont depuis longtemps prédit d'importants changements dans l'histoire humaine chaque fois que l'équinoxe vernal passe d'un signe à l'autre. On considère que ces changements apparaissent progressivement à mesure qu'on approche de ce passage. Aussi les astrologues attribuent-ils habituellement à chaque Age des périodes "d'aube" et de "crépuscule" dont la durée représente environ 10 pour cent de l'Age total, soit à peu près 216 ans. Ces périodes frontières, appelées "cuspides", sont souvent décrites comme des époques de conflit entre les natures respectives des deux Ages, car les caractéristiques de chacun s'y manifestent simultanément.

Comme toute forme circulaire complète, la Grande Année Tropicale ne commence ni ne finit en aucun point particulier. Où peut-on dire qu'un cercle commence ? Tous les points de sa circonférence sont identiques. Donc, comme l'année solaire que les Occidentaux font commencer le 1er janvier, ou comme le zodiaque que les astrologues conviennent de faire débuter à l'équinoxe vernal, le départ de la Grande Année Tropicale a été déterminé à l'issue d'un processus de sélection arbitraire. Les traditions ésotériques fondées sur des sources grecques et égyptiennes anciennes ont situé le commencement du Grand Cycle au moment où l'équinoxe vernal de l'hémisphère nord de la Terre a eu lieu dans la constellation du Lion, il y a 12 500 à 13 000 ans. Bien que les raisons exactes qui ont dicté ce choix ne soient plus connues, il est certain que cet événement dut être marqué par des circonstances cosmologiques impressionnantes puisque nos ancêtres en ont été assez affectés pour en garder la tradition pendant tant de générations.

S'il faut en croire un alchimiste de l'antiquité, Julius Marenus, le dieu grec Mercure (Hermès) révéla que le signe du Lion avait marqué la création du monde.[1] Ceci est particulièrement intéressant si l'on s'avise que la représentation planétaire du Lion est le Soleil, dont la création a entraîné la formation du reste de notre système solaire. Qui plus est, la carte astrologique la plus ancienne que nous connaissions, qui fut copiée sur le plafond du temple égyptien de Dendera aux environs du troisième siècle avant notre ère, représente les cieux de l'antiquité tels qu'on pouvait les voir lorsque le Lion

---

[1] Manly P. Hall, *op. cit.*, p. 54.

marqua l'équinoxe vernal dans l'hémisphère nord, il y a environ 12 500 ans[1]. Peut-on penser, alors, qu'il s'agissait là de l'Age d'Or perdu, l'Age des dieux ? Et, s'il en est ainsi, quel est son rapport avec les prophéties antiques et contemporaines qui concernent le futur ?

Bien qu'il puisse être prématuré d'identifier de manière définitive l'Age du Lion avec l'Age d'Or des dieux, il est facile de comprendre son rapport avec les prophéties qui touchent notre situation actuelle. N'importe quel étudiant en astrologie sait que l'influence des cieux s'exerce toujours selon des paires d'opposés. Ainsi, si un thème natal révèle la présence d'influences planétaires importantes dans le signe du Bélier, par exemple, un astrologue averti examinera immédiatement le signe qui lui est opposé de 180 degrés, la Balance, pour obtenir des données complémentaires.

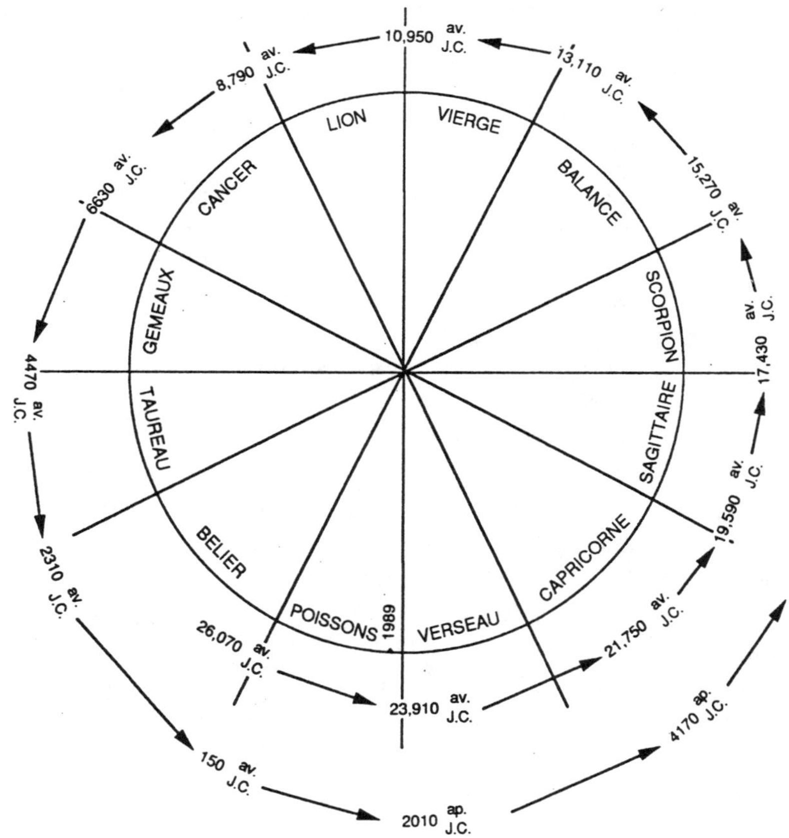

La Grande Année Tropicale et le Zodiaque

---

1 Norman Lockyear, *The Dawn of Astronomy*, Macmillan and Co., New York and London, 1894, p.146; William R.Fix, *Star Maps*, London, Octopus Books, 1979, pp. 61-62.

En outre, les astrologues héliocentriques, dont les prédictions prennent en compte non la révolution apparente du Soleil autour de la Terre mais l'orbite réelle que décrit notre planète autour du Soleil, comprennent bien que quel que soit le signe dans lequel le Soleil semble se trouver à un moment donné quand on l'observe depuis la Terre, sa position astronomique *réelle* vis-à-vis de notre planète lui est en fait exactement opposée de 180 degrés, c'est-à-dire qu'il se trouve dans le signe opposé. Ceci résulte de la nature circulaire de l'orbite que décrit la Terre autour du Soleil. Quand nous situons le Soleil dans le ciel comme nous le voyons depuis la surface de la Terre, il se trouve en fait exactement en face, soit à 180 degrés, de l'endroit où un observateur placé sur le Soleil situerait la Terre au même moment. Les calculs astrologiques héliocentriques présupposent que l'on observe le ciel à partir de notre étoile et non à partir de notre planète. Ce ne sont là que deux exemples fondamentaux d'une vérité astrologique bien connue : l'influence des cieux sur les affaires des hommes s'exerce en miroir.[1]

En quoi ceci concerne-t-il l'avenir ? Aujourd'hui que nous approchons de la fin du vingtième siècle après Jésus-Christ, l'équinoxe vernal est sur le point de sortir du signe zodiacal des Poissons pour passer dans celui qui le précède, le signe du Verseau, celui qui verse l'eau (ou l'énergie). Comme les limites des constellations qui marquent les signes zodiacaux de trente degrés sont arbitraires, et comme la date précise où commença le Grand Cycle est perdue, les astrologues ne peuvent qu'indiquer de manière approximative l'année où nous quitterons les Poissons pour entrer au degré 0 du Verseau, à l'instant de l'équinoxe vernal. Dane Rudhyar estime que cet événement se produira en l'année 2060 de notre ère. D'autres ouvrages d'astrologie que nous avons consultés ont donné les années 1950, 1999, 2030 et 2112 pour le moment du passage[2]. Les scientifiques du célèbre Institut Géographique National de France ont déclaré que l'année 2010 de notre ère sera celle du passage astronomique réel [3]. On peut considérer que c'est là la date la plus exacte. De toutes façons, tous les astrologues contemporains admettent que quel que soit le moment véritable du degré zéro, nous

---

[1] Manly P. Hall, *op. cit.*

[2] Dane Rudhyar, *op. cit.*, p.132 ; Hadès, *L'Astrologie et le Destin de l'Occident*, Editions Robert Laffont, Paris 1971; Daniel Ruzo, *Les Derniers Jours de l'Apocalypse*, Payot, Paris, 1973, p.210 ; entretien personnel avec l'astrologue et auteur français Pierre Lassalle (*L'Astrologie Holistique*, Paris, 1987), Juin 1988.

[3] Peter Lemesurier, *op. cit.*

sommes déjà dans le "crépuscule" de l'ère des Poissons, et nous approchons de "l'aube" de l'ère du Verseau.

Quelle relation avec l'Age d'Or du Lion, le Soleil ? Tout simplement celle-ci que le signe du Verseau est situé à 180° de celui du Lion, de l'autre côté du zodiaque. L'Age du Verseau est donc le vis-à-vis céleste de l'Age du Lion. C'est pourquoi, selon l'astrologie, tous deux sont reliés organiquement. Et c'est la raison pour laquelle les ésotéristes et les prophètes du Nouvel Age ont insisté sur le caractère radical des changements qui surviendront avec "l'émergence de l'Age du Verseau". L'Age du Verseau qui approche doit être l'image inversée — de quelle façon, nous ne le savons pas au juste — du légendaire Age d'Or du Soleil. Et si cet Age fut précédé, il y a douze à treize mille ans, d'événements célestes et terrestres si terrifiants que l'humanité en a conservé la mémoire dans ses traditions orales et ses mythes les plus anciens, alors à quoi devons-nous nous attendre au moment où nous nous préparons à franchir le mi-point du cycle de la Grande Année — dans quelques décennies seulement ?

Avant de nous tourner vers ce qu'Edgar Cayce, l'un des clairvoyants les plus fiables du vingtième siècle, a communiqué sur le caractère particulier des prochaines décennies qui vont nous faire glisser dans l'Age du Verseau, examinons ce que des médiums de l'antiquité avaient à dire sur les différents Ages de l'humanité et sur les cycles de l'histoire de la Terre. Il nous faudra aussi prendre en compte un témoignage important venu de la Grande Pyramide de Gizeh. Comme nous le verrons, les experts qui ont fait une étude mathématique de la Pyramide estiment qu'elle constitue un calendrier de pierre qui détermine les époques historiques clés sur une période allant de 2 600 avant Jésus-Christ à 4 000 ans de notre ère.

Lord Acton, homme d'état britannique du siècle dernier, est l'auteur du dicton célèbre suivant lequel ceux qui n'apprennent rien de l'histoire sont condamnés à la répéter. Et en fait l'histoire semble bien souvent se répéter quand on la considère rétrospectivement. Les annales révèlent que beaucoup, beaucoup d'Ages et de grandes civilisations ont connu des fins violentes, soit à la suite de causes naturelles, soit par le fait des hommes. Les légendes de pratiquement toutes les anciennes cultures connues témoignent de catastrophes périodiques majeures, parfois si dévastatrices que seuls les mythes et les légendes survivent pour nous parler des époques révolues. Les Polynésiens, par exemple, énumèrent neuf créations et destructions qui se seraient succédées dans le Pacifique au cours de centaines de milliers d'années. Les Chinois indiquent que dix Ages (appelés Kis) se sont écoulés depuis le commencement du monde jusqu'à "l'Age de Confucius" actuel. D'autres sources eurasiennes, parmi lesquelles les persanes, les tibétaines et les étrusques, font fréquemment mention de sept époques anéanties et donnent pour chacune une configuration céleste différente.[1]

Dans les Amériques, virtuellement toutes les cultures précolombiennes parlent d'un minimum de trois mondes disparus avec leurs races humaines, notre race étant la quatrième. Les Aztèques et les Mayas font référence à quatre civilisations terrestres ayant précédé la nôtre qui toutes furent détruites dans des catastrophes naturelles. Parmi les plus développées de ces cosmogonies figure celle des Indiens Hopis du sud-ouest de l'Amérique. Les Hopis sont une petite tribu pacifique vivant dans une série de "pueblos" à proximité des "Quatre Coins" où les états de l'Arizona, de l'Utah, du Colorado et de Nouveau-Mexique se rencontrent. Ils considèrent comme sacrées leur terre et leur existence même en tant que peuple.

Selon l'enseignement des Hopis tel qu'il fut rapporté au cours des années 60 par Frank Waters dans *The Book of the Hopi*, l'esprit créateur universel s'appelait Taiowa. Taiowa signifie "l'Infini" en langue Hopi. Ce concept correspond à celui du dieu universel des Hindous, Brahman. Au début de la création jaillit de Taiowa, "l'Infini", "le Fini" ou Sotukuang, c'est-à-dire le premier être manifesté, équivalent au Brahma des Hindous. Taiowa créa aussi Tokpela, qui signifie "l'espace illimité".[2]

A travers Sotukuang que les Hopis considèrent comme le "neveu" de Taiowa, manière d'indiquer une filiation non charnelle, Tokpela (l'Espace) prit une forme matérielle grâce aux éléments de l'eau, du vent, et de l'atmosphère. Puis, pour doter de vie la réalité matérielle, Sotukuang façonna un auxiliaire femelle, Kokyangwuti, ou la femme-araignée. Cette dernière créa quatre races humaines, la noire, la jaune, la rouge et la blanche à partir de salive et d'argile. Sotukuang leur donna une langue, l'intelligence, et la capacité de se reproduire. En retour, ils acceptèrent de reconnaître la Terre Mère

---

[1] Greta Woodrew, *On a Slide of Light*, Macmillan Publishing Co., New York, 1981, pp. 87-88 ; voir aussi Charles Berlitz, *Doomsday : 1999 A.D.*, Doubleday & Co., Garden City, N.Y., 1981, pp. 168 et suivantes. En français : *1999: l'apocalypse ?*, Flammarion, 1981.

[2] Frank Waters, *Book of the Hopi*, Ballantine Books, New York, 1963. En français : *Le Livre du Hopi*, Payot, 1978.

comme leur parente vivante et de la chérir, demeurant sur elle dans la paix et l'harmonie.

Malheureusement, cet Eden originel ne dura pas toujours car des rivalités surgirent parmi les différentes races. Des mensonges et des jalousies fomentées par des créatures oiseau et serpent provoquèrent maladies et dissensions. L'humanité oublia son créateur et cessa de respecter la Terre Mère. Sotukuang regretta d'avoir créé l'humanité et prit la résolution de l'éliminer. Il accepta néanmoins de sauver les quelques hommes qui lui étaient restés fidèles, les ancêtres des Hopis. Il les conduisit à un refuge souterrain à travers une fourmilière. Puis il détruisit ce premier monde par les flammes et le feu des volcans. Selon les Hopis, il le retourna littéralement comme un gant, produisant de la terre là où il y avait eu des océans et inversement.

Topka, le second univers créé par l'intermédiaire de Sotukuang, était vaste et plat. Les ancêtres des Hopis ressortirent et vécurent en harmonie dans les débuts, car cette fois ils étaient dotés de capacités télépathiques. Un système villageois se développa et avec lui le commerce. Ceci entraîna la perte des Topkas, car le négoce développa un esprit d'avidité matérielle dans le peuple. S'ensuivirent l'inégalité sociale et la guerre. De nouveau les gens oublièrent d'honorer leur créateur ou la Terre et furent mûrs pour la ruine. Le petit nombre d'entre eux qui étaient demeurés purs fut sauvegardé dans la fourmilière, comme auparavant. Cette fois, Sotukuang fit basculer l'axe de la Terre, provoquant l'inversion des pôles. La Terre oscilla violemment et fit deux tours sur elle-même, pétrifiant la planète dans un linceul de glace.

Sotukuang, néanmoins, intervint une fois de plus pour créer le troisième monde, connu sous le nom de Kuskurza, et l'organiser à l'aide des survivants de Tokpa. Une civilisation urbaine se développa rapidement, avec des villes importantes et une technologie sophistiquée. La télépathie cependant n'existait plus. Cette fois il semble que ce fut le sexe qui causa la chute de l'humanité, car une "mauvaise femme" l'utilisa comme une arme politique qui conduisit à une guerre mondiale où furent livrées de violentes batailles aériennes à partir de "boucliers de cuir" volants (la description approchée des Hopis pour désigner les avions). Quand la guerre menaça de détruire la Terre elle-même, Sotukuang prit à nouveau des mesures contre la majorité des humains pervertis. Ayant caché ses suivants fidèles dans des roseaux creux, il submergea la Terre sous les eaux d'un vaste déluge. Les survivants durent utiliser les roseaux en guise d'embarcations jusqu'à ce que la terre ferme apparût.

La quatrième Terre, qui est celle où nous sommes, est appelée Tuwaqachi par les Hopis. Ce nom signifie le "monde achevé". Leurs ancêtres qui avaient survécu furent guidés vers les régions des mesas du sud-ouest par un esprit "gardien", Masaw, qui disent-ils les installa à cet endroit car le sol y était sacré. Ce territoire sera préservé, même si ce quatrième monde est détruit, aussi longtemps que les Hopis conserveront leurs rites et leurs cérémonies traditionnelles et honoreront la dignité de la Terre.

D'après les prophéties des Hopis, toutefois, Tuwaqachi n'est pas la forme définitive de la Terre. Selon eux, le cycle entier de la création comprend sept mondes humains — ou civilisations — successifs (plus deux mondes célestes). D'après leur calcul, par conséquent, il nous reste encore trois catastrophes mondiales à subir. En fait, leurs voyants les plus vénérés déclarent que pour qui observe attentivement la Terre et ses minuscules formes de vie, les signes précurseurs de la venue du cinquième monde sont visibles aujourd'hui. Ceci correspond peut-être, bien qu'exprimé dans un langage différent, à cet influx de nouvelles énergies cosmiques en train de pénétrer la Terre qu'a discerné Helen Wambach, et dont le Dr Karagulla parle dans son livre *Through the Curtain.*[1]

Les Hopis considèrent que l'époque présente est d'une importance décisive pour le sort de ce quatrième monde, Tuwaqachi. L'une de leurs prophéties les plus importantes fut gravée sur une falaise rocheuse de la Black Mesa en Arizona à peu près à l'époque de Jésus, il y a quelque 2 000 ans. Le sens de cet ancien pétroglyphe a été donné en détail par le sorcier Chippewa, Sun Bear, qui a reçu l'enseignement des anciens parmi les Hopis et fait actuellement des conférences à travers le monde pour tenter de convaincre les hommes de cesser d'utiliser les ressources de la planète à des fins de destruction comme les armements et la guerre. Il est convaincu que les prophéties des Hopis et celles d'autres traditions américaines indigènes qui honorent la Terre sont d'une utilité vitale pour le monde d'aujourd'hui et notre futur proche.[2]

D'après le livre de Sun Bear, *The Bear Tribe's Self Reliance Book,* on voit sur le pétroglyphe hopi que le Grand Esprit désigne deux sentiers historiques divergents qui parcourent notre ère. Le sentier

---

[1] Voir le livre de Viola Petitt Neal et Shafica Karagulla, *Through the Curtain,* De Vorss and Co. Marina del Rey, Calif., 1983, pp. 273-76, où l'on trouve une bonne discussion sur les énergies nouvelles qui pénètrent la Terre en ce moment.

[2] En février 1991, lors de la guerre du Golfe, le Dr Chet Snow a été invité à inspecter ce pétroglyphe prophétique avec l'un des chefs spirituels des Hopis. Il en a pris des photographies afin de mieux faire connaître ces prévisions en Occident.

du haut représente celui que suivent les hommes blancs et les Américains indigènes qui ont adopté la manière de vivre occidentale. Le sentier du bas indique celui des traditions spirituelles des Hopis. En un certain point, les deux sentiers sont reliés par une entaille verticale que les anciens Hopis interprètent comme l'indication de l'arrivée des colons européens. Peu après, deux larges cercles représentent la première et la seconde guerres mondiales où le conflit fit le tour de toute la Terre.[1]

Un peu plus loin sur le pétroglyphe, un troisième cercle indique ce que les Hopis appellent le "Grand Jour de la Purification" qui signale des bouleversements terrestres et le retour du Grand Esprit. Après cet événement, le sentier moderne occidental du haut fait quelques zigzags avant de disparaître tandis que celui du bas, le sentier spirituel des Hopis, s'épanouit pour former le nouveau et cinquième monde.

Les anciens des Hopis interprètent cela comme un signe sûr que notre civilisation présente, qui suit le sentier du haut, se dirige vers des difficultés. Ils prédisent carrément qu'à moins d'un changement radical dans la politique actuelle des grandes puissances, une nouvelle guerre mondiale éclatera au cours du prochain quart de siècle, décimant les nations qui auront causé leur perte par leur matérialisme effréné et qui épuisent rapidement les ressources naturelles de la Terre. Ce conflit marquera le Grand Jour de la Purification car la Terre sera alors nettoyée par le feu.[2]

Les anciens des Hopis, comme la plupart des vrais grands prophètes, n'affirment pas que cette "grande purification" est inévitable, du moins pas encore. D'après leurs légendes, avant que ne reviennent les feux purificateurs, Sotukuang enverra un messager appelé "Pahana", "Le Frère Blanc Véritable", qui lancera un dernier appel aux nations pour les exhorter à changer d'attitude. Pahana apparaîtra dans une "lumière venue de l'Est" revêtu d'un certain signe, portant un fragment d'une tablette religieuse hopie, et accompagné de deux hommes (ou de groupes de gens). Si un assez grand nombre d'hommes sous la conduite des Hopis eux-mêmes, acceptent de restaurer les manières traditionnelles de prendre soin de la Terre et de nos semblables, la calamité planétaire pourra être

---

[1] Sun Bear, Wabun and the Bear Tribe, *The Bear Tribe's Self Reliance Book*, Bear Tribe Publishing, Spokane, Wash., 1977 ; voir aussi, "Earth Changes Essential for Cleansing", par Sun Bear dans *Venture Inward*, Vol. 4, N° 3, mai/juin 1988, pp. 12-17. (*Venture Inward* est publié par l'A.R.E.).

[2] Frank Waters, *op. cit.*

évitée. Sun Bear fait écho à ce message. Depuis 1970, lui-même et sa femme, une Américaine de race blanche, ont fondé la Bear Tribe, première tribu délibérément interraciale du continent américain, dont le siège est situé près de Spokane dans l'état de Washington.[1]

Comme la plupart des prophéties américaines indigènes, les prédictions des Hopis comportent plusieurs événements marquants qui jalonnent la piste conduisant au Grand Jour de la Purification. Parmi ceux que Sun Bear considère comme déjà accomplis figurent la pose d'un "fil d'argent" à travers le pays (l'autoroute 66 qui relie St-Louis à Los Angeles) et la construction de "toiles d'araignées dans le ciel" au moyen desquelles "les gens marcheront" (le télégraphe, le téléphone, les lignes électriques et les antennes de télévision).[2]

On assista en 1969 à la confirmation spectaculaire et inattendue d'une ancienne prophétie hopie lorsque l'astronaute Neil Armstrong annonça depuis la surface de la Lune : "L'Aigle a atterri". Des siècles auparavant, les Hopis avaient été informés qu'ils devaient s'attendre à ce que "l'aigle marche sur la lune" peu de temps avant la fin du quatrième monde. D'après la même prophétie, une "maison de l'espace" constituerait le dernier exploit majeur de notre civilisation moderne avant le Grand Jour de la Purification. On ne sait pas très bien s'il s'agit ici des navettes spatiales américaines déjà construites et du laboratoire soviétique Soïouz, ou d'une station orbitale future. Quoi qu'il en soit, cette réalisation n'est pas très éloignée.

Parmi les signes qui d'après les prédictions doivent précéder de très près l'arrivée du nouveau cycle mondial se trouve l'apparition d'une grande étoile bleue. Cette dernière est évoquée par la danse symbolique d'un Kachina[3] spécial, dénommé " Etoile Bleue", au cours des cérémonies qu'organisent les Hopis sur leur plaza sacrée d'Oraibi en Arizona. La découverte en 1981 d'une étoile bleue très éloignée mais extraordinairement massive, d'une taille 3500 fois supérieure à celle de notre soleil — la plus grosse étoile jamais découverte — peut être un signe de l'accomplissement de cette prophétie.[4] Sun Bear, quant à lui, pense que cette prophétie se rapporte à la chute en 1985 du satellite américain malchanceux, SkyLab, qui émit une nette lueur bleuâtre lorsqu'il tomba dans le nord du Canada.

---

1 The Bear Tribe, P.O. Box 9167, Spokane, WA 99209.

2 Sun Bear, Wabun and the Bear Tribe, *op. cit.*

3 Le kachina est un danseur hopi traditionnel masqué et costumé.

4 Kristina Gale-Kumar, *The Phoenix Returns*, Cardinal Enterprises, Hilo, Hawaï, 1983, p. 203.

D'autres personnes qui ont étudié les prophéties hopies ont associé la danse du Kachina "Etoile Bleue" aux célébrations de la "Convergence Harmonique" en août 1987, bien que cette interprétation n'ait jamais été officiellement confirmée. De toutes manières, on donna à cette date et à cet événement une signification particulière dans les territoires hopis. Les anciens des Hopis ont prédit qu'au cours du week-end des 16 et 17 août 1987, 144 000 personnes réparties dans le monde entier "danseraient en l'honneur du Soleil" et s'ouvriraient à une nouvelle conscience de l'Unicité de toute vie. Ayant participé à cet événement en compagnie de quelques amis intimes dans un centre de méditation situé dans la campagne du sud de la France, je puis personnellement témoigner de la puissance des énergies présentes.

Depuis les années 60, un groupe de Hopis gardiens de la tradition a tenté d'adresser aux Nations Unies une proposition de désarmement qui, disent-ils permettrait d'éviter une guerre nucléaire. S'étant vu refuser le droit de parler à la session spéciale de l'ONU sur le désarmement en juin 1982, ils soumirent néanmoins des propositions écrites à cet organisme. Dans ces propositions, ils réitéraient l'essentiel de ces prophéties y compris une prédiction émanant de Masaw, leur esprit "gardien" en ce monde, qui stipulait que lorsqu'une "gourde de cendres" tomberait sur la Terre, il s'ensuivrait de nombreuses pertes de vies humaines et que la fin du "mode de vie matérialiste" serait proche. Pour certains Hopis, il s'agissait d'Hiroshima et de Nagasaki. D'autres affirment que cette image préfigure le scénario possible d'un holocauste causé par une troisième guerre mondiale.[1]

Tout au long de leur histoire les Hopis ont été enjoints de conserver leurs rites et leurs cérémonies anciennes comme preuves de leur pureté spirituelle. Aujourd'hui, leur petite tribu est tristement divisée entre les "modernistes" qui veulent exploiter des ressources minières sur le territoire hopi à des fins de profit tribal, et les "traditionalistes" qui considèrent cela comme une preuve supplémentaire du manque d'égards grandissant de l'homme envers la Terre Mère. Le conflit est interprété par certains comme un autre signe que Sotukuang va intervenir à nouveau pour nettoyer la planète de son fardeau humain incommodant.

Si d'aucuns ne voient là que du folklore pittoresque élaboré par un peuple "primitif" pour justifier la bataille inévitablement perdue

---

[1] Page Bryant, *The Earth Changes Survival Handbook*, Sun Books, Santa Fe, N.M., 1983, pp. 226-36.

d'avance qu'il livre à la civilisation moderne, de récentes découvertes archéologiques devraient nous inciter à considérer de plus près ce que les anciens des Hopis nous disent du passé et du futur potentiel, de notre hémisphère du moins. Au cours de ces vingt dernières années, des fouilles archéologiques effectuées indépendamment au Pérou, au Mexique et en Arizona ont mis au jour les preuves concrètes évidentes d'une série de changements brusques survenus sur la Terre, ceci jusqu'à une profondeur de plus de 60 pieds. Dans chacun de ces sites, les scientifiques ont découvert des couches superposées de cendres volcaniques, d'alluvions d'origine glaciaire et de sédiments d'argile boueuse, séparés par de la "terre ordinaire", montrant de manière convaincante l'ordre dans lequel s'étaient succédés les désastres. Le dernier de ces cataclysmes fut de toute évidence un immense déluge, exactement comme l'affirment les Hopis. Qui plus est, bien que les Hopis ne donnent pas de date précise pour ce dernier cataclysme mondial, d'après le livre de Sun Bear, *The Bear Tribe's Self Reliance Book*, leurs anciens estiment qu'il s'est produit il y a un peu plus de 10 000 ans, ce qui le situe à peu près au moment de ce mystérieux Age zodiacal du Lion.[1]

Le récit par les Hopis du dernier "nettoyage de la Terre", au moyen d'un vaste déluge auquel un petit nombre d'êtres humains eurent la chance de survivre sur des embarcations de roseaux, concorde remarquablement avec le récit biblique de Noé et du Déluge. De plus, comme l'ont découvert les anthropologues, les sources anciennes prouvent unanimement que dans la mémoire préhistorique des hommes on trouve le souvenir d'une Terre balayée par des eaux déchaînées qui détruisirent les civilisations existantes, ne laissant qu'un vestige d'humanité quand elles se retirèrent. Il existe des traditions similaires chez tous les peuples de tous les continents : Scandinaves, Grecs, Egyptiens, Hébreux, Sumériens, Babyloniens, Persans, Hindous, Chinois, indigènes des Iles Fidji, Esquimaux, Indiens de l'Amérique du nord et du sud, où l'on trouve relatée cette catastrophe universelle. Les mythes persistants qui nous parlent des fabuleuses civilisations antédiluviennes de l'Atlantide et de Shamballa ont leur origine dans ces traditions.

D'autre part, les légendes locales indiquent presque toutes que l'opération de survie comporta un avertissement adressé à quelques privilégiés dûment choisis, le plus souvent une seule famille.

---

[1] Frank Waters, *op. cit.* ; Sun Bear, Wabun and the Bear Tribe, *op. cit.* Voir aussi Maurice Chatelain, *La Fin du Monde*, Editions du Rocher, Monaco, 1961, p. 22. Chatelain fut ingénieur de la NASA.

Prévenus de l'imminence de la catastrophe, ils prirent alors des mesures pour assurer leur sauvegarde. L'humanité d'aujourd'hui est leur descendance. L'avertissement prophétique correct d'un désastre est donc à l'origine de la survie des ancêtres directs de tous les êtres humains actuellement en vie. On pourrait dire que le phénomène de la prémonition est dans nos gènes ! Est-il donc si surprenant de penser que, malgré notre culture scientifique et notre rationalisme sophistiqué, nous soyons paralysés de peur devant l'éventualité d'une nouvelle catastrophe universelle ?

Si l'on admet qu'il existe des preuves matérielles et anthropologiques valables qu'un déluge à l'échelle du globe a eu lieu dans notre passé lointain, peut-on estimer à quand il remonte ? Que disent les sources traditionnelles et scientifiques sur les causes de cette catastrophe ? Peut-elle vraisemblablement se répéter ? Ce sont là de vastes interrogations et, de toute évidence, nous ne pouvons leur donner ici de réponses exhaustives. Un grand nombre d'excellents ouvrages traitent en détail de ce sujet. Citons parmi eux *Doomsday 1999 A.D.* (1981) de Charles Berlitz, la trilogie fascinante de Zecharia Sitchin *The Earth Chronicles* (1976-85), et *Pole Shift* (1980) de John White. Ces livres montrent qu'en dépit des preuves écrasantes qu'il se produisit bien un déluge universel à l'époque préhistorique, il n'y a pas encore de date ni d'hypothèse sur la cause directe de ce désastre qui fassent autorité et soient universellement acceptées. A la lumière des traditions hopies et d'autres sources anciennes, il est vraisemblable que plusieurs catastrophes mondiales du même genre se produisirent dans notre lointain passé.

Malgré cette absence de réponse décisive, les découvertes géologiques récentes et les interprétations des archives anciennes tendent uniformément à situer le Grand Déluge à une date antérieure à celle qui fut annoncée par les générations qui nous ont précédés. Les sources occidentales traditionnelles citées tout au long du dix-neuvième siècle dataient le Déluge d'après le calendrier hébreu qui commence en 3760 av. J.-C. En se fondant sur la liste des descendants d'Adam donnée dans la Genèse, les exégètes de la Bible estimèrent que le Grand Déluge eut lieu 1292 ans plus tard, soit en 2468 environ av. J.-C. Cette date resta admise jusqu'à ce que les anthropologues du vingtième siècle se soient mis à déchiffrer les écritures anciennes d'autres civilisations et aient découvert que plusieurs d'entre elles étaient déjà florissantes bien avant cette date. Ces calculs, fondés sur les fouilles archéologiques effectuées au Moyen-Orient en 1920 et 1930 et sur des preuves anthropologiques, donnèrent la date de 4250 av. J.-C. pour le Déluge. Cette datation se fondait sur la profondeur des couches de boue et sur les listes des rois babyloniens et égyptiens.[1]

Des sources occidentales autres que bibliques, à savoir les philosophes grecs Platon et Héraclite, avaient déjà estimé que la catastrophe qui avait submergé le continent disparu de l'Atlantide s'était produite à une époque bien plus ancienne. Dans le Timée, Platon relate que des prêtres égyptiens parlèrent à un visiteur grec fameux, Solon, d'une civilisation légendaire qui avait "péri sous les vagues" en "un seul jour et une seule nuit" en l'an 9560 av. J.-C. — d'après les méthodes modernes de datation. Un siècle plus tôt, Héraclite avait déjà cité l'Atlantide dans ses écrits, donnant comme date de sa disparition l'an 9614 av. J.-C. Cependant, comme on ne pouvait faire remonter la culture grecque qu'au second millénaire av. J.-C., la plupart des savants occidentaux traitèrent ces récits de mythes purs et simples. Ils ne furent pas considérés comme des outils sérieux pour pouvoir dater le Déluge biblique.

Au cours de ces dernières années, toutefois, deux faits nouveaux ont rendu ces dates beaucoup plus plausibles et peut-être repoussé le Déluge plus avant encore dans l'époque préhistorique, soit entre 12 500 et 13 000 ans avant l'époque actuelle. Le premier de ces faits fut le prélèvement en profondeur d'échantillons à l'intérieur des calottes polaires et de la croûte terrestre effectué à l'aide de nouvelles techniques de forage. Grâce à ces procédés, on a pu se faire une idée beaucoup plus claire des conditions climatiques qui se sont succédées au cours de l'histoire géologique de la Terre. Les résultats ont révélé que la dernière période glaciaire de la planète commença entre 75 000 et 77 000 ans avant nous — et non 250 000 ans comme on l'avait estimé précédemment — et fut interrompue au bout d'environ 35 000 ans par une courte période de réchauffement qui ne dura que deux ou trois millénaires. Puis, il y a environ 38 000 ans, une période beaucoup plus froide et plus sèche s'installa, qui se termina de manière tout à fait abrupte (en termes géologiques) entre 10 500 et 11 000 ans av. J.-C., époque à laquelle le climat relativement tempéré

---

[1] Le livre de Henri H. Halley, *Halley's Bible Handbook*, Zondervan Publishing House, Grand Rapids, Mich., 24ème édition, 1965, pp. 75-80 (première édition en 1927), étudie les preuves archéologiques et la datation du Déluge; consulter aussi Zecharia Sitchin, *The Twelfth Planet*, Avon Books, New York, 1978, pp. 388, 409 (première édition en 1976 chez Stein & Day). En français : *La douzième planète*, Souffles, 1988.

que nous connaissons s'établit. Il convient de noter que cette dernière période coïncide avec le début de l'Age astrologique du Lion ! [1]

Le second événement fut que d'anciens textes moyen-orientaux, en particulier ceux qui proviennent de la malheureuse civilisation sumérienne, firent l'objet de traductions et de comparaisons plus objectives. Cet ensemble de royaumes mésopotamiens qui se développèrent entre 38 000 et 2000 ans av. J.-C. représente la plus vieille culture humaine dont les archives écrites aient été conservées relativement intactes. En fait, les archéologues stupéfaits ont été obligés de conclure d'après leurs découvertes que dès les tous débuts elle fut étendue et d'un niveau avancé. Ces découvertes tendent en outre à prouver que la culture des Sumériens était plus raffinée que celle du groupe de peuples mieux connus qui leur succédèrent. C'est comme si dans l'ancien Moyen-Orient la civilisation eut d'une certaine manière plutôt décliné qu'avancé au cours du cheminement lent et laborieux qui nous est souvent présenté comme celui de l'histoire. De plus, certaines épopées sumériennes à caractère historique offrent un parallélisme étroit avec les premiers chapitres de la Genèse. Il est clairement établi maintenant que Sumer a apporté une contribution majeure à l'histoire de l'humanité. On lui doit une liste impressionnante des "premières choses", qui comprend la cuisson de l'argile dans des fours, le développement de la métallurgie, les méthodes d'écriture et de rédaction des annales, des codes de la loi, des traités médicaux, le divorce, l'agriculture, et l'élevage.[2]

Le déchiffrage récent d'anciens textes mésopotamiens a également établi que les Sumériens avaient élaboré un zodiaque de douze signes plusieurs milliers d'années avant les anciens Grecs. Qui plus est, le terme sumérien pour désigner le zodiaque avait déjà, comme son descendant grec, le sens de "troupeau brillant" d'animaux dans le ciel. Les Sumériens établissaient virtuellement les mêmes corrélations entre les douze signes de leur zodiaque et les symboles humains et animaux que les Chaldéens, les Egyptiens et les Grecs plusieurs siècles après. On peut donc dire que les Sumériens développèrent aussi l'astrologie.[3]

Comme leur civilisation s'épanouit entre 3200 et 2000 ans av. J.-C., les Sumériens donnèrent naturellement beaucoup d'impor-

---

[1] Zecharia Sitchin, *The Twelfth Planet* p. 401 ; voir aussi R.W. Fairbridge, "The Changing Level of the Sea", *Scientific American*, Vol. 202, N° 5, mai 1960, discute de la hausse du niveau des océans entre 15 000 et 3 000 av. J.-C.

[2] Sitchin, *The Twelfth Planet*, p. 21 et suivantes.

[3] *Ibid.*, pp. 188-190.

tance au signe du Taureau, dont la constellation traversa l'écliptique à l'aube de l'équinoxe vernal pendant la majeure partie de cette période. Aujourd'hui, nous faisons commencer l'année zodiacale par le signe du Bélier qui traversa l'équinoxe vernal au cours des deux millénaires suivants, c'est-à-dire aux époques grecques et chaldéennes. Notre zodiaque moderne, qui commence aussi par le Bélier, dérive de ces cultures. L'Age du Bélier fut également celui de l'Ancien Testament qui met l'accent sur le *shofar*, ou la corne de bélier, et le sacrifice de l'agneau lors de la Pâque.

Toutefois, d'après une tablette d'argile sumérienne qui se trouve maintenant au musée de Berlin (No VAT. 7847), on est amené à penser que bien que les Sumériens fissent commencer leur année zodiacale dans le Taureau, le premier signe qui figurait sur la liste officielle n'était pas le Taureau mais "UR.GULA", le Lion.[1] Une autre source désigne l'Age du Lion comme ayant été à l'origine de l'une des techniques astronomiques et divinatoires les plus anciennes et les plus utiles à l'humanité. Selon toute apparence, les Sumériens avaient connaissance à la fois de la précession des équinoxes et d'un événement lointain mais extraordinaire survenu au cours de l'ère précédente qui les avait incités à donner à l'Age du Lion la préséance sur le leur. Cet événement, comme nous allons le montrer, était selon toute probabilité le Grand Déluge.

En comparant les histoires sumériennes et bibliques sur les origines de l'humanité avec les annales météorologiques, Zecharia Sitchin, exégète de la Bible et spécialiste des langues anciennes, a découvert qu'elles sont remarquablement en accord sur les dates des événements-clés des débuts de notre histoire. Dans sa célèbre trilogie, *The Earth Chronicles*, Sitchin prétend que d'après ses recherches le dernier grand cataclysme naturel survenu sur la Terre, un déluge universel, se produisit très vraisemblablement à la fin de la dernière mini-époque glaciaire entre 12 500 et 13 000 ans avant l'époque actuelle, soit aux environs de 10 800 av. J.-C. Ce qui situerait, comme nous l'avons vu, le Grand Déluge de la Bible dans l'Age du Lion, en face, sur le cercle de la Grande Année Tropicale, de celui du Verseau qui s'approche de nous.

L'élément décisif du raisonnement de Zecharia Sitchin qui l'amène à faire cette conclusion, c'est que le Grand Déluge ne fut pas un "événement isolé et subit, mais *le point culminant d'une suite d'événements*".[2] Il cite à la fois les sources sumériennes et le Livre de

---

[1] *Ibid.*, p. 197.

[2] *Ibid.*, p. 400 (c'est nous qui soulignons).

la Genèse pour démontrer que longtemps avant le Grand Déluge le climat de la Terre était devenu rude et froid, et que les hommes devaient lutter pour survivre, même dans la contrée luxuriante du croissant fertile. Il s'agissait là de la dernière mini-époque glaciaire. Un poème épique sumérien déclare que les pires conditions de cette pénible période préhistorique durèrent quelque 25 000 ans, ce qui concorde avec les traditions qui situent la période glaciaire entre le bref réchauffement de 38 000 av. J.-C. et 12 800 av. J.-C. Des copies postérieures de divers textes historiques à caractère épique expriment le désespoir ressenti par les hommes à la suite d'une série de récoltes désastreuses. La famine sévissait et la population du globe déclina. Certains retombèrent même dans le cannibalisme.[1]

Existe-t-il dans la Bible un récit parallèle ? Si l'on peut admettre que les premières générations bibliques d'êtres humains, les patriarches d'avant le Déluge, ont eu des existences considérablement plus longues que les nôtres, alors la réponse est oui. On lit dans la Genèse que plusieurs générations après l'expulsion d'Adam et d'Eve du Jardin d'Eden, leur descendant Lamech aurait dit que le Seigneur avait "maudit" le sol, signifiant clairement par là que les champs ne produisaient plus en suffisance. Lamech donna alors à son fils le nom de Noé qui signifie "répit" ou "soulagement", manifestement dans l'espérance de meilleurs temps à venir.

Est-il possible que quelques "générations" bibliques seulement aient couvert une durée de plusieurs milliers d'années (celle de la dernière mini-période glaciaire) ? A notre époque où il est rare de devenir centenaire, la chose paraît impossible. Pourtant, nombre de sources très anciennes, parmi lesquelles le Livre de la Genèse, les tablettes d'argile sumériennes et les légendes de l'Egypte et de l'Inde qui parlent de l'Age des Dieux, rapportent que nos ancêtres antédiluviens vivaient beaucoup plus longtemps que nous. Ainsi, par exemple, il est dit de tous les patriarches de l'Ancien Testament d'Adam à Noé, que la durée de leur existence atteignit plusieurs siècles. Le record de longévité, détenu par Mathusalem, fut de presque mille ans. De plus, les Sumériens dont le Dr Sitchin cite les sources, attribuent à leurs rois antédiluviens une durée d'existence de plusieurs *millénaires* ! Ces listes présentent une ressemblance étroite avec celles des dirigeants divins des dynasties pré-pharaoniques comme Râ, Osiris et Horus, dont chacun des règnes aurait aussi duré plusieurs milliers d'années. De même, les légendes anciennes de la

---

[1] *Ibid.*, p. 390-97

Grèce et de l'Inde mesurent la durée des règnes de leurs dieux sur la Terre en termes de millénaires, non d'années et de mois.[1]

Il est en fait probable que les scribes hébreux aient sous-estimé la longévité de leurs lointains ancêtres d'avant le Déluge lorsqu'ils consignèrent par écrit leurs légendes orales, plutôt que l'inverse ! Ainsi, bien que la chose nous paraisse stupéfiante, les sources anciennes permettent tout à fait d'admettre que le Lamech de la Bible et ses contemporains de la huitième génération après Adam aient conservé des souvenirs ou des témoignages de la période plus tempérée et plus hospitalière qui avait partagé en deux la dernière époque glaciaire plusieurs milliers d'années auparavant.

Il est aussi possible que les descendants d'Adam aient cessé d'adorer et de servir leurs dieux créateurs (que la Bible appelle "Elohim", terme pluriel en hébreu ancien) après l'échec de leurs prières pour obtenir un temps plus clément. Le récit biblique des premiers stades de la vie humaine est extrêmement concis, mais on peut peut-être trouver une allusion aux effets du changement climatique dans le récit de Caïn et d'Abel où l'offrande agricole de Caïn fut rejetée, ce qui l'incita à commettre son sauvage fratricide (Genèse 4). En punition, la Bible fait décréter au "Seigneur Dieu" Yahvé (terme singulier en hébreu, peut-être le nom d'un des "Elohim") : "Si tu cultives le sol, il ne te donnera plus son produit" (Genèse 4:12).[2] Caïn et ses descendants "jusqu'à la septième génération" (c'est-à-dire jusqu'à celle de Noé), furent donc marqués par Yahvé (Genèse 4:13-15). Doit-on penser que cette "malédiction" est la manière dont la Bible a évoqué une suite de mauvaises récoltes qui se seraient succédées sur plusieurs "générations" de mille ans ?

Peu de temps après, la Genèse (4:26) mentionne que pendant la génération des petits-enfants d'Adam, issus de son troisième fils Seth, l'un d'eux, Enoch, "fut le premier à invoquer le nom de Yahvé". Toutefois, la Bible ne nous parle pas de l'objet de sa requête. Peut-être était-ce un climat plus favorable et des conditions de vie moins rudes. Nous savons, grâce aux informations géologiques ramenées par les scientifiques d'aujourd'hui, que le climat se détériora entre 38 000 et 13 000 av. J.-C. au lieu de s'améliorer. Après quoi, virtuellement "du

---

1 *Ibid.*, pp. 248-53, sur les rois sumériens; Zecharia Sitchin, *The Wars of Gods and Men*, Avon Books, New York, 1985, pp. 33-35, sur les dieux-rois égyptiens; voir aussi Henry H. Halley, *op. cit.*, pp. 71-72.

2 NdT : Toutes les citations bibliques faites dans cette traduction proviennent de *La Sainte Bible* traduite en français sous la direction de l'école biblique de Jérusalem, Le Club Français du Livre, 1964.

jour au lendemain", selon les critères géologiques, un climat tempéré se mit à régner, et les calottes glaciaires diminuèrent, inondant une grande parties des terres basses.

La Bible, et en particulier l'Ancien Testament, associent fréquemment les changements défavorables dans les conditions naturelles (climat, activité sismique, etc.) à la colère légitime de Dieu devant les fautes morales de l'humanité. Il n'est donc pas surprenant de voir qu'elle cite le Grand Déluge comme une punition infligée à nos lointains ancêtres pour leur désobéissance obstinée. On lit dans la Genèse que le Seigneur Yahvé fut irrité par les unions de plus en plus fréquentes entre les fils des "Elohim", appelés "Nephilim" et les "filles des hommes", les Nephilim ayant trouvé "que les filles des hommes leur convenaient".

Apparemment, Yahvé pensait que même dotés d'une longévité exceptionnelle les êtres humains ne devaient pas frayer avec "les dieux". Quand Il vit qu'on ne tenait aucun compte de Ses commandements, Il décida d'anéantir une fois pour toutes ceux qui L'avaient offensé. Le métissage délibéré de l'humanité avec des êtres divins (étaient-ce des "anges" ou des extra-terrestres venus dans des Ovnis ? La Bible n'identifie jamais de façon claire les mystérieux "Nephilim")[1] est donc avancé comme la cause principale du Déluge universel que la Bible présente comme le moyen utilisé par Yahvé pour nettoyer la Terre d'une race humaine désobéissante et pécheresse (Genèse 6:1-7).

Le récit biblique des relations de l'homme avec ses dieux créateurs (les "Elohim") à ce stade précoce de l'histoire humaine est très abrégé. Les archéologues ont découvert que d'autres civilisations anciennes ont laissé des récits plus complets des débuts de leur histoire dans leurs "mythes et légendes". Nombre de ces histoires contiennent de semblables récits, en général beaucoup plus détaillés, d'unions sexuelles entre les êtres humains et les dieux au cours de la période de l'Age d'Or qui précéda le Déluge. Ainsi, dans la version sumérienne, qui ressemble le plus à celle qu'on trouve dans la Bible, le chef des dieux créateurs, nommé Enlil, fut également irrité par

---

[1] Le Dr Sitchin traduit le terme biblique "Nephilim" par "ceux qui furent jetés sur la Terre". Il déclare que le mot provient vraisemblablement de sources sumériennes anciennes où on l'employait pour décrire ces anciens "dieux" extraterrestres qui descendirent des cieux et gouvernèrent le Moyen-Orient préhistorique. Sitchin prétend aussi que le mot biblique "Shem", qu'on traduit communément par "fameux", signifie en réalité "vaisseau céleste". Ainsi les "Héros du temps jadis, ces hommes fameux" (Genèse 6:4) étaient en fait les descendants des "dieux" astronautes et de leurs compagnes humaines (*The Twelfth Planet*, pp. 170-72).

l'affaiblissement génétique de la race divine de la Terre par suite des fréquentes unions entre son armée de dieux-voyageurs de l'espace et des femelles adamiques (terrestres) nubiles.[1]

Après qu'une série de mesures moins radicales, à savoir l'envoi de pestes et de famines, aient échoué dans leur but de réduire l'humanité à un degré de servilité convenable, Enlil, comme le biblique Yahvé, désespéra de sa créature humaine et décida de l'anéantir en même temps que ses cousins semi-divins. La situation atteignit son point culminant lorsque Enlil ordonna à tous les vrais dieux qui vivaient alors sur Terre d'abandonner leurs partenaires humaines et leurs rejetons à-demi humains et de quitter la planète sur-le-champ parce qu'il allait se produire un grand désastre planétaire. Les sources sumériennes n'expliquent pas clairement si cette catastrophe fut décidée par Enlil ou simplement prévue par lui (en général, les "dieux" de l'Age d'Or de Sumer sont beaucoup moins moralistes et tout-puissants que le Yahvé biblique), mais elles indiquent clairement qu'Enlil décida d'utiliser cet événement pour débarrasser la Terre de son fardeau humain, car il ordonna aux vrais dieux qui vivaient là de quitter secrètement la planète sans avertir leur progéniture terrestre, leurs bâtards.

A ce moment, le sort de l'humanité paraît fixé. Mais les tablettes sumériennes nous révèlent que la décision d'Enlil ne fut pas approuvée à l'unanimité par ses pairs. Son principal rival pour la souveraineté sur la Terre, un demi-frère nommé Enki (ou Ea), contesta son jugement. Leur rivalité n'était pas nouvelle et de nombreuses épopées mésopotamiennes décrivent souvent les conflits turbulents qui les opposaient au sujet de la possession du territoire, de la politique d'action sur la Terre, et même sur les problèmes moraux. Qui plus est, les Sumériens attribuaient en général à Enki la connaissance scientifique (génétique) qui avait conduit à la création de l'humanité comme produit hybride entre les primates indigènes de la Terre et la "semence des dieux" à l'origine. Il répugnait donc tout naturellement à abandonner sa propre création. Pourtant, Enlil l'obligea à prêter serment de ne pas révéler la future catastrophe aux habitants humains de la Terre. Le maintien de la pureté génétique de la race des dieux semble avoir été le principal souci d'Enlil. Il est aussi possible que lui-même et ceux des dieux qui le soutenaient aient redouté une rivalité éventuelle de la part d'une race mi-humaine et mi-divine. Le récit considérablement abrégé que la Bible nous donne de cette période qui précède le Déluge tend à conforter cette idée quand

---

[1] Sitchin, *The Twelfth Planet*, pp. 395-96.

il mentionne que les descendants des "fils des dieux" et des "filles des hommes" furent des géants, "des hommes fameux" (Shem), (Genèse 6:4). Comme nous l'avons indiqué plus haut, Shem peut aussi se traduire par "vaisseaux célestes".

Le dieu sumérien Enki triompha de la promesse forcée qu'il avait faite à Enlil en employant la ruse classique d'obéir à la lettre de la loi tout en trahissant son esprit. D'après les textes sumériens, il suggéra habilement à son dévot humain favori (appelé Atra-Hasis dans certains textes et Utnapishtim dans d'autres) d'attendre derrière un paravent mobile à l'intérieur de son temple, endroit où il ne pouvait être vu. Puis Enki se mit à révéler toute la prédiction d'Enlil sur le Grand Déluge à voix haute, parlant ostensiblement au mur du temple mais à une distance audible pour son serviteur.

Enjoignant à l'homme de garder le secret, il établit alors des plans pour la construction d'un immense bateau submersible, assez grand pour contenir son importante famille, des animaux et des vivres. En fait, d'après les spécifications mentionnées sur les tablettes d'argile, ce bateau doit avoir ressemblé à un grand tronc creux, car il avait des ouvertures scellées et la capacité de "tourner et basculer" dans les eaux du Déluge. L'arche de Noé et les roseaux creux des Hopis présentaient des caractéristiques semblables. (Voir la Genèse 6:14-16, et noter que l'arche de Noé devait être "enduite de bitume en dedans et en dehors" afin d'être submersible).

C'est ainsi que les ancêtres des Sumériens furent sauvés de l'extinction par l'intervention d'un dieu compatissant, d'après un récit qui dans ses détails pratiques est remarquablement semblable à celui de Noé. Il est intéressant de noter que les épopées sumériennes font également aborder les survivants sur le Mont Ararat et brûler des offrandes en sacrifice en guise d'actions de grâce.

Dans son livre *Doomsday 1999 A.D.*, Charles Berlitz se livre à une étude exhaustive des documents laissés par d'autres peuples anciens sur le Déluge. Bien qu'ils soient trop nombreux pour que nous en donnions ici la liste détaillée, on rencontre parmi ces récits la description faite par les anciens Hindous d'un survivant du Grand Déluge, du nom de Manou, qui fut sauvé en attachant un bateau à un gros poisson doué d'intelligence qui le tira à travers les eaux en direction du nord jusqu'aux montagnes. Des légendes mexicaines (toltèques) racontent qu'un couple trouva refuge dans un tronc d'arbre creusé lors d'une inondation qui dura cinquante-deux ans ; et il existe plusieurs récits de provenance sud-américaine où quelques survivants d'un déluge réussirent soit à flotter sur des radeaux soit à se réfugier sur le sommet des plus hautes montagnes du continent. Les contes de l'Egypte ancienne ajoutent un tour nouveau intéressant à la légende traditionnelle du Grand Déluge en faisant promettre à Râ, dieu du Soleil, une inondation annuelle bénéfique du Nil, après que son dessein de faire disparaître l'humanité dans un déluge incontrôlable eût échoué.[1]

Comme nous l'avons indiqué plus haut, Zecharia Sitchin, qui se fonde essentiellement sur des sources moyen-orientales, émet l'hypothèse que le Grand Déluge de l'antiquité se produisit très vraisemblablement il y a 12 500 à 13 000 ans, à la fin de la dernière période glaciaire de la Terre. Si donc le Déluge arriva à la suite de plusieurs milliers d'années d'une glaciation intense, quelle fut la cause exacte de cette inondation soudaine ? Une théorie fondée sur des échantillons prélevés dans la croûte terrestre au cours d'expéditions scientifiques dans l'Antarctique et examinés, entre autres, par le Dr John T. Rollin de l'université du Maine, fournit peut-être une réponse.[2]

En étudiant des carottes de sédiments prélevées sous la plate-forme flottante de Ross, ces scientifiques découvrirent des strates glaciaires alternées de sable fin et gros. Ces sédiments sableux n'ont pu être déposés que par des rivières à des époques où l'Antarctique était libéré des glaces. Le Dr Hollin en conclut qu'aussi stupéfiant que cela puisse paraître, l'histoire géologique de l'Antarctique ressemble dans ses grandes lignes à celle de l'Amérique du nord, avec une alternance de périodes de glaciation et de périodes intermédiaires de climat chaud et tempéré. Cette théorie a été contestée par d'autres géologues plus conservateurs mais n'a pas reçu de démenti catégorique. Et ces données semblent bien en accord avec celles qui proviennent des échantillons de sédiments découverts dans l'Arizona et le Mexique par d'autres scientifiques, comme nous l'avons indiqué précédemment.

Ces documents indiquent aussi qu'il y eut plusieurs passages brusques d'un régime à l'autre pendant la courte période géologique des derniers deux cent mille ans. Il semble que l'un de ces changements se soit produit il y a environ 12 500 ans, causant un réchauffement rapide du "continent gelé" et déclenchant peut-être un gigantesque raz de marée lorsque des plaques de glace de près de deux mille mètres d'épaisseur se disloquèrent et glissèrent dans les eaux. Des

---

[1] Henry Halley, *op. cit.*, p. 75 fait mention de diverses légendes anciennes de déluges ; Charles Berlitz, *op. cit.*, p. 146 et suivantes en fournit une liste importante.

[2] Sitchin, *The Twelfth Planet*, p. 409.

scientifiques suédois ont aussi accumulé des preuves que la Terre subit une inversion de son champ magnétique au cours de la même période, une stabilisation intervenant aux environs de 10 400 av. J.-C.[1]

Dans *The Twelfth Planet,* Zecharia Sitchin déclare que, selon lui, le Déluge résulta de ces perturbations, lesquelles pourraient avoir été provoquées par le passage exceptionnel dans l'orbite de Mars d'un douzième corps céleste appartenant à notre système solaire. D'anciens textes akkadiens, qui sont sans aucun doute des copies d'originaux sumériens, indiquent que la constellation du Lion "mesura les eaux des profondeurs" il y a approximativement douze à treize mille ans. D'après les mêmes sources, l'Age du Lion fut aussi accompagné de l'apparition soudaine dans le ciel d'un corps céleste brillant qui s'approchait rapidement, et qui est appelé le "Seigneur dont la brillante couronne de terreur est chargée".[2]

Cette planète, que Sitchin baptise Marduk d'après le dieu babylonien de la guerre, pourrait décrire autour de notre Soleil une orbite extrêmement excentrique, extérieure au plan de l'écliptique de la Terre et des autres planètes. La présence d'une planète ou d'une grande comète de cet ordre, non encore découverte par la science moderne, rendrait compte de certaines anomalies connues mais inexplicables dans les orbites des "planètes extérieures", en particulier d'Uranus et de Neptune.

Dans un article de 1987 paru dans le magazine *Discover*, John Anderson, du *Jet Propulsion Laboratory* de la NASA, est cité pour avoir révélé que des observations récentes faites à bord de Pioneer 10 et Pioneer 11, lorsqu'ils passèrent à proximité des "planètes extérieures", tendent à confirmer cette théorie. Il pense que "le seul objet qui pourrait correspondre aux données dont nous disposons serait une planète environ cinq fois plus grosse que la Terre, qui ferait le tour du Soleil en suivant une orbite excentrique perpendiculaire à celle des autres planètes".[3]

Une autre hypothèse récente qui a été émise sur l'existence possible d'une "étoile obscure" compagne de notre Soleil, a fait l'objet d'un examen approfondi de la part du paléontologue David M. Raup dans son livre *The Nemesis Affair.* Cette théorie soutient qu'au cours de ses approches périodiques de la zone interne du système solaire,

---

[1] *Ibid.*, p. 409. Les preuves de ces retournements magnétiques dans le passé sont analysées par N. A. Morner, *et al.*, *The New Scientist,* 6 janvier 1972, p. 7.

[2] Sitchin, *The Twelfth Planet,* p. 409.

[3] "Uranus is Perturbed", *Discover,* sept. 1987, p. 16.

une petite étoile obscure projette, en croisant le nuage d'Oort qui en est rempli, des milliers de comètes et de météorites sur des trajectoires qui les font entrer en collision avec la Terre (et avec d'autres planètes). Cette étoile, surnommée Némésis d'après la déesse grecque du malheur, pourrait traverser l'intérieur du système solaire tous les vingt-six millions d'années, provoquant alors les extinctions massives de vie animale et végétale terrestres dont on a retrouvé les traces au cours de récentes recherches paléontologiques. Ces extinctions, parmi lesquelles celle des dinosaures il y a quelque soixante-six millions d'années, semblent se produire à peu près tous les vingt-six millions d'années. Le Dr Raup fait cette remarque qu'en suivant cette hypothèse du moins, la Terre ne devrait pas être "menacée" par Némésis d'ici plusieurs millions d'années.[1]

Il est donc peu vraisemblable que Némésis fut la responsable du Grand Déluge. Mais une "planète X" potentielle, ayant une orbite perpendiculaire d'une durée d'un millier d'années ou plus, apparaît toutefois comme une candidate plus vraisemblable. Il est possible qu'une "douzième planète" de cet ordre, dont Sitchin pense qu'elle était représentée sur les cartes sumériennes, pourrait périodiquement s'approcher du Soleil, perturbant ainsi les planètes intérieures, parmi lesquelles la Terre, et provoquant des bouleversements naturels et des irrégularités climatiques. C'est précisément ce qui, selon lui, s'est produit au moment de l'Age du Lion, entraînant le redoutable Déluge préhistorique et mettant fin à la dernière époque glaciaire.

Bien que d'autres généralisations astronomiques hâtives faites par Sitchin, ainsi que ses conclusions sur la formation et le comportement du système solaire, puissent prêter à contestation, la relation qu'il établit entre le Grand Déluge et la fin de la dernière période glaciaire est défendable — indépendamment de la cause exacte qui déclencha la catastrophe. Comme nous l'avons déjà fait remarquer, il existe des différences d'opinion considérables en ce qui concerne la cause directe de ce cataclysme. Dans son livre *Pole Shift*, John White examine en détail les théories les plus admises.[2] Il paraît bien probable qu'un déplacement d'une partie au moins des calottes polaires, ou un décalage de l'axe des pôles, ait pu entrer en jeu. Tout événement d'une amplitude suffisante pour faire fondre

---

[1] David M. Raup, *The Nemesis Affair, A Story of the Death of the Dinosaurs and the Ways of Science*, W.W. Norton & Co., New York, 1987.

[2] John White, *Pole Shift*, A.R.E. Press 1983, Virginia Beach, Va. (première édition chez Doubleday & Co., 1980).

l'Antarctique et ne laisser émerger que les plus hauts sommets a certainement dû correspondre à d'importants changements dans le climat et dans la moyenne des températures. Une collision "évitée de justesse" avec une comète ou une planète s'y est peut-être trouvée associée, bien que la chose ne soit aucunement prouvée.

De plus, si les données astrologiques actuelles concernant la datation de la précession des équinoxes sont correctes, ce changement climatique relativement brutal se produisit lorsque l'équinoxe vernal fut traversé à l'aube par la constellation du Lion. Cette constellation, d'après les sources sumériennes et égyptiennes anciennes, marque le point de départ de l'ancien zodiaque. C'était donc pour les représentants de ces civilisations une période importante.

Se pourrait-il que nos lointains ancêtres qui survécurent au Déluge aient considéré cette terrible catastrophe comme la fin d'un vieux monde et le début de celui que nous connaissons ? Tout semble confirmer cette hypothèse. S'il en est ainsi, on comprend l'énorme impact qu'eut cet événement. Certaines légendes affirment que les antiques pyramides de notre planète furent ensuite construites pour servir à la fois d'observatoires astronomiques où l'on relevait les signes célestes indicateurs de futures catastrophes, et de refuges dans l'éventualité d'un nouveau déluge.[1]

Depuis les temps les plus reculés, les hommes et les femmes ont été saisis de crainte et d'émerveillement à la vue de la Grande Pyramide et de ses voisines plus petites qui s'élèvent en Egypte dans la plaine de Gizeh. Considérée comme l'une des Sept Merveilles de l'antiquité, la Grande Pyramide et son voisin, le Sphinx à corps de lion, ont attiré l'attention des savants plus que n'importe quel autre monument ancien. Une quasi science de la "pyramidologie" s'est développée au cours des deux derniers siècles à mesure que les archéologues, les astronomes, les mathématiciens et même les biologistes exploraient, mesuraient cet édifice et émettaient des hypothèses sur ses origines et sur les propriétés énergétiques spéciales qu'il recèle peut-être.

D'après l'une des théories les plus curieuses portant sur l'intention secrète qui dicta la construction de cette montagne artificielle, nous sommes ici en présence non seulement d'un observatoire astronomique sophistiqué mais aussi d'un véritable

[1] Charles Berlitz, *op. cit.*, p. 169.

"calendrier de pierre" dont la géométrie présente un panorama de l'histoire humaine englobant des milliers d'années. Cette théorie fut d'abord avancée par des scientifiques du dix-neuvième siècle, parmi lesquels l'astronome écossais Charles Piazzi-Smith qui mesura les couloirs intérieurs de la Grande Pyramide. De même que William Petrie, il découvrit que ces derniers étaient calculés sur la base d'une mesure spéciale qu'il a appelé le "pouce pyramidal", égal à 1,00106 de notre pouce à nous, et de son multiple, la "coudée sacrée" (égale à 25 pouces pyramidaux). Se fondant sur ces mesures, les hommes de science de l'époque victorienne ont émis la théorie que des événements d'une importance particulière dans l'histoire du monde, dont la vie et la passion de Jésus, se trouvaient prédits avec exactitude par la géométrie des corridors de la Grande Pyramide.[1]

Même si Piazzi-Smith a fait des erreurs manifestes à la fois dans ses mesures et dans son interprétation, l'un des investigateurs contemporains les plus éminents du savoir pyramidal, l'auteur britannique Peter Lemesurier, a conclu que la Grande Pyramide est fondée sur des connaissances en mathématiques et en astro-physique extrêmement sophistiquées, témoignant d'une civilisation techniquement plus avancée que celle de l'Egypte des pharaons. Selon lui, des mesures scientifiquement exactes de ce monument révèlent que ses constructeurs l'avaient conçu comme le schéma d'un plan directeur pour le destin futur de la Terre. Dans son livre remarquable, *The Great Pyramid Decoded*, Lemesurier étudie la chronologie de ce plan dessiné dans la géométrie de la Pyramide ainsi que sa relation à des événements historiques de 2623 av. J.-C. jusqu'à 3889 de notre ère, cette dernière date étant perçue comme le terme de l'odyssée parcourue par l'humanité sur le plan physique et marquant son accession à de plus hautes dimensions spirituelles.[2]

Ce qu'il y a d'extraordinaire dans l'analyse méticuleuse effectuée littéralement pouce par pouce par Lemesurier, c'est qu'elle entend démontrer que ce monument désigne le siècle compris entre 1914 et 2014 — la "cuspide" entre le signe des Poissons et celui du Verseau — comme l'une des périodes les plus critiques de l'histoire humaine. C'est le moment où les hommes doivent décider s'ils veulent participer à la libération finale de l'humanité et à sa réunion ultime avec son divin créateur. D'après la Pyramide, cette période spéciale de

---

[1] Roland Benevides, *Dramatic Prophecies of the Great Pyramid*, Editores Mexicanos Unidos, Mexico, 1969; David Wallechinsky *et al.*, *op. cit.*, p. 340-41.

[2] Peter Lemesurier, *The Great Pyramid Decoded*, Element Books, Longmead, U.K., 1977.

transition se caractérise par une séparation entre les individus qui s'efforcent de préparer la venue du futur Age messianique (celui du Verseau), et ceux qui résistent à cet événement et vont créer par là-même un véritable "enfer sur la Terre", ou une apocalypse de guerre et de destruction. Lemesurier considère que la Pyramide prévoit un effondrement brutal de notre civilisation matérielle au cours des trois années qui entourent 2004 (c'est-à-dire entre 2001 et 2007). Comme il le dit : "la Terre va s'effondrer". Le "nadir", c'est-à-dire le point le plus bas de ce cycle, est prévu pour 2010, pour être aussitôt suivi du retour du Christ 2001 ans après le Calvaire, soit en l'an 2034 de notre ère.[1]

D'après l'exposé de Lemesurier, qui est influencé par la recherche biblique et par les "lectures" médiumniques du voyant américain Edgar Cayce, le scénario prévu par la Grande Pyramide pour l'époque actuelle est la réplique des événements qui ont précédé le Grand Déluge survenu aux environs de 10 500 av. J.-C. En ce temps-là, la civilisation matérielle de l'Atlantide fut anéantie, peut-être pour préserver la Terre et permettre à l'humanité d'y accomplir son ultime régénération spirituelle.[2]

Lemesurier pense que même si la chronologie de la Grande Pyramide débute effectivement en 2600 av. J.-C., le monument fut, en fait, érigé beaucoup plus tôt, sans doute peu de temps après le Déluge, par des réfugiés atlantes. Citant diverses autorités à l'appui de sa conclusion, il fait remarquer que d'après des recherches récentes effectuées par des scientifiques suédois, le dernier renversement connu des pôles magnétiques de la Terre se produisit il y a environ 12 500 ans, et que cet événement coïncida avec la fonte rapide des glaciers de l'ère précédente.[3]

D'autre part, comme la Méditerranée de 10 500 av. J.-C. arrivait jusqu'au bord du plateau de Gizeh, les énormes blocs utilisés pour la construction de la Pyramide pouvaient avoir été facilement transportés par eau depuis leurs carrières, et mis en place par flottaison. Edgar Cayce situe lui aussi la construction de la Grande Pyramide entre 10 490 et 10 390 av. J.-C. Pour finir, Lemesurier attire notre attention sur ce Sphinx énigmatique, ce grand "gardien" de pierre des pyramides sacrées. Les peuples anciens associaient tout naturellement ce type de monument symbolique au signe qui à leur

---

[1] *Ibid.*, pp. 135, 169-70, 178-81.

[2] *Ibid.*, pp. 225 et suivantes.

[3] *Ibid.*, pp. 279-80. Les résultats des chercheurs suédois, N.A. Morner, J.P. Laespers et J.Hospers, furent publiés dans *The New Scientist* le 6 janvier 1972, p. 7.

époque gouvernait leur Zodiaque. Le Sphinx présente une tête d'homme sur la forme d'un lion accroupi. Or le lion était évidemment le symbole de ce mystérieux Age du Lion qui gouverna les cieux entre 10 970 et 8810 av. J.-C.

Donc, si l'interprétation qu'on en a faite est correcte, la géométrie ésotérique de la Grande Pyramide nous procure un lien direct et tangible entre la catastrophe antique du Grand Déluge et les événements apocalyptiques redoutés maintenant de manière si générale et prédits pour le futur proche. Si elle est véridique, la prophétie inscrite dans les pierres de la Pyramide montre que nous avons encore beaucoup à apprendre sur la nature réelle du temps et sur la récurrence cyclique des événements. Y a-t-il quelque "plan directeur" général pour la race humaine ? Qu'en est-il de notre libre-arbitre, auquel nous attachons tant de prix, et de nos luttes quotidiennes avec les problèmes moraux et matériels ? Si à un certain niveau de l'existence notre ligne de conduite future la plus vraisemblable peut avoir été prévue des milliers d'années à l'avance, alors de quelle manière les "rêves collectifs" que nous faisons sur le déroulement de cet avenir en sont-ils influencés ?

Bien qu'il nous faille certainement admettre qu'il n'est pas encore possible de donner des réponses définitives à ces questions dont les théologiens et les philosophes ont débattu pendant des siècles, il semble clair, comme nous l'avons indiqué précédemment, que si une catastrophe de l'ordre du Déluge a bien eu lieu, nous sommes alors les descendants directs de ceux qui y ont survécu. Nos ancêtres génétiques, par conséquent, furent les hommes qui agirent en suivant leurs prémonitions, qu'elles fussent ou non d'inspiration divine, et survécurent. Qui plus est, par suite de l'importance accordée par l'astrologie à la relation organique existant entre les signes opposés du zodiaque, ici des Ages, il ne fait aucun doute que le passage que nous effectuons actuellement entre l'Age des Poissons et celui du Verseau fait à nouveau surgir le spectre de bouleversements planétaires gigantesques semblables à ceux qui eurent lieu au cours de l'Age du Lion, de l'autre côté du cycle de la Grande Année.

Notre niveau de compréhension actuel ne nous permet d'être certains ni de la date exacte de ces événements cosmiques ni de la relation existant entre eux. Néanmoins, en associant l'Age du Verseau qui approche aux tribulations vécues dans l'ancien Age du Lion, la "mémoire" génétique dont nous avons hérité à laquelle s'ajoute une connaissance subconsciente éventuelle venue de nos vies antérieures, représente aujourd'hui une force psychique de plus en plus puissante. Les “rêves collectifs”, conscients et inconscients, que nous faisons au sujet du futur reflètent cette tension. Au plus profond de nous-mêmes, nous percevons de plus en plus clairement que le monde se trouve maintenant à une croisée des chemins.

La question reste ouverte de savoir si cette prise de conscience va nous projeter dans un hédonisme matérialiste, un désespoir dépressif, ou nous conduire à un moment de renaissance dans notre croissance et notre unité spirituelles. Comme le sait n’importe quel psychanalyste, la popularité d’expressions du genre de celle qu’on attribue au roi Louis XV : “*Après moi, le déluge*” (Pensez un peu !), exprime une sagesse populaire sous-jacente. Les antiques dessins des étoiles indiquent clairement qu’en ce moment même les choix fondamentaux vont se faire rapidement pour la planète Terre et ses passagers humains. Les traditions spirituelles anciennes de la race humaine, sur la planète entière, désignent également le siècle à venir comme porteur de développement métaphysique et d’expansion si nous le décidons. Par conséquent, il incombe à chacun de nous d’utiliser l’énergie qui se trouve libérée au cours de cette époque particulière d’une manière aussi avisée et constructive que possible. C’est à nous seuls de faire le choix.

— IV —

Les "transmissions" contemporaines concernant le futur :

la "Sagesse Immémoriale" et Edgar Cayce.

A mesure que nous nous engageons dans l'ère toute proche du Verseau, qui symboliquement déverse des flots d'énergie vivifiante ("l'eau de la vie") d'une urne en apparence inépuisable, notre culture s'ouvre de nouveau à l'idée que la réalité est autre chose, et bien plus, que ce que nos cinq sens nous en laissent percevoir. Aujourd'hui, de plus en plus d'Occidentaux cherchent direction et conseils auprès de sources qui n'appartiennent pas au monde physique. Bien que beaucoup s'appuient sur les méthodes traditionnelles de la prière ou de la méditation, un nombre croissant d'êtres humains se conforme aux instructions spirituelles d'entités non-physiques qui se définissent elles-mêmes et s'expriment par le canal d'une personne en état de conscience modifié. Nous avons même adopté le terme de "transmission"[1] pour désigner ce processus.

La transmission médiumnique à propos de tout, qu'il s'agisse de gagner de l'argent en bourse ou de déménager au bon endroit pour éviter le tremblement de terre prédit en Californie, est devenue extrêmement populaire — comme le révèle le succès commercial écrasant des ouvrages récents de l'actrice Shirley MacLaine, en

[1] NdT : *channeling* en anglais. Nous rendrons ce terme par "transmission" ou "communication". Quant à la personne qui transmet, le *channel*, nous la désignerons par les termes de "médium", de "transmetteur" ou de "channel" chaque fois qu'il s'avérera impossible de traduire le mot littéralement par "canal".

commençant par *Out on a Limb* [1]. L'influence de "channels" comme Jach Pursel ("Lazaris") et J.Z. Knight ("Ramtha") montre que la diffusion d'informations provenant de sources psychiques non physiques est aujourd'hui une industrie en pleine expansion.

Considéré dans ses grandes lignes, ce phénomène n'a cependant rien de nouveau. Toutes les grandes religions et toutes les traditions philosophiques sont issues de textes ou de paroles inspirées dont l'origine est attribuée à une source spirituelle désincarnée, laquelle communiquait par l'intermédiaire d'un disciple ou d'un prophète. La Bible, après tout, est considérée dans notre culture judéo-chrétienne comme "la Parole de Dieu". Les Musulmans croient qu'Allah en personne a dicté le Coran au prophète Mahomet. Le rôle particulier des déclarations et des gestes faits en état de transe par l'oracle, le chaman et le guérisseur mystique dans les cultures indigènes est aussi amplement démontré.

La quantité de noms dont nous disposons pour désigner ceux qui reçoivent ce type particulier d'information est un signe éloquent de l'universalité du sujet. En plus des termes déjà mentionnés de "channel", médium et prophète, nous attribuons ceux de voyant, visionnaire, initié, adepte, gourou, sorcier, maître et mystique aux êtres qui ont le privilège de communiquer directement avec les royaumes spirituels. D'autres noms moins flatteurs comme songe-creux, diseur de bonne aventure, hystérique, schizophrène, fakir, mythomane et charlatan, ont été donnés à ceux qui se sont parés du titre de "médium transmetteur". Nul doute que chaque lecteur puisse allonger cette liste par d'autres synonymes couramment utilisés.

Le concept de la transmission spirituelle en état de transe est ancien. Mais ce qui semble avoir changé dans le contexte contemporain, c'est que ce phénomène, jusqu'ici hautement sélectif, se répand de plus en plus. Au cours du passé, seul un petit nombre d'individus bien particuliers déclaraient être en contact direct avec les dieux ou une sagesse plus haute. Ces gens hors du commun, après vérification soigneuse de leur "vocation", étaient placés à l'écart du reste de la société et enjoints d'adopter un mode de vie discipliné bien précis. Le célibat des ordres monastiques, le port de vêtements rituels et les pratiques des chamans, ainsi que les vœux de renoncement des yogis, figurent parmi les rôles exemplaires qui ont été assignés aux "transmetteurs" traditionnels.

---

[1] NdT : traduit sous le titre *L'Amour foudre*, J'ai Lu, 1984.

De nos jours, au contraire, on découvre que des gens en apparence ordinaires, de tous âges et de toutes professions, hommes d'affaires et ménagères, étudiants et retraités, se mettent tout-à-coup à produire des volumes de sagesse et de conseils spirituels. Des directeurs d'entreprise et des agents de change ont utilisé des techniques de méditation et de visualisation communiquées par diverses "entités" pour accroître leur marge bénéficiaire dans le monde de plus en plus compétitif des affaires. Les enseignements et les prédictions de "Ramtha", qui se présente comme le prototype du dieu hindou Rama, ont incité littéralement des milliers de gens à quitter la Californie à la fin des années 80 pour éviter de se trouver pris dans le tremblement de terre qu'il a prédit.

Il faut ajouter que la popularité actuelle des "communications" n'est qu'un aspect du vaste développement des contacts personnels avec des niveaux de réalité situés au-delà du monde tangible ordinaire auquel on assiste dans la société américaine tout au moins. Depuis la publication, en 1975, de l'étude révolutionnaire du Dr Raymond Moody sur ce qu'on appelle maintenant les *états proches de la mort*[1], des dizaines de milliers d'Américains ont relaté de brèves expériences de ce genre où leur conscience mentale était restée active et alerte en dehors de leur cerveau physique dont les appareils médicaux perfectionnés avaient enregistré la mort temporaire. Ce que les survivants disent avoir éprouvé une fois sortis du monde physique coïncide étroitement avec ce que les transmissions de désincarnés décrivent comme le passage de "l'Autre côté". [2]

Ces visions préalables de ce qui attend tous les mortels que nous sommes ont donné lieu à bon nombre d'études fascinantes, en particulier celle des Dr Osis et Haraldson, qui ont comparé la manière dont des gens appartenant à des contextes sociaux et religieux très différents (l'Inde et l'Amérique) perçoivent la continuité de leur conscience en dehors de leur corps au moment où ils franchissent le seuil de la mort physique. Le contexte culturel ne semble avoir d'influence que sur l'identification de symboles spirituels comme Jésus et Marie ou Vishnou et Kali, et non sur l'expérience elle-même. Par ailleurs, un psychologue de l'Université du Connecticut, le Professeur Kenneth Ring qui fait autorité sur le sujet, a fondé l'Association Internationale pour l'Etude des Etats

---

1 NdT : "near death experience" ou NDE.

2 Raymond Moody M.D., *Life after Life*, Mockingbird Books, Atlanta 1975. (En traduction française : *La Vie après la vie*, 1977, Laffont).

Proches de la Mort[1] afin de promouvoir de plus amples recherches dans ce domaine et d'aider les survivants à assumer l'éveil spirituel qui accompagne souvent ce genre d'expérience. Son livre *Heading Towards Omega*, publié en 1984, est une étude maintenant classique de l'impact que peut avoir ce "coup de tonnerre dans un ciel bleu" sur le psychisme de gens ordinaires, que le Dr Ring considère comme les précurseurs possibles du prochain grand saut évolutif de l'humanité.[2]

Le contact personnel avec le royaume de l'esprit n'a pas été uniquement réservé à ceux qui, lors d'un incident où leur vie s'est trouvé en danger, ont été à deux doigts de la disparition physique. L'attitude et l'expérience générales du public en ce qui concerne l'au-delà ont aussi beaucoup changé au cours de ces dernières années. Par exemple, un sondage effectué en 1980 a démontré que 71 pour cent des Américains croient maintenant en une vie après la mort. Selon un autre sondage effectué en 1986 par le National Opinion Research Council de l'Université de Chicago, 42 pour cent d'Américains adultes estiment avoir eu un contact personnel avec un décédé, généralement un membre de la famille, ce qui représente près de la moitié de la population adulte des Etats-Unis, soit quelque 65 millions de personnes ! Soixante-dix-huit pour cent de ceux qui auraient eu une expérience psychique de cet ordre ont dit qu'ils avaient vu la personne décédée, 50 pour cent avaient entendu parler la personne qu'ils aimaient, tandis que 18 pour cent avaient tenu une véritable conversation avec l'esprit du désincarné. Plus stupéfiant encore, le même sondage a révélé que 30 pour cent de la minorité qui nie la réalité d'une vie après la mort pensent néanmoins avoir fait l'expérience d'un contact personnel avec un disparu. [3]

Ces statistiques — approximativement valables pour toutes les nations occidentales modernes — sont révélatrices de l'intérêt grandissant qu'éprouve aujourd'hui l'homme ordinaire pour les phénomènes d'ordre métapsychique et spirituel, ainsi que de l'expérience directe qu'il en a. Cette tendance coïncide avec l'accroissement en nombre, au cours des dernières décennies, de témoignages d'autres phénomènes paranormaux tels que les manifestations de la Vierge Marie en divers points du globe, les vagues successives

---

[1] NdT : "The International Association for the Near Death Studies" (IANDS).

[2] Karliss Osis, M.D., et E. Haraldson, M.D., *At the Hour of Death*, Avon Books, New York, 1977 (en français : *Ce qu'ils ont vu au seuil de la mort*, Rocher, 1982); Kenneth Ring, Ph. D., *Heading Towards Omega*, Morrow and Co., New York, 1984. En français, consulter le livre remarquable du journaliste Patrice Van Eersel, *La Source Noire*, Grasset, 1986.

[3] Jon Klimo, *Channeling*, Jeremy P. Tarcher, Los Angeles, 1987, p. 3.

d'apparitions d'Ovnis et les expériences spontanées d'états hors du corps[1]. Tous ces événements font partie de notre vision actuelle des choses en un temps où de plus en plus de gens cherchent à découvrir le sens de la vie et la nature de la réalité autrement qu'en employant les recettes matérialistes et soi-disant objectives offertes par notre culture.

Aujourd'hui, les hommes sentent que les satisfactions matérielles et les preuves sensorielles ne parviennent pas à exprimer la condition humaine de manière adéquate. Ils sont à la recherche du sens personnel de leur existence et d'un lien spirituel avec la Source de la vie. En Occident du moins, nombreux sont ceux qui ont des doutes sur les institutions culturelles et religieuses traditionnelles qui leur paraissent à la fois peu concluantes et dirigées par des élites à l'esprit dogmatique. Ils se tournent naturellement vers l'enseignement de ceux qui affirment recevoir leur inspiration d'une sagesse éternelle qui transcende les limites mortelles. A cause de cela, il est d'une importance vitale d'examiner ce que quelques uns des "channels" les plus connus d'aujourd'hui ont à nous dire sur notre monde et sur son avenir. Car indépendamment de toute évaluation sur l'exactitude des messages ainsi transmis, il est hors de doute que ces derniers font partie de nos "rêves collectifs" sur ce que nous sommes et vers où nous allons.

Qu'ils aient franchement ou non admis son influence, quasiment tous les médiums contemporains ont basé leurs conseils et leurs prédictions sur un ensemble de concepts philosophiques que le Dr Jon Klimo a baptisé la "Sagesse Immémoriale" dans son livre très documenté *Channeling.*[2] Comme cette vision assez particulière du monde a eu une grande incidence sur des transmissions récentes, y compris sur celles qui parlent de l'éventualité d'une apocalypse future, il me paraît important de passer en revue certains de ses préceptes essentiels. C'est pourquoi, avant de me tourner vers les prédictions de clairvoyants comme Edgar Cayce, je voudrais proposer ici mon interprétation personnelle de ce qu'enseigne la philosophie de la Sagesse Immémoriale sur la nature de la réalité. De plus, bien qu'en certains points je cite quelques exemples particuliers, dans leur ensemble les lignes qui vont suivre reflètent ma compréhension actuelle de ce vaste sujet. On ne doit donc pas considérer qu'elles expriment obligatoirement le point de vue exact des médiums mentionnés dans ce chapitre.

---

1 NdT : "Out-of-the-body experiences" (OBEs).

2 *Ibid.*

Le terme "Sagesse Immémoriale" provient lui-même des communications transmises par Alice A. Bailey. Entre 1919 et 1949, année de sa mort, cette Anglaise membre à l'origine de la Société Théosophique écrivit dix-huit volumes qui recouvrent virtuellement tous les aspects de la métaphysique et sont porteurs d'une doctrine spirituelle complète, d'une extrême complexité, appelée "Sagesse Immémoriale". Ces ouvrages lui furent, selon ses déclarations, dictés télépathiquement par un lama tibétain, Djwhal Khul, ou D. K., initié appartenant à une hiérarchie spirituelle bienveillante qui contrôle notre dimension spatio-temporelle.

Un étudiant sud-africain des enseignements de Alice Bailey, Aart Jurriaanse, a composé plusieurs anthologies autour de thèmes spécifiques. L'une d'elles, qui s'intitule *Les Prophéties de Djwhal Khul*, étudie l'information transmise par Alice Bailey sur le Nouvel Age qui approche. Je la recommande à ceux qu'intéresse une étude plus approfondie de sa conception de l'histoire humaine. Les définitions de la Sagesse Immémoriale qui vont suivre sont toutefois les miennes, et ne correspondent que d'une manière générale aux données d'Alice Bailey.[1]

Pratiquement toutes les sources contemporaines qui proviennent de "channels" sont en accord sur plusieurs concepts philosophiques clés, communément considérés comme des concepts du Nouvel Age, mais qui en fait existent depuis des milliers d'années. Sous-jacente à cette Sagesse Immémoriale se trouve l'idée qu'il n'existe qu'un seul Etre unifié, vivant et créateur. Cet Etre, qui est une force consciente et multi-dimensionnelle qu'on peut appeler Dieu, Allah, Brahma, l'Esprit Universel, les Forces de Création ou encore "Je Suis Celui qui Est", est habité par des unités conscientes d'elles-mêmes, participant de lui, qui coexistent sur de nombreux "plans" ou niveaux d'énergie différents, notre univers matériel avec le temps et l'espace n'étant que l'un d'eux. Chaque unité de cet Etre Divin participe de sa puissance de vie et de création à quelque niveau de conscience. Ces unités, c'est-à-dire nous, sont par conséquent co-créatrices de dimensions différentes de la réalité avec l'Etre ou Esprit Universel qui est Dieu, ou Tout ce qui Est, ou encore la "Réalité Ultime".

Les relations qui existent entre les unités co-créatrices individuelles contenues dans la Réalité ultime sont régies par une série de lois universelles. La première de ces lois, souvent formulée en

---

[1] Alice A. Bailey, *Prophecies by D. K.*, compiled by Aart Jurriaanse, World Unity & Service, Inc., Craighall, South Africa, 1977.

ces termes : “Ce qui est en haut est comme ce qui est en bas; ce qui est au dedans est comme ce qui est au dehors”, confirme l’unité fondamentale de toute vie. Généralement attribuée au dieu de l’ancienne Egypte, Thoth, connu en grec sous le nom d’Hermès Trismégiste, elle déclare que les œuvres du Tout, à quelque niveau de réalité que ce soit, sont nécessairement reflétées dans toutes les parties qui le composent. Ainsi, chaque dimension de la réalité, y compris notre cosmos matériel, reflète les principes de l’Etre divin, à son propre niveau de conscience.

Les êtres humains, par conséquent, au niveau de conscience qui est le leur, sont un reflet de Dieu et sont co-créateurs avec l’Esprit Universel de leurs propres dimensions de la réalité. C’est ce que signifie l’expression biblique : “fait à l’image de Dieu”. Un corollaire de cette première loi universelle, c’est que toutes ces unités de conscience, qu’elles s’en rendent compte ou non, participent de la Force de Vie universelle pour l’éternité. Nous avons un “moi supérieur”, immortel, indépendant des dimensions de temps et d’espace, qui nous identifie à Dieu. Ce moi supérieur est traditionnellement appelé “âme”, bien que quelques enseignements transmis fassent usage d’une terminologie différente.

Selon la philosophie de la Sagesse Immémoriale, l’humanité participe de tout ce qui est à plus d’un niveau ou plus d’une dimension. Nous sommes, évidemment, surtout conscients de l’univers matériel délimité par le temps et l’espace où se déroulent nos existences quotidiennes. Mais même ici-bas, ainsi que nous le disent des voyants comme Edgar Cayce, notre corps physique, avec les divers organes, glandes et cellules qui le composent, reflète la constitution du macrocosme universel. Semblablement, notre mental conscient lui-même, tout limité qu’il soit, a reçu en partage une étincelle de la Sagesse divine et la capacité d’aimer.

Mais nous ne sommes pas seulement des créatures de “chair et de sang”. Au niveau le plus sublime nous sommes des esprits immortels, unis par notre moi supérieur à la Force divine. Même la Bible, souvent citée pourtant par les chrétiens fondamentalistes pour contredire cette philosophie, déclare catégoriquement : “Vous êtes des dieux, des fils du Très Haut, vous tous !” (Psaume 82:6). Jésus lui-même cita cette phrase en l’approuvant lorsqu’il fut accusé de blasphème par les Pharisiens pour avoir proclamé qu’il était le Fils de Dieu (Jean 10:34).

Mais s’il est vrai qu’au niveau de notre Moi spirituel nous sommes Dieu et co-créateurs de la Réalité divine, nous restons néanmoins des personnalités humaines attachées à l'ego pendant toute la durée de notre existence dans l'univers spatio-temporel. En chacun de nous, l'ego – ou "moi inférieur" – s'est autorisé par le jeu du libre arbitre à séparer ses désirs de ceux de l'âme dont il procède. C'est par conséquent une regrettable erreur que de confondre les deux dimensions et de laisser le moi inférieur de l'ego imaginer qu'il devrait disposer de prérogatives divines. C'est là, bien sûr, l'une des définitions de la démence et l'origine de beaucoup de mal. Ce n'est absolument pas ce qu'enseigne la véritable Sagesse Immémoriale, bien que certains gourous et certains médiums dénués de scrupules aient délibérément mélangé les niveaux afin de mieux manipuler les naïfs.

Fort heureusement, la plupart d'entre nous se trouvent sous l'influence d'un troisième niveau (ou dimension) intermédiaire de la réalité humaine, celui du mental. D'après virtuellement toutes les communications, le mental humain sert de médiateur entre le moi inférieur et le moi supérieur au moyen de ce qu'on appelle communément la force de vouloir ou Volonté. Un autre terme utilisé pour désigner cet agent intermédiaire pourrait être "conscience". C'est le mental qui maintient dans des limites raisonnables les désirs égotistes, foncièrement intéressés, du moi inférieur, la plupart du temps tout au moins. C'est le mental qui dans certaines conditions peut entrer en contact avec le moi supérieur, souvent masqué, ainsi qu'avec sa sagesse éternelle et son amour inconditionnel.

Bien que les définitions varient suivant les sources, on admet généralement que le mental humain opère à deux niveaux distincts au cours de l'existence physique. Ce sont évidemment celui du mental conscient qui pendant les heures de veille guide nos pensées et se montre en général disposé à la raison, et le mental subconscient qui fait surface pendant nos rêves ou dans certains états modifiés, et qui suit son propre type de logique. Ces deux niveaux sont influencés par nos émotions. Un troisième niveau mental, le supraconscient, est également mentionné par certains clairvoyants comme Edgar Cayce. Normalement inaccessible à la conscience de veille, il possède certaines qualités du moi supérieur ou Ame, et selon toute apparence est en contact permanent avec toutes les autres unités de conscience qui sont situées au même niveau de réalité. C'est ce que le psychiatre suisse, Carl Gustav Jung, a désigné sous le terme d' "inconscient collectif". Les formes de transmission les plus hautes proviennent de cette dimension. La sagesse de l'inconscient collectif constitue ce que les sages hindous appellent les *Annales akashiques.*

Bien que l'identité fondamentale de l'homme soit contenue dans le moi supérieur en une coexistence éternelle avec Dieu, d'une certaine manière le mental humain et sa conscience spirituelle ont cessé d'être reliés à leur Source divine originelle. Les raisons et les circonstances exactes proposées pour expliquer cette séparation varient selon les différents "channels", de même que les interprétations morales qui en sont données. Le populaire "Cours sur les miracles"[1] déclare simplement que nous nous sommes égarés un instant en entreprenant un voyage cosmique à la découverte de nous-même. Selon Edgar Cayce dont l'enseignement est plus ancien, plus inspiré par la Bible, la curiosité que nous éprouvions à l'égard des niveaux matériels de réalité dont nous étions co-créateurs a poussé certaines âmes à revêtir des formes matérielles. Le frisson émotionnel provoqué par les plaisirs sensuels a enfermé les êtres spirituels que nous sommes dans le piège des dimensions physiques au point de nous faire oublier notre dimension supérieure. C'est ainsi que nous nous sommes trouvés assujettis à la nature égoïste, charnelle et mortelle du moi inférieur.

"Seth", qui communiquait par le canal de Jane Roberts, se désintéresse des implications morales de cette division. Il déclare que puisque la Réalité ultime est inconcevablement multi-dimensionnelle, chacun de nous fait l'expérience de sa séparation sur les plans physique, mental et spirituel d'avec le reste de son identité d'une manière délibérée, dans un acte créateur spontané. De toutes manières, affirme "Seth", ce moi séparé n'est qu'un aspect de l'Etre total, qui opère isolément ici-bas dans l'univers physique spatio-temporel pour des raisons spécifiques. L'une de ces raisons est un apprentissage du maniement conscient de l'énergie destiné à nous rendre plus complètement co-créateurs avec l'Esprit Universel.

Sans se soucier de savoir si cette séparation de la conscience égotique d'avec le moi supérieur et l'Esprit Universel est moralement justifiable, les sources spirituelles qui au cours de l'histoire ont transmis la Sagesse Immémoriale conviennent toutes que l'existence des êtres humains au sein de cet univers matériel, avec ses rapports spatio-temporels, répond à une intention bien précise. D'après ces sources, son but ultime est la réunification totale, c'est-à-dire la réintégration de toutes nos consciences fragmentaires dans le sein de l'unique Réalité Ultime de Tout ce qui Est. Nous cherchons à retrouver Dieu et la perfection. A un certain niveau, situé au-delà du temps et de l'espace, cette union est déjà réalisée (parce qu'elle n'a

[1] Anon., *A Course in Miracles*, The Foundation for Inner Peace, Tiburon, Calif., 1975.

jamais été rompue ; c'est-à-dire en Dieu, dont nous demeurons une partie), mais de notre point de vue humain, nous avons besoin de la médiation du temps pour pouvoir aligner notre volonté sur celle de notre moi supérieur et atteindre ainsi l'illumination, la perfection, et la libération à l'égard du monde matériel obscurci qui est un monde de reflets et d'illusions.

L'alignement de notre Volonté consciente sur celle de Dieu requiert de la discipline ou force de volonté. On ne peut l'accomplir que dans le temps. Ce processus est comparable à celui par lequel un homme victime d'amnésie se refamiliarise lentement avec son environnement oublié, jusqu'à ce que soudain sa véritable identité lui revienne en mémoire. L'illumination est la reconnaissance du véritable moi intérieur à tous les niveaux de conscience. Cette analogie est proposée par la source désincarnée du "Cours sur les Miracles". Nous avons besoin du temps pour nous rappeler qui nous sommes en réalité.

Cette idée de l'utilisation du temps linéaire pour la croissance spirituelle conduit à un autre concept fondamental de la Sagesse Immémoriale, qui est maintenant porté à la connaissance du public par le canal de tant d'individus. Je fais ici allusion à la loi universelle du Karma, ou loi de cause à effet, et à son corollaire : la réincarnation humaine. Si nous sommes vraiment des êtres spirituels opérant dans l'univers matériel parce que nous avons besoin de l'expérience du temps et de l'espace pour retrouver notre identité véritable, alors la notion de réincarnation devient une évidence pratique. En fait, si l'on se situe dans cette perspective, limiter à la durée d'une seule existence humaine nos chances de parvenir à l'éveil spirituel ou au salut paraît d'une dureté et d'une cruauté inutiles. Ce n'est guère ce que l'on attend d'une Force Divine universellement décrite comme paternelle et aimante. L'amour que Dieu nous porte en tant qu'âmes spirituelles se manifeste dans ce don qui nous est fait de disposer de temps et d'espace pour croître à tous les niveaux et atteindre l'état de perfection qui est déjà le nôtre au niveau de notre moi supérieur.

Qui plus est, le concept de la réincarnation de l'âme est l'une des croyances religieuses les plus vieilles de l'humanité. On la trouve dans virtuellement toutes les traditions spirituelles et elle ne fut bannie de notre héritage judéo-chrétien qu'au sixième siècle sur les ordres de l'empereur byzantin Justinien. Par ailleurs, il ne faut pas confondre cette notion, comme on le voit souvent faire dans les écrits populaires, avec celle de la transmigration entre des corps animaux et humains. Toutes les religions anciennes ont fait une distinction entre ces deux concepts, donnant la plus haute place à la réincarnation humaine. La transmigration est restée une interprétation inférieure, plus vulgaire, des traditions les plus anciennes.[1]

Le concept de la réincarnation humaine est un corollaire de la loi universelle du Karma. Cette loi fait partie de presque toutes les traditions spirituelles connues sur la Terre. En termes simples, voici ce qu'elle dit : Nul ne peut échapper aux conséquences de ses actes. Chacun de nous doit porter la responsabilité ultime de ce qu'il est et de la situation où il se trouve au moment présent.

Il n'est pas toujours plaisant d'être confronté à cette réalité. La plupart préféreraient attribuer à quelqu'un ou à quelque chose d'autre la cause de leurs difficultés actuelles. Mais on ne change pas une loi en refusant de l'admettre; et ce n'est pas ainsi qu'on en évitera les effets. D'une certaine manière, la loi du Karma correspond au troisième principe de la mécanique de Newton : toute action engendre une réaction qui lui est égale et opposée. Il se peut que ce principe ne nous plaise guère non plus, surtout quand il nous vaut un choc en retour, mais nul ne conteste son existence quand il s'agit de l'organisation de la vie quotidienne.

De plus, si l'on accepte ce que nous disent des clairvoyants comme Edgar Cayce, cette loi, associée à celle de la réincarnation, est en fait juste et aimante tout à la fois. Partie intégrante de l'univers spatio-temporel que nous habitons, elle nous offre un cadre qui nous permet d'accroître notre force de volonté jusqu'à ce que nous ayons acquis la détermination et les capacités requises pour transcender ce niveau de réalité matériel et mortel. Sans la réincarnation, la cruauté de l'homme envers l'homme serait une chose véritablement monstrueuse si l'on songe à toute l'injustice qui au niveau de la surface a toujours existé dans le monde. Pourrions-nous longtemps survivre dans un univers où toutes les pensées et toutes les émotions émises seraient instantanément traduites en actes concrets ? Nous avons besoin du tampon que constitue le temps; il est une bénédiction.

D'après la philosophie de la Sagesse Immémoriale, même les accidents et les iniquités dont nous sommes témoins ici-bas font partie d'un plan plus vaste, ultimement conçu pour que s'effectue

---

[1] Quelques voyants, dont Edgar Cayce, ont indiqué que les animaux ont bien une âme et qu'ils peuvent se réincarner dans le règne animal. Certains ont aussi affirmé qu'occasionnellement, dans des cas exceptionnels, il y a eu des transmigrations d'âmes animales dans des formes humaines. La plupart, cependant, disent qu'une fois que l'on a revêtu la forme humaine, on continue à se réincarner dans l'humanité.

notre réunion avec nous-même en Dieu. Peu importe qu'au niveau du moi inférieur, ou ego, nous préférions les raccourcis ou la ruse aux rigueurs d'une discipline mentale et spirituelle prolongée. Le plus court chemin pour aller de chez nous à l'épicerie passe sans doute à travers plusieurs bâtiments. Il serait bien pratique de ne pas avoir à les contourner ! Et pourtant, qui pourrait sérieusement songer à se frayer un passage à travers les murs pour s'éviter quelque pas ? Tout le monde aussi aimerait s'attirer la notoriété et la gloire qui accompagnent une médaille aux Jeux olympiques, mais chacun sait que derrière toute médaille se dissimulent des années de préparation laborieuse et de sacrifice personnel. Peu sont prêts cependant à en payer le prix.

Les lois du Karma et de la réincarnation n'opèrent pas dans le vide; le caractère apparemment éducatif de toute l'expérience terrestre les accompagne. Edgar Cayce, ce photographe américain dont les abondantes transmissions en état de transe, entre 1910 et 1945, ont ouvert la voie à l'explosion que connaît actuellement le phénomène du "channeling" dans le monde occidental, exprime la chose en ces termes :

> *La Vie est continue... Et même si telle ou telle expérience ne dure que quelques courtes années (toutes les existences) sont une... Il a été donné à chaque âme ce privilège, ce choix, d'être une avec les Forces de Création. Et les schémas conducteurs qui ont été placés sur le sentier des hommes pour les guider sont clairs... L'âme effectue un passage à travers le Temps et l'Espace... afin d'avoir de plus en plus d'occasions d'exprimer ce qui justifie l'homme dans sa relation avec son prochain; dans la compassion, l'amour, la patience, l'endurance (et) l'affection fraternelle. Ce sont là les fruits de l'Esprit... (Edgar Cayce, lecture n° 938-1).*

Ainsi la Sagesse Immémoriale, aujourd'hui transmise par le canal de tant de gens ordinaires, nous dit que nos vies mortelles terrestres, avec leurs nombreuses expériences de souffrance, de douleur et de joie, ont pour but d'enseigner à nos âmes l'amour véritable, la sagesse, la patience et la discipline de soi. Dans son best-seller récent *The Road Less Traveled* [1], le Dr M. Scott Peck maintient que la discipline est l'outil de l'évolution spirituelle humaine. Par ailleurs, la fin ultime de cette évolution est l'amour — non le tourbillon émotionnel égotique de l'attirance et de la possession sexuelles qui si souvent tient lieu d'amour ici sur Terre, mais l'amour

---

[1] M. Scott Peck, M.D., *The Road Less Traveled*, Simon & Schuster, New York, 1978. Trad. française : *Le chemin le moins fréquenté*, Laffont, 1987.

désintéressé, inconditionnel du moi supérieur et de l'Esprit Universel, ou Dieu. Comme on me l'a "dit" une fois au cours d'une méditation profonde : "L'amour est le lubrifiant universel qui relie toutes les dimensions ou niveaux de Tout ce qui Est pour les réunir en un Tout unifié".

L'amour véritable qui vient du niveau de l'âme est un empressement à dépasser les limitations que le moi inférieur égotique nous a imposés dans cette incarnation ou d'autres. Il nous porte à nous efforcer à la perfection sans l'exiger des autres en retour. Et tout cela joyeusement ! C'est ce genre de don sans calcul qui est donné en exemple dans la fameuse citation de l'Evangile de St Jean (3:16) :

> *Oui, Dieu a tant aimé le monde qu'il a donné son Fils unique, pour que tout homme qui croit en lui ne périsse pas mais ait la vie éternelle.*

Cet exemple d'Amour divin n'est à coup sûr pas limité à l'orthodoxie chrétienne. Les préceptes de la Sagesse Immémoriale nous enseignent que par sa nature même, l'Amour divin est infini et inconditionnel. Il nous est donné, que nous le voulions ou non, de la même manière que nous est donné l'univers spatio-temporel afin que nos egos enfantins y jouent jusqu'à ce que nous ayons suffisamment grandi pour transcender ses frontières. Cela ne pourra se faire que lorsque nous serons en mesure de mettre de côté nos désirs personnels égoïstes pendant un temps suffisant pour accepter la grâce ou notre Destinée divine, dernier élément de la Sagesse Immémoriale, lorsqu'elle nous sera donnée.

Paradoxalement, bien qu'il nous faille travailler à perfectionner et discipliner notre force de volonté si nous voulons évoluer sur le plan spirituel, ce n'est que lorsque nous cesserons de rechercher pour nous-même l'éveil intérieur qu'il pourra nous être octroyé. Tous les grands enseignements spirituels insistent sur cette injonction finale : "Lâchez prise et laissez Dieu agir !" Toutefois, ce n'est qu'après avoir discipliné le moi inférieur et ses appétits, ce qui n'est manifestement pas une tâche aisée sinon nous serions moins nombreux sur la Terre aujourd'hui, que nous pourrons véritablement comprendre ce que cela signifie. Le mental doit nous porter d'existence en existence et de cycle en cycle tout le temps que s'effectue notre évolution, mais à la fin ses valeurs et ses croyances devront laisser la place à une acceptation de la Grâce divine, en sachant que les décisions ultimes ne sont pas du domaine de l'ego individuel. Pour paraphraser Carl Jung, cette grâce se manifeste d'une manière synchrone, sans cause apparente, mais toujours au juste moment.

Elle demeure chaque fois un miracle, quelles que soient les circonstances. Sachons l'accueillir !

Ce long exposé sur la Sagesse Immémoriale qui se déverse aujourd'hui par le canal de nombreux médiums en état de transe peut à première vue paraître assez éloigné du souci de l'avenir. Néanmoins, les concepts indiqués ci-dessus sont d'une importance cruciale pour la compréhension de ce que ces mêmes sources nous révèlent sur la manière dont la race humaine négocie cet apprentissage qu'on appelle "la vie sur la Terre". Il est particulièrement capital de comprendre que toutes les sources transmises sont en accord pour affirmer que notre nature fondamentale est spirituelle et non physique. Notre âme revêt une succession de corps et de personnalités physiques tout à fait comme la plupart d'entre nous portent des vêtements et vivent dans des maisons. Elles s'accordent aussi à dire que nous sommes ici, sur ce plan terrestre, dans un but précis — celui d'apprendre à nous servir des énergies puissantes de l'amour et de la création avec plus de sagesse. La plasticité de la réalité spatio-temporelle en fait un laboratoire de choix pour nos expériences. C'est là que nous subissons directement les conséquences de ce que nous avons créé ensemble à travers l'histoire.

La Sagesse Immémoriale insiste sur la *nature conditionnelle* des événements futurs. Ce qui nous arrivera demain, à l'échelle individuelle aussi bien qu'à l'échelle collective, dépend des choix que nous faisons aujourd'hui. Finalement, par conséquent, chacun de nous est responsable de son avenir. Cette responsabilité est partagée entre le mental conscient qui dirige la volonté et le moi supérieur, ou conscience de l'âme. Cette plus haute dimension du moi, qui existe en dehors du temps et de l'espace, est raccordée à l'inconscient collectif ou *Annales akashiques*, où sont enregistrées toutes les pensées, les émotions et les actions qui furent jamais envisagées. C'est par son intermédiaire que notre âme construit les circonstances matérielles futures en accord avec les lois universelles, dont celles du karma.

Si le futur est sans cesse en cours de création, comment expliquer alors les prémonitions et précognitions, ces éclairs mystérieux de prescience qui jaillissent spontanément dans les rêves et même à des moments perdus de la période de veille ? Comment expliquer la justesse inquiétante des prédictions de voyants comme Nostradamus ou les prophètes de la Bible ? C'est ici qu'il nous faut rappeler le précepte de la Sagesse Immémoriale selon lequel notre univers spatio-temporel n'est que l'un des nombreux niveaux d'existence au sein d'une vaste Réalité Ultime multi-dimensionnelle. C'est une construction destinée à opérer en accord avec des lois ou des principes définis. Alors que les lois de la relativité spatio-temporelle, y compris le temps linéaire, ont d'une manière générale leur application à l'intérieur de l'univers matériel, les êtres humains, par l'intermédiaire du mental, peuvent parfois transcender cette perspective limitée. Nous pouvons, en conséquence, avoir des aperçus de ce que l'entité "Seth", à travers le canal et l'auteur Jane Roberts, a appelé "l'immensité du Présent" où tous les événements se produisent simultanément.

Ce que nous voyons à ces occasions ne doit pas être considéré comme un futur fixé de manière rigide et pré-déterminée, mais comme l'aboutissement le plus probable de toutes les multitudes incalculables de choix déjà exprimés faits par tous les composants conscients d'eux-mêmes de la Réalité Ultime. La justesse prophétique dépend de la capacité du voyant à traduire ce que son moi supérieur, ou source désincarnée, sait être la conséquence évidente de toutes les circonstances passées et présentes — laquelle formera un ensemble d'événements futurs spécifiques qui se dérouleront alors dans cette dimension-ci, à l'intérieur des limites du temps linéaire.

Parce que certains faits ont sur l'homme un impact plus grand que d'autres, soit émotionnel, soit matériel, ils semblent ressortir comme s'ils étaient davantage fixés, comme s'ils avaient plus de densité. Il est donc en général plus facile pour les voyants de prédire les conflits, les guerres ou les cataclysmes naturels à venir que des événements plus paisibles ou plus ordinaires. Leur "volume" sonore est en quelque sorte plus grand. De plus, comme l'indiquent de nombreux médiums, à mesure que l'on progresse dans le temps linéaire vers ce qui a été prédit, la marge de choix se rétrécit considérablement et les événements futurs annoncés sous réserve prennent progressivement un caractère inévitable. En conséquence, le futur d'abord conditionnel se trouve à un certain moment fixé avant de se produire réellement.

Pour finir, il nous faut prendre en compte cette information qui émane de sources médiumniques contemporaines comme "Seth" : de même que l'espace est constitué de particules matérielles différentes, le temps est lui aussi composé de moments d'importance inégale. Ce n'est pas là un concept facile à accepter pour le mental conscient habitué à croire que toutes les unités de temps ont une valeur uniforme, qu'une minute est égale à une autre minute. Pourtant, on admet volontiers que certains moments ont une importance psychologique plus grande que d'autres. Ce sont ceux dont on se souvient le plus facilement : c'est le premier baiser d'amour, c'est l'essai victorieux qui nous a fait remporter le "grand match", c'est le gros lot qu'on a gagné à la loterie. Le langage familier a même inventé l'expression "un moment gros de conséquences", pour indiquer que nous nous attendons à ce qu'il soit le prélude à quelque chose de marquant.

Si l'on se situe dans une perspective extérieure à l'univers spatio-temporel, il semble que ces moments eux-mêmes, détachés de l'événement physique, puissent se laisser distinguer dans l'écoulement ordinaire du temps. Or, les incidents notables se produisent plus volontiers au cours de périodes de transition. Et ces intervalles particuliers de notre histoire spatio-temporelle semblent accompagner les schémas cycliques déjà cités dans la section sur l'astrologie de la Grande Année Tropicale (voir le chapitre 3).

C'est à cet endroit que les médiums contemporains rejoignent toutes les prophéties philosophiques et religieuses vénérables qui étayent la mentalité apocalyptique répandue aujourd'hui dans notre culture. Tandis que la Terre sort de l'Age des Poissons pour pénétrer dans celui du Verseau, astrologues et voyants annoncent que des changements critiques sont sur le point de se produire. Virtuellement tous les médiums de notre époque sont en accord avec eux et annoncent que nous nous trouvons à un carrefour critique de l'histoire humaine. Ils nous disent que le prochain quart de siècle, approximativement, nous révélera si nous serons nombreux à l'issue de cet apprentissage terrestre particulier à recevoir "l'appréciation favorable" qui nous donnera accès à d'autres niveaux de la Réalité Ultime.

De plus, de nombreuses communications indiquent que ce moment particulier "gros de conséquences", dont on n'a pas connu d'égal depuis de nombreux millénaires, comportera vraisemblablement d'importants bouleversements à des niveaux matériels, émotionnels, ou psychologiques et spirituels. Comme nous l'avons indiqué précédemment, l'étendue et la gravité de ces convulsions, qu'on a souvent comparées aux douleurs de l'enfantement, sont conditionnelles. Elles dépendront de la manière dont nous réagirons en tant qu'individus et en tant que groupes aux changements que ces médiums contemporains prévoient pour le futur proche. Plus vite nous pourrons nous dépouiller de nos habitudes égoïstes invétérées et apprendre à coopérer avec les forces naturelles de la Terre, plus facile sera sans doute la transition prochaine.

Néanmoins, même si la plus grande partie de la race humaine s'accroche obstinément à son identité égotique et refuse de s'adapter, les cataclysmes d'origine naturelle et humaine qui en résulteront nettoieront la planète et prépareront un nouvel Age d'Or, si bien que l'évolution humaine à travers l'espace et le temps reprendra sur un nouveau cycle. C'est à nous de décider du chemin que nous allons choisir. Dans une de ses "lectures" faites en état de transe donnée au cours des années trente, Edgar Cayce nous dit :

Ainsi, ce sont deux influences qui sont toujours devant toi : le bien et le mal, la vie et la mort. Fais ton choix ! (Lecture 262-119)

De même, tous les médiums contactés qui débattent du futur de l'humanité insistent sur la nature décisive des choix spirituels devant lesquels nous sommes placés aujourd'hui. Certains se limitent à cette dimension-ci et se contentent de mentionner au passage, quand ils le font, les conséquences matérielles possibles de notre refus opiniâtre de changer. Le "Lazaris" de Jach Pursel et le "Raphael" de Ken Carey dans *Starseed Transmissions* [1], ont tendance à adopter cette attitude. D'autres sources transmises, comme le "Seth" de Jane Robert, adoptent un point de vue plus amusé, plus détaché, pour parler du souci que nous avons de notre avenir matériel immédiat en affirmant que par nos propres pensées nous créons tous, quotidiennement, de nouvelles réalités spatio-temporelles.

Plusieurs des médiums les plus connus, parmi lesquels Edgar Cayce, Ruth Montgomery et "Ramtha" transmis par J.Z. Knight, ont toutefois proposé des scénarios spécifiques pour notre monde futur au moment où nous effectuons la transition qui nous fera entrer dans le vingt-et-unième siècle et l'Age du Verseau. Ces scénarios concordent avec le témoignage moins connu mais également convaincant qui émane de "Hilarion", transmis par l'homme d'affaires de Toronto Maurice B. Cook, et des guides spirituels invisibles qui inspirent Verna Aridon-Yater, médium habitant à Santa Barbara en Californie.

Edgar Cayce, fils unique d'un "gentleman farmer" membre de l'Eglise évangélique du Kentucky, vécut entre 1877 et 1945. Connu dans le monde entier comme "l'Homme miracle" de l'Amérique, il fut l'un des voyants prophètes les plus renommés de ce siècle. L'histoire de sa vie et de son œuvre a fait l'objet de plusieurs livres très

---

[1] *Op. cit.*

populaires comme *There is a River*, de Thoma Sugrue, et *The Sleeping Prophet*, de Jess Stearn[1]. Il suffira donc ici d'évoquer brièvement quelques points marquants de sa vie qui eurent une influence sur ses prophéties. En 1932, pendant la dépression économique, il fonda l'Association pour la Recherche et l'Eclaircissement[2], organisme consacré à la recherche métapsychique et à l'évolution spirituelle au niveau de la base.

Aujourd'hui, l'Association, dont les bureaux se trouvent à Virginia Beach, dans l'état de Virginie, compte plus de 50 000 membres répartis dans le monde entier et soutient une vaste bibliothèque comprenant le recueil placé sur ordinateur de toutes les communications médiumniques d'Edgar Cayce, un petit programme d'enseignement supérieur, de nombreux congrès et conférences organisés dans l'ensemble des Etats-Unis ainsi qu'une clinique médicale située à Phœnix, dans l'Arizona, où sont appliquées des méthodes thérapeutiques non traditionnelles de Cayce. Des milliers de groupes d'étude consacrés à "la recherche de Dieu" se retrouvent chaque semaine pour discuter sur les applications pratiques dans la vie quotidienne des principes spirituels indiqués par le moi supérieur d'Edgar Cayce. [3]

Bien qu'il eût terminé son éducation scolaire à l'âge de quatorze ans, Edgar Cayce connut un succès extraordinaire dans le diagnostic médical médiumnique et les thérapeutiques non traditionnelles à une époque où ces deux pratiques étaient à la fois rares et suspectes. Ses capacités pour établir un diagnostic et pour prescrire des traitements efficaces dans des affections d'une extrême gravité, où la médecine s'était avérée impuissante, le rendirent célèbre et lui valurent même d'être accepté de mauvaise grâce par l'Ordre des Médecins américain. Les experts médicaux qui travaillèrent avec lui et examinèrent ses diagnostics, ainsi que les traitements qu'il

---

[1] Thomas Sugrue, *There is a River*, Holt, Rinehart & Winston, New York, 1942 ; Dell paperback edition, New York, 1967 ; Jess Stearn, *Edgar Cayce, the Sleeping Prophet*, Bantam Books, New York 1967. Trad. française : *Edgar Cayce, le prophète*, Tchou.

[2] NdT : The Association for Research and Enlightenment (A.R.E.).

[3] Entre 1909 et 1945, Edgar Cayce fit 14 256 séances de communication en état de transe, connues sous le terme de "lectures", destinées à quelque 6 000 personnes. Notées en sténo puis transcrites, ces lectures médiumniques totalisent 49 135 pages. Mises sur ordinateur et classées dans un index comportant plus de 10 000 sujets, elles représentent la somme de loin la plus importante d'informations transmises par une seule source médiumnique. On peut se procurer les copies de la plupart de ces lectures à l'A.R.E., P.O. Box 595, Virginia Beach, VA 23451. Les numéros des lectures sont donnés entre parenthèses dans le texte, aux endroits appropriés. Les lectures d'Edgar Cayce sont la propriété exclusive de la Fondation Edgar Cayce. Cité sur autorisation.

prescrivait, estimèrent que ses lectures sur la santé physique se révélaient justes dans 85 à 90 pour cent des cas. [1]

Se plongeant de lui-même dans un état quasi hypnotique de transe profonde, Cayce déclarait que son mental subconscient, par l'intermédiaire de la conscience de son âme, avait accès à une source universelle de connaissance qu'il appelait "le Livre des Souvenirs de Dieu", dans lequel il pouvait lire. Il faisait référence aux *Annales akashiques* dont la source qui parlait à travers lui disait qu'elles étaient écrites "sur l'écheveau du temps et de l'espace" (1549-1). Pendant qu'il se trouvait dans cet état de transe profonde, l'âme de Cayce pouvait communiquer directement avec le moi supérieur, ou âme, de la personne pour laquelle on demandait un diagnostic (3744-2). Il transmettait alors cette information oralement, en paroles que sa femme, Gertude Evans Cayce, ou sa fidèle secrétaire, Gladys Davis Turner, sténographiaient mot-à-mot et transcrivaient ensuite. Cayce lui-même, comme beaucoup d'autres qui parlent en état de transe profonde, n'avait aucun souvenir conscient de ce qui avait été énoncé à travers lui.

Bien que dans leur vaste majorité les célèbres "lectures" d'Edgar Cayce fussent consacrées à la guérison du corps physique, 2500 d'entre elles environ furent données dans le but spécifique d'informer certains individus sur le développement psychologique et spirituel qu'ils avaient accompli au cours de plusieurs incarnations terrestres. Ces transcriptions, connues sous les termes de "lectures de vie", initièrent de nombreux Américains chrétiens de la classe moyenne à des concepts orientaux tels que les vies antérieures, la réincarnation et le karma. Elles étaient destinées à aider ceux qui recherchaient l'aide de Cayce à mieux comprendre leur vie relationnelle, leurs dons et leurs défauts actuels à la lumière d'épisodes semblables vécus précédemment.

Chrétien évangélique convaincu, dont on sait qu'il faisait chaque année une lecture complète de la Bible, Edgar Cayce une fois plongé en état de transe énonçait les préceptes fondamentaux de la Sagesse Immémoriale esquissés précédemment, et dont son âme affirmait qu'ils avaient trouvé leur plus haute expression dans la vie et les enseignements originels et authentiques de Jésus, qui devint le Christ de l'humanité ou le Messie. Cayce exhortait tous les hommes, qu'ils fussent chrétiens ou non, à trouver des idéaux spirituels communs et à les mettre ensemble en application afin de réaliser ce

[1] Lytle W. Robinson, *Is It True What They Say About Edgar Cayce ?*, Vulcan Books, Seattle, 1979. En français : *Enseignements et prédictions d'Edgar Cayce*, Rocher, 1982.

rêve antique de la race humaine d'un monde d'harmonie et d'amour. Ce n'est qu'ainsi, par nos efforts réunis, que nous atteindrons la perfection du corps, du mental et de l'esprit qui est nôtre par droit de naissance, et qui est la condition préalable à notre réunion avec Dieu. Comme il le dit à une femme dans une lecture de vie faite en 1938 :

Oh, si tous pouvaient se rendre compte... que ce que nous sommes — dans n'importe quelle expérience donnée ou à n'importe quelle époque — est l'ensemble des conséquences de ce que nous avons fait au sujet des idéaux que nous nous sommes proposés !

L'âme de chaque individu est donc une partie du Tout, ayant reçu des Forces Créatrices le droit de naissance de devenir co-créateur avec le Père, de co-œuvrer avec Lui. Quand ce droit de naissance se manifeste, la croissance en résulte. S'il est utilisé à des fins égoïstes des retards s'ensuivront nécessairement. (1549-1)

Et à un jeune homme en 1941 :

Ainsi il convient à chaque âme de connaître l'Auteur de son Idéal, spirituellement, mentalement et matériellement. Le spirituel est la vie, le mental est le constructeur, le matériel est le résultat... (622-6)

En plus de ses conseils médicaux et de ses lectures dans les vies antérieures, il arrivait à Edgar Cayce de débattre du futur. C'est ainsi qu'il avertit une fois un ami, au mois d'avril 1929, de se faire rembourser la totalité de ses valeurs et de ses titres car le marché allait s'effondrer. Six mois plus tard survenait le "lundi noir". De la même manière, au milieu des années 1930, il prédit correctement les dates qui marquent le début et la fin de la seconde guerre mondiale qu'il voyait comme la conséquence karmique de la dureté manifestée par les Alliés, en 1919, à l'égard de l'Allemagne et de l'Autriche vaincues, ainsi que de l'échec de la Société des Nations. Il est intéressant de remarquer que pendant plusieurs années son "moi" endormi rassura ses questionneurs anxieux en leur disant que l'Amérique pouvait éviter de se trouver impliquée dans le conflit qui se préparait si la nation qui avait inscrit sur sa monnaie "En Dieu nous plaçons notre confiance" voulait seulement "agir en accord avec ses prières"(lecture 1598-2 et série 3976).

Mais le 31 août 1941, les dés apparemment étaient jetés. Ce jour-là, dans une lecture, le moi supérieur de Cayce avertit que la guerre était imminente et que des nations qui avaient jusqu'ici été considérées comme amies (à savoir le Japon), allaient se révéler ennemies. D'un côté comme de l'autre, les hommes n'avaient pas réussi à utiliser leur force de volonté pour édifier la coopération et la confiance qui seules auraient pu éviter la rupture finale avec les Japonais et maintenir la neutralité des Etats-Unis (3976-26).

Cet exemple est important, car il montre comment la source qui s'exprimait par le canal de Cayce voyait la nature conditionnelle des événements mondiaux futurs. En attribuant carrément la responsabilité de l'effondrement de l'ordre mondial à des individus contemporains, la source de Cayce révéla que certains événements comme l'éclatement de la guerre européenne de 1939 pouvaient être prédits avec une certitude relative plusieurs années à l'avance. Cette guerre faisait partie d'un schéma karmique dont l'origine remontait à des décennies sinon à des siècles. D'autres aspects de la guerre, comme l'attaque sournoise du Japon et l'entrée de l'Amérique dans les hostilités, semblaient être considérés comme beaucoup plus aléatoires. Ces événements auraient pu être modifiés jusqu'à un délai d'environ trois mois avant qu'ils ne se produisent. Mais en fin de compte ils devinrent eux aussi inévitables car — comme Cayce l'avait précédemment déclaré :

> *La réponse de l'homme à tout, ici-bas, a été le pouvoir — pouvoir de l'argent, pouvoir de la position sociale, pouvoir de la richesse, le pouvoir de ceci, de cela ou d'autre chose. Cela n'a jamais été le chemin de Dieu, ne sera jamais le chemin de Dieu. (3976-8, voir aussi 364-1).*

En outre, comme le font remarquer les lectures de Cayce, l'homme n'a pas limité son mauvais usage du pouvoir à certains domaines des relations humaines tels que la politique. Edgar Cayce et tous les médiums contemporains de quelque importance ne cessent de nous rappeler que nous vivons dans un univers véritablement holistique, où l'état d'une partie affecte celui de toutes les autres. Ils nous disent aussi que cette merveilleuse construction spatio-temporelle fut créée spécifiquement pour l'évolution de la conscience ou le développement de l'âme. En conséquence, l'état des éléments de la nature eux-mêmes reflète le niveau de maturité de l'âme de la race. Ainsi, que cela plaise ou non, chacun de nous est responsable non seulement de la santé et du bien-être de ceux qui l'entourent et de l'équilibre écologique des plantes et des animaux, mais aussi du rythme permanent de forces "naturelles" aussi impersonnelles que le vent, la pluie et le soleil ! (Voir lecture 417-7).

Comment expliquer cela ? Dans une lecture insolite centrée sur les taches solaires, zones où l'activité thermonucléaire à la surface du Soleil est momentanément abaissée, qui sont visibles de la Terre et affectent nos conditions météorologiques, Edgar Cayce maintient que tous les composants de l'univers spatio-temporel "sont un à leur divers stades de conscience ou d'activité... " Les soi-disant forces naturelles comme le Soleil, la Lune et les planètes, participent de cette conscience mais sans disposer de libre-arbitre. Elles "reçoivent leurs ordres de marche du Divin et se meuvent de même. Seul l'homme a reçu le libre-arbitre comme droit de naissance. Lui seul est en mesure de défier son Dieu !" (5757-1).

Donc, en faisant usage de notre libre-arbitre pour défier Dieu, à travers "la colère, la jalousie, la haine (et) l'animosité", les êtres humains sèment le désordre dans les forces naturelles aussi bien que dans les relations humaines. Ainsi, selon le moi supérieur de Cayce, les taches solaires et d'autres anomalies naturelles comme les cyclones, les éruptions volcaniques et les tremblements de terre sont "la conséquence naturelle de ce tumulte que les fils de Dieu qui vivent sur la Terre répercutent sur elle... (parce que) ton *mental* est le constructeur !" (5757-1 ; en italique dans l'original).

Cette relation de cause à effet existant entre le psychisme humain et les forces de la nature a été dénommée bio-relativité par le Dr Jeffrey Goodman, anthropologue et géologue auteur de *We Are the Earthquake Generation*, qui explore les prédictions d'importants bouleversements géophysiques transmises par Edgar Cayce.[1] Il remarque que virtuellement tous les peuples soi-disant primitifs incorporent ce concept dans leur vision du monde. Des indigènes américains comme les Hopis insistent sur le devoir pour l'homme de "marcher en équilibre sur le dos de notre Mère la Terre", afin de maintenir en bon état notre environnement écologique. Sinon, disent leurs traditions spirituelles, dans un acte d'auto-défense elle risque de se débarrasser d'un fardeau humain intolérable comme dans la "Grande Purification".

Il est hors de doute que les "transformations terrestres" annoncés par Edgar Cayce font partie de ses prédictions médiumniques les plus célèbres. Faites dans le début des années 1930 au cours d'une série de lectures de vie, elles désignent la période de quarante ans qui va de 1958 à 1998 comme le début de la transition entre deux cycles majeurs de l'évolution humaine. La source médiumnique de Cayce a annoncé que cette transition serait marquée par des perturbations géophysiques de plus en plus graves sur la Terre et autour d'elle, dont un basculement des pôles qui entraînerait une modification radicale des conditions climatiques de la planète. Ces "transformations terrestres" accompagneraient et refléteraient de vastes bouleverse-

---

[1] Jeffrey Goodman, Ph. D., *We Are the Earthquake Generation*, Seaviewbooks, New York, 1978 ; Berkeley Books, édition brochée, 1979.

ments sur les plans économiques, politiques et spirituels à mesure que l'humanité se préparerait inconsciemment au Nouvel Age. Toute cette énergie physique et psychique n'aboutirait à rien de moins qu'à la Seconde venue du Christ pour inaugurer l'Age d'Or du Verseau.

Un résumé des aspects physiques essentiels de cette transformation fut donné dans la lecture suivante datée du 19 janvier 1934 :

> *La Terre sera disloquée dans la partie occidentale de l'Amérique. La plus grande portion du Japon doit s'enfoncer dans la mer. La partie septentrionale de l'Europe sera changée comme en un clin d'œil. De la terre apparaîtra au large de la côte est de l'Amérique. Il se produira des soulèvements dans l'Arctique et dans l'Antarctique qui causeront des éruptions volcaniques dans les zones torrides, et il y aura un basculement des pôles — si bien que là où se trouvaient des climats froids ou semi-tropicaux régneront les conditions les plus tropicales, et la mousse et la fougère pousseront. Et ces choses commenceront au cours de périodes situées entre les années 1958 et 1998 qui seront proclamées comme les périodes où Sa lumière sera de nouveau visible dans les nuages. Quant aux moments, aux saisons et aux lieux où cela se produira, ils seront donnés seulement à ceux qui ont prononcé le Nom - et qui portent le signe de Son appel et de Son élection dans leur corps. A ceux-là ils seront donnés. (3976-18)*

Des éclaircissements à cette liste générale indiquèrent que des changements dans l'état des fonds océaniques du Pacifique sud et l'éruption de l'Etna en Sicile signaleraient le début de ces bouleversements, lesquels s'effectueraient graduellement, ponctués de modifications brusques comme celles qui sont prédites pour le nord de l'Europe. Pour finir, cependant, il fut annoncé qu'une activité sismique et volcanique de très grande ampleur détruirait Los Angeles et San Francisco, inonderait la vallée du Mississippi pendant que les Grands Lacs s'écouleraient dans le Golfe du Mexique, et submergeraient une grande partie des côtes de la Caroline et de la Géorgie. Il fut indiqué que le niveau des océans s'élèverait de plusieurs pieds, tandis que la plus grande partie des régions côtières de l'hémisphère nord disparaîtrait sous les eaux. New York serait détruit lors d'une génération ultérieure ainsi qu'une grande partie de l'Amérique du sud. De nouvelles éruptions importantes du Vésuve ou de la Montagne Pelée seraient des signes spécifiques de l'imminence des désastres californiens (lesquels surviendraient moins de 90 jours après). (270-35, 311-18 et 1152-11).

Comme nous l'avons indiqué ci-dessus, le livre du Dr Jeffrey Goodman *We Are the Earthquake Generation* [1], fait un examen approfondi de ces prédictions, les replaçant dans leur contexte bio-relatif. Le livre de John White, *Pole Shift* [2], étudie les dires de Cayce sur un déplacement prochain de l'axe de la Terre, qui ferait basculer les continents et peut-être fondre les calottes glacières des pôles.

En complément de la lecture citée plus haut, le voyant de Virginia Beach mentionna un basculement futur des pôles au cours de deux séances de transmission effectuées en 1933 et 1936. Dans la première (378-16), après avoir prédit que les annales perdues de l'Atlantide seraient redécouvertes en Egypte et au Mexique peu de temps avant la fin de ce siècle, Cayce déclara que le basculement des pôles commencerait en 1998, l'année même où l'Esprit du Christ pénétrerait de nouveau la Terre. Dans la seconde (826-8), quand on lui demanda quels changements majeurs étaient prévus pour les années 2000 ou 2001, il répondit : " Quand il se produira un basculement des pôles, ou le début d'un nouveau cycle ".

Dans une troisième lecture (1602-3), il indiqua que les changements commencés en 1998 et associés au nouveau cycle du Verseau seraient plutôt graduels que cataclysmiques. A partir de là, M. White conclut que le basculement prévu de l'axe de la Terre pourrait débuter en 1998 et se poursuivre jusqu'en 2001 au moins, donnant à la plus grande partie de l'humanité le temps de s'adapter en dépit du bouleversement évident qui en résulterait. Ceci paraît s'accorder à l'insistance de Cayce sur la nature éducative et bio-relative de ces événements naturels. La source de Cayce corrobora cette hypothèse en ajoutant que l'arrivée de l'âge du Verseau empiétera sur la fin de celui des Poissons "comme dans les sources naturelles" de la même manière que nous adopterons nous-mêmes de nouveaux modes de pensée et de nouvelles façons de vivre sans tout à fait abandonner les anciennes. La lecture prédit en outre que nous ne "commencerons à comprendre (ceci) pleinement qu'en 1998". (1602-3)

Par ailleurs, d'après la source supra-consciente de Cayce, ce basculement des pôles ne sera pas le premier dont les hommes auront fait l'expérience. John White mentionne une lecture de 1932 d'après laquelle les régions polaires actuelles étaient des "régions tropicales et semi-tropicales" il y a 10 500 ans. Le Sahara et le désert de Gobi

---

[1] *Op. cit.*

[2] *Op. cit.*

étaient verdoyants et fertiles, et le légendaire Jardin d'Eden s'étendait dans ce que nous connaissons maintenant comme les montagnes et les déserts arides des bords de la Caspienne (364-13). Le "prophète endormi" fit encore référence à un basculement des pôles, sans doute préhistorique, qui se serait produit il y a environ 200 000 ans, quand le continent disparu de la Lémurie (ou continent de Mu) sombra dans le Pacifique. (364-4; A-1)

Le plus récent de ces "retournements de l'axe", selon Cayce, survint aux environs de 51 000 av. J.-C. lors d'une crise de l'époque atlantéenne où d'énormes bêtes envahirent la Terre. Là, Cayce affirme que "la nature, Dieu, changea les pôles et que les animaux furent détruits" sauvant ainsi cette ancienne civilisation (5249-1). Il ne mentionne pas un basculement des pôles en relation avec le Grand déluge de 10 500 av. J.-C. qui finalement submergea l'Atlantide, ce qui nous incite à lui attribuer une autre cause, peut-être la collision planétaire "manquée de justesse" dont Zecharia Sitchin a fait l'hypothèse et dont nous avons débattu au chapitre 3.

Parmi les changements sociaux et politiques importants que le Cayce "endormi" annonça pour la période qui s'étend d'aujourd'hui (1988) aux premières décennies du prochain siècle, on trouve la naissance de la démocratie et le retour de la liberté religieuse en Russie. Il a prédit catégoriquement que "de Russie arrive l'espoir du monde" après que ce pays ait abandonné son Communisme athée actuel pour s'allier aux Etats-Unis (3976-10 et 3976-29). Quant à l'Amérique, fondée sur les principes divins de liberté et d'égalité, il lui faut prendre soin d'étendre ces concepts à l'ensemble de l'humanité car, dit-il en avertissement, si les Américains n'acceptent pas "une fraternité plus étroite des hommes entre eux, l'amour du prochain comme de soi-même... (alors) de nouveau la Mongolie, peuple abhorré, devra être rassemblée". (3796-15)

Ces prédictions concernant les comètes et un basculement des pôles font écho à l'une des prophéties énigmatiques du célèbre voyant de la Renaissance, Nostradamus, qui annonça qu'un "grand Roi de Terreur" ferait son apparition dans le ciel au cours de l'été de 1999. Elles nous rappellent également que nous avons la responsabilité personnelle de mettre en pratique la "Règle d'Or" si nous voulons instaurer l'"Age d'Or" car, d'après Edgar Cayce et la plupart de ses successeurs en transmission, nous avons encore le temps d'écarter des calamités telles qu'une comète vagabonde ou un futur basculement des pôles.

Le prophète endormi laissa même entendre qu'il pourrait revenir pour aider à adoucir le processus de transition. Dans une lecture de 1934, il prédit sa propre réincarnation sur cette Terre en 1998. A ce moment-là, il reviendra comme un "libérateur du monde", aidant les âmes non encore éclairées à comprendre le sens du Nouvel Age, qui incluera la Seconde venue du Christ. De cette manière, il jouera un rôle semblable à celui qu'il dit avoir joué jadis en Egypte en la personne du prêtre Ra-Ta. Au cours de cette incarnation, il y a environ 12 500 ans, il avait contribué à transférer en Egypte la sagesse spirituelle de l'Atlantide anéantie (294-151).

Une autre fois, en 1936, il rêva qu'il renaîtrait peut-être une seconde fois en 2100, époque où il se vit confondre les chercheurs scientifiques contemporains par ses souvenirs précis de ce qu'il avait accompli plus de 150 ans auparavant en la personne d'Edgar Cayce. A cette époque, il indiqua aussi qu'on était en train de reconstruire New York après sa destruction "soit par la guerre soit par un tremblement de terre" et que la côte ouest des Etats-Unis se trouvait dans le Nebraska ! (294-185)

Le Dr Mark A. Thurston, directeur de la section éducative de l'Association Edgar Cayce (A. R. E.) à Virginia Beach, propose une interprétation différente mais tout à fait fascinante des prédictions de Cayce qui concernent l'émergence du Nouvel Age. Dans son ouvrage intitulé *Visions and Prophecies for a New Age*, le Dr Thurston nous demande de considérer la période de soixante ans qui va de 1940 à l'an 2000 et pose la question suivante : "ressemblera-t-elle plutôt aux années 30 à 90 de notre ère ou à la période allant de 1490 à 1550" [1], lesquelles furent respectivement la période du ministère de Jésus et de l'organisation de la première Eglise chrétienne et celle de l'épanouissement de la Renaissance et de l'époque des grandes découvertes.

Le Dr Thurston nous rappelle qu'au cours de ces deux époques la conception que l'humanité se faisait du monde futur se trouva radicalement modifiée. La "découverte" historique de l'Amérique en 1492 par Christophe Colomb et celle de la révolution de la Terre par Copernic transformèrent la société occidentale presque du jour au lendemain. Les principales autorités mondiales saluèrent l'aube d'une nouvelle ère. Par contraste, l'impact immédiat des changements survenus entre 30 et 90 de notre ère fut pratiquement négligeable si l'on s'en réfère au témoignage des contemporains. La

[1] Mark A. Thurston, *Visions and Prophecies for a New Age*, A.R.E. Press, Virginia Beach, Va., 1981, pp. 12-13.

plupart des dirigeants séculiers, et même des dirigeants spirituels, ne prirent pas garde à ce qui avait transpiré au sein d'une poignée de zélotes juifs dans une province secondaire de l'Empire romain. Même la diffusion du message christique révolutionnaire d'amour et de salut parmi les classes inférieures de l'Empire romain ne fut considéré que comme un désordre sans importance pour le système impérial tout-puissant.

Aujourd'hui, toutefois, nous avons une toute autre appréhension de cette période. Nous reconnaissons son importance historique durable. Comme le dit Mark Thurston, "un groupe relativement restreint de gens accomplit un saut quantique dans l'évolution de la conscience (entre 30 et 90 de notre ère, mais) il fallut des centaines d'années pour que cette expérience fût reconnue et acceptée par le courant dominant de la culture dans laquelle ils vivaient". [1]

Un schéma identique peut se déployer à partir de ce qui semble être une percée dans la communication en état de transe et l'éveil spirituel et qui se répand dans certaines parties du monde occidental. Même si aucun des cataclysmes spectaculaires prévus par tant de prophètes contemporains ne se produit, il est clair de toutes manières que nos conceptions du futur sont en ce moment façonnées par les messages qui nous parviennent à travers le mental subconscient de nombreux individus, eux-mêmes influencés par ce que le "prophète endormi" de l'Amérique commença à prédire il y a plus d'un demi-siècle.

---

[1] *Ibid.*, p. 12

Deuxième

Partie

—V—

Visions des années 2100 et 2200.

Première partie : La vie dans l'espace et l'éclosion d'un Nouvel Age.

Dans la pensée du Nouvel Age aussi bien que de la Sagesse Immémoriale, on considère que les transmetteurs et les voyants sortent mentalement du plan spatio-temporel de la réalité pour recevoir leurs prévisions du futur. Ils se dégagent donc momentanément des limites du temps linéaire propres au mental conscient ainsi que de son souci des circonstances présentes pour regarder en avant. Bien qu'elle semble revêtir un caractère mystérieux, cette capacité n'est pas un phénomène rare même si, comme il en va de tout art, elle paraît plus facile à acquérir à certains qu'à d'autres.

Au cours des âges, les grands instructeurs spirituels et les clairvoyants célèbres comme Edgar Cayce, ont déclaré unanimement que tous les hommes ont la faculté de plonger leur regard dans des dimensions qui transcendent le temps linéaire s'ils acceptent de se soumettre à la discipline mentale nécessaire. Mais bien que la plupart reconnaissent avoir de temps à autre des rêves prémonitoires ou des pressentiments, il en est peu qui soient réellement disposés à consacrer le temps et les efforts requis pour aller plus loin. En réalité, on n'ose pas croire qu'un mental individuel isolé puisse obtenir des résultats valables. Le système de croyances lié au temps du mental conscient, absolument indispensable à la vie quotidienne, nous gêne dans nos tentatives pour dépasser ses frontières et avoir la vision des événements et des circonstances potentielles que, d'après les médiums, nous créons à chaque instant inconsciemment.

Ces deux concepts — à savoir que d'une part nous créons notre réalité future en ce moment même du présent, et que d'autre part à un certain niveau le mental est conscient de cette création et peut par conséquent prévoir ce qui arrivera — incitèrent le Dr Helen Wambach à entreprendre sa recherche de pionnier en faisant progresser des Américains moyens jusque dans des existences futures potentielles situées de 150 à 400 ans plus tard. Estimant qu'elle avait déjà démontré de manière convaincante que le "mental des rêves" comme elle l'appelait — c'est-à-dire cette partie de la conscience qui devient accessible quand l'activité des ondes cérébrales électromagnétiques n'est plus que de 7,9 à 8,3 cycles à la seconde — est capable de décrire avec exactitude les scénarios d'existences antérieures, elle décida d'essayer de voir ce qu'on obtiendrait si on lui demandait de sonder les vies futures.

Elle commença donc à hypnotiser d'importants groupes de volontaires au cours d'une série d'ateliers organisés au début des années 1980. Après les avoir plongés dans un état de transe légère, elle leur suggéra de passer en revue une existence possible parmi cinq qui leur étaient proposées, en dehors de leur incarnation présente. Les choix qui leur étaient offerts comprenaient trois vies antérieures — l'une aux environs de l'année 100 de notre ère, une autre au dix-huitième siècle et la troisième aux environs de l'année 1900 — et deux vies futures, soit aux environs de l'année 2100, soit entre 2300 et 2400. Elle reprit à peu près les mêmes suggestions et les mêmes questions que pour la recherche qui avait été à l'origine de ses deux livres populaires sur la réincarnation : *Revivre le Passé* et *La vie avant la vie.* [1]

Comme il fallait disposer d'un échantillon important pour obtenir des résultats statistiquement convaincants, et comme son état physique laissait beaucoup à désirer, Helen eut bientôt besoin d'aide. Son amie Beverley Lundell devint son assistante d'atelier et sa compagne de voyage. L'un de ses collègues de l'Association pour la recherche et la thérapie par les vies antérieures[2], le Dr Leo Sprinkle, psychologue conseil agréé à Wyoming, accepta de mener une recherche identique sur les vies futures dans les Etats des Montagnes Rocheuses. Les résultats qu'il obtint furent classifiés parmi ceux de Helen Wambach.

Entre 1980 et 1984, Helen Wambach dirigea en personne plusieurs dizaines d'ateliers de recherche dans de grandes cités américaines comme New York, Chicago, Seattle, San Francisco et Los

---

1 *Op. cit.*

2 NdT : "The Association for Past Life Research and Therapies" (A.P.R.T.). Le Dr Snow en est actuellement le Président.

Angeles. Son état s'aggravant rapidement, c'est vers la fin de cette période que je m'associai à son projet et que j'effectuai, outre une progression personnelle que je présente au dernier chapitre de ce livre, l'analyse des données préliminaires. Je dirigeai aussi quelques séminaires. Si bien qu'à la fin de 1984 plus de 2500 volontaires avaient participé à nos efforts conjoints de recherche.

En mars 1985, je rédigeai et présentai au Premier Congrès International sur les Thérapies parallèles[1] qui se tint à Sao Paulo, au Brésil, une première analyse de ce qu'avaient apporté les sujets qui avaient dit s'être réincarnés aux environs de 2100 de notre ère. Cette étude intitulée "Au-delà du millénaire : un Nouvel Age ou Le meilleur des mondes ?" fut plus tard publiée dans le *Magazine de la thérapie de régression.*[2]

Alors même que Helen Wambach et moi étions en train de considérer la manière d'associer ces résultats à ceux des sujets qui étaient allés jusqu'en 2300 et aux compte-rendus d'une poignée de volontaires — dont j'étais — qui avaient progressé jusqu'à des dates futures des années 1990, son état de santé empira d'une manière irréversible. Elle s'éteignit à Berkeley le 18 août 1985, jour de son soixantième anniversaire, après un infarctus massif. Le projet tout entier fut douloureusement interrompu. Il resta "en suspens" pendant deux ans et demi.

Au cours de la période située entre 1985 et 1987, je fus occupé par d'autres activités liées à mon propre exercice de la thérapie de régression et à des recherches transculturelles sur les vies antérieures effectuées en France. Néanmoins, je restais fasciné par ce qui avait été entrevu dans les progressions, qu'il s'agît de celles qui exploraient les potentialités des années 1990 ou de celles qui portaient sur des existences futures éloignées de plus de cent ans. C'est pourquoi dans mes va-et-vient à travers la France et les Etats-Unis, où j'organisais des ateliers semblables à ceux de Helen afin de recueillir de nouvelles informations sur les vies antérieures nécessaires à ma propre recherche, il m'arrivait aussi de proposer à mes sujets de progresser jusqu'en 2100 ou 2300.

J'élaborai également de nouvelles techniques pour aider les gens à se projeter dans le futur. L'une d'elles consistait à suggérer à mes sujets de "voir" les événements à travers le regard de quelqu'un

---

1 NdT : "First International Congress on Alternative Therapies".

2 *The Journal of Regression Therapy*, Vol. I, No 1, Printemps 1986. Pour se procurer ce magazine, s'adresser à The Association for Past Life Research and Therapies, P.O. Box 20151, Riverside, CA 92516.

d'autre, s'ils s'apercevaient qu'ils ne se trouvaient pas incarnés dans un corps physique au cours de la période de temps spécifiée. Je découvris que dans la profondeur de leur transe de nombreuses personnes pouvaient visualiser une existence future vécue par la personne physique de quelqu'un d'autre et faire la différence entre les éléments qu'ils recueillaient de cette manière et leur propre incarnation future.

C'était là un progrès passionnant car, ainsi que je l'ai mentionné au chapitre 2, l'un de nos plus grands problèmes à Helen et moi lorsque nous recueillions des informations sur les vies futures, en particulier pour la période de 2100, avait été que 4 à 5 pour cent seulement de nos sujets hypnotisés disaient se retrouver en vie dans un nouveau corps physique. Quant aux autres, ou bien ils indiquaient qu'ils se sentaient "flotter" en dehors de leur corps ou bien ils choisissaient d'autres périodes de temps. Ce pourcentage était doublé quand il s'agissait des années 2300, mais restait très inférieur à ce qu'on aurait pu normalement attendre même si le hasard seul avait guidé le choix de nos sujets. Cette découverte, que sous l'effet de suggestions appropriées la plupart des sujets devenaient des observateurs relativement détachés capables de recevoir le même type d'information, signifiait qu'en fin de compte on pouvait augmenter la quantité de données sans devoir hypnotiser littéralement des dizaines de milliers de gens. J'ai l'intention de continuer à explorer cette notion dans de futurs ateliers afin de recueillir de nouvelles données utilisables dans des études comparatives.

Mais à l'époque ceci ne présentait qu'un intérêt secondaire, car j'étais concentré sur ma propre recherche conduite en France et en Amérique sur le rappel des vies antérieures. C'est pourquoi je ne fis jamais d'efforts concertés pour recueillir de nouvelles données sur les années 2100 ou sur d'autres périodes du futur. Pourtant, après avoir été contacté en 1987 par la fille de Helen Wambach et son agent littéraire qui me demandaient d'écrire finalement ce livre, je me rendis compte à mon propre étonnement que je disposais de presque autant de cas de progressions jusqu'aux années 2100 en ayant uniquement utilisé mes méthodes que ce que nous avions tous trois (les Drs Wambach, Sprinkle et moi-même) si péniblement réussi à obtenir antérieurement !

Dans les ateliers où je proposais un "voyage dans le futur" en même temps qu'une exploration des vies antérieures, je m'étais concentré sur la période allant de 2100 à 2200 car c'était celle qui m'intéressait le plus. En conséquence, je découvrais à présent qu'il ne me fallait pas seulement analyser les informations de Helen Wambach sur les années 2100, mais encore une autre série de compte-rendus portant sur cette même période du futur. Or les tableaux présentés se révélaient étonnamment semblables, bien que la seconde fournée eût été obtenue beaucoup plus récemment (entre 1986 et 1988 contre 1980 et 1984), dans des circonstances quelque peu différentes et sans couvrir tous les mêmes sujets. De plus, 31 pour cent des participants étaient des Français venus à des ateliers que j'organisais en France dans le cadre de mon projet d'étude trans-culturelle sur les vies antérieures. Bien que le nombre absolu des réponses ne soit pas suffisant pour donner lieu à des conclusions statistiques, on peut en les comparant aboutir à des résultats très intéressants qui seront vérifiés dans des ateliers futurs au cours des deux prochaines années. Les lecteurs intéressés qui en France souhaiteraient parrainer des ateliers de ce type ou y participer peuvent me contacter à l'adresse suivante : c/o B. Abelé, B.P. 90, 83602 Fréjus Cédex.

Avant d'étudier les données sur le vingt-deuxième siècle fournies par ces deux groupes de volontaires progressés, il importe de comprendre les facteurs qui semblent les avoir rendues si difficiles à obtenir. L'un des premiers résultats visibles de la première étude sur les vies futures faite par Helen Wambach entre 1980 et 1984 fut sa découverte, après quelques séances seulement, que beaucoup moins de sujets se retrouvaient physiquement en vie dans *l'une ou l'autre* des deux périodes offertes à leur choix (2100 et 2300) qu'elle ne s'y était attendue.

L'examen ultérieur de toutes les données obtenues entre 1980 et 1984 par Helen Wambach, le Dr Leo Sprinkle et moi-même confirma que 5 % seulement de nos quelque 2500 volontaires avaient fait l'expérience d'une existence concrète dans la période des années 2100, tandis que près du double, soit environ 12 %, disaient s'être retrouvés physiquement "vivants" vers 2300. Ces résultats étaient uniformes, dans les limites des normes statistiques, d'un atelier à l'autre et d'un chercheur à l'autre. Chose intéressante, ils semblaient totalement indépendants des désirs conscients que les participants à l'atelier avaient eux-mêmes exprimés juste avant leur progression. Qui plus est, ils paraissaient indépendants aussi de leurs croyances religieuses ou philosophiques.

Ce phénomène trouva une illustration lorsque Helen dirigea à Chicago un atelier parrainé par l'Association pour la Recherche et l'Eclaircissement (A.R.E.), en avril 1983. C'était un groupe important de 225 participants dont le mental conscient avait connaissance de la célèbre prédiction d'Edgar Cayce sur sa réincarnation en Amérique du nord, quelque part vers 2100. On peut naturellement présumer que de nombreux membres de cette association, qui s'intéressaient à l'œuvre de Cayce et pratiquaient souvent ses conseils de santé holistique, souhaiteraient revenir à la même époque que lui pour être témoins de l'événement. D'après Helen, certains des participants avaient même exprimé verbalement cette pensée avant le commencement de l'atelier.

Pour ce groupe, néanmoins, le pourcentage de progressions dans les années 2100 resta immédiatement inférieur à 5 %, et pour l'année 2300 se situa aux alentours de 12 %. Il en fut de même dans d'autres groupes du Nouvel Age qui portaient un intérêt conscient à l'émergence de l'Age d'Or du Verseau qui d'après tant de prédictions se profile à l'horizon.

Que penser de ce défaut de réponse surprenant pour ces deux périodes de temps, et en particulier pour la période des années 2100 ? On pourrait dire, pour commencer, que le "mental des rêves" subconscient tend à résister à la progression plus qu'à la régression. Cette attitude pourrait provenir d'une interférence involontaire du mental conscient, dont la croyance en un temps linéaire à sens unique entraverait la démarche de progression vers ce qu'il pense être un futur encore indéterminé. Ou bien on pourrait relier ce phénomène à la loi du Karma, qui stipule que nous serons redevables des actes et des attitudes de chacune de nos existences dans nos incarnations suivantes. Dans la Bible, ce concept est ainsi formulé : "Car ce que l'on sème, on le récolte" (Epître aux Galates, 6-7).

La loi du Karma associée au concept de la réincarnation implique que notre existence physique a pour but de nous faire vivre certaines expériences indispensables à notre apprentissage. Peut-être avons-nous davantage à apprendre de ce que nous percevons comme le passé que du futur. Nombre de lectures de vie du clairvoyant Edgar Cayce reliaient les circonstances dans lesquelles se trouvaient ses patients à des événements clés de leurs vies antérieures. Cayce expliqua que cette relation résultait du Karma, ou loi de cause à effet. Bien qu'il eût très rarement abordé le sujet des vies futures en dehors de la description qu'il fit de ses propres réincarnations projetées en 1998 et aux environs de 2100, il n'en contesta jamais l'existence. En fait, il dit souvent à ses patients qu'il leur faudrait revenir sur Terre de nombreuses fois pour terminer les leçons inachevées...

Peut-être donna-t-il si rarement des informations explicites sur les vies futures parce qu'il sentait que ceux qui recherchaient son aide n'étaient pas encore prêts à savoir ce qui les attendait peut-être et qui était sans aucun doute influencé par le déroulement de leurs vies présentes. Comme tout instructeur spirituel et tout médium (channel) véritablement sage, Cayce mettait l'accent sur la nécessité d'apprendre à vivre chaque journée comme une expérience complète, sans nous soucier exagérément des difficultés passées ou futures. L'information que nous recueillons sur les existences passées ou à venir doit être utilisée essentiellement pour nous aider à tirer le meilleur parti des défis et des chances d'aujourd'hui.

On peut aussi expliquer le petit nombre de vies futures relatées par les participants placés sous hypnose de mes ateliers et de ceux de Helen en considérant que la nouveauté même de cette notion d'aider les gens à progresser vers des vies futures potentielles rend l'expérience difficile pour des sujets non entraînés. Cette explication est en accord avec la théorie des champs morphogénétiques du Dr Rupert Sheldrake, également dénommée "'effet du centième singe". Cette théorie fera l'objet d'un examen plus détaillé au chapitre 9, intitulé : "Le Futur est-il déjà passé ?".

Le Dr Sheldrake, biologiste britannique, émet l'hypothèse que l'apprentissage de toute nouvelle technique devient progressivement plus facile à mesure qu'un plus grand nombre d'individus, même séparés dans le temps et l'espace, effectuent le même cheminement. Si l'on accepte cette idée, il serait plus facile alors pour le mental subconscient des sujets hypnotisés de régresser dans des vies antérieures que de progresser dans des existences futures tout simplement parce que le processus de régression a été expérimenté par beaucoup de gens. Donc, si l'on poursuit la logique de ce raisonnement, le succès rencontré précédemment par le Dr Wambach dans sa recherche sur les vies antérieures, où des milliers d'individus firent des régressions sous hypnose, pourrait ironiquement avoir contribué à la difficulté qu'elle rencontra lorsqu'elle tenta d'entraîner de nouveaux sujets dans le futur !

Il existe encore bien d'autres explications dont voici peut-être la plus positive : le fait qu'un petit nombre seulement de gens se voient revenir en 2100 et en 2300 indiquerait que ces volontaires qui participèrent à notre étude n'auront pas besoin de revenir dans un corps physique après leur existence présente. J'ai personnellement entendu exprimer cette idée par de nombreuses personnes qu'intéressent les concepts du Nouvel Age, parmi lesquelles beaucoup croient et désirent effectuer maintenant leur dernier passage sur la roue des renaissances. Cette idée est à coup sûr réconfortante ! Je puis dire qu'au début la perspective de devoir renaître et grandir dans un corps humain avec tout ce que cela comporte me semblait amère !

Mais malheureusement, cette solution qui comblerait nos vœux ne peut convenir, pour cette raison intéressante que ces sujets reprennent un corps de chair en beaucoup plus grand nombre après 2300 que dans la période précédente de 2100. Elle est aussi en désaccord avec les lectures de vie d'Edgar Cayce où il nous indique qu'une poignée seulement des quelque 2000 personnes qui firent l'objet de ces lectures seraient dispensées de revenir sur terre pour continuer leurs "études" après leur existence du vingtième siècle. Il semble donc probable qu'un grand nombre de ceux qui espèrent être dispensés de revêtir de nouveaux corps humains dans l'avenir vont être déçus. Dans le meilleur des cas, notre recherche à Helen Wambach et moi-même indique que la plupart d'entre nous vont s'éloigner du jardin Terre pour de longues vacances pendant qu'il se regarnira et se repeuplera. En fin de compte, cependant, il nous faudra revenir à ce niveau de la réalité physique pour poursuivre notre croissance spirituelle.

A coup sûr, l'explication la plus évidente au petit nombre de gens qui se retrouvent en vie aux environ de 2100 est aussi la plus simple. D'une manière ou d'une autre, il y aura à ce moment-là, c'est-à-dire dans un peu plus de cent ans, beaucoup moins de corps ou de "véhicules" physiques disponibles qu'aujourd'hui. Ce qui sous-entend que, pour une raison encore inconnue, notre Terre va subir d'ici à cette époque une sérieuse baisse de population. Comme Helen me le fit un jour remarquer, c'est aussi la thèse qui explique le plus aisément l'écart existant entre les informations données sur 2100 et sur 2300. Il est bien évident que s'il y avait une diminution importante de la population à la fin du vingtième siècle ou au début du vingt-et-unième, ses effets se feraient bien plus nettement sentir dans la période de 2100 que 200 ans plus tard ou davantage.

Si l'on suit cette interprétation, après quelque désastre apocalyptique l'humanité pourrait faire sa rentrée aux environs de 2300. Il est à peine besoin d'ajouter que cette explication est aussi en accord avec les nombreuses prophéties qui annoncent un Armageddon ou quelqu'autre scénario apocalyptique pour le vingt-et-unième siècle. Les prévisionnistes scientifiques eux-mêmes reconnaissent que nous sommes actuellement au bord de catastrophes écologiques qu'il deviendra de plus en plus difficile d'éviter si nous n'intervenons pas dès maintenant.

Avant d'accepter sans autre réflexion cette hypothèse déplaisante, même si elle paraissait être en accord avec la majorité des faits, Helen et moi eûmes le sentiment qu'il fallait absolument examiner les données fournies par les questionnaires des participants aux ateliers qui avaient relaté une existence future à l'époque de 2100. Le faible pourcentage de sujets qui avaient mentionné une existence future dans ces années-là, quand leur mental subconscient avait été amené à choisir entre cinq périodes différentes, ne nous laissa guère au début qu'une petite centaine de cas à étudier. Ces questionnaires provenaient de la première série d'ateliers sur les vies futures dirigés par les Drs Wambach, Sprinkle et moi-même.

Comme je l'ai dit plus haut, cette première vingtaine d'ateliers fut organisée à travers les Etats-Unis entre 1980 et 1984. Ils comprirent en tout 2500 participants. Evidemment, la quasi totalité de ces sujets étaient américains. Bien qu'aucune information sociologique spécifique ne fût jamais demandée, on peut présumer que ces volontaires présentaient à peu près le même profil que ceux qui sont décrits dans les deux livres du Dr Helen Wambach. La majorité étaient des Blancs de classe moyenne, dont un pourcentage de 65 à 70 % de femmes. Leur âge allait de 25 ans environ jusqu'à plus de 70 chez les retraités.

Je dirigeai personnellement la deuxième série d'une douzaine d'ateliers, entre 1986 et 1988, dans plusieurs villes des Etats-Unis dont Los Angeles, Atlanta, San Francisco et Toledo (Ohio), et en France dans les villes de Paris, Bordeaux et Aix-en Provence. Là encore, la plupart des participants étaient des Blancs qui appartenaient à la classe moyenne, dont les deux-tiers étaient des femmes. Leur tranche d'âge s'étalait entre vingt-deux et soixante-douze ans, mais la plupart avaient entre vingt-cinq et quarante-cinq ans. Trente-et-un pour cent d'entre eux étaient français, les autres américains. Bien que ces groupes fussent beaucoup plus restreints que ceux des ateliers de 1980-1984, ne comportant en moyenne que dix participants, l'accent spécifiquement placé sur les années 2100 et la possibilité de faire l'expérience de cette époque "par personne interposée" permirent d'obtenir 65 questionnaires suffisamment complets pour être analysés.

Etant composés de volontaires, aucun des deux groupes ne peut être considéré comme un échantillon de la population moyenne et susceptible de refléter ses croyances conscientes actuelles. En tant que participants volontaires à ces ateliers, ils portaient sans aucun doute un intérêt plus que moyen aux recherches et aux opinions sur le futur. La plupart étaient certainement familiarisés, même s'ils n'y croyaient pas, avec les concepts de réincarnation et de karma. Ils avaient déjà presque tous expérimenté, en état de transe légère, le rappel d'une ou de plusieurs vies antérieures, souvent lors de séances précédentes dans le même atelier.

Pourtant, leurs récits n'en constituent pas moins une source d'informations fascinante et jusqu'ici non exploitée sur notre éventuel avenir commun. Par certains côtés, ils ressemblent aux réponses des sondages d'opinion. Les descriptions qu'ils nous font du vingt-deuxième siècle peuvent faire l'objet de comparaisons en de nombreux points d'accord ou de désaccord. On peut aussi les confronter avec d'autres scénarios du futur élaborés par le mental conscient — en particulier avec ceux des prévisionnistes scientifiques — ainsi qu'avec les prédictions de médiums (channels) contemporains. Pour finir, on peut comparer le contenu des compte-rendus américains de la première série d'ateliers de 1980-1984 à des informations du même ordre découvertes parmi les réponses de mes propres sujets français et américains qui se retrouvèrent dans une existence future en 2100 ou furent témoins de cette période par les "yeux d'emprunt" de quelqu'un d'autre.

Avant la disparition prématurée de Helen Wambach en 1985, j'avais déjà entamé l'analyse préliminaire des cent premiers questionnaires qui décrivent la période de 2100. En parcourant ces compte-rendus qui donnent des dates s'échelonnant entre 2080 et 2250, je fis bientôt des découvertes qui m'intriguèrent. Contrairement aux analyses populaires des futurologues des "groupes de pensée", pratiquement aucun des participants qui se réincarnent vers 2100 ne décrit un monde futur semblable pour l'essentiel (quoique plus vaste et meilleur) à celui d'aujourd'hui. En fait, les conditions de vie décrites par la majorité d'entre eux ont des connotations nettement négatives, qu'il s'agisse du bien-être matériel, ou psychologique et émotionnel. Qui plus est, le petit nombre (dix seulement) de questionnaires qui décrivent l'état des choses à la fin du vingt-et-unième siècle (entre 2080 et 2110) évoquent un univers de désolation et de ruines avec beaucoup plus d'insistance que ceux qui paraissent se situer un demi-siècle plus tard. Cela dit, les compte-rendus portant sur la période antérieure à 2100 sont trop peu nombreux pour permettre une véritable analyse.

Rassemblés entre 1980 et 1984, ces cent premiers compte-rendus d'existences futures se déroulant aux environs de 2100 présentent plusieurs corrélations importantes. La première est la proportion des sexes, déjà étudiée par Helen Wambach dans son livre *Revivre le Passé*, à propos des vies antérieures. Une fois de plus, même dans cet échantillon plus réduit, la proportions des sexes (masculin/féminin) approche 50/50, avec 50,6 % d'existences dans des corps féminins signalées par les 79 personnes qui ont mentionné leur sexe futur. Quarante-six pour cent de ces sujets se voient de retour dans des corps masculins. Il semble donc que la proportion approximativement égale des sexes dans la population humaine doive rester constante au cours du temps, même si 80 % des 79 sujets classifiés sont en ce moment des femmes. De plus, comme pour les données sur les vies antérieures, c'est l'indication qu'un certain nombre de sujets se sont retrouvés dans un corps futur de sexe opposé.

Naturellement, cet élément de base que constitue la proportion des sexes fut l'un des premiers objets de ma recherche lorsque j'examinai le second groupe de compte-rendus sur les années 2100 fournis par mes sujets français et américains entre les années 1986 et 1988. Là, je disposais d'un total de 65 questionnaires où se trouvait indiqué le sexe futur des participants. Deux-tiers d'entre eux (44) sont actuellement des femmes. Dans ce groupe, 50,8 % des sujets disent posséder un corps masculin au vingt-deuxième siècle, tandis que 43,1 % disent être alors des femmes. Comme dans le premier groupe, ces chiffres sont beaucoup plus proches de la proportion 50/50 que ne l'est la répartition actuelle des sexes parmi les participants aux ateliers. Ils confirment ainsi les données obtenues entre 1980 et 1984 sur ce point.

Qui plus est, comme on peut constater que les chiffres qui donnent la proportion des sexes pour l'époque 2100 n'atteint pas cent pour cent, il faut mentionner une troisième statistique étonnante. Parmi les 65 sujets de la deuxième série d'ateliers, 4 (6,1 %) déclarent que leur corps futur est soit de sexe indéterminé, soit androgyne ! Ceci concorde avec trois indications d'androgynat provenant de sujets de Helen Wambach. L'un de ces derniers mentionnait même un changement de sexe (de masculin à féminin) au cours de son existence des années 2100 !

Malgré leur nombre restreint, ces sept cas d'androgynat prévus pour le vingt-deuxième siècle sont très révélateurs et diffèrent complètement de ce que les gens relatent quand il s'agit d'existences du passé. Ni le Dr Wambach, qui fit revivre leurs vies antérieures à plus de 10 000 personnes, ni moi-même, n'avons rencontré ne serait-ce qu'un seul cas de "changement de sexe" ou de corps androgyne au cours de nos ateliers de recherche. Et pourtant, les deux groupes de compte-rendus sur l'époque 2100, obtenus de manière indépendante, contiennent un nombre restreint mais significatif de ce type d'individus du "troisième sexe".

Comme la notion de transsexualité n'a pu voir le jour que dans la génération contemporaine, je trouve que cette donnée étaye de manière convaincante l'hypothèse que ces "souvenirs" d'existences passées et futures représentent plus qu'une simple fantaisie psychologique. Si ces expériences n'étaient que de pures créations mentales destinées, entre autres, à satisfaire nos désirs, comment expliquer cette constante répartition quasi égale des sexes parmi les sujets anonymes de groupes indépendants conduits par des chercheurs différents ? Pourquoi les indications de "troisième sexe" ou d'androgynat se retrouveraient-elles parmi les questionnaires sur les vies futures et jamais parmi ceux qui relatent des vies antérieures ? De tels faits donnent à réfléchir !

Le tableau suivant (Tableau 5-1) illustre la proportion des sexes obtenue dans les deux ateliers. Il indique le sexe actuel des participants et celui qu'ils ont perçu comme le leur dans leur existence des années 2100.

Tableau 5-1. Proportion des sexes pour les vies futures des années 2100

Catégories	**Ateliers 1980-84**	**Ateliers 1986-88**	**Total**
Masculin aujourd'hui	16	21	37
Féminin aujourd'hui	63	44	107
Total aujourd'hui	*79*	*65*	*144*
Masculin 2100	36	33	69
Féminin 2100	40	28	68
Androgyne 2100	3	4	7
Total 2100	*79*	*65*	*144*

Une autre statistique clé d'ordre général fournie par les participants aux ateliers concerne la longévité. Contrairement aux tendances historiques récentes qui font prévoir un allongement de l'espérance de vie pour l'humanité, la durée moyenne de vie indiquée par les 48 participants de la première série sur les années 2100 qui purent préciser ce facteur est exactement de 62,4 ans. Elle est légèrement plus élevée (70,4 ans) pour les 44 sujets du second groupe de 1986-1988, ce qui en combinant les deux chiffres donne 66,2 ans. Pour faire une comparaison, le World Resources Institute estime qu'entre 1980 et 1985 la moyenne de l'espérance de vie dans le monde atteindra 64,6 ans. Cette estimation comprend des régions du monde à mortalité élevée telles que l'Afrique (49,7 ans d'espérance de vie) et l'Asie (57,9 ans). Aujourd'hui, en Europe et dans le nord de l'Amérique, on peut espérer atteindre respectivement 73,2 ans et 71,1 ans.[1]

Pourtant, dans ce tableau d'un vingt-deuxième siècle où l'espérance générale de vie sera approximativement égale à celle d'aujourd'hui, on trouve une grande diversité de cas individuels. Les compte-rendus vont de la mort accidentelle, à 14 ans seulement pour le plus jeune, à la mort "de vieillesse" à 152 ans pour le plus âgé. Un élément nouveau qui incite à la réflexion émane de sept participants (cinq dans le premier groupe et deux dans le second) qui déclarent tout bonnement qu'ils ne meurent pas du tout ! Et 24 autres (25,5 % de la totalité des deux groupes) disent qu'ils ont *choisi* de mourir après avoir accompli toutes les tâches essentielles de leur vie. Apparemment, si les compte-rendus de ceux qui ont progressé dans le futur sont valables, aux environs de 2100 certaines personnes auront, par l'exercice d'un contrôle mental volontaire, la maîtrise de leurs fonctions corporelles et pourront ainsi leur "intimer l'ordre" de s'arrêter. Pour ceux-là, continuer à fonctionner dans un corps usé est apparemment moins important que d'atteindre les buts désirés et puis "se mettre en route". Parmi les autres causes de décès, on trouve la violence par meurtre et par exécution, la maladie (plusieurs affections respiratoires sont mentionnées) et des accidents. Dans ce domaine, comme dans les autres qui furent examinés, je n'ai pas remarqué de différences notables dans les données fournies par les deux séries d'ateliers (celle de 1980-1984 par rapport à celle de 1986-1988).

---

[1] World Resources Institute / International Institute for Environment and Development, *World Resources 1986*, Basic Books, New York, 1986.

L'un des inconvénients à pratiquer un "sondage" du subconscient sur les existences passées et futures, c'est que les informations ainsi obtenues doivent être immédiatement transcrites sur des questionnaires préparés à l'avance. En effet, dès que les sujets reviennent à leur conscience ordinaire de veille, ils se mettent rapidement à oublier les informations qu'ils avaient reçues pendant qu'ils se trouvaient dans l'état de transe légère, ou le "mental des rêves". Quand on travaille avec des personnes individuelles, on peut soit poser des questions directes qui recevront une réponse verbale pendant que le sujet est toujours sous hypnose, soit demander de plus amples détails au cours d'un entretien immédiatement après le réveil. Ceci est évidemment impossible lorsqu'il s'agit de groupes.

Ainsi, bien que les questionnaires préparés par Helen et moi-même eussent précisément pour but d'élucider autant de détails factuels que possible, la plupart des participants ne les remplirent qu'en partie, car certains des événements mentionnés avaient été soit incomplètement vécus dans l'état de transe, soit déjà effacés de leur conscience de veille pendant les brefs instants qui s'écoulent entre la fin de la séance et la rédaction du questionnaire. De ce point de vue, les souvenirs de ce type se comportent comme ceux des rêves du sommeil naturel. Dès que l'on est pleinement éveillé, la plus grande partie du scénario vécu pendant le rêve s'estompe et ne peut être remémorée qu'avec effort. En conséquence, bien que près de cent pour cent de nos sujets se soient rappelé le sexe de leur future incarnation, ils furent beaucoup moins nombreux dans chaque groupe à fournir des réponses détaillées à la plupart des autres questions.

Voilà pourquoi parmi les 100 compte-rendus concernant les incarnations en 2100 extraits de la fournée de 1980-1984, il n'y en avait que 72 qui fussent assez complets pour fournir des données susceptibles d'être analysées plus en détail. De même, je pus faire usage d'un ensemble de 61 cas dans la fournée de 1986-1988. En les additionnant, on obtient donc un total de 133 sujets. Comme je l'ai déjà mentionné, le nombre de ces cas est trop restreint pour qu'on puisse le qualifier d'échantillon représentatif de la population américaine contemporaine en termes véritablement statistiques. En tant que sociologues, nous en étions, le Dr Wambach et moi-même, pleinement conscients lorsque nous commençâmes à examiner les données dont nous disposions. Néanmoins, si l'on considère que de nombreuses études psychologiques et historiques tirent des conclusions significatives de compte-rendus beaucoup moins nombreux, j'estime qu'à partir de ces 133 cas il est possible de se faire une première idée de la manière dont notre civilisation actuelle dans son ensemble voit les éventuelles réalités futures. Dans ces conditions, il peut être intéressant et instructif tout à la fois de les comparer pour dégager leurs ressemblances et leurs différences internes.

Considérant donc que les 133 cas fournis par les deux séries d'ateliers suffisaient pour un début au moins d'analyse, je me trouvai alors évidemment confronté à la question de savoir comment procéder à la comparaison de ces compte-rendus sur des vies individuelles futures groupées autour de la cible suggérée de 2100. En dehors du sexe et de la durée de vie, quel dénominateur commun pouvait-on prendre pour étayer une comparaison susceptible de révéler des schémas identifiables ? Or en examinant les questionnaires attentivement, je découvris que dans les premiers groupes clés de questions on avait demandé aux sujets de noter ce qu'il percevaient des conditions de leur vie future comme le climat, l'environnement et le logement. Presque tous les participants avaient au moins partiellement rempli cette section. Or c'était là un domaine relativement impersonnel dont on pouvait tirer des informations susceptibles d'être comparées.

Ayant déjà remarqué que la plupart des questionnaires contenaient des descriptions caractéristiques de différents habitats, je décidai de diviser ces 133 cas sur cette base. En partant de la description de l'environnement extérieur où chaque sujet se trouvait placé, je découvris à ma grande surprise que la totalité des questionnaires pouvaient être classés en quatre catégories ou types généraux. Il y avait :

1) ceux qui se trouvaient dans des habitats "de l'espace", en dehors de la surface de la Terre, soit dans des stations spatiales soit sur des vaisseaux spatiaux soit encore dans des colonies expérimentales situées sur d'autres planètes;

2) des communautés apparemment de type "Nouvel Age", demeurant sur la Terre, généralement dans les montagnes ou au bord de la mer ;

3) des habitants de "technopoles", vivant pour la plupart dans des cités artificiellement closes ou bien souterraines ;

4) des "rescapés ruraux" dans des villages qui rappelaient ceux du dix-neuvième siècle, auxquels il fallait ajouter six "rescapés urbains" qui survivaient parmi les décombres des grandes cités d'autrefois.

Le tableau suivant (tableau 5-2) donne le nombre des cas appartenant à chacune des deux séries d'ateliers, classés d'après les catégories énumérées ci-dessus :

Tableau 5-2. L'environnement futur des années 2100

Catégories	Ateliers 1980-84	Ateliers 1986-88	Total des 2 groupes
I (Dans l'espace)	18	17	35
II (Nouvel Age)	14	10	24
III (Technopoles)	22	19	41
IV (Survivants)	18	15	33
Totaux	*72*	*61*	*133*

La caractéristique la plus saillante des sujets de la première catégorie, c'est qu'ils vivaient soit sur un vaisseau spatial, soit dans une colonie située en dehors de la Terre. Ce groupe de 35 cas fut baptisé "Type I". Il représente 26,3 % du total des 133 compte-rendus classifiés. La majorité des 35 sujets de Type I (52 %) disaient vivre dans une station spatiale artificielle placée en orbite haute très au-dessus de l'atmosphère terrestre. Le second groupe important (26 %) se retrouva à bord de vaisseaux spatiaux. Ces derniers étaient apparemment des navettes interplanétaires, bien qu'il fût spécifié dans deux des cas qu'il s'agissait d'un vaisseau interstellaire. Deux participants se retrouvèrent dans des colonies terrestres ou des stations expérimentales établies sur Vénus et Mars, tandis que 6 autres (17 % du groupe) donnaient des indications plus vagues du genre "je suis sur une autre planète", ou "on dirait un astéroïde", ou simplement pour l'un d'eux "ailleurs que sur la Terre".

Outre leur environnement non-terrestre, la plupart des sujets de Type I s'accordaient sur le genre de vêtements qu'ils se trouvaient porter. Soixante dix-neuf pour cent d'entre eux disaient que leur habillement consistait en une combinaison ou un survêtement collant d'un seul tenant, souvent d'aspect métallique (généralement gris ou argent). Beaucoup mentionnaient que cet équipement comprenait des bottes. Un groupe plus restreint (17 %) se voyait revêtu de tuniques ou de longues robes amples munies de ceintures. Comme on peut s'y attendre, on rencontrait aussi des costumes hautement individualisés. Une jeune femme de l'espace rapportait qu'elle était chaussée de hautes bottes de lamé or et vêtue d'une mini-jupe blanche et d'un corsage à manche longues réunis par une large ceinture dorée. Une cape flottante et une calotte dorée complétaient l'ensemble. Un autre compte-rendu, celui d'un jeune homme qui vivait à bord d'une station orbitale à l'intérieur d'une bulle, décrivait une combinaison atmosphérique de protection pourvue de larges nageoires aux pieds.

Une autre série de questions était centrée sur la description d'un repas du soir type. Là encore il y avait un large consensus parmi ces compte-rendus de Type I, même si 23 % d'entre eux ne donnaient que de vagues indications sur ce qu'ils consommaient. La majorité des participants qui fournissaient de vraies réponses (40 % en tout) disaient que leur alimentation type était soit artificielle et pré-conditionnée, soit constituée de pilules. "On dirait des plaquettes de beurre dans un emballage de plastique", disait l'un d'eux; "une nutrition de pointe faite de minéraux et de vitamines à haute teneur en protéines servie dans les alvéoles d'un plateau de plastique", écrivait un autre. Six personnes remarquaient que la nourriture était "fade". Pour d'autres, des fruits et des légumes variés formaient la base de l'alimentation quotidienne. Un participant voyait ce qu'il décrivit comme "un pain de viande" et ajoutait : "C'est probablement synthétique".

Quant à l'organisation des repas et de la vie sociale, les compte-rendus indiquaient fréquemment que le dîner était pris en commun (34 % des cas) ; mais on lisait aussi sur plusieurs d'entre eux que les familles mangeaient ensemble dans des salles communautaires. Six personnes (17 %) ne prenaient leurs repas qu'en famille, tandis qu'un nombre égal se voyaient en train de manger seuls. Une femme se retrouva même bébé allaitée par sa mère !

Plusieurs questionnaires mentionnaient spécifiquement la persistance d'une certaine forme de structure familiale, et pourtant un jeune homme se plaignait d'éprouver une impression de solitude intense à bord de son véhicule spatial. En songeant à sa vie future tandis qu'il regardait vers l'extérieur par le hublot, il déclarait :

> *"Je regardais une étoile et je me sentais seul. Quelque chose comme un sentiment de perte ou de tristesse. Le vaisseau stellaire paraissait être l'endroit où j'habitais ou qui m'était assigné; mais je ne m'y sentais pas chez moi. Peut-être suis-je un soldat loin de sa patrie !"*

Une autre personne, plus heureuse, déclarait que ce qu'elle vivait c'était "Buck Rogers tout du long !" Il s'agissait de la jeune femme à la mini-jupe blanche et aux bottes de lamé or mentionnée plus haut. Quelqu'un d'autre encore, un homme qui se voyait vêtu d'une combinaison et d'un casque, disait qu'il était en train de construire un "énorme derrick d'irrigation" avec d'autres occupants de la colonie spatiale. Le travail qu'il accomplissait là lui procurait un sentiment d'intense satisfaction.

Quelques questionnaires de Type I donnaient de plus amples détails sur l'environnement architectural de leur station spatiale. Une femme remarquait que sa colonie ressemblait à "des strates de bâtiments avec des lumières et des fenêtres". Une autre information, portant la date de 2150, décrivait une station spatiale circulaire avec des bretelles de raccordement entrelacées autour d'une "unité-jardin" centrale destinée à la culture des arbres et des légumes pour la colonie. Quelqu'un faisait écho à cette description en évoquant sa vie dans "une grande roue au milieu du ciel". Une femme disait qu'elle se trouvait dans "quelque chose de sphérique" en haut d'une tour. Cela paraissait relié à d'autres bâtiments sphériques semblables par des couloirs. Une autre personne déclarait que sa colonie avait "la forme d'un champignon avec un pied"; elle était "entièrement illuminée, à la manière d'un phare".

Interrogés sur les lieux d'approvisionnement, 33 % des compte-rendus de Type I indiquaient des dépôts à bord du vaisseau spatial. Quatre sujets mentionnaient que l'équipage de leur vaisseau était composé d'extraterrestres, les autres ne le spécifiaient pas. Quant au moyen d'échange utilisé pour les achats indispensables, 51 % disaient se servir d'un système universel de crédit basé sur la signature ou l'empreinte de la main, à la place d'argent. Treize (37 %) ne répondirent pas à cette question. Seuls trois individus (8 %) virent des pièces de monnaie ou des jetons.

Afin d'obtenir des données supplémentaires sur la possibilité et la fréquence des voyages futurs dans l'espace, Helen et moi inclûmes une série de questions qui demandaient aux sujets de décrire tout "incident comportant une lumière vive et brillante" qu'ils pourraient découvrir. Ces questions étaient d'ordre très général de sorte que si leur subconscient entraînait les participants dans une vie intérieure, ils pouvaient également y répondre. Naturellement, nous nous attendions aussi à ce que certains sujets ne trouvent à relater aucun incident de ce genre. Les réponses de ceux qui étaient allés dans les années 2100 furent en général en accord avec le type d'environnement où ils se trouvaient.

Vingt-quatre des 35 sujets de Type I, soit 69 %, mentionnèrent un incident de cet ordre. Parmi eux, 54 % dépeignaient cette "lumière vive" comme une sorte d'engin spatial. Toutes ces descriptions étaient faites dans des termes positifs, y compris celles des 5 participants dont le vaisseau avait un équipage d'extraterrestres.

L'un d'eux notait simplement : "L'engin venait s'amarrer à nous. Nous étions prêts." Un autre compte-rendu où il était question d'un incident avec un vaisseau spatial indiquait que ce dernier était une source d'énergie. Le sujet, qui était une femme, écrivait : "L'engin spatial arriva et répandit de la lumière; l'unité entière en fut énergisée et la croissance des plantes de l'unité-jardin fut stimulée."

Cinq des participants "de l'espace" (14 %) parlaient d'un contact avec une onde ou un rayon de lumière télépathique qui élevait leur niveau de conscience ou bien leur transmettait un message de nature morale ou spirituelle. Sous l'influence de ce rayon, disait l'un des sujets, "j'acquérais la capacité de matérialiser des pensées créatrices", tandis qu'une femme sentait "une spirale lumineuse" la transporter "dans une autre dimension". Un autre rapportait que le rayon de lumière lui communiquait un "profond sentiment de sécurité, comme si tout allait pour le mieux dans le monde". Un dernier participant de Type I notait que la "lumière vive" provenait en fait d'un panneau de sortie de son vaisseau spatial !

L'un des commentaires intéressants émis par ce groupe venait d'une femme qui se retrouva en train de diriger une navette spatiale. "La vie que je menais était étriquée, malheureuse, à l'époque où j'en eus la vision", disait-elle. "Ce n'était pour nous qu'un espace vital, on ne s'y sentait pas chez nous". Un autre, qui s'appelait "Gaylord" et vivait dans une colonie spatiale, avait un tout autre sentiment : "Ce lieu laissait une impression de beauté. Nous étions très heureux de ce que nous avions accompli". Un troisième sujet faisait ce commentaire : "Je compris que le but de ma vie actuelle (celle du vingtième siècle) est de me préparer à cette existence future".

Voici, pour finir, un commentaire suggestif exprimé par une femme qui situait son incarnation future quelque part entre les vingt-et-unième et vingt-deuxième siècles. A ce moment-là, elle se trouvait à bord d'un grand vaisseau spatial qui circulait sur orbite autour de la Terre. Au dos de son questionnaire elle avait inscrit cette remarque :

> *"Nous faisions partie d'un système de communication qui entourait la planète Terre et se trouvait en liaison avec d'autres galaxies. Notre tâche consiste à suivre le départ de groupes qui quittent la Terre pendant le basculement des pôles... Au cours de nombreux voyages vers la Terre, je réussis à emmener des êtres humains. J'avais accompli la tâche de mon existence".*

Pour donner à mes lecteurs un aperçu aussi personnel que possible sur le genre d'existence dont les sujets des années 2100 qui se retrouvèrent dans un environnement spatial de Type I eurent la vision, j'ai choisi trois compte-rendus en guise d'exemples. Deux d'entre eux proviennent des ateliers dirigés par Helen Wambach en 1980-1984, et le troisième d'un de mes groupes français de 1986.

Une jeune femme de l'un des ateliers organisés par Helen dans le Middlewest se retrouva dans une personnalité masculine habitant une "colonie de recherche spatiale" qui semblait installée dans la ceinture d'astéroïdes entre Mars et Jupiter. Au départ la vision de cet homme, qui décrivait l'atmosphère comme "agréablement fraîche et légère", était limitée à une salle d'observatoire plutôt nue. Un hublot transparent en forme de bulle lui permettait d'apercevoir les étoiles qui se détachaient sur le velours noir de l'espace. La "lumière vive" se révéla être une étoile lointaine, une nouvelle nova semblait-il. L'une des tâches du jeune homme consistait à étudier son spectre énergétique à l'aide d'un matériel très sophistiqué.

Vêtu d'une combinaison d'une seule pièce d'une texture "métallique mais douce et extensible", le chercheur décrivait ses bottes blanches comme étant au départ équipées de "boutons propulseurs" pour le mouvement en apesanteur. Brun de peau, les cheveux noirs coupés court, il mentionnait que ses mains étaient "fortes et soignées" et "sa taille moyenne". Un peu plus tard, il se retrouva en train de manger dans ce qui semblait être une petite salle commune auprès d'une femme blonde qu'il percevait comme son épouse. Son fils adolescent était assis à côté, cependant que d'autres adultes prenaient ce qui ressemblait aux "plateaux-repas pré-emballés des lignes aériennes" à une machine placée dans un coin de la pièce. Les morceaux d'aliments chauds, mangés avec un ustensile en plastique qui faisait office de fourchette et de cuiller tout à la fois, ressemblaient à des plaquettes de beurre mais étaient "étonnamment savoureux".

Quand on lui demanda d'aller chercher des fournitures, l'habitant de cette colonie de l'espace "parcourut un long corridor sans ouvertures" qui menait à un dépôt. Là, une jeune fille de type oriental lui remit plusieurs boîtes qu'il rapporta dans son laboratoire. Aucun argent ne fut utilisé en échange; on ne lui demanda qu'une signature. Il avait l'impression qu'un système "universel de crédit" effectuait les payements. Il indiquait aussi qu'il "savait" que ces boîtes de matériel tout emballé étaient acheminées vers la colonie au moyen de grands vaisseaux de transport, peut-être d'origine extraterrestre. Quant aux aliments et à l'eau, ils étaient fabriqués (recyclés ?) sur place dans une unité-jardin hydrophonique centrale qui servait aussi de parc de récréation pour les résidents de la colonie qui souhaitaient se détendre dans un environnement plus naturel parmi la verdure.

Cette apparence de quiétude dans l'environnement et d'aménité dans la routine quotidienne, évoquée par ce scientifique de Type I, semble toutefois avoir dissimulé une agitation et des intrigues politiques sous-jacentes. Quand on lui demanda se décrire les circonstances de sa mort, il rapporta qu'on l'avait "exécuté en lui faisant une piqûre mortelle" alors qu'il n'était qu'au début de la quarantaine. Il se trouvait semble-t-il impliqué dans quelque conspiration contre le système politique en place. Malheureusement les détails de l'incident restent flous. Néanmoins, ce sujet disait avoir senti que cette vie future "restait inachevée" par suite de cette mort provoquée et prématurée. Il paraissait probable que cet homme devrait se réincarner de nouvelles fois pour compléter son instruction.

Le second scénario de Type I provenait d'une ménagère du sud de la Californie qui relatait une existence des années 2100 où elle était pilote de vaisseau spatial. Quand Helen lui suggéra de "regarder à ses pieds", elle se trouva occuper un corps de "jeune Oriental" chaussé de longues bottes serrées couleur argent, vêtu d'une combinaison de vol argentée d'une seule pièce et ganté. Un casque doré ajusté, muni d'un masque amovible de plastique transparent pour le visage complétait son équipement. Malgré la jeunesse apparente de ce corps, notre sujet avait le sentiment qu'il était en fait âgé. Des moyens artificiels lui conservaient cet aspect jeune.

Sa toute première impression en tant qu'homme de l'espace fut de se trouver en train de regarder depuis le poste de pilotage de son véhicule dans l'anse de desserte d'un vaisseau spatial beaucoup plus grand. Des hublots latéraux laissaient pénétrer une lumière artificielle. L'avant de son vaisseau était un grand triangle qui selon toute apparence pouvait être obscurci ou rendu translucide à volonté. A demi-étendu sur une "couchette" de pilotage, placée juste en dessous du point de vue triangulaire maintenant clair, il dirigeait prudemment son véhicule dans son emplacement à l'aide d'une "boule transparente qui pivote". D'autres engins similaires étaient alignés en rangées autour de l'énorme anse de desserte du vaisseau-atelier. C'était une manœuvre de routine : "je l'ai faite bien des fois", écrivait notre sujet.

Cet homme de l'espace semble avoir eu pour profession d'être pilote de navette, car les réponses qu'il donnait sur sa vie domestique révélaient qu'il occupait un studio dans une rangée de bâtiments rectangulaires situés dans ce qui paraissait être une ville recouverte d'un dôme, en Sibérie. Son repas du soir se composait "simplement de gaufrettes et autres bricoles". Il le partageait avec un autre individu plus petit "à la peau grisâtre" et aux yeux d'enfant pensif. Peut-être était-ce un humanoïde extraterrestre; l'impression n'était pas tout à fait nette. En tous cas, ces deux êtres se comportaient comme s'ils se connaissaient bien. Le plus petit avait, paraît-il, "un visage doux".

Malheureusement, cette personne ne réussit pas à se revoir en train d'aller chercher des fournitures, si bien que cette information est manquante. Lors de ces progressions en groupe, aussi bien que dans les régressions, il arrive fréquemment aux sujets de glisser par intermittences dans la conscience de veille. La mort de ce sujet fut causée par un accident de l'espace. Il semble qu'ayant fait un faux pas au cours de quelque manœuvre, il perdit l'équilibre et, tombant d'une échelle, eut le thorax écrasé. Cette mort fut accueillie comme une libération car sa vie de pilote de l'espace était devenue une routine ennuyeuse, apparemment dépourvue de véritables liens affectifs familiaux ou autres. Comme nous allons le voir, de semblables sentiments d'insatisfaction à l'égard de la qualité émotionnelle de la vie des années 2100 sont également fréquents parmi les sujets qui se retrouvèrent dans les technopoles de Type III, lesquels paraissent avoir un lien avec les voyageurs de l'espace de Type I. Ce sujet écrivait en conclusion : "A ce moment-là (celui de sa mort) je menais une existence limitée, malheureuse."

Dans un dernier commentaire intéressant, cette femme indiquait à Helen Wambach (qui avait fait part au groupe des visions qu'elle-même avait eues quand elle s'était trouvée hors de son corps lors d'une récente opération du cœur), qu'elle aussi avait fait l'expérience d'un état proche de la mort en 1975. "Je me sentais tellement bien que je ne voulais pas revenir", remarquait-elle. Plusieurs maladies graves et inexplicables survenues au cours des dernières années .lui avaient fait prendre conscience qu'elle avait gardé la nostalgie de ce qu'elle avait découvert pendant cette expérience. Elle écrivait elle-même : "Je crois que je ne cesse de revenir frapper à la porte en demandant : puis-je entrer, à présent ?". Jusqu'à sa progression de 1984 du moins, la réponse, de toute évidence, avait été "non". Son expérience des années 2100 indique par ailleurs que d'autres existences humaines terrestres l'attendent encore.

Le troisième compte-rendu de Type I que j'ai choisi est celui d'un Français de quarante ans, diplômé de l'Ecole des Beaux-Arts. Il faisait partie d'un groupe que j'avais fait progresser en 1986, et son questionnaire est l'un des sept (4,9 %) qui mentionnaient une existence de 2100 dans un corps androgyne. C'est pourquoi j'ai pensé qu'il serait intéressant d'en donner un récit détaillé. Pour des raisons de commodité, je relaterai son histoire au masculin.

Comme la plupart des autres voyageurs de l'espace, celui que nous conviendrons d'appeler Pierre se retrouva vêtu de vêtements métalliques ajustés et de bottes souples. Ses cheveux noirs étaient coupés court pour permettre, semble-t-il, le port d'un casque spatial qu'il n'avait pas sur lui à ce moment-là, car il se trouvait déjà l'intérieur d'une "plate-forme spatiale" en orbite autour de la Terre. Incapable de déceler aucun caractère sexuel secondaire, comme des seins par exemple, il indiquait qu'il percevait son corps comme essentiellement androgyne. Il ne semblait pas attacher beaucoup d'importance à son sexe.

Invité à "lever les yeux pour prendre conscience de son environnement", il eut pour commencer la vision d'un "vaste corridor courbe dépourvu de hublots" qui reliait les "cosses" sphériques de la station où les gens vivaient et travaillaient. Apparemment, il se rendait "chez lui", car il décrivait ensuite son logement comme étant composé de deux petites pièces intérieures décorées de "fenêtres artificielles" qui représentaient des vues extérieures holographes en trompe-l'œil qu'on pouvait changer suivant son humeur. La température de l'air climatisé pouvait aussi être réglée à volonté. Il avait l'air de vivre seul. Les repas étaient pris dans une salle à manger commune. Pendant qu'il s'y trouvait, il vit d'autres membres du personnel de la station et indiqua que celui dont il se sentait le plus proche était un homme plus âgé qui lui sembla être son surveillant. Les aliments étaient tous préparés industriellement et avaient un goût "douceâtre".

"Je parcourais en glissant des corridors illuminés" jusqu'à un dépôt de matériel, répondit Pierre à la question de savoir comment il se déplaçait pour se procurer des fournitures. Comme beaucoup de sujets de Type I, il disait recevoir des boîtes scellées qui avaient l'air d'être en plastique. Elles contenaient apparemment tout ce dont il avait besoin; peut-être avait-ce été commandé à l'avance. Il enregistrait la réception des boîtes sur l'ordinateur de sa montre. Le système de l'approvisionnement semblait automatisé.

Colonie spatiale de Type I dessinée par un sujet français progressé dans une existence future.

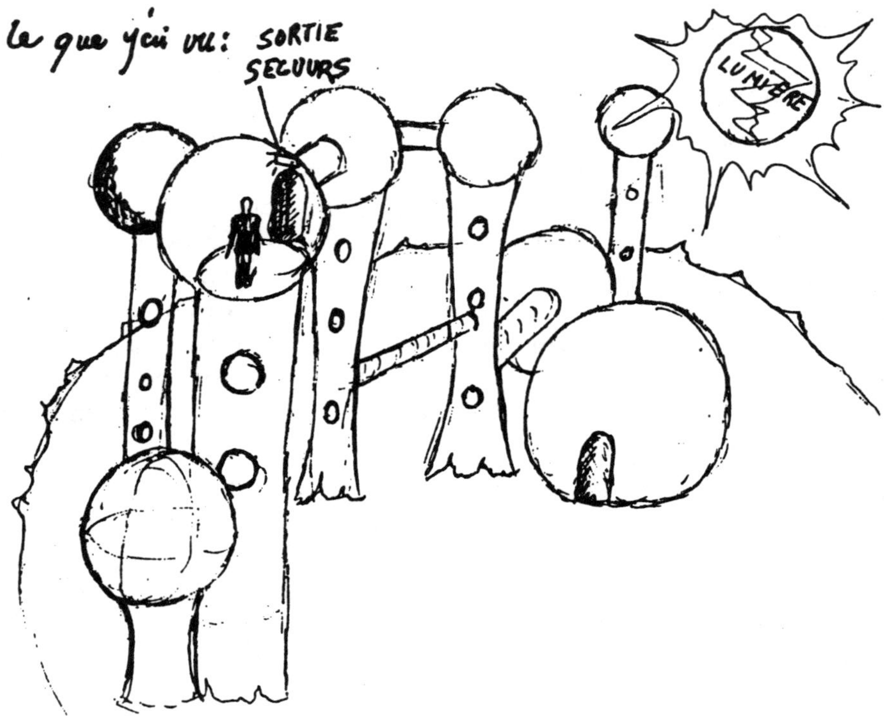

Toutefois, à la différence des deux autres participants de Type I que nous venons de voir, Pierre n'eut pas une mort violente. Celle-ci fut causée par une maladie dont les symptômes les plus notables étaient des ulcères de la peau et des plaies. Bien qu'il n'eût pas donné l'âge de sa mort, la maladie qu'il décrivait était plus probablement liée à la vie dans l'espace que due à la vieillesse. Il disait avoir éprouvé un sentiment de "libération" en quittant ce corps d'une existence future.

Le second groupe de sujets qui se retrouvèrent en 2100 (ceux de Type II) évoquent l'image de ce que j'aimerais considérer comme l'éclosion d'un Nouvel Age sur notre Terre. Les 24 sujets de ce groupe mentionnaient qu'ils vivaient sur la surface de la planète et se trouvaient librement en contact avec un environnement naturel. Neuf d'entre eux (38 %) décrivaient un paysage verdoyant et vallonné couvert d'arbres et d'arbustes. Quatre disaient vivre au milieu de hautes montagnes (les Andes et l'Himalaya), et trois autres près de l'océan. Trois d'entre eux décrivaient un environnement urbain planifié et un autre une retraite monastique dans le désert. Cinq autres faisaient des descriptions moins précises mais montraient nettement par leurs compte-rendus qu'ils vivaient dans un décor terrestre naturel. C'est pourquoi ils furent inclus parmi les participants de Type II.

La quasi totalité de ces habitants du Nouvel Age employaient des qualificatifs extrêmement positifs pour décrire le climat et l'environnement au milieu desquels était située leur communauté. Quatorze d'entre eux (58 %) spécifiaient qu'ils étaient entourés de pelouses et de jardins "verts" ou "luxuriants" tandis que la moitié (12 cas) trouvaient le décor "joli" ou "bien entretenu".

Dans leur ensemble, les sujets de Type II disaient vivre dans des régions tempérées où l'air était frais et agréable à respirer. Leur feuille de questionnaire faisait fréquemment mention d'un temps frais et ensoleillé ou de brises vivifiantes venues de l'océan ou des montagnes. Les deux commentaires qui suivent sont typiques à cet égard :

> *"Le climat était chaud sans être sec, toujours agréable. La campagne était propre, sans traces de déchets; elle avait un air soigné, les arbres et les buissons disposés avec discernement et goût. Les bâtiments ont un beau dessin; c'est une architecture aux lignes simples mais artistiques".*

> *"Je me trouvais dans les montagnes — temps frais, avec du vent. C'était l'été; beaucoup d'arbres au feuillage épais. Il y avait des vallées escarpées et rocheuses avec de petites parties plates. C'était une école pour enfants dans un ensemble qui ressemblait à un couvent; des ailes de bâtiments modernes, qui font saillie contre le flanc de la montagne... J'étais enseignant à "l'école des sœurs de la guérison". (Les Andes péruviennes)*

Verre, marbre, calcaire et béton : tels étaient, d'après les sujets de Type II, les matériaux utilisés pour la construction de bâtiments de styles et de formes très variés. L'incorporation d'espaces ouverts ou de serres dans la construction était la caractéristique la plus couramment mentionnée (43 % des cas). Aux yeux des participants qui décrivaient des vies futures dans un environnement Nouvel Age, il était manifestement important de réussir le mariage harmonieux de la technologie et de la nature. Les deux-tiers environ (63 %) indiquaient également que leurs zones d'habitation étaient en quelque sorte des unités planifiées conçues comme les éléments d'une organisation communautaire plus vaste. La moitié environ de ces compte-rendus faisaient aussi état d'un enseignement spécial et de fonctions d'ordre spirituel.

Ceux qui se retrouvèrent dans des implantations sylvestres situées sur la surface de la Terre, au cours de cette période, décrivaient un habillement tout à fait différent de celui des explorateurs de l'espace de Type I. Dix-sept des vingt-quatre sujets de ce groupe (71 %) se voyaient porter des vêtements amples, comme de longues robes ou des tuniques. Ce costume était le plus souvent complété par des sandales (parfois en plastique) ou des chaussures souples. Les couleurs dominantes étaient le blanc (30 %), l'or (17 %), et le bleu (14 %). Une petite minorité seulement (17 %) avait des habits plus ajustés, dont des survêtements ou même des ensembles chemise et pantalon. Une femme se vit pieds-nus en costume de bain. Deux ne donnèrent aucune indication sur leur habillement.

Interrogés sur un repas du soir type, un tiers (8 compte-rendus) des sujets du Nouvel Age qui vivaient aux environs de 2100 ne se souvenaient pas, ou ne répondaient pas à la question. Les autres mentionnèrent des aliments divers. Huit (33 %) dirent que leur repas se composait de fruits et de légumes, tandis que trois autres virent du poisson figurer à leur menu du soir. Un seul parlait de viande (un "ragoût de viande"). On trouvait aussi l'indication d'un "légume synthétique de saveur douceâtre qui ressemblait à la pomme de terre". Le commentaire le plus original venait d'une femme qui disait que dans sa communauté spirituelle on faisait abstention de nourriture, laquelle était remplacée par un "disque énergétique" musical qui émettait des vibrations nutritives.

La majorité des participants de Type II disaient vivre dans des communautés planifiées mais les cellules familiales restaient nombreuses. Dix d'entre eux, par exemple (42 %), mentionnaient qu'ils prenaient leurs repas chez eux en famille. Sept autres (30 %) mangeaient dans des salles de restaurant communautaires. Certains sujets indiquaient qu'il y avait des membres de leur famille parmi les autres personnes. Quant au reste, ils ne donnaient aucune indication particulière sur le lieu où ils mangeaient ni sur les personnes avec qui ils se trouvaient.

A la question de savoir où ils allaient chercher du ravitaillement, la plupart (32 %) indiquaient que les provisions se trouvaient en réserve dans un dépôt central ou communautaire. Cinq sujets (21 %) parlaient de marchés ou d'épiceries et une femme se vit dans un centre commercial de style moderne. Les denrées alimentaires représentaient la majorité des achats (10 compte-rendus), dont les “disques énergétiques” décrits ci-dessus. Sept sujets (29 %) se servaient d'un système de crédit basé sur la signature, tandis que 5 participants voyaient des pièces de monnaie, des billets de banque ou des objets “de forme pyramidale” utilisés pour les paiements. Les autres ne donnèrent aucune indication sur la manière dont ils s'acquittaient pour leurs achats.

Priés de décrire une expérience comportant une “lumière vive et brillante”, il n'y eut que 5 participants parmi les 24 de Type II à ne rien pouvoir découvrir de ce genre dans leur vie de 2100 ou à ne pas donner de réponse. Six autres (25 %) rapportèrent qu'ils voyaient une sorte d'engin spatial dans le ciel. Leurs réponses, qui avaient toutes un caractère positif, ressemblaient aux informations trouvées sur les questionnaires de Type I. Trois sujets disaient que les vaisseaux spatiaux apportaient des provisions et deux d'entre eux ajoutaient que c'était là un événement banal. Pour les trois autres, il s'agissait de visites spéciales faites aux habitants de la Terre par des extraterrestres hautement évolués qui arrivaient dans ces vaisseaux pour enseigner à l'humanité une sagesse spirituelle supérieure.

Près de la moitié des compte-rendus de ce groupe du Nouvel Age insistait sur le caractère spécial, directeur ou spirituel, de cette lumière. L'un des sujets disait qu'un “trait de lumière” avait jailli de la haute fenêtre d'un temple au cours d'une cérémonie religieuse. Un autre vit Jésus à l'extrémité d'un magnifique rayon de lumière blanche. Une femme qui faisait partie de l'un de mes ateliers de Californie écrivait que la lumière était le signe “d'un éveil spirituel” plus grand pour l'humanité. “Vous êtes lumière” fut le message reçu par un homme qui sentait que cette manifestation avait pour but d'élever le niveau humain de conscience en “élevant nos vibrations”. Pour d'autres éléments de ce groupe, la lumière représentait “la totalité”, “la Source” et “la divinité”. Elle communiquait “un sentiment d'amour et de confiance irrésistible”.

Donc, en comprenant les 3 personnes mentionnées ci-dessus qui virent des instructeurs extraterrestres descendre d'un engin spatial, plus des deux-tiers des sujets de Type II qui relatèrent leur rencontre avec la “lumière vive et brillante” lui attribuaient un caractère profondément spirituel et élévateur. Par comparaison, il ne se trouvait que 14 % des explorateurs de l'espace du Type I pour donner à l'expérience un sens spirituel. Parmi les 3 derniers sujets du Nouvel Age qui répondirent à la question, deux virent le Soleil, tandis qu'un individu pratique observait l'atterrissage d'un hélicoptère qui apportait de l'approvisionnement.

Quand on considère les quatre types d'environnement découverts dans ces existences des années 2100, on se rend compte que les sujets qui avaient fait l'expérience des modes de vie du Nouvel Age étaient de loin les plus satisfaits. Les commentaires spontanés émis par la quasi totalité des membres de ce groupe (79 %) sur leur expérience de vie future étaient positifs. Voici quelques remarques représentatives :

"J'appréciais et j'aimais beaucoup mon environnement... Je regrettais de partir."

"La voix de l'Etre Suprême me donna des instructions sur la manière de guider ou d'enseigner les gens de la ville et sur la manière de répartir le travail, la nourriture... Le réconfort dispensé par cette lumière me submergeait d'espoir et de confiance."

"Je dis : «Au-revoir, mon vieux», en quittant mon corps... Je me rendis alors en un lieu beaucoup plus peuplé !"

Un seul sujet, une femme, fit un commentaire spécifiquement négatif sur sa vie future style Nouvel Age. Elle écrivait : "Je me sentais assez déprimée et mon entourage familial me paraissait froid". Il est intéressant de remarquer que son questionnaire était le seul parmi ceux du Type II à relater une mort accidentelle (à l'âge prématuré de 35 ans). La durée moyenne de vie évoquée par ce groupe était beaucoup plus longue : 92,4 ans... Par comparaison, les sujets de Type I n'avaient qu'une espérance de vie de 75,5 ans, et celle des sujets du Type III n'était que de 59,8 ans.

On ne peut mieux évoquer le style de vie goûté par le groupe de Type II qu'en prenant quelques exemples parmi les compte-rendus de nos participants. C'est pourquoi j'ai choisi deux récits individuels — dont l'un provient d'un atelier de Helen Wambach en 1983 et l'autre d'un atelier que je dirigeai près de Los Angeles en 1987 — pour apporter ici plus de détails.

Un ensemble ravissant de "hauts bâtiments sphériques en pierre blanche" posés sur une pelouse "onduleuse et luxuriante", parmi des collines parsemées de conifères, accueillit l'une des participantes de Helen Wambach en 1983 quand on lui demanda de lever les yeux pour voir ce qui l'entourait. Elle avait déjà remarqué que cette existence de 2100 serait vécue par un homme blanc, mince, aux "cheveux noirs bouclés coupés court" et aux "longues mains d'artiste".

Il émanait de cet homme, qui dans cette vie future s'appelait "John", une "aura de paix et de sérénité" tandis qu'il marchait le long d'un sentier lisse, pavé de pierres, chaussé de sandales "dont les lanières montaient le long des jambes" et vêtu d'une tunique de mousseline douce, souplement drapée, qui descendait "à mi-mollet". Un beau ciel dont le "bleu profond, presque violet" était ponctué çà et là de petits nuages ronds s'étendait au-dessus de lui. C'était, semblait-il, un matin vif et clair de début de printemps. La localisation exacte de ce lieu idyllique restait floue et ne semblait pas avoir d'importance : "Bien que situé sur Terre, je ne crois pas qu'il existe en aucun lieu dont nous avons connaissance aujourd'hui", écrivait ce sujet.

A propos de sa rencontre avec une "lumière vive et brillante", John rapporta qu'il voyait "une soucoupe volante dorée qui brillait d'un vif reflet métallique" sous les rayons du Soleil. "Elle se balançait au-dessus de (sa) tête". Une voix "amicale et familière" venue de la soucoupe parla à l'intérieur du cerveau de John, le saluant par son nom. C'était une expérience de nature profondément spirituelle et pourtant apparemment banale, car bien que John lui prêtât une oreille attentive et presque respectueuse, il ne ralentit pas son allure. "Cette voix me donnait des instructions sur certaines leçons que j'allais transmettre à d'autres qui habitaient en ville : par exemple comment partager au mieux nos ressources et comment coopérer au mieux dans l'accomplissement d'un projet commun".

Quant au lieu où il vivait, il était situé très haut dans l'une des tours et aménagé de manière aussi harmonieuse que le paysage en contrebas. "Tout était conçu en différentes nuances de blanc cassé, avec des sols de marbre, de longues tentures murales drapées et des canapés confortables". Il partageait cette demeure avec sa compagne, une belle femme blonde, deux jeunes enfants et un homme plus âgé qui pouvait être le père de sa femme. Leur repas du soir se composait de fruits et de légumes qu'on mangeait avec les mains dans des assiettes dorées. Bien que la famille ne parût pas manger beaucoup, le repas était "tout à fait suffisant" et "très savoureux". John ressentait chez lui une impression de confort et de bien-être.

John, qui était sans doute un savant, se retrouva à bord d'un petit aéroglisseur monoplace "qui ne ressemble à rien de ce que nous connaissons aujourd'hui". Il se rendait à la librairie d'une bibliothèque pour y chercher des fournitures. Là, il échangea une "pièce métallique de forme bizarre" contre quelques "livres et du matériel d'écriture". La bibliothèque avait la forme d'un "dôme géométrique [géodésique ?]" et renfermait des livres "imprimés sur du plastique souple" ainsi que du matériel audiovisuel. "Tout était étrangement silencieux, comme si l'on n'avait pas besoin de parler à voix haute pour se faire comprendre", disait-il.

D'après ce sujet, la fin de John fut aussi calme et délibérée que le reste de son existence du vingt-deuxième siècle. "J'ai quatre-vingt-cinq ans, et le moment est venu pour moi de partir", notait-il. Donc, bien qu'il eût attribué sa mort à "la vieillesse", il semblerait qu'ainsi qu'on le trouve abondamment relaté dans d'autres compte-rendus du Type II, John ait choisi de quitter son corps physique quand il sentit qu'il avait rempli son office. La mort était perçue par lui comme une transition nécessaire et souhaitée — ni comme une tragédie ni comme un grand soulagement.

Le récit suivant d'une ménagère californienne d'âge moyen qui assistait à l'un de mes ateliers de 1987, présente de nombreux points de ressemblance avec celui de John, tout en possédant son caractère propre. Cette femme décrivait l'environnement extérieur comme "chaud et beau". Il y avait partout "des fleurs colorées" et "d'épaisses pelouses vertes", le tout étant irrigué par un "système d'arrosage perfectionné". Les gens portaient un mélange de longs vêtements amples et flottants et de tuniques courtes ajustées par des ceintures. Ils étaient généralement chaussés de sandales.

Il semblait néanmoins qu'en cet endroit de la Terre où elle se trouvait la plupart des habitations fussent soit souterraines, soit "en quelque sorte abritées des rayons du Soleil, comme si ces derniers présentaient un danger pour la peau". Ce sujet, qui dans cette existence disait être une femme aux cheveux bruns, "forte mais mince" nommée "Rhonda", remarquait que sa peau était très pâle, comme si elle était rarement exposée au soleil. Cet aspect de son compte-rendu fait penser à ceux du Type III qui tous décrivent des existences passées sous terre ou sous des dômes artificiels. Pour tout le reste, cependant, il évoque davantage un mode de vie du Type II Nouvel Age.

L'une des suggestions que j'avais donnée aux participants de quelques ateliers, qui n'avaient pas été posées par les docteurs Wambach et Sprinkle, était de "reculer dans le temps tout en restant dans le même corps et la même existence jusqu'à l'âge de 12 ans environ". Je pourrais ainsi en apprendre davantage sur la manière dont le sujet percevait son enfance et sa vie de famille futures. Rhonda se retrouva fillette maigrichonne assise dans l'appartement de sa famille. Ce dernier était clair et gai. Elle était semblait-il occupée à un jeu lorsque sa mère l'appela soudain. L'ordre fut transmis télépathiquement d'une pièce à l'autre. Il semblait que ce fût là leur manière naturelle de communiquer.

Plus tard, projetée en avant dans le temps jusqu'à une "journée type, tout à fait normale de (sa) vie d'adulte", elle relatait qu'elle s'était réveillée au milieu de deux autres personnes dans un très grand lit ultra-moderne qu'on pouvait encastrer dans le plancher en appuyant sur un bouton. Il était suffisamment large pour recevoir trois ou quatre personnes. L'organisation des repas était aussi plus communautaire que dans la ville de John; les gens se retrouvaient pour le repas du soir dans une "immense salle à manger centrale" où il y avait "de grandes tables de verre". Un grand choix de mets étaient offert : "Je pouvais avoir tout ce qui me venait à l'esprit", fut le commentaire de Rhonda. Apparemment, la plupart des plats étaient ce que nous appelons "des choses à grignoter" car elle mangeait avec ses doigts dans de petites assiettes de verre.

Priée de retrouver un moment où elle était engagée dans une tâche ou une activité routinière, Rhonda se vit en train d'enseigner l'histoire ou la géographie à une classe de jeunes. Les documents nécessaires pouvaient être obtenus par téléportage et les frais étaient mis sur un compte de crédit informatisé. Elle disait aussi qu'elle participait à la direction des affaires politiques et spirituelles de sa communauté. A un certain moment, elle sentit qu'elle se trouvait sur une plate-forme en compagnie de plusieurs autres personnalités officielles en train de présider à quelque cérémonie publique importante. Elle faisait plus tard cette remarque que son but essentiel dans cette existence était "d'être libre, d'avoir de nombreux compagnons et de faire l'expérience du commandement".

Comme la plupart de ceux qui habitaient dans des communautés de Type II au cours de cette période, Rhonda déclarait que sa vie avait été longue et agréable. Sa mort, survenue à "plus de cent ans", fut une fois de plus imputée à "la vieillesse". Comme pour John, il semble que l'événement avait été décidé à l'avance, car elle vit de nombreuses personnes qui l'entouraient quand elle quitta finalement son corps en 2239. L'impression qu'elle éprouva immédiatement après sa mort fut de se sentir libre pour s'envoler vers de nouvelles aventures.

L'une des dernières questions que Helen Wambach et moi posâmes aux participants de notre atelier était d'indiquer les lieux où se déroulaient, selon eux, leurs futures existences. Comme je l'ai déjà montré, tous les sujets de Type I mentionnaient que leur existence se déroulait essentiellement dans l'espace ou dans des stations orbitales ou sur d'autres planètes, etc. Parmi les sujets de Type II qui répondirent, près de la moitié (46 %) soit ne savaient pas, soit avaient l'impression que leurs implantations style Nouvel Age étaient situées dans des régions inconnues de nos jours (seraient-elles à présent sous les eaux ?). Chez les autres, on trouve des localisations géographiques spécifiques dont les Montagnes Rocheuses, l'Himalaya, la Grèce, les Andes péruviennes, la Finlande, une île du Pacifique, l'Irlande, le New Hampshire, l'Afrique occidentale, et deux régions du sud-est des Etats-Unis (la Caroline du nord et la péninsule de Floride).

Bien qu'aucune question ne leur eût été posée sur l'idée qu'ils pouvaient avoir de l'importance de leur communauté, une demi-douzaine de sujets de Type II indiquaient spontanément qu'ils ne remarquaient autour d'eux qu'une population très clairsemée. Certains indiquaient que leur existence était colorée d'un certain sentiment d'isolement. Le commentaire suivant était typique à cet égard :

"En général, je me sentais seul; peu de monde alentour, bien que la vie fût civilisée et non chaotique".

Parmi d'autres remarques semblables on notait :

"Il n'y avait guère d'autres gens alentour... J'avais l'impression que la population était peu nombreuse".

"Peu de gens autour de moi, bien que j'aie l'impression d'avoir partagé cet endroit avec deux ou trois personnes. C'était comme une sorte de centre de recherche [en informatique ou autres techniques] ou un espace de vie communautaire à l'écart de l'ensemble de la population, à supposer que ce genre de chose ait existé".

C'était là le genre de commentaires qu'on rencontrait aussi chez les sujets de Type IV (les "rescapés"), et dont voici un exemple : "Pas beaucoup de monde, une vie solitaire, apparemment". L'impression générale qui ressort d'un grand nombre de compte-rendus de la période de 2100, c'est que de vastes régions de la surface de la Terre sont dépourvues de population. Ceci ne peut que renforcer cette constatation qu'environ 6 % seulement de nos participants firent l'expérience d'une vie future à cette époque.

La remarque qui suit provient d'un sujet de 1986 qui est maintenant journaliste dans le sud de la Californie mais se retrouva en train d'observer le début des années 2100 à travers les yeux d'une jeune femme. Elle peut, dans une certaine mesure, nous éclairer sur cette impression générale. Après avoir décrit une cérémonie de guérison spirituelle où officiaient des gens qui portaient de grands cristaux sur leur tête, ce sujet fit le commentaire suivant :

> *"En dehors de l'endroit où se tenaient les gens qui avaient les cristaux, la planète paraissait sombre, polluée et toxique".*

Peut-être cette brève description indique-t-elle que les quelques environnements sylvestres de Type II qui viennent d'être décrits seront créés et maintenus par l'attitude mentale positive de ceux qui y habitent. Ce concept connu sous le terme de "biorelativité" a déjà été abordé à la page 150 et fera l'objet d'un plus ample examen dans les pages 292 et suivantes. Peut-être verra-t-on cette technique utilisée par les "jardiniers" spirituellement évolués de la Terre dans l'Age du Verseau qui approche lorsque la télépathie et d'autres capacités mentales seront plus développées et plus répandues.

Le commentaire ci-dessus qui parle de l'utilisation de cristaux pour maintenir l'environnement dans un état naturel non pollué, associé à l'évidence d'une population réduite aux environs de 2100, devrait nous inciter à nous demander à quoi ressemblera le reste de la Terre à cette époque. Les jardins édéniques "luxuriants et bien entretenus" entrevus par nos sujets de Type II ne seront-ils que de petites oasis de verdure sur une planète écologiquement détruite ? Dans moins de 150 ans à compter d'aujourd'hui, l'environnement terrestre ne pourra-t-il s'épanouir que dans les endroits où les pensées et les modes de vie des hommes seront consciemment en harmonie avec la nature ? Un coup d'œil sur les deux autres types de civilisation future, dont mes participants et ceux de Helen eurent la vision pour les deux prochains siècles, peut apporter quelque lumière sur ces questions.

— VI —

Visions des années 2100 et 2200.

Deuxième partie : les habitants des technopoles et les rescapés primitifs.

Si les communautés du Type II étudiées au chapitre précédent annoncent l'éclosion d'un Nouvel Age sur la Terre, le groupe suivant — dit de Type III ou "à technologie avancée" — semble bien représenter le triomphe simultané d'une société future froide et mécanique essentiellement axée sur la survie physique. Le groupe de 41 sujets qui la décrivait était le plus important des quatre catégories basées sur l'étude de l'environnement (31 % des 133 participants). Egalement installées sur la surface de la Terre et en dessous d'elle, les modernes technopoles de Type III conçues pour la survie fonctionneront, semble-t-il, soit à l'intérieur d'énormes bulles ou dômes artificiels, soit partiellement en sous-sol, quelquefois enfin à l'intérieur de grottes naturelles.

Seuls quelques cas isolés parmi les 41 sujets de Type III disaient être en contact direct avec un environnement extérieur naturel. Plusieurs laissèrent entendre que l'atmosphère extérieure était polluée ou empoisonnée. C'est ainsi que 6 sujets (15 %) mentionnaient qu'ils étaient morts accidentellement d'asphyxie, leur réserve d'air venant soudain à manquer alors qu'ils se trouvaient à l'extérieur de leur cocon protecteur; tandis que deux autres disaient qu'ils étaient morts de maladies respiratoires à l'âge moyen de 44 ans seulement.

La durée moyenne de vie du groupe dans son ensemble n'atteignait pas 60 ans, ce qui la rendait de beaucoup inférieure à celle des sujets de Type I ou de Type II, et même légèrement inférieure à celle de l'époque actuelle qui est de 54,6 ans. Il est intéressant de remarquer que dans le domaine de la longévité ce groupe se répartissait en deux moitiés presque égales. Des 33 sujets de Type III qui donnaient l'âge de leur mort, 18 (55 %) indiquaient moins de 56 ans. Ils avaient été exécutés, assassinés ou victimes d'accidents mortels causés par manque d'air, comme dans l'exemple ci-dessus, ou bien ils étaient morts de maladies diverses. Pour les 15 autres cas (45 %), la mort ne survenait que lorsque le sujet avait atteint 80 ans ou plus. Parmi ceux-ci, 10 étaient morts de "vieillesse"; 3 disaient qu'ils "avaient choisi" de mourir à ce moment-là car ils avaient accompli les tâches de leur existence. Parmi les deux derniers, l'un mentionnait une mort accidentelle et l'autre une maladie d'estomac.

Il me paraît significatif également qu'aucun des compte-rendus de Type III sur les années 2100 n'ait évoqué de contacts avec des eaux douces *naturelles* comme des sources, des lacs, des rivières ou même la pluie. Il n'y avait que deux sujets à mentionner tant soit peu l'eau en déclarant que leur ville était édifiée dans un assemblage de grottes naturelles et de dômes artificiels, sous l'océan. La moitié des autres environ (46 %) dépeignaient leur existence dans une cité recouverte d'une bulle ou d'un dôme transparent qui les protégeait de l'atmosphère. Dix participants (24 %), dont quatre de ceux que je viens de citer, indiquèrent aussi que leur ville était en partie construite en sous-sol.

La technologie avancée de la société de Type III était évoquée dans de nombreuses réponses qui décrivaient des bâtiments et dans les commentaires d'ordre général sur l'urbanisme. Un complexe urbain était qualifié succinctement de "plastique et utilitaire". Un autre sujet disait que sa cité en forme de dôme ne comportait "aucune architecture superflue". Il y avait dix descriptions de bâtiments rectangulaires modernes, et trois indications de toits très inclinés, peut-être pour servir de support à des capteurs d'énergie solaire. Deux d'entre elles dépeignaient des ensembles de bâtiments à demi enterrés. Dans sept compte-rendus de Type III seulement (17 %) se trouvaient mentionnés des bâtiments aux lignes courbes ou sphériques.

Parmi les onze sujets de Type III qui indiquaient des matériaux de construction spécifiques, sept (64 %) citaient l'utilisation d'alliages métalliques contenant de l'or et de l'argent. Quatre, dont deux de ceux que je viens de mentionner, parlaient de verre et de plastique transparent. Un participant vit des bâtiments de marbre, et il se trouve un compte-rendu isolé qui évoquait des constructions "en stuc recouvertes de toits de tuiles". Ce sujet disait que sa ville était située quelque part dans ce qui avait jadis été le Mexique.

Comme la question n'avait pas été directement posée, il est impossible d'affirmer que l'environnement extérieur était véritablement toxique pour tous les habitants de Type III. Néanmoins, les informations que nos sujets ont fourni semblent bien corroborer cette supposition. Comme je l'ai déjà indiqué, six d'entre eux attribuaient la cause de leur mort à quelque maladie pulmonaire ou à un accident survenu par manque d'air. Il était évident, en lisant ces questionnaires, que ces futurs "habitants des bulles" préféraient catégoriquement leur atmosphère artificielle à tout ce qui pouvait exister à l'extérieur.

En conséquence, presque la moitié de ces sujets (44 %) ignoraient complètement à quoi ressemblaient les conditions extérieures ou indiquaient qu'ils ne pouvaient pas voir au-delà de leur environnement artificiel en forme de dôme. Dix (24 %) signalaient la présence d'herbe verte, d'arbustes et d'arbres *à l'intérieur* de cet espace à atmosphère contrôlée. Pour évoquer l'environnement extérieur, la grande majorité des 23 participants (83 %) qui en parlaient le décrivaient comme "rocheux", "stérile", "rude" ou "désertique". Quinze disaient aussi que ce monde extérieur paraissait "chaud", "ensoleillé" ou "très lumineux". Il est clair, d'après ces compte-rendus, qu'en 2100 la surface de la planète, telle que la voient les citadins des technopoles, est très différente du cadre idyllique dont jouissaient les participants des communautés du Nouvel Age de Type II. Il ne se trouvait que quatre questionnaires de Type III (10 %) pour mentionner la présence d'herbe ou d'arbres à l'extérieur de leur ville recouverte d'un dôme. Sans expliquer pourquoi, ces mêmes sujets ajoutaient qu'ils ne vivaient pas à l'extérieur ni au-dessus du sol.

A cause peut-être de ce qu'ils percevaient de leur environnement, les sujets de Type III se montraient beaucoup moins optimistes sur leur existence future des années 2100 que les participants de Type II ou de Type I. Il était fréquent de trouver sur leurs questionnaires des commentaires négatifs sur la qualité de la vie et le manque d'épanouissement affectif. L'un des sujets du Dr Sprinkle, une femme à qui l'on demandait d'évoquer les sentiments que sa maison lui inspirait, faisait cette remarque typique : "ma maison avait un air désolé".

D'autres réponses étaient du même ordre. Priés, par exemple, d'évoquer leurs impressions en rentrant chez eux (après avoir été chercher des provisions), cinq sujets de Type III seulement (soit 12 %) exprimaient des pensées positives comme : "Content de rentrer". Les réponses typiques allaient de l'indifférence — "c'est un lieu d'habitation, voilà tout" et "c'était neutre, ni bien ni mal" — au mécontentement proprement dit — "je n'aimais pas la froideur de cette période" et "j'éprouvais un sentiment de tristesse, de répulsion".

Au cours de l'un de mes ateliers de 1984, une jeune enseignante du sud de la Californie se vit cent ans plus tard sous l'aspect d'un jeune homme "aux longs doigts minces". La communauté dont il faisait partie vivait en majorité dans un ensemble souterrain de bâtiments rectangulaires aux toits inclinés, de lignes futuristes. Un vent permanent balayait la savane désolée de cette région parsemée de quelques eucalyptus "plantés pour servir d'abris".

Après s'être vu mourir à 37 ans d'une maladie intestinale qui "contractait les organes de la partie inférieure droite de l'abdomen", elle ajoutait ce commentaire :

> *J'étais heureuse de m'en aller [de ce monde]... Je n'aimais pas particulièrement le groupe avec lequel je vivais; c'était uniquement une question de survie. Il n'y avait pas de communication véritable entre nous. J'étais stérile et je n'aimais que mes quelques livres, les pièces de Shakespeare, par exemple. Je les gardais jalousement... Les autres ne comprenaient rien à l'art ni à la littérature. Il n'y avait pas de sentiments humanistes. Je savais que je reviendrais vers 2300 pour œuvrer à une renaissance de l'humanisme.*

Un autre habitant de ces technopoles comparait sa vie future à celle d'une machine consciente et intelligente. Apparemment androgyne, son nom lui-même, "Synchnotron II", avait une consonance mécanique. Toutes les constructions de sa cité futuriste "à l'atmosphère froide" avaient des lignes rigides "sans élément architectural superflu". Au dehors, le monde était froid et aride, avec "très peu de végétation". La nourriture consistait en "substances nutritives de consistance friable" distribuées par ordinateurs, et on la consommait dans des salles-à-manger communautaires.

Synchnotron II, qui semblait être un homme politique, déclarait que le but de son existence était "d'apprendre à manipuler les foules influentes". La veille d'une élection, il se vit prononcer "un discours éloquent et passionné" devant un groupe important de concitoyens. A un autre moment, il se retrouva membre d'une délégation de la ville qui établissait un contact avec "une civilisation non terrestre d'un niveau plus avancé". Néanmoins, quand il décida finalement de mourir à l'âge avancé de 100 ans, il conservait "un sentiment de frustration de n'en avoir pas fait davantage" au cours de cette existence. Il sentait qu'il "s'en allait vers de nouvelles tâches" qui seraient accomplies dans des incarnations ultérieures...

Le genre de société rencontrée en 2100 dans les cités de Type III semble se rattacher à celle des voyageurs de l'espace de Type I dont certains, comme ce pilote de navette spatiale présenté plus haut, semble avoir utilisé la Terre comme base de départ. Les détails sur l'habillement étaient semblables dans les deux groupes, avec 59 pour cent des questionnaires de Type III qui mentionnaient les mêmes combinaisons de tissu métallique argenté, moulantes, accompagnées de bottes, comme uniforme standard quotidien. Dans une proportion à peu près semblable, les participants de chaque groupe (30 %) indiquaient qu'ils prenaient leurs repas dans une salle à manger commune. Un nombre beaucoup plus grand (41 %) mangeaient chez eux en compagnie de leur famille uniquement. Il n'y en avait qu'un qui se voyait manger seul. Neuf ne donnaient pas d'indications sur cet aspect de leur vie quotidienne.

Quant à la nourriture consommée par ces habitants des technopoles, elle ressemblait aussi à celle que décrivaient les habitants de l'espace, mais plus en varié. Sur les 22 personnes de Type III qui donnèrent une liste des aliments servis au repas du soir, 41 pour cent (11 sujets) décrivaient une nourriture artificielle conditionnée ou des pastilles de vitamines. Parmi ces mets peu appétissants (pour mon goût du moins), on trouvait des "barres alimentaires", "une pâte rose, de saveur douceâtre présentée en tube" et "une boisson au goût de jus de raisin". Les autres consommaient des aliments plus traditionnels, dont huit qui disaient sentir un goût de fruits et de légumes et six qui avaient de la viande et du ragoût sur leur table. Un homme se vit manger un "sandwich au steak". Le dernier commentaire provient d'une Française qui disait que son bol de porridge était "nourrissant mais fade". "Mais on n'avait guère le choix", ajoutait-elle.

D'après les informations recueillies, il semble que les systèmes économiques des habitants des technopoles et ceux des habitants de l'espace aient eu aussi de nombreux points communs. Les deux groupes, par exemple, mentionnaient de vastes dépôts ou entrepôts où ils se procuraient l'essentiel de ce dont ils avaient besoin. Quarante-et-un pour cent des sujets de Type III se voyaient dans un dépôt de ce genre, contre un tiers des participants de Type I. Plusieurs sujets disaient aussi recevoir la plus grande partie de leurs produits crus ou de leur alimentation d'un vaisseau spatial. Quatre sujets de Type I et deux de Type III indiquaient en outre que l'engin était manœuvré par des extraterrestres ou par un mélange d'êtres humains et d'extraterrestres amicaux. Quant à l'argent, là encore une écrasante majorité des 23 habitants de villes souterraines qui répondirent à cette question (83 %) rapportaient qu'ils se servaient d'un système de crédit basé sur la signature ou l'empreinte de la main, au lieu d'argent liquide ou de chèques. Les autres utilisaient des jetons de plastique, d'aluminium ou de cristal ou des "billets de dollars de couleur bleue" en guise de monnaie d'échange.

Comme les autres participants de la plupart des ateliers sur les vies futures dirigés par les Drs Wambach, Sprinkle et moi-même, les sujets de Type III devaient aussi commenter un incident où se trouvaient impliqués une "lumière vive et brillante" ou un objet lumineux. Et à nouveau, comme la plupart de ceux qui s'étaient retrouvés habitants de l'espace en 2100, la majorité (52 %) des 25 sujets de Type III qui décrivaient ce genre d'événement disaient rencontrer une sorte de vaisseau spatial. Quatre indiquaient que ces vaisseaux étaient pilotés par des extraterrestres.

Toutefois, à l'inverse des sentiments unanimement positifs suscités par ce type de rencontre chez les sujets de Types I et II, plusieurs compte-rendus de Type III indiquaient que ces vaisseaux pouvaient signifier un danger personnel ou d'éventuels ennemis. C'est ainsi qu'un participant mentionnait qu'il se sentait "stressé" en apercevant le vaisseau dans le ciel. Une femme disait que cette vue la remplissait d'effroi. Sa réaction avait été : "Ouh, le revoilà !"

Huit des autres habitants de Type III qui firent l'expérience de la lumière vive l'identifiaient comme le Soleil (quatre sujets) ou simplement comme les lumières artificielles de leur cité-dôme. Une femme dit qu'il s'agissait de l'éclairage chirurgical aveuglant qui l'avait accueillie à sa naissance à l'hôpital ! Quatre autres attribuaient à l'incident un caractère spirituel ou un effet élévateur de leur conscience. Une femme dit qu'elle sentait que c'était "l'Essence du Christ", qui avait pris ensuite la forme transparente d'un être. Une autre dit que cette lumière lui procurait "une sensation de chaleur intérieure". Une femme vivant dans une cité-dôme sous l'océan vit un cristal géant s'allumer et énergétiser son corps.

Pourtant, le message transmis par cette lumière n'était pas toujours bien accueilli, même parmi les sujets de Type III pour qui il s'agissait d'une expérience spirituelle. C'est ainsi qu'une femme d'un des ateliers du Dr Wambach vit la lumière, qui n'était d'abord qu'une faible lueur, s'intensifier et "pénétrer toutes choses". Elle ajoutait alors :

"Je sentis qu'elle pénétrait mon ignorance. Elle m'emplit de larmes car je savais que je ne pouvais pas éviter cette destinée. Je n'aimais absolument pas l'homme qui allait devenir mon mari [en 2100]. Je l'avais épousé pour obéir à une sorte de commandement. C'était une expérience affreuse ! "

Comme je l'ai indiqué précédemment, toutes les implantations de Type III étaient situées sur Terre. Des 41 sujets qui rapportèrent que leur existence se déroulait dans ce genre d'environnement artificiel et contrôlé, 17 étaient incapables de fournir une localisation, même approximative. Parmi les 24 participants qui indiquaient le lieu où ils vivaient, 15 (63 %) avaient l'impression que leur cité se trouvait dans ce qui avait été la partie continentale des Etats-Unis. Quatre, le plus grand nombre à se rencontrer sur un état déterminé, nommèrent l'Arizona, c'est-à-dire précisément l'endroit où je m'étais retrouvé en 1998 ! Il est possible que l'Arizona leur vint à l'esprit parce que le climat désertique, ensoleillé, que nous lui connaissons aujourd'hui ressemble très exactement à l'environnement chaud et sec dont ils faisaient l'expérience en 2100. Quatre localisations se trouvèrent mentionnées à deux reprises : c'était la Louisiane avec le Mississippi, le Grand New-York, la Nouvelle-Angleterre et l'Utah. L'état de Washington et l'Oregon furent également cités une fois chacun. D'autres régions nommées par les participants de Type III comprenaient l'Australie, l'Angleterre, la France, le Saskatchewan et le Tibet, ainsi que les rivages de l'Océan Indien.

Parmi d'autres commentaires de Type III d'ordre général qui décrivaient cette société, on peut citer ceux-ci :

"J'étais un contremaître chargé de surveiller un énorme générateur électrique souterrain."

"Je travaillais dans un poste d'observation et de réception des Montagnes Rocheuses, à vérifier les compteurs sur le tableau de bord."

Et pour finir :

"Ma tâche consistait à enregistrer les modifications de l'environnement dans un petit avant-poste surmonté d'un dôme au nord du Saskatchewan. Cette base n'avait rien d'enthousiasmant. J'ai l'impression qu'il n'y avait pas grand choix [dans la nourriture ou l'habillement]."

J'ai une fois encore sélectionné trois compte-rendus représentatifs provenant d'habitants de technopoles pour que mes lecteurs puissent se faire une idée plus nette du genre de société que ces sujets progressés prévoient pour la période des années 2100. Le premier vient d'un atelier de 1983 dirigé par Helen Wambach, le second d'un des ateliers de 1984 du Dr Leo Sprinkle, et le dernier d'un de mes groupes français de 1986.

"Quelque part au nord de ce qui est à présent la ville de New-York" était la localisation indiquée par une femme qui participait à un atelier de 1983 et qui disait se retrouver sous les traits d'un jeune homme chauve à l'allure d'albinos et au visage "grêlé", qui vivait au début du vingt-deuxième siècle. En regardant à ses pieds, le garçon se vit porter des chaussures étroites qui "paraissaient faites de verre blanc filé". Une combinaison "blanche, légère", en tissu synthétique, "le recouvrait entièrement". "C'est un matériau mince qu'on dirait jetable, presque comme du papier", indiquait-il. "Mais en même temps, d'une certaine manière, il me protège de l'environnement." L'ensemble comprenait un casque transparent qui enserrait la tête et un masque amovible destiné à être porté à l'intérieur et à l'extérieur.

Pour ce jeune homme et pour ceux qui habitaient au même endroit, il paraissait important de se protéger de "l'environnement extérieur aride, sec et très chaud". "Nous vivons dans une ville ou dans un grand village enfermé", lisait-on sur le compte-rendu. "A proximité du centre on voit un ensemble de hauts bâtiments et une série de dômes qui recouvrent toutes les constructions basses". L'aspect était "froid et artificiel" et le jeune homme n'était pas terriblement satisfait à l'idée d'y rentrer, comme si c'était un devoir que de vivre à cette époque et dans ce lieu.

Une fois à l'intérieur de ce complexe urbain recouvert d'un dôme, il se retrouva rapidement dans une "petite pièce réservée à (sa) famille", en compagnie de son frère et de sa mère (de cette époque). Apparemment, les deux garçons au moins y dormaient. Ils prenaient leur repas du soir dans une grande salle à manger communautaire en compagnie de deux douzaines d'autres résidents du même bâtiment. Tout le monde mangeait sur de longues tables de métal couvertes de nappes de plastique d'entretien facile. Ce qu'on mangeait était une "substance bizarre" qui se présentait sous la forme de "barres alimentaires déshydratées comme celles qu'utilisent les astronautes (du vingtième siècle)". Il n'y avait pas de couverts sur cette table, car les barres pouvaient se consommer directement à partir de leur emballage.

Prié d'aller chercher quelques victuailles essentielles, l'albinos qui approchait maintenant de la trentaine se vit faire la queue en attendant l'ouverture "d'une sorte de poste d'approvisionnement de l'armée". Un panneau indiquait : "Centre communautaire". Un petit "propulseur dorsal" assorti d'un "levier de commande" lui permettait de se déplacer avec aisance et rapidité. A l'intérieur, il se servit d'une carte de crédit en plastique pour acheter une provision des mêmes barres alimentaires qu'il avait vues plus tôt dans la salle à manger. Un employé prit sa carte, la poinçonna en l'introduisant dans une machine qui enregistra la vente. Il remarqua aussi que quelques personnes qui se trouvaient aux alentours troquaient des objets d'artisanat et d'autres articles, comme des couvertures et de petits appareils de plastique, contre de la nourriture.

Pour ce jeune homme du vingt-deuxième siècle qui vivait dans un environnement aussi dur, la mort frappa de bonne heure, et vite. Un jour qu'il était en mission de reconnaissance à l'extérieur de l'atmosphère artificiellement contrôlée de la ville, sa combinaison protectrice ou son équipement respiratoire cessèrent de fonctionner et il suffoqua. Il n'avait qu'une quarantaine d'années. Cependant, l'expérience ne fut pas du tout traumatisante. En fait, cette femme — un sujet de Helen — rapporta qu'elle se sentit "calme, un peu surprise, mais presque heureuse d'être libre". Elle ajouta : "C'était comme si j'étais descendue d'une voiture ou de quelqu'autre véhicule. Ce corps n'était pas vraiment moi".

Un homme du Colorado fournit au Dr R. Leo Sprinkle le compte-rendu suivant sur sa vie future qui se déroulait quelque part dans ce qui est maintenant l'Arizona, en la personne d'un "homme blanc, de taille moyenne, aux cheveux noirs". Comme le sujet new-yorkais de Helen, cet homme se retrouva d'abord à l'extérieur, vêtu d'un "survêtement d'une pièce comprenant des chaussures blanches, d'une veste légère comme on en porte au ski (et) d'un casque rond de plastique transparent qu'on ôte à l'intérieur". Il marchait dans le désert sous un soleil brûlant. Il ne voyait ni arbres, ni verdure d'aucune sorte, seulement quelques "broussailles basses" et une suite de collines proches qui se déroulaient jusqu'à une chaîne de montagnes lointaines.

Un peu plus loin, sur le côté, se trouvait le lieu de sa destination : une petite colonie aux éléments cubiques "presqu'entièrement souterraine", recouverte d'un toit en forme de dôme "en plastique translucide" qui dépassait légèrement du sol. Il s'agissait apparemment d'un poste avancé destiné à l'activité scientifique ou à la recherche, qui faisait partie de tout un réseau. Cet homme qui s'entendit plus tard appeler "Blada" savait qu'il vivait là en compagnie de sa femme et peut-être d'une demi-douzaine d'autres collègues. Une fois à l'intérieur du sas pneumatique du dôme, on voyait que la face interne de ce dernier était couverte d'un revêtement bleu qui servait de protection contre le rayonnement solaire ultraviolet.

Arrivé juste à temps pour le repas du soir, Blada rejoignit bientôt son épouse, "une jolie femme aux cheveux châtains", dans la salle à manger communautaire. Les autres employés, pour la plupart des gens plus jeunes, de vingt ou trente ans, arrivèrent bientôt. Le dîner se composait de "produits de la mer conditionnés ou de poulet accompagné d'un plat de légumes" qu'on allait chercher dans ce qui semblait être des récipients hermétiques à réchauffement automatique. Assis à une longue table, Blada et les autres n'eurent qu'à ouvrir les paquets fumants qu'ils consommèrent directement avec une cuiller d'acier pour tout ustensile. C'était l'équivalent futur d'un ragoût de "popote ambulante" de l'époque de la Conquête de l'Ouest.

Blada fit l'expérience de la "lumière vive et brillante" au moment où "ce qui ressemblait à un petit ovni" atterrit à côté de lui pour l'emmener faire des achats de paquets de nourriture et autres victuailles. Il relatait :

> *"Nous sommes allés loin mais à très grande vitesse pour arriver à une structure en forme de dôme beaucoup plus grande. Dans ces structures, toutes les entrées et sorties étaient doubles, avec des sas pneumatiques qui ressemblaient à des bulles. On achetait des aliments conditionnés qui étaient seulement marqués de codes de couleur. Je les ai payés avec des "pastilles d'énergie organique" scellées dans du plastique. Par leur taille et leur forme, elles faisaient penser à un rouleau de pièces de monnaie."*

En commentant sur ses impressions, lors de son retour à la base après cette expédition, il déclarait que bien que ce ne fût pas une mission difficile il était néanmoins "content de rentrer". Comme je l'ai déjà dit, son récit était l'un des rares témoignages positifs de Type III. Cela venait peut-être de ce que son poste avancé, malgré son environnement inhospitalier, faisait partie d'un "réseau galactique de mondes habités" plus vaste. Il indiquait aussi que "les contacts extraterrestres étaient courants".

Bien qu'il fût satisfait de son environnement immédiat, celui d'un petit centre de recherche, Blada restait exposé aux dangers occasionnés par l'atmosphère toxique de la région où il vivait. A l'âge de 84 ans, lui aussi succomba à une panne de son dispositif respiratoire portatif alors qu'il se trouvait à l'extérieur de la base protégée. "J'étais parti seul, en mission, lorsque le casque s'arrêta de fonctionner, si bien que je mourus de suffocation, expliquait-il. Sur le moment, l'expérience fut traumatisante et douloureuse mais je n'ai pas paniqué... Puis je me suis élevé en m'échappant, et je suis entré dans la lumière sans couleur d'où procèdent toutes les couleurs. Je me sentais bien."

Le troisième exemple nous est fourni par une Parisienne de quarante ans, psychologue agréée et masseur-thérapeute. Progressée jusqu'aux environs de 2100, elle se trouva bientôt habiter le corps "plutôt fatigué et avachi" d'un homme d'âge moyen. Vêtu d'une combinaison serrée d'un bleu métallique "brillante mais soyeuse", complétée de bottes et d'un casque assortis, il était assis dans la "pièce unique, spacieuse et ordonnée" où il vivait. Il n'y avait pas de fenêtres, mais il savait qu'à l'extérieur du dôme protecteur de la ville s'étendait un "désert aride et inhabitable".

En tous cas, il n'éprouvait aucun désir d'aller y voir. Il était satisfait de rester chez lui en compagnie de sa femme, de son fils unique et de son chien. Questionné sur les sentiments qu'il éprouvait à leur égard, il répondait qu'il était "habitué" à sa femme, qu'il aimait sa fille mais détestait le chien. Ils prirent leur repas du soir qui se composait d'un "dîner pré-emballé réchauffé dans un four mural à micro-ondes" dans un silence pesant.

Un peu plus tard, prié de décrire un incident où intervenait une lumière vive, il se retrouva hors de chez lui, mais toujours sous le dôme, en train d'observer les feux rouges clignotants d'un vaisseau spatial qui passait au-dessus de lui. Ce type d'événement était considéré comme courant. Pourtant, l'incident le laissa "tendu et agité". Sans savoir pourquoi, il éprouvait un malaise en songeant à ce qui se passait dans le monde à l'extérieur de sa taupinière urbaine.

Mais bien qu'elle fût par nature "enclose", cette ville souterraine foisonnait néanmoins de merveilles technologiques. Un "vaste complexe commercial ultramoderne", rempli "d'étranges dispositifs électriques et mécaniques" et de moyens de locomotion, n'était éloigné de leur lieu d'habitation que par un court trajet en scooter le long d'une chaussée en retrait. Tout y "brillait et étincelait" sous l'éclairage assez brutal des lampes. Pour y faire ses achats, il suffisait d'une simple carte en plastique. Des comptoirs de vente étalaient des modèles holographiques de produits qu'on pouvait ensuite se faire livrer à domicile grâce à un système entièrement automatisé. Pour ceux qui ne souhaitaient pas vraiment acheter, il y avait des restaurants et des distractions.

D'après ses indications, le niveau de confort matériel de ce complexe urbain était beaucoup plus élevé que celui que connaissaient Blada dans son lointain poste souterrain ou le jeune homme qui vivait à proximité de l'emplacement actuel de New-York. Quand à l'âge de quatre-vingts ans cet homme fut atteint d'une grave affection des voies digestives, il bénéficia de soins hospitaliers modernes. Il se vit dans des draps blancs, recevant la visite de sa femme. Cependant, la maladie était semble-t-il trop grave ou son corps trop affaibli et, comme nombre de personnes âgées d'aujourd'hui, il termina ses jours à l'hôpital relié à un flacon de perfusion intraveineuse qui faisait peut-être partie d'une politique d'eutanasie. “Les médecins m'aident à mourir rapidement et sans douleur grâce au liquide intraveineux”, remarquait-il. L'utilisation de ces drogues peut expliquer l'impression inhabituelle “d'apathie” immédiatement ressentie par cet homme après que son esprit eût quitté son corps physique. La plupart des sujets de Type III éprouvaient un soulagement ou du moins une impression de délivrance à ce moment-là.

Au dos de son questionnaire, cette psychologue française laissa un commentaire qui résumait son expérience future d'une civilisation à technologie avancée. Il fait écho aux sentiments éprouvés par la majorité des participants de ce groupe. Elle écrivait :

> *“Pendant tout le temps que je vécus dans cette ville enfermée, je perçus une tension générale dans l'atmosphère. Elle se trouvait associée à une sorte d'impression de solitude ou d'isolement ressentie au milieu des gens. En fait, les instants de sérénité n'apparaissaient que lorsque je me trouvais seul. C'était comme si le seul but de cette existence était de survivre, en dépit de tous les avantages technologiques. Ce n'est pas du tout ainsi que j'aurais imaginé le futur.”*

Les participants de la dernière catégorie, ceux de Type IV, se prêtent plus difficilement au travail de comparaison car leurs compte-rendus décrivent 27 environnements ruraux et 6 autres de type urbain d'un caractère primitif, non-technique, qui évoquent les lendemains d'une catastrophe. Comme les sujets de Types II et III, ils disaient tous vivre sur la Terre. Ils indiquaient pour la plupart qu'ils se trouvaient en contact direct avec le monde extérieur mais, à la différence des gens du Nouvel Age de Type II, ils vivaient dans des fermes rurales ou dans les ruines d'anciennes villes. Contrairement aux compte-rendus des modernistes à technologie avancée, les sujets de Type IV décrivaient des bâtiments et des modes de transport qui suggèrent un recul vers le fin du 19ème siècle.

En dehors des six cas urbains que je garde pour la fin, les 27 "rescapés ruraux" mentionnaient des conditions qui allaient d'un environnement tempéré, verdoyant et humide (48 %), généralement à proximité d'eau courante, à des déserts arides et stériles (22 %), des collines ou des montagnes neigeuses (26 %). L'un des compte-rendus n'était pas assez spécifique pour être catalogué. Les bâtiments décrits avaient pour la plupart un caractère, disons "traditionnel". Ils se composaient de six huttes en rondins, cinq maisons à charpente de bois et cinq autres en pierres, en argile ou en briques. Deux participants disaient vivre dans des grottes tandis qu'un sujet décrivait une sorte de grand ensemble en marbre blanc avec des toits de tuiles rouges. Les autres se servaient de termes moins spécifiques du genre : "c'est une ferme" ou "c'est une bâtisse assez primitive". L'habillement des gens de Type IV était également varié avec une prédominance de culottes, de chemises et de jupes en toile (47 % des 27 sujets ruraux). Une forte minorité, cependant, se voyait vêtue de longues robes blanches unies ou de couleur ivoire qui n'étaient pas sans évoquer celles que portaient la plupart des sujets du Nouvel Age. Un homme disait qu'il se retrouvait vêtu de la robe unie couleur safran d'un moine bouddhiste. Les habitants des grottes se retrouvaient dans des fourrures et des peaux d'animaux, et quelques uns parmi les autres, en particulier ceux des régions montagneuses recouvertes de neige, mentionnaient aussi de lourds et rudes habillements d'extérieur et des vêtements de flanelle. Ils portaient aux pieds des chaussures ou des bottes (33 %) et des sandales de cuir ou de corde (33 %). Les autres allaient pieds-nus.

Les structures sociales présentaient moins de diversité chez les rescapés ruraux de Type IV, dont 78 % (21 sur 27 sujets) prenaient leurs repas chez eux en famille. Un autre groupe de 11 %, dont sept qui étaient vêtus de robes, indiquaient qu'ils prenaient leurs repas du soir dans une salle à manger communautaire. Quant au reste, ou bien ils ne donnaient pas de réponse ou ils disaient manger seuls.

En ce qui concerne la nourriture, le groupe de Type IV était le seul pour qui les aliments dominants fussent la viande, le poisson ou le gibier (46 % des réponses), ainsi que les fruits et les légumes (encore

46 %). Le bœuf, le poulet et le lapin figuraient parmi les viandes consommées. Les légumes comprenaient des courges, des haricots et des choux de Bruxelles. Aucune denrée exotique ou artificielle n'était décrite par aucun sujet de ce groupe, qu'il fût urbain ou rural.

Des douze rescapés ruraux qui répondirent à la question, neuf se procuraient leurs victuailles à une sorte de marché ou dans un magasin d'alimentation générale. Les habitants des grottes chassaient pour assurer leur subsistance. L'unique compte-rendu dont la description évoquait d'assez près un mode de vie moderne mentionnait une épicerie. La nourriture était l'élément d'approvisionnement primordial que se procuraient 82 pour cent de ces sujets ruraux, avec du pétrole lampant trouvé dans un compte-rendu. Un homme se vit seulement en train d'empiler des boîtes sur un camion, sans regarder ce qu'elles contenaient.

Pour ce groupe, les moyens de paiement étaient réduits à des pièces de monnaie traditionnelles (38 % parlèrent de pièces d'or et un nombre égal mentionna des pièces d'argent ou de cuivre) et des billets de banque (27 %). Une femme, qui se vit habillée comme une indienne, payait son ravitaillement avec des pierres noires. Aucun sujet de Type IV ne mentionna de système de signature ou de crédit pour l'obtention des articles désirés. Aucun non plus ne fit mention de contacts avec des extraterrestres.

Questionnés sur un incident impliquant une lumière vive, la moitié (13 cas) des sujets ruraux dirent qu'ils ne retrouvaient aucune expérience de ce genre ou ignorèrent purement et simplement la question. Parmi les 14 qui donnèrent une réponse, aucun ne vit un véhicule spatial et seule une femme dit qu'elle voyait quelque chose qui ressemblait à un avion à hélice. La majorité découvrirent cette lumière dans des circonstances naturelles. Trois sujets dirent que c'était celle du Soleil, tandis que deux autres aperçurent, la nuit, une "étoile brillante". Un participant vit ce qu'il interpréta comme la chute d'un météorite et un autre vit des ballons dirigeables décoller de la place de son village. Trois rapportèrent qu'ils apercevaient des lumières artificielles comme des lampadaires ou des ampoules électriques. Pour terminer, trois des sujets de Type IV associaient la lumière vive à une expérience spirituelle positive. Une femme, qui au vingt-deuxième siècle était devenue un homme, disait que c'était une "expérience subtile, comme une sensation chaude, dorée, aimante". Un autre notait simplement : "Je sentis la présence de Dieu."

Le mode de vie futur dont la plupart des rescapés de Type IV eurent la vision semble composé des éléments essentiels, sans beaucoup de fioritures ou même de commodités modernes. A la question de savoir comment ils se déplaçaient, 52 pour cent de ceux qui répondirent disaient qu'ils allaient à pied ou en charrette à cheval. Quatre seulement utilisaient des machines — une jeep, un camion, un scooter et une automobile. Parmi les méthodes les plus exotiques, on trouvait mentionnés des traîneaux à chiens, des raquettes et un char à bœufs. Semblablement, toute la vaisselle décrite était en métal ou en bois. Seule la personne qui avait vu une "épicerie moderne" disait se servir d'une cuiller en plastique.

En dépit de ce mode de vie relativement simple, les commentaires émis par les sujets de Type IV étaient foncièrement positifs, même si onze individus (40 %) constataient la situation apparemment isolée de leur groupement. Pour l'essentiel, ces questionnaires évoquent un style d'existence sans complications mais relativement solitaire, dans de petits hameaux, des communautés religieuses et des fermes dispersées. Voici quelques commentaires représentatifs :

"Je marchais près du lac [à proximité de la ville où ce sujet habitait] pour mourir paisiblement [à l'âge de soixante-dix ans]. Après ma mort, j'eus la vision de cette scène. Il n'y avait pas grand monde. Cette vie était paisible mais solitaire."

Un autre participant écrivait :

"Le paysage était dénudé comme après un incendie de forêt ou une dévastation... Le climat est rigoureux mais agréable, chaud... Peu de monde, c'est apparemment une vie solitaire... Cela se passait dans le Saskatchewan."

Des dix rescapés ruraux qui communiquaient leurs impressions en rentrant chez eux après avoir été à l'approvisionnement, sept faisaient des remarques positives telles que "c'était propre, j'aimais ce lieu", ou "je ressens une impression de bonheur, de paix". Deux n'éprouvaient que de l'indifférence. L'un répondit seulement : "Oh-hum..." Seul l'un des quelques habitants des grottes exprima du déplaisir. Il se sentait "malheureux" en rentrant dans sa grotte solitaire au milieu d'un monde qui lui paraissait avoir été détruit par une guerre nucléaire.

Ce désespoir était exceptionnel. Le commentaire suivant, qui émane d'une jeune femme dont l'existence semblait se dérouler dans une sorte de communauté spirituelle isolée, est plus représentatif de ce que révélaient ces 27 questionnaires remplis par les ruraux de Type IV.

"Je vivais dans un bâtiment de pisé aux murs grossièrement équarris, dans le sud de l'Arizona. Nous portions de longues robes flottantes et des sandales dorées. Il y avait un marché central sous des arcades avec des maisons groupées alentour. J'éprouvais un sentiment de paix et de contentement. [Après ma mort de "vieillesse"] je sortis de mon corps en flottant avec un sentiment d'accomplissement et l'impression de savoir enfin ce que tout cela signifiait."

Priés d'indiquer les endroits où s'était, selon eux, déroulée cette existence des années 2100, les sujets de Type IV mentionnaient des lieux dispersés à travers l'Amérique du nord, l'Afrique et l'Asie, tandis qu'une âme intrépide échouait dans l'Antarctique. Cinq participants citèrent des régions des Etats-Unis dont les Black Hills du Dakota du Sud, le Montana, la Californie et l'Arizona. Quatre dirent qu'on leur montrait le centre du Canada, mais ils indiquaient que le climat de ce pays était alors plus chaud qu'aujourd'hui. Quatre autres parlaient des steppes russes de la Mongolie tandis que l'Himalaya de l'Inde et le Tibet étaient mentionnés par quatre autres. Cette liste des implantations rurales des participants de Type IV s'achève sur la mention de l'Afrique, de l'Etat d'Israël et de la "côte est de l'Amérique du Sud".

Voici deux exemples tirés des questionnaires décrivant une existence rurale de Type IV qui permettront aux lecteurs de se faire une idée du genre de conditions les plus fréquemment mentionnées par ce groupe. Le premier vient d'un atelier de Helen Wambach de 1983, et le second d'un groupe de progressions que je dirigeai à Aix-en-Provence au printemps de 1986.

"Je sais que c'est là le futur, mais c'est embarrassant parce que tout un tas de choses ont l'air de sortir tout droit d'un vieux western", ajoutait Paula au bas de son questionnaire. Alors secrétaire dans la région de San Francisco, elle s'était vue au cours de sa progression en 2100 sous l'apparence d'une jeune femme mince, aux cheveux noirs, dont les traits évoquaient un mélange des types caucasien et indien d'Amérique. Parfois pieds-nus, parfois chaussée de mocassins de cuir souple, elle portait une "longue robe ample en tissu de coton léger" qui semblait être une mousseline de teinte naturelle.

Bien qu'elle eût la certitude que son village "qui ressemble plutôt à une bourgade de la Frontière" était situé au Canada, le climat y était beaucoup plus chaud qu'aujourd'hui. L'environnement était propre et sain. Dans une clairière proche, il y avait une petite mare entourée "d'un peuplement de pins" qui se fondait dans une forêt plus vaste. Du côté opposé, on voyait des parcelles de champs labourés entre des prairies en jachère. Il semblait aussi y avoir des animaux qui broutaient.

Cette scène pastorale lui apparut tandis qu'elle se tenait dans son jardin à quelque cinquante pieds de sa maison. Cette dernière était une "hutte de dimensions confortables, construite en rondins avec une sorte de mortier entre les troncs d'arbres". Elle était précédée d'une véranda de bois brut et éclairée par deux fenêtres garnies de "vitres d'un genre ancien". Le toit était pointu. Une grosse cheminée de pierre occupait presque tout un pignon.

Pénétrant à l'intérieur quand on lui demanda de "faire l'expérience d'un moment ou elle prendrait son repas du soir", la jeune femme se retrouva dans une grande salle qui faisait office de cuisine, de salle-à-manger et de pièce à vivre tout à la fois. Une cheminée de pierre dominait tout un côté de cette pièce. Une moitié ressemblait à un foyer traditionnel, bien qu'équipé "d'une porte de métal et de verre". Un "drôle de poêle noir" était inséré dans l'autre moitié. Ce poêle métallique, qui paraissait brûler du bois et dont le tuyau s'encastrait dans la cheminée, avait aussi "un four sur un côté" ainsi qu'une surface plate pour cuisiner et "trois endroits pour les marmites" ou les poêlons.

Le repas lui-même se composait de "poisson et de quelque chose qui a un goût de beignet de pommes de terre". A la même table de bois brut étaient assis son mari, "homme blond à forte carrure", et leur fils de dix ans. Ils mangeaient dans des "assiettes qui avaient l'air d'être en étain" avec de simples ustensiles de métal — des fourchettes, des couteaux et d'assez grandes cuillers. Ce repas était "bon et même savoureux", et elle remarqua qu'ils prenaient le temps de rendre grâce avant de manger.

Quand on lui demanda d'aller faire des courses, cette fermière vit l'ensemble de la famille se rendre en charrette à cheval à un "magasin d'alimentation générale" où ils se procurèrent "des sacs de farine, du sel et un chapeau jaune vif pour me protéger du soleil". Ils réglèrent leurs achats avec une petite pièce d'or "qui portait une inscription étrangère". La rue principale du village était "un chemin de terre poussiéreux" bordé "d'autres constructions en rondins" qui abritaient divers magasins et lieux publics. Malgré son caractère primitif, cette bourgade semblait bien tenue et les gens qui s'y déplaçaient à pied ou à cheval paraissaient "actifs et prospères". Paula disait qu'elle aimait la vie qu'elle menait dans cet endroit et qu'elle se sentait heureuse et paisible en revenant vers sa hutte de rondins.

Même dans le futur, cependant, l'existence sur la frontière est dure et souvent courte. Vers la fin de la trentaine, la future Paula fut tuée par un accident de cheval en même temps que son fils, alors adolescent : "Un cheval me jeta à terre", écrivait-elle. En un éclair, la date de 2180 lui traversa l'esprit. Tout sentiment de regret à l'idée de laisser sa famille derrière elle s'évanouit dès que son esprit se sépara de son corps. Elle fit état d'une impression de "légèreté et de paix" en montant en spirale "vers la présence de Dieu" à travers une légère brume grise. Malgré sa brièveté, sa "vie avait été pleine et enrichissante, en particulier dans le sens spirituel".

Une ménagère française d'Aix-en-Provence brossa un tableau quelque peu différent d'une existence rurale se déroulant dans un endroit isolé au 22ème siècle. Elle vit ses pieds et ses chevilles nus qui paraissaient "foncés, longs et étroits" sortir d'une longue robe de couleur pâle, en partie tissée de fils d'argent. Le corps, "grand et décharné", était toutefois nettement masculin. Il paraissait âgé, comme en témoignaient ses cheveux gris et "sa barbe blanche clairsemée".

> *"Je me nomme Chalmik, écrivait-elle. Je suis quelque chose comme astrologue ou devin dans un petit village de Mongolie. Ma peau, comme celle des gens qui m'entourent, est jaune. Nous vivons sur un haut plateau où le climat est froid et sec. La steppe est continuellement balayée par un vent glacé venu de hautes montagnes qui sont relativement proches. C'est un pays de pâturages plat, mais où de grands arbres poussent ça et là."*

Prié de décrire le lieu où il habitait, Chalmik disait vivre dans une "maison basse, étalée" en briques d'argile, peinte en blanc. Elle contenait une "énorme pièce" divisée par un rideau multicolore suspendu à un fil en travers d'un angle devant une alcôve. Il partageait ce lieu avec son épouse, une "grande femme orientale aux cheveux noirs", quatre enfants qui allaient du bébé au jeune adolescent, et sa mère, âgée. Un peu plus tard au cours de sa progression, il indiqua que la mort de sa mère, de vieillesse semble-t-il, était "l'événement qui l'avait le plus touché" dans cette existence.

Ils prenaient le repas du soir en famille, assis sur des coussins bas autour d'un plateau central chargé de céréales cuites, de légumes et de fruits. Pour manger, ils se servaient de leurs doigts ou de couteaux courts en forme de poignard. Le dîner était "une affaire assez bruyante" ponctuée par les aspirations d'une sorte de "soupe ou de boisson chaude" servie dans des bols de bois, des lèchements de doigts et des discussions animées sur les activités quotidiennes. Les relations qui existaient entre Chalmik et son fils aîné étaient manifestement difficiles. Cette circonstance ajoutait une certaine tension à cette scène domestique.

Chalmik connaissait ses plus heureux moments quand il pouvait être seul dehors à scruter les cieux et à relever le trajet des étoiles et des planètes à l'aide d'un télescope portatif "étonnamment sophistiqué" installé sur un trépied. Il s'agissait là apparemment d'un legs familial, tout comme sa profession était un héritage. En fait, la querelle qui l'opposait à son fils adolescent provenait du "manque de respect" qu'affichait jeune homme pour cette tradition. L'éclair produit par la chute d'un météorite (ou était-ce un vaisseau spatial sur orbite ?) "en plein jour" éveilla un jour son attention. Plus tard, il remarqua qu'il était "relativement courant" de voir une vive lumière passer dans le ciel. Toutefois, il ne vit jamais rien atterrir près du village, et ne mentionnait aucun contact avec des extra-terrestres.

Il était possible de se procurer les choses qu'on ne faisait pas pousser ou qu'on ne fabriquait pas manuellement au village — qui semblait se consacrer surtout à l'élevage du mouton — à un bazar saisonnier en plein air. Ce dernier se tenait juste à l'extérieur d'une ville plus importante située au pied des montagnes, à une journée de marche environ. Chalmik aidé de ses deux fils échangeait des peaux de moutons tannées contre "des boutons et des outils de métal". Il tenait aussi des consultations avec des collègues astrologues, discutant du temps et de la signification de ces étranges "lumières qui tombaient" dans le ciel.

Projeté à son dernier jour de cette vie future, mon sujet français écrivait qu'une fois qu'il était dehors occupé à étudier ses chères étoiles, Chalmik sentit tout-à-coup une "douleur aiguë comme un coup de poignard dans le dos". Pivotant sur lui-même, il se rendit compte qu'il avait été frappé par son renfrogné de fils. En tombant, sa dernière pensée fut : "Quelle ingratitude, je lui laisse tout". Puis son esprit quitta son corps et s'éleva vers les cieux. Dans un éclair, il perçut que l'année 2197 était la date de sa mort.

Les compte-rendus des quatorze participants dont les récits sur les années 2100 correspondent à un schéma de survie dans un monde rural furent groupés avec six autres qui, tout en évoquant un environnement urbain, décrivaient aussi des modes d'existence du niveau de la survie — une génération ou deux, semblait-il, après qu'une catastrophe ait détruit leurs cités jadis prospères. Ces six rescapés urbains de Type IV disaient que leur vie future se déroulerait dans ce qui avait été Moscou (deux compte-rendus), le Caire (deux compte-rendus), Manhattan et Los Angeles. Ces récits étaient de loin les moins attrayants de tous ceux que nous donnèrent nos participants progressés jusqu'à la période de 2100, à l'exception, peut-être, de "l'habitant des grottes" mentionné plus haut, aux prises avec des conditions post-nucléaires. Je les gratifiai du sobriquet "d'éplucheurs de décombres" à cause des descriptions qu'ils faisaient de leur environnement et de leur mode de survie dans ce qui leur paraissait être les ruines d'une ancienne civilisation.

Pour tous les six, le climat était rude et l'environnement physique désolé. Le premier rescapé de Moscou, une femme qui faisait partie d'un atelier de Helen Wambach, fournit le compte-rendu le plus complet. C'était apparemment une femme-soldat qui portait un uniforme vert avec un numéro sur la poitrine. Elle qualifiait l'environnement de la ville de "brumeux, gris, plat, humide, presque sans vie". L'autre compte-rendu de Moscou, rédigé par un jeune Français, indiquait que le sol avait l'air "irradié, sec et pierreux". L'air sentait le croupi et il était pénible à respirer. Il vivait dans ce qu'il percevait comme des collecteurs souterrains pour l'écoulement des eaux.

Un Américain dépeignit le Manhattan de 2090 comme "dénué de vie végétale... Le haut des bâtiments était endommagé et l'on marchait sur des amoncellements de gravats, de pierres et de cailloux". Les deux compte-rendus du Caire se plaignaient de la sécheresse accablante du désert et de la morsure brûlante des vents de sable. L'un vivait dans un centre communautaire, dans le désert. L'autre indiquait qu'il y avait "très peu de survivants; il semblait qu'il s'était produit un cataclysme".

Rétrospectivement, le compte-rendu d'un homme de San Francisco qui avait l'impression de vivre parmi les ruines de Los Angeles paraît peut-être le plus optimiste des six. Voici ce que disait ce rescapé californien :

> *"Je vois des îles, peut-être ce qui reste de la Californie. Le temps est étrange, il y a des nuages, du brouillard et beaucoup de violet dans le ciel. Sur les autres îles, on voit une quantité de ruines recouvertes de végétation."*

La vie dans ces six régions dévastées n'était guère agréable non plus. Le rescapé de l'holocauste de New York se voyait :

"descendre la rue complètement seul... Mon dîner est une viande rouge avec un os et je mange dans un endroit sombre qui ressemble à un sous-sol en compagnie d'un homme qui porte une casquette et dont le visage est marbré de taches rouges... Moi aussi j'ai les mains toutes marbrées de taches rouges... L'expérience toute entière m'a laissé déprimé. Je n'ai vraiment pas envie de revenir, et encore moins de me retrouver dans un lieu détruit par la guerre comme celui-là."

Dans les taudis de ce qu'elle décrivait comme étant Moscou, la femme-soldat en uniforme vert relatait :

"La place du marché est un ensemble de bâtiments délabrés où s'entassent beaucoup de gens; nombre d'entre eux sont malades et tous sont misérablement vêtus sauf moi. Je porte une sorte d'uniforme fruste de couleur verte composé d'une chemise, d'une veste et d'une longue jupe. Il a des numéros inscrits sur la poitrine. Les bâtiments sont en briques, carrés, rouges et blancs, à trois étages. Ils paraissent très petits et ils ont des toits en pente. Je meurs à l'âge de vingt-huit ans, tuée d'un coup de fusil par mon mari. J'éprouve un sentiment d'acceptation en quittant mon corps."

L'autre rescapé de Moscou se retrouva également dans l'armée. Il décrivait son expérience en ces termes :

"J'avais un corps d'homme robuste, fortement charpenté, vêtu d'un uniforme militaire vert foncé, complété d'une casquette noire style commando. Je portais de hautes bottes noires. Ma peau était blanche. L'air était lourd et nauséabond; il faisait chaud et sec. Nous nous trouvions sous terre dans ce qui paraissait être un égout. On rencontrait surtout des hommes. Je pense que nous étions en train de fouiller la zone. J'avais la sensation que ma gorge était en feu. C'était horrible."

Ce jeune homme, qui participait à l'un de mes ateliers de 1987, fit un retour bruyant dans sa conscience de veille au beau milieu de la séance, en suffoquant et en toussant. De telles abréactions sont tout à fait inhabituelles, car on suggère à tous les participants qu'ils feront l'expérience de leur vie passée ou future comme s'il s'agissait seulement d'un rêve et non de la réalité. Dès qu'il fut complètement réveillé et de retour dans sa vie présente, sa gorge cessa évidemment de lui faire mal et il put se détendre. Il me dit plus tard que l'expérience s'était interrompue parce que l'état desséché de sa gorge lui donnait un désir incoercible de boire de l'eau fraîche.

Les deux rescapés du Caire qui venaient chacun d'un atelier différent de 1987 faisaient des descriptions moins détaillées de leurs conditions d'existence après une catastrophe. L'un d'eux, une jeune Française, se bornait à décrire l'environnement désolé et desséché en indiquant qu'il ne semblait pas y avoir "beaucoup de gens en vie". L'autre, un homme qui habitait Atlanta, fut réconforté par la lumière vive qui lui communiqua que "quoi qu'il dût arriver (il) n'avait rien à craindre". Il poursuivait en déclarant que peu de temps après il avait été exécuté d'un coup de couteau pour quelque "crime contre la communauté" qui n'était pas précisé, peut-être un acte de pillage. Il avait tout juste dix-huit ans au moment de sa mort.

L'habitant troglodyte couvert de fourrures, l'un des rescapés ruraux de Type IV déjà mentionné, relatait aussi une mort prématurée qu'il situa en 2080. Tout ce qu'il put dire du lieu où il se trouvait, c'est que c'était "quelque part aux U.S.A". La fin de son questionnaire portait le commentaire suivant :

> *"J'étais malheureux dans cette existence. Ma mort fut causée par des radiations nucléaires et je me sentis heureux de quitter mon corps."*

Bien que plusieurs compte-rendus de Type IV laissent l'impression inquiétante que ces sujets étaient les témoins des conséquences de quelque catastrophe passée qui avait ruiné la civilisation de leurs ancêtres, il me semble important de souligner que le cas que je viens de mentionner était le *seul* parmi tous ceux des deux groupes d'ateliers sur les vies futures des années 2100 à attribuer directement la mort aux effets d'une guerre nucléaire. Dans un sens, cet "élément négatif" — à savoir qu'on ne trouvait rapportée qu'une seule mort par radiation, associée au relativement petit nombre de compte-rendus qui parlent d'une dévastation matérielle de grande envergure (6 cas seulement sur 133, soit 4,5 %) — suscite de l'espoir en ce qui concerne l'éventualité d'un holocauste planétaire. Apparemment, même si ces compte-rendus ne sont qu'en partie valables, les catastrophes naturelles jointes à notre impuissance à endiguer la pollution continue de l'environnement par l'humanité fera plus de tort aux générations futures qu'aucune explosion atomique.

Ainsi donc, voilà comment le monde de 2100 apparaissait aux sujets qui participèrent à plusieurs ateliers sur les vies futures aux Etats-Unis et en France entre 1980 et 1988. De quelle façon doit-on interpréter ces données singulières ? La réponse la plus facile serait soit de n'en tenir aucun compte, soit de les traiter de pures élucubrations mentales ou de produits d'imaginations débridées. Telle pourrait bien être la réaction des intellectuels en place et des futurologues classiques dont les prévisions tendent à définir le progrès en termes uniquement matérialistes. Néanmoins, en chercheur et thérapeute qui connaît la valeur d'autres modes de perception de la réalité, je pense qu'il faut les considérer avec sérieux, ne serait-ce que comme des témoignages de la manière dont la masse concevait le futur de notre monde dans les années 80.

Quelle probabilité existe-t-il pour que se réalisent les conditions d'environnement et de vie sociale décrites par les participants aux ateliers des docteurs Wambach, Sprinkle et moi-même ? Je me réserve de procéder à une plus ample discussion des modes de perception parallèles — que sont à mes yeux ces tableaux vivants du futur proposés par les "rêves collectifs" — après la présentation des données sur la période comprise entre 2300 et 2500. Néanmoins, il est clair que plusieurs des situations prévues pour 2100 sont déjà en préparation aujourd'hui.

Par exemple, parmi les 35 sujets qui perçoivent ce que j'appellerai un environnement "de l'espace" de Type I, 52 % indiquent qu'ils vivent à bord de quelque colonie spatiale ou de quelque station placée sur orbite et 26 pour cent disent voyager autour du système solaire à bord de navettes spatiales. Or, en cette fin des années 80, les Etats-Unis et l'Union Soviétique ont déjà envoyé de nombreux astronautes dans l'espace, et la reprise par l'Amérique des lancements de navettes spatiales après la tragédie de Challenger a démontré que l'humanité va être fidèle au rendez-vous qu'elle s'était fixé avec sa famille planétaire.

De plus, dans un communiqué de presse prévu pour coïncider avec la mission réussie de Discovery en 1988, l'Amérique révéla ses plans pour la construction d'une station sur orbite d'un coût de 23 milliards de dollars, qui devrait être achevée au début de 1998 et habitée de manière permanente dès la fin de 1996. Ce projet, parrainé par les Etats-Unis et onze autres pays occidentaux, est destiné à "poser les fondements d'une colonie sur la Lune ou d'une mission vers Mars dotée d'un équipage humain". Selon le communiqué de l'Associated Press du 30 septembre 1988, la station comportera des laboratoires pressurisés "permettant aux astronautes d'effectuer leurs travaux de recherche en portant des vêtements ordinaires". Sa construction nécessitera au moins vingt-trois vols de navettes spatiales sur une période de plus de trois ans. En fin de compte, Buck Rogers pourrait bien ne pas être tellement loin ! [1]

Pour ce qui est des communautés du Nouvel Age de Type II, quelque peu isolées, il convient de rappeler qu'au cours de l'histoire humaine ce genre de retraites, perchées à l'écart au sommet des montagnes, a toujours existé. Parmi les exemples contemporains de ce mode de vie planifié, orienté vers la spiritualité, on trouve le groupe interracial de Sun Bear et de la Bear Tribe près de Spokane dans l'état de Washington, et les communautés du Nouvel Age fondées par les disciples de "Ramtha" — l'entité qui communique par le canal de J.Z. Knight — éparpillées dans tout le nord-ouest en bordure du Pacifique. Plusieurs projets semblables ont vu le jour dans le sud-ouest des Etats-Unis, dans les déserts de l'Arizona et du Nouveau Mexique où il existe d'antiques "vortex d'énergie" qui ont la réputation d'exercer une influence bénéfique (bien que je n'aie pas encore entendu parler d'un groupe qui tire sa seule subsistance de "disques énergétiques" du genre de celui qui est annoncé dans l'un des compte-rendus de Type II mentionné au chapitre précédent). Les plus importants de ces vortex d'énergie sont situés en Arizona, près de Sedona.

Un projet de communauté spirituelle particulièrement ambitieux est en cours de réalisation à Blue Mountain, très haut dans les Montagnes Rocheuses, à dix miles exactement au sud de Colorado Springs. Le médium Verna Yater, co-fondatrice de l'Institut des Sciences Spirituelles[2] dont le siège est à Santa Barbara, acheta sur un simple coup d'œil le "lotissement n° 7" en octobre 1978, car elle était déjà convaincue que c'était là un endroit sacré, placé sur d'invisibles "réseaux" énergétiques reliés au Machu Pichu et à la Grande Pyramide de Gizeh.

Située à une altitude de 8400 pieds, la parcelle de dix-sept hectares et demi est destinée à devenir un centre de retraite et de guérison spirituelle. Le Dr Yater y voit l'une des douze "citadelles sacrées" qui fourniront un refuge et une aide d'urgence aux Américains du nord lors du cataclysme inévitable qu'elle pressent pour les années 90. Déjà utilisé pour des séminaires de guérison spirituelle, le centre de Blue Mountain pourrait un jour offrir un abri à des milliers de "réfugiés". Des préparatifs sont en cours pour le doter de générateurs naturels de remplacement utilisant l'énergie

---

[1] George Gedda, "U.S. Space Station", communiqué de l'Associated Press, Washington D.C., 30 septembre 1988.

[2] NdT : Spiritual Sciences Institute.

éolienne, hydraulique et solaire, ainsi que d'abris souterrains pour protéger les habitants contre les vents de tempête prévus pour une courte période en 1995, quand la rotation de la Terre s'arrêtera et que les pôles basculeront.

Toutefois, le Dr Yater affirme avec insistance que les véritables bienfaits du Centre de Blue Mountain résident dans la guérison holistique et le travail d'élévation de la conscience qui doivent s'y accomplir dans les prochaines années. "Nous construisons ce centre sans nous préoccuper de savoir si les bouleversements planétaires prédits se produiront ou non", me dit-elle pendant une entrevue personnelle en 1988. "Il offre aux gens la possibilité de venir y étudier, d'avancer dans leur évolution spirituelle, et c'est aussi un lieu de recherche".[1]

Il est intéressant de noter qu'un sujet de Type II, au moins, se retrouva au vingt-deuxième siècle dans un centre du Nouvel Age identique, situé dans les Montagnes Rocheuses. Le centre de Blue Mountain pourrait bien se révéler comme le précurseur de tout un mode de vie qui n'est peut-être pas si éloigné dans le temps.

Il est également évident que le monde contemporain prépare déjà la voie aux technopoles moins attrayantes de Type III, ces villes closes ou souterraines édifiées dans un milieu hostile et stérile. Nous n'aurons pas besoin d'un holocauste nucléaire pour amener notre environnement planétaire au bord de la catastrophe; la cupidité individuelle et l'absence de responsabilité sociale sont suffisants pour cela, surtout s'il s'y trouve associé le désir bien compréhensible du tiers-monde d'accéder à la prospérité matérielle qui reste aujourd'hui l'apanage des seules sociétés industrielles.

Malheureusement, on constate partout aujourd'hui que les problèmes et même les catastrophes écologiques vont croissant. Dans *Our Common Future*, la Commission mondiale spéciale pour l'environnement et le développement, travaillant sous l'égide des Nations Unies, énumère six catastrophes écologiques majeures qui mirent notre santé en péril pendant la période de son exercice qui dura 900 jours (d'octobre 1984 à avril 1987). Ce furent la fuite d'un produit chimique toxique à Bhopal, en Inde, qui tua 2000 personnes et altéra la santé de 200 000 autres; l'explosion du réacteur nucléaire de Tchernobyl et ses retombées à l'échelle planétaire dont on contrôle

---

[1] Pour toute information sur les transmissions en état de transe du Dr Verna Yater et sur le centre de Blue Mountain, s'adresser au Blue Mountain Center, 2250 Little Turkey Creek Road, Colorado Springs, CO 80919, et au Spiritual Science Institute, P. O. Box 22714, Santa Barbara, CA 93121.

encore les effets chez 70 000 personnes; l'incendie de solvants chimiques à Bâle, qui causa la pollution du Rhin; l'explosion d'une citerne de gaz naturel dans la ville de Mexico qui fit mille victimes; la famine causée par la sécheresse, en Afrique, qui menaça de faire mourir de faim quelque 35 millions de gens et en a déjà tué un million au moins; et pour finir, la pollution de l'eau potable à l'échelle planétaire et l'insuffisance des réserves alimentaires qui ont causé la mort de 60 millions de gens d'après les estimations, principalement des enfants et des nourrissons, au cours de cette période de trois ans.[1]

Deux autres catastrophes naturelles latentes, mentionnées dans le compte-rendu de la commission et abondamment diffusées dans la presse au cours de ces dernières années, sont la diminution de la couche d'ozone dans la haute atmosphère et l'effet de serre résultant de l'usage abondant de combustibles fossiles qui en brûlant dégagent en excès du dioxyde de carbone et certains autres gaz, ce qui a pour effet de bloquer les radiations solaires à l'intérieur de l'atmosphère et d'entraîner un réchauffement de la surface terrestre.

La découverte récente de "trous" de plus en plus grands dans la couche protectrice d'ozone au-dessus des régions polaires signifie qu'il pénètre dans l'atmosphère davantage de rayons ultra-violets dangereux pour la peau. Si cette tendance ne se renverse pas, des dômes spécialement traités pour nous protéger du soleil, comme ceux qui sont décrits par l'un de nos sujets du Nouvel Age dans le dernier chapitre de ce livre, pourraient se révéler un jour indispensables à la poursuite des activités extérieures. La conséquence la plus alarmante de "l'effet de serre" serait la fonte, dans des proportions importantes, des calottes glaciaires des pôles, qui pourrait faire monter le niveau des océans de cinq à dix pieds. C'est plus que suffisant pour submerger toutes les villes côtières et les principaux ports de la planète. Ce pourrait être l'explication de la vision qu'eut Helen Wambach de sa nièce occupée à mesurer dans une vie future la hauteur de l'inondation sur la côte du New Jersey (mentionnée au chapitre 2).

Dans un compte-rendu de 1983, l'Agence américaine pour la protection de l'environnement[2] déclarait que "des bouleversements survenant à la fin du vingt-et-unième siècle pourraient avoir des effets catastrophiques si l'on considère le contexte du monde contemporain". Des articles qui suivirent et qui parurent dans la

---

[1] World Commission on Environment and Development, *Our Common Future*, Oxford University Press, Oxford, England, and New York, 1987.

[2] NdT : Environmental Protection Agency.

presse américaine de premier plan, comme le magazine *Times* d'octobre 1987 et le *New York Times* du 19 juillet 1988, soulignent la menace que font déjà peser aujourd'hui sur nous ces graves problèmes de pollution atmosphérique.[1]

Le pire dans ce domaine, toutefois, c'est que les considérations politiques et économiques n'ont permis de prendre que de tièdes mesures palliatives pour prévenir ces désastres écologiques. Suivant une réalité politique bien connue, les générations futures n'ont pas voix aux élections. Néanmoins, si la réincarnation existe vraiment et si les "rêves collectifs" du futur faits par nos sujets d'ateliers dépeignent bien leurs incarnations du vingt-deuxième siècle, alors peut-être nous faut-il nous demander plus précisément qui en fait va hériter de cette Terre. Quand on y songe, les tristes compte-rendus sur les technopoles de Type III constituaient la catégorie la plus nombreuse de notre étude.

En relisant et en analysant les commentaires qui portaient sur les années 2100, je fus personnellement très intrigué par les rescapés primitifs, généralement ruraux, que je groupai dans le Type IV. A moins d'un conflit nucléaire à l'échelle mondiale qui éliminerait probablement toute société humaine, comment peut-on comprendre que tant de gens voient leur "moi futur" mener un mode d'existence qui évoque celui du dix-neuvième siècle, me demandai-je. Un certain nombre de ces sujets de Type IV firent le même genre de réflexion lorsqu'ils se retrouvèrent pleinement revenus dans la conscience de veille à la fin de la séance. Plusieurs remarquèrent au bas de leur questionnaire que les conditions d'existence dont ils avaient été témoins évoquaient plutôt une vie antérieure que quelque chose qui se déroulerait plus de cent ans plus tard. Pourtant les dates qu'ils recevaient étaient uniformément situées dans le vingt-deuxième siècle et beaucoup s'accordaient à dire que les conditions climatiques n'étaient pas les mêmes. Par exemple, le Canada et le nord-ouest de l'Amérique étaient perçus comme notablement plus chauds.

Ce n'est que récemment, en tombant sur un livre où je trouvai des commentaires sur les prévisions faites dans les années 70 par le Club de Rome — groupement de scientifiques et d'économistes européens éminents — que je commençai à comprendre qu'aujourd'hui déjà se trouvent réunies les conditions requises pour produire des sociétés de

---

[1] Cité dans "Greenhouse Peril in the 1990's", *The San Francisco Chronicle*, 18 octobre 1983, p.1; voir également, "The Heat is on", *Time* magazine, 19 octobre 1987; ainsi que Philip Shabecoff, "Major Greenhouse Impact Is Unavoidable, Experts say", *The New York Times*, 19 juillet 1988, p. C-1.

Type IV. D'après le livre de Janine Delaunay, *Halte à la Croissance ?*, les chercheurs du Club de Rome ont obtenu par ordinateur douze modèles de conditions socio-économiques potentielles à l'échelle du globe pour la période comprise entre 1900 et 2100. Ces douze schémas différents — depuis le "meilleur" jusqu'au "pire" — de ce que pourrait être le monde d'ici un siècle, étaient fondés sur près de 500 critères allant de la croissance démographique et des conditions d'environnement à la productivité industrielle et agricole. Ces modèles excluaient explicitement toute éventualité de guerre nucléaire ou de catastrophe planétaire. Ils étaient uniquement basés sur des données déjà existantes, observables et factuelles, et sur des tendances prévisibles.[1]

Que nous laissent donc prévoir pour le début du vingt-deuxième siècle ces modèles scientifiques et objectifs proposés par le Club de Rome ? Le premier scénario se bornait à poursuivre les tendances en cours (celles de l'année 70). Il prédisait qu'en l'an 2000, la production alimentaire mondiale ne pourrait assurer le minimum des besoins par suite de la démographie galopante; la famine serait générale. La pénurie d'énergie et de ressources naturelles déclencherait une crise économique dans le monde entier. Au bout de trente ans, la croissance démographique commencerait à se stabiliser, car des milliards de gens n'auraient plus la force de se reproduire. A la fin du vingt-et-unième siècle, non seulement le niveau de vie moyen de l'humanité serait devenu inférieur à celui de 1900, mais le manque de ressources naturelles, d'énergie en particulier, le maintiendrait dans les conditions de 1900, ou plus bas, pour la durée de l'avenir prévisible.

D'autres schémas qui postulaient que les ressources naturelles deviendraient "illimitées" grâce aux avances technologiques, prédisaient que la pollution de l'environnement résultant du développement incontrôlé de la population et de l'industrie produiraient des dommages identiques dans les domaines sociaux et économiques vers le milieu du vingt-et-unième siècle. En 2100, une fois encore, le niveau de vie mondial aurait rejoint celui du dix-neuvième siècle. Même en réduisant les facteurs de pollution à 25 pour cent de ceux qui existaient en 1975 et en doublant la production alimentaire mondiale, l'effondrement ne se trouvait retardé que de quelques décennies. Le niveau de vie du vingt-deuxième siècle restait toujours inférieur à celui de 1900.

---

[1] Janine Delaunay, *Halte à la Croissance ?*, Editions Fayard, Paris, 1974.

Les deux seuls "scénarios" satisfaisants, dans lesquels le niveau de vie restait presque équivalent à celui du vingtième siècle, réclamaient la prise immédiate de mesures draconiennes pour : 1) stabiliser la population mondiale à son niveau de 1975, 2) stopper l'expansion industrielle et lui substituer une économie de service, 3) recycler les ressources naturelles, 4) récupérer les terres cultivables en friche et régénérer les forêts et 5) réduire la pollution de l'air et de l'eau jusqu'à vingt-cinq pour cent de son niveau de 1975.

Des contrôles socio-économiques d'une telle ampleur supposaient, évidemment, la fin de tout régime démocratique et un degré de réglementation de la vie quotidienne jusqu'ici impossibles à envisager. Le rapport concluait sur l'avertissement inquiétant que ces mesures rigoureuses elles-mêmes, si elles étaient reportées de 1975 à l'an 2000, ne suffiraient pas à empêcher un effondrement à l'échelle planétaire qui nous ramènerait à des conditions antérieures à celles de 1900. Or, comme je l'ai indiqué précédemment, il exclut tout éclatement d'un conflit nucléaire, pratiquement suicidaire, pour le contrôle des ressources encore existantes de la Terre et pour la production d'énergie. Et comme il remonte aux années 1970, il n'inclut pas l'impact d'épidémies générales débilitantes comme le SIDA ou de nouvelles explosions de grippe ou de rougeole.

Ce tableau indiscutablement sombre de la vie au vingt-deuxième siècle, dans certaines parties du monde au moins, signifie-t-il que nous devions nous diriger demain vers des abris anti-atomiques, le Groenland ou les Montagnes Rocheuses ? Faut-il évacuer immédiatement Manhattan, Moscou et Los Angeles ? Le moment est-il venu de suivre l'exemple des Mormons et de placer sous notre lit ou dans le grenier des réserves de nourriture pour une année ? *Bien sûr que non.*

Même si les paramètres semblent posés pour que se produise un effondrement soudain du niveau de vie sur la Terre, et probablement de sa population, au cours du prochain siècle, de nombreux éléments affectant la datation et la nature des événements responsables de ces effets restent modifiables par une action consciente et des choix personnels différents. Toutes les communications de médiums (channels) contemporains, de même que les messages de la Vierge Marie lors de ses apparitions à Fatima et récemment à Medjugordje, en Yougoslavie, soulignent le caractère conditionnel des situations futures. Parce que "le mental est toujours le constructeur", comme nous le rappelle Edgar Cayce, les clés de ce qui va advenir se trouvent dans nos pensées et nos actes d'aujourd'hui.

C'est pourquoi, au lieu de nous mettre aveuglément en quête d'endroits où nous serions soi-disant à l'abri des cataclysmes naturels annoncés, ou d'essayer d'oublier en recourant à la drogue, à l'alcool ou à d'autres formes d'échappatoires stériles, joignons plutôt nos efforts pour élever les hommes à la conscience de leur véritable identité immortelle et spirituelle sur la planète toute entière. Commençons *dès à présent* à prendre la responsabilité personnelle de notre environnement mental et physique immédiat. Recommençons à "marcher avec douceur sur le dos de notre Mère la Terre", comme le suggèrent les Hopis.

La prière et la méditation pratiquées individuellement ou de manière collective, à condition d'être poursuivies avec sincérité et diligence, peuvent accomplir des miracles. Des preuves en ont été données tout au long de l'histoire humaine dans les périodes de crise. Ce miracle peut et va se produire encore aujourd'hui si des milliards de gens rassemblés veulent se donner la main pour construire un avenir commun positif, et surtout pour empêcher un holocauste nucléaire qui me paraît être assurément le plus mauvais moyen de résoudre les nombreux problèmes actuels de notre planète !

Comme nous allons le voir dans les deux chapitres qui suivent, les compte-rendus des sujets qui progressèrent jusqu'aux vingt-quatrième et vingt-cinquième siècles (c'est-à-dire entre 2300 et 2500) brossent un tableau plus gai de l'avenir moins proche de l'humanité. Ces compte-rendus révèlent que deux ou trois siècles après 2100, l'espèce humaine paraît s'être enfin affranchie des limites du système solaire tout en améliorant nettement la qualité de la vie sur la Terre. Près de la moitié des sujets de 2300 relatent des existences passées à explorer de nouveaux mondes dans l'espace extérieur. Presque tous les autres décrivent leur vie sur une Terre régénérée et florissante. Néanmoins, la majorité d'entre nous sera toujours apparemment en train de prendre de longues vacances à l'écart de la réalité physique et du temps linéaire, car 12 pour cent seulement des participants se virent revêtus d'un corps physique d'ici 300 ou 400 ans.

— VII —

Visions des années 2300 et au-delà.

Première partie : La vague de migrations.

Comparées aux conditions qui semblaient régner au vingt-deuxième siècle, l'avenir s'annonce meilleur pour l'humanité après 2300, si l'on en croit les "sondages du subconscient" pratiqués par Helen Wambach et moi-même. Le premier signe en est le nombre beaucoup plus grand de sujets qui se retrouvèrent "en vie" à cette époque. Parmi les 2500 individus environ qui participèrent aux ateliers de 1980-1984 dirigés par Helen Wambach, R. Leo Sprinkle et moi-même, il n'y en avait que 98 à fournir des données sur des existences se déroulant aux alentours de 2100, et parmi leurs compte-rendus 79 seulement étaient assez complets pour pouvoir être comparés. Ces rapports ainsi que ceux de mes ateliers de 1986-1988 ont été analysés au chapitre précédent.

En ce qui concerne la période des années 2300 toutefois, ces mêmes ateliers de 1980-1984 nous donnèrent 273 sujets qui s'y retrouvaient dans un corps physique, plus 10 autres qui se disaient vivants dans une sorte de "corps d'énergie" dépourvu de sexe et de la plupart des autres caractéristiques que nous associons à la conscience de la vie matérielle. Ce total de 273 compte-rendus représente un pourcentage de près de 11,5, soit plus du double du chiffre obtenu pour les années 2100. Parmi ces 273 cas, je pus en utiliser 258 pour procéder à l'analyse de la proportion des sexes qui va suivre (les 15 autres étant par trop incomplets). Je leur ai adjoint 12 compte-rendus sur les années 2300 à 2500 qui proviennent de mes propres séminaires de 1986-1988 lesquels, comme je l'ai indiqué au chapitre 5, étaient centrés sur la période des années 2100. Ces douze cas plus récents comprennent huit sujets français, tous les autres sont américains. Je disposais donc de 270 cas pour procéder à une étude comparative des sexes portant sur l'époque actuelle et sur le monde futur.

Le tableau 7-1 donne la proportion des sexes pour ces 270 cas en ce qui concerne la période qui suit 2300.

On voit immédiatement d'après ce tableau qu'une fois de plus la proportion actuelle des sexes est fortement déséquilibrée en faveur des femmes qui participaient à l'atelier. Comme pour les années 2100, 80 pour cent des sujets qui se retrouvèrent en vie au 24ème siècle et au-delà sont aujourd'hui des femmes. Ceci est simplement dû au fait que les femmes participèrent en beaucoup plus grande proportion aux ateliers de Helen et aux miens. Cette situation s'est répétée régulièrement tout au long de notre recherche sur les vies antérieures et sur les vies futures. Elle reflète les attitudes sociales contemporaines à l'égard de ces questions.

Cependant, lorsque nous prîmes connaissance des vies futures de 2300, nous découvrîmes une fois de plus que comme pour les années 2100, l'indication des sexes s'oriente vers la proportion de 50/50, qui semble être une constante humaine universelle. Ainsi, pour ce lot de 270 sujets, 135 — soit exactement la moitié — se retrouvèrent dans des corps masculins. L'autre moitié se répartissait en une grande majorité de femmes (42 % de l'échantillon total) et une poignée (6,7 %) qui appartenaient à un "troisième sexe", c'est-à-dire qui étaient dotés de corps apparemment androgynes. Cet échantillon plus nombreux confirme donc les observations rapportées dans le chapitre 5 sur les 144 cas qui concernaient la période des années 2100 (voir le tableau 5-1 p. 170).

Une deuxième tendance positive par rapport aux années 2100 concerne la durée moyenne de vie révélée par les 174 questionnaires pour la période des années 2300. Près des deux-tiers (64 %) des 270 sujets indiquaient l'âge et la cause de leur mort. Il en ressort que la durée moyenne de la vie passe de 66,2 ans qu'elle était dans les années 2100 à 73,1 ans pour l'époque 2300. On aurait atteint le chiffre de 76,7 ans si l'on avait soustrait les 28 cas de mort liée à la vie dans l'espace. Comme on peut s'y attendre, la vie des équipages de navires spatiaux et du personnel de stations spatiales était plus courte (54,3 ans) que celle de tous les autres groupes vivant à cette époque du futur. Le tableau 7-2, qui présente une liste de ces groupes en prenant pour base l'environnement, donne les durées moyennes de vie des 174 cas rapportés. Seuls les sujets vivant dans les communautés du "Nouvel

Age" de Type II et les sujets de Type V "Au-delà de 2600" connaissent des longévités supérieures à celles qu'on trouve couramment dans nos sociétés occidentales industrialisées.

Tableau 7-1. Les années 2300 et au-delà : Proportion des sexes

Sexe	Aujourd'hui	En 2300
Masculin	53	135
Féminin	217	118
Androgyne	—	17
Total	*270*	*270*

De même que pour le vingt-deuxième siècle, les indications sur la durée de leur existence et sur les diverses causes de leur mort future recueillies auprès des sujets progressés jusqu'en 2300 et au-delà composaient un large éventail. L'âge des décès, pour ce groupe, allait de 25 ans seulement (deux cas : un accident sur un vaisseau spatial et un accouchement) à celui d'un moine de 2700 qui disait que son "corps était usé". Je n'ai pas inclus dans ces statistiques douze cas exceptionnels qui provenaient tous de sujets de Type Ic habitant des planètes ("hors système solaire") qui disaient soit tout simplement qu'ils ne mouraient pas mais transmuaient leur énergie corporelle en lui faisant prendre une autre forme, soit qu'ils vivaient 2000 ans ou plus (deux cas). De toute évidence, si les données de ces deux derniers sujets avaient été ajoutées aux autres, la moyenne de l'espérance de vie aurait été considérablement augmentée (atteignant 101 ans). Elles paraissaient néanmoins trop diverger de ce qu'on trouvait dans la grande majorité des compte-rendus pour pouvoir servir dans une étude comparative.

La cause de décès la plus fréquemment mentionnée sur les 178 questionnaires qui fournissaient cette information était la maladie. Des affections diverses allant des "maladies radioactives" (deux cas, dont l'un dans l'espace) à la crise cardiaque (dix cas) représentaient environ un tiers des causes de décès (54 cas, soit 30 %). Immédiatement après, on trouvait 50 cas (28 %) où les sujets indiquaient qu'ils choisissaient délibérément de quitter leur corps physique. La majorité de ces départs volontaires se rencontraient chez des sujets âgés de plus de quatre-vingts ans avec une exception, celle d'un sujet de 45 ans qui disait qu'il était "temps d'apprendre quelque chose de nouveau", et d'un autre de 39 ans qui déclarait : "Il est temps de partir !". Comme dans les compte-rendus sur les années 2100, nombre de participants qui se retrouvèrent en vie en 2300 et au-delà témoignaient en abordant la dissolution de leur forme physique d'une sérénité et d'une ouverture très éloignées de l'attitude contemporaine.

Chez 34 autres sujets (19 %) parmi les 178, on trouvait mentionnée la vieillesse, ou l'on rencontrait des indications du genre : "Je n'ai plus aucune énergie" ou "Je suis mort en dormant". La moyenne d'âge de ces anciens était de 86,2 ans. Cependant, un sujet qui vivait sur une station spatiale tournant sur orbite autour du Soleil faisait l'observation que sa mort "de vieillesse" à l'âge de 46 ans n'avait rien d'exceptionnel, car dans l'espace "tout le monde meurt jeune; le corps s'use tout simplement". Comme je l'ai noté précédemment, l'espérance de vie des équipages de navires spatiaux et des habitants de stations de l'espace était la plus courte parmi les groupes des années 2300.

Les accidents et la violence sous diverses formes constituaient les dernières causes de décès énumérées par les sujets vivant en 2300 (22 %). Là encore, la vie dans l'espace apparaissait comme beaucoup plus périlleuse que celle qui se déroulait sur la Terre ou sur des planètes situées en dehors de notre système solaire. Les accidents de l'espace représentaient la majorité (56 %) des trente morts accidentelles mentionnées. L'âge moyen des victimes n'était que de 33,3 ans. Les dix morts violentes étaient dues à des meurtres (par balle, coup de couteau, etc.) et à trois exécutions dont une par une piqûre mortelle et une autre par une arme du genre "rayon laser". Deux sujets relataient qu'ils avaient trouvé la mort dans des combats tandis qu'un pilote de navire spatial semblait s'être suicidé. Dans son compte-rendu, il disait qu'il était mort en "plongeant son navire dans le Soleil" délibérément, peut-être pour éviter d'être capturé par l'ennemi.

Il est intéressant de noter qu'on ne trouvait pas relatées de morts violentes sur les planètes extérieures à notre système solaire, ni dans ce qui apparaît comme deux types de communautés du Nouvel Age en développement sur la Terre. Comme dans les compte-rendus de 2100, on rencontrait le plus grand nombre de morts violentes (six cas, soit 17 pour cent de la totalité du groupe) dans la version 2300 des technopoles futuristes à dômes de Type III (appelées Type IIIa). Tout comme les conditions dans lesquelles se retrouvèrent plongés certains sujets au lendemain de futurs affrontements militaires (Type IVb), l'environnement urbain clos décrit par les participants de Type III dans chacune des deux périodes futures paraît constituer le scénario le moins agréable et le plus violent de tous ceux qui furent entrevus dans nos ateliers.

Après avoir déterminé le pourcentage des sexes et établi des statistiques sur l'âge moyen des décès et leurs causes, je décidai de procéder à l'étude de l'environnement dans lequel les sujets disaient passer leur vie future. A la différence de la période allant de 2100 à 2250, qui était relativement courte, je découvris que celle des années "2300 et au delà" était beaucoup plus étendue. Aussi, pour rendre l'étude comparative aussi probante que possible, j'éliminai la douzaine de compte-rendus qui indiquaient des dates postérieures au vingt-sixième siècle et les groupai dans une catégorie à part. Il y avait aussi sept questionnaires sur 2300 où les sujets avaient été incapables de se rappeler aucun détail de leur vie future en dehors de leur sexe. Mettant de côté ces dix-neuf questionnaires, ainsi que les dix qui parlaient d'une autre forme de vie dans un "corps d'énergie", je me retrouvai en possession de 251 compte-rendus destinés à être classés d'après l'environnement.

Le tableau 7-2 donné ci-dessous, présente une liste des groupes que je réussis à discerner parmi les 251 questionnaires en les examinant avec plus d'attention.

Comme on peut le voir sur ce tableau, les principales catégories d'environnement indiquées pour les années 2100 se retrouvent aussi au vingt-quatrième et au vingt-cinquième siècles. Néanmoins, on remarque d'importants changements. Pour faciliter au maximum les comparaisons entre ce chapitre-ci et celui qui le précède, j'ai utilisé les mêmes chiffres romains pour les Types I à IV qui représentent les mêmes catégories, tout en divisant en deux sections les Types III et IV pour plus de clarté. Le présent chapitre est consacré à l'étude des sujets de Type I, ceux de la "vague de migrations" dans l'espace. Les sujets des Types II à IV qui se sont retrouvés en vie sur la Terre seront étudiés dans le prochain chapitre.

Du fait que la société humaine se trouve en pleine évolution pendant cette période, et en particulier en plein essor vers l'espace interstellaire, j'ai également subdivisé en trois l'ensemble des sujets de Type I. C'est ainsi que le groupe de Type Ia ("De l'espace") compte 56 sujets qui disaient vivre soit à bord d'un engin spatial, soit sur des stations tournant en orbite autour du Soleil. Le Type Ib (Colonie spatiale du système solaire) rassemble les 13 compte-rendus qui décrivent la vie dans des colonies de l'espace situées sur d'autres planètes de notre système solaire, y compris la Lune. Les 40 compte-rendus de Type Ic contiennent des descriptions de la vie sur des "planètes hors système solaire" apparemment éparpillées à travers toute la galaxie.

Tableau 7-2. Groupes des années 2300 à 2500

Catégories	Hommes	Femmes	Andro-gynes	Total	AMD(1)
Ia De l'espace	32	20	4	56	54,3
Ib Colonie spatiale du système solaire	8	5	0	13	65,8
Ic Planète hors système solaire	18	20	2	40	62,2
	—	—	—	—	
Total hors de la Terre	*58*	*45*	*6*	*109*	*59,2*
II Nouvel Age	14	38	0	52	99,6
IIIa Techn. avancée	18	10	8	36	56,7
IIIb Techn. avancée évolués	12	6	2	20	70,9
IVa Ruraux	12	12	0	24	59,8
IVb Survivants	8	2	0	10	71,8
	—	—	—	—	
Total sur Terre	*64*	*68*	*10*	*142*	*74,3*
Total général	**122**	**113**	**16**	**251**	**69,2**
V Au-delà de 2600	9	2	1	12	152,1

(1) Age Moyen du Décès

Les 109 questionnaires des sujets qui se retrouvèrent en dehors de la Terre représentent près de la moitié de l'échantillon total sur les années 2300 (44 %) Ce pourcentage est pratiquement le double de celui des compte-rendus de Type I pour les années 2100 (26 %). Qui plus est, il n'y avait en 2100 que deux rapports "hors système solaire" à décrire les conditions de vie futures à bord d'un vaisseau spatial intergalactique. Tout-à-coup, après 2300, apparaissent littéralement des dizaines de compte-rendus d'hommes et de femmes qui font l'expérience de modes d'existence variés sur des planètes lointaines aux noms insolites d'Alpha, Centor ou Zert. Un sujet disait que le lieu où se déroulait sa vie future n'était connu que sous l'appellation de "Galaxie 28975".

Ces compte-rendus semblent prouver qu'il y aura une vague de migrations d'êtres humains à travers le cosmos pendant l'éclosion de l'âge du Verseau. On ne perçoit pas tout à fait clairement s'il s'agit d'un exode d'âmes réincarnées enfin libérées de l'apprentissage terrestre ou d'une conquête de l'espace, genre science-fiction, effectuée par des êtres humains en possession d'un corps physique. Mais d'après la nature des compte-rendus, qui pour certaines de ces existences à venir évoquent des comportements humains aussi caractéristiques que la violence et la guerre, la seconde hypothèse est la plus probable. A coup sûr, la colonisation de l'espace dans les limites de notre système, telle qu'on la trouve décrite par les sujets de Type Ia et Ib, est réellement et matériellement envisageable à cette époque du futur. Et l'un au moins des compte-rendus qui émanent de l'espace interstellaire laisse entrevoir la possibilité de contacts physiques entre la Terre et des civilisations humaines occupant des planètes situées au-delà de notre système solaire. A la question posée sur le contact avec la lumière vive, une femme qui participait à l'un des ateliers du Dr Leo Sprinkle répondait :

> *"Je m'appelais 'Tia' et j'habitais dans une énorme pyramide dorée sur une île de la taille d'un continent [d'une planète extérieure à notre système solaire]. Un jour, un vaisseau atterrit dans le centre de l'île. Des êtres étrangers venus de la Terre en sortirent. J'étais désolée pour eux car ils avaient essuyé une forte bourrasque."*

Une autre personne, qui faisait partie d'un des ateliers de Helen Wambach, faisait la remarque qu'à son sens le dénominateur commun entre la Terre et les autres planètes civilisées était la présence d'arbres. Sur son questionnaire portant sur les années 2300, elle écrivait :

> *"J'avais l'impression que les arbres étaient d'une certaine façon reliés à l'espace extérieur. Il avait été prouvé scientifiquement que les arbres jouaient le rôle de transmetteurs à partir de la Terre vers d'autres planètes et ils étaient maintenant vénérés. En conséquence, on avait cessé d'en abattre et on utilisait des matériaux synthétiques pour la construction et le chauffage."*

De la même manière, 44 participants sur les 142 qui étaient revenus sur Terre au cours de la période située entre 2300 et 2500 rattachent la vision de vaisseaux spatiaux à leur expérience de la “lumière vive et brillante”. Six d’entre eux, dont quatre habitants de technopoles et deux habitants ruraux, spécifiaient que ces vaisseaux leur apportaient de l’approvisionnement. Sept autres questionnaires provenant de Terriens font état de rencontres avec des extraterrestres. La plupart de ces contacts semblent avoir eu un caractère positif, les êtres venus d’ailleurs dispensant des connaissances techniques avancées ou une sagesse spirituelle. Un compte-rendu représentatif déclarait que ces rencontres faisaient “partie du quotidien”.

Il y avait une femme pourtant qui disait se sentir mal à l’aise en présence d’un “être étrange et menu”, et un homme qui mentionnait qu’il “n’aimait pas” certains visiteurs non humains rencontrés dans sa salle à manger communautaire. Aucun des sujets qui donnaient des indications sur les années 2300 ne précisait l’origine des extraterrestres, bien qu’un compte-rendu sur les années 2100 mentionnât un contact avec des humanoïdes venus de la constellation des Pléiades.

Il convient d’observer ici que tous ces témoignages sur ces “rencontres du troisième type” étaient spontanés. Nous n’avons jamais posé à nos sujets de question spécifique sur des rencontres avec des extraterrestres pour éviter d’implanter ce genre de suggestion dans leur esprit. De plus, comme le programme de l’atelier leur offrait le choix entre régresser dans une vie antérieure ou avancer jusqu’à une vie future, Helen et moi pensions que les questions devaient être assez générales pour s’appliquer à toutes les époques.

Si les rencontres avec des extraterrestres étaient relativement rares, par contre la navigation dans l’espace était fréquemment mentionnée. Comme je l’ai déjà dit, près de la moitié des participants qui se retrouvèrent en 2300 décrivaient des existences qui se déroulaient ailleurs que sur la surface terrestre. Et même parmi ceux qui demeuraient ici-bas, une moitié environ présentait l’arrivée ou la vue d’un engin spatial comme un événement quotidien. Cela n’avait rien d’extraordinaire. Comme pour les compte-rendus sur les années 2100, seuls les sujets qui se virent dans des communautés rurales de Type IVa semblaient coupés d’une civilisation humaine qui en 2300 s’étendait bien au-delà des limites de la Terre. Mais même parmi les vingt-quatre “ruraux” de Type IVa qui vivaient dans un environnement campagnard, deux recevaient de l’approvisionnement d’un vaisseau spatial, et trois autres disaient qu’ils se servaient d’une “voiture volante” ou d’un aéroglisseur pour aller faire leurs achats.

Les sujets les plus concernés par l'espace étaient naturellement ceux qui vivaient et travaillaient soit à bord de vaisseaux spatiaux soit sur des stations circulant en orbite autour du Soleil. Ils sont groupés dans le tableau 7-2 sous la désignation : Type Ia "De l'espace". Les 56 questionnaires de Type Ia représentent près d'un quart (22 %) des 251 cas. La moitié d'entre eux (28) donnaient l'âge de leur mort. Le plus jeune (qui à l'époque de l'atelier était une enseignante française de 42 ans) indiquait qu'en 2340, à l'âge de 25 ans, il trouvait la mort dans une violente collision entre deux vaisseaux spatiaux au large de la planète "Xenon"; le plus âgé (qui aujourd'hui se trouve être une ménagère américaine) disait qu'il décidait de quitter son corps physique à l'âge de cent ans. La durée moyenne de vie des sujets de Type Ia n'était que de 54,3 ans. Même dans le futur, selon toute apparence, l'espace reste un environnement hostile aux êtres humains.

Pour la commodité de l'analyse, ces sujets "de l'espace" peuvent être associés aux treize habitants de "colonies spatiales du système solaire" de Type Ib qui se retrouvèrent sur des colonies de l'espace encapsulées situées sur d'autres planètes de notre système solaire, y compris la Lune. Si l'on peut ajouter foi aux informations fournies par les participants à nos ateliers, aux environs du vingt-sixième siècle la race humaine aura établi des colonies habitées, destinées à la recherche, sur plusieurs planètes dont Mars (3 cas), Vénus (2 cas), les astéroïdes (2 cas), Uranus ou l'une de ses lunes (un cas), Pluton (un cas) et la Lune (quatre cas).

Aucune de leurs descriptions toutefois ne semble indiquer une migration massive de l'homme vers les autres planètes qui tournent autour de notre Soleil. Apparemment, l'environnement inhospitalier de nos voisines planétaires les rend à tout jamais impropres à la vie dans des corps physiques humains. C'est pourquoi douze des treize sujets de Type Ib spécifiaient que leur environnement artificiel, qui recréait les conditions de la Terre et dans quatre cas comprenait des arbres, était protégé par un immense dôme.

La durée moyenne de vie des résidents de ces colonies de l'espace était de 65,8 ans. Le plus jeune indiquait qu'il était "tout juste temps de partir" à l'âge de 44 ans (colonie sur Pluton), tandis que le plus âgé mourait paisiblement de "vieillesse" à l'âge de 85 ans dans un jardin intérieur après une existence satisfaisante de scientifique écoulée sur la planète Mars. Cet homme, actuellement une femme de la Californie qui participait à l'un des ateliers dirigés en 1983 par Helen Wambach, décrivait en ces termes sa future existence martienne :

"Je m'appelais 'Jabal'. J'étais astronome. Il n'y avait que très peu de gens dans cette ville entourée de verre qui servait principalement à abriter un observatoire. Ma plus forte impression fut l'amour profond que je portais à ma femme [dans cette existence; l'identité actuelle de cette personne reste inconnue]. Elle mourut environ vingt ans avant moi et je ne me remariai jamais. Je vis l'année 2364 indiquer la date de ma mort."

Quand on lui demanda d'abaisser le regard sur ses mains et ses pieds, Jabal remarqua qu'il portait "des bottes souples et brillantes ornées de rabats à mi-hauteur des mollets". Elles étaient munies de semelles anti-dérapantes et n'avaient pas de talons. Ces bottes étaient de toute évidence conçues pour être portées à l'intérieur, de même que sa "tunique soyeuse sans ceinture" dont les plis retombaient un peu sur le bout de ses bottes. La couleur en était bleu lavande, ou lilas. Cette tunique claire, d'une seule pièce, contrastait avec son épiderme d'un brun basané et sa "chevelure négroïde courte et frisée". C'était un homme de faible corpulence aux longues mains étroites. A son annulaire gauche, on remarquait une "grosse bague ornée d'une pierre de lune".

C'est de la fenêtre de son observatoire que Jabal jeta un premier regard sur son environnement martien du vingt-quatrième siècle. Le paysage qui s'étendait derrière ses murs protecteurs était "rouge, rocheux et dénudé". Mars ressemblait à un désert de couleur rouille. Le ciel était d'un violet soutenu et plusieurs étoiles et planètes brillaient d'un vif éclat dans l'atmosphère raréfiée, même dans la pleine lumière de l'après-midi. L'endroit était idéal pour un observatoire.

Le repas du soir était pris dans une salle à manger à usage collectif. Jabal le décrivait comme un "ragoût nourrissant" mangé à l'aide d'une cuiller à soupe de porcelaine "blanche, semblable aux cuillers chinoises". Son épouse Rima, "petite femme orientale à la voix douce", et quelques dignitaires de la ville étaient assis à la même table. D'autres membres du personnel de l'observatoire et de la base mangeaient non loin de là. La population totale de cette colonie ne devait pas excéder deux douzaines de personnes. C'était une existence "tranquille, paisible", passée "essentiellement en compagnie de scientifiques et d'autres savants" qui résidaient là. Il y avait très peu d'enfants. En fait, la naissance de son propre enfant sur Mars fit dire à Jabal que c'était "l'événement le plus important de cette existence".

Les aliments essentiels qui ne pouvaient être produits ou préparés à l'intérieur du dôme étaient acheminés par des cargos de l'espace. On envoyait de petits véhicules qui se déplaçaient sur coussin d'air, "pareils aux petites navettes de *La Guerre des Etoiles*", pour aller les chercher. Des éléments muraux informatisés distribuaient ce qui avait été commandé. Une carte de crédit enregistrait le paiement. Jabal ne disait pas voir l'équipage du vaisseau. Peut-être l'opération toute entière était-elle automatisée ?

La colonie possédait réellement un "jardin intérieur" où l'on pouvait faire pousser des fruits, des légumes et des fleurs. C'est en se promenant dans cette unique zone de verdure, son corps frêle de quatre-vingts ans "soutenu par une canne", que Jabal fut victime d'une crise cardiaque. Mais l'incident ne fut pas traumatisant; il éprouva uniquement une sorte d'intérêt "détaché" vis-à-vis de ce qui se passait. L'esprit se sépara simplement du corps et l'expérience de cette vie prit fin. Le sujet vit l'année 2364 comme étant celle de sa mort.

L'expérience de vie paisible, savante, de Jabal sur Mars ressemblait en plusieurs de ses aspects — le dîner en commun et l'approvisionnement automatisé par exemple — à celles que décrivaient les autres sujets qui vivaient dans l'espace à cette même époque, bien que le genre de tunique sans ceinture qu'il portait fût inhabituel. En fait, la plupart des 69 questionnaires "de l'espace" de Type Ia et des "colonies spatiales du système solaire" de Type Ib évoquaient des styles de vie remarquablement semblables — si l'on se fonde sur les réponses aux questions sur l'habillement, l'alimentation, l'organisation des repas, les modes d'approvisionnement et de paiement.

Par exemple, 84 pour cent (58) de ces sujets se voyaient porter un uniforme ou une combinaison serrés, d'une pièce, généralement brillants ou d'aspect métallique. Les associations de couleurs le plus souvent mentionnées étaient l'argent et le bleu. Parmi les autres descriptions, on notait une "combinaison de vol de couleur sombre", "une étrange combinaison en tissu élastique, métallique mais doux" et "un uniforme spatial noir et argent orné d'une comète d'argent sur la poitrine". Un tiers environ des sujets indiquait que cette combinaison moulante, d'un seul tenant, englobait les pieds. Les autres sujets disaient porter des bottes "métalliques" indépendantes mais assorties. Plusieurs faisaient ce commentaire que leur vêtement était étonnamment chaud et confortable malgré son aspect métallique.

Un seul sujet de ce groupe (Jabal) avait un vêtement flottant, drapé, tandis que neuf autres (13 %) portaient des tuniques courtes retenues par une ceinture, parfois par-dessus de longs pantalons, et des bottes ou des sandales de cuir ou de plastique pour l'intérieur. Un dernier sujet se voyait dans un costume plus conventionnel comportant un pantalon marron en gros velours côtelé. Lors d'une visite à la colonie spatiale de "Phobos", la lune de Mars, il portait également d'épaisses bottes de cuir.

Priés de décrire un repas du soir type, 57 % des participants disaient que leur nourriture consistait en liquides, en pilules de vitamines ou en aliments synthétiques tout préparés. Six membres de différents équipages de vaisseau spatial mentionnaient spécifiquement une sorte de "comprimé énergétique" qu'ils prenaient avec de l'eau. Plusieurs compte-rendus indiquaient soit que l'on n'accordait pas beaucoup d'importance à la nourriture ("ça n'était pas une grande affaire"), soit qu'ils la trouvaient "fade". "Je n'avais pas l'impression de faire un repas" disait un habitant d'une station spatiale qui buvait des liquides en guise de nourriture. Une femme indiquait que ce qu'elle mangeait ressemblait à une "omelette de nutri-système à la poudre d'œufs". Un homme de l'espace toutefois se vit écraser en purée quelque chose de "probablement synthétique" qu'il trouvait "très savoureux".

Néanmoins, 23 sujets (41,8 %) disaient aussi que divers fruits et légumes figuraient à leur menu, parfois en même temps que des aliments industriels ou des pilules de vitamines. Sept autres (13 %) indiquaient qu'ils mangeaient de la viande, généralement cuisinée en ragoût ou à la cocotte. Deux habitants d'une station spatiale découvrirent même du vin sur leur table. Après tout, l'existence sur orbite ne sera peut-être pas si désagréable !

Quant à l'organisation des repas et de la vie en général, près des deux-tiers (64 %) des 55 sujets de Type Ia et de Type Ib qui donnèrent une réponse dans ce domaine disaient partager les locaux communautaires destinés aux repas avec des gens qui n'étaient pas de leur famille. Un habitant d'une station spatiale qui décrivait un repas type remarquait : "Nous sommes nombreux à manger à une longue table". On lisait sur le compte-rendu d'un sujet qui se trouvait sur un vaisseau spatial : "Je suis en train de manger avec deux autres membres de l'équipage - un noir et une blanche". Vingt-cinq autres pour cent de ces habitants "de l'espace" disaient qu'ils mangeaient seuls. Sept pour cent seulement se retrouvèrent en train de manger uniquement en famille (avec leurs époux, enfants, frères et sœurs). Tous faisaient partie des 34 résidents permanents de la station spatiale.

Ces chiffres n'ont rien de surprenant puisqu'un tiers du groupe total (22 cas sur 69) étaient des membres d'équipage de vaisseaux spatiaux. Il est intéressant de remarquer qu'aucun des sujets qui vivaient dans les colonies planétaires encloses ne mentionnait non plus qu'il était uniquement entouré des membres de sa famille. Tous ceux-ci mangeaient soit seuls (45 %) soit en commun (55 %). Cependant, si le témoignage qu'a donné Jabal de sa vie sur Mars est véridique, les liens familiaux essentiels conserveront leur importance dans les années 2300, du moins pour certains résidents de colonies spatiales. D'une manière générale, cette donnée laisse à penser que la vie familiale telle que nous la concevons aujourd'hui ne sera guère représentée parmi les explorateurs de l'espace des vingt-quatrième et vingt-cinquième siècles. Elle semble surtout développée chez les habitants permanents de stations spatiales.

Comme je l'ai déjà indiqué, quand on leur demandait de décrire les bâtiments qui les entouraient presque tous ces voyageurs de notre système solaire (mis à part les équipages de vaisseaux spatiaux) déclaraient que leur environnement contrôlé était enfermé à l'intérieur de sortes de dômes. Quant à l'architecture elle-même, 34 personnes la dépeignaient comme "futuriste" ou "élevée, ultra-moderne" avec une prédominance de structures préfabriquées en plastique et en verre. Six des 34 compte-rendus provenant de stations spatiales (18 %) comparaient ces dernières à d'énormes roues dotées d'un moyeu central et de rayons tubulaires. D'autres (24 %) mentionnaient des pièces coulées à l'avance en béton ou en un matériau translucide. Quatre sujets rapportaient qu'on voyait des lancements de fusées à l'extérieur du dôme où ils vivaient.

Une série de questions conçues par Helen pour obtenir des informations sur les moyens de transport et les systèmes socio-économiques du futur proposait aux participants sous hypnose de sortir de chez eux pour aller chercher de l'approvisionnement. Cinquante des sujets "de l'espace" y répondirent. Priés de décrire la manière dont ils se déplaçaient, la moitié d'entre eux — pour la plupart du personnel de station spatiale — disaient simplement qu'ils se servaient d'un engin spatial. Parmi les autres, dix-neuf sujets (38 %) disaient qu'ils se déplaçaient à pied, tandis que cinq (10 %) empruntaient un genre de trottoir mécanique ou de tapis roulant. Un habitant de l'espace entra dans une salle de dématérialisation (comme on en voit dans la série *Star Trek*) et se trouva immédiatement transporté à destination. Pour lui, voyager dans le futur se résumait à dire : "Téléporte-moi, Scotty !" Comme on peut s'y attendre chez des gens dont la vie semblait se dérouler à bord d'un vaste engin spatial, à l'intérieur d'une station ou dans une colonie enclose, la plus grande partie de l'approvisionnement provenait soit des entrepôts de la communauté (24 %), soit de dépôts (19 sujets, ou 38 %). Cinq de ces derniers disaient que dans la réserve ils étaient servis par une sorte de distributeur automatique et non par des employés humains. L'observatoire martien de Jabal, par exemple, était équipé “d'un distributeur métallique informatisé” qui lui fournissait “les couvertures en mylar” dont il avait besoin. Parmi d'autres moyens d'approvisionnement, on trouvait “des vaisseaux spatiaux” (24 %) la télékinésie (quatre cas, soit 8 %) et “des jardins hydroponiques” (2 %). Une personne se faisait tout simplement “apporter” ce dont elle avait besoin. Les fournitures obtenues de ces diverses manières allaient des articles de première nécessité comme les aliments (20 sujets mentionnaient la nourriture), les vêtements et les cosmétiques, jusqu'aux matériaux de construction “du genre fibre de verre”, à des boîtes dont on ignorait le contenu (6 cas) et à “un étrange instrument de plastique” dont l'usage restait un mystère pour le moi conscient du sujet qui vit son moi futur le prendre dans une réserve de la station spatiale.

Ces participants qui décrivaient des existences futures passées dans l'espace entre 2300 et 2500 devaient comme tous les autres décrire une expérience ou un contact avec une “lumière vive et brillante”. Quarante-quatre sujets de Types Ia et Ib (64 %) donnèrent une réponse. A une écrasante majorité, 84 pour cent d'entre eux (37 compte-rendus) disaient que la lumière provenait d'une fusée ou d'un vaisseau spatial. Comme chez les voyageurs de l'espace vivant en 2100, toutes ces réponses avaient un caractère positif et beaucoup étaient faites sur un ton “prosaïque”. Voyager dans l'espace n'était manifestement pas une nouveauté pour eux.

Des commentaires types déclaraient : “C'est un moyen de transport pour partir de chez moi ou y revenir” ou “C'est quelque chose de tout à fait banal” et “paisible, le retour de quelques amis”. “C'est seulement la lumière qui provient du champ des étoiles; un autre grand vaisseau est visible”, déclarait un officier à bord d'un engin spatial.

La femme qui s'était retrouvée dans une colonie de l'espace située sur Pluton indiquait qu'elle éprouvait du plaisir à voir cette lumière. Elle écrivait :

> *“Un engin spatial venait me chercher pour me ramener chez moi; il semble que je faisais là une sorte de retraite.”*

Une autre personne ajoutait :

"Je ne suis pas arrivée à voir les choses clairement; toute cette expérience de vie était reliée à l'espace. Je passais mon temps à voyager dans l'espace. Je n'étais même pas certaine que ce globe [la Terre] existait toujours."

Une dame disait que cette lumière faisait partie d'un réseau commercial interplanétaire qui transitait par sa station spatiale. Elle la décrivait en ces termes :

"La lumière est un engin spatial. On en voit très couramment ici [dans sa station spatiale]. Il nous apporte des vivres et des fournitures. Les fournitures sont d'abord amenées à la station spatiale puis transférées à la Terre par de petites navettes."

Un dernier membre d'équipage trouvait l'événement captivant parce que :

"L'engin spatial était manœuvré par des créatures différentes [à savoir des extraterrestres]. Ils avaient un aspect tout à fait simiesque."

Six des 44 réponses des voyageurs "de l'espace" au sujet de la "lumière vive et brillante" (soit 14 %) relataient une expérience où cette lumière communiquait les informations dont ils avaient besoin ou un surcroît d'énergie. Une femme qui vivait dans une colonie située sur un astéroïde écrivait :

"La lumière est la Source de Création qui se trouve dans les Cieux. Elle nous inonde de lumière créatrice, de couleurs et d'étoiles. Nous sommes en train de transformer cet astéroïde en une Terre miniature."

Une autre femme, originaire de Paris cette fois, qui se retrouva sur une station orbitale en 2300 faisait ce commentaire :

"Il y avait un escalier d'où descendaient des rayons lumineux. Nous le gravissions jusqu'à une source spirituelle qui nous régénérait. C'était l'une de mes existences les plus heureuses."

Seul le scientifique martien "Jabal" donnait une explication naturelle à la lumière qu'il observait. Il déclarait que c'était la lueur indistincte du Soleil telle qu'on pouvait la voir depuis la planète rouge. Apparemment, ce travail d'observation faisait partie de ses fonctions.

Trente-sept habitants de l'espace donnaient leur sentiment général sur la qualité de leur vie de famille des années 2300 en termes typiquement concis et vigoureux. Leurs impressions sur leur entourage étaient mitigées, bien que les remarques de caractère positif fussent les plus nombreuses. Vingt-deux réponses (60 %) furent cataloguées positives, dix étaient neutres et cinq pour cent seulement paraissaient nettement négatives.

Ces commentaires négatifs allaient de "C'était un milieu froid" (sur le plan affectif) à "C'est stérile", "Je ressens de l'indifférence" et "La vie (à la maison) ne signifiait pas grand chose". Parmi les remarques de caractère neutre, on relevait : "C'était une vie conventionnelle, sans beaucoup d'animation" et "Je me bornais à habiter en permanence dans cette station spatiale; était-ce là un foyer ?" Un membre d'équipage d'un vaisseau spatial notait : "Je n'avais pas envie de partir de chez moi pour accomplir la mission commandée. Mais il le fallait."

Cette dernière remarque peut être considérée comme une prémonition, car ce sujet poursuivait en racontant que son vaisseau monoplace avait été détruit au cours d'une bataille spatiale lors de cette mission prescrite. Naturellement, cet incident marquait aussi la fin de son existence future.

Beaucoup plus nombreuses étaient les remarques de caractère positif comme par exemple : "C'était une existence agréable, presque passionnante" ou "Elle me plaisait beaucoup !" Six personnes qualifiaient leur environnement domestique de "paisible" ou "intime", tandis que cinq autres s'y sentaient "heureux". Quelques membres d'équipages de vaisseaux exprimaient leur "soulagement" ou leur "fatigue" en quittant leur poste pour un temps de repos dans leur habitation. D'autres observaient que, tout en leur procurant un sentiment de "satisfaction", leur vie dans l'espace était plutôt solitaire et ne laissait guère de place à la vie de famille. Deux d'entre eux déclaraient simplement : "Là-bas, j'étais toujours seul."

L'un des participants aux ateliers de Helen Wambach, qui se retrouva membre de l'équipage d'un vaisseau spatial, exprimait des sentiments identiques en quittant son service : "Je suis fatigué, j'ai besoin de me laver et de me détendre... Je me sens passablement seul." Dans son existence future de 2300, il se trouvait être un "Noir au corps mince, aux bras musclés, aux mains déformées et calleuses". Il était à bord d'un croiseur spatial pressurisé, vêtu d'un "uniforme couleur argent d'une seule pièce" décoré d'insignes "noirs et blancs", au col "ouvert en V". Des bottes "métalliques mais souples" fixées au bas du pantalon et un casque amovible qu'il ôtait à l'intérieur complétaient son costume.

Son engin était une sorte de "vaisseau éclaireur" qui opérait entre une station sur orbite et une base de lancement située à proximité d'une "ville recouverte d'un dôme" sur la Terre. Il était équipé pour accomplir des missions de navette et d'étude à l'intérieur du système solaire. A bord, l'organisation de la vie était communautaire, mais presque toutes les manœuvres étaient automatisées.

L'équipage ne comportait que quatre ou cinq membres. Les aliments étaient synthétiques. Ils étaient contenus dans des tubes que l'on pressait ou bien c'étaient des pilules que l'on avalait. Les réserves se trouvaient dans un dépôt.

Ce sujet était incapable de se rappeler les circonstances de sa mort, se bornant à indiquer qu' "elle s'était produite en un éclair". Peut-être s'agissait-il d'un accident de l'espace. Parmi les différents groupes, c'étaient les sujets "de l'espace" de Type Ia qui avaient l'espérance de vie la plus courte (50,3 ans).

Une femme, qui participait à l'un des ateliers de 1984 dirigés par le Dr Leo Sprinkle, fournissait un compte-rendu plus détaillé sur son existence à bord d'un futur "cargo spatial" militaire. Progressée jusqu'à la période de 2500, elle se retrouva chaussée de "bottes noires montant jusqu'aux genoux, semblables aux bottes de cheval anglaises" et vêtue d'un uniforme d'une seule pièce noir et argent, "orné d'une comète d'argent sur la poitrine". Son corps était souple et élancé et ses cheveux longs et légers retombaient librement sur ses épaules. Femme-officier, elle se tenait sur le pont d'un "énorme vaisseau, l'équivalent spatial d'un avion cargo", en train de regarder à l'extérieur. Par le hublot, elle voyait d'autres vaisseaux semblables, mais plus petits, au milieu d'un "champ d'étoiles scintillantes".

Sur sa feuille de questionnaire, elle faisait au présent le récit d'un incident dramatique dont elle était témoin dans son existence future :

> *"Nous faisons partie d'une armada de l'espace, dans un lieu plus proche que la Terre du centre de la galaxie. Cela ne se situe pas du tout dans cette zone de la Voie Lactée. Nous patrouillons ce secteur, engagés dans un combat contre de dangereux extraterrestres qui menacent l'existence même de la race humaine. "Tous en lutte pour ne pas devenir du bétail" est le cri de guerre que j'ai entendu dans notre groupe de commandement.*
>
> *Je suis pilote d'essai militaire. On m'a choisie pour effectuer une mission expérimentale dont la réussite pourrait nous assurer le contrôle de ce secteur de la galaxie. Le lancement de ces engins de combat doit s'effectuer à partir du croiseur spatial. On m'a choisie pour*

cette tâche parce que mes réactions sont beaucoup plus rapides que celles des autres pilotes d'essai. Mon amant, officier sur un autre engin spatial, s'était opposé à me voir entreprendre une mission de combat aussi périlleuse, mais l'importance de l'enjeu est telle que je ne peux refuser."

Un peu plus loin, elle répondait en ces termes à la question qui demandait de rapporter un événement important d'ordre émotionnel :

> *"L'ennemi a dû avoir connaissance de mon vol expérimental, car j'ai été abattue [dans l'espace]. J'ai atterri brutalement dans un monde couvert d'une jungle épaisse. Il est* impératif *que ni mon avion ni moi-même ne soyons capturés par les extraterrestres. Aussi ai-je détruit mon appareil de combat avec de la thermite. Mon seul espoir est de rester cachée jusqu'à ce que nos forces puissent franchir le blocus et m'atteindre. Je n'en ai pas encore fini avec l'existence !* J'ai trop à faire !" (en évidence dans l'original)

Ce sujet du Dr Sprinkle eut un "trou de mémoire" quand elle fut progressée jusqu'au moment de sa mort, peu éloigné sans doute de celui où elle exprimait ces dernières pensées désespérées. Elle déclarait dans un commentaire final, manifestement émis depuis la perspective de ce vingtième siècle : "C'était une expérience étrangement inquiétante".

Avant d'en venir aux sujets qui découvrirent de nouvelles existences sur des planètes gravitant autour d'autres étoiles du cosmos, il convient d'ajouter une dernière remarque sur le type de civilisation humaine étendue à tout le système solaire à laquelle appartenait, semble-t-il, la plupart de ces vaisseaux spatiaux et le personnel des stations. S'il est vrai que plus de 80 pour cent des sujets n'indiquaient pas d'autre environnement que celui de l'espace, il se trouvait néanmoins treize sujets pour mentionner soit qu'ils venaient de la Terre, soit qu'ils s'y retiraient. Malgré le peu de détails sur leur deuxième résidence située sur cette planète (tous ceux qui donnèrent plus de détails sur leur environnement terrestre que sur celui de l'espace furent classés dans le groupe terrestre approprié), il semble clair, comme dans la période de 2100, que les explorateurs de l'espace étaient en contact étroit avec les technopoles terrestres de Type III et entretenaient des relations plus lâches avec les communautés du Nouvel Age de Type II.

C'est ainsi que quatre des treize sujets qui se trouvaient à bord d'engins spatiaux disaient qu'ils voyaient une cité recouverte d'un dôme lorsqu'ils se posaient sur la Terre ou à l'endroit où ils achevaient leur existence. Sept d'entre eux mentionnaient un pied-à-terre en Nouvelle-Angleterre ou à l'est du Canada, et deux en Amérique du Sud. Deux autres indiquèrent respectivement l'Europe et l'Asie. Ces localisations concordent étroitement avec les lieux où les sujets des années 2100 situaient leurs technopoles et, comme nous allons le voir, avec ceux où les communautés de Type III continuaient d'exister aux vingt-quatrième et vingt-cinquième siècles.

Le plus détaillé de ces compte-rendus provenait d'une autre femme qui participait à l'atelier du Dr Sprinkle en 1984. Quand on lui demanda de "regarder à ses pieds", Jackie découvrit qu'elle était chaussée de "bottes métalliques légères" fixées à une combinaison d'un bleu argenté qui paraissait tissée de fils métalliques. Dans cette vie future, elle occupait le corps d'un homme "de haute taille, mais efflanqué" qui avait "de grandes mains" et des "cheveux noirs ondulés". Il travaillait dans une station sur orbite, très loin au-dessus de la Terre.

Elle fit l'expérience de "la lumière vive et brillante" en observant un gros engin interstellaire, à l'équipage composé d'êtres humains et d'extraterrestres, qui se garait à la base de la station. C'était un "événement courant", car des vaisseaux de ce genre apportaient régulièrement à la Terre "des vivres et d'autres fournitures essentielles". A la station, ces articles étaient transférés sur des "navettes terrestres" plus petites et descendus à travers l'atmosphère de la planète. Le processus était en grande partie automatisé grâce à des tapis roulants et d'autres mécanismes. "Rien n'était vendu; chacun recevait une quantité déterminée". Les paiements étaient enregistrés par "un genre d'horodateur".

Cet individu semble avoir accompagné des livraisons de ce genre depuis la station jusqu'à la surface de la Terre, car il déclarait que sa "demeure" était un appartement situé dans "une ville d'Amérique du Sud" qui était "enchâssée dans une énorme bulle transparente". A l'intérieur, la température était maintenue à un niveau confortable de 30 degrés. On y trouvait même quelques arbres et un peu d'herbe. Il ne disait rien des conditions qui régnaient à l'extérieur de cet environnement artificiellement contrôlé. Les bâtiments blancs et bas "réalisés dans un matériau qui ressemblait au stuc" avaient des toits plats.

Comme beaucoup de sujets de Type III qui vivaient dans le cadre urbain des technopoles, cet homme prenait son repas dans une salle à manger communautaire. Ce repas était composé "d'aliments industriels élaborés principalement à partir de végétaux". Malgré leur caractère artificiel, ils avaient "très bon goût". Plusieurs autres adultes mangeaient à la même table, mais il ne semblait pas avoir de liens affectifs avec aucun d'eux.

Sa mort "de vieillesse" survint à l'âge de quatre-vingt-cinq ans. C'était en l'an 2375. Son esprit éprouva du "soulagement" en quittant son corps pour "redécouvrir la liberté de ne faire qu'un avec l'univers". Ce sujet déclarait qu'il n'éprouvait que des sentiments neutres à l'égard de cette vie future passée en va-et-vient entre la station spatiale et la cité enfermée. C'était une vie "banale". "Elle n'avait rien de bien passionnant." Le ton laissait percer un certain désappointement !

En dehors des 69 participants qui se retrouvèrent sur des vaisseaux spatiaux ou dans des colonies spatiales artificiellement enfermées à l'intérieur du système solaire au cours de la période des années 2300-2500, quarante de nos sujets relataient des existences futures sous les cieux complètement étrangers de planètes semblables à la Terre, éparpillées à travers la galaxie. A une exception près, peut-être, tous ces sujets continuaient à habiter des corps humains ou humanoïdes et à vivre dans des communautés à caractère humain reconnaissable.

La seule anomalie était représentée par une femme d'un atelier de Helen Wambach, qui disait que son "corps futur" ressemblait plus à celui d'un gros ours qu'à celui d'un être humain. Comme ses perceptions étaient tout à fait différentes, elle se sentait incapable de préciser si elle vivait réellement dans le futur ou si son expérience était un "retour en arrière" dans une existence antérieure. Les autres questions socio-économiques n'avaient guère plus de sens pour elle. Et pourtant, elle indiquait que la vision de cette créature semblable à un ours lui était apparue en un éclair lorsque Helen avait mentionné la période des années 2300. C'est pourquoi elle mérite au moins d'être mentionnée ici. C'est là le seul cas non humain que nous ayons rencontré parmi les quelque 2650 participants aux ateliers sur les vies futures organisés par Helen Wambach, R. Leo Sprinkle et moi-même, entre 1980 et 1988.

Malgré leur appartenance commune à l'humanité, les quarante participants qui vivaient sur une "planète hors système solaire" de Type Ic évoquaient des environnements physiques et des modèles de civilisation extrêmement différents. La caractéristique commune la plus fréquemment mentionnée était la présence au-dessus de leur tête d'un toit courbe ou en forme de dôme. Trente participants (75 %)

mentionnaient l'existence de ces dômes placés au-dessus de bâtiments individuels ou enfermant des communautés tout entières. La moitié des sujets de Type Ic disait également que les constructions avaient une allure futuriste ou "moderne".

C'est ainsi que la femme dont la vie se déroulait sur la planète "Alpha" disait se trouver dans un "bâtiment d'argent en forme de dôme aux fenêtres garnies de vitraux et au plafond élevé". Un autre sujet habitant une planète "inconnue" décrivait des bâtiments de conception similaire "en marbre ou de couleur claire avec des toits courbes". Un sujet français dépeignait son cadre futuriste comme une "vaste cité remplie de hauts gratte-ciels lumineux et blancs".

L'un des sujets du Dr Sprinkle, une femme qui aujourd'hui est américano-japonaise, se retrouva en 2300 dans le corps d'un homme de race blanche aux "cheveux bruns et bouclés" et aux "grandes et fortes mains". Il habitait sur la planète "Centor". La cité futuriste qu'il décrivait était "principalement constituée de bâtiments ronds ou ovales [qui avaient l'air d'être] en polystyrène expansé mais qui étaient solides". Des ensembles de structures fermées de ce genre étaient reliés entre eux par un système de navettes sur monorail. Les résidents utilisaient aussi des voitures volantes pour se déplacer à l'extérieur de leur complexe urbain.

Parmi les autres traits architecturaux fréquemment rencontrés dans ces communautés existant en dehors de notre système solaire, on notait l'utilisation de matériaux transparents ou de verre (dix cas, soit 25 %), de métaux dont l'acier, l'aluminium et l'argent (onze cas), et de pisé ou de pierre (quatre cas). Un sujet qui habitait une ville dont les bâtiments étaient construits en une sorte de pisé disait que ces derniers ressemblaient "presque à des pueblos, avec des toits en forme de dôme pourvus de grandes fenêtres et de nombreuses lucarnes". Une femme disait que sa maison était "faite en terre brune ou en pisé" et qu'il y avait "à proximité un immense bâtiment public recouvert d'un dôme".

Un petit nombre de sujets (six cas, soit 15 %) qualifiaient leur cadre de vie de primitif ou de temporaire. L'un d'eux décrivait sa maison comme un "abri temporaire fait de branches et d'herbes ramassées sur place". Un autre qui se voyait cependant en train de manger avec "un combiné de fourchette et de cuiller en plastique" disait que son habitation "ressemblait à une caverne". Pour finir, deux participants disaient qu'ils ne voyaient aucun bâtiment, les gens vivaient en plein air et se protégeaient des éléments par des moyens télépathiques !

Les environnements planétaires décrits étaient variés eux aussi et pourtant ils évoquaient tous des contextes foncièrement terrestres. Les qualificatifs les plus communément employés étaient "vallonné", ou "montagneux". Vingt sujets de Type Ic (50 %) se servaient de l'un ou l'autre de ces termes pour décrire le paysage qui les entourait. L'un des sujets de Helen, qui écrivait "Je ne pense pas être sur la planète Terre", dépeignait son environnement comme "plutôt austère, avec des montagnes à l'arrière-plan. Des champs cultivés tout alentour." Un autre faisait la remarque que le paysage était "accidenté et vallonné, avec un climat doux et des ciels sombres".

Dix-neuf des participants (48 %), dont une moitié de ceux dont je viens de parler, qualifiait leur climat de "frais" ou "tempéré", et plusieurs ajoutaient qu'il était "doux" et "agréable". Dix sujets mentionnaient spécifiquement de la verdure (25 %), et cinq autres (12,5 %) des arbres ou des forêts. Une femme se retrouva même dans un monde recouvert d'une sorte de jungle. Six participants seulement (15 %) vivaient dans des régions "chaudes" ou "arides, désertiques". Deux groupes égaux (de six participants chacun) parlaient soit de la "beauté" de leur cadre, soit de son aspect "désolé", "aride".

La vaste majorité des sujets, toutefois, décrivait des conditions de vie acceptables et un environnement naturel foncièrement agréable. C'est pourquoi je n'ai pas, comme pour les technopoles terrestres des années 2100, trouvé là aucun lien entre les dômes de protection et une atmosphère extérieure irrespirable. On peut considérer que ce lien existait pour trois ou quatre participants de Type Ic dont l'environnement était décrit comme "aride, tout en rochers rouges, un sol désert du genre 'Jardin des Dieux' d'un film de science-fiction", mais ce n'était pas la règle générale. Une femme qui appelait sa planète "Cara" disait que c'était un "beau jardin verdoyant au climat tout à fait exemplaire, un peu comme j'imagine Findhorn".[1] Pourtant, elle-même, sa jumelle et leur famille habitaient l'une des villes futuristes recouvertes d'un dôme décrites ci-dessus. Peut-être les dômes étaient-ils considérés chez eux comme esthétiques.

La diversité rencontrée dans l'architecture urbaine et dans l'environnement se retrouvait dans certains aspects de la vie sociale comme l'habillement et l'organisation des repas. Tout au long des ateliers sur les vies futures, il a été possible de distinguer quatre modes d'habillement principaux correspondant aux différents types

---

[1] Findhorn est une communauté expérimentale et spirituelle du Nouvel Age, située en Ecosse et renommée pour ses jardins extraordinairement productifs.

d'environnement des années 2100 et 2300. Ce sont : 1) des uniformes ou combinaisons moulants généralement d'un seul tenant; 2) de longues robes ou toges, amples; 3) des tuniques ou des robes courtes, souvent garnies de ceintures, parfois portées par-dessus des collants ou des pantalons et 4) des chemises, pantalons, jupes et corsages traditionnels.

Le graphique qui suit (figure 7-1) illustre la manière dont les différents styles d'habillement caractérisaient les différents groupes répartis selon l'environnement dans notre échantillon sur les années 2300 à 2500. Il apparaît clairement que les vêtements amples ressemblant à de longues robes prédominaient dans les communautés "Nouvel Age" de Type II, tandis que les uniformes ou les combinaisons moulants caractérisaient à la fois les groupes "de l'espace" de Types Ia et Ib, et leurs contreparties terrestres des "technopoles" de Type III. Le graphique révèle aussi une quasi absence de pantalons et jupes traditionnels excepté chez les campagnards "rustres" de Type IVa. Quant aux tuniques, on les rencontrait en proportion égale chez les habitants de la Terre de Types II et III. Le groupe de Type Ic ("planète hors système solaire") était le seul où on ne trouvait pas de préférence marquée pour l'un ou l'autre de ces styles de vêtements.

Comme le montre la figure 7-1, les 36 sujets de Type Ic ("planète hors système solaire") qui décrivaient leur habillement de l'époque 2300 se trouvaient revêtus de l'un ou l'autre des trois premiers styles de vêtements : longues robes, combinaisons ou tuniques. Seuls manquaient les vêtements traditionnels de Type IV. De plus, chaque style d'habillement était représenté de manière pratiquement égale chez les participants de Type Ic. C'est ainsi que 14 sujets (39 %) se voyaient porter tuniques ou robes courtes; 12 (33 %) étaient vêtus de sortes de longues robes amples et les 10 autres (28 %) avaient le corps recouvert de combinaisons ou d'uniformes moulants. La manière dont ils étaient chaussés évoquait le même schéma avec une légère prédominance (42 %) des "bottes", d'une sorte ou d'une autre, sur les chaussures (30 %) ou les sandales (24 %). Il n'y avait qu'un seul sujet habitant en dehors du système solaire, dont l'abri de fortune primitif a déjà été décrit, qui se vit continuellement pieds-nus.

Figure 7-1. Types de vêtements portés par les groupes de 2300

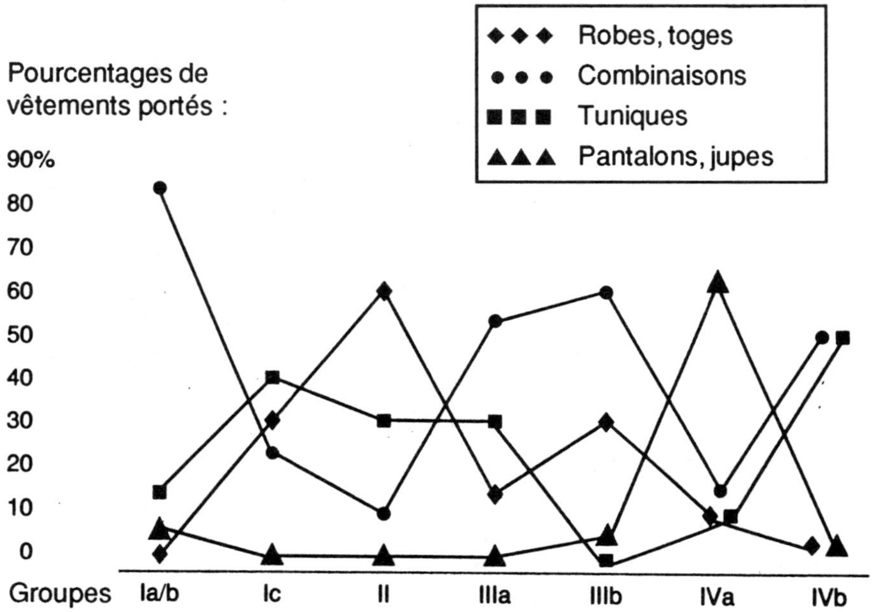

La même diversité réapparaissait dans l'organisation des repas de ceux qui vivaient en dehors de notre système solaire, ainsi que dans la nourriture qu'ils voyaient figurer à leur menu du soir type. Trente-deux des 40 sujets de Type Ic donnèrent des informations sur ces domaines. Ce lot se partageait exactement en deux, une moitié disant que l'alimentation de base était composée de fruits et de légumes naturels, avec de temps à autre du poisson (6 %) ainsi que des céréales ou du pain (13 %). L'autre moitié trouvait son apport nutritif journalier dans diverses "pilules énergétiques" ou des aliments industriels synthétiques. Deux des compte-rendus mentionnaient à la fois des légumes et des aliments synthétiques.

C'est ainsi qu'une femme se vit manger une "gelée du genre tofu et des haricots verts" avec un ustensile qui combinait les fonctions de cuiller et de fourchette. Un autre sujet se voyait offrir un bol d'une substance "onctueuse, genre crème anglaise" tandis que la personne qui vivait sur "Cara" disait que sa nourriture était composée de "beaux légumes verts à feuilles et de quelque chose qui ressemblait à des artichauts". Un sujet se bornait à déclarer : "La nourriture n'a aucune importance". Il faut aussi remarquer qu'aucun de ces 32 sujets ne disait que la viande figurait à son menu. En général, la consommation de viande dans ces vies futures, qu'elles se déroulent sur Terre ou ailleurs, semble très inférieure à ce qu'elle est aujourd'hui dans les pays occidentaux.

La façon dont on prenait les repas variait elle aussi, depuis ceux qui utilisaient les grandes salles à manger communes jusqu'aux groupes familiaux qui dînaient ensemble. Contrairement à la majorité des participants progressés jusqu'à 2100 et à ceux de Type Ia et Ib qui se retrouvèrent habitants "de l'espace" en 2300, aucun des sujets de Type Ic ne disait qu'il mangeait seul. Tous dînaient soit en famille (37,5 %), soit en compagnie d'autres personnes en plus des membres de leur famille (62,5 %). Un scénario type était décrit par un sujet qui se vit manger "du pain et des légumes" en compagnie "de son frère, de sa femme et de ses voisins amis" futurs.

Un seul commentaire des années 2300, qui décrivait une existence en dehors du système solaire, disait éprouver un sentiment de solitude ou une impression d'isolement, difficultés qui revenaient fréquemment dans les compte-rendus sur l'époque 2100, même dans ceux qui évoquaient les communautés du "Nouvel Age". Cet homme, qui se vit devenu femme habitant la "Galaxie 28975" au vingt-quatrième siècle, ajoutait qu'il se sentait "déçu, incomplet, seul" en quittant cette existence à 27 ans seulement, victime de l'explosion d'un engin spatial. Comme ce sujet indiquait que son habitation future ressemblait à "une caserne de l'armée", les sentiments négatifs qu'il exprimait reflétaient peut-être une aliénation sociale plus qu'un isolement physique véritable par rapport à ses semblables.

Questionnés sur leurs modes de déplacement, sur la manière dont ils se ravitaillaient et payaient leurs achats, les sujets de Type Ic qui vivaient sur des planètes éparpillées dans toute la galaxie évoquaient là encore plusieurs styles de vie couramment décrits dans les commentaires des années 2100 et 2300. C'est ainsi que parmi les 34 individus qui indiquaient comment ils se déplaçaient, près d'un tiers (30 %) disaient utiliser un engin spatial ou aérien, tandis que 24 pour cent (huit sujets) allaient à pied chercher les denrées de première nécessité. Deux autres (6 %) se servaient de véhicules motorisés qui ressemblaient à des automobiles, tandis que quatre (12 %) mentionnaient un "transport par dématérialisation" instantané, comme celui qu'on voit dans *Star Trek*. Six autres encore (18 %) décrivaient des ceintures de vol ou des propulseurs dorsaux individuels qui les projetaient à travers les airs jusqu'à leur lieu de destination. Pour finir, quatre participants disposaient de trottoirs mécaniques reliant leur habitation sous dôme à leur centre de ravitaillement.

Parmi les 28 sujets qui décrivaient leurs lieux d'approvisionnement, un peu plus de la moitié (57 %) dépeignaient de vastes entrepôts ou dépôts de marchandises. Une femme déclarait qu'elle s'était retrouvée dans un "grand entrepôt" dont le personnel était composé "d'extraterrestres de type martien qui sont des sortes d'esclaves". Une autre se vit "appuyer sur des boutons dans un grand bâtiment coiffé d'un dôme. C'était une intendance". Trois descriptions (11 %) seulement, pourraient correspondre à notre conception actuelle d'un supermarché ou d'un grand magasin, et on ne relevait qu'une indication de marché en plein air ("sur le domaine d'une ferme"). Les huit derniers sujets (29 %) disaient qu'ils se procuraient leur matériel par ordinateur ou par des systèmes automatisés du genre de ceux que décrivaient les habitants "de l'espace" de Types Ia et Ib.

Au moment de payer, 14 des 33 sujets de Type Ic qui nous renseignèrent sur ce point disaient utiliser soit des cartes de crédit, soit un système basé sur l'empreinte de la main ou sur la signature qui enregistrait la transaction. Huit autres (environ 25 %) se bornaient à dire qu'ils ne payaient rien. L'une ou l'autre des deux modalités se retrouvaient dans les deux tiers des réponses. Les autres décrivaient divers jetons, pièces de monnaie et billets de banque (30 %) — jusqu'à deux des "primitifs vivant en plein air" qui utilisaient le troc pour se procurer leur nourriture.

La femme qui se vit future citoyenne de "Centor" faisait un bon exposé des modes de déplacement ainsi que des structures d'approvisionnement et d'échange caractéristiques de l'existence future des sujets qui se retrouvèrent sur des planètes en dehors de notre système solaire. Voici ce qu'elle écrivait :

> *"Nous nous rendions à pied [à l'entrepôt] bien qu'il y eût des tapis roulants et des navettes sur monorail. Le dépôt se trouvait dans un grand bâtiment recouvert d'un dôme où des choses étaient suspendues au plafond. L'endroit fourmillait de gens qui tournaient sans but. Nous achetâmes quelque chose qui ressemblait à du steak haché mais qui était plus tendre et qui avait un goût fruité, un peu comme de la pâte de dattes. Nous n'utilisions pas d'argent [pour les achats] mais des cartes de plastique, genre cartes de crédit. Elles ne portaient ni lettres ni numéros, rien que des points en relief, comme dans le Braille. Il y avait de cartes de couleurs différentes correspondant à des usages différents."*

Interrogés sur leur contact avec la lumière vive, 60 pour cent des participants qui vivaient en dehors de notre système solaire et qui donnèrent des réponses décrivaient un incident où intervenaient un engin spatial. Deux furent témoins de l'atterrissage d'un vaisseau, tandis que cinq disaient qu'ils regardaient un véhicule partir dans l'espace depuis la surface de leur planète. De tels événements étaient présentés comme habituels. "Les vaisseaux spatiaux vont et viennent couramment", écrivait l'un des participants. Comme je l'ai déjà mentionné, un sujet de Type Ic disait qu'il voyait un vaisseau atterrir avec à bord des "étrangers venus de la Terre", les rescapés "d'une grande explosion". Elle les plaignait beaucoup.

Un seul de ces incidents où il s'agissait d'un vaisseau spatial était évoqué en termes négatifs. La même femme qui avait vu les esclaves "de type martien" travailler dans l'entrepôt disait qu'elle sentait "qu'ils (les Martiens) venaient la chercher" en voyant le vaisseau briller dans le ciel. Elle disait que pour elle cette scène évoquait le film classique de science-fiction *La Guerre des Mondes.*

Les douze autres réponses fournies par des sujets de Type Ic ("planètes hors système solaire") évoquaient deux types d'événements : soit un "influx d'énergie" comportant une lumière vive (20 % des cas), soit des expériences religieuses ou spirituelles (17 %). Une seule personne indiquait une cause "naturelle" : un feu d'artifice. Ainsi l'on trouvait deux commentaires où la lumière était utilisée pour un transfert d'énergie entre deux personnes par l'intermédiaire de leurs chakras (le plexus solaire et le troisième œil), et deux autres où des lumières vives étaient semble-t-il utilisées pour opérer des guérisons. La jeune femme qui habitait "Cara" disait qu'une lumière verte l'aidait à quitter son corps au moment de sa mort. "Cela se passa très doucement", remarquait-elle en parlant de la transition. "J'entrai facilement dans la lumière verte."

Parmi les sujets pour qui l'expérience de la lumière était de nature plus spécifiquement spirituelle, il y en avait un qui décrivait une cérémonie se déroulant au sommet d'une montagne et dirigée par une femme aux tresses dorées qui portait de longs vêtements blancs "rayonnants". L'effet était intensifié par des battements de tambour autour d'un feu. Un autre, une femme qui se retrouva sur une autre planète dans un environnement proche de celui des communautés de type II (Nouvel Age) sur la Terre, faisait le récit détaillé d'une méditation en plein air. Elle la décrivait en ces termes :

"Le soir, les adultes sortent et s'asseoient en cercle pour méditer sous un ciel lumineux. Les enfants viennent aussi mais [ils] s'endorment

fréquemment. Les adultes sont dans un état de conscience de groupe et semblent tirer de l'énergie du ciel nocturne et de l'univers. Aucune parole n'est nécessaire, car il y a une communication psychique extrêmement claire et une harmonie profonde avec la nature."

Cette personne, qui participait à l'un des séminaires de Helen Wambach en 1983, avait dit précédemment qu'elle s'était retrouvée en 2300 en la personne d'un "beau jeune homme aux cheveux blond roux". Ce dernier habitait dans un groupe de bâtiments "presque de style pueblo". Certains toits étaient plats; d'autres étaient des dômes translucides. Il y avait de "grandes fenêtres et de nombreuses lucarnes" pour la lumière et le chauffage solaire. Bien que le paysage environnant fût "plutôt austère avec un arrière-plan de hautes montagnes", le village était construit au milieu de terres de cultures vallonnées et de champs bien cultivés. "L'air était légèrement humide, tempéré et limpide".

Les habitants de ce pueblo portaient des vêtements "principalement en matière synthétique et en étoffe tissée". Leurs sandales étaient en fibres liées. Sur son commentaire, ce sujet avait souligné cette déclaration : "On ne tue aucun animal pour la consommation." On produisait du coton et de la laine qu'on échangeait dans des villages voisins. On se déplaçait dans de petits véhicules "alimentés par des batteries". Les repas végétariens, composés "de pain, de fruits et de légumes", étaient pris en commun et mangés dans des "assiettes de métal brillant". Cet homme indiquait que "son frère, sa femme et deux bons amis" étaient assis à sa table. Partout semblait régner une atmosphère de bonne volonté, de partage et "d'obligation mutuelle vis-à-vis de la terre et de chacun".

La mort était, semble-t-il, considérée comme une transition qui ne devait inspirer aucune crainte. La date du transfert qui eut lieu en "novembre 2313, à l'âge de quatre-vingt-neuf ans, fut décidée quand il fut "temps de quitter ce corps". L'événement lui-même était décrit en termes remplis de beauté :

"Au moment de ma mort, tous mes amis et mes voisins se rassemblent pour méditer et chanter. Ils soutiennent mon âme dans le voyage qu'elle entreprend. Personne n'éprouve de crainte, seulement de la compréhension."

Avec un tel au revoir, rien de surprenant à ce que cette participante ait vu son esprit "prendre son essor" après avoir abandonné son corps de chair. A la fin de l'atelier, elle disait éprouver un sentiment de "pur amour et de paix" en flottant dans cet état de conscience élevé.

Bien que ce cas fût exceptionnellement positif, il reflète la tonalité générale des descriptions faites par ces sujets de 2300 qui vivaient en dehors du système solaire pour évoquer les sentiments que leur inspiraient leur entourage familial et toute cette expérience de vie future. Vingt-six des 40 compte-rendus répondaient sur ce sujet. Soixante-dix pour cent d'entre eux (18 cas) donnaient des informations positives sur cette aventure des années 2300 à 2500. Une moitié utilisaient des adjectifs comme "heureux", "content" ou "satisfait" pour décrire leur réaction à l'égard de leur futur entourage. Les autres répondaient de manière plus personnelle, un sujet déclarant "Tout était bien, comme cela doit être", tandis qu'un autre disait sentir "la paix et l'amour" emplir son foyer futur recouvert d'un dôme sous un ciel étranger de couleur dorée.

Le reste des participants exprimaient pour la plupart des jugements neutres, assortis de commentaires du genre : "Je me sentais paisible, là-bas" ou "J'avais des sentiments mitigés" en décrivant leur environnement. Seuls deux sujets, celui dont le logement ressemblait à "une caserne" et celui qui était tourmenté par des extraterrestres de type martien, émettaient des remarques qui pouvaient être classifiées comme réellement négatives.

Le jeune homme qui vivait sur "Centor" indiquait qu'il se sentait "paisible" et un peu solitaire pendant cette future existence. Dans sa cité enfermée sous un dôme, la vie était largement communautaire (il relatait qu'il dînait avec des personnes qui lui étaient étrangères), et il ne mentionnait aucun lien familial précis. Son commentaire était l'un des rares de Type I où "l'expérience de la lumière vive" était présentée comme décevante : "J'attendais un message, mais il ne vint pas... Je ne comprenais pas ces lumières". Ceci, joint au fait que sa mort accidentelle dans "quelque accident aérien" avait été prématurée (à l'âge de 24 ans), exerça une influence sur son impression générale. Après sa mort, néanmoins, son esprit "s'éleva en spirale" à travers une brume sombre, puis émergea dans la lumière.

Avant d'examiner les récits de vies futures passées sur Terre au cours de la période de 2300 à 2500, deux derniers compte-rendus sur des planètes situées en dehors du système solaire méritent un regard plus attentif. Tous deux émanent de femmes qui participaient à un atelier dirigé par Helen Wambach entre 1980 et 1984.

La première chose que Lee remarqua dans sa vie du vingt-cinquième siècle, qui se déroulait quelque part dans la Voie Lactée, fut que son corps masculin futur avait une peau extrêmement pâle, "presque celle d'un albinos". Ses cheveux, pourtant, étaient noirs et bouclés. De taille moyenne, il avait un corps "osseux" et des "mains fortes et expressives". Son habillement consistait en un "sarong de coton épais", souplement drapé depuis la taille jusqu'au haut des chevilles, et des sandales de cuir. Il avait aussi une longue chemise sans pans, semblable au *barong* des Philippines. Ces vêtements étaient "confortables et élégants".

Le climat de l'endroit était extrêmement sec, mais "de hauts nuages jaunes" voilaient le soleil, faisant dévier ses radiations nocives. L'air était chaud mais sans excès. En regardant autour de lui, le sujet remarquait que le paysage était "rocheux, désertique, sans arbres ni végétation verte". Il ajoutait : "Je ne crois pas qu'il pleuve jamais en ce lieu". Le village même où il vivait était composé de maisons "de terre brune ou de pisé" entourant une énorme construction en forme de dôme qui faisait office d'hôtel de ville, d'espace communautaire pour les repas et d'auditorium public.

Parmi les rares végétaux qu'on pouvait trouver dans cet environnement futur, il y avait des haricots verts, qui figuraient au repas du soir en même temps que certains mets à l'allure synthétique. Comme couvert, on disposait d'un "ustensile à la fois fourchette et cuiller", dont un bord faisait aussi office de couteau. Cet homme se vit assis dans la cantine de la communauté à côté d'une amie dont les cheveux foncés contrastaient également avec le teint pâle. C'était une circonstance "normale et agréable". Plus tard, tous deux contemplèrent le feu d'artifice qui figurait au programme d'une fête locale. Ce feu d'artifice était l'unique fois où ce sujet rencontrait une lumière vive et brillante.

Pour se procurer les denrées indispensables, il fallait se rendre dans une agglomération plus importante. A cette fin, les résidents utilisaient de petits aéroglisseurs jaunes, "à peu près de la taille d'une Honda Civic", qui pouvaient se déplacer soit parallèlement à la surface du sol "à une hauteur de trois pieds", soit s'élever dans l'espace pour effectuer de courts trajets interplanétaires. De vastes entrepôts publics recouverts de dômes servaient de centres de ravitaillement. Il suffisait de présenter une carte d'identification pour obtenir ce dont on avait besoin; les achats étaient débités du compte de chacun. Ce sujet mentionnait l'acquisition d'aliments déshydratés.

Il ne parlait d'aucune occupation ou de métier qu'il aurait pu exercer dans cette vie future, et à la question portant sur les sentiments qu'il éprouvait en rentrant chez lui après ses achats il répondait qu'il n'en avait "aucun". Mais cette femme indiquait que son esprit avait éprouvé du soulagement en quittant son corps après un violent tremblement de terre dans lequel elle s'était trouvée prise et où elle était morte asphyxiée. La date indiquée était 2475.

L'autre sujet, une ménagère de San Francisco qui avait participé à l'atelier d'août 1980 de Dolphin Farms, était l'une des premières personnes progressées par Helen dans une existence future. Elle aussi se retrouva en vie aux environs de 2400 sur une planète située à des années-lumière de distance de notre Soleil, mais où elle était à nouveau une femme.

Dans cette vie future, elle avait un "teint olivâtre" et des cheveux d'un blond roux, épais et courts. Ses mains paraissaient "soignées". Elle était vêtue d'une "robe blanche qui s'arrêtait aux genoux" et qui était serrée par une ceinture. Cette robe était faite d'un "tissu léger et soyeux qui tombait en plis souples" autour de ses jambes. Des "bottes souples en mailles d'argent" complétaient ce costume élégant.

La première chose qui s'offrit au regard de celle qui se nommait maintenant "Lana" fut un globe sombre dans le ciel "autour duquel sortait de la lumière". Il paraissait s'agir d'un très gros engin spatial en train de décoller ou de se poser. L'événement ne paraissait pas particulièrement insolite et ne la troublait pas. Pour le regarder, elle se tenait devant sa maison située au milieu d'un agréable paysage de collines parsemées d'arbres. Elle était sortie d'un "bâtiment rond" posé à flanc de coteau. Fabriqué dans un matériau synthétique, il semblait dépourvu de fenêtres, du moins quand on le voyait de l'extérieur.

Lana vivait dans cette construction avec son mari et leur enfant. Les liens familiaux étaient étroits et importants à ses yeux. Une atmosphère d'affection chaleureuse régnait dans leur maison et elle était heureuse d'y rentrer. Cette maison était remplie de plantes et "d'équipements insolites, ultramodernes". L'intérieur était spacieux, de proportions harmonieuses, comme si l'architecte l'avait conçu pour le bien-être de ses occupants. La famille mangeait réunie autour d'une "table d'argent et de verre". Le plat principal, du "poisson cuit dans une sauce au citron" était mangé avec une "fourchette à quatre dents" dans des assiettes de céramique colorée.

A aucun moment de sa progression dans le futur Lana ne vit de véhicules de transport. Elle avait l'impression que les concepts de "voyage" et "d'approvisionnement" ne s'appliquaient pas vraiment à cette époque et à ce lieu. "C'était comme s'il suffisait que je décide où je voulais aller pour que je m'y trouve tout-à-coup", disait-elle. Il en allait de même pour l'approvisionnement, qui lui aussi arrivait par psychocinèse. Néanmoins, à la question portant sur le mode de paiement des achats, Lana répondait qu'elle voyait une "grande pièce de monnaie sur laquelle étaient gravés des symboles".

Comme plusieurs de nos sujets des années 2100 — en particulier ceux qui vivaient dans les conditions harmonieuses du "Nouvel Age" — sa mort à l'âge de quatre-vingt-dix ans environ résultait de "causes naturelles". Elle relatait qu'elle se sentait "prête à partir", témoignant ainsi de sa compréhension du caractère transitoire de la mort. Après avoir éprouvé un moment de "confusion" en quittant son corps, elle se retrouva une fois de plus sur le nuage blanc, vaporeux et duveteux que Helen Wambach savait si adroitement utiliser pour transporter ses sujets à travers le temps et l'espace. En un éclair, la date de sa mort, 2402, lui traversa l'esprit.

Les récits de Lee et de Lana, comme ceux que j'ai présentés plus haut dans ce chapitre, montrent que pour les participants de ces ateliers au moins, les modes d'existence des vingt-quatrième et vingt-cinquième siècles sur des planètes de la Voie Lactée de même type que la Terre ressemblent beaucoup à ce que nous connaissons ici-bas en cette période de transition vers le monde de demain. En dépit de la diversité des costumes, des styles d'architecture et des systèmes socio-économiques évoqués, la plupart des compte-rendus révèlent que les attitudes et les traits de caractères habituels à l'humanité vont apparemment nous accompagner jusqu'au milieu des étoiles.

Pour le meilleur ou pour le pire, notre nature émotionnelle semble être une caractéristique fondamentale de l'espèce humaine. Notre réussite à mettre ces attitudes et ces émotions de base au service d'un monde futur constructif et positif, comme celui que décrivent la majorité des compte-rendus de Type I sur les années 2300, ou notre échec, qui leur permettrait de continuer à nous déchirer et à nous diviser, comme dans les quelques témoignages négatifs sur cette même période, dépend dans une très large mesure de notre volonté individuelle et collective.

— VIII —

Visions des années 2300 et au-delà.

Deuxième partie : Opération Terre.

Le chapitre précédent nous a permis d'entrevoir ce qui sera peut-être une civilisation humaine diversifiée et répandue à travers le cosmos pendant la première moitié du prochain millénaire. Les compte-rendus de ces 109 participants prouvent à l'évidence que pour le "mental de rêve" de nombreux Américains d'aujourd'hui, tout au moins, le destin de l'humanité est parmi les étoiles. Affranchie désormais des limites du système solaire, ne se trouvant plus confinée à l'intérieur de stations spatiales ou de colonies de l'espace encloses pour les protéger de l'atmosphère irrespirable des autres planètes, comme dans les années 2100, la race humaine est ici promise à l'accomplissement de la plupart des rêves habituellement réservés aux ouvrages populaires de science-fiction.

Néanmoins, malgré cette vision cosmique fascinante, il ne faut pas oublier que dans plus de la moitié (57 %) des commentaires sur les années 2300 à 2500, les participants se retrouvent en vie ici-bas sur Terre. Quels sont les types de société décrits par ces sujets ? Quelle évolution a pu se faire depuis les communautés humaines séparées et divisées des années 2100 ? Quelle ressemblance peut-on découvrir entre les "rêves collectifs" sur l'état futur de notre planète dans 300 ou 500 ans et ceux qui décrivent la "vague de migration" dans l'espace ?

Ce sont là de grandes questions, et il m'est difficile d'y apporter des réponses définitives en me fondant sur les seules visions de ces 142 sujets. Il faudra manifestement poursuivre cette recherche pour compléter le tableau brossé par ces participants des années 1980. En outre, à la différence des données sur les années 2100 qui se répartissaient nettement en quatre environnements distincts avec très peu de mélange, celles qui concernent des existences vécues sur la Terre à l'époque des années 2300 ont un caractère plus ambigu. Elles tendent à présenter plus de caractères communs, en particulier lorsqu'il s'agit de l'architecture de base et des systèmes d'approvisionnement et de transport.

Toutefois, l'atmosphère sociale qui règne en général dans les différentes communautés décrites reste spécifique. Comme je le montrerai tout à l'heure, il semble que de nombreux éléments appartenant à chacun des trois types fondamentaux de civilisation terrestre des années 2100 (les Types II, III et IV) qui sont décrits aux chapitres 5 et 6 resteront les mêmes 200 ou 300 ans plus tard. Tout se passe comme si ces futures cultures terrestres évoluaient à présent de manière séparée mais simultanée, se rapprochant lentement les unes des autres et se modifiant subtilement au cours du processus. Qui plus est, malgré un nombre non négligeable d'exceptions, que j'ai rangées sous l'appellation de "Type IIIb" ou "Evolués à technologie avancée", chacun des groupes de sujets continua à décrire un environnement caractéristique tout à fait distinct.

De même que les divers compte-rendus sur des existences futures à bord de vaisseaux spatiaux, dans des stations spatiales ou dans des colonies de l'espace représentaient les sujets "De l'Espace" de Type I, aussi bien en 2100 qu'en 2300, les questionnaires classés de Type II décrivaient les civilisations du "Nouvel Age" dans les deux périodes futures concernées. Dans la deuxième période, les 52 sujets dont les modes de vie étaient classifiés de Type II faisaient des commentaires positifs sur leurs contacts harmonieux avec l'environnement extérieur. Comme en 2100, le monde qui les entourait était presque unanimement qualifié de "vert", "luxuriant", "boisé" ou "beau". Près d'un tiers d'entre eux ajoutaient en outre que le lieu qu'ils voyaient était particulièrement agréable ou joli. La moitié de ces 26 sujets mentionnait spécifiquement aussi que le climat était "clément", "doux" ou "tempéré".

Seuls quatre compte-rendus de Type Nouvel Age sur les années 2300, qui tous décrivaient des communautés situées en Afrique ou au Moyen-Orient, continuaient à utiliser les mots "désertique", "chaud" ou "sec". Aucun des participants du groupe n'évoquait un environnement "aride" ou "désolé", à la différence de ceux qui s'étaient retrouvés soit dans les technopoles, soit parmi les 10 sujets de Type IVb classés comme "Rescapés". De plus, comme en 2100, plusieurs de ces sujets de Type II (30,8 %) indiquaient qu'ils vivaient près de l'océan ou de sources naturelles d'eau douce telles que lacs et cours d'eau. Les sources naturelles d'eau douce n'étaient jamais mentionnées sur les questionnaires de Type III portant sur l'une ou l'autre période.

Les commentaires suivants sont représentatifs de la manière dont les participants de Type II "Nouvel Age" décrivaient leur environnement de 2300 :

"Il y a des arbres et des forêts d'un vert luxuriant; un climat tiède [près] de la mer ou de l'océan. Le ciel est magnifique. Les bâtiments sont massifs, blancs, à colonnades et entourés de jardins..." (Australie)

"Le paysage est boisé et frais. Un beau cadre. Il y a des arbres, des arbustes, une petite chute d'eau et un ruisseau. Je vois un bâtiment blanc où se trouve une bibliothèque de cette forme [une pyramide tronquée], qui est aussi celle des maisons environnantes... C'est accueillant et ravissant." (Région de la frontière canadienne)

Ce dernier extrait émanait d'une habitante de la Californie qui participait à l'un des ateliers de Helen Wambach en 1983. Elle poursuivait comme suit la présentation de sa vie future dans la période des années 2300. Dotée de mains féminines "petites, mais d'une jolie forme" et de cheveux "longs, soyeux et blonds", elle portait une "robe longue d'un blanc doux" retenue à la ceinture par un un cordon et des "sandales légères de cuir souple". La vie dans sa "communauté de guérisseurs et d'instructeurs" était à la fois communautaire et familiale. Les bâtiments "peu élevés, de couleur blanche ou chamois" étaient tous construits au milieu de beaux jardins verdoyants, autour d'une bibliothèque centrale. La télékinésie sur de courtes distances était d'usage courant

Les gens travaillaient ensemble à des projets communautaires et beaucoup d'entre eux étaient versés dans la manipulation des "énergies du cristal". C'était là une part de leur contribution. Cette femme appelée "Jarna" voyait de la lumière émaner de [ses] mains lors de ces transferts d'énergie. Dans l'ensemble, c'était un lieu "accueillant, délicieux et aimant". Jarna ajoutait qu'elle avait "beaucoup à faire" au cours de cette existence active consacrée à l'évolution et au service.

Comme on peut le voir à partir de ces deux exemples représentatifs, les bâtiments de la plupart des communautés de Type II tendent à être vastes et de couleur claire. Le blanc était mentionné 18 fois, c'est-à-dire sur 36 pour cent des cinquante commentaires qui donnaient des détails sur l'architecture. Le marbre et le verre étaient aussi fréquemment cités parmi les matériaux de construction (24 et

20 %) de même que le béton préfabriqué ou le plastique (24 % dans les deux cas). Certains sujets voyaient encore du bois (16 %). Trois d'entre eux décrivaient spécifiquement des toits "du genre pagode" ou des temples dans le style du "Taj Mahal".

Selon toute apparence, ces communautés de Type II seront plus importantes en 2300 qu'en 2100, puisque un quart des 52 sujets disent vivre dans des villes modernes futuristes situées au milieu de collines et de champs verdoyants. Seize d'entre eux (31 %) mentionnent que les bâtiments comportent des toits courbes ou des dômes; la plupart ajoutent que ces derniers sont translucides. L'un des sujets de Helen, une femme, décrivait le bâtiment où elle vivait comme ayant la forme d'un "dôme d'une blancheur de marbre mais laissant passer la lumière. L'intérieur était de couleurs pastel."

Voici comment une autre dépeignait sa ville :

> *"Les bâtiments étaient blancs [faits] en plastique qui ressemblait à du marbre, avec des fenêtres et des lucarnes de plastique moulé. L'espace extérieur [une place] était pavé et rempli de lumières colorées assorties. C'étaient les lumières qui m'avaient attirée vers cette période de temps.... Tous [les bâtiments] paraissaient en plastique moulé."* (Afrique du nord)

A l'environnement plus vaste, plus urbain, mentionné par plusieurs sujets de Type II des années 2300 correspondait une plus grande diversité dans le style des vêtements. Dans la période des années 2100, presque les trois-quarts (71 %) des gens étaient vêtus de vêtements longs et amples, robes ou toges généralement de couleur écrue. Dans l'échantillon de 2300, ce costume avait encore la faveur de 61,5 pour cent des sujets, dont Jarna mentionnée ci-dessus, mais près d'un tiers (31 %) disaient porter une tunique courte serrée par une ceinture, souvent par-dessus un pantalon ou un short large et confortable. Quelques-uns (7 %) se retrouvaient même dans la combinaison ajustée habituellement associée aux groupe de Type I (De l'Espace) ou de ceux de Type III (Technologie avancée).

De la même manière, 57 pour cent des 42 compte-rendus du Nouvel Age qui décrivaient un repas du soir des années 2300 évoquaient une forme d'organisation communautaire. Leur nombre était de 27 pour cent supérieur à celui de la période 2100. La proportion de ceux qui ne mangeaient qu'avec leur famille proche était en légère diminution (passant de 42 à 38 %), mais ceux dont le nombre avait le plus baissé étaient ceux qui prenaient leur repas en solitaire. Ce n'était le cas que d'un seul participant de Type II.

Le graphique qui suit (Figure 8-1) représente les divers modes d'organisation des repas pour tous les groupes des années 2300. Il nous montre qu'à cette époque la majorité des sujets de tous les groupes, quels que fussent leur type d'environnement et d'organisation sociale, se voyaient prendre leur repas en commun, souvent avec des membres de leur famille, à l'exception des sujets de Type IVa (Ruraux) qui continuaient presque tous à vivre et manger au sein de cellules familiales restreintes dans leurs villages de campagne ou leurs fermes isolées.

Figure 8-1 : Organisation des repas dans les années 2300

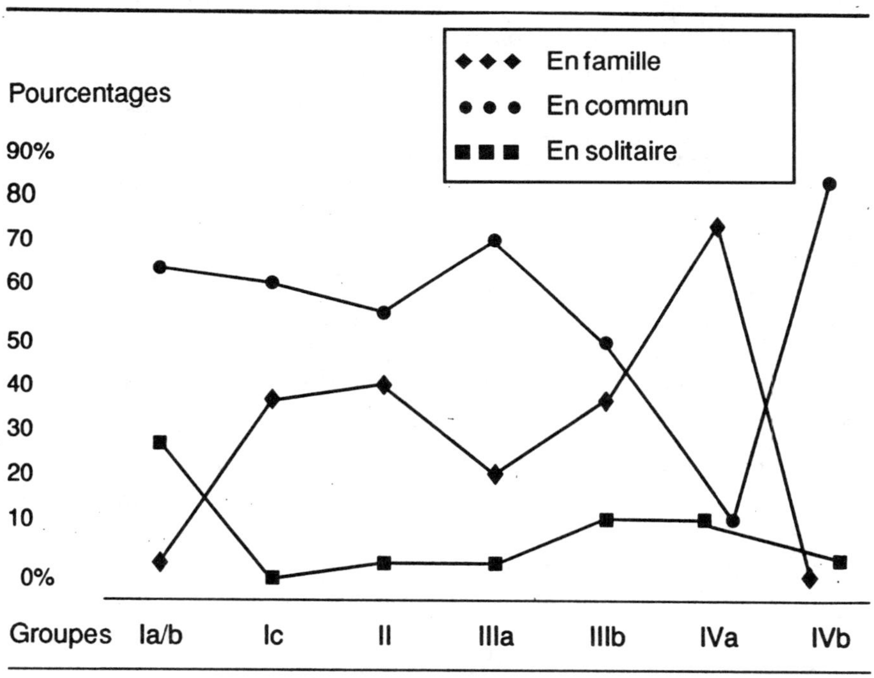

Un tiers d'entre eux environ mentionnaient aussi du pain complet ou des plats de céréales. Un "moine" qui se vit membre d'une communauté spirituelle en Argentine disait que la longue table communautaire était garnie de "pain noir, de fromage fort et de baies qu'on mangeait dans des bols en bois". Quelques compte-rendus de Type II (17,3 %) mentionnaient du poisson. Jarna, par exemple, faisait cette remarque qu'un repas du soir type dans sa communauté canadienne comportait “des épis de maïs et des truites”. Une autre femme, dont la vie future se déroulait en Asie, disait qu'elle mangeait du “riz chinois accompagné de mollusques et d'herbes aromatiques” dans un bâtiment “au toit en forme de pagode”.

Néanmoins, bien qu'on ait des raisons de penser que les communautés du Nouvel Age des années 2300, telles que les décrivent nos participants, seront plus importantes et plus urbanisées que deux cents ans plus tôt, il semble qu'elles aient maintenu intacte leur intention générale de vivre en harmonie avec la nature. C'est ce que reflètent non seulement la persistance de leurs commentaires hautement positifs sur l'environnement physique et le paysage qui les entourent, mais aussi le choix de leurs aliments. Quarante-six des 52 sujets de Type II (88,4 %) faisaient la description de leur repas du soir type. Trente-huit d'entre eux, soit 83 pour cent, disaient que leur nourriture de base était composée de fruits et de légumes. Ils indiquaient spécifiquement des oranges, des papayes, du maïs en épis, des pois, des haricots et des baies. Beaucoup se bornaient à donner les indications suivantes : “surtout des fruits” ou “des fruits et des légumes”.

Six d'entre eux seulement (13 %) évoquaient les aliments synthétiques ou les “pastilles énergétiques” si répandues chez les explorateurs de l'espace de Type I. Deux autres disaient que pour eux manger n'avait “guère d'importance”, car ils avaient la capacité de puiser directement leur nourriture dans la lumière, l'air et d'autres “sources d'énergie”. Un seul individu de Type II disait avoir de la viande (“un steak”) à dîner.

Les brèves indications données par quarante sujets de Type II sur les sources d'approvisionnement, les systèmes monétaires et les modes de transport se rapprochaient davantage des renseignements fournis par les sujets de Type I sur la vie dans l'espace. La moitié de ce groupe, exactement, disait se procurer les articles de base dans de vastes entrepôts centraux ou dans des dépôts de marchandises. Dix pour cent faisaient état du système de livraison informatisé et automatisé mentionné par un tiers des sujets “Hors système solaire”, tandis que vingt pour cent disaient que les fruits et légumes provenaient de grands magasins modernes d'épicerie. Pour huit autres personnes (20 %) les produits alimentaires provenaient de jardins ou de marchés en plein air.

Les moyens de transport étaient beaucoup plus variés chez les sujets qui composaient l'échantillon de Type II sur les années 2300 que chez ceux de 2100. A cette époque-là, la plupart des communautés du "Nouvel Age" étaient de petits villages où les gens se déplaçaient à pied ou en petites voitures mécaniques. Le groupe mieux organisé et plus sophistiqué des années 2300 citait tous les modes de transport ultra-modernes depuis les vaisseaux spatiaux et les tapis roulants jusqu'aux combinaisons volantes individuelles et l'aéroglisseur mentionnés par les sujets de Type I. Seul manquait le mode de transport instantané de style *Star Trek*. (Il est possible que le groupe auquel appartenait Jarna ait possédé ce genre de technique, car elle disait se déplacer par télékinésie. Elle déclarait "J'apparus à cet endroit, tout simplement (au centre de ravitaillement)". Près de 75 pour cent des réponses de Type II mentionnaient des moyens ultra-modernes. Le reste se répartissait entre ceux qui disaient se déplacer à pied (22,5 %) et deux sujets (5 %) qui se virent à cheval.

Les systèmes monétaires mentionnés par les sujets de Type II qui vivaient en 2300 ressemblent aussi à ceux qu'indiquaient plusieurs des habitants de "Planètes hors système solaire" de Type Ic. Bien que l'on découvre dans la moitié des cas que l'usage de sortes de jetons (souvent en plastique), de pièces de monnaie ou de billets de banque se poursuit, un peu plus de 20 pour cent se voyaient utiliser des cartes de crédit ou une signature en échange de produits alimentaires et de matériel. Et près de trente pour cent disaient simplement qu'ils ne se servaient d'aucun argent. Comme je l'ai indiqué au chapitre précédent, 24 pour cent des sujets qui vivaient en dehors de notre système solaire déclaraient aussi qu'ils n'avaient pas à payer pour leur approvisionnement.

Cependant, les réponses des sujets du Nouvel Age de Type II sur leur foyer futur et leur existence à venir ainsi que sur leur expérience de la "lumière vive et brillante" les distinguent nettement de la plupart de leurs "cousins" des planètes extérieures à notre système solaire. Soixante-dix-sept pour cent de ces membres des communautés du "Nouvel Age" décrivaient les sentiments que leur inspirait leur environnement familial lorsqu'ils rentraient chez eux après leurs achats. Une écrasante majorité (97,5 %) des réponses avaient une tonalité positive. Même les allusions à la solitude, assez communes chez les sujets de Type II de 2100, avaient totalement disparu des compte-rendus sur la période située entre 2300 et 2500. Seule une femme disait que sa vie familiale ne lui inspirait "aucun sentiment particulier". J'ai classé sa réponse parmi celles de tonalité neutre, car on peut lui attribuer plusieurs sens. Par ailleurs, on ne rencontrait aucune réponse "négative".

Quant aux commentaires exprimés en termes brefs, ils étaient joyeux et édifiants. Les adjectifs "heureux", "paisible", "bon", confortable" apparaissaient sur 28 feuilles de commentaires (70 %). D'autres synonymes moins fréquents, tels que "propre", "joyeux" ou "calme" se rencontraient presque partout ailleurs. Une femme qui situait son expérience sur une Atlantide resurgie évoquait un sentiment "de paix et de profond amour". Une autre disait qu'elle se sentait "contente, heureuse et comblée" dans son village d'Australie niché parmi "des forêts tièdes et luxuriantes".

Plusieurs de ces sujets indiquaient aussi que leur existence future des années 2300 répondait à un but. Comme Jarna, citée précédemment, ils étaient heureux d'apporter leur concours à une communauté active, animée par un sens du partage. C'est ainsi qu'on lisait sous la plume d'un des sujets de Helen Wambach :

> *"Là [chez moi] je me sentais à l'abri et en sécurité, mais mon travail de cette journée pour la communauté n'était pas achevé... Il y avait dans tout cela une atmosphère amicale."* (Ville côtière de l'Alaska)

Une autre femme qui participait aux ateliers de Leo Sprinkle en 1984 faisait le commentaire suivant en rentrant de ses achats :

> *"J'avais reçu des fournitures qui me donnaient la possibilité de créer dans ma profession [de peintre]. Je me sentais calme, heureuse et prête à me mettre au travail..."* (Egypte)

Cette femme, qui entendit prononcer "Alena" quand on lui demanda comment elle se nommerait dans son existence future, décrivait le climat qui entourait sa demeure nord-africaine comme "tiède, aéré... presque éthéré...". Le soleil dispensait une "lumière vive d'un blanc doré", mais l'Egypte n'était pas le désert aride que nous connaissons aujourd'hui. Il y avait non loin de là "des herbes vertes et des palmiers" ainsi que des "jardins bien entretenus". Le marché auquel Alena se rendait à pied en compagnie de son mari (qu'elle appelait "mon partenaire"), se tenait en plein air, baigné de cette même lumière solaire répandue dans tout le reste de la région. Le couple paya ses achats avec "des pièces de monnaie et des billets de banque" sur lesquels étaient représentés des bâtiments". Plus tard, ils prirent leur repas du soir chez eux en compagnie de leur fille. Le menu était composé "de fruits, de noix et de fromage" mangés à l'aide de couverts en argent dans de "grandes assiettes de porcelaine blanche".

Questionnée sur son expérience de la "lumière vive et brillante", Alena se retrouva dans son atelier d'artiste qui faisait partie de l'espèce de villa romaine "blanche, en stuc et en tuiles" où elle habitait avec sa famille. Tandis qu'elle y méditait pour recevoir de l'inspiration, elle vit "au loin un rayonnement d'énergie blanche s'approcher pour l'instruire". Après avoir noté que la lumière l'avait emplie de force et d'inspiration, elle concluait en ces termes : "Je remerciai l'énergie du fond du cœur et me sentis prête à poursuivre ma journée."

La rencontre d'Alena avec une source énergétique d'inspiration n'est nullement exceptionnelle dans les compte-rendus sur les années 2300. Une bonne moitié des participants de Type II parlent d'un contact avec une énergie supérieure ou une source spirituelle en relatant leur expérience de la lumière vive. Dans la plupart des cas, y compris celui d'Alena, il était difficile de faire une distinction entre les termes "d'énergie" et de "force spirituelle". La tonalité ouvertement religieuse ou nettement spirituelle des compte-rendus sur les années 2100 avait évolué, et les sujets mentionnaient en général qu'ils percevaient des "vibrations plus élevées" ou recevaient un enseignement et une force spirituelle d'une "lumière animée de pulsations". Une femme décrivait cette lumière simplement par ces mots : "C'est la Source divine - l'Energie à l'état pur."

Une femme, qui participait à l'un de mes ateliers en Amérique et qui disait se trouver dans une belle "église" de bois brut en compagnie d'autres personnes, évoquait ainsi sa rencontre avec la lumière :

> *"Nous étions comblés par ce contact. Nous avions tous soif d'un surcroît de cette énergie que la lumière projetait sur nous tous."* (Nouveau Mexique)

Comme je l'ai mentionné précédemment, Jarna remarquait qu'elle voyait de la lumière et de l'énergie émaner de ses mains pendant un rituel de guérison. C'était là "un fait quotidien", indiquait-elle. Pour une autre participante, c'était la "lumière du Christ" qui apportait paix et harmonie à elle-même et à sa famille. Et voici la belle description que fit en 1984 l'un des sujets de Helen Wambach de sa "rencontre avec la lumière" sur un coteau qui rappelait celui où Jésus enseigna :

> *"Je vis une grande lumière brillante qui entourait une colline. Je gravis la colline pour entrer en communication avec un Etre Supérieur."*

Cette femme, qui avait l'impression que sa vie future se déroulait sur une "Atlantide ressuscitée", disait que le climat y était tiède et apaisant". Sa grande maison de bois et de pierre était construite en altitude près du centre montagneux du continent retrouvé. Sa façade était mise en valeur par un bosquet de hauts sapins tandis qu'à l'arrière on pouvait voir un "grand jardin depuis la fenêtre de la chambre". Ce sujet, qui dans cette existence future se nommait Diana, se voyait vêtue d'une "longue robe de velours". Cette robe était "d'une nuance lie-de-vin chaude et profonde". Elle portait aux pieds des "bottillons de drap souples et confortables".

Sa maison se trouvait située aux abords d'une communauté d'allure moderne, installée au milieu de collines parsemée d'arbres. Diana pouvait donc se rendre à pied dans un "grand magasin d'un centre commercial" pour y acheter des denrées alimentaires ("du pain et des légumes"). Elle paya ses achats avec quelques "pièces d'or sur lesquelles des choses étaient représentées". Plus tard, elle se vit manger du pudding seule à la maison.

Bien qu'apparemment elle eût une vie solitaire pendant ses dernières années, cette future citoyenne de l'Atlantide disait qu'elle avait retrouvé à ses côtés son fils (actuel) de neuf ans. "C'est un chef (en 2300). C'est un homme blond, très grand et bien proportionné". Elle décrivait même brièvement qu'elle se voyait avec lui à un banquet qui se tenait dans "un palais". Pour cette réception elle portait une "longue robe du soir bleue, serrée à la taille par un cordon d'argent, et des ballerines d'argent assorties".

Finalement, à l'âge de 200 ans, elle décida qu'il était "temps de poursuivre le voyage" et souhaita donc quitter son corps. La transition fut "très calme" et elle se sentit heureuse. Son dernier commentaire fut que cela avait été une "existence riche et satisfaisante", emplie de sentiments "de paix et de profond amour".

Bien que le compte-rendu de Diana eût quelque chose d'inhabituel (très peu de sujets décrivaient des palais ou vivaient jusqu'à l'âge de 200 ans, même en 2300) son impression générale de "paix", d'"amour" et de "contentement" était partagée par presque tous les sujets de Type II qui résidaient dans des communautés du Nouvel Age. Son interprétation de la lumière comme véhicule de communication avec un "Etre Supérieur" se trouvait répétée sur plusieurs commentaires, ainsi que je l'ai déjà indiqué.

Les autres participants de Type II qui répondaient sur ce sujet se répartissaient entre les uns qui observaient les lumières de divers engins spatiaux (35 %) et d'autres pour qui la lumière avait une origine terrestre naturelle (15 %). C'est ainsi que pour un participant, c'était "quelque chose comme le coucher du soleil disparaissant à horizon" tandis que pour une Française, originaire de Bordeaux, la lumière provenait de "bateaux qui emmenaient nos familles à une cérémonie religieuse". Quelqu'un d'autre disait que cette lumière signalait "l'atterrissage d'un engin spatial".

Le "moine" sud-américain dont j'ai déjà parlé ne disait rien sur la provenance de la lumière, mais il mentionnait que sa vue le faisait soupirer de tristesse. "Peut-être parce qu'il me fallait rester où j'étais", ajoutait-il. C'est une remarque dont on trouve des échos chez beaucoup de "rescapés de la mort" contemporains, comme en témoignent les docteurs Raymond Moody et Elisabeth Kübler-Ross dans leurs livres. Beaucoup de ceux qui ont fait cette expérience disent aussi avoir eu la vision d'une belle lumière blanche, aimante, avec laquelle ils souhaitaient rester. Leur retour dans leur corps physique est souvent perçu comme une tâche imposée.

La réaction du "moine" argentin vis-à-vis de la lumière n'était toutefois pas caractéristique des sujets du Nouvel Age. Pour le plupart d'entre eux, cette expérience était positive. L'une des participantes aux ateliers du sud de la Californie dirigés par Helen Wambach, qui grâce à sa sagesse et à ses dons psychiques a pu au cours de ces dernières années fonder un important centre spirituel, se retrouva au vingt-deuxième siècle membre d'une communauté très scientifique du Nouvel Age. Pour elle, la lumière était le signe d'une nouvelle naissance et non de la mort. Elle décrivait son expérience en ces termes :

> *"Mon partenaire et moi fûmes enlevés et déposés dans un vaste lieu [une sorte de vaisseau spatial] pour recevoir des instructions et pour opérer une "fusion" qui nous permettrait d'avoir un autre enfant."* (Localisation non indiquée)

Plusieurs de ceux qui associaient la lumière à un engin spatial attribuaient aussi une dimension spirituelle à l'événement. Une autre jeune Française, originaire de Madagascar, en faisait une description particulièrement vivante. Elle écrivait :

> *"Je me trouvais dans un grand stade où il semblait y avoir des milliers d'autres personnes. Une vive lumière blanche descendit du ciel, projetant ses rayons sur la foule et illuminant le stade tout entier. Je fus pénétrée de sentiments de sérénité et de paix. Peut-être s'agissait-il d'un engin spatial en train d'atterrir ? C'était un événement exceptionnel et porteur de joie."* (Moyen Orient)

Ce même sujet complétait son questionnaire en ajoutant un commentaire spontané qui résume magnifiquement les expériences de Type II sur les années 2300 :

"J'ai choisi l'année 2300, mais le mode de vie me fait plutôt penser au Moyen Orient qu'au futur, bien que ce fût différent d'une certaine manière. Tout paraissait doré; j'avais presque l'impression d'être irréelle. Mon corps semblait éthéré, immatériel, très lumineux. C'était une existence douce, paisible et agréable, dont j'aimerais faire l'expérience un jour. On se serait cru dans un Age d'Or."

Près de 60 pour cent des sujets de Type II donnaient une indication au moins approximative du lieu où ils vivaient en 2300. Douze d'entre eux mentionnaient différentes régions des Etats-Unis d'aujourd'hui; sept autres situaient leur existence future en Afrique ou au Moyen-Orient; deux groupes de quatre se retrouvaient respectivement en Amérique du Sud et au Canada; quant aux autres, ils étaient en Australie (deux sujets), en Europe (un sujet) et en Asie (un sujet). Enfin, comme nous l'avons vu, une personne situait sa communauté du Nouvel Age sur une Atlantide ressuscitée, entre l'Amérique du Nord et l'Europe. Plusieurs autres disaient simplement qu'ils étaient "quelque part sur la Terre".

Parmi les localisations spécifiquement américaines, on trouvait un cas en Arizona ou au Nouveau Mexique, et deux dans les Rocheuses du Colorado. Une personne se vit à Virginia Beach où se situe aujourd'hui le siège de l'A.R.E., l'organisation d'Edgar Cayce. Ce voyant, rappelons-le, avait lui-même prédit que cette région serait préservée de tout dommage important au cours des cataclysmes géophysiques qu'il prévoyait et deviendrait un centre commercial de première importance au vingt-deuxième siècle. Deux autres sujets se retrouvèrent en Alaska, l'un d'eux remarquant que "le littoral avait changé par rapport à 1980". Parmi les autres Etats mentionnés, on rencontrait le Wyoming, le Minnesota, l'Etat de Washington ("près de Seattle"), et le New Hampshire. Il est intéressant de noter qu'aucun membre de ce groupe ne citait la Californie, bien que la moitié d'entre eux y résidât lors de ces ateliers sur les vies futures.

L'Afrique du Nord et le Moyen-Orient étaient aussi mentionnés dans plusieurs commentaires, dont ceux que j'ai déjà cités. Quatre sujets disaient qu'ils avaient l'impression d'être en Egypte, tandis qu'une personne mentionnait Constantinople (aujourd'hui Istanbul) comme site de sa cité du Nouvel Age. Le petit Etat sud-africain du Botswana était cité une fois. Quatre sujets habitaient le Canada (nommant le Saskatchewan et le Yukon), et tous faisaient des commentaires sur le climat doux et tempéré qui y régnait dans les années 2300. Trois personnes se retrouvèrent dans les Andes péruviennes et deux en Argentine, tandis que, comme je l'ai déjà indiqué, le reste des participants n'évoquaient que des localisations générales en Asie, en Australie et en Europe. La plupart de ces localisations correspondent aux sites indiqués par les participants de Type II progressés jusqu'en 2100, tandis que d'autres — en particulier l'Egypte et l'Australie — étaient nouvelles.

Ces communautés en expansion, baptisées de Type II ou du Nouvel Age, étaient caractérisées par un mode de vie fondé sur la coopération et sur une interaction harmonieuse entre l'homme et la nature, mais elles ne constituaient pas l'unique mode de société humaine entrevu par nos participants dans la période située entre les années 2300 et 2500. Un nombre presque aussi important de sujets semblaient être les descendants des membres d'une culture urbaine "A technologie avancée" de Type III, déjà présente deux cents ans plus tôt.

A nouveau, comme dans les compte-rendus de 2100, nous voici confrontés à la coexistence, difficile à comprendre dans un même contexte planétaire, d'un Age d'Or en plein épanouissement et d'un environnement froid et artificiel de Type III. A la fin de ce chapitre, je présenterai ce qui m'apparaît comme deux explications possibles de ce paradoxe. Ce qui est incontestable, c'est que dans les deux périodes du futur qui leur étaient proposées, nos participants se répartissaient nettement entre ces deux mêmes types de société.

De plus, comme je le montrerai tout-à-l'heure, une évolution semble se dessiner de manière probante à l'intérieur de ces deux modèles de société au cours des siècles intermédiaires. Il semble qu'on assiste à leur convergence vers un ordre social planétaire plus unifié où se retrouveront les caractéristiques les plus positives de chaque groupe. Déjà quelques compte-rendus sur la période des années 2300 à 2500, que j'ai classifiés sous l'appellation de Type IIIb ("Evolués à technologie avancée") laissent entrevoir une sorte d'émergence d'un type de société universelle. La Terre elle-même semble bénéficier de conditions écologiques bien meilleures entre le vingt-cinquième et le vingt-sixième siècle.

Pourtant, malgré ces témoignages chargés d'espoir, les 36 questionnaires groupés sous l'appellation de Type IIIa ("A technologie avancée") persistaient à évoquer les caractéristiques d'une vie stérile, confinée et violente déjà rencontrées dans les cités de Type III en 2100. Comme en 2100, ces citadins n'avaient aucune relation positive avec l'environnement naturel qui se trouvait à l'extérieur de leurs complexes urbains enfermés. Plus de trois-quart des sujets de Type IIIa décrivaient des existences passées soit sous terre (ou sous l'eau), soit à l'intérieur de villes futuristes recouvertes de dômes au milieu d'un paysage hostile et aride. "Pendant cette existence, je vécus à l'intérieur d'un espace recouvert d'un dôme" lisait-on sur un commentaire caractéristique. Sur d'autres, des remarques du genre "Je ne voyais, pas grand chose du dehors" ou "C'est une civilisation souterraine" évoquaient des situations semblables. Une femme, qui dans son existence de 2300 était un homme du nom de "Eclah", remarquait :

> *"Le paysage était nu, déchiqueté, oblique... Les bâtiments étaient métalliques, recouverts de toits plats ou en forme de dôme. Nous nous trouvions dans une sorte de tunnel très vaste au profil aérodynamique; il décrivait des courbes..."*

Un tiers seulement des participants de ce groupe (12 cas) mentionnaient le monde extérieur et il ne s'en trouvait qu'un pour dire quelque chose de positif à son sujet. Dans la grande majorité des compte-rendus, on rencontrait des adjectifs comme "aride", "chaud" et "désertique". Un sujet disait que l'environnement était "sec, rocheux et sans vie". Depuis l'espace protégé de sa ville coiffée d'un dôme, il se demandait : "Existe-t-il toujours de la vie à l'extérieur ?"

L'unique exception était une hypnotiseuse de l'Ohio qui participait à l'un des ateliers de Helen. En 2300, elle se trouva être un homme appelé "Miloko", qui vivait dans un "cadre de genre campus" dont l'élément le plus saillant était une grande bibliothèque recouverte d'un dôme. Il avait des yeux bleus et une "peau d'un blanc très pâle", "des cheveux noirs coupés courts" et des "mains fines et soignées". Comme la plupart des citadins "A technologie avancée", Miloko était vêtu d'une combinaison douillette "d'un gris métallique" qui comportait des "bas-bottes". Bien qu'il eût un "aspect rude" et qu'il fût ajusté, cet uniforme était en fait "doux et souple" à porter.

Miloko, qui semblait être un érudit, se retrouva à un certain moment dans la bibliothèque de son université au milieu de divers appareils audio-visuels ultra-modernes, ainsi que d'étagères à livres d'un type courant. Il suivait aussi des conférences données dans l'auditorium "sous un vaste toit en forme de dôme". Il y avait d'autres bâtiments de campus aux toits plats, construits en "matériaux synthétiques lisses et étincelants d'un blanc grisâtre". Il ne sortait jamais du complexe universitaire. Pour obtenir les fournitures dont il avait besoin, il passait commande à un système informatisé. Il n'y avait aucun échange d'argent; "tout achat était enregistré".

Miloko avait une chambre dans la résidence universitaire. Les repas végétariens étaient servis dans un restaurant communautaire. Miloko indiquait "qu'un ami proche, mâle et femelle [androgyne ?]", était à table à côté de lui ainsi "qu'une autre personne inconnue". Dans un commentaire sur l'existence plutôt solitaire qu'il menait dans cet endroit, il notait : "J'aimais ce lieu où je vivais, mais il m'arrivait de souhaiter une épouse ou une partenaire". Finalement, à l'âge avancé de quatre-vingt-deux ans, il décida de quitter son corps. Ce sujet mentionnait que lors de cette transition, il était "entouré d'amis qui l'aidaient à «lâcher prise»". C'était une expérience "joyeuse" après laquelle son esprit "devint une spirale de lumière blanche".

J'ai rapporté ce commentaire foncièrement positif de Type IIIa pour rappeler à mes lecteurs que même dans les vie futures qui semblent en général peu agréables, il y a toujours des exceptions. Néanmoins, même sous la plume de ce sujet fondamentalement heureux et optimiste, on ne rencontre aucun des qualificatifs qui caractérisent les commentaires de Type II (vivant dans les communautés du Nouvel Age) tels que "vert", "luxuriant" ou "beau". Lorsque Miloko décrivait son environnement physique, il ne mentionnait aucune source naturelle d'eau douce, aucun cours d'eau ni aucun lac. En fait, Miloko ne sortait jamais de l'espace clos de son campus et, bien qu'il prît plaisir à ses occupations, il éprouvait aussi des sentiments de séparation et de solitude (pas de "partenaire-épouse").

La persistance du caractère hautement technologique de l'environnement fermé des sujets de Type IIIa était manifeste à la lecture des descriptions de bâtiments. Là encore, les éléments dominants de l'architecture sont les gratte-ciel urbains ultra-modernes et les dômes de verre ou de plastique transparent. Vingt-deux compte-rendus (61 %) mentionnent spécifiquement des dômes ou des toits arrondis, tandis qu'un nombre presque égal (20 cas) décrivent des tours futuristes. On voit fréquemment cités le béton préfabriqué ou des matériaux de plastique (28 %), le verre (25 %) et l'acier (17 %). Une minorité de sept compte-rendus (19 %) indiquent l'usage de la pierre ou du pisé pour la construction de complexes à demi-enterrés, aux toits plats, ou d'unités construites à l'intérieur de collines.

L'âge moyen des décès permet d'établir un autre parallèle intéressant entre les sujets "A technologie avancée" des années 2100 et leurs "cousins" de Type IIIa de 2300. L'espérance moyenne de vie du groupe de 2100 était de de 59,5 ans, c'est-à-dire très inférieure à celle des sujets du "Nouvel Age" de cette époque, à savoir 92,4 ans. Semblablement, les 26 sujets de Type IIIa de 2300, qui indiquaient leur âge au moment de leur mort, avaient une espérance de vie d'exactement 56,7 ans. Il s'agit là de la moyenne la plus basse qu'on pût rencontrer chez aucun des groupes vivant sur cette Terre à cette époque, un peu plus élevée seulement que la moyenne de 54,3 ans réservée aux équipages de vaisseaux spatiaux et au personnel des stations de l'espace. En comparaison, la durée moyenne de vie du groupe Nouvel Age dans la période située entre 2300 et 2500 était de 99,6 ans.

Qui plus est, les deux groupes "A technologie avancée" attribuaient à leur mort des causes remarquablement semblables. Dans l'un comme dans l'autre, les cas de mort violente, soit par assassinat soit par exécution atteignaient 25 pour cent. En 2300, seuls les "Rescapés" de Type IVb, dont les compte-rendus étaient étroitement apparentés à ceux de type IIIa sur d'autres sujets aussi, faisaient mention d'assassinat.

Par ailleurs, bien qu'on ne leur eût posé aucune question spécifique sur la qualité de l'air environnant, six sujets de Type IIIa (23 %), tout comme ceux de 2100 "A technologie avancée", attribuaient la cause de leur mort à des problèmes respiratoires : "Je ne pouvais pas respirer" ou "Quelque chose n'allait pas dans ma poitrine", figuraient parmi les explications type données par ce groupe. Aucun des participants de Type II Nouvel Age ne disait jamais avoir souffert de troubles respiratoires au cours de son existence future.

La manière dont les sujets de Type IIIa se voyaient vêtus et chaussés dans les années 2300 rappelait également celle des habitants des technopoles de 2100. De nouveau, près de 60 pour cent des sujets de chacun des groupes se retrouvèrent en uniformes ajustés ou en combinaisons d'un seul tenant, généralement décrits comme "argentés" ou "métalliques". Certains styles, toutefois, avaient une allure un peu moins militaire que dans la période précédente car un autre tiers du groupe de Type IIIa portait des tuniques courtes serrées par des ceintures, parfois accompagnées de pantalons semblables à ceux que mentionnaient de nombreux sujets de Type Ic ("Planètes hors système solaire"). Cinquante-neuf pour cent des participants de Type IIIa avaient des bottes, tandis que 23 pour cent mentionnaient des chaussures de toile ou de plastique et 12 pour cent des sandales.

Deux sujets se virent marcher pieds-nus dans leur appartement citadin.

On remarquait aussi un peu plus de diversité dans l'alimentation. Pilules énergétiques et aliments synthétiques ne figuraient plus que dans 31 pour cent des repas décrits, ce qui représente une diminution de 10 pour cent par rapport à 2100. Le reste des 32 sujets qui répondirent à ces questions mentionnait du pain et des céréales (38 %), des fruits et des légumes (37 %) et de la viande et du poisson (13 %). Le total dépasse 100 pour cent à cause des réponses multiples faites par certains sujets.

Un article qui semble s'être largement répandu parmi les trois types de cultures "avancées" de 2300 est un ustensile combinant les fonctions de la cuiller et de la fourchette. Il est mentionné indépendamment par plusieurs sujets de Types I, II et III. L'organisation des repas chez les sujets de Type IIIa était essentiellement communautaire (71 % des cas), les autres mangeant uniquement avec leur famille proche. Il n'y eut qu'un sujet à se voir manger en solitaire.

Comme dans les années 2100, les moyens de déplacement, de ravitaillement et les modes paiement des habitants des technopoles ressemblaient à ceux des explorateurs "De l'espace". Par exemple, parmi les 25 à 30 participants de Type IIIa qui répondirent à ces questions, 20 pour cent disaient voyager dans des vaisseaux spatiaux ou des avions et un nombre égal mentionnait des appareils de vol individuels dont certains ressemblaient au "propulseur dorsal" cité par certains sujets de Type Ic ("Planètes hors système solaire"). Les autres marchaient à pied ou utilisaient des voitures mécaniques pour se déplacer dans leur complexe clos. On pouvait s'y procurer une grande diversité d'articles essentiels parmi lesquels de la nourriture, des matériaux de construction et des boîtes scellées. Ces articles provenaient en majeure partie (63 %) de grands entrepôts ou de dépôts de marchandises. Parmi les autres sources d'approvisionnement, on trouvait des engins spatiaux, des services de livraison automatique (17 % pour chacun) et, pour finir, un "marché dans une grotte" mentionné par un sujet.

Quinze des 26 sujets qui indiquaient la manière dont ils réglaient leurs achats (58 %) décrivaient des cartes de crédit en plastique ou un système de crédit informatisé. Une femme disait qu'elle possédait une carte dont "la couleur s'éclaircissait à mesure qu'on l'utilisait". Un autre sujet disait que ses "empreintes digitales et sa voix" étaient enregistrées sur ordinateur lorsqu'il faisait ses achats. Dix autres

(38 %) se servaient plus traditionnellement de pièces de monnaie ou de billets de banque. On voyait mentionnés des jetons de cuivre et de laiton, ainsi qu'une insolite pièce en métal, de forme hexagonale, trouée en son centre. Un individu entreprenant reconnaissait qu'il dérobait simplement ce dont il avait besoin...

Parallèlement aux descriptions de leur environnement artificiel et confiné et de leur mœurs souvent violentes, les groupes "A technologie avancée" de 2300 faisaient, comme ceux de 2100, des commentaires particulièrement négatifs sur leur habitation et leur cadre futurs. Vingt-six sujets de Type IIIa exprimaient de manière lapidaire, souvent en un seul mot, leurs impressions quand ils rentraient chez eux après quelques achats essentiels. Dix de leurs réponses (38 %) seulement peuvent être qualifiées de "positives", tandis que les autres (62 %) expriment clairement l'indifférence ou l'insatisfaction. Et pourtant, c'est un progrès par rapport aux 12 pour cent de réponses positives obtenues chez les sujets de Type III qui étaient revenus sur la Terre dans les années 2100.

Parmi les réponses considérées comme positives, on peut citer celles où le sujet disait se sentir "bien" (quatre cas) et "confortable" (trois cas). L'un d'eux disait : "C'était mon foyer, où je vivais en compagnie de la femme ou de la compagne qui m'aimait". Une autre participante dont le commentaire fut classé comme positif était toutefois plus ambiguë. Elle écrivait :

> *"Je vivais seule dans un grand bâtiment blanc en forme de dôme, mais je* ne souffrais pas *de la solitude"* (en évidence dans l'original)

Mais plusieurs autres sujets de Type IIIa exprimaient vraiment des sentiments de solitude ou de déception à propos de leurs futures conditions d'existence. L'un des sujets de Helen en 1983 se vit passer toute sa vie de 2400 à l'intérieur. C'était une femme aux cheveux d'un bond très pâle qui ne sortait jamais de sa maison "ronde", laquelle était entourée de "hautes herbes". Elle y vivait avec son mari et leurs deux enfants, un garçon et une fille.

Son habillement, "une tenue lisse et brillante, serrée par une épaisse ceinture de métal" et accompagnée de "pantoufles de soie à bouts pointus" était caractéristique de celles de nombreux sujets de Type IIIa. On mangeait des "légumes à feuilles" et "quelque chose qui avait la forme d'une pomme de terre" à l'aide "d'une très longue fourchette de métal à trois dents", "robuste et de forme simple". La nourriture "n'était pas très savoureuse".

Pour cette personne qui se sentait "isolée et seule" la plupart du temps une simple visite à ses voisins était un grand événement. Elle notait :

> *"Je me sens vraiment seule [dans cette future existence] mais j'aime mes enfants. Le petit garçon me rend heureuse. J'aime voir les gosses jouer [avec leurs voisins] quand nous sommes ensemble. Autrement, cette existence est vraiment fastidieuse. Ma famille est mon seul vrai bonheur."*

Pourtant, en dépit de son isolement apparent, la communauté dont elle faisait partie jouissait manifestement d'une technologie avancée. Interrogée sur la manière dont elle se procurait de l'approvisionnement, elle répondait :

> *"Je pars toute seule en voiture volante; cette dernière semble être en métal ou en plastique. Les détails ne sont pas très nets. Elle ne fait pratiquement aucun bruit en s'élevant d'une aire de terrain plat située derrière la maison. Le but de mon déplacement est une grande tour ronde qui ressemble à un haut silo de métal. Je vais acheter des boîtes d'aliments, des choses pré-emballées qui se conserveront longtemps.*
>
> *Je ne m'y rends pas souvent [au dépôt de marchandises]. C'est une course ennuyeuse, car tout est distribué par des machines et je ne vois personne. Je me contente d'introduire une carte de paiement dans une fente et les boîtes sont chargées dans le coffre de la voiture. C'est de la routine."*

A la fin de son questionnaire, cette personne déclarait qu'elle se sentait "plutôt contente" de quitter son corps futur à l'âge de cinquante-sept ans après une maladie inconnue. "Mon visage est tout à fait couleur de cendre" remarquait-elle. Son fils, "plus âgé maintenant", se tenait près de son lit de mort. Elle situa son décès en 2457.

Un autre sujet qui éprouvait une impression de solitude identique disait :

> *"Malgré la présence des autres dans mon unité de résidence, je me sentais toujours seul."*

Une demi-douzaine de réponses très concises tenaient en un ou deux mots. Elles se composaient de ce que j'en vins à appeler les "quatre D" : "désert", "désolé", "désespérant" et "décevant". L'un de leurs auteurs ajoutait au bas de sa feuille de questionnaire que sa mort (survenue dans un éboulement de roches en 2505) "ressemblait à des cauchemars et à des sensations d'écrasement qu'il avait eus précédemment". Il ajoutait qu'au cours de cette existence, il n'avait pas l'impression d'avoir "réalisé quoi que ce soit". Il était "déçu" de ce qui lui apparaissait comme une absence de progrès.

D'autres sujets de Type III se sentaient oppressés par l'atmosphère artificielle de leur ville. L'un d'entre eux disait qu'il s'y sentait "confiné, emprisonné". Une femme estimait qu'elle s'était sentie "enfermée" pendant toute l'expérience de cette vie. Deux compte-rendus, malgré tout, témoignaient d'une attitude plus neutre, plus indifférente à l'égard du milieu environnant. Un homme disait : "Cela n'a rien de remarquable; c'est mon univers". Un autre déclarait que son retour à la maison n'était qu'une "circonstance banale".

La rencontre de "la lumière vive et brillante" ne représentait rien de bien spécial non plus pour la plupart des sujets de Type IIIa qui en faisaient mention. La moitié d'entre eux voyaient des vaisseaux spatiaux atterrir ou décoller; "c'est comme ce qu'on voit à la télévision" disait une femme qui se demandait si son mental conscient n'avait pas influencé sa vision. Pour ces participants, c'était un événement apparemment banal. Un individu vit "une personne s'élever dans les airs"; peut-être utilisait-on les ceintures de vol mentionnées dans d'autres compte-rendus des années 2300.

Six personnes virent des lumières provenant de phénomènes naturels comme le Soleil, les étoiles la nuit, des ballons dans le ciel, ou un feu. Un sujet subit un rituel spécial "de haute initiation" qui semblait se dérouler dans l'espace. Deux autres décrivaient des "expériences énergétiques" où ils recevaient des instructions télépathiques.

Comme Miloko, dont le récit a déjà été présenté, une participante de Type IIIa qui faisait partie des sujets de Helen se retrouva dans un complexe universitaire. Dans son existence de 2300, elle se vit jeune intellectuelle, appelée "Joanna", dans un "grand bâtiment blanc à colonnes de marbre" recouvert d'un "vaste dôme". Pour aller chercher des documents, elle se rendait à pied, à l'intérieur du campus recouvert du dôme, jusqu'à la bibliothèque proche pour y emprunter "des livres et des manuscrits". A la question sur le contact avec la lumière vive, Joanna répondait qu'elle voyait "un rayon lumineux sortant d'un coffret au couvercle de verre se projeter vers les cieux et revenir en un mouvement de va-et-vient" à travers le dôme transparent du complexe universitaire. La lumière, apparemment, fournissait de l'énergie à la ville.

Interrogés sur la partie du globe terrestre où ils situaient leur future demeure, un tiers des 36 sujets de Type IIIa seulement répondirent. Neuf d'entre eux disaient se trouver dans ce qu'on connaît maintenant comme les Etats-Unis; deux nommaient des pays européens (l'Allemagne et la Finlande); l'un répondait "la côte ouest de l'Australie" et le dernier "près de la Mer Noire". Deux participants avaient l'impression que leur existence future se déroulerait sur une Atlantide ressuscitée ou dans quelque autre région encore sous les eaux.

Parmi les futurs Américains, deux omettaient d'indiquer un Etat spécifique, deux autres se trouvaient en Nouvelle-Angleterre (le Connecticut et le Maine ou la Nouvelle-Ecosse), et quatre respectivement en Floride, en Alaska, en Virginie et en Californie. La femme qui se retrouva en la personne de Miloko sur un campus universitaire recouvert d'un dôme disait que ce dernier était situé dans une "zone construite au-dessus de la partie sud des Grands Lacs".

Avant d'en venir aux questionnaires de Type IIIb qui semblent indiquer une évolution de la civilisation "A technologie avancée" vers une forme de société plus harmonieuse et plus humaine, je voudrais citer le long commentaire qu'écrivit l'un de mes quelques sujets américains de Toledo en 1988, au verso de son questionnaire. Il me semble que l'expérience de cette femme, pour limitée qu'elle soit car son subconscient "avait choisi" de rappeler une vie passée qui se déroulait au premier siècle de notre ère plutôt que de participer à l'exploration du futur, renferme la plupart des éléments exprimés avec moins d'éloquence par un grand nombre d'autres sujets de Type IIIa lors de leur progression dans ce mode de vie "A technologie avancée" généralement déplaisant. Voici ce qu'elle relatait :

> *"J'ai fait deux expériences différentes. Celle de 2300 n'était pas agréable, mais je l'ai poursuivie en même temps que l'autre [une vie antérieure des années 100 de notre ère] pendant à peu près un tiers de sa durée.*
>
> *J'étais seule et je contemplais une haute ville froide et métallique à l'intérieur de laquelle on ne pouvais voir. Les bâtiments étaient tous très rapprochés les uns des autres, se touchant, sans espace entre eux, sans fenêtres mais avec des surfaces réfléchissantes, d'un vert grisâtre. J'étais grand et mince, entièrement recouvert d'une combinaison qui ne laissait voir que mon visage et mes mains. Elle était d'un seul tenant, moulante, un peu comme celles que portent les équipes de luge aux Jeux Olympiques. Il y avait un énorme espace vide alentour. Rien de vert, rien qui poussait, pas d'arbres, pas d'autres populations. J'imagine que tout était englobé dans la cité. Je ne sais pas quel était mon sexe. Il ne paraissait pas avoir d'importance. Ma combinaison recouvrait mes cheveux et ma tête.*

Je n'ai pas pu aller plus loin [dans cette existence future], mais je sais que je n'aimais pas cet endroit. Les questions posées sur la maison et la nourriture m'irritaient. Elles ne me semblaient pas avoir de sens ni s'appliquer à moi.... Elles n'avaient pas d'importance pour cette entité, presque comme si c'était un esprit qui occupait une forme corporelle pour un court laps de temps seulement et qui n'avait pas besoin de manger ni de faire des achats."

Telle fut l'expérience d'une participante à l'un des derniers ateliers où je fis progresser mes sujets jusqu'à une existence future soit vécue par eux-mêmes, soit observée à travers le regard de quelqu'un d'autre. A bien des égards, elle est caractéristique de l'impression générale produite par ces environnements futurs de Type III ou IIIa. Il convient de remarquer que cette femme se retrouva "à l'extérieur" de la cité enclose de 2300, dans un paysage désolé et dévasté. A aucun moment elle n'entra vraiment dans cette future existence. C'est pourquoi elle avait l'impression d'être un "esprit qui occupait une forme corporelle pendant un court laps de temps". D'après la Sagesse Immémoriale et les clairvoyants contemporains, c'est là notre état naturel entre deux incarnations.

Pourtant, cette femme vit clairement la combinaison moulante unisexe et l'architecture futuriste aux bâtiments élevés décrite par la grande majorité des sujets de Type III et IIIa. Son sexe était indéterminé et ne lui paraissait pas important (tous les cas d'androgynat indiqués correspondaient à des environnements de Type III ou de Type I). La nourriture, la vie familiale, les achats lui paraissaient également dépourvus de sens et elle se trouvait incapable de fournir aucun détail. En fait, elle déclare que les questions qui portaient sur ces sujets "l'irritaient". Cette "irritation" surprenante, qui ne correspondait en rien à la personnalité de cette femme que j'eus l'occasion de rencontrer pour une séance individuelle de thérapie le lendemain de l'atelier, l'incita à rédiger le long commentaire que je viens de citer.

Combien différents étaient les sentiments évoqués par les vingt compte-rendus sur la période située entre 2300 et 2500 que je groupai sous l'appellation de Type IIIb ou "Evolués à technologie avancée". Ils témoignent, à mon sens, de l'émergence de caractéristiques positives et humanitaires parmi certaines au moins des futures technopoles. Tout en partageant le mode de vie enclos, à haute technologie des sujets de Type III, ils expriment une vision beaucoup plus positive de leur entourage et des relations humaines en général.

Les vingt sujets baptisés "de Type IIIb" décrivaient essentiellement des complexes urbains futuristes dont la plupart comprenaient des bâtiments en forme de dôme (60 %) et (ou bien) des gratte-ciels modernes (50 %). Ils se voyaient aussi principalement vêtus des combinaisons serrées d'un seul tenant habituellement évoquées dans les compte-rendus de Types I et III (60 %), bien que 30 pour cent d'entre eux aient mentionné les longues robes amples ou les vêtements drapés associés aux communautés de Type II. Une moitié était chaussée de bottes (50 %), l'autre portait soit des chaussures souples en toile (30 %), soit des chaussures de plastique résistant (20 %).

Les pratiques alimentaires de ce groupe reflétaient aussi des tendances de Type III avec 56 pour cent des sujets qui disaient manger des fruits et des légumes au repas du soir, tandis que 33 pour cent se sustentaient de pilules de vitamines et d'aliments industriels et synthétiques. La viande figurait dans 17 pour cent des menus décrits par ces sujets de Type IIIb. Pour la moitié des seize sujets qui donnaient des renseignements sur ce point, les repas étaient pris en commun tandis que 6 autres (38 %) les prenaient uniquement en famille et que deux mangeaient seuls.

Les réponses de ces sujets "Evolués à technologie avancée" aux questions sur les moyens de transport, les modes d'approvisionnement et les systèmes monétaires faisaient également écho à celles de citadins de Type IIIa et des voyageurs de l'espace de Type I. A la question de savoir comment ils voyageaient, 57 pour cent des sujets mentionnaient l'avion ou l'engin spatial. Un quart d'entre eux (26 %) disaient qu'ils se servaient d'un appareil individuel de vol ou de déplacement en antigravité. Ils rejoignaient ainsi les 20 pour cent des sujets de Type IIIa et les 18 pour cent de Type Ic qui décrivaient de semblables "propulseurs dorsaux" ou ceintures de vol. Deux-tiers (64 %) des participants du groupe de Type IIIb allaient chercher leur ravitaillement de base dans de grands entrepôts ou des dépôts de marchandises. Dix-huit pour cent utilisaient un système de distribution automatique informatisé et les autres mentionnaient des magasins modernes et des marchés divers.

La moitié des sujets utilisaient des cartes de crédit ou un système de crédit basé sur la signature pour payer leurs achats, tandis que l'autre moitié se servait de billets de banque ou de pièces de monnaie. Un compte-rendu de Type IIIb, émanant d'une femme qui situait sa communauté futuriste au Canada, décrivait même une "pièce ronde avec des découpes géométriques au centre" tout à fait semblable à la "pièce hexagonale avec un trou rond au milieu" vue par une participante de Type IIIa habitant "l'Atlantide".

Un compte-rendu représentatif de ce groupe provenait d'une femme peintre qui avait prêté son appartement de New York pour l'un de mes ateliers de 1985 sur les vies futures. Elle-même se retrouva dans une existence future en la personne d'un homme appelé "Jan" aux "cheveux roux bouclés", aux "mains robustes" et aux "longs doigts". L'existence de Jan dans la période des années 2300 se déroulait dans une cité "recouverte d'un dôme géodésique", remplie de bâtiments triangulaires reliés entre eux par un système de transports publics sur monorail. Le climat y était "tempéré".

Jan, qui était "architecte et urbaniste", se trouvait dans un "énorme complexe d'entrepôts" en train d'examiner des fournitures de construction. Pour être précis, il achetait des "appareils à souder ; ces derniers ressemblaient à des machines à rayon laser". Il paya avec de petits billets de banque.

Jan, dont la peau était blanche et pâle, était presque entièrement recouvert d'une "combinaison gris argent". Ce vêtement utilitaire d'une pièce allait du cou aux chevilles. Les bas du pantalon étaient rentrés dans des bottes couleur argent qui montaient aux chevilles, de la même matière synthétique "d'aspect métallique mais souple et élastique". Il habitait un appartement "de style futuriste" en compagnie de sa femme, de son fils et de sa fille. Leur repas du soir pris en commun avec des voisins se composait de fruits et de légumes mangés avec une "fourchette en acier inoxydable à trois dents". Tout dans sa vie domestique aussi bien que professionnelle était très moderne et parfaitement fonctionnel. "C'était une organisation de vie totalement communautaire", écrivait ce sujet au dos de son questionnaire.

Le récit de Jan, auquel faisaient écho les 19 autres compte-rendus de Type IIIb, montre clairement que dans la plupart de ses aspects extérieurs, l'existence future de ces sujets est étroitement apparentée à celle des habitants des technopoles de Type IIIa de la même époque. Pourquoi alors ne pas les avoir simplement groupés avec les autres en formant un échantillon plus nombreux ? Quel élément les distingue de leurs homologues de Types IIIa ? Pour simplifier, on peut dire que malgré leur évocation d'une culture urbaine à technologie avancée, ces questionnaires de Type IIIb sur la période allant de 2300 à 2500 contenaient tous également des références spécifiques à une interaction suivie et harmonieuse avec le milieu extérieur naturel, lequel était dépeint en termes positifs.

Des descriptions de cet ordre étaient complètement absentes des questionnaires sur la période 2100 et je reconnais avoir été surpris, au début, de les découvrir en parcourant ces compte-rendus postérieurs de 200 ans.

Le récit de l'existence future de mon ami new-yorkaise, en la personne de Jan, en est un excellent exemple. Bien que de toute évidence il fût un habitant de technopole, Jan décrivait la région qui entourait son complexe "géodésique" comme une suite de "collines brunes" qui descendaient jusqu'à "de larges plaines vertes et jaunes". Apparemment, il était possible de sortir de la ville et de marcher dans les champs alentours pratiquement sans risque. L'air était qualifié de "vif" et le climat de "tempéré".

Comme je l'ai expliqué au début du chapitre 5, quand je commençai l'analyse des données sur les années 2100 qui provenaient du premier groupe d'ateliers de Helen de la fin de 1984, je choisis délibérément de répartir ces sujets suivant ce qu'ils diraient du paysage environnant ou du milieu extérieur naturel dans lequel se déroulerait leur existence future. C'est en partie parce que presque tous les sujets qui avaient réussi à progresser dans l'avenir faisaient au moins une description brève du monde qui les entourait, mais c'était aussi parce qu'en tant que sociologues, Helen Wambach et moi considérions que ces instantanés de l'environnement futur extérieur étaient vraisemblablement à l'écart des préjugés ou des désirs conscients des sujets. Toutes leurs autres réponses, que ce fût sur l'habillement, l'alimentation, l'organisation des repas, etc., entraînaient davantage d'interférences provenant de leur situation sociale. Je voulais commencer l'analyse de ces visions à partir d'un élément aussi neutre que possible.

C'est pourquoi en examinant les questionnaires sur la période allant de 2300 à 2500, travail que je ne commençai qu'à la fin de 1988, je fus à la fois surpris et fasciné d'en trouver un grand nombre qui alliaient une société "A technologie avancée" de Type III à un environnement naturel "Nouvel Age" de Type II. Car, bien qu'il n'y eût que 30 pour cent des sujets à faire des références précises à la beauté naturelle du lieu où ils se trouvaient ou à l'atmosphère "propre" ou "claire", la totalité de ce groupe mentionnait soit de la verdure, des arbres et des lacs, soit un climat tempéré et doux, à l'exception d'une personne. Cette seule exception, que j'ai néanmoins incluse parmi les sujets de Type IIIb, évoquait une communauté située dans le Sinaï, région naturellement chaude et aride. Or, même ce sujet mentionnait qu'il se trouvait à l'extérieur en train de voyager "dans le désert". Cette femme aussi aimait son environnement.

Plus tard, en comparant les réponses de ce groupe à d'autres témoignages portant sur cette période, je fus également frappé de voir que les localisations indiquées par les dix participants de Type IIIb qui identifièrent leur environnement correspondaient approximativement aux sites où étaient établies les communautés Nouvel Age de Type II. Ainsi, en dehors du compte-rendu qui mentionnait le Sinaï, trois questionnaires de Type IIIb parlaient du Canada, dont deux qui spécifiaient les Rocheuses canadiennes (l'un disait "le Yukon ou l'Alaska"). Quatre autres venaient des Etats-Unis d'aujourd'hui : du Colorado, de l'Utah, de la côte du Golfe du Texas et des collines d'un des Etats des Grandes Plaines. Les autres endroits mentionnés étaient l'Espagne et une "Atlantide ressuscitée". Tous ces endroits, à l'exception de l'Espagne et du Texas, étaient également cités par les sujets de Type II des années 2100 ou 2300.

D'autres constatations intéressantes sur les causes et l'âge moyen des décès venaient étayer l'hypothèse que ce groupe reflétait peut-être l'évolution d'une partie de la société à technologie avancée de Type III vers des valeurs plus humanitaires. Aucun des dix-huit sujets de Type IIIb qui nous fournirent des indications dans ce domaine ne vit son existence s'achever de manière violente. On ne rencontrait pas non plus d'accidents respiratoires. Qui plus est, un bon tiers de ces sujets disaient quitter volontairement leur corps (à l'âge moyen de 71 ans). Parmi les remarques qui accompagnaient ces compte-rendus on trouvait des expressions du genre : "Je m'en vais pour apprendre quelque chose de nouveau" (âge : 45 ans) et "Il est temps d'avancer !" (âge : 82 ans). Il y avait deux accidents de voyage (âge moyen 50 ans). Les autres participants (50 %) mouraient de "vieillesse" (âge moyen : 79 ans) ou de maladie (âge moyen : 73 ans). L'espérance de vie pour la totalité du groupe était de 70,9 ans, soit plusieurs années de plus que le score très bas (56,7 ans) détenu par les sujets de Type IIIa, mais inférieur tout de même au record de près d'un siècle des sujets de Type II (99,6 ans).

Les sentiments éprouvés par ces participants "Evolués à technologie avancée" vis-à-vis de leur entourage familial et leur expérience de la lumière vive les démarquaient aussi par rapport aux autres sujets des années 2300, citadins à technologie avancée ou "Rescapés" de Type IVb. Aucun des quatorze sujets de Type IIIb qui décrivaient leurs impressions en rentrant chez eux après leurs courses n'utilisait des termes négatifs comme "désolé" ou "solitaire".

Deux d'entre eux faisaient des réponses que j'ai interprétées comme neutres, à savoir : "c'est normal" ou "couci-couça". Les autres (86 %) exprimaient du plaisir : "J'aime ce lieu !" s'exclamait la femme dont l'existence future, en la personne de "Kandra" dans le désert du Sinaï, comportait la réunion avec l'âme qui avait un moment partagé sa vie présente en la personne d'une petite fille morte à l'âge tendre de sept ans. "Nous nous retrouvions (en 2300) pour faire l'expérience de l'amour et de la relation" disait-elle. D'autres témoignaient de sentiments de "paix", de "chaleur" et "d'accomplissement". Chacun de ces termes figurait plusieurs fois sur ces compte-rendus :

"C'est agréable; je suis en train d'allumer du feu [dans la cheminée]... Nous sommes une sorte de communauté en garnison dans un poste avancé équipé d'appareils de communication hautement sensibles."

notait une femme qui se retrouva en tant qu'homme dans les Montagnes Rocheuses du Yukon ou de l'Alaska.

Mon amie artiste peintre, dont j'ai présenté ci-dessus l'existence future en la personne de Jan, découvrit que sa fille actuelle était devenue son mari en 2300. Commentant sur cette relation elle écrivait :

"[En tant que Jan] je trouvais une satisfaction profonde dans une existence partagée avec les autres et je me sentais tout à fait comblée. Nous prenions soin les uns des autres au sens le plus profond. Notre vie familiale était remplie d'affection et de partage chaleureux." (U.S.A. - les Grandes plaines)

Seize de ces sujets de Type IIIb faisaient le récit d'un incident où apparaissait une lumière ou un engin spatial. Six d'entre eux (38 %) mentionnaient les lumières d'un engin spatial, tandis que quatre autres (25 %) disaient voir un avion. Six autres présentaient l'expérience comme génératrice de guérison ou de capacités télépathiques. Parmi eux se trouvait mon amie, l'artiste new-yorkaise. Indiquant qu'un tel partage d'énergie était une activité de groupe courante à l'intérieur de ce complexe à dôme géodésique aux bâtiments cunéiformes et triangulaires, elle ajoutait ce commentaire :

"Cette expérience [recevoir la lumière-énergie] était fréquemment renouvelée, attendue et reçue avec empressement. Ces interrelations nous causaient beaucoup de joie."

Un autre vit la lumière passer "du 'troisième œil' d'une personne au 'troisième œil' d'une autre" en un échange d'informations télépathique. Un autre encore, une femme, eut conscience d'une "énorme énergie" en voyant la lumière. Pour elle, c'était "comme d'être consciemment capable de se matérialiser et de se dématérialiser".

Le mode de vie de ce groupe de Type IIIb dans la période des années 2300 à 2500 semble confirmer les impressions de cet enseignante de la Californie du Nord, dont j'ai cité le commentaire au chapitre 6 où elle exprimait son insatisfaction à propos de son existence du vingt-deuxième siècle qui était du niveau de la survie. Dans cette progression, elle avait prévu une autre incarnation future dans les années 2300 "pour travailler à une renaissance de l'humanisme" sur la Terre. Bien que nous n'ayons jamais exploré ce retour prédit au cours d'un autre atelier, les valeurs qu'elle espérait enseigner comme le respect des autres et le respect de soi-même, la vie en harmonie avec la nature, l'exercice d'une pensée critique et une bonne volonté fondamentale, semblent faire partie de l'expérience de nombreux sujets qui se retrouvèrent dans des conditions de vie de Type IIIb.

L'un des sujets de Helen, en 1983, une jeune femme qui dans son existence de 2300 s'appelait "John", fournissait un compte-rendu de type IIIb caractéristique. Après avoir décrit le complexe du genre technopole où elle vivait, où l'on voyait des "maisons construites à une certaine distance du sol, chacune portée par un unique poteau rond" avec des "sortes de lucarnes en verre au sommet", John poursuivait en disant que son habitation se trouvait parmi "des arbres verts, genre eucalyptus, mais dont la forme rappelait un peu celle du saule". Il y vivait avec son épouse, "une femme timide", et ses deux fils. Les relations familiales étaient "chaleureuses, exemptes de tension". Ce sujet ajoutait : "Dans cette existence, je trouvais plaisir à être mari et père".

Leur nourriture, mélange de légumes industriels et naturels, était consommée sur des plateaux de plastique avec l'espèce d'ustensile à la fois fourchette et cuiller qui apparaissait sur plusieurs commentaires. Dans la communauté de John, on prenait les repas chez soi. Les aliments et les vêtements dont la famille avait besoin provenaient d'un "grand bâtiment genre entrepôt" où l'on se rendait au moyen d'une machine volante individuelle décrite comme "une bicyclette aérienne". Pour payer, on se servait de pièces de cuivre "insolites, de formes géométriques". Le contact avec la lumière correspondait à la vue d'un engin spatial d'aspect "brillant avec des silhouettes sombres au centre". L'expérience n'était ni inquiétante ni inusitée. Cette vie, dans l'ensemble, était agréable et sans complications. Elle se déroulait dans ce qui est aujourd'hui l'ouest du Canada.

Finalement, devenu un "patriarche aux cheveux blancs et à la barbe blanche", John mourait paisiblement à 79 ans, "un organe interne ayant cessé de fonctionner". En quittant le corps masculin qu'elle occupait dans cette vie future, cette personne écrivait sur sa feuille de questionnaire :

> *"Je me sentis bien, accueilli et libre. C'était comme si quelque chose d'important avait été appris au cours de cette existence."*

Si les questionnaires de type IIIb laissent entrevoir une orientation vers des valeurs humaines plus positives chez les habitants des technopoles futuristes, les 24 compte-rendus que j'ai réunis en les appelant "Ruraux" de Type IVa révèlent que les postes avancés solitaires et primitifs des années 2100 sont eux aussi en train de changer. Les données recueillies indiquent que ces communautés évoluent vers un mode de vie plus moderne, plus technologique, tout en conservant leurs conditions de vie naturelles et en restant attachés à la terre.

Comme c'était déjà le cas pour les compte-rendus sur les années 2100 présentés au chapitre 6, ce qui distinguait principalement les questionnaires de Type IVa de ceux du "Nouvel Age" était leur caractère rural et fruste, plus évocateur d'un passé récent (des environs de 1900) que du futur. En fait, plusieurs sujets qui se virent mener ce genre d'existence en 2100 et en 2300 remarquaient qu'il présentait plus de ressemblance avec une vie du siècle dernier qu'avec leur image consciente du futur. Une jeune femme, qui participait à l'un des ateliers de Helen en 1983 et qui se retrouva plus tard habiter le corps d'un homme rude, écrivait :

> *"On se croirait dans un vieux western... Je suis dans un bar, très éclairé, avec des tas de gens qui boivent... Le marché est un vieux bâtiment de bois, gris, patiné par les intempéries. D'habitude, il y a une jeune fille qui aide [à servir les clients]; elle a des nattes et porte une robe de coton à rayures bleues et blanches... [Pourtant] on se sert de bouts de métal ou de pierre et non de pièces de monnaie pour payer... Je suis probablement un trappeur, car j'achète là des pièges de métal."* (Pointe sud du Groënland)

Ce jeune homme, dont le nom ressemblait à "Kenaweh" pour le cerveau conscient du sujet, vivait sur un terrain de camping en plein air au bord d'une "forêt de sapins luxuriante" près d'un "lac aux eaux claires et bleues" avec des "montagnes déchiquetées dans le lointain".

Ses vêtements, une simple "chemise d'étamine et un pantalon vert retenu par une large ceinture de cuir" paraissaient faits à la main. Selon toute apparence, il vivait seul à une certaine distance de la ville. Il prenait son repas du soir, un "ragoût de bœuf salé sans légumes" seul près d'un feu de camp. Un bol de bois grossier et une cuiller de métal composaient toute sa vaisselle.

Kenaweh disait se sentir "fatigué" en revenant à son terrain de camping après sa course à cheval jusqu'à la ville pour faire son approvisionnement. Plus tard, il avait dû être victime d'un accident. Ce sujet vit son corps futur amputé d'un pied à l'âge relativement jeune de 52 ans. Ce choc, joint à une "congestion de poitrine", le tua peu de temps après.

Bien qu'elle fût indubitablement "fruste", son existence contient plusieurs éléments qui la situent dans le futur et non dans le passé. Tout d'abord, cette femme relatait qu'elle avait absolument l'impression d'être dans une vie future. Elle vit même la date de sa mort (2352) passer en un éclair devant ses yeux fermés. De plus, la localisation inhabituelle au sud du Groënland associée à un climat nettement plus chaud que celui d'aujourd'hui coïncide avec d'autres compte-rendus d'après lesquels le Canada et la Sibérie jouiront également dans l'avenir d'un climat plus tempéré. Par ailleurs, l'utilisation des termes "brillamment éclairé" pour le bar suggère autre chose que les chandelles fumeuses ou les becs de gaz des "saloons" du dix-neuvième siècle. La même remarque s'applique aux pièges de métal et à l'amputation initialement réussie du pied. D'autres données recueillies dans des compte-rendus de Type IVa sur les années 2300, comme l'utilisation d'un "aéroglisseur" ou d'une "voiture-volante", permettent de penser que même dans les régions isolées on disposera de certains appareils modernes. De même, les "bouts de métal ou de pierre en guise d'argent" semblent indiquer que ces gens préféraient se servir des restes d'une civilisation moderne disparue plutôt que créer leur propre monnaie. Pour finir, il reste à noter que ce sujet voyait "beaucoup de gens à l'intérieur du bar"; on ne trouvait absolument aucune remarque de ce genre chez les sujets ruraux de Type IVa des années 2100. Elle laisse supposer une augmentation de la population au cours des siècles intermédiaires.

En dehors de quelques détails, comme l'augmentation de la population que je viens d'évoquer, les 24 compte-rendus de Type IVa des années 2300 ressemblaient à ceux des années 2100. Deux-tiers des maisons décrites étaient en bois, en pisé ou en pierre. On rencontrait aussi quatre "huttes d'herbe" tropicales, deux tentes et un “bungalow”. Deux-tiers de ces sujets portaient divers vêtements traditionnels comme des “pantalons de peau”, des “jeans”, des “chemises et des pantalons de coton”, bien que 25 pour cent d'entre eux fussent habillés de tuniques courtes ou de combinaisons moulantes de Type III et que deux autres fussent revêtus des longues robes amples caractéristiques des compte-rendus Nouvel Age de Type II. Un quart des sujets de ce groupe marchait nu-pieds, mais un nombre égal portait des chaussures de cuir souple ou de toile, et la plupart des autres des bottes.

De même que les “Primitifs” des années 2100, aucun des sujets “Ruraux” des années 2300 ne mentionnait la présence de pilules ou d'aliments synthétiques industriels à leur repas du soir. Des viandes variées qui comprenaient du gibier, de la volaille et du poisson représentaient 31 pour cent des aliments servis. On trouvait aussi des fruits et des légumes sur la plupart des tables (67 %), souvent accompagnés de pain et de céréales (22 %) en même temps que de viande. Des brocolis, des pommes de terre écrasées, des petits pois, des flocons d'avoine et du ragoût de bœuf figuraient parmi les aliments spécifiquement cités. Les repas se prenaient presque toujours (83 % des cas) à la maison, en famille. Deux sujets uniquement disaient manger seuls et on n'en trouvait qu'un qui disait prendre son repas avec d'autres personnes que des membres de sa famille proche.

Pour se déplacer, la moitié des sujets de ce groupe utilisait des charrettes à cheval, cinq (20 %) allaient à pied et les autres (cinq sujets) utilisaient des véhicules aériens modernes, comme ceux que j'ai précédemment cités. Des magasins d'un type ancien et des marchés en plein air prédominaient (77 %), et pourtant deux sujets de Type IVa voyaient un engin spatial apporter du ravitaillement et deux autres se rendaient dans de grands dépôts pour y chercher des provisions. Seules les deux personnes qui recevaient du ravitaillement en se rendant dans des vaisseaux spatiaux mentionnaient des cartes de crédit. Les autres utilisaient soit des billets de banque et des pièces de monnaie (50 %), soit des sortes de petites pierres, des “pièces en forme de pyramide” ou des “bouts de métal ou de pierre” pour régler leurs achats.

Une moitié seulement des 24 questionnaires de Type IVa évoquait un contact avec la “lumière vive et brillante”. Dans ces douze réponses, il s'en trouvait quatre, dont les deux mentionnées précédemment, qui parlaient d'engins spatiaux, tandis que les huit autres (75 %) décrivaient diverses lumières d'origine naturelle (le Soleil) ou mécanique comme “l'éclairage brillant” du “saloon”, un flash et les "lumières d'un train qui passe". Aucun de ces compte-rendus ne faisait état de lumières ou de couleurs utilisées comme sources d'énergie ou pour des expériences spirituelles. Un sujet qui regardait le Soleil disait : "Je n'ai pas eu vraiment de rencontre avec la lumière". Un autre, voyant passer dans le ciel un vaisseau spatial, faisait ce commentaire :

"Cela paraissait naturel. Je savais et comprenais de quoi il s'agissait."

Ce même sujet ajoutait toutefois :

"En le voyant passer, je me sentis si bouleversé que je sortis [momentanément] de cette expérience."

Seize personnes communiquaient leurs impressions sur leur mode d'existence dans cet environnement rural. Dix d'entre eux (63 %) se servaient de termes positifs comme "paisible", "heureux" ou "réalisé". Un sujet disait qu'il sentait la "chaleur et le réconfort de sa famille et de ses petits-enfants". Une participante y sentait de "l'amour". Le seul commentaire négatif était celui d'un homme qui disait éprouver "de la fatigue et de l'ennui". L'usure physique occasionnée par cette existence rude, d'un autre âge, expliquait les quatre autres commentaires considérés comme non positifs. Deux personnes disaient simplement qu'ils étaient "épuisés", tandis qu'un autre remarquait : "Il y a beaucoup de travail, mais je suis fort et j'ai confiance". Le dernier commentaire provenait d'un habitant de la Californie qui se retrouva en la personne d'une Noire vivant en Afrique du Sud, sur un bateau fluvial, avec son mari. Ce sujet disait :

"Je me sens satisfaite; je suis un peu fatiguée, mais je n'en parle pas."

En dehors de cet homme, qui crut pouvoir situer son aventure future dans ce qui est aujourd'hui le Mozambique, sept autres sujets seulement de Type IVa purent identifier la région où ils se trouvaient dans la période comprise entre 2300 et 2500. Comme je l'ai indiqué précédemment, une femme disait qu'elle s'était retrouvée en la personne d'un homme qui vivait dans le sud du Groënland. Une autre avait l'impression d'être au Pérou, tandis que deux autres encore indiquaient l'Italie et les collines du Montana. Trois derniers sujets se retrouvèrent en Australie. L'un d'eux indiquait dans la marge de son questionnaire que ce continent "paraissait moins étendu" que l'Australie d'aujourd'hui. Il faisait plutôt penser à une grande île. Il n'y avait que deux de ces localisations, l'Afrique et le Montana, qui eussent été également mentionnées par les participants de Type IV de la période des années 2100 comme sites d'implantation.

La dernière catégorie de ceux que j'ai appelés les "Rescapés" de Type IVb réunissait huit compte-rendus provenant de sujets dont l'environnement physique de 2300 était dépeint comme les vestiges "désolés", "abandonnés", "détruits" ou "en ruines" de quelque conflit futur. J'y ai aussi adjoint les deux questionnaires émanant de soldats qui vivaient dans des camps ou des casernes militaires, ce qui porte le total à dix. Pour autant qu'on puisse en juger, tous ces sujets vivaient sur la Terre. Six d'entre eux identifièrent les lieux où ils étaient. Trois se trouvaient en Asie (deux en Chine, un au Tibet) ; deux en Amérique du Nord (le Minnesota et "le continent nord-américain"); le dernier en Bolivie.

A la lecture de ces commentaires, on a l'impression que des régions dévastées par un événement ancien, à demi-oublié, sont réexplorées par des militaires ou des scientifiques. Deux de ces feuilles seulement donnent l'impression que la personne qui écrit avait été elle-même impliquée dans les conflit qui avaient provoqué ces ruines. Néanmoins, un pressentiment sinistre entoure ces régions sur lesquelles semble déjà flotter un voile de deuil. La moitié de ces Rescapés de Type IVb qualifiait le paysage de "désertique" ou de "désolé". Une femme disait que l'atmosphère y était "noire et lourde". L'homme qui se retrouva dans les débris en ruines de ce qui avait été une cité moderne quelque part dans le nord de l'Amérique disait qu'il y régnait "une brume épaisse, presque un brouillard permanent".

Aucun de ces sujets ne décrivait un environnement urbain ou rural florissant. Seul le compte-rendu de l'un des deux futurs soldats indiquait qu'il régnait un "climat agréable" dans la "région vallonnée" qui s'étendait autour de sa caserne. L'autre disait que son "camp" militaire se trouvait au milieu des montagnes.

L'un des sujets de Helen Wambach en 1982, une femme qui aujourd'hui est analyste jungienne et pratique la thérapie de régression, se retrouva au vingt-quatrième siècle habiter le "corps jeune et vigoureux" d'un homme vêtu d'un "uniforme léger qui le recouvrait complètement" et de "gants élastiques". Ce jeune homme, nommé "Brochal", faisait partie d'une équipe scientifique occupée à analyser les "eaux écumeuses" de ce qui semblait être un "lac mort", sans doute pour déterminer ce qui subsistait de produits chimiques nocifs ou de radio-activité. L'atmosphère autour du lac était "chaude et moite". Cette zone était "détruite et désolée", ne présentant que quelques "arbres rabougris et des herbes d'un vert jaunâtre". Le sujet l'identifia comme le Minnesota.

Ainsi qu'on peut s'y attendre, les bâtiments qu'on voyait en ces lieux s'effondraient. Brochal qualifiait celui qui se trouvait le plus près de lui de "ruine de tôles ondulées". Seul le "petit appareil aérien fermé" de son équipe paraissait moderne et en bon état. Il remarqua aussi que les "rations de poisson et d'une sorte de pâte" destinées à son groupe étaient pré-emballées dans des "conteneurs ronds en plastique". Ils ne consommaient rien qui pût provenir de cette localité probablement contaminée. Pour manger, ils se servaient d'une version en plastique du même ustensile, à la fois fourchette et cuiller, qu'on trouvait mentionné sur plusieurs questionnaires "A technologie avancée" de Type III.

Brochal n'était pas le seul à qualifier de "ruines" les bâtiments parmi lesquels il se retrouvait. Dix Rescapés de Type IVb décrivaient des constructions semblablement endommagées par les termes "abandonnées" ou "effondrées". Un sujet disait vivre dans une grotte; un autre dans une "hutte de rondins". On rencontrait aussi des tentes, des casernes et une maison de stuc. Aucun de ces questionnaires ne suggérait la vie de village organisée si fréquemment mentionnée dans les compte-rendus "Ruraux" de Type IVa. Les repas étaient pris soit isolément (deux cas) soit en commun (sept cas). Un sujet seulement indiquait qu'il mangeait en compagnie d'un membre proche de sa famille, un "neveu".

Et pourtant, dans certains domaines comme les aliments, les vêtements et l'approvisionnement, les données fournies par ce groupe reflètent des tendances étonnamment modernes. Les réponses sur ces sujets indiquent que la plupart des Rescapés de Type IVb venaient plutôt d'une civilisation "A technologie avancée" de Type IIIa que d'une culture de "Ruraux" de Type IVa. Par exemple, aucun de ces sujets ne portait des chemises, des pantalons ou des robes classiques. Ils ne se voyaient pas non plus revêtus des longs vêtements drapés et amples caractéristiques des communautés "Nouvel Age". La moitié d'entre eux se retrouvait dans des uniformes métalliques serrés et l'autre moitié dans des tuniques et des pantalons. Leurs pieds étaient chaussés de bottes (50 %), de chaussures (30 %) et de sandales. Un seul allait pieds-nus. Sur quatre questionnaires (40 %), on trouvait mentionnés des aliments en boîtes ou conditionnés ainsi que du pain, du ragoût et une sorte de "bouillie" probablement synthétique. Les fruits et les légumes étaient remarquablement absents de leurs menus.

Huit de ces dix sujets racontaient comment ils allaient au ravitaillement. Trois se rendaient simplement à pied, l'un dans "le grenier et le magasin abandonnés d'un village voisin", un autre dans la tente militaire où se trouvaient les vivres et le troisième dans la "hutte d'un pêcheur". Un soldat allait chercher des munitions en "buggy tiré par un cheval", cependant que les quatre autres utilisaient des navettes spatiales ou des appareils aériens ! L'homme qui vivait dans les ruines d'une cité de l'Amérique du Nord indiquait qu'il avait "vu des arbres et du soleil" dans un autre endroit lors d'un voyage de ce genre effectué dans un "véhicule spatial". Il recevait des boîtes de matériel pré-emballées dans un entrepôt équipé d'un tapis roulant. Une autre personne disait utiliser un distributeur "à fonctionnement électronique". Six de ces "Rescapés" utilisaient des cartes de crédit pour payer, signe indubitable qu'ils étaient originaires d'une culture plus organisée. Les autres se servaient de pièces de monnaie et de billets de banque divers.

Le jeune scientifique déjà mentionné, Brochal, décrivait son expédition en ces termes :

> *"Notre groupe avait besoin de nouveaux conteneurs d'aliments en boîtes. Je fus délégué pour aller en chercher. Je me servis d'un appareil aérien pour me rendre à un grand entrepôt qui se trouvait à une certaine distance. Dans ce dépôt, tout était automatisé. On appuyait sur des boutons pour indiquer ce que l'on voulait et on recevait ce qu'on avait demandé sur un tapis roulant. On payait soit avec une carte de crédit soit avec de petits bouts de plastique imprimés de tailles et de couleurs différentes. Je remis ma carte à une femme brune à la caisse, m'assurai que les boîtes étaient chargées et revins vers ce lac abandonné dans le même véhicule aérien."*

Un dernier élément relie ces dix sujets aux cultures urbaines de la Terre : en dépit de leurs conditions d'existence solitaires et affligeantes, la durée moyenne de vie pour le groupe IVb était respectable : 71,8 ans. En fait, deux de ces sujets disaient vivre jusqu'à près de cent ans et mourir de "vieillesse". Les trois autres mouraient soit d'effets de radiation (deux cas) ou pour Brochal, le scientifique, d'une maladie causée par la mauvaise qualité de l'eau, ce qui ne l'empêcha pas de vivre jusqu'à l'âge avancé de quatre-vingts ans et de mourir dans son lit "entouré de ses petits-enfants". Les autres décédaient de causes naturelles. Quant aux deux soldats, ils mouraient tous deux de mort violente. L'un était tué d'une balle apparemment au cours d'une bataille, l'autre était poignardé par un assaillant inconnu.

Ces Rescapés de Type IVb, toutefois, étaient définitivement marqués par leur existence dans ces environnements détruits et désolés. Deux-tiers d'entre eux disaient se sentir "tristes" ou "pas bien" en parlant de leur environnement. Seul Brochal indiquait que tout en n'aimant pas la région du lac, il éprouvait néanmoins le sentiment profond de la "mission" qu'il y accomplissait. Parmi d'autres commentaires sur leur existence de Rescapés, on trouvait cette remarque : "Je suis heureux que nous soyons tous deux encore ici". Ce sujet, un homme qui vivait en Bolivie, faisait apparemment allusion à lui-même et à sa femme future. Un autre, qui habitait avec un "neveu" dans les ruines abandonnées d'un village tibétain, avouait : "Je suis fatigué, attristé par cette existence". Pour finir, l'un des deux soldats exprimait un sentiment de "responsabilité" en parlant de sa carrière dans l'armée.

Comme on peut s'y attendre d'après leur habillement et leur mode de vie général, sept des huit sujets de Type IVb qui mentionnèrent leur contact avec la lumière disaient voir une sorte de véhicule spatial. Brochal mentionnait qu'il était "invité à pénétrer dans un engin spatial de forme ronde" par ses occupants (qu'il ne décrivait pas). Le seul compte-rendu où il n'était pas question de vaisseau spatial était vague. Il émanait du soldat qui était tué par une balle. Ce dernier écrivait :

"J'ai vu une sorte de lumière dans le ciel. Pas très vive."

J'ai aussi remarqué que les sept sujets qui avaient vu un vaisseau spatial indiquaient que l'engin était de forme ronde. L'événement, dans chacun des cas, semblait avoir un caractère quotidien. Quatre de ces sujets disaient que l'engin était un vaisseau de "reconnaissance" ou de "recherche", ce qui confirme l'impression générale que la plupart de ces compte-rendus provenaient de gens envoyés en mission spécifique dans les zones dévastées à partir d'autres lieux plus favorisés.

L'un des sujets du Dr Sprinkle — une femme qui disait s'être retrouvée en la personne d'un homme appelé "Bashu" habitant avec son neveu dans un village en ruines du Tibet — avait même fait un petit dessin d'un vaisseau à trois étages en forme de coupe dont la vue l'irritait. Bashu décrivait ainsi ce qui se passa :

"Je me trouvais sur un sentier, sur le flanc d'une montagne. Un vaisseau spatial me suivait. J'étais en colère. «Laissez-moi tranquille», pensais-je. Je m'étais trouvé associé dans le passé avec quelqu'un qui était à son bord. Je ne voulais pas qu'on m'emmène. J'avais une tâche à accomplir, élever mon neveu. Je me hâtai le long du sentier, toujours en proie à la colère."

Ce commentaire où le sujet exprime sa colère à se voir suivi, joint au fait que deux de ces dix Rescapés de Type IVb relataient des morts violentes, fournit un indice de plus qui les relie aux habitants des technopoles étudiées précédemment dans ce chapitre. La colère et la violence, qui ne sont pourtant pas caractéristiques de l'ensemble des données recueillies, semblent bien néanmoins réapparaître régulièrement dans trois sortes d'environnement des années 2300 : celui des sujets de Type Ia (De l'espace), de Type IIIa (A technologie avancée) et de Type IVb (Rescapés). J'ai cité plus haut dans ce chapitre le récit d'une violente bataille spatiale livrée dans un autre secteur de la galaxie et donné un exemple où l'un de mes sujets d'atelier s'était sentit "irrité" par certaines de mes questions pendant qu'il observait une existence future de Type IIIa.

Plusieurs sujets ayant participé à d'autres ateliers et qui se retrouvèrent dans des environnements de Type III et IIIa mentionnaient aussi qu'ils se sentaient "agacés" par certaines de mes questions, en particulier celles qui concernaient la "lumière vive" et celles qui enquêtaient sur leurs "sentiments" lorsqu'ils rentraient chez eux après avoir fait des achats. J'avais perçu cette tendance une première fois lorsque je discutai avec Helen au début de 1985 des premières données sur les années 2100. Or certains des Rescapés de Type IVb de la période 2300 exprimaient également des sentiments hostiles à propos de certains sujets abordés sur leur questionnaire.

Par contraste, peu — pour ne pas dire aucun — des participants qui furent progressés vers des vies futures de type "Nouvel Age" ne se sentirent ainsi ennuyés par nos questions bien que des réactions de cet ordre ne soient pas rares dans les compte-rendus sur les vies passées. Ces différences, quoique non discernables statistiquement, peuvent nous fournir aussi un indice important sur l'origine des autres différences qui opposent ces sociétés du futur.

Le Dr Helen Wambach et moi-même n'avons pas été les seuls à remarquer que les sujets hypnotisés, même dans cet état de transe légère qui caractérisaient ces ateliers, assument très souvent les traits de personnalité de leur personnage passé (ou futur). Des preuves de cette tendance abondent dans les revues professionnelles comme par exemple *The Journal of Regression Therapy*. En état de transe plus profonde, le sujet peut même assumer les réactions émotionnelles de son *alter ego* au point de perdre momentanément conscience de son identité présente. L'amnésie somnambulique est un phénomène psychologique communément admis. L'un des exemples contemporains les plus célèbres d'une "usurpation temporaire" produite par l'hypnose de la part de l'une des personnalité passées d'un individu est le cas de "Bridey Murphy" dans les années 50.

Donc les exemples donnés ci-dessus pour illustrer ma remarque qu'un plus grand nombre de sujets de Type III (A technologie avancée) et de Type IVb (Rescapés) que de sujets de Type II (Nouvel Age) réagissaient négativement dans leur existence future aux questions qui leur étaient posées indique peut-être que les individus de Type III ont plus tendance que ceux de Type II à se montrer agacés ou irrités. Ils sont plus prompts à sentir et à exprimer de l'hostilité. La société future qu'ils décrivent semble à coup sûr plus agressive. (Je me réfère ici à leur "persona" future comme à une entité distincte, bien que ces dispositions psychologiques présumées puissent également refléter le caractère actuel du sujet). Bien qu'il ne soit pas possible de la mesurer statistiquement, une différence de cet ordre expliquerait aussi le presque monopole détenu par les groupes "A technologie avancée" et les groupes de "Rescapés" des années 2300 dans les récits de morts violentes prématurées comme des assassinats.

Elle pourrait même nous aider à comprendre la présence simultanée et intriguante sur la Terre de plusieurs environnements naturels contradictoires à la même période du futur. Le lien entre ces deux phénomènes en apparence indépendants est ce que le Dr Jeffrey Goodman appelle la "biorelativité". Ce concept, qui a été présenté au chapitre 4 de ce livre, postule l'existence d'une relation directe de cause à effet entre la psyché humaine et des forces naturelles telles que les tremblements de terre, les éruptions volcaniques et les conditions atmosphériques.

Cette idée que les émotions et les croyances humaines ont un impact déterminant sur l'environnement fait aussi écho aux convictions exprimées dans l'Ancien Testament où l'on voit le Seigneur Dieu Yahvé (Jehovah) infliger délibérément des tempêtes, des périodes de sécheresse et même le Grand Déluge en réaction à la désobéissance obstinée de l'humanité à l'égard de Sa Volonté. Le Nouveau Testament affirme qu'en contrecoup à la crucifixion de Jésus "la terre trembla et les rochers se fendirent", conséquences géophysiques évidentes de la perversité humaine (Mathieu 27-51). D'autre part, le principe central de la loi universelle du Karma affirme que l'homme récolte ce qu'il sème. Selon toute apparence, si l'on s'en réfère à la biorelativité, plus nous semons de discorde et de violence et polluons ainsi notre atmosphère émotionnelle, plus la pollution écologique naturelle que nous devrons subir plus tard sera importante.

Le "Prophète endormi" de l'Amérique, Edgar Cayce, reliait directement l'activité violente des taches solaires à des explosions précédentes de "colère, de jalousie, de haine (et) d'animosité" des hommes sur la Terre (Lecture 417-7). Tout en reconnaissant la nature fondamentalement cyclique des taches solaires, qui de développent et diminuent tous les onze ans environ, il affirmait que l'importance de leur accroissement était contrôlable par la volonté du mental subconscient. Ce n'est là qu'un exemple de la manière dont les lectures de Cayce montrent notre responsabilité collective et individuelle vis-à-vis de notre environnement physique. "Ton *mental* est le constructeur !" répétait-il sans cesse en avertissement (Lecture 5757-1; en évidence dans l'original).

En faisant des recherches sur les prédictions médiumniques d'Edgar Cayce concernant les bouleversements géophysiques majeurs qui doivent se produire vers la fin de ce siècle, l'archéologue Jeffrey Goodman découvrit des preuves convaincantes que les schémas de pensée, ou "formes-pensées", des êtres humains peuvent affecter leur environnement. Il cite des travaux récents avec la photographie Kirlian qui démontrent que les corps des plantes et des animaux possèdent des champs électromagnétiques décelables qu'on peut stimuler pour obtenir des réactions émotionnelles visibles. La colère et l'hostilité y provoquent ce qui ressemble à des explosions solaires miniatures de couleur rouge et orange, jaillissant en flammes de la surface des "auras" qui entourent les sujets humains. Le Dr Goodman découvrit aussi que des expériences scientifiquement contrôlées faites sur des plantes, par les laboratoires anglais Delawarr entre autres, ont révélé que des semences sur lesquelles des personnes avaient concentré leurs prières positives avaient une croissance de 52 pour cent supérieure aux autres — *selon la personne qui priait.*[1]

Remarquons que l'impact de ce stimulus mental positif (la prière) semblait nettement dépendre de qui la faisait. Si l'on admet que tous les participants à ces expériences priaient pendant le même laps de temps, alors quelque facteur mental subconscient, différent de personne à personne, pouvait expliquer la différence des résultats. De semblables découvertes ont été réalisées à partir d'expériences où l'on explorait les facultés inhabituelles des guérisseurs psychiques. La capacité qu'a le guérisseur de se mettre mentalement et

---

[1] Jeffrey Goodman, Ph.D., *We Are the Earthquake Generation*, Berkley Books, New York, 1979, p. 191.

spirituellement en harmonie avec le mental subconscient de son malade semble jouer un rôle plus important pour la durée des résultats qu'aucun rituel ou aucune croyance préexistante.

Au début des années 70, Thelma Moss, psychologue et anciennement professeur à l'Université de Los Angeles, U.C.L.A., a mesuré l'énergie psychique émise par des dizaines de guérisseurs dans des expériences scientifiques avec la photographie Kirlian. Comme je l'ai déjà mentionné au chapitre 2, le Dr Moss conclut qu'en réalité ces guérisseurs transfèrent à leurs patients une sorte d'énergie électromagnétique décelable. Elle pense que la photographie Kirlian indique peut-être qu'il se produit entre les gens une interaction silencieuse "par des moyens invisibles et probablement électriques".[1]

Ces expériences ont confirmé les résultats obtenus dans la recherche d'avant-garde avec la photographie Kirlian portant sur les effets de l'énergie psychique sur les plantes. Ces travaux effectués par le Dr Douglas Dean, du Newark College of Engineering, ainsi que d'autres scientifiques soviétiques, comme Victor Adamenko, démontrent l'existence du transfert bio-énergétique. Edgar Cayce et d'autres voyants affirment en outre que la nature et la quantité d'énergie de guérison disponible dépendent du degré d'éveil spirituel auquel est parvenu le subconscient du patient aussi bien que celui du guérisseur. Cayce maintenait que c'est la qualité de l'expérience acquise par l'âme individuelle au cours de nombreuses incarnations terrestres qui détermine son héritage futur. En faisant un usage positif de notre volonté consciente pour surmonter nos défauts, mener à bien des objectifs louables et développer des relations d'amour et de bienveillance à l'égard des autres dans cette existence, nous forgeons les conditions dans lesquelles se dérouleront nos vies futures.

Edgar Cayce disait souvent que n'importe qui était capable des exploits extraordinaires en matière de diagnostic médical médiumnique qu'il accomplissait en état de transe. N'importe qui peut être un guérisseur spirituel ou réaliser les jardins féconds qui ont fait la célébrité de Findhorn si son esprit a été préparé spirituellement et son mental convenablement discipliné. C'est là, à mon sens, l'un des enseignements les plus importants que nous ait légué la philosophie de la Sagesse Immémoriale et les plus capables d'expliquer la coexistence dans l'avenir des communautés de Type II

---

[1] Extrait de l'anthologie de Stanley Krippner, *Galaxies of Life*, cité dans le livre de Sheila Ostrander et Lynn Schroeder, *The E.S.P. Papers*, Bantam Books, New York 1976, pp. 174-75.

"Nouvel Age" — où chacun vit en harmonie avec l'autre dans un bel environnement naturel plein de fraîcheur — et des complexes urbains de Type III "A technologie avancée", confinés, remplis de violence et entourés d'une atmosphère délétère. Le prochain Age du Verseau pourrait bien être le témoin de la découverte (ou redécouverte ?), par certains membres de l'humanité tout au moins, du pouvoir de façonner l'environnement au moyen de la pensée collective.

Je me rends bien compte que cette idée paraîtra invraisemblable à beaucoup de "réalistes" contemporains. Les effets de la bio-relativité peuvent bien être envisageables dans des cas individuels comme ceux des médiums guérisseurs étudiés par le Dr Moss ou dans des expériences limitées comme celles qui concernent les plantes ou les photographies Kirlian de l'aura humaine. Mais a-t-on vraiment la preuve que le transfert d'une forme-pensée peut produire des résultats importants dans le domaine de forces naturelles telles que les tremblements de terre ou les conditions climatiques ?

Si l'on en croit le Dr Jeffrey Goodman, la réponse à cette question est "Oui !". Dans l'appendice C intitulé "Formes-pensées et bio-relativité" de son livre *We Are the Earthquake Generation*,[1] il montre comment sa propre recherche en tant qu'étudiant de troisième cycle à l'Université de l'Arizona l'a convaincu que trois groupes importants au moins de peuples préhistoriques vivant dans le sud-ouest de l'Amérique furent graduellement forcés de quitter les territoires qu'ils occupaient depuis des siècles quand leur culture se trouva en "dysharmonie" avec l'environnement local. Au cours d'une longue période de 700 ans (de 650 à 1350 de notre ère), à mesure que le niveau moral et spirituel de ces groupes déclinait et qu'ils s'adonnaient à des activités de "dysharmonie" telles que le cannibalisme, l'esclavage et la guerre, la quantité des pluies et le niveau hydrostatique furent réduits à néant, les décimant et les forçant à émigrer. En même temps, d'autres populations voisines, isolées, qui ne manifestaient aucune attitude hostile ou guerrière restaient apparemment florissantes et disposaient des quantités d'eau nécessaires.

Le Dr Goodman découvrit que chacune des trois zones étudiées, à savoir le district du Navajo Reservoir, le Chaco Canyon et le Mesa Verde, subirent les mêmes changements fondamentaux : "bonnes gens = bon environnement / mauvaises gens = mauvais environnement", bien que les habitants n'aient eu aucune relation les uns avec

[1] Jeffrey Goodman, *op. cit.*, pp. 243-49.

les autres. Qui plus est, au cours de la même période de temps, la tribu voisine des Hopis — dont l'éthique traditionnelle de paix qui les enjoint à "marcher en harmonie avec la Terre Mère" a régné jusqu'à l'époque présente — restèrent sur leur "territoire sacré" en disposant d'assez d'eau pour poursuivre leur mode de vie agricole et paisible. Les prophéties de ce peuple remarquable ont été étudiées au chapitre 3 de ce livre.

Un exemple plus récent de la manière dont l'entraînement à mettre en commun des schémas de pensée au cours de méditations collectives centrées sur un même idéal ont affecté l'environnement a fait le sujet du livre d'Elaine et d'Arthur Aron : *The Maharishi Effect*. Cet ouvrage relate comment un groupe d'adeptes de la Méditation Transcendantale, discipline mentale et spirituelle enseignée au départ par un gourou hindou populaire nommé Maharishi Mahesh Yogi dans les années 60, se rassemblèrent en 1978 dans différents hôtels de Téhéran alors que les combats de rue faisaient rage. Leur but était d'augmenter les vibrations spirituelles de paix et de changement social positif.[1]

Pendant trois mois, inconnus de tous en dehors de leur organisation, des groupes allant de trente à deux cents personnes se rencontrèrent pour méditer dans différents endroits de la ville. D'après les Aron, jour après jour, il fut démontré de manière indubitable au cours de cette période qu'il y avait moins de combats et moins de pertes humaines dans le voisinage immédiat du lieu où se tenait le groupe qu'avant ou après leur méditation. Malheureusement, le nouveau gouvernement révolutionnaire annula bientôt tous les visas de tourisme occidentaux et le groupe dut quitter ce pays ravagé par la guerre avant de pouvoir réunir assez de gens et de pratiquer la méditation suffisamment longtemps pour espérer produire des changements plus durables et sur une plus vaste échelle. Ils quittèrent Téhéran, et la suite appartient à l'histoire.

D'autres travaux de recherche scientifiquement contrôlés sur les effets psychologiques de la Méditation Transcendentale ont été réalisés par Robert Keith Wallace qui, dans sa thèse de 1970 à l'U.C.L.A., a émis l'hypothèse que ces états méditatifs constituent un état de conscience distinct, physiquement et mentalement différent de l'état de veille, de sommeil ou de rêve. Cette recherche, menée par Wallace et par d'autres scientifiques, a prouvé que la pratique régulière de la Méditation Transcendentale pendant plusieurs mois

---

[1] Elaine et Arthur Aron, *The Maharishi Effect : A Revolution Through Meditation*, Stillpoint, Walpole, N. H., 1986.

contribue à réduire l'hypertension et la dépendance à l'égard des stupéfiants, du tabac et de l'alcool, même dans des cas d'abus de la drogue. Son exercice régulier se révéla aussi plus efficace qu'un repos ordinaire pour améliorer les temps de réaction, augmenter l'acuité visuelle et combattre le stress psychologique.[1]

Quel rapport ont donc avec la bio-relativité et la Méditation Transcendantale les divers environnement sociaux et matériels futurs décrits par les participants aux ateliers de Helen Wambach et aux miens ? Bien que je tienne à préciser qu'au cours de notre étude de ces scénarios futurs nous n'avons jamais tenté d'établir une corrélation entre eux et les habitudes de méditation de nos sujets dans cette vie présente ou des pratiques de méditation perçues dans le futur, les différences nettes existant entre les groupes de Type II, III et IV indiquent une activité spirituelle beaucoup plus grande dans les communautés de Type II (Nouvel Age). La pratique régulière de la méditation de groupe, le travail sur les cristaux et d'autres techniques encore à découvrir de transfert bio-énergétique paraissent fournir une explication logique et plausible à l'environnement meilleur et plus sain dont bénéficiaient les sujets de Type II à la fois dans les années 2100 et dans les années 2300.

A l'époque actuelle, je ne peux affirmer qu'une semblable exploitation positive de l'énergie humaine, susceptible d'apporter des solutions de Type II à l'humanité future, verra le jour, mais je me sens certainement autorisé à dire que ceci *peut* advenir si un nombre suffisant de gens se mettent activement à le préparer aujourd'hui. Si, comme Edgar Cayce et d'autres transmetteurs (channels) de la Sagesse Immémoriale nous l'assurent, nous sommes continuellement en train de modeler notre réalité physique future par nos pensées et nos actes collectifs d'aujourd'hui, alors il est temps *maintenant* de nous éveiller aux alternatives que nous créons. Les différents choix entre les conditions terrestres représentées par les sociétés de Type II, III et IV sont clairs. Que désirons-nous pour nos petits-enfants ? Vers quel monde souhaitons-nous revenir peut-être un jour ?

---

[1] *Ibid.*

Troisième

Partie

— IX —

Le “futur” est-il déjà passé ?

La physique du Nouvel Age et l’univers holographique.

L’analyse détaillée des compte-rendus qui a fait l’objet des quatre derniers chapitres nous permet à présent d’en dégager les éléments les plus marquants.

La première constatation qu’on peut faire, c’est que certaines données ont un caractère surprenant. Elles sont en désaccord avec ce qu’on pouvait raisonnablement attendre : ainsi, la chute dramatique de la population (qui en 2100 ne serait plus que de 4 à 5 pour cent de ce qu’elle est aujourd’hui, et de 12 pour cent en 2300) ne correspond ni au taux de probabilité des réincarnations futures, ni aux prévisions statistiques, ni aux désirs exprimés par les sujets progressés de se retrouver en vie aux époques concernées. Autre élément intriguant : la coexistence de quatre grands types de société et d’environnement nettement caractérisés et antithétiques qui réapparaissent avec constance dans tous les ateliers, aussi bien en 2300 qu’en 2100 — malgré quelques signes, à mesure qu’on avance dans le temps, d’une orientation vers une civilisation unique à l’échelle de notre système solaire. De tels contrastes sont également en désaccord avec le tableau brossé par les futurologues d’un monde homogène et interdépendant.

Ce caractère inattendu des résultats est d’une très grande importance, car il nous conduit à une deuxième constatation majeure, à savoir que les données sont pratiquement exemptes d’interférences de la part du mental conscient des sujets, et qu’elles ne sont pas davantage colorées par leur subconscient — le monde des croyances, des désirs et des peurs. En effet, un quart seulement des sujets se retrouvèrent dans les conditions attrayantes du Nouvel Age; les scénarios décrits sont plausibles et peu variés, signe que l'imagination n'a guère pris part à leur élaboration (la science-fiction est elle-même plus inventive); enfin, une infime proportion des compte-rendus (3 %) reflète la grande peur de notre époque en évoquant les effets de la radioactivité et les conséquences d'un conflit nucléaire.

On est donc autorisé à penser que ces données pourraient bien contenir une parcelle de vérité et qu'elles méritent d'être prises au sérieux, même si le nombre relativement restreint des sujets progressés (350) rend indispensable la poursuite de la recherche.

Nous restons alors confrontés à deux grandes interrogations : comment expliquer d'une part la présence simultanée d'environnements antithétiques sur notre planète dans quelques générations, et d'autre part la possibilité même de "sonder" un futur non encore réalisé ? Disposons-nous aujourd'hui de moyens d'expliquer cette "mémoire du futur" qui semble contredire les lois physiques du temps linéaire ?

Une réponse affirmative pourrait nous venir d'un domaine à première vue des plus inattendus : le monde scientifique et théorique de la physique contemporaine. L'une des découvertes révolutionnaires de la "nouvelle physique" est que les fondements de ce que nous avons pendant longtemps considéré comme un univers continu, unidirectionnel et mécanique, réductible en parties individuelles de plus en plus petites, n'est en fait nullement déterministe ou mécanique. On se trouve au contraire, semble-t-il, devant un processus évolutif dont les fonctions ne sont généralement pas linéaires. Notre univers, que la plupart des physiciens contemporains nomment "espace-temps", ressemble donc beaucoup plus à un Etre conscient et vivant dont l'existence de chacune des parties dépend de celle de l'organisme tout entier, qu'au mécanisme parfait imaginé par Newton et par les scientifiques "classiques" de l'école matérialiste.

Avant d'étudier les thèses des scientifiques contemporains qui établissent un lien entre la nouvelle conception holistique de notre univers spatio-temporel et la conscience humaine, il me paraît essentiel de dire quelques mots sur la manière dont se sont élaborées les théories de la physique quantique et de la relativité générale, afin d'en comprendre l'impact.[1] La vision du monde proposée par la

---

[1] Pour une analyse détaillée des fondements de la "nouvelle physique" en termes profanes, consulter le livre de Fred Alan Wolf, *Taking the Quantum Leap*, Harper & Row, New York, 1981; ainsi que celui de Paul Davies, *Other Worlds*, Simon & Schuster,

physique classique, c'est-à-dire celle de Newton, s'est développée à partir de quelques principes de base établis au moment de la Renaissance et pendant l'Age de la Raison du dix-huitième siècle. Ces principes étaient fondés sur les découvertes astronomiques selon lesquelles tous les corps visibles de l'univers, dont la Terre, sont constamment en mouvement. Tout se meut, tout change. De plus, comme l'ont démontré Galilée et Newton, l'observation révèle que le mouvement physique obéit à certaines lois invariables dont il est possible de donner une expression mathématique. Ces lois s'appliquent à tout l'univers connu à travers ce que l'on appelle l'espace et le temps. On peut donc considérer que tous les phénomènes observables sont réductibles au fonctionnement de ces lois "naturelles" qui permettent d'en prévoir le comportement futur. Le rôle de la science a donc été de formuler ces lois et de classer en fonction d'elles toutes les formes d'activité.

Dans l'accomplissement de cette tâche, le scientifique doit se comporter en expérimentateur détaché car, ainsi que l'a énoncé René Descartes, la logique humaine est la base de toute conduite raisonnable et le fondement de toute observation scientifique. Une opinion parfaitement objective est non seulement possible mais indispensable au progrès. L'univers peut donc être comparé à une gigantesque horloge mécanique dont les mouvements internes une fois lancés se répètent indéfiniment. Il n'est soumis qu'à l'usure inexorable du temps linéaire, en accord avec la seconde loi de la thermodynamique selon laquelle tous les processus finissent par perdre leur cohérence interne. Ainsi, avec l'Age de la Raison, un Dieu "horloger" neutre et objectif, qui jadis construisit le cosmos et le laissa lentement se défaire sous l'effet de l'érosion du temps, remplaça la divinité aux interventions fréquentes de la Bible, dont les très humaines émotions de jalousie et d'amour avaient inspiré l'histoire et la philosophie traditionnelles du monde judéo-chrétien. Comprendre les fondements matériels de la réalité devint la tâche de l'homme, et la physique fut considérée comme la reine des sciences.

A la fin du dix-neuvième siècle, la plupart des Occidentaux eurent l'impression que leur civilisation avait admirablement réussi dans cette tâche qu'elle s'était imposée. Un théoricien américain célèbre, A. A. Michelson, déclara en 1894 que tout ce qu'il restait à accomplir aux futurs scientifiques c'était "d'ajouter quelques décimales" pour affiner les preuves des découvertes précédentes. D'après Fred Wolf,

---

New York, 1980. Mes connaissances mathématiques étant limitées, je dois beaucoup à leurs explications remarquables pour ma compréhension de ces concepts stimulants.

l'éditeur Hugh Elliot aurait un jour écrit que la réalité était fondée sur trois principes fondamentaux, à savoir :

1) Le caractère universel des lois naturelles maintient tout ce qui existe dans un ordre régulier et uniforme. Ainsi tout mouvement s'effectue à travers un espace infini et immuable dans l'écoulement absolu et constant du temps linéaire. Le changement se fait de manière insensible et continue, sans intervalles, d'un état physique à un autre.

2) Tous les événements sont causés par l'interaction de la matière en mouvement. C'est pourquoi toute notion théologique de Dieu ou d'un but surnaturel sous-jacent à l'existence est une absurdité.

3) Toute réalité est matérielle par nature. Rien n'existe qui ne se manifeste physiquement d'une manière ou d'une autre. Bien que de nombreux physiciens "classiques" aient refusé d'adopter une attitude aussi strictement matérialiste et athée que celle d'Elliot, tous établirent leurs travaux scientifiques sur ces notions.[1]

Parmi les forces naturelles perçues comme sous-jacentes à toute activité locale (terrestre) et cosmique par Newton et ses successeurs, il en était trois qui les intriguaient particulièrement. C'étaient l'électricité, le magnétisme et la gravité. Pendant tout le dix-neuvième siècle, les physiciens réunirent leurs efforts pour leur trouver une définition mathématique et pour découvrir les relations existant entre elles — souvent au moyen d'expériences avec trois de leurs effets : les énergies de la lumière, de la chaleur et de l'attraction. Dès le départ, les scientifiques étaient persuadés qu'ils pourraient un jour décomposer toute chose en ses constituants de base et que la théorie qui en découlerait se révélerait être le schéma directeur de l'univers tout entier, et rendrait enfin compréhensibles tous les mécanismes de la nature.

Pendant plus de cent ans, l'histoire de la physique fut jalonnée d'importants progrès en direction de ce but. La plupart des commodités modernes que l'on considère aujourd'hui comme allant de soi : l'éclairage et le chauffage électriques, le téléphone, la radio, la télévision, les avions à réaction, les ordinateurs, et bien d'autres choses encore, viennent de ce que notre civilisation a réussi à décomposer l'univers matériel de Newton.

L'un des résultats les plus remarquables de cette tentative fut la découverte au début du dix-neuvième siècle, par le scientifique britannique Michael Farraday, qu'un courant électrique engendre un

---

[1] Fred A. Wolf, *op. cit.* pp. 45-46.

champ magnétique et inversement. Donc l'électricité et le magnétisme, qui à l'origine étaient conçus comme des énergies distinctes, se révélaient comme les propriétés d'une seule et même force électromagnétique. Cette percée fut suivie en 1860 par les équations mathématiques de James Clerk Maxwell, qui démontrèrent que le processus de transformation de l'électricité en magnétisme et inversement se faisait en oscillations ou ondes régulières qui se répétaient. Ces ondes ne variaient qu'en vitesse ou en fréquence (nombre d'oscillations à la seconde).

Bien que l'existence des vibrations électromagnétiques fût démontrée par une théorie mathématique solide, James Clerk Maxwell s'interrogea sur leurs propriétés physiques. S'inspirant de la découverte par Thomas Young (en 1803) que la lumière, qui selon Newton était composée de corpuscules individuels, se révélait aussi dotée de propriétés ondulatoires, Maxwell tenta de réunir les ondes lumineuses et électromagnétiques en une seule formule. A sa grande surprise, il découvrit que les deux types d'ondes devenaient identiques lorsque leur fréquence était portée à la vitesse de la lumière (300 000 km/s). Il prouva ainsi le caractère mécanique de la lumière et montra qu'elle était une forme d'électromagnétisme.

Bientôt, il fut démontré que la chaleur aussi était une onde électromagnétique, qui vibrait à des fréquences différentes. Les ondes radio furent découvertes par le scientifique allemand Heinrich Hertz en 1887, en appliquant les équations de Maxwell à des fréquences invisibles à l'œil nu. L'univers de Newton, conçu à l'origine comme entièrement composé d'éléments matériels formés d'infimes particules séparables, commença à apparaître comme un phénomène d'ondes électromagnétiques vibrant sans arrêt à travers l'espace et le temps sur toute une gamme de fréquences.

Cependant, cette nouvelle conception de la réalité se trouva confrontée à plusieurs problèmes ardus qu'il paraissait indispensable de résoudre si l'on voulait expliquer la production par les ondes électromagnétiques de chaleur et de lumière sensibles. Quelle relation pouvait-on établir entre ces différentes formes d'énergie électromagnétique ? Ce fut là un des premiers problèmes auxquels s'attaquèrent les physiciens à la fin du siècle dernier. Quiconque a jamais enflammé une allumette sait que la matière en brûlant produit de la chaleur et de la lumière. Si l'on regarde attentivement une flamme, on peut y voir plusieurs couleurs qui vont du bleu au jaune, parfois au rouge. Quand l'allumette s'éteint, chaleur et lumière colorée disparaissent.

Déterminer la relation précise entre chaleur et lumière, chacune étant une forme d'énergie électromagnétique, se révéla toutefois impossible tant que les physiciens s'en tinrent à leur credo newtonien qui affirmait que tout mouvement est continu et régulier. La physique classique avait déjà prouvé que les objets chauds vibrent plus vite que ceux qui sont froids et que ce changement de fréquence se manifeste par différentes couleurs. On savait en outre que les hautes fréquences ont des longueurs d'onde plus courtes à cause de la géométrie reliant le temps à l'espace (plus il y a d'ondes dans un espace donné, plus leurs vibrations sont rapides et plus les oscillations sont courtes). Si, comme le croyait Newton, la chaleur se changeait en lumière de façon continue et régulière, alors toute l'énergie thermique absorbée par un objet qui brûle tendrait à se transformer le plus vite possible en lumière à vibrations rapides. La lumière ainsi produite passerait instantanément des basses fréquences du rouge et du jaune à celles de l'ultraviolet, au-delà du spectre visible, tant qu'il subsisterait assez d'énergie thermique.

Cette théorie fut dénommée la "catastrophe de l'ultraviolet". Si elle avait été conforme à la vérité, il n'existerait dans notre univers pratiquement aucune séparation entre la lumière, la chaleur et d'autres ondes électromagnétiques. Tout serait instantanément attiré vers l'onde de fréquence la plus rapide que la réaction puisse produire. La vie physique serait presque impossible. De toute évidence, puisque l'expérience prouve le contraire, quelque chose n'allait pas dans cette hypothèse que l'énergie change de forme d'une façon continue, sans intervalles.

Avec le recul, la solution de ce paradoxe paraît d'une évidence désarmante : à savoir que les ondes énergétiques doivent changer de forme discrètement, en sautant d'une unité de valeur à une autre, sans passer par des fréquences intermédiaires fractionnaires. De cette façon, quand un objet matériel chauffe ou se refroidit, il émet de l'énergie à toutes les fréquences dont il est capable, simultanément. A mesure qu'il absorbe l'énergie thermique, les ondes électromagnétiques ainsi produites sautent d'une unité de valeur à l'autre en émettant de la lumière de diverses couleurs (ou fréquences) en même temps. Comme ces sauts ne sont évidemment pas continus, ils impliquent des intervalles dans l'espace et le temps (ou durée). Toute l'énergie n'est pas instantanément transformée. Il se produit un processus interdépendant. Ce processus permet l'enchevêtrement d'énergies qui constitue le monde où nous vivons, où des longueurs d'onde de fréquences distinctes et discontinues peuvent coexister tout en se transformant.

De plus, comme les diverses fréquences sont des multiples les unes des autres, un objet chauffé peut libérer davantage d'ondes à basse qu'à haute fréquence. Ce genre de transformation consomme moins d'énergie. Les hautes radiations ultraviolettes sont donc toujours brimées excepté lors des transformations les plus puissantes. C'est ce qui permet l'existence de la vie matérielle telle que nous la connaissons. S'il en était autrement, les formes de vie intelligente risqueraient de se trouver limitées à des créations d'énergie pure, dépourvues d'existence concrète.

C'est pourquoi le feu d'une allumette produit des flammes jaunes, bleues et ultraviolettes invisibles, simultanément et dans cet ordre, aussi longtemps qu'il y a assez de matière pour alimenter le processus de transformation de l'énergie (la chaleur) en fréquences de lumière visible. La plus grande partie de la lumière produite s'orientera vers les basses fréquences du jaune. Même quand la quantité d'énergie produite par l'allumette tombe en dessous du seuil où elle émet de la lumière visible, après que sa flamme se soit "éteinte", le processus se poursuit, mais à des unités de fréquence trop lentes pour être visibles. C'est pour cette raison que le charbon rougeoie, puis continue de dispenser la chaleur de l'infrarouge après avoir cessé d'émettre de la lumière sensible.

Or ce processus ne peut avoir lieu que si les ondes électromagnétiques, y compris la lumière, se comportent d'une façon que n'avait pas prévue la physique de Newton. Il faut qu'elles transforment leur énergie en paquets unitaires ou, pour employer la terminologie de Fred Wolf, en "grains". Albert Einstein, intrigué par ce concept, a appelé ces grains non fractionnaires d'énergie des "quanta", ce qui signifie "totalité". De plus, chacun de ces quanta invisibles (ou grains d'énergie lumineuse) doit correspondre à un multiple d'une unité primaire indivisible qui reste constante dans tout l'univers. L'énergie émise par un objet chauffé doit être un multiple de cette constante indivisible et universelle et de la fréquence lumineuse observée. En termes mathématiques ceci est exprimé par l'équation $E = hf$. Dans cette équation, E représente l'énergie, h la constante unitaire indivisible et f la fréquence de la lumière émise.

Cette formule, fondement de la mécanique quantique, fut présentée en décembre 1900 à la Société allemande de physique par le professeur Max Planck, qui obtint plus tard le Prix Nobel pour sa contribution théorique à la physique quantique. Le Dr Planck reconnut que sa célèbre formule avait jailli dans son esprit en un éclair d'inspiration longtemps avant qu'il n'en découvrît les preuves mathématiques. Il la qualifia "d'heureuse intuition". La constante indivisible *h* est maintenant connue comme la constante de Planck. Elle a une valeur infinitésimale estimée inférieure à 7 x 10^{-27} [1]. Etant donné sa petitesse, son unité de valeur indivisible n'affecte directement que le niveau subatomique microscopique des objets matériels. Tout ce qui dépasse la taille des électrons (qui ne furent découverts qu'en 1896) paraît exister de manière continue. L'observation faite par Newton d'un univers ordonné, ininterrompu, était valable pour le monde physique qu'il percevait. Mais il avait tort de présumer que ces caractéristiques visibles résultent de répliques toujours plus petites d'un même modèle mécanique.

La découverte par Planck de *h* et de sa nature indivisible a révélé que les fréquences lumineuses se produisent par fragments intermittents et non de manière continue et mécanique. Ce minuscule intervalle dans leurs fréquences fait toute la différence. Sans cet intervalle, il ne pourrait guère exister de matière, aux vibrations lentes. S'il était plus grand, la nature de la réalité matérielle que nous percevons en serait affectée, puisque les objets de quelque importance de notre univers apparaîtraient et disparaîtraient suivant les sauts de leur énergie quantique ! La dimension infime de la constante *h* était juste ce qu'il fallait pour produire un ensemble de conditions intermédiaires, celles-là même qui étayent notre réalité matérielle, en apparence globale mais en fait discontinue. L'univers comparable à un "mouvement d'horlogerie" posé par Newton et considéré comme le fondement de toute réalité par les scientifiques matérialistes du dix-neuvième siècle se révélait criblé de trous de dimension quantique.

Bien que Planck hésitât longtemps avant d'admettre les conséquences de sa découverte, cette dernière éveilla l'intérêt du génie scientifique le plus célèbre du vingtième siècle, le Dr Albert Einstein, car elle apportait selon lui la définition de l'énergie d'une particule encore inconnue, celle de la lumière. Comme tous les autres physiciens de son temps, Einstein croyait en un univers foncièrement mécanique qu'on pouvait diviser en parties de plus en plus petites pour en découvrir les rouages les plus secrets.

Insatisfait de la démonstration mathématique de Young et de Maxwell selon laquelle la lumière est composée d'ondes, il se dit que les grains séparés de lumière conçus par Planck étaient en fait de minuscules granules ou particules. Mais d'après la formule de Planck (E= hf), le comportement de ces particules de lumière dépendait de

---

[1] C'est-à-dire inférieure à 0,000 000 000 000 000 000 000 000 007 !

leur fréquence observée, c'est-à-dire d'un processus ondulatoire. Les deux aspects, ondes et particules, ne pouvaient être séparés. Donc, si la formule de Planck était juste, l'énergie lumineuse comportait les caractéristiques à la fois des ondes et des particules. C'était quelque chose de tout à fait nouveau et qui n'avait plus rien de mécanique. Mais comme d'autres physiciens découvrirent rapidement que cette formule permettait d'expliquer et de prévoir avec précision le comportement d'autres phénomènes subatomiques mystérieux, on l'adopta. La lumière fut donc considérée comme constituée simultanément d'ondes et de particules.

Ainsi, tout comme les successeurs de Newton qui divisaient le monde matériel en fragments de plus en plus petits allant des structures sensibles aux atomes et aux particules subatomiques, ils atteignirent finalement un niveau de réalité où les particules élémentaires ne semblent plus du tout être des entités physiques distinctes mais faire seulement partie d'un processus dynamique où leur interaction produit une onde vibratoire lumineuse. Comme Einstein avait initialement appelé ces grains d'énergie lumineuse des "quanta", la dénomination plutôt incongrue de "mécanique des quanta" fut adoptée pour étudier leur comportement. Dès lors, les physiciens ont appelé les quanta de lumière d'Einstein des "photons" et développé la science de la photographie d'après ses théories, mais ils ont continué à désigner la physique subatomique par les termes de "mécanique quantique". Aujourd'hui, certains scientifiques préfèrent l'appeler "physique des particules".

A ce niveau infinitésimal de la réalité, des éléments comme les électrons possèdent certaines propriétés des particules matérielles solides, mais se comportent également comme des ondes d'énergie dépourvues de masse et dotées d'une existence individuelle hypothétique. Seule leur interaction, représentée par une fonction d'onde quantique, peut être définie avec précision et située mathématiquement. Le physicien britannique Paul Davies désigne cette fonction ondulatoire par la lettre grecque *Psi* (Ψ). Le Dr Fred Wolf lui a donné le nom fantaisiste de "qwiff". Il est important de réaliser qu'un "qwiff" ou *Psi* ne représente pas en soi un événement physique spécifique mais plutôt une *information sur la manière dont se comporte un système d'événements.* Cette distinction est d'une importance cruciale pour la compréhension du fonctionnement de la mécanique quantique.

Dans l'équation qui définit une fonction quantique ondulatoire, la localisation, la vitesse et même l'existence physique de chaque électron en tant qu'événement individuel ne peuvent être exprimés qu'en termes de tendance ou de probabilité. Chaque fois que l'on s'efforce de suivre le trajet d'un électron donné à l'intérieur d'un atome, on découvre que sa nature quantique intermittente rend impossible la prévision simultanée de sa vitesse et de sa position. Chaque électron peut "sauter" en dehors de sa position physique à n'importe quel moment, quittant un instant l'existence matérielle, en quelque sorte. Sa réapparition peut se produire n'importe où à l'intérieur des paramètres définis par la formule de Planck au moment où il émet un éclair d'énergie lumineuse perceptible. Ainsi le trajet exact que décrira chaque électron autour du noyau de l'atome reste une probabilité et non une certitude. Seul est prévisible le comportement des électrons pris dans leur ensemble en tant que fonction ondulatoire quantique (Ψ). C'est le comportement de (Ψ) qui définit la nature de l'atome.

On a par conséquent découvert qu'au cœur de notre univers spatio-temporel existe une globalité composée où les unités individuelles les plus élémentaires ne peuvent être conçues qu'en termes d'activité du système général, ou fonction (Ψ). Au lieu de "blocs de construction", fondements d'un univers mécanique au "mouvement d'horlogerie", les scientifiques ne pouvaient que faire l'hypothèse de "paquets" indéterminés d'énergie appelés photons qui, lorsqu'ils étaient engagés dans une réaction réciproque en tant que qwiffs, produisaient des résultats visibles à des niveaux supérieurs à celui de l'atome. Tout ce qui était plus petit que l'atome relevait du domaine de la probabilité quantique jusqu'à ce que l'observation humaine ait pu en déterminer l'existence exacte.

Au début des années 20, un jeune physicien allemand, Werner Heisenberg, démontra mathématiquement qu'à quelque moment que ce soit, le comportement subatomique non observable n'a qu'un caractère de probabilité. Sa théorie est maintenant connue comme le "principe d'indétermination de Heisenberg", ou le "principe d'incertitude de Heisenberg". A la suite du physicien danois Niels Bohr, qui le premier élabora le modèle quantique de l'atome, Heisenberg démontra que *tant qu'on ne pouvait réellement observer l'orbite d'un électron autour du noyau de l'atome*, la trajectoire restait indéterminée à cause de sa nature quantique. Heisenberg concluait en disant que "cette trajectoire n'a d'existence que lorsque elle est observée".[1]

---

[1] M. Jammer, *The Conceptual development of Quantum Mechanics*, New York, McGraw Hill Book Co., 1966, p. 329, cité dans l'ouvrage de F.A. Wolf, *Taking the Quantum Leap*, p. 111.

En d'autres termes, Werner Heisenberg fondait sa conclusion sur le fait que, pris individuellement, les électrons possèdent les propriétés à la fois des particules (qui ont une position définie) et des ondes (qui ont une vitesse de rotation spécifique dépendant de leur fréquence). Toutefois, ils ne manifestent pas ces propriétés simultanément au niveau individuel, mais seulement au niveau d'un processus de groupe : la fonction ondulatoire quantique (Ψ). Donc, lorsqu'un expérimentateur veut étudier le comportement d'un seul électron, il doit *choisir* la propriété qu'il souhaite mesurer. L'observation de la position présente d'un électron rend sa vitesse passée et future incertaine, tandis que l'observation seule de sa vélocité laisse dans le doute sa position présente. La propriété que va manifester l'électron *dépendra du choix de l'observateur.* La décision de l'observateur humain contribue donc à créer le résultat physique qu'il observe.

Cette conclusion saisissante d'Heisenberg — que la définition de la réalité au niveau quantique est relative à l'observation humaine — marquait une orientation radicalement différente du point de vue mécaniste de Newton qui insistait sur l'ordre précis de l'univers et sur sa nature strictement matérielle. Même la sacro-sainte distinction de Descartes entre les processus physiques et mentaux paraissait renversée. Comment était-il possible à la seule observation humaine, c'est-à-dire à une activité mentale, de déterminer la réalité matérielle ? Et si elle y parvenait, qu'adviendrait-il du credo scientifique religieusement accepté de l'observateur "objectif" ? Comment considérer que la nature suit des lois universelles et immuables si la détermination des résultats au niveau quantique dépend de l'observation humaine ? Qu'advient-il de la relation de cause à effet si le résultat d'une expérience "jaillit" tout à coup au plan de l'existence à l'instant final de l'observation ? Voilà le genre de questions que la mécanique quantique pose à la communauté scientifique contemporaine. Rien de surprenant à ce que le modèle quantique de l'atome de Bohr et le principe d'incertitude du comportement subatomique d'Heisenberg continuent à susciter des controverses parmi les physiciens en dépit de leur apparente exactitude mathématique.

Pour discutables que fussent les conclusions du jeune Werner Heisenberg, elles se bornaient en fait à appliquer les conséquences implicites de la théorie de la relativité d'Albert Einstein au comportement subatomique. C'est Einstein qui, dans deux publications, respectivement de 1905 et de 1915, attira le premier l'attention sur la nature relative et subjective de toute observation humaine de l'activité du monde extérieur. C'est Einstein qui démontra que, puisque la vitesse de la lumière est constante, tout mouvement observé dans l'univers physique est relatif à la position de l'observateur et au moment où il observe. C'est Einstein qui le premier mit en doute le concept de l'écoulement uniforme du temps linéaire à travers un espace infini et vide.

Dans la physique de Newton, le temps et l'espace sont indépendants l'un de l'autre et fixes. L'univers se compose d'une suite d' "instants" définis qui changent constamment, mais qui, si on les "gelait" dans le temps, contiendraient tous la même réalité à tous les points de l'espace. C'est ainsi qu'à un certain "instant", par exemple, la Terre et tout ce qu'elle renferme serait une seule et même réalité pour un habitant de New-York aussi bien que pour un extraterrestre braquant un télescope à très haut pouvoir de résolution depuis une planète tournant autour d'Alpha Centauri. Il semble que ce soit là du bon sens, car le mental conçoit aisément que le "même instant" se trouve partout en même temps.

Dans sa théorie de la relativité restreinte, Einstein démontra mathématiquement qu'il en va tout autrement. Pourquoi cela ? Tout simplement parce que toute activité physique (ou énergie) doit être transmise à travers l'espace pour pouvoir être perçue. Cette transmission nécessite du temps. Sa vitesse est limitée par celle de la lumière qui est partout constante. C'est ce qu'Albert Einstein a exprimé dans sa célèbre formule $E = mc^2$, où E représente l'énergie, m la masse et c la vitesse de la lumière.

En conséquence, la Terre et ses activités, à l'instant que je viens de proposer de "geler", ne seraient pas identiques pour un observateur humain situé sur notre planète et pour un habitant d'Alpha Centauri. Ce dernier, en fait, observerait comme son "instant présent" ce qu'un Terrien aurait perçu environ quatre ans plus tôt, parce qu'il aurait fallu tout ce temps à la lumière pour parcourir la distance qui sépare notre système solaire de celui d'Alpha Centauri. On exprime ces distances en "années lumière", terme familier à la plupart des gens bien que nous nous avisions rarement qu'il signifie que "l'instant présent" est un concept relatif et non absolu. Sa détermination dépend de celui qui décrit l'événement en tant "qu'instant présent".

De la même manière, l'usage que nous faisons habituellement des termes "passé", "présent" et "futur" est tout aussi relatif. Le "présent" de quelqu'un qui se trouve à Paris n'est pas tout à fait le même que celui d'un habitant de San Francisco, parce que les deux individus sont séparés dans l'espace par le temps qu'il faut à la lumière pour voyager entre ces deux villes. Heureusement, comme la constante h de Planck qui règle les changements quantiques, le temps qu'il faut à la lumière pour faire le tour de la Terre est absolument infime et nous ne nous en apercevons pas. Et bien que cet intervalle de temps soit encore plus réduit entre deux personnes qui sont dans une même pièce, il n'en existe pas moins, nous séparant ainsi éternellement dans le temps tout comme les sauts quantiques des électrons séparent l'énergie dans l'espace. En fait, comme l'a brillamment démontré la théorie de la relativité restreinte d'Einstein, le temps et l'espace sont les propriétés conjointes d'un seul processus universel qu'il a appelé "l'espace-temps". L'univers physique tout entier semble englobé dans ce processus d'espace-temps si bien qu'aucun instant ne peut exister indépendamment de tous les autres à travers le cosmos.

Qui plus est, dans sa théorie de la relativité générale publiée en 1915, Einstein a démontré que l'espace-temps lui-même n'est pas un état objectif fixe. Ses propriétés sont également relatives à celui qui les observe. En particulier, l'espace-temps est "courbe" par suite de l'attraction que les corps physiques exercent entre eux, force à laquelle nous avons donné le nom de gravité. Des expériences ultérieures, faisant usage d'éléments radio-actifs avec des intervalles connus de désintégration (qui mesurent le temps comme des horloges internes), ont révélé que le temps s'écoule "plus lentement" dans l'espace extérieur, où la force de gravité est plus faible, que sur la Terre. Les théories de la relativité d'Einstein présentent un univers spatio-temporel dont les propriétés conjointes ne peuvent être comprises indépendamment du fonctionnement de tout l'ensemble. Cet univers ressemble donc davantage à un organisme dont la vie qui l'anime en fait plus que la somme de ses parties interdépendantes, plus que la machine merveilleuse mais inanimée de Newton.

Peu de temps avant de quitter ce qu'il appelait "ce monde étrange", Albert Einstein avait lui-même déclaré que notre concept du temps linéaire n'est qu'un mirage [1] :

Pour nous, physiciens croyants, la distinction entre passé, présent et futur n'est qu'une illusion, encore qu'elle ait la vie dure.

Quoique ce soient les théories de la relativité d'Einstein qui aient amené Niels Bohr et Werner Heisenberg à conclure que la réalité subatomique est incertaine ou seulement probable tant qu'un

---

[1] Extrait d'une lettre personnelle datée de 1955 et citée dans le livre de Larry Dossey, M.D., *Space, Time and Medicine*, Shambala, Boulder, Colo., London, 1982, p. 157.

observateur extérieur n'a pas défini ce qui s'est passé, Einstein lui-même ne se sentit jamais satisfait par le principe d'incertitude d'Heisenberg. Sa remarque souvent citée : "Dieu ne joue pas aux dés" (avec la réalité physique) résume son attitude. Ainsi, bien qu'il ait contribué à définir la mécanique quantique, il fait partie de ceux qui s'opposèrent le plus fortement au principe d'indétermination qui en découle.

Pour prouver le bien-fondé de sa position, Einstein s'associa à deux physiciens américains, Boris Podolsky et Nathan Rosen, pour publier en 1935 un article célèbre qui fut appelé "le paradoxe EPR" d'après les initiales de ses auteurs. Einstein y affirmait avec ses collègues que la mécanique quantique était inadéquate pour prédire le comportement des particules subatomiques, car il aurait fallu pour cela que la vitesse de l'information dépasse celle de la lumière, chose impossible d'après sa théorie dûment étayée de la relativité restreinte.

Schématiquement, le paradoxe EPR est construit sur le raisonnement suivant[1] : la mécanique quantique et la physique classique admettent l'une comme l'autre que le processus de groupe ou "qwiff" de particules subatomiques comme les électrons ou les photons est prévisible et stable, sinon les atomes ne conserveraient pas leur forme. Supposons qu'un groupe ne comporte que deux particules. Ces dernières sont identiques mais agissent en miroir l'une par rapport à l'autre. Ainsi, si l'une tourne dans le sens des aiguilles d'une montre, l'autre tournera dans le sens inverse, exactement à la même vitesse. Comme leur activité conjointe est fixe, le fait de connaître la vitesse et le sens de rotation de l'une renseigne automatiquement sur sa "partenaire". Dans le langage de la physique, elles sont "en corrélation". De plus, elles tournent à l'intérieur d'une boîte opaque. Il n'est donc pas possible d'observer la position précise de ces particules. Nous savons seulement qu'elles doivent être exactement en face l'une de l'autre puisque leurs mouvements sont inversés.

Maintenant supposons que nous divisions la boîte exactement en deux, obtenant ainsi deux boîtes identiques. Nous avons donc enfermé une particule dans chaque moitié mais sans avoir vu laquelle se trouve dans l'une ou l'autre. Puis les deux moitiés de boîte,

---

[1] Bien que les détails de cet exemple aient été conçus par moi, les idées de base proviennent des ouvrages des docteurs Fred Wolf et Paul Davies déjà cités, ainsi que de celui du Dr Fritjof Capra, *The Turning Point : The New Physics*, Simon & Schuster, New York, 1982. En français : *Le Tao de la physique*,Sand.

toujours fermées, sont séparées. L'une pourrait même être envoyée sur Alpha Centauri. D'après la mécanique quantique, l'une ou l'autre des particules pourrait se trouver dans l'une ou dans l'autre boîte aussi longtemps que ces dernières restent fermées. Toutefois, dès que l'une d'elle est ouverte et que le sens de rotation et la position de la particule qu'elle contient peuvent être vues, le sens de rotation et la position de l'autre particule dans l'autre partie de la boîte se trouvent instantanément déterminées. Chaque particule "sait" quel comportement elle doit manifester pour équilibrer le processus conjoint (le qwiff).

C'est donc l'observation d'une particule qui détermine les propriété de sa partenaire, indépendamment de leur séparation dans l'espace-temps. Qui plus est, peu importe la particule observée, car celle qui lui est symétrique se trouve obligatoirement dans l'autre moitié de boîte. Ceci n'est pas trop difficile à visualiser dans un contexte spatial, mais si nous essayons de le visualiser dans le temps, les choses deviennent moins évidentes. Cela reviendrait à dire qu'un événement futur (comme le fait d'ouvrir l'une des boîtes sur Alpha Centauri et d'observer la particule qui s'y trouve) pourrait instantanément déterminer notre présent (l'identité de l'autre particule qui se trouve sur la Terre) ou inversement.

"Comment est-ce possible ?" se demandèrent Einstein, Podolsky et Rosen. Si la mécanique quantique est juste et si chaque moitié de la boîte a une probabilité égale de contenir l'une des deux particules, alors il faut qu'ait eu lieu entre elles une transmission d'information plus rapide que la lumière, dès l'ouverture d'un côté de la boîte, pour que leur activité globale reste la même. C'est tout à fait impossible si l'on se réfère à la théorie de la relativité restreinte qui maintient que la vitesse de la lumière est une constante. Aller plus vite que la lumière serait violer l'intégrité de l'espace-temps. Par conséquent, concluaient les trois physiciens, l'image que donne la mécanique quantique de la réalité subatomique est incomplète et quelque autre facteur a prédéterminé laquelle des particules se trouverait dans chaque moitié de la boîte avant qu'on l'ouvre pour en observer le contenu. Einstein consacra une bonne partie de ses dernières années à tenter de découvrir ce que pourrait être cet "autre facteur", mais sans y parvenir.

Des années plus tard, en 1964, un physicien irlandais vivant aux Etats-Unis, John Bell, mit au point une formule mathématique (le théorème de Bell) qui stipulait que deux conditions essentielles étaient indispensables à l'existence de la réalité si la théorie de l'espace-temps d'Einstein était complète et si l'on voulait éviter le paradoxe EPR. A savoir : 1) Les objets matériels ont des propriétés définies et réelles indépendantes de l'observation. 2) Les influences physiques ne peuvent dépasser la vitesse de la lumière. La première condition nie le principe d'incertitude de Heisenberg. La seconde limite les effets instantanés à un seul point de l'espace-temps. Elle confirme l'irréversibilité des forces physiques à travers le temps linéaire.

Pendant plus de quinze ans, divers physiciens s'efforcèrent de mettre au point une expérience susceptible de tester le théorème de Bell. Finalement, au cours de l'été 1982, une équipe française dirigée par le professeur Alain Aspect, de l'Institut des sciences optiques de l'Université d'Orsay, annonça une percée. Dans leur expérience où des paires de protons en corrélation étaient lancés dans des directions opposées à l'intérieur d'un tube puis mesurés simultanément à une certaine distance l'un de l'autre, Aspect et son équipe démontrèrent que les deux particules réagissaient en conformité avec les prévisions de la mécanique quantique. Quelle que fût la propriété testée (vitesse, sens de rotation ou position) les deux protons se montraient toujours instantanément en symétrie ou en "corrélation", même lorsqu'on choisissait la propriété à mesurer après que les deux protons fussent déjà partis dans des directions opposées. La réalité obtenue n'était donc pas pré-déterminée mais se produisait au moment de l'observation.

Les deux particules dissociées d'Alain Aspect "savaient" instantanément quel comportement elles devaient avoir pour maintenir l'intégrité de leur fonction ondulatoire commune. Elles détruisaient la loi de la relativité restreinte d'Einstein. Même la géométrie élégante et apparemment sans faille de l'espace-temps se révélait criblée d'une infinité de trous microscopiques. L'observation humaine *n'est pas neutre* en ce qui concerne les phénomènes naturels. Certaines informations peuvent voyager depuis le "futur" pour influencer le "présent". La perception et le choix humains sont inextricablement liés au résultat physique.

Aujourd'hui, une dizaine d'années plus tard, la communauté scientifique mondiale discute encore des conséquences de cette violation évidente des principes traditionnels sous-jacents à notre compréhension de la nature et du fonctionnement de l'univers matériel. D'après le Dr Paul Davies, la démonstration d'Alain Aspect, selon laquelle la théorie quantique prévoit avec exactitude le comportement de protons en corrélation après leur séparation physique, nous contraint d'abandonner 1) soit l'hypothèse que rien ne peut aller plus vite que la lumière, 2) soit la conviction qu'il existe une "réalité" physique extérieure indépendante de la perception que nous en avons. Donc, ou bien nous admettons que l'univers spatio-temporel d'Einstein ne rend pas compte de toute la réalité ou nous abandonnons les notions héritées du "sens commun" sur un univers matériel extérieur indépendant de la conscience humaine. [1]

Décidant de conserver les découvertes très utiles d'Einstein sur l'uniformité de la vitesse de la lumière et sur la géométrie de l'espace-temps, Paul Davies propose l'analogie d'un système électronique pour concilier la mécanique quantique avec la théorie de la relativité. Les ordinateurs sont composés de deux éléments distincts connus sous les noms de "matériel" (hardware) et de "logiciel" (software). Le matériel comprend le mécanisme physique du système et le réseau logique de soutien (installation électrique, puces électroniques, etc.). Le logiciel, quant à lui, est constitué de concepts qui permettent au système d'accepter des données et de résoudre les problèmes qui lui sont soumis. Il est composé de programmes et de paramètres de calcul. Comparant l'ordinateur à la physique subatomique, Paul Davies affirme que "la particule est le matériel, tandis que l'onde (Ψ) est le logiciel". [2]

Par conséquent, une opération effectuée par un ordinateur peut être mesurée en termes soit du matériel (impulsions électroniques, etc.), soit du logiciel (formules calculées, etc.). Tout comme pour un élément subatomique, le choix de la propriété qu'on veut observer détermine le type de réponse reçue. Or des réponses de ce genre, fait remarquer Davies, sont complémentaires et non contradictoires.

Qui plus est, les deux propriétés de l'ordinateur existent indépendamment l'une de l'autre. Si par exemple il arrive que le circuit électronique soit accidentellement détruit, l'appareil s'arrête naturellement de fonctionner et le programme cesse de se dérouler. Si le programme a été mis en mémoire, alors lui aussi sera détruit. Les concepts du programme, toutefois, peuvent être branchés sur un autre circuit et les calculs peuvent continuer jusqu'à l'obtention du résultat désiré. De la même manière, une fonction ondulatoire quantique (Ψ), qui représente la connaissance du comportement d'un système

---

[1] Toutes les citations sont tirées des pages 111 à 113 de *Consciousness and Survival : An Interdisciplinary Inquiry Into the Possibility of Life Beyond Biological Death*, Spong, John S., Editor, Institute of Noetic Sciences, 1987, P.O. Box 97, Sausalito, CA 94965. Droits de reproduction réservés.

[2] *Ibid.*

unifié, se poursuit bien que les particules individuelles qui la composent disparaissent et se remanifestent.

Par cet exemple, le Dr Davies compare donc l'ordinateur au système dualiste de la philosophie classique qui oppose l'esprit et la matière. L'esprit et le cerveau sont tous deux nécessaires pour produire la pensée. De la même manière, la mesure d'une réalité quantique dépend de la nature duelle de l'électron, à la fois particule et onde. Par conséquent, l'analogie entre la mécanique quantique et l'ordinateur peut être appliquée à la conscience humaine.

Ici, pourtant, Davies établit une distinction majeure. Le dualisme classique finissait par réduire les processus mentaux à des composants d'une réalité matérielle plus vaste, ce qui conduisait à la thèse encore largement admise que l'esprit n'est que l'expression du cerveau physique. Or, si l'on veut que l'analogie mécanique quantique / ordinateur / conscience humaine ait un sens, ce concept doit être remplacé par un autre qui reconnaît que le "logiciel" de notre esprit et de notre mental est qualitativement distinct du "matériel" de notre cerveau physique. Pour citer Davies, "L'esprit est *schéma* plutôt que *substance*... Il appartient à un niveau descriptif plus élevé que le cerveau". [1]

Tout comme la fonction ondulatoire quantique définit l'existence indéterminée-mais-réelle des particules qui la composent, notre esprit donne un sens à l'univers spatio-temporel qui nous entoure. Ainsi, conclut Davies, esprit et matière sont indépendants mais doivent coopérer pour parvenir à une expression sensible et significative, idée soutenue par les théories d'autres physiciens connus comme Stephen Hawkings, John Wheeler et Douglas Hofsteader. [2]

Les conclusions du mathématicien et physicien Paul Davies sur la nature spéciale de la réalité signifiante où les forces matérielles et la conscience humaine sont interdépendantes font écho à un paradigme connu comme le principe anthropique.[3] Avancée pour la première fois en 1974 par le cosmologue britannique Brandon Carter

---

[1] *Ibid*, pp. 112-13 (en italiques dans l'original).

[2] Consulter de John Wheeler *Proceedings of the NATO Advanced Study Institute Workshop on Frontiers of Nonequilibrium Physics*, Plenum, 1984. Cité dans *Consciousness and Survival, op. cit.*, p. 112.

[3] L'utilisation du mot "paradigme" pour désigner un cadre général de pensée permettant la compréhension du fonctionnement de la réalité a été popularisé par Thomas Kuhn dans son livre *The Structure of Scientific Revolutions*, University of Chicago Press, Chicago; 1962. Dérivé du grec *paradigma*, ce mot signifie "modèle" ou schéma. Le mot "anthropique" signifie "relatif aux êtres humains".

et développé par son collègue physicien Stephen Hawkings, cette vision du monde maintient que l'univers doit être suffisamment organisé pour que les êtres humains puissent l'observer et le mesurer. Sinon nous ne pourrions jamais le connaître. Notre existence est en quelque sorte inscrite dans les lois de la physique. Autrement nous ne serions pas là. De plus, l'existence de notre type de vie intelligente est un phénomène rare, peut-être unique. Le Dr Carter a prouvé la validité de ses idées par une formule mathématique complexe connue sous le nom de "Inégalité de Carter", qui tente de déterminer la probabilité d'évolution due au hasard de la vie intelligente basée sur le carbone pour la durée connue de notre univers. On estime que cette probabilité est extrêmement faible.

D'autres découvertes scientifiques ont elles aussi confirmé la nature "exactement adéquate" de notre univers. Comme je l'ai dit précédemment dans ce chapitre, la découverte par Planck et Einstein de h et de c a révélé qu'inexplicablement ces constantes universelles ont juste la grandeur requise pour le développement du cosmos que nous connaissons. Par exemple, si h était plus petite, l'univers s'effondrerait car sa structure atomique manquerait de cohésion. Si elle était plus importante, le degré d'incertitude quantique triompherait de la continuité apparente du monde matériel : tout apparaîtrait et disparaîtrait et toute certitude, toute planification deviendraient impossibles. De la même manière, si la vitesse de la lumière (c) était plus grande, les étoiles et les planètes n'auraient certainement pas pu se former. Si elle était plus réduite, l'espace viable de l'univers serait beaucoup plus restreint car les distorsions spatio-temporelles seraient amplifiées sur de moindres distances. Pour finir, nous sombrerions dans le "solipsisme", condition dans laquelle une unité individuelle séparée ne peut percevoir qu'un univers personnel constitué d'elle seule.

D'autres physiciens contemporains comme Stephen Hawkings, co-inventeur du principe anthropique, et considéré par beaucoup comme un esprit de la valeur d'Einstein, reconnaît que l'évolution de notre univers n'est certainement pas le fruit du hasard. Il a déclaré que si notre univers ne présentait pas la propriété qu'on nomme "l'aplatissement", la matière ne se serait jamais condensée en galaxies, en étoiles et en planètes après que le "Big Bang" initial ait tout mis en mouvement. Il y avait extrêmement peu de chances pour que se développe la structure cosmologique que nous connaissons. Elle doit donc répondre à un but dont notre existence en tant qu'espèce intelligente fait partie. Toute spéculation qui s'aventure au-delà de ces prémisses franchit la frontière qui sépare la physique de la philosophie et de la religion. [1]

Nous avons donc vu que pour les physiciens "anthropiques" l'homme est véritablement "la mesure de toutes choses". En fait, d'après certains, il en est le créateur. Un physicien contemporain très en vue, John Wheeler, Ph. D., professeur honoraire à l'Université du Texas, a exprimé la thèse de Hawkings en termes plus provoquants encore : d'après lui, la forme et l'âge de l'univers sont tels précisément parce qu'ils fournissent les conditions optimales pour la création d'au moins une forme de vie intelligente, à savoir les êtres humains. Cette création justifie à elle seule les conditions matérielles existantes. Ainsi, le professeur Wheeler esquive le problème philosophique de devoir décrire en termes religieux la cause première de l'univers. Même les physiciens anthropiques restent peu enclins à admettre l'existence de Dieu.

S'inspirant du principe d'incertitude de Heisenberg, qui fait de l'observateur (humain) un facteur intégral de la définition de la réalité, Wheeler émet l'hypothèse que notre existence même en tant qu'individus dépend d'une certaine façon de l'existence de tous les autres observateurs conscients, bien que nous soyons séparés au sein de l'espace-temps. D'après cette conception, par conséquent, l'univers est amené à l'existence par la conscience collective de tous les observateurs — passés, présents et futurs !

Cette vision des choses ressemble étonnamment à celle des anciens philosophes orientaux qui considéraient que nous créons constamment la réalité par notre interaction avec nos semblables. De la même manière, il est possible de reconnaître cette unité fondamentale de toute conscience dans des états méditatifs profonds. Une fois qu'on en a fait l'expérience, cette compréhension reste étonnamment vivante. J'ai personnellement le souvenir d'une circonstance de ce genre où, au cours d'une méditation profonde, je fus amené à poser la question : "Qui suis-je quand je ne suis pas moi ?". La réponse jaillit instantanément dans mon esprit : "Ce que tu es quand tu es tous les autres !"

Je comprends ceci maintenant comme une confirmation de la nature quantique de l'existence. Si ce concept est valable, quoi d'étonnant à ce que notre "mental de rêves" puisse avoir des aperçus

---

[1] Voir le livre de John Boslough, *Stephen Hawkings' Universe*, Quill Books, New York, 1986, pour un complément d'information sur le remarquable homme de science que fut Stephen Hawkings, qui ne permit jamais à sa paralysie quasi totale, due à la "maladie de Lou Gherig", de ralentir l'activité de son esprit.

de notre futur commun, que nous sommes en ce moment même en train de créer ensemble et qui est déjà passé pour d'autres secteurs de l'espace-temps, par exemple pour un observateur situé sur Alpha Centauri ?

Abandonner un univers "possédant une réalité extérieure" ou "indépendant de l'observation" pour sauvegarder la théorie de la relativité restreinte d'Einstein et la vitesse de la lumière comme constante limitative n'est cependant que l'un des paradigmes possibles de la "nouvelle physique". Un second point de vue a été largement admis dans les cercles scientifiques et philosophiques. Il affirme qu'après tout les particules séparées d'Alain Aspect ont communiqué à des vitesses supérieures à celles de la lumière. En conséquence, l'espace-temps d'Einstein ne serait qu'un aspect particulier d'une réalité plus vaste dont il nous reste encore à découvrir la plupart des propriétés essentielles.

L'une de ces propriétés est la capacité de transmettre l'information à travers l'espace-temps à des vitesses supérieures à 300 000 km/s. On qualifie communément cette capacité de "psychique", et sa manifestation dans l'univers einsteinien est appelée "perception extra-sensorielle" ou PES. A ce stade, les scientifiques ne peuvent qu'émettre des hypothèses sur la relation entre ce type de manifestation et ce qui peut exister au-delà du temps et de l'espace.

Bien avant la réfutation convaincante par Alain Aspect du théorème de Bell, un physicien contemporain avait relevé le défi de vérifier scientifiquement l'idée que l'activité psychique peut réellement transcender les limites physiques fondamentales. Il s'agit de Russell Targ, Ph. D., ancien membre du Stanford Research Institute (SRI). En 1972, à la suite de sa recherche d'avant-garde à la Sylvania Corporation, qui aboutit à la construction d'un laser de 1000 watts capable de transpercer l'acier, le Dr Targ rejoignit le SRI pour travailler à un projet destiné à "aider les astronautes à établir des rapports plus étroits avec le personnel des engins" en augmentant leurs capacités de perception psychique. [1]

Ce projet le conduisit à effectuer une recherche sur la "vision à distance" dans laquelle des individus tentent de décrire des lieux éloignés choisis au hasard, dont ils n'ont reçu que la suggestion mentale ou psychique. L'un des premiers sujets à y parvenir fut le peintre new-yorkais Ingo Swann, qui s'était déjà révélé capable de faire des cartes ou des tableaux de lieux éloignés dont on lui avait

---

[1] Judith R. Skutch, "Interview with Russell Targ", *New Realities*, vol. 5, N° 6, Déc. 1983, p. 85.

donné les coordonnées géographiques. "Praticien expérimenté dans le domaine psychique", Ingo Swann aida Russell Targ à mettre au point ses premiers protocoles de vision à distance. Il suggéra, entre autres, que tout test de PES (perception extra-sensorielle) devait être pour le sujet l'occasion d'apprendre quelque chose de nouveau et d'intéressant. Son expérience lui avait appris que les capacités psychiques du mental sont stimulées par le sentiment que non seulement la réussite est possible mais qu'elle est aussi une source d'enrichissement personnel. Dans une interview de 1983 pour le magazine *New Realities*, Targ décrivit la manière dont se déroulaient les expériences de vision à distance : [1]

> *Dans nos expériences de vision à distance, une personne était assise dans un laboratoire. Une autre personne, présente dans la pièce, l'amenait à tenter de percevoir et de décrire ce qui se passait pour une troisième personne qui se trouvait dans un endroit éloigné. Il en résultait une combinaison d'échanges télépathiques entre le sujet qui voyait et la personne éloignée, en même temps que la possibilité de percevoir par voyance le lieu où cette dernière se trouvait. Ceci permettait au sujet de faire tout bonnement l'expérience du futur qui avait été décrite en laboratoire. Ce protocole nous plaisait parce qu'il ouvrait le plus de directions possibles et donnait au sujet les plus grandes chances de réussite.*

Le Dr Targ dirigea ce genre d'expérience psychique de vision à distance pendant plus de dix ans au Stanford Research Institute. Les résultats tout à fait satisfaisants qu'obtinrent d'autres équipes de chercheurs à l'Université de Princeton et à la Mind Science Foundation, de même qu'en Union Soviétique, ont prouvé que la vision psychique à distance est un phénomène "authentique et susceptible d'être répété". L'esprit humain peut échanger psychiquement de l'information à travers l'espace-temps contrairement aux théories d'Einstein.[2]

En fait, les expériences sur la vision à distance faites par Russell Targ ont prouvé de façon concluante que les perceptions mentales, ou "ondes de pensée", sont qualitativement différentes des ondes électromagnétiques qui constituent le monde physique. Les physiciens font progresser la science en établissant et en testant des "conditions limitatives" aux phénomènes naturels. On a découvert que tous les processus physiques, y compris les ondes électromagnétiques, ne fonctionnent qu'à l'intérieur de certaines limites.

---

[1] *Ibid.*, p. 85

[2] *Ibid.*, p. 87.

Toutefois, après dix ans de recherches dans le domaine psychique, Targ et ses collègues du SRI sont arrivés à la conclusion que les limites traditionnelles connues ne peuvent faire barrage à la capacité du mental d'envoyer et de recevoir de l'information sur le mode psychique. Même placés dans un sous-marin à 160 mètres sous l'eau, profondeur qui affecte même les fréquences électromagnétiques les plus basses, les sujets conservèrent la capacité de percevoir psychiquement des cibles choisies au hasard. A cet égard, les "ondes de pensée" paraissent avoir une ressemblance avec les fonctions ondulatoires quantiques, qui représentent la *connaissance d'un système unifié* plutôt que des processus physiques spécifiques tels que la lumière et le son.[1]

L'une des découvertes les plus étonnantes dues aux expériences de Targ sur la vision à distance, qui furent toutes effectuées dans des conditions scientifiques rigoureuses, c'est que les perceptions psychiques peuvent franchir les barrières du temps comme de l'espace. Dans une expérience intercontinentale dirigée en 1984 par le Dr Targ en coopération avec des hommes de science soviétiques, un voyant et guérisseur russe décrivit avec précision un manège qui se trouvait à San Francisco, bien que cette "cible" ne fût sélectionnée au hasard que quatre heure plus tard à cause de la différence de fuseau horaire ! En fait, Targ estime que cette perception "précognitive" du futur est plus facile à réaliser que la vision à distance d'objectifs éloignés dans l'espace. Au cours d'un entretien cité dans le *Brain/Mind Bulletin*, il expliqua : [2]

> *Les gens essaient d'analyser le présent. Un événement futur, qui va être déterminé au hasard, vous entraîne bien loin de toute stratégie analytique concevable.*

Dans ce bref commentaire, le Dr Targ met l'accent sur l'un des aspects fondamentaux du fonctionnement métapsychique, à savoir son caractère non analytique. Comme peut l'attester quiconque a fait l'expérience de ce que l'on appelle les états de conscience modifiés, les articulations logiques et les intérêts ordinaires perdent alors généralement leur importance. Les mécanismes internes du mental qui semblent s'exprimer le plus aisément à travers l'hémisphère droit du cerveau opèrent beaucoup plus au moyen d'images et de

---

1 *Ibid.*

2 "Targ : Remote viewing of future may be easier", *Brain/Mind Bulletin*, 3 mars 1986, p. 3. ; l'expérience soviétique de 1984 fut analysée dans le *Brain/Mind Bulletin* du 31 déc. 1984.

liaisons gestalt qu'au moyen de concepts intellectuels. Ce fait a représenté un facteur limitatif important quand il s'est agi de rassembler des données analysables et comparables pour la recherche sur les vies passées ou futures. Ce qui apparaît au mental conscient, analytique, comme des sujets et des domaines de recherche raisonnables ne suscite souvent aucune réponse à d'autres niveaux. En fait, comme l'ont attesté les mystiques depuis des millénaires, à ses niveaux les plus profonds le mental perd contact avec la réalité spatio-temporelle et flotte dans un état de béatitude purement immatérielle, au-delà de toute limite physique ou temporelle.

C'est grâce à leurs facultés intuitives et imaginatives que les êtres humains transcendent les limites de l'univers einsteinien et font l'expérience de la réalité plus vaste de "Tout ce qui Est". Ce que nous avons été conditionnés à appeler "états de conscience modifiés" par les psychologues matérialistes, dont les préjugés étaient en faveur de la logique traditionnelle, apparaît maintenant comme l'expression de notre état d'être véritable et éveillé, et de notre relation à la totalité de l'expérience, laquelle transcende les distinctions intellectuelles entre "passé", "présent" et "futur".

Si, comme semblent l'indiquer les travaux d'Alain Aspect dans le domaine physique et de Russell Targ dans le domaine métaphysique, certaines catégories d'information peuvent être transmises au-delà des limites définies par la théorie de la relativité, quel lien existe-t-il entre ces phénomènes et les lois de notre univers spatio-temporel ? Le physicien David Bohm, de l'Université de Londres, et d'autres scientifiques contemporains de renom comme Karl Pribham et Ilya Prigogine, émettent l'hypothèse que nous faisons partie d'un processus dynamique et holiste qui s'étend au-delà de l'univers spatio-temporel et auquel nous nous trouverions reliés par nos facultés de connaissance et de créativité implicites et intuitives. Ces concepts sont étayés par la théorie révolutionnaire du biologiste britannique Rupert Sheldrake, pour qui le changement évolutif se fait à travers des "champs morphogénétiques" intangibles qui élaborent les formes futures à partir des habitudes passées.

L'un des interprètes les plus explicites de cette vision des choses qui met en lumière le caractère holiste et vivant de notre univers, est le Dr David Bohm. Ce dernier émet l'hypothèse qu'il existe un ordre impliqué ou une une-ité universelle derrière les incertitudes apparentes. Bien que les particules subatomiques paraissent se comporter de manière discontinue quand on les considère comme des unités individuelles séparées, elles n'en témoignent pas moins d'une unité "enveloppée" ou cachée qui s'exprime par la fonction ondulatoire quantique (Ψ). Cette fonction, comme je l'ai déjà indiqué, est l'expression mathématique d'une connaissance. Elle décrit un aspect fondamental, indivisible, de la réalité, qui ne peut être perçu ni mesuré comme les événements ordinaires de l'espace-temps, mais dont l'existence est impliquée par la stabilité des relations au sein de cet espace-temps. En fin de compte, explique Bohm, l'univers tout entier, des protons et des quasars jusqu'aux êtres humains qui y vivent et respirent, n'est qu'un système unifié qui ne peut être décomposé et analysé par fragments sans perdre sa totalité essentielle et sa qualité dynamique. [1]

Par ailleurs, même si l'organisation unifiée qui définit l'espace-temps ne peut être directement examinée, les exemples de ses propriétés essentielles abondent dans la nature. Tous les systèmes dynamiques en évolution témoignent de cette organisation et de cette unité universelles. Au lieu de comparer l'univers à l'ordinateur, qui reste une machine, Bohm maintient qu'il est plus juste de le concevoir comme un hologramme, une image projetée en trois dimensions, où chaque fragment est une représentation véritable du tableau tout entier. Nous vivons dans un univers holographique, un “holovers”.

Au sein de cet univers holographique, chaque partie individuelle renferme l'information essentielle du tout. Cette information ne se transmet pas selon les modes du temps linéaire, mais peut être instantanément “remémorée” par les particules individuelles qui sont toujours reliées en tant qu'éléments de la réalité totale, globale et indivisible. De plus, notre univers est lui-même le reflet holographique d'un “hyper-espace” environnant qui peut à son tour refléter quelque chose de plus vaste encore. La réalité, par conséquent, consiste vraisemblablement en une série “d'holovers” qu'on peut comparer à ces belles poupées russes de bois laqué, qui sont creuses et dont chacune est nichée à l'intérieur d'une réplique identique un peu plus grande d'elle-même.

Qu'est-ce donc au juste qu'un hologramme ? Les hologrammes sont des photographies en trois dimensions produites par les lasers. La théorie mathématique de la représentation holographique d'objets dans l'espace fut élaborée dans les années 40 par le lauréat du Prix Nobel Dennis Gabor. Il fallut néanmoins vingt ans aux autres physiciens, y compris Russell Targ, pour concevoir des appareils

---

[1] Consulter le livre de David Bohm, *Wholeness and the Implicate Order*, Routledge & Kegan Paul, Ltd., London, 1980, pour une analyse détaillée de ses théories. En français : *La plénitude de l'Univers*, Rocher, 1987.

capables de les rendre visibles. La condition indispensable la plus difficile à réaliser fut de trouver le moyen de réduire un rayon lumineux à des ondes de fréquences très proches, puis de projeter ce rayon "cohérent" dans l'espace. C'est la condition requise pour que l'image de l'hologramme reflète l'objet photographié. Le développement de la technologie du laser a rendu cela possible et ouvert la voie à la production d'hologrammes visibles.

On produit les hologrammes en dirigeant un rayon laser sur un objet. Certaines des ondes lumineuses rebondissent sur la surface opaque de l'objet. Alors un second rayon laser est dirigé sur les ondes lumineuses réfléchies et le "réseau d'interférences" qui en résulte, c'est-à-dire la zone où les deux faisceaux d'ondes lumineuses se rencontrent, est fixé sur une plaque photographique. Prise en elle-même, la plaque exposée apparaît seulement comme un tourbillon de lignes d'ombre et de lumière. Toutefois, quand un troisième rayon laser est projeté sur elle, il opère la "résolution" de ce tableau en une image tri-dimensionnelle de l'objet d'origine.

Comme je l'ai indiqué ci-dessus, l'une des propriétés les plus importantes de l'hologramme, c'est que si on le fragmente, chacun de ses points reflète la totalité de l'image et pas seulement une de ses parties. Chaque fragment contient toutes les informations de l'ensemble. C'est pourquoi, si notre univers fonctionne comme un hologramme, alors les protons d'Alain Aspect, tout comme les voyants de Russell Targ, ne font pas tant circuler des messages à travers le temps linéaire que refléter un niveau plus profond de connaissance qui unifie toutes les parties de notre système spatio-temporel holographique indivisible. A ce niveau de réalité sous-jacent implicite, il n'y a aucune différence entre ce que nous percevons comme "ici" et "là" (position dans l'espace) et entre "alors" et "maintenant" (localisation dans le temps). Les événements passés, présents et futurs font tous partie du même hologramme et en conséquence co-existent simultanément. Nous les percevons comme distincts uniquement parce que nous existons aussi à l'intérieur de ce même univers holographique. Donc, à partir d'une perspective tout à fait différente, David Bohm rejoint Albert Einstein en qualifiant le temps linéaire de mirage. Cette idée est illustrée dans le "roman" intitulé *Un* (1988) de l'écrivain du Nouvel Age Richard Bach (*Illusions, etc*) où il explore des existences alternatives ou parallèles qui se déroulent en même temps. C'est là un concept intéressant.

Comme on le voit d'après l'explication qui précède, les hologrammes visibles sont le produit de deux faisceaux d'ondes lumineuses cohérentes qui se rencontrent, renvoyées par un objet extérieur et reconstituées par un troisième rayon. Les hologrammes sont des phénomènes d'ondes électromagnétiques. Ils sont produits par des ondes vibratoires. Par ailleurs, depuis les travaux de James Clerk Maxwell au dix-neuvième siècle, nous savons que les ondes électromagnétiques se répandent dans l'univers sur un bien plus grand nombre de fréquences que celles de la lumière visible. En conséquence, nous devons être aussi environnés de systèmes holographiques invisibles composés d'ondes sonores ou d'ondes radio, pour ne mentionner que des exemples courants. Seulement nous ne les percevons que lorsqu'il y a la convergence requise. Et comme le fait remarquer David Bohm, il se peut que d'autres ondes vibratoires inconnues soient à l'origine de ce qu'il appelle les "holomouvements", ou systèmes holographiques dynamiques en évolution. L'interaction de ces systèmes crée ce que nous percevons comme l'espace-temps, "l'holovers".

Si David Bohm voit juste et si nous habitons réellement un "holovers" constitué par un système complexe d'ondes vibratoires en interaction, et si l'une des principales propriétés d'un hologramme est que chacune de ses parties contient toutes les informations de l'ensemble, alors où nous situer dans tout cela ? Avons-nous aussi des caractéristiques holographiques qui nous permettent de "recomposer" les événements cahotiques, en apparence produits par le hasard, contenus dans l'espace-temps ?

D'après Karl Pribham de l'Université de Stanford, la réponse est oui. Notre cerveau est équipé d'un modèle holographique. Le cerveau agit à la manière de la plaque photographique qui enregistre les vibrations que nous percevons, puis notre mental, par l'action de la mémoire, les trie et les compare. Pour finir, il nous présente l'image cohérente de ce que nous appelons la "réalité extérieure".

Le professeur Pribham, qui est neurophysiologue, commença par être l'étudiant du Dr Karl Lashley, qui consacra sa carrière scientifique à tenter de découvrir les localisations cérébrales spécifiques de toutes les activités humaines comme la parole, l'ouïe, l'appétit, etc... Il y réussit pour une grande part, mais une fonction-clé lui échappait. C'était la mémoire. En dépit de milliers d'expériences, il resta incapable de localiser un complexe neurologique spécifique responsable des empreintes des souvenirs. Il semble que la mémoire soit un processus qui implique le cerveau tout entier, mais qui peut être sollicité même lorsque la quasi totalité du cortex cérébral a été détruite. Les schémas des souvenirs semblent répartis de manière égale à travers tout le cerveau.

Bien que Lashley soit allé jusqu'à admettre que le souvenir semble impliquer une sorte de "résonance" parmi un très vaste groupe de neurones, c'est Karl Pribham qui fit le dernier pas en comparant la capacité de se souvenir du cerveau à celle de l'hologramme, où chaque partie contient l'image du tout. Dans son livre *Languages of the Brain* (Brooks, 1977), il émet l'hypothèse que les souvenirs sont emmagasinés sous forme de faisceaux d'impulsions nerveuses dispersés dans la totalité du cerveau, exactement comme les ondes lumineuses cohérentes de l'hologramme sont dispersées sur la plaque photographique. De plus, il affirme qu'ensuite le cerveau "recompose" mathématiquement les schémas de fréquence dispersés, construisant ainsi ce que nous percevons comme la réalité extérieure. Ce concept permet entre autres d'expliquer ce que nous percevons parfois comme un "chevauchement sensoriel". Dans certaines circonstances, en particulier dans les états modifiés de conscience, il est possible de "voir" les sons ou "d'entendre" les couleurs. Dans ces états, notre cerveau holographique distribue l'information de manière un peu différente, permettant ainsi une perception sensorielle inhabituelle.

L' "holovers" de David Bohm combiné au cerveau holographique de Karl Pribham représente un jalon dans l'effort entrepris pour comprendre notre relation avec l'ensemble du cosmos. Il nous relie à la fois au monde infinitésimal des quanta et aux distances incommensurables qui nous séparent des étoiles. Toutefois, en dépit du concept audacieux conçu par Bohm de faisceaux ondulatoires toujours en mouvement et formant des systèmes d'holomouvements en évolution, l'analogie holographique reste essentiellement statique : après tout, une image n'est qu'une représentation fixe, même si en accumulant un grand nombre d'images légèrement différentes et en les projetant en succession nous obtenons un film. Qu'advient-il dans tout cela du processus dynamique d'évolution et de changement propre à la vie ?

La solution à ce problème proposée par les physiciens classiques était de se référer à ce qu'on connaît comme la seconde loi de la thermodynamique. Exprimée succinctement, cette loi affirme que tous les processus physiques connaissent nécessairement un déclin dans l'organisation de l'énergie depuis un stade actif et cohérent jusqu'à un stade cahotique et passif. Le stade ultime d'uniformité inerte et cahotique est connu sous le nom d'entropie. Pour les cosmologues, c'est le contraire du "Big Bang" initial. Pour les physiciens newtoniens, c'est ce qui arrivera quand l'horloge universelle aura cessé de fonctionner. Pour les mortels plus ordinaires, l'entropie est une tasse de café refroidi qui ne pourra jamais se réchauffer d'elle-même.

Malgré l'acceptation générale que l'entropie doit finalement triompher de tout, les biologistes et les chimistes organiques ont toujours été moins satisfaits par la seconde loi de la thermodynamique que les physiciens. L'étude des organismes vivants leur a fourni de nombreuses occasions de constater des renversements au moins temporaires du processus d'entropie, car la vie tend à évoluer dans le sens contraire (néguentropie). Les organismes vivants vont de la simplicité à une organisation active complexe. De simples semences ou des œufs fertilisés sont pratiquement dénués de forme. A mesure qu'ils se développent, ils acquièrent plus de structure, de complexité et d'ordre. Ils accomplissent cette évolution en s'adaptant à leur environnement et en coopérant avec lui.

L'analyse théorique du chimiste belge Ilya Prigogine, qui lui valut le Prix Nobel en 1977, porte un peu plus loin cette observation de bon sens. Il a mis au point un ensemble d'équations mathématiques qui prouvent que même les systèmes composés de matière soi-disant inerte interagissent avec leur environnement naturel local à la manière des organismes vivants. De la sorte, ils peuvent agir comme des catalyseurs pour produire de nouveaux niveaux d'organisation plus complexe — ce qui est en contradiction directe avec la seconde loi de la thermodynamique.

Le Dr Prigogine a appelé ces catalyseurs locaux des "structures dissipatives", car ils consomment l'énergie disponible plus rapidement que les systèmes inertes voisins. Superficiellement, ils semblent précipiter tout l'ordre établi qui les compose vers sa destruction. Et pourtant, le bouleversement qu'ils provoquent dans le statu quo impose un changement important dans ce qui les entoure. L'environnement de la structure dissipative, tout entier, peut être obligé de se réorganiser de manière créatrice sur un mode plus complexe pour faire face à la provocation du catalyseur. [1]

De plus, Prigogine a démontré que ce type de changement positif ne résulte pas d'une croissance lente et continue. Au contraire, de la même manière que la réalité quantique se met soudain à exister au

---

[1] Larry Dossey, M. D., *Space, Time and Medicine*, Shambala, Boulder, Colo., and London, 1982, pp. 82-97. Voir également "Prigogine's latest model : an evolving universe", *Brain/Mind Bulletin*, Vol. 11, N° 15, Sept. 8, 1986, p. 1.

moment de l'observation, les systèmes physiques de haut niveau apparaissent soudain à l'instant même où le chaos menace de détruire l'ordre ancien. Le système originel est obligé de se réorganiser suivant un ordre plus efficace pour pouvoir survivre. Paradoxalement, la capacité d'évolution positive de l'ordre tout entier est directement proportionnelle à sa complexité, parce que seuls les systèmes complexes, relativement fragiles, sont menacés par des "structures dissipatives" turbulentes.

En appliquant sa théorie mathématique à notre propre sphère, Prigogine se montre optimiste. Selon lui, notre univers spatio-temporel est extrêmement complexe et son équilibre délicat. Il fournit donc des conditions idéales pour ce processus créateur. Par conséquent, bien que l'entropie soit peut-être inévitable à un certain niveau de réalité, elle ne peut pas dominer dans un processus dynamique et vivant comme le nôtre. Notre univers est organisé de manière à comprendre à la fois des structures statiques soumises à l'entropie et des systèmes actifs créateurs. Les êtres humains sont des systèmes dynamiques et vivants possédant à la fois les qualités physiques de leur environnement matériel et une conscience originale et créatrice. Dans notre évolution au sein de l'espace-temps survient un moment où nous devenons nous aussi des "structures dissipatives". C'est ainsi que la tension sociale et écologique croissante pousse notre univers tout entier vers un point de crise à partir duquel nous pouvons faire un bond en avant dans une réalité plus vaste et plus complexe. En fait, Prigogine pense que l'univers qui nous entoure évolue en même temps que nous.

Le remarquable modèle fourni par Ilya Prigogine d'un univers vivant en évolution a incité le comité du Prix Nobel à lui décerner le titre de "poète de la thermodynamique". En posant carrément l'homme et la nature comme des partenaires égaux dans la "bio-danse" universelle des énergies en interaction, sa vision nous permet de réconcilier notre hantise d'une apocalypse possible avec les bouleversements nécessaires et positifs qui nous conduisent vers un avenir meilleur. Elle nous aide à comprendre que le cerveau holographique ne se borne pas à cataloguer et à organiser les expériences passées. En conjonction avec notre mental et en coopération avec l'ensemble de la nature, il crée réellement le progrès.

Une théorie complémentaire sur l'évolution naturelle a été récemment proposée par le biologiste britannique Rupert Sheldrake. Connue comme l'Hypothèse de la causation formative, elle propose une explication non matérialiste de l'hérédité, de l'évolution et de la mémoire au sein des systèmes organiques et inorganiques. Pour Sheldrake, l'élément catalyseur qui détermine l'héritage structurel et le progrès évolutif est constitué par des "champs morphogénétiques" intangibles.[1] Dans les organismes vivants, ces champs ouvrent et interprètent les codes génétiques à l'intérieur de l'ADN à mesure que chaque cellule est créée, de manière à ce que les caractéristiques "correctes" de l'espèce se manifestent. Dans la matière inorganique, les cristaux par exemple, ils comblent la lacune qui sépare l'incertitude quantique subatomique de la stabilité régulière de structures plus importantes comme les atomes et les molécules. Ces champs morphogénétiques sont répandus dans tout l'univers. En fait, ils pourraient bien former les ondes vibratoires fondamentales dont l'interaction constitue "l'holovers" spatio-temporel lui-même.[2]

D'après Sheldrake, les structures évoluent par répétition de schémas plutôt qu'en suivant des lois invariables. Si l'on en croit ses théories, des schémas spécifiques d'habitudes sont transmis à travers l'espace et le temps depuis le passé jusqu'au présent par l'intermédiaire de champs morphogénétiques intangibles et omniprésents. Ces champs, qui sont apparentés aux champs électromagnétiques et gravitationnels, sont hautement spécifiques (chaque espèce, peut-être même chaque individu, a son propre champ morphogénétique) et contiennent de l'information. Agissant comme des modèles physiques et comportementaux, ils influencent subtilement le développement structurel à tous les niveaux de l'existence au moyen de la "résonance morphique", ou de l'attraction entre semblables. Ainsi, en poussant un peu la théorie de Sheldrake, nous créons ce que nous sommes aujourd'hui en résonnant à nos habitudes passées par l'intermédiaire de nos champs morphogénétiques, puisque l'attraction de semblable à semblable se manifeste le plus fortement quand il s'agit de nos propres identités.

Qui plus est, quand un organisme individuel évolue en réussissant à s'adapter à son environnement, ses qualités nouvellement acquises ont d'abord un effet de résonance en retour sur son champ morphogénétique et sur celui de son espèce. Quand un nombre suffisant d'individus répète le processus d'adaptation, en démontrant ainsi son efficacité, la nouvelle condition est instantanément

---

[1] "Morpho" est tiré du grec *morphê*, qui signifie "forme".

[2] Rupert Sheldrake, *A New Science of Life : The Hypothesis of Formative Causation*, Jeremy P. Tarcher, Los Angeles, 1982, traduit en français sous le titre : *Une Nouvelle science de la vie*, Editions du Rocher, 1985. L' "Interview with Rupert Sheldrake, Ph. D.", de Dan Drasin, *New Realities*, Vol. 5, N° 5, Déc. 1983, fournit un excellent résumé des conceptions du Dr Sheldrake.

transférée du champ morphogénétique de l'espèce à celui de tous les autres organismes semblables et devient ce que l'on appelle une "caractéristique transmissible" de l'espèce toute entière. De cette façon, les champs morphogénétiques de l'univers stabilisent le développement, en même temps qu'ils permettent des changements positifs. Par ailleurs, ces adaptations peuvent être décelées car, à mesure qu'ils progressent, les individus "apprennent" de plus en plus facilement le nouveau schéma. Ainsi, bien que les champs morphogénétiques eux-mêmes soient intangibles, on peut en vérifier les effets sur les systèmes organiques et inorganiques.

Dans une interview de 1983, le Dr Sheldrake a donné plusieurs exemples de ce qu'il interprète comme des effets de la résonance morphique sur le développement de la capacité à apprendre chez des populations séparées et génétiquement distinctes. Parmi les expériences les plus remarquables figure une série de tests psychologiques, effectués de manière indépendante, sur la capacité à apprendre de rats de laboratoire. Ces expériences commencées au cours des années 20 par un professeur à Harvard, William McDougall, ont démontré clairement que des générations ultérieures de rats acquéraient plus facilement des savoir-faire complexes (comme de s'échapper d'un labyrinthe aquatique) que leurs prédécesseurs *même s'ils n'avaient aucun lien génétique avec des rats qui avaient été précédemment entraînés et n'avaient été en contact physique avec eux.* Plus tard, on se rendit compte que ce même savoir-faire avait encore progressé parmi des générations récentes de rats qui n'avaient aucun lien de parenté et qui n'avaient subi aucun entraînement.[1]

Dans une autre expérience comportementaliste, le psychologue B. F. Skinner avait jadis conditionné de grandes quantités de pigeons à lui fournir des réponses en donnant des coups de bec dans des panneaux lumineux, savoir-faire complexe qui fut long à acquérir. Plusieurs années après, une autre équipe de psychologues remarquèrent avec stupéfaction que leurs pigeons, qui n'avaient d'autre lien avec ceux de Skinner que celui de l'espèce, avaient appris la réponse correcte des coups de bec presque instantanément. Dans leur communication, ils critiquèrent la démarche du précédent chercheur au lieu d'admettre la possibilité d'un changement fondamental dans le comportement des pigeons. Des tests similaires ont été faits récemment avec des sujets humains et ont, par exemple, démontré qu'il est plus facile à des gens totalement ignorants de la langue

---

[1] Daniel Drasin, "Interview with Rupert Sheldrake, Ph.D.", *New Realities*, Vol 5, N° 5, Déc. 1983, pp. 8-15.

turque de mémoriser de la poésie turque ancienne, qui a déjà été mémorisée par des millions d'individus, qu'une suite aussi longue de vers dénués de sens. [1]

Comme je l'ai déjà mentionné, la conception d'intangibles champs morphogénétiques en interaction avec notre réalité spatio-temporelle complète les théories de David Bohm sur la nature holographique de notre univers et son unité cachée, qui permet une communication instantanée entre les particules subatomiques et le mental humain. La théorie de Sheldrake projette peut-être une lueur sur les processus vibratoires sous-jacents, qui se conjuguent pour créer ce que nous vivons alors comme des événements au sein de l'espace et du temps. Elle offre aussi un modèle acceptable de la mémoire humaine, où les expériences du passé sont emmagasinées au niveau morphogénétique et n'ont ainsi nul besoin de lien physique ou génétique pour réapparaître dans la conscience. Grâce à lui, nous pouvons plus facilement comprendre le processus mental par lequel le cerveau holographique de Karl Pribham recompose des schémas vibratoires dispersés en événements "réels" signifiants.

En outre, bien que le Dr Sheldrake ait pris la précaution dans ses écrits de souligner que sa recherche ne porte que sur des conséquences physiques et non sur des principes spirituels, la théorie des champs morphogénétiques projette indubitablement une nouvelle lumière sur les hypothèses de survie après la mort corporelle et sur la réincarnation. Le concept de résonance morphique avancé par Sheldrake pourrait expliquer comment des schémas émotionnels et comportementaux distincts sont transmis d'existence en existence, car on peut logiquement présumer que son principe d'attraction entre semblables agit avec le maximum de force dans le domaine des vies antérieures. Se pourrait-il donc qu'en vibrant notre âme émette des ondes de forme énergétiques, créant ainsi des champs morphogénétiques qui reçoivent l'information sensorielle pendant tout le temps que nous sommes physiquement "en vie", l'emmagasinant, la filtrant, s'instruisant à partir de ces expériences, puis projetant cette information à nouveau dans l'espace-temps à l'intérieur d'un autre corps humain ? Une telle hypothèse pourrait expliquer pourquoi il est possible de sonder des "souvenirs" de vies antérieures au cours de soi-disant états de conscience modifiés, comme l'hypnose.

Pour finir, en poussant un peu cette théorie qui à première vue semble dépendre de la manière dont le passé influence le présent

---

[1] *Ibid.*

(c'est-à-dire de l'écoulement linéaire du temps), on peut dire qu'elle nous aide à comprendre comment passé, présent et futur inter-agissent pour créer ce que nous vivons comme le “Maintenant”. Nous avons vu que d'après la mécanique quantique notre réalité physique est basée sur la probabilité, où le comportement individuel est incertain et où seuls les processus de groupe sont relativement fixés. La théorie de la relativité a démontré que dans l'espace-temps les événements semblent n'avoir entre eux que des relations de temporalité linéaire parce que nous faisons nous-même partie de l'univers spatio-temporel. Si, comme David Bohm et d'autres le suggèrent, notre univers est contenu dans un “tout” plus grand et indivisible, alors, à ce niveau, temps et espace sont simultanés. Passé, présent et futur n'existent plus en tant que concepts séparés. Tout est, simplement.

L'hypothèse de la causation formative d'après Sheldrake ne fait qu'agrandir un peu plus ce tableau en posant l'existence de champs morphogénétiques intangibles et évolutifs qui entourent et pénètrent notre cosmos spatio-temporel. Vus depuis notre perspective, ils paraissent transmettre l'information dans une seule dimension linéaire, du passé au présent. C'est la manière dont nous percevons consciemment leurs effets, parce que nous sommes situés sur le niveau spatio-temporel de la réalité. Toutefois, il est également plausible d'affirmer qu'une information qui transcende l'espace-temps doit aussi transcender sa propriété de suivre une direction linéaire unique. Si les champs morphogénétiques constituent un ordre de réalité plus élevé, ils doivent être capables de transmission instantanée depuis n'importe quel point du temps et de l'espace de notre univers vers n'importe quel autre. Sinon, eux aussi seraient pris dans l'illusion de la relativité.

Quelle relation y a-t-il entre cette information et nous ? Qu'advient-il de notre cher concept de libre-arbitre et de futur indéterminé ? Il me semble que si nous pouvons envisager la réalité comme une série d'hologrammes dynamiques et évolutifs contenus l'un dans l'autre, alors à chaque niveau (au sein de chaque hologramme) les événements qui se produisent à d'autres niveaux ne peuvent être perçus que comme des fonctions de probabilité. Ainsi, comme notre univers spatio-temporel enveloppe celui de la réalité de niveau quantique, les événements individuels ne peuvent nous apparaître autrement que comme indéterminés ou probables. Il faut choisir la propriété comportementale que nous voulons examiner pour rendre un événement manifeste. Il nous est toutefois possible de définir la fonction d'onde quantique (Ψ), car c'est une abstraction, un processus qui transcende les événements de niveau quantique et qui transmet l'information à notre niveau spatio-temporel de réalité.

De même, lorsqu'on essaie d'analyser des événements individuels au niveau morphogénétique, dimension qui transcende et englobe l'univers spatio-temporel (ainsi que nous-mêmes qui en sommes les participants conscients), on ne peut les analyser qu'en termes de fonctions de probabilité (les champs morphogénétiques eux-mêmes). On peut mesurer les effets des champs dans l'espace-temps, mais on ne peut totalement définir leurs capacités individuelles, parce qu'ils s'étendent au-delà des limites spatio-temporelles. Ainsi, tandis qu'il est possible de démontrer les effets physiques de schémas d'habitudes passées sur des structures présentes et sur le comportement conscient sans intervention d'aucune transmission matérielle, on ne peut parler de l'influence de schémas d'habitudes futures qu'en termes de leurs effets probables sur le présent. L'adhésion de notre mental conscient aux propriétés utiles du temps linéaire (de cause et d'effet) limite notre conscience de l'influence du futur sur ce que nous définissons comme le "Maintenant". Elle préserve ainsi notre libre-arbitre, qui est une fonction humaine consciente.

Nous sommes pourtant plus que le mental analytique conscient. En tant qu'éléments holographiques d'un "tout" plus vaste et interconnecté, nous détenons tout le système d'informations cachées ou implicites, y compris ce qui concerne les influences du futur. Où cela se trouve-t-il donc ? Dans les niveaux inconscients de notre mental, bien entendu. Ainsi, lorsque nous sommes dans des "états de conscience modifiés" comme la méditation, les rêves et l'hypnose, ou simplement lorsque nous faisons usage de notre intuition non analytique comme dans la vision à distance, nous avons la capacité d'entrevoir les événements futurs potentiels qui sont déjà formés dans les champs morphogénétiques correspondants. Ils n'apparaissent généralement même pas au niveau conscient de perception.

Donc, et là le processus est encore très mal compris (il a certainement moins de force que le déterminisme aveugle), ces événements qui existent au niveau des champs morphogénétiques nous influencent subtilement à travers la résonance morphique au moyen de conditions déjà déterminées depuis le passé, si bien que nous avons tendance à mettre en route les actions conscientes qui produiront les résultats potentiels que notre mental inconscient a perçus. Nous conservons notre libre-arbitre parce que ces résonances sont subtiles et qu'il est possible de ne pas en tenir compte par un effort conscient. Si on choisit ainsi de les ignorer, elles sont soit recouvertes par d'autres ensembles de circonstances "futures", soit entraînées dans un autre "holovers" parallèle, "contribuant ainsi à la création d'existences alternatives ou parallèles".

Néanmoins, et toutes choses étant égales par ailleurs, au niveau des champs morphogénétiques nous sommes généralement orientés vers le futur que perçoit notre mental inconscient, notre âme ou notre moi supérieur. Ainsi, quand le guérisseur russe a choisi un manège dans l'expérience de vision à distance de Russell Targ mentionnée précédemment, sa vision était subtilement influencée par la connaissance au niveau morphogénétique que l'équipe de San Francisco sélectionnerait cette cible "au hasard" plusieurs heures après. Et inversement, puisque la résonance morphique transcende le temps unidirectionnel. De même, la perception juste qu'un "voyant" a du futur est à la fois une cause et un effet de la résonance d'un champ morphogénétique dans le mental inconscient de tous les participants. Une perception erronée peut être l'effet soit d'une interférence interne de l'esprit conscient du voyant, soit de l'interaction du libre-arbitre des personnes impliquées. Un tel usage du libre-arbitre, cependant, requiert de l'énergie et se manifeste moins fréquemment que ce que nous appelons habituellement le "destin".

Ce processus de transmission au niveau morphogénétique peut être aussi évidemment intensifié par un acte délibéré de visualisation créatrice, lequel associe la capacité directive de notre mental conscient à l'information du champ morphogénétique élaborée au niveau subconscient. C'est pourquoi il nous est possible d'utiliser nos capacités métapsychiques innées pour améliorer notre futur au sein des conditions fournies par les champs morphogénétiques de l'humanité dans son ensemble et de l'espace-temps lui-même. C'est là que se situe, à mon avis, notre espoir le plus réalisable d'accomplir ce que le chimiste Ilya Prigogine a décrit comme une "échappée vers un ordre plus haut", au moment où les tensions et les déséquilibres de nos systèmes sociaux et écologiques nous poussent vers les crises prédites par les prophètes au cours des âges et par les participants aux ateliers sur les vies futures dirigés par le Dr Wambach et moi-même. Pour visualiser des futurs plus positifs que ceux prévus par le mental subconscient de nos sujets pour les années 2100, il faudra manifestement une action consciente, concertée et collective.

L'association de l'image holographique de David Bohm et du modèle dynamique d'évolution progressive d'Ilya Prigogine offre un dernier moyen de comprendre le paradigme naissant du "Nouvel Age", de "l'holovers" et des niveaux multiples de la réalité qui vont de la mécanique quantique aux champs morphogénétiques. On peut comparer l'univers à une cellule vivante à l'intérieur d'un corps humain. Il y a entre eux de nombreux traits communs qui correspondent souvent aussi à ce qui se passe au niveau quantique.

Ainsi, bien que nous ne puissions distinguer indépendamment aucune cellule (particule), sa vie (la fonction ondulatoire quantique (Ψ)) dépend de son interaction avec le corps de toutes les autres cellules. Chaque cellule fait partie d'une chaîne d'êtres vivants. Bien que partie vivante indivisible d'un organe plus grand et en fonctionnement, sa propre forme est définie par ses composants génétiques plus petits. De plus, quoique les cellules individuelles meurent et soient remplacées constamment, la vie du corps continue ininterrompue pendant beaucoup plus longtemps. Enfin, comme nous le prouve la continuité des matériaux et des clones génétiques de l'ADN, chaque cellule vivante contient la représentation complète de l'organisme tout entier, lequel peut être reproduit à partir d'une seule des cellules qui le composent. Chaque cellule recèle donc la conscience de la forme totale de son parent.

Pour les tenants de ce paradigme du Nouvel Age, la réalité ressemble à un organisme unifié, vivant et et évolutif. Tout comme notre univers spatio-temporel, considéré comme un "cas particulier" local, le vaste Tout lui-même est vivant et d'une certaine manière conscient. La qualité de son existence est supérieure, par conséquent, à la somme de ses simples composants mécaniques. A l'intérieur de l'univers spatio-temporel, les êtres humains que nous sommes perçoivent la représentation ou l'image d'un ordre caché implicite. Malgré tout, comme nous sommes nous-mêmes des hologrammes, nous détenons la clé du vaste cosmos vivant si nous en croyons le nouveau paradigme étayé par l'analogie holographique de Bohm et de Pribham, qui fait écho à cette maxime de la Sagesse Immémoriale : "Ce qui est en haut est comme ce qui est en bas; ce qui est au dedans est comme ce qui est au dehors". La Nouvelle Physique et la Sagesse Immémoriale sont donc d'accord : c'est par les capacités à peine exploitées de notre mental imaginatif, intuitif et créatif que nous entrons en relation avec des ordres de réalité supérieurs.

Il est intéressant de noter que ce point de vue est remarquablement semblable à celui qu'a exprimé "Lazaris", l'entité désincarnée qui communique par l'intermédiaire du médium (channel) californien Jach Pursell, au cours d'un entretien téléphonique publié dans le *Brain/Mind Bulletin* de Marilyn Ferguson. Affirmant que le temps linéaire est une convention de fabrication humaine qui masque l'intemporalité de Tout Ce Qui Est, Lazaris a déclaré que ce que nous considérons comme une chaîne linéaire de causes et d'effets qui vont du passé au futur en passant par le présent, est en fait perçu inversement à partir de la dimension spirituelle où il se trouve : [1]

> *Les fréquences vibratoires qui déterminent les événements du présent sont le résultats de choix futurs qui arrivent dans le présent contre la toile de fond du passé... L'effet, dans le futur choisi, conduit à la cause dans le présent. C'est pourquoi, quand vous décidez de ce que vous allez devenir, votre choix influence ce que vous êtes.*
>
> *Votre réalité est une création constante basée sur votre observation. La vie est un "rêve conscient" — votre propre création. Dans la mesure où vous reconnaissez que c'est un rêve, vous pouvez changer le rêve de la conscience de veille. Alors vous pouvez diriger votre vie les yeux ouverts.*

Cette idée est en accord avec la sagesse de la source psychique d'Edgar Cayce qui a constamment insisté sur l'importance de la Volonté humaine sur la détermination de notre futur individuel, mais qui a pourtant reconnu que les niveaux inconscients du mental sont beaucoup plus en éveil que nous ne le percevons en général consciemment. Nous sommes donc indubitablement en ce moment en train de répéter soigneusement le "rêve collectif" de notre avenir commun, chaque jour sans nous en rendre compte.

Stephen Weinberg, qui remporta le Prix Nobel de physique en 1979, pense lui aussi que c'est par l'exercice du mental que nous prouvons notre capacité spécifiquement humaine de transcender les limites de l'univers spatio-temporel. Dans une discussion sur la situation de l'homme par rapport aux découvertes de la physique contemporaine il fit, dit-on, ce commentaire : [2]

> *L'électromagnétisme est un "murmure de la cinquième dimension". Puisque nous pouvons contrôler l'activité électromagnétique du cerveau par l'intermédiaire du mental, ce mental doit englober des dimensions plus complexes que la cinquième. La cinquième dimension est la dernière qui puisse être mesurée dans l'espace et le temps. Le cortex cérébral suit la trace de l'espace et du temps, si bien que lorsque vous concentrez votre mental et stabilisez l'activité électromagnétique de votre cerveau, vous pouvez commencer à vous identifier à d'autres*

---

[1] "View from the top : Lazaris on Brain, Mind, Feelings", *Brain/Mind Bulletin*, Oct. 1987, p. 4, P.O. Box 42211, Los Angeles, Calif. 90042. Sur autorisation du *Brain/Mind Bulletin*.

[2] Cité par Jean Millay, Ph.D., "Chakra Associations : A guide for the Guide", manuscrit ronéotypé daté de 1986.

dimensions de la réalité, ce domaine que les physiciens appellent "l'hyper-espace". C'est là que peuvent être transcendées les considérations propres à l'espace-temps. C'est là qu'on peut faire l'expérience de la vision à distance, des sorties du corps et des vies antérieures. C'est là qu'on peut avoir des visions fugitives du futur aussi bien que "d'autres demeures."

Une fois là, une seule question, mais peut-être est-ce la question fondamentale, demande encore une réponse. Si nous habitons un "holovers" vivant, un système d'interférences d'ondes vibratoires, dont chaque partie reflète l'image véridique de quelque objet extérieur qui existe dans la réalité d'un "Tout" plus vaste, alors qui ou quoi projette ces rayons cohérents d'énergie dans notre univers spatio-temporel ? Si nous sommes des corpuscules ou des cellules d'un corps plus vaste, à qui appartient ce corps ? Si, comme le prétendent les mystiques et les entités transmises comme "Lazaris", nous sommes les images d'un rêve, alors qui ou quoi est en train de rêver ?

—X—

Le vaisseau spatial "Terre" :

les Ovnis, "le Peuple des Etoiles", les "Walk-ins" et le futur.

"Nous ne sommes pas seuls dans l'univers. Il y a quelques années, cette notion paraissait invraisemblable; aujourd'hui la plupart des scientifiques admettent l'existence d'une vie extra-terrestre intelligente".

C'est en ces termes que Lambros D. Callimahos, cryptologue hautement qualifié au Ministère de la Défense, ouvrit le congrès militaire sur l'électronique des Services de la Recherche Scientifique de l'Armée de l'air américaine.[1] M. Callimahos poursuivait en expliquant que des astronomes contemporains aussi éminents que Sir Bernard Lovell estiment que notre galaxie de la Voie Lactée renferme environ 100 millions de systèmes solaires contenant vraisemblablement des planètes susceptibles d'abriter certaines formes de vie organique. Comme notre galaxie n'est que l'une d'un milliard et plus d'autres galaxies éparpillées à travers l'univers spatio-temporel connu, le nombre total de systèmes solaires où la vie a pu se développer est incommensurable. C'est pourquoi, en suivant ce raisonnement, la présence dans notre galaxie d'autres êtres intelligents est, statistiquement parlant, une quasi certitude. Cette idée ouvre une perspective diamétralement opposée à celle que présente la théorie anthropique du Dr Brandon Carter dont nous avons discuté au chapitre 9 et selon laquelle nous serions probablement seuls dans l'univers.

---

[1] IEE *Spectrum*, "Communication with Extraterrestrial Intelligence", mars 1966, pp. 153-63, cité par Raymond E. Fowler, dans *UFOs, Extraplanetary Visitors*, Prentice Hall, Inc., Englewood Cliffs, N.J., 1979, pp. 267-75.

Mais les astronomes ne sont pas les seuls à penser que quelque part, parmi les vastes étendues de l'espace interstellaire, les philosophes et les scientifiques d'autres espèces intelligentes s'efforcent de comprendre les mécanismes de la nature et le sens de l'existence. Les tentatives faites par l'homme pour découvrir s'il existe une vie extraterrestre et la possibilité qu'en ce moment même des super-civilisations soient en train d'essayer de contacter l'humanité est l'un des thèmes culturels les plus répandus de ces dernières décennies. La popularité extraordinaire du film de Steven Spielberg *E.T.*, et du feuilleton télévisé futuriste de Gene Roddenberry *Star Trek*, parmi d'autres, démontrent l'intérêt persistant du public pour cette possibilité.

Il est tout aussi clair que la majorité de nos contemporains sont persuadés que des contacts d'ordre visuel, physique ou psychique entre des êtres humains et des créatures étrangères à la Terre occupant des "soucoupes volantes" ou des "objets volants non identifiés" (ovnis) se sont déjà produits et se produisent encore. D'après des sondages effectués en 1970, 51 pour cent au moins d'Américains adultes admettaient la réalité du phénomène ovni, et un nombre incroyable de 15 millions de citoyens des Etats-Unis étaient convaincus d'avoir effectivement vu une soucoupe volante. Qui plus est, dans le courant des années 70 on avait recensé plus de 2000 contacts physiques contemporains et quelque 700 atterrissages d'ovnis qui, après inspection, avaient laissé des preuves visibles et tangibles de leur passage. Il est hors de doute qu'aujourd'hui ces chiffres seraient plus élevés. [1]

Au cours des quatre décennies et demie pendant lesquelles des contacts avec des ovnis ont commencé à être signalés un peu partout, on a pu observer un changement notable dans l'attitude du public vis-à-vis de ces phénomènes. Dans les années 50, l'idée que des extraterrestres intelligents, dotés d'une technologie supérieure, pouvaient zigzaguer librement autour de notre planète, apparaissant et disparaissant à volonté, contactant et même "enlevant" de temps à autre des êtres humains pour leurs propres besoins, a constitué les fondements d'un grand nombre d'histoires et de films d'épouvante. Des repérages massifs d'ovnis ont répandu la terreur et la panique en maints endroits en dépit des assurances répétées de la part du gouvernement que ce genre d'événement avait des causes "naturelles".

---

[1] Raymond E. Fowler, *op. cit.*, p.306; Don Elkins et Carla Rueckert, *Secrets of the UFOs*, L. & L. Research, Louisville, Ky., 1977, p. 8.

Après quoi, on imposait silence aux témoins ou l'on tournait en ridicule les personnes les plus dignes de foi.

D'après certains enquêteurs sur les ovnis, aussi honorablement connus que Raymond E. Fowler (*UFOs, Interplanetary Visitors ?*),[1] la répugnance manifestée par notre gouvernement à s'occuper raisonnablement et ouvertement de ce phénomène a créé une confusion inutile et gêné les efforts sérieux pour en comprendre la signification. Naturellement inquiets de la diffusion des rapports sur de nombreuses violations de l'espace aérien américain par des "soucoupes volantes" supersoniques qu'elle se trouvait dans l'incapacité d'empêcher, l'Armée de l'air et la CIA semblent avoir élaboré une double stratégie en ce qui concerne les signalisations d'ovnis. A la fin de l'année 1947, nos chefs militaires ont commencé une étude classifiée de ces signalements de phénomènes aériens dans le but de s'assurer qu'ils ne constituaient pas une menace directe émanant d'une puissance hostile (en particulier de l'Union soviétique). Connu au départ comme le "Project Sign", cette enquête fut rebaptisée "Project Blue Book" en 1962. Jusqu'à l'achèvement officiel du Blue Book en décembre 1969, les bases militaires aériennes américaines dans le monde entier accumulèrent les données sur tous les signalements d'ovnis connus, en particulier celles qui provenaient de leurs équipages aériens, et les envoyèrent à une commission consultative dirigée par un astronome hautement estimé, le Dr J. Allen Hynek. Chaque fois que ces signalements pouvaient être expliqués rationnellement, l'Armée de l'air était prompte à le faire publiquement. Les documents qui portaient sur les cas inexplicables tendaient à être enterrés dans des dossiers secrets "dans l'intérêt de la sécurité nationale".

En même temps, lorsqu'elle fut à peu près certaine que les soviétiques ne possédaient pas les capacités techniques dont faisaient preuve les ovnis, la CIA ordonna aux médias de lancer une campagne de "démystification" destinée à persuader le public que ce phénomène n'était que le produit de conjectures aberrantes émanant de quelques individus égarés. Selon toute apparence, cette démarche cherchait à détourner l'attention du public de l'incapacité du gouvernement à expliquer ou à prévenir les "incidents ovni". Tout au long des années 50 et 60, des experts gouvernementaux mirent l'accent sur les récits les plus ridicules et refusèrent de prendre en considération ceux qui provenaient de témoins crédibles possédant des connaissances techniques. Ils contribuèrent ainsi à créer dans le

---

[1] Fowler, *op. cit*, pp.228-30.

public l'idée que les contactés sont "des illuminés naïfs mûrs pour l'asile" ou "de petites mémés qui viennent de consulter une voyante", pour citer un ancien pilote de l'aviation civile, John Elkins, qui étudia les ovnis pendant plus de trente ans. Naturellement, comme pour tout mystère dont on fait grand bruit, nombre de récits sur les ovnis se sont révélés dénués de fondement ou inventés pour attirer l'attention sur leurs auteurs. Mais d'autres — dont plus de 10 pour cent émanent de témoins compétents et ont fait l'objet d'une investigation dans The Project Blue Book de l'Armée de l'air — n'ont jamais pu être expliqués de manière satisfaisante par les principes scientifiques admis. [1]

En fin de compte, cette stratégie militaire officielle qui consistait à combiner le secret et le ridicule délibéré a suscité plus de spéculations, d'interrogations, de supputations sur les motifs réels sous-jacents aux recherches gouvernementales sur les ovnis qu'elle n'a discrédité les rapports émanant de contactés raisonnables. De nombreux Américains soupçonnent que les enquêteurs fédéraux et l'administration militaire en savent beaucoup plus qu'ils ne l'ont dit sur les ovnis, supposition étayée par le fait que de nombreux documents restent encore classifiés "ultra secrets".

Dès les années 70, après avoir constaté que pratiquement trois décennies de signalements d'ovnis sur l'ensemble du globe ainsi que des milliers de récits de contactés n'avaient jamais démontré l'existence de quelque horrible plan d'invasion ou l'imminence d'un atterrissage massif d'extraterrestres, et qu'aucune révélation officielle propre à apaiser tous les doutes ne semblait en vue, la plupart des gens adoptèrent une attitude d'expectative. Même lorsque Jimmy Carter, dûment élu Président des Etats-Unis et ancien officier de la Marine de guerre admit publiquement qu'il pensait avoir une fois vu un ovni, personne ne broncha ni ne mit sérieusement en question son aptitude à tenir un poste à haute responsabilité. L'indifférence générale avait remplacé la peur et l'agressivité, bien que de temps à autre des récits de phénomènes ou de contacts inhabituels aient continué à susciter momentanément un intérêt public considérable.

Beaucoup de gens jusqu'alors intrigués par la possibilité d'atterrissages d'ovnis se tournèrent désormais plutôt vers la question de savoir s'ils ne seraient pas eux-mêmes un "Peuple des

---

[1] Don Elkins et Carla Rueckert, *op. cit.*, p.8 ; voir aussi de J. Allen Hynek "Twenty-one Years of UFO Reports", dans *UFOs, A Scientific Debate*, éd. Carl Sagan and Thornton Page, W.W. Norton, New York, 1972.

étoiles" présentant des différences génétiques, des descendants lointains d'astronautes de jadis, venus d'ailleurs, ou de "Walk-ins" extraterrestres, êtres parvenus à un haut degré d'évolution spirituelle et qui auraient revêtu la forme humaine pour aider au développement de l'humanité. Chacun de ces concepts et ce qu'ils impliquent pour le futur sera discuté plus avant dans ce chapitre.

Maintenant que nous avons entamé la dernière décennie de ce millénaire, dans un monde tristement divisé dont les chefs politiques paraissent incapables de trouver une solution aux énormes problèmes économiques, démographiques et écologiques, on assiste à un nouveau changement d'opinion sur les ovnis. Sur l'ensemble du globe, beaucoup d'hommes et de femmes sont actuellement en quête d'une intervention et d'une aide surhumaines susceptibles de nous diriger à travers les jours difficiles que nous voyons rapidement s'avancer vers nous. C'est ainsi que José Arguelles, auteur de *The Mayan Factor*, et fondateur en 1987 du mouvement "Harmonic Convergence", lance un appel général à tous les ovnis qui patrouillent en ce moment dans le voisinage de la Terre pour qu'ils descendent et nous aident à nettoyer notre environnement. Il a prévu l'événement pour le 31 décembre 1989 [1], début de la dernière décennie de notre millénaire.[2] D'autres contactés, comme Tuella et le groupe des "Guardian Action Publications", ont exposé des plans extraterrestres destinés à évacuer des fractions importantes de la population de la Terre dans le cas où un cataclysme naturel soudain, un basculement des pôles ou une guerre nucléaire à l'échelle planétaire viendraient à se produire. Les prédictions de Tuella seront examinées un peu plus loin (page 363).

Un dessinateur humoriste perspicace des années 80 s'empara du changement d'attitude du public à l'égard des ovnis, qui s'est produit dans l'espace d'une génération. Il a représenté côte à côte deux scènes identiques d'atterrissage d'ovnis, à trente ans de distance l'une de l'autre. Sur le premier dessin, intitulé "1953", une foule terrifiée s'enfuit vers les forces de l'ordre terrestres en criant "Sauvez-nous ! Sauvez-nous !". Sur le second, baptisé "1983", la même foule en délire

---

[1] NdE : ce texte a été écrit avant cette date.

[2] José Arguelles, *Open Letter to the World Community regarding UFO Contact* (Lettre ouverte à la communauté mondiale sur les contacts avec des ovnis) datée du 31 juillet 1988. Pour de plus amples renseignements, s'adresser à Bear & Co., P.O. Drawer 2860 Santa Fé, N.M. 87504-2860.

s'est retournée et se précipite maintenant vers l'engin en criant à l'équipage "Sauvez-nous ! Sauvez-nous !". [1]

Ce changement d'attitude est en partie dû à une évolution dans les types de contact rapportés. Au cours de ces dernières années, les récits d'observation concrète d'ovnis et de contacts scientifiques expérimentaux ont été remplacés de plus en plus souvent par des messages psychiques émanant d'extraterrestres intelligents et bienveillants. Le livre de Ken Carey, *Starseed Transmissions*, et plus récemment *Return of the Bird Tribes* sont d'excellents exemples de ces "rencontres rapprochées" de nature spirituelle, dont les communications élèvent l'âme de ceux à qui elles sont transmises (les channels). Ces messages réitèrent presque invariablement la même promesse et le même avertissement en ce qui concerne l'avenir de notre Terre. L'avertissement nous dit immanquablement que la route que nous suivons conduit la planète à des bouleversements et à de possibles désastres si nous ne réussissons pas ensemble, *dès maintenant*, à mettre un terme à la cruauté de l'homme envers l'homme et à élever la conscience humaine à de plus hauts niveaux. La promesse, c'est que nous pouvons recevoir de l'aide, et qu'en fait nous en recevrons, de nos "Frères de l'espace" dont la vigilance nous protège et qui feront en sorte que le vaisseau spatial Terre lui-même n'explose pas dans un holocauste nucléaire.

De semblables messages prophétiques ont accompagné les premiers récits de ceux qui avaient eu un contact physique avec des occupants d'ovnis. Récemment, à mesure que les rapports de transmission médiumnique (channeling) sont devenus acceptables à un plus grand nombre, il apparaît que les contacts télépathiques avec des extraterrestres à bord d'ovnis ont supplanté les manifestations sensibles. Il est possible que la vague actuelle de contacts avec des ovnis par l'intermédiaire de médiums fasse partie du prochain stade de notre processus évolutif. Si cette supposition est correcte, dans les prochaines décennies nous pouvons sans doute nous attendre à une fusion des deux types de visites extraterrestres avec une plus grande évidence tangible de leur présence continue pour étayer leurs messages télépathiques ou médiumniques. Une évolution de ce genre pourrait contribuer à nous préparer à l'interaction physique et

---

[1] J'exprime ici mes remerciements à l'"International Association for Near Death Studies" (IANDS), (Association internationale pour l'étude des états proches de la mort), *Vital Signs*, vol., No. 2, sept. 1983, p.11, où ce dessin (mais non l'humoriste) est mentionné.

mentale de "routine", relatée par plusieurs des participants de Helen Wambach progressés jusqu'aux années 2100 et 2300.

Mais que sont exactement ces "objets volants non identifiés" que des millions d'Américains et d'autres individus considérés comme rationnels, dans le monde entier, ont déclaré avoir vus ou avec lesquels ils ont soi-disant communiqué au cours des récentes décennies ? D'où viennent-ils ? Pourquoi apparaissent-ils à ce moment de l'histoire humaine ? Quel rôle jouent-ils dans les "rêves collectifs" sur le futur de notre planète ?

Il existe un malentendu certain au sujet des ovnis du fait qu'on les considère comme un phénomène purement contemporain. La plupart des discussions sur les ovnis ne commencent qu'avec l'observation saisissante faite par Kenneth Arnold le 24 juin 1947 de neuf engins argentés en forme de disque qui s'élevaient au-dessus du célèbre Mont Rainier dans l'Etat de Washington en une formation aérienne linéaire, à une vitesse estimée à 1700 milles à l'heure. Observée en plein jour depuis le cockpit de son avion personnel, cette scène incroyable causa un choc au pilote de montagne chevronné qui relata cet incident à des employés d'aéroport à son atterrissage.

Un journaliste était présent lorsqu'Arnold compara les évolutions de ces engins ronds et brillants à des soucoupes ricochant sur un lac. L'expression "soucoupes volantes" accrocha immédiatement l'attention des médias et l'histoire se répandit comme une traînée de poudre. En quelques jours, littéralement des *centaines* d'histoires similaires envahirent les salles de rédaction, cependant que des gens surexcités et effrayés affirmaient avoir vu de semblables objets non identifiés voler dans notre ciel terrestre. Bientôt, le personnel de l'Armée de l'air américaine lui-même, dont des pilotes expérimentés, se mit à relater d'étranges incidents au cours desquels un engin silencieux et lumineux était soudain apparu dans le ciel en accomplissant des prouesses aériennes incompatibles avec les lois physiques connues, pour disparaître dès qu'on le poursuivait. L'Armée de l'air commença une enquête officielle et en grande partie secrète sur les observations d'ovnis, qui devait se poursuivre pendant vingt-deux ans, en engageant les services du Dr J. Alen Hynek comme principal expert scientifique. Un phénomène de masse contemporain venait de naître.[1]

---

[1] Il existe des centaines de livres sur les ovnis. Parmi les plus sérieux citons celui de Raymond E. Fowler *UFOs: Interplanetary Visitors*, cité précédemment, et celui du Dr J. Allen Hynek, *The UFO Experience : A Scientific Inquiry*, Henry Regnery, Inc., Chicago, 1972 (en français : *Nouveau rapport sur les ovnis*, Belfond, 1979). Le regretté Dr Hynek,

Toutefois, en dépit des croyances populaires, les ovnis ne sont pas "tombés du ciel" d'un seul coup à la fin des année 40. Sous une forme ou une autre, ils ont accompagné l'histoire humaine depuis les premiers âges. Jusqu'à une époque récente, comme nous-mêmes ne savions pas voler, nous n'avions pas de cadre de référence adéquat pour les situer, et nous attribuions à l'intervention divine, à des pouvoirs magiques, occultes ou diaboliques des incidents typiquement ovnis. Finalement, ils devinrent le sujet de mythes et de légendes transmises oralement. Ces légendes, qu'on retrouve dans le monde entier, continuent à nous fasciner malgré d'évidents remaniements ou déformations dus à des conteurs récents. Sinon des hypothèses comme celles que propose l'auteur allemand Erich von Daniken (*Chariots of the Gods*, 1969, etc.), selon lesquelles les ovnis auraient influencé nos civilisations anciennes, n'auraient jamais soulevé de telles controverses.

En fait, même à l'époque moderne, bien avant 1947, des incidents aériens inexplicables ont été communément relatés. C'est ainsi par exemple qu'au cours des années 1896-97, d'Oakland, en Californie, jusqu'à Chicago, des milliers de témoins virent avec stupéfaction une série de "vaisseaux aériens" en forme de cigare apparaître soudain dans le ciel de l'ouest américain. Surpris et courroucé, un fermier du Kansas vit même l'un de ces "dirigeables" manœuvrés par six "créatures étranges" voler du bétail ! Au début du vingtième siècle, un explorateur russe et ses compagnons relatèrent qu'un grand objet ovale et brillant était passé à toute vitesse au-dessus d'eux pendant leur randonnée dans l'Himalaya en 1926. L'étrange engin vira soudain à angle droit (mouvement typiquement ovni) et disparut derrière un pic. Au cours de la seconde guerre mondiale, des pilotes des deux camps ont dit avoir vu d'étranges globes lumineux qui apparaissaient et tournoyaient à toute vitesse au-dessus des zones de bataille. Les aviateurs alliés inventèrent même le terme de "foo fighters"[1] pour désigner ces engins inquiétants qu'on supposait ennemis, en se basant sur une bande dessinée populaire des années 40

---

ancien directeur du Département d'astronomie à l'Université de Chicago, assuma le rôle de conseiller pour le *Project Blue Book* de l'USAF de 1947 à 1969. Sa typologie des ovnis est à l'origine de l'expression "rencontres rapprochées du troisième type". On peut ajouter aux références déjà citées dans ce chapitre l'ouvrage de Robert Anton Wilson *Cosmic Trigger*, Falcon Press, Phoenix, Ariz., 1977, qui projette un éclairage métaphysique remarquable sur ce phénomène.

1 "Foo fighters" : avions fantômes. NdT : "foo" désignait un fantôme populaire, de fumée, dans une bande dessinée des années 40 aux U.S.A.

où le principal personnage, Smokey Stover, lançait souvent : "Où il y a 'foo', il y a le feu". [1]

Ces rapports relativement récents font partie de la longue suite de témoignages oculaires sur des phénomènes aériens inexplicables qui jalonnent l'histoire de l'humanité. Ainsi, Ruth Montgomery relate-t-elle que même à des époques bien plus reculées, alors "qu'on pensait que rien d'autre que les oiseaux ne volaient dans les airs", les annales contemporaines mentionnent que le ciel "s'emplit de formes cylindriques d'où émergeaient des sphères noires, rouges, oranges et blanc-bleuté qui filaient ça et là" (d'après une source allemande de 1561). Même l'armée d'Alexandre le Grand trembla de peur à la vue de deux "boucliers d'argent resplendissants" qui plongèrent parmi ses rangs au cours de l'une de ses campagnes. D'autres récits similaires datant du Moyen-Age et de l'antiquité classique prouvent clairement que ce que nous appelons aujourd'hui les ovnis font partie d'un phénomène beaucoup plus vaste dont l'origine pourrait bien être aussi ancienne que celle de la vie humaine sur la Terre. [2]

S'il est possible, comme le suggèrent ces sources et d'autres qui remontent à l'antiquité et qui proviennent de toutes les régions du globe, que les ovnis ou d'autres phénomènes qui s'y rattachent aient contrôlé l'histoire de l'humanité depuis des millénaires, pour quelle raison alors les contacts ont-ils augmenté de façon si spectaculaire au cours des cinquante dernières années ? Quel élément particulier de l'époque contemporaine a donc pu attirer l'attention de tant de ces visiteurs extraterrestres ?

Au cours de notre histoire, les contacts avec les ovnis se sont produits de quatre manières fondamentalement distinctes quoique évidemment apparentées.

1) Les plus saisissants sont ceux que le Dr Hynek a baptisé "rencontres rapprochées du troisième type", où des hommes et des femmes font l'expérience d'une véritable rencontre physique avec des extraterrestres et sont souvent emmenés à bord d'un engin spatial.

2) Viennent ensuite les contacts psychiques qui *ne* comportent *pas* de rencontre face à face ou de visite à un ovni. Ils incluent les transmissions (channelings) d'entités qui se présentent comme venues de planètes ou de systèmes solaires différents, ainsi que des expériences en dehors du corps avec ces êtres.

---

[1] John A. Keel, *The Eighth Tower*, E.P. Dutton & Co., New York, Inc., 1975, p. 94; Raymond Fowler, *op. cit.*, pp. 225-26.

[2] Ruth Montgomery, *Aliens Among Us*, Fawcett Crest Books, New York, 1985, pp. 214-15.

3) D'autres contactés, parfois connus comme "le Peuple des Etoiles" pensent qu'ils sont génétiquement apparentés à des extraterrestres qui se sont jadis unis à des êtres humains ("les Starseed") ou que leurs ancêtres ont aidé des astronautes des temps anciens lors de leurs visites à la Terre ("les Star Helpers").

4) Pour finir, certains contactés sont persuadés que bien que leur corps physique soit tout à fait terrestre, leur esprit ou leur âme originelle a volontairement cédé la place à un être hautement évolué appartenant à une autre planète ou à une autre étoile, ou provenant d'une autre dimension de la réalité. De tels "Walk-ins", comme les appelle le guide du Nouvel Age Ruth Montgomery, sont là pour aider la race humaine à franchir ce qu'on prévoit en général comme une difficile période de transition dans notre évolution spirituelle.

La plupart des expériences avec les ovnis associent les caractéristiques de deux au moins des quatres types mentionnés ci-dessus. Ainsi de nombreuses personnes qui servent actuellement de canal à des entités extraterrestres peuvent avoir eu un contact face-à-face dont le souvenir est gommé de leur mental conscient. D'autres qui ont eu des "rencontres rapprochées du troisième type" ont découvert que ce contact n'était pas fortuit — ils portent en eux des caractéristiques physiques ou des traits psychiques qui les relient à de possibles origines extraterrestres. Brad et Frances Steiger, qui ont étudié ce phénomène avec le plus grand soin, ont découvert que la plupart des membres du "Peuple des étoiles" ont depuis l'âge de cinq ans environ des contacts psychiques périodiques avec leurs "cousins de l'espace" qui contrôlent leur développement. D'autres se sont rendu compte que leur corps recèle des gènes "Starseed", alors que leur personnalité est devenue un "Walk-in" spirituel. Tout se passe comme si leur corps avait été préparé par leur âme originelle à la transition au "Walk-in" qui ne s'est produite que des années plus tard. La causalité propre au temps linéaire tend à être absente d'un grand nombre d'expériences avec les ovnis !

Afin d'expliquer la très grande variété des contacts contemporains avec les ovnis et la corrélation existant entre eux, aussi bien que leur relation à notre conception du futur, j'ai fait un choix de quelques exemples appartenant aux quatre catégories mentionnées ci-dessus. Certains de ces cas ont déjà fait l'objet d'études tandis que d'autres, à ma connaissance tout au moins, sont cités ici pour la première fois. Dans chacun d'eux on retrouve de manière évidente certains aspects des "rêves collectifs" faits par nos contemporains sur le futur.

Les "rencontres rapprochées du troisième type" du Dr Hynek, telles qu'elles ont été immortalisées par le film de Steven Spielberg, restent la forme "classique" des histoires d'ovnis. Depuis le début des années 50 où George Adamski raconta qu'il avait rencontré dans le désert Mohave des "Frères de l'espace", humanoïdes descendus de Vénus et d'un niveau très avancé, jusqu'au best-seller de 1987, *Communion*, où Whitley Streiber a fait le récit de ses rencontres avec des extraterrestres au nord de l'Etat de New York, nous restons fascinés par la manière dont des gens en apparence ordinaires se trouvent tout-à-coup projetés dans des situations exceptionnelles où interviennent de mystérieux ovnis et leurs équipages extraterrestres. De tels contacts incluent souvent, quoique pas nécessairement, la communication télépathique d'un message, soit personnel soit destiné à l'ensemble de l'humanité. Ils comportent fréquemment aussi un examen médical corporel. Certaines personnes ont senti qu'on avait modifié leur constitution physique afin de pouvoir les suivre à distance pour une étude plus approfondie. Un petit nombre de contactés ont même fait mention de relations sexuelles avec des extraterrestres qui ressemblaient à des hommes !

A mesure que ces récits apparaissaient au jour par milliers, une typologie de l'extraterrestre se développa, fondée sur les caractéristiques communes indiquées par de nombreux contactés sur le plan physique. Il est intéressant de remarquer que la grande majorité de ces extraterrestres ont une apparence humanoïde. Le chercheur et auteur Brad Steiger a fourni dans *The Gods of Aquarius* (1976) des portraits composites de quatre de ces visiteurs interplanétaires, dessinés par l'artiste Hal Crawford qui les désigne par les lettres grecques d'*alpha* à *delta*.

D'après Crawford, les "humanoïdes de forme alpha" sont de petites créatures malicieuses (de trois ou quatre pieds de haut) aux grands yeux, aux oreilles pointues et aux dispositions généralement amicales malgré leur caractère craintif. Leur peau est généralement de couleur verte ou grisâtre. Leurs visites fréquentes à la Terre depuis des millénaires explique probablement les mythes persistants de l'humanité sur les elfes et les lutins.

Les extraterrestres de forme "bêta" se présentent en fait sous deux types différents. Tous deux ont une apparence humaine et pourraient passer pour des hommes et des femmes modernes s'ils étaient vêtus normalement. Le premier a reçu deux appellations : "bêta" et "bêta F", qui permettent de faire la distinction entre les beaux hommes de haute taille, de type nordique, et leurs contreparties féminines aux cheveux blonds et aux formes sculpturales. Comme ils correspondent à un idéal occidental d'humanité terrestre, il se peut que leur aspect extérieur soit une image mentale projetée par les extraterrestres dans l'esprit des témoins plutôt que leur forme physique réelle. Les femmes "bêta F" se rencontrent moins fréquemment dans les vaisseaux spatiaux que les hommes du genre Capitaine Kirk *(Star Trek)*.

Les individus correspondant au second type à l'aspect également humain, appelés "bêta 2", ont quelquefois été surnommés "les hommes en noir" par les chercheurs parce que ces apparitions sont en général sobrement vêtues de combinaisons ou d'uniformes de couleur foncée. Leurs manières taciturnes, menaçantes, paraissent s'accorder à leurs vêtements. Ils sont souvent apparus à des témoins qui avaient rencontré des ovnis sur le plan physique pour leur dire de garder le silence sur ce qui s'était passé. Leurs caractéristiques communes sont un menton pointu, des cheveux foncés, des lèvres épaisses et un teint sombre, vaguement "oriental". Ils sont généralement moins grands que les types "bêta" aux cheveux blonds et aux yeux bleus. Eux aussi peuvent être des images projetées, destinées à intimider ou à inspirer le respect. Après tout, il n'est nullement garanti que leur technologie plus avancée rendent les occupants d'ovnis également supérieurs à nous sur le plan spirituel. En fait, l'histoire des rencontres qui se sont produites sur notre planète entre des civilisations technologiquement avancées et celles de peuples moins développés a démontré qu'une supériorité technique n'implique pas toujours un développement correspondant des qualités morales.

Les deux derniers types, appelés "gamma" et "delta", ressemblent plutôt à des créatures de cauchemar qu'à de sympathiques extraterrestres du genre *E.T.* Les "formes gamma" sont généralement de grandes créatures velues à l'allure de singe, qui se rapprochent de l'idée que nous nous faisons du yéti, "l'abominable homme des neiges". On les voit généralement à l'extérieur bien qu'on puisse aussi rencontrer des créatures semblables mais plus petites à l'intérieur de soucoupes volantes. Leur affreuse puanteur et leur comportement généralement stupide ont conduit certains chercheurs à les considérer comme des serviteurs biochimiques ou des robots d'autres extraterrestres invisibles. Ils laissent fréquemment derrière eux des traces de pas identifiables.

Leurs cousins "delta" dégagent souvent la même odeur nauséabonde que les "formes gamma" mais s'en distinguent par leur capacité apparente à changer de forme à volonté. Ils ont la réputation de se matérialiser soudainement devant le regard horrifié d'un observateur humain, de disparaître "en un clin d'œil" de nouveau et tout aussi vite, pour réapparaître instantanément dans un autre endroit. La seule particularité qui leur soit constante est la luminosité : ils brillent dans l'obscurité. Leurs yeux émettent d'étranges rayonnements et ils font penser à des feux follets. Apparemment en état d'apesanteur, ils apparaissent plutôt comme des images projetées que comme des êtres humains bien que ce phénomène soit peut-être l'effet d'une vitesse vibratoire supérieure à la nôtre, comme certains en font l'hypothèse. Il se pourrait qu'ils soient transdimensionnels plutôt qu'extraterrestres. Les légendes de fantômes et de vampires ont pu trouver leur origine dans des rencontres avec des "formes delta'.

Mais quel que soit le type d'extraterrestre rencontré et quelles que soient les circonstances exactes de ces rencontres, les contacts physiques rapprochés sont généralement accompagnés d'un blocage de la mémoire qui oblitère l'incident et semble provoqué par les extraterrestres. Des taches ou des cicatrices corporelles ainsi que la sensation déplaisante d'avoir inexplicablement "perdu du temps" peuvent être les seuls indices dont dispose le contacté pour savoir qu'une rencontre a véritablement eu lieu. Cette incertitude a laissé beaucoup de ces individus dans un état de désarroi, facteur qui a permis à certains sceptiques de jeter le discrédit sur ce genre de récit, accusé d'émaner de sujets instables et peu fiables.

Heureusement que dans de nombreux cas ce "blocage mental" peut, en partie du moins, être dissous par l'hypnose. Des psychologues conseils comme le Dr R. Leo Sprinkle de Laramie dans le Wyoming ont aidé littéralement des milliers de gens contactés par les ovnis, perturbés par ces contacts physiques et la perte de mémoire qui en résultait, à comprendre ce qui leur était arrivé. Le Dr Sprinkle, qui dirigea aussi des ateliers sur les vies futures dont les résultats ont été incorporés dans l'analyse présentée dans ce livre, est l'un des chercheurs américains de tout premier plan sur le phénomène ovni. Il a personnellement travaillé avec plus de trois cents contactés au cours des vingt-cinq dernières années, et pendant la dernière décennie a organisé à Laramie un congrès annuel où sont étudiées les toutes dernières théories et les expériences les plus récentes. Il a également effectué une étude des impressions psychiques reçues par plusieurs centaines de contactés. Son aide compréhensive et son travail d'investigation important sur la question des ovnis a reçu un hommage de portée nationale dans le livre de Ruth Montgomery *Aliens Among Us*.

A la fin de ses recherches et comme il le dit avec humour "après de longues heures de méditation névrotique", le Dr Sprinkle est arrivé à la conclusion que "l'activité ovni (se déroule) sur plusieurs niveaux de la réalité" simultanément. Avec la plupart des autres chercheurs sérieux, il pense que ces rencontres sont des cas d'expériences communes ayant eu lieu entre des êtres humains appartenant au monde spatio-temporel et des êtres para-physiques dont les paramètres de réalité recouvrent notre univers mais s'étendent aussi au-delà de lui. Les entités rencontrées peuvent être des voyageurs dans l'espace ou le temps ou les deux à la fois. Leur apparition dans notre secteur de l'univers à un moment donné peut être concrètement "réel" ou projeté psychiquement comme partie de l'image holographe que nous prenons pour la réalité matérielle. [1]

Une expérience ovni peut donc être *à la fois* physique et psychique. Elle a aussi en général un caractère intentionnellement éducatif. Le contact avec ces extraterrestres paraphysiques précipite un changement dans l'existence de l'individu contacté. Qui plus est, les intrusions répétées d'extraterrestres dans notre histoire (par exemple dans l'Inde ancienne à l'époque de Krishna ou en Egypte/ Israël, à l'époque de l'Exode) ont fréquemment signalé une période de transition importante pour la race humaine toute entière. Que leur influence soit plutôt d'ordre mental ou matériel dépend des circonstances individuelles, car dans la perspective ovni ce sont là deux aspects (mental et matériel) complémentaires d'une même réalité plus vaste ou du Tout Indivisible, comme nous l'avons exposé dans le chapitre qui précède.

Bien que depuis le début des années 50 des centaines de récits sur des contacts physiques avec des ovnis aient été publiés, j'ai choisi l'histoire obscure d'une ménagère de l'Oregon dont les contacts avec un être qu'elle désigne comme "un soi-disant extraterrestre qui se présente sous le nom de Hweig" se poursuivent depuis plus d'un demi-siècle. Son histoire illustre de nombreux aspects caractéristiques de ces "rencontres rapprochées du troisième type", et comme elle émane d'un témoin très ordinaire dont la préoccupation essentielle a été de

---

[1] Dr Leo Sprinkle, *The Possible Relationship Between Reincarnation and the UFO Experience*, manuscrit inédit, présenté à "Psi Expo : Advances in Psychical Research", Denver, Colo., le 29 septembre 1984, pp. 26-30. Consulter aussi *Project Identification : the first scientific field study of the UFO phenomena*, de Harvey D. Rutledge, Prentice Hall, Inc., Englewood Cliffs, N.J., 1981.

mener une vie aussi "normale" que possible, évitant tout publicité spectaculaire, elle reste tout à fait crédible malgré les événements invraisemblables qu'elle décrit. De plus, je crois que vous admettrez que Hweig fait sur la situation mondiale actuelle et sur notre futur immédiat des commentaires qui portent à réfléchir.

Le Dr R. Leo Sprinkle me mit en relation avec Mme Ida K. (qui préfère rester anonyme) il y a quelques années, car elle avait rencontré Helen Wambach à un congrès sur les ovnis qui s'était tenu à Laramie au début des années 80. Dans la correspondance qui s'ensuivit elle me raconta son "histoire d'ovnis" et me communiqua également quelques uns des commentaires de Hweig sur le futur. C'est en 1980, au cours d'une séance d'hypnose avec le Dr Sprinkle que Ida K. se "rappela" pour la première fois sa première rencontre avec Hweig, laquelle s'était produite peu de temps avant le Noël de 1940. [1]

Nouvellement mariés, Ida et son mari avaient passé les trois jours du vingt au vingt-trois décembre à rouler en voiture depuis leur demeure de l'Etat de Washington jusqu'en en Arizona pour passer Noël avec de la famille, en compagnie de trois militaires en permission qui se rendaient dans le sud et participaient aux frais du voyage. Au bout d'un jour et demi de route sans incident, ils laissèrent un passager à Los Angeles. Après un contrôle de la voiture, ils repartirent pour traverser le désert Mohave pendant les heures fraîches de la nuit. C'est donc aux environs de vingt-trois heures, le soir du vingt-deux décembre 1940, qu'ils traversèrent la ville de Indio, dernier poste civilisé avant la frontière de l'Arizona.

Peu de temps après, en plongeant dans une vallée du désert à travers des collines basses et rocheuses, les quatre passagers remarquèrent une "lueur surnaturelle d'un rouge intense" qui émanait d'une grosse boule flottant sur l'horizon. Au début, ils pensèrent que ce n'était que la pleine lune qui se levait, énorme et luminescente, dans l'air transparent du désert. Puis, sans préavis, la "lune" disparut derrière un affleurement rocheux pour réapparaître soudain en se déplaçant obliquement vers leur gauche. Aucune "pleine lune" ordinaire n'aurait pu faire une chose pareille ! Elle disparut derrière d'autres rochers et il ne leur fut plus possible de percevoir la lueur inhabituelle qui avait attiré leur attention au départ. Ayant atteint une large courbe, le conducteur arrêta le véhicule et les trois hommes sortirent voir ce qui se passait, laissant

[1] L'histoire d'Ida est tirée d'un manuscrit inédit et non daté qu'elle intitula "La nuit de la lune enflammée". Elle me l'adressa le 30 décembre 1984 en m'autorisant à m'en servir.

Ida à l'intérieur. A demi-assoupie elle jeta un coup d'œil à sa montre qui indiquait "minuit moins vingt". Elle remarqua ses compagnons éclairés par les phares de la voiture. Ils avaient l'air de parler. Fatiguée, ayant froid, elle attendit leur retour enveloppée dans une couverture, somnolant et frissonnant alternativement dans la nuit hivernale. Finalement, elle fit l'effort d'allumer la lumière pour regarder sa montre et voir l'heure exacte. Il était minuit vingt. Quarante minutes s'étaient écoulées ! Il semblait inconcevable que les trois hommes ne fussent pas encore de retour. Ida se dit qu'elle s'était trompée la première fois en lisant l'heure. A ce moment les hommes revinrent. Ils n'avaient rien vu. Tous admirent qu'ils avaient perdu assez de temps comme cela et ils reprirent leur voyage. Pendant qu'ils repartaient, Ida remarqua un "grand disque d'un blanc argenté qui s'élevait avec rapidité au-dessus des arbres". Bien que l'un des hommes eût émis la supposition qu'après tout il devait s'agir de la lune, elle resta sceptique car la chose se déplaçait trop vite, en suivant une direction oblique qui n'était pas naturelle. Mais trop fatiguée pour discuter et contente d'être à nouveau en route elle abandonna le sujet. L'incident paraissait clos.

Le jour suivant, chez sa sœur à Phoenix, Ida demanda à son mari de quoi il avait discuté si sérieusement avec les autres pendant qu'ils étaient devant la voiture. Surpris, il affirma que personne n'avait quitté l'automobile ! Lorsqu'elle insista, il répondit simplement qu'il ne pouvait se souvenir de rien d'inhabituel. L'incident paraissait sans importance et Ida l'oublia pratiquement aussi pendant les deux décennies qui suivirent. Néanmoins, elle vérifia les phases de la lune et découvrit que cette dernière avait été pleine le 14 décembre; seul un croissant argenté aurait été visible une semaine plus tard.

En 1940, presque personne n'envisageait l'existence possible des ovnis en dépit de la panique "martienne" causée par l'émission de radio "La guerre des étoiles" d'Orson Welles transmise deux ans plus tôt le jour de Halloween. La révélation faite au public sur les "foo fighters" de la Deuxième guerre mondiale, la soucoupe volante de Kenneth Arnold dont il fut fait grand bruit et les récits de George Adamski sur des atterrissages de Vénusiens dans le désert du sud de la Californie ne devaient venir que beaucoup plus tard. Dans l'intervalle, la vie d'Ida reprit et parut suivre son cours "normal" pendant plusieurs années.

C'est pourquoi, même lorsque d'étranges phénomènes psychiques comme l'audition de voix surnaturelles firent, vingt-cinq ans plus tard, irruption dans son existence, il s'écoula un très long temps avant qu'Ida fût prête à admettre l'existence d'un lien entre ces événements et l'étrange "lever de lune" de décembre 1940. En 1968, s'étant servie d'un plateau Oui-ja de sa fabrication et d'un pendule sans s'être entourée des protections nécessaires, comme des prières protectrices et un but spirituel clairement perçu ainsi que le recommandent des clairvoyants expérimentés comme Edgar Cayce, Ida K. éveilla apparemment en elle des capacités latentes de transmission (channeling). Au début, elle sentit le contact amical de l'entité qui se présenta plus tard sous le nom de "Hweig".

Toutefois, comme elle ne savait pas contrôler le courant d'énergie psychique qui la traversait, ce contact bienveillant fut bientôt obscurci par une série de perturbations effrayantes, dont une tentative de "possession" de la part d'un esprit extrêmement déplaisant. Cette "attaque" psychique la laissa si bouleversée qu'elle rechercha l'aide d'un psychiatre. L'incident lui avait causé une telle frayeur que même lorsqu'elle en fut sortie, il fallut attendre novembre 1977 pour qu'elle établît finalement un contact régulier avec Hweig au moyen de ce qu'elle appelle l'écriture télépathique. Hweig se servait de cette méthode pour l'informer que leur premier contact remontait à cette nuit de décembre 1940. Enfin, en 1980, Ida s'adressa au Dr R Leo Sprinkle pour lui demander de l'aider retrouver ces "quarante minutes perdues" au moyen de l'hypnose.

Pendant cette séance, le Dr Sprinkle fit doucement régresser Ida jusqu'au moment où la voiture s'était arrêtée sur la route du désert. Elle découvrit alors "qu'après avoir somnolé pendant une minute ou deux à l'intérieur du véhicule, elle avait été soudain réveillée par deux étrangers qui lui demandaient instamment de l'aide. Ils lui dirent qu'il s'était produit un incident et que quelqu'un qui avait le même groupe de sang rare qu'elle-même avait besoin d'une transfusion immédiate. Accepterait-elle de coopérer ?

Bientôt elle contournait des rochers en leur compagnie pour arriver devant un engin circulaire. Emmenée à l'intérieur d'une cabine ronde, elle vit un homme blessé (Hweig) qui était étendu. Elle laissa les autres lui prendre du sang au bras, puis elle eut l'impression qu'on enfonçait quelque chose dans chacune de ses oreilles et dans sa narine gauche également. La chose "monta, monta". Cela lui fit mal pendant un moment mais la douleur cessa bientôt. L'équipage du vaisseau, qui lui parut constitué d'êtres humains de grande taille, s'exprimait en un anglais parfait. Ils la remercièrent d'avoir sauvé la vie de leur compagnon. Ils promirent de communiquer avec elle "beaucoup plus tard" pour lui demander encore de l'aide. Puis ils la raccompagnèrent à sa voiture où elle se retrouva soudain en train d'allumer la lumière et de remarquer que quarante minutes s'étaient écoulées. Ses compagnons de voyage revinrent et ils aperçurent le "lever de lune" inhabituel en redémarrant.

Cette séance d'hypnose semblait corroborer l'affirmation de Hweig selon laquelle leur premier contact avait eu lieu en 1940. Toutefois, Ida avait l'impression que l'histoire de la "transfusion de sang" était impossible car elle n'avait le souvenir d'aucune cicatrice ou de marques de piqûre. Quelques mois plus tard, elle écrivit au Dr Leo Sprinkle pour lui dire qu'au cours d'une séance d'écriture automatique avec Hweig elle l'avait questionné sur l'histoire révélée par l'hypnose. Elle disait qu'il avait reconnu qu'on lui avait fait croire que quelqu'un avait un besoin vital de son aide pour la persuader de venir. On ne lui avait jamais pris de sang réel. Sa mémoire avait été touchée à un niveau que même l'hypnose ne pouvait atteindre. Elle sentait également désormais qu'elle avait subi une sorte d'implant de "fibre optique" pour les aider à la contrôler télépathiquement plus tard. C'est ce que recouvrait son souvenir partiel de quelque chose qu'on aurait poussé vers le haut à travers sa narine gauche.

Bien qu'elle subît plus tard une radio pour tenter de "prouver" cet élément de l'histoire de Hweig, le résultat fut négatif (les matériaux non métalliques n'apparaissent pas sur les clichés). Néanmoins Ida resta convaincue qu'on lui avait fait quelque chose qui avait affecté ses sens physiques et sa capacité de recevoir les messages télépathiques de Hweig.

Parmi les communications les plus importantes de Hweig reçues dès le début des années 80, on trouve une série de déclarations sur le futur immédiat de la Terre. Bien que Hweig ait répété qu'il prévoit les événements du futur comme des "probabilités" et non comme des certitudes absolues, sa position présente un tel avantage que comme le "Seth" de Jane Roberts, il lui est possible de voir "la vastitude du présent" s'étendre bien plus avant dans notre Temps linéaire que notre état de conscience ordinaire ne nous permet de le percevoir. Jusqu'à présent, ses "prévisions" n'ont été communiquées qu'à d'autres contactés et à des amis personnels d'Ida. Mais je trouve qu'ils incitent à réfléchir et méritent une plus large audience.

Comme la plupart des entités transmises, Hweig prédit que l'humanité terrestre devra faire face à de graves difficultés au cours des deux prochaines décennies. On assistera à des bouleversements géophysiques ainsi qu'à des changements sociaux à mesure que les structures périmées s'écrouleront de l'intérieur. Voici ce qu'il dit à un groupe de contactés : [1]

Les choses se concrétisent plus rapidement que nous ne le croyions possible. Il faudra que les gens soient forts. L'ancien s'effondre des suites de ses propres activités. Ce choc se produira [parce que] le nouveau doit venir d'une source plus puissante et peut-être plus sage. Pas nécessairement de nous-mêmes, mais à travers nous d'êtres plus sages.

Dans une lettre personnelle, Ida K. me communiqua de manière plus détaillée la vision du futur selon Hweig. Elle mérite d'être citée in extenso. Voici ce que dit Hweig :[2]

Il n'y aura pas de catastrophe mondiale unique telle qu'un retournement complet de la vieille Terre qui projetterait tous les hommes dans l'abîme. Il y aura de nombreuses catastrophes locales comme des tremblements de terre, des famines, des guerres, des éruptions volcaniques, des inondations dans le genre de ce que nous avons connu ces dix dernières années [les années 80]. Il y aura un accroissement assez alarmant de ces phénomènes dans le futur immédiat. On aura peut-être l'impression que le monde entier est entré dans un processus de destruction, mais il sera possible de faire face à chacune de ces calamités sur une base restreinte même si l'on fait appel aux secours de l'aide internationale.

Il n'y aura pas de guerre atomique ni de troisième guerre mondiale. La "bataille de l'Armageddon" annoncée à grand bruit est commencée depuis plusieurs décennies. La "guerre froide" en est un élément important. La guerre se livre dans l'esprit des hommes, les champs de bataille n'en sont que le signe extérieur. Le courant s'est déjà orienté vers la Paix [bien que] il faudra encore attendre plusieurs décennies avant qu'elle devienne une réalité ou même qu'elle apparaisse clairement. Les facteurs qui œuvrent pour la paix sont en place. Il leur faut seulement le temps de se révéler.

Dans le futur immédiat, les contacts avec les ovnis se feront sur un mode différent. Beaucoup de choses ont été apprises sur la constitution mentale et émotionnelle des habitants de la Terre, aussi bien que sur leur corps physique, et dans les temps à venir les "Terriens" seront moins utilisés et abordés avec plus de respect. Les petits êtres à grosse tête [les formes alpha ?] qui ont pratiqué leurs examens sans grand ménagement ne sont pas les "Maîtres". Ce sont des clones et parfois des robots, ou des êtres qui ont été programmés pour agir de manière

---

[1] "A Message from Hweig", manuscrit inédit provenant du congrès des Montagnes Rocheuses sur les recherches dans le domaine des ovnis, qui s'est tenu à Laramie, Wyo., du 23 au 25 mai 1980.

[2] Lettre personnelle d'Ida K, datée du 16 novembre 1984.

spécifique, et n'ont pas l'initiative; bientôt vous serez en contact avec les "Maîtres" eux-mêmes, qui sont physiquement presque identiques aux êtres humains [les formes bêta ?]. C'est pourquoi les contacts qui se produiront désormais avec les occupants d'ovnis seront plus satisfaisants et les êtres humains seront traités moins comme des insectes sur lesquels il faut faire des recherches et davantage comme des participants associés à une aventure commune.

Néanmoins, Hweig a également averti les contactés que la prudence est de règle quand on aborde ces phénomènes soit sur le plan physique soit sur le plan psychique. Les contacts ne sont pas toujours venus d'êtres moralement supérieurs. Au sein de la confédération galactique qui observe en ce moment la Terre existe une faction séparée que Hweig appelle "les renégats", dont les méthodes et les buts sont en contradiction avec ceux de l'ensemble des forces ovni. Ils sont responsables de la plupart des pratiques effrayantes ou malfaisantes comme les mutilations animales. Ils représentent une sorte de face négative de la dimension ovni. Mais selon Hweig, ils sont tellement apparentés aux forces positives que la perspective humaine ne permet de distinguer les deux groupes que sur les effets de leur interaction avec l'humanité terrestre. Hweig dit qu'il était persuadé que l'influence de ces renégats diminuerait à mesure que les contacts de plus haut niveau entre les êtres humains et nos cousins de la galaxie se développeront. Dans l'intervalle, il est important de "tester" les contacts psychiques reçus d'après la qualité des messages et d'après les effets qu'ils ont sur le développement et le bien-être personnels.

Telle est la saga ovni d'une Américaine contemporaine. Comment en évaluer l'importance ? Cette ménagère bienveillante, d'âge moyen, a-t-elle vraiment rencontré des humanoïdes extraterrestres qui ont par la suite modifié son existence, dès 1940 ? Quel rapport peut-il y avoir entre son histoire et d'autres "rencontres rapprochées du troisième type" ? Bien qu'il soit actuellement impossible de porter un jugement définitif sur la "vérité" de son expérience, je reste convaincu qu'elle ne ment ni n'affabule. Ce qui s'est produit, de quelque nature que ce soit, est convaincant et important à ses yeux. Et comme l'ont attesté le psychologue Leo Sprinkle et d'autres, Ida K. n'est pas portée aux débordements imaginatifs ni aux spéculations vaines. Sa personnalité est équilibrée et pleine de bon sens. En ce qui me concerne, je pense que le fait d'avoir volontairement demandé l'aide d'un psychiatre quand ses premières expériences de transmission (channeling) l'ont dépassée au début des années soixante parle en faveur de son équilibre psychologique. Peu de gens auraient admis que les choses étaient allées trop loin et auraient recherché à temps l'assistance d'un professionnel.

Qui plus est, le récit de ses expériences que je viens de résumer ressemble à celui d'autres "rencontres" avec des occupants d'ovnis. Les éléments caractéristiques qu'il comportent sont : 1) un incident initial survenu la nuit dans un endroit isolé, 2) "du temps perdu" ou une amnésie partielle, 3) des changements dans la personnalité aboutissant à l'éveil d'une vive curiosité pour les phénomènes paranormaux, 4) des troubles psychiques ultérieurs sans lien apparent avec le premier contact oublié, 5) un recouvrement final de la mémoire sous l'effet de l'hypnose, 6) des essais infructueux pour prouver qu'une modification physique "réelle" a eu lieu et 7) un message à communiquer à d'autres. La seule singularité de son histoire, c'est que le premier incident se produisit avant 1947 et qu'il s'écoula tant de temps avant le déroulement de la suite du scénario. Par ailleurs, le message de Hweig est clair et concis et, si l'on accepte l'hypothèse des ovnis, tout à fait crédible.

Bien que Hweig ait mentionné l'existence d'une confédération galactique formée d'un certain nombre de planètes habitées travaillant ensemble dans notre dimension et dans d'autres qui lui sont supérieures, il n'a pas, à ma connaissance tout au moins, dit qu'il occupait une fonction spécifique à l'intérieur d'une hiérarchie extraterrestre. C'est un point où son récit diffère de nombreux autres qui émanent de gens contactés par un groupe connu sous l'appellation vague de "Space Brothers" (Frères de l'Espace) ou "Ashtar Command" (Commandement Ashtar).

Le premier contact psychique avec un "Frère de l'Espace" se produisit en 1952 quand George von Tassel reçut un message télépathique émanant "d'Ashtar, Commandant Quadra Sector, Patrol Station Schare" alors qu'il se trouvait dans le désert Mohave à proximité d'un endroit dénommé Giant Rock, en Californie. Ashtar se présenta comme faisant partie d'un "Conseil Spirituel de Sept Lumières". Il mettait l'humanité en garde contre le danger des armes nucléaires et indiqua que "Shan", comme il appelle la Terre, et le système solaire tout entier sont en train de pénétrer dans un secteur de l'espace particulièrement énergétisé. Ce transit imminent signifie que dans un proche avenir l'humanité sera confrontée à plusieurs crises matérielles et morales qui pourraient décimer notre espèce si nous ne sommes pas capables de développer en nous une conscience spirituelle ou un niveau vibratoire plus élevés. Les flottes de soucoupes volantes d'Ashtar et de ses alliés contrôlaient notre progression et s'il en était besoin interviendraient pour arrêter la destruction de notre planète par les forces nucléaires. Van Tassel - et d'autres - reçurent l'exhortation de diffuser le message des "Frères de l'Espace" qui annoncent un retour à la loi universelle et à la fraternité. A cette fin, il fonda une église dont le centre est un curieux bâtiment en forme de dôme situé à Giant Rock, qu'il baptisa "l'Integraton" et qui était censé élever les vibrations spirituelles et prolonger la vie humaine. [1]

La "conversion" de George van Tassel sous l'influence d'Ashtar et des Frères de l'Espace n'aurait probablement pas eu un impact beaucoup plus grand que celui d'autres "cultes" marginaux similaires de Californie qui survivent rarement à leur fondateur, si des messages pratiquement identiques à ceux d'Ashtar et de la Confédération intergalactique ou "Commandement Spatial Interplanétaire" n'avaient jailli de dizaines d'autres médiums (channels) dans tous les coins de l'Amérique au cours des années qui suivirent. Les messages provenant de ces liaisons ovni ont été reçus par voie médiumnique par plusieurs centaines de personnes différentes au cours des quarante dernières années. Ils font usage de noms tels que : "Ashtar", "Monka" ou "Hatonn", (présenté comme "l'archiviste" de la galaxie), et se réfèrent à la même organisation hiérarchique intergalactique à la tête de laquelle se trouverait Jésus en personne (souvent aussi appelé "Sananda" par ces sources).

Comme le fait remarquer Jon Klimo dans *Channeling*, ce genre de communications médiumniques remplirait des volumes et mériteraient une étude particulière.[2] Les personnes qui servent de canal aux "Frères de l'Espace" affirment que leurs communications émanent véritablement d'êtres semblables aux hommes, qui grâce à leur niveau avancé d'évolution technique et spirituelle peuvent élever et abaisser leurs vibrations électromagnétiques à volonté. Ceci, expliquent-ils, est la raison des apparitions immédiates si caractéristiques des ovnis dans notre dimension spatio-temporelle, et de leur départ aussi abrupt. Cela explique aussi leur capacité de prévoir le futur, car leurs vaisseaux peuvent "accélérer les particules

---

[1] Opuscule édité à l'origine par l'auteur en 1952; des extraits en sont donnés dans le livre de Winfield S. Brownell, *UFO's : Keys to Earth Destiny*, Legion of Light Pubs., Lytle Creek, Cal., 1980.

[2] Jon Klimo, *Channeling*, Jeremy P. Tarcher, Los Angeles, 1987, p. 56.

constitutives de l'atome" et au moyen de ce "changement de fréquence" voyager aussi à travers le temps.[1]

Qu'il s'agisse ou non ici de contacts télépathiques véritables avec des extraterrestres orbitant très au-dessus de notre atmosphère à bord d'engins invisibles, les communications des Frères de l'Espace constituent un ensemble étonnant de messages très semblables reçus indépendamment par un grand nombre de gens. En ce sens, ils font manifestement partie du schéma psychique sous-jacent à notre culture et leur vision du futur fait partie des "rêves collectifs" que nous faisons sur ce qui nous attend.

Le plus connu des transmetteurs (channels) des Frères de l'Espace est Thelma Terrell, une jeune mère de famille qui vit actuellement dans l'Etat de Utah et écrit sous le pseudonyme de Tuella, qui lui a été donné par le Conseil intergalactique. Comme George van Tassel vingt ans auparavant, elle affirme avoir été télépathiquement contactée par Ashtar, appelé "la plus haute autorité de notre hémisphère", en 1973. Décrit comme le "commandant chrétien" d'une flotte de dix millions d'êtres qui circulent sous une forme invisible autour de notre système depuis des millénaires, il reste son contact principal avec les ovnis.[2]

Blond, les yeux bleus (l'extraterrestre de forme bêta), Ashtar sert loyalement "notre Bien-aimé Seigneur et Grand Commandant Jésus-Sananda", le "Grand Etre de l'Espace" qui a la charge de la Terre. D'autres Frères de l'Espace éminents, associés au Guardian Action Group qui publie les communications de Tuella en même temps que celles de médiums reliés à eux, comprennent "Hatonn", "Lyton", "Monka" et "Andromeda Rex". Ils appartiendraient tous à "l'Alliance Interplanétaire et les Commandements de l'Espace", qui comptent environ 35 millions d'astronautes chargés du contrôle de notre système solaire. Je cite ces chiffres pour donner au lecteur quelque idée de l'ampleur du phénomène ovni d'après les communications de centaines de channels utilisés par les Frères de l'Espace.

Les communications émanant du "Commandement Ashtar" reçues par Tuella et publiées dans son livre de 1982, *Project : World*

---

[1] Tuella, *Project : World Evacuation*, Guardian Action Publications, Deming N.M., 1982, p. 19. Adresse actuelle : P. O. Box 27725, Salt Lake City, UT 84127-0725. (NdE : en 1988)

[2] Tuella, *Ibid.* ; également Ruth Montgomery, *Op. cit.*, pp. 43-45. Les "guides" de Ruth se sont portés garants des écrits de Tuella émanant du Commandement Ashtar, mais non de ceux qui sont dits émaner de Marie, de Jésus et de plusieurs saints. Au sujet de ces derniers, ils disent qu'elle "sent seulement ce qu'ils pourraient avoir exprimé".

Evacuation, réitère le message fondamental des Frères de l'Espace, selon lequel nous nous trouvons *en ce moment* à une époque critique de l'histoire de la Terre et de l'humanité. La qualifiant de "Heure H", Tuella annonce qu'Ashtar a prédit un "nettoyage sévère de la planète à travers une série de catastrophes naturelles et de désastres causés par l'homme — parmi lesquels figurent les conséquences des essais nucléaires — pour préparer le renouveau physique de la Terre et l'éveil des êtres humains assez évolués sur le plan spirituel pour faire partie de la civilisation intergalactique supérieure.

La longue histoire humaine d'égoïsme et de violence, ainsi que l'utilisation purement matérialiste de la technologie moderne, a déséquilibré le champ vibratoire de la Terre. L'atmosphère polluée de la planète, son champ magnétique et sa croûte rocheuse fracturés par les explosions nucléaires souterraines répétées, ont perdu leur équilibre naturel. D'après ces sources ovni, seule l'intervention stabilisatrice directe de forces extérieures (c'est-à-dire du Commandement Ashtar) ont jusqu'ici écarté un désastre total. Cette intervention est nécessairement limitée au minimum requis pour protéger la Terre elle-même d'une destruction totale. Quant à l'humanité, elle devra vivre avec les conséquences moins importantes de ses actes passés à mesure que vont s'intensifier séismes, éruptions volcaniques, perturbations climatiques provoquant de vastes inondations ou de la sécheresse, famines et autres catastrophes naturelles. Quant aux pertes en vies humaines, elles sont pratiquement inévitables car notre Mère la Terre essaie de se débarrasser de son fardeau humain intolérable. Tout ceci sera vraisemblablement aggravé par des guerres et des révolutions, car les gens lutteront égoïstement pour se procurer les ressources qui se feront de plus en plus insuffisantes.

Par ailleurs, Ashtar et ses collègues réitèrent l'idée dont j'ai parlé au chapitre 2, à savoir que la Terre entre en ce moment dans un secteur particulier de l'espace. Ils ont dit à Tuella que le fardeau des vibrations humaines égoïstes et négatives subi par la Terre est en opposition de plus en plus grande avec l'environnement spatial de notre planète, car notre système solaire pénètre dans un secteur de l'univers où des radiations de plus haute fréquence entrent dans notre atmosphère. Ce changement de spectre, qui est graduel et cumulatif, cause déjà un accroissement de pression sous les plaques tectoniques. Cette pression se relâchera probablement par de nouvelles éruptions volcaniques répétées et par d'importants tremblements de terre, en particulier dans le bassin méditerranéen et la Ceinture de Feu du Pacifique (qui englobe la côte ouest des deux

Amériques). Un basculement des pôles d'environ 14° pourrait également résulter de ces pressions, plaçant le Pôle Nord quelque part dans ce qui est actuellement l'Océan pacifique.

Ainsi, selon Tuella et ses Frères de l'Espace, nous sommes en route pour une version Nouvel Age de l'Apocalypse. Néanmoins, dans une promesse qui rappelle celle qu'on trouve aux chapitres 7 et 14 du livre de l'Apocalypse de la Bible, où Dieu a préservé 144 000 âmes justes de la "grande tribulation" de la Terre, les amis ovni de Tuella nous assurent que *jusqu'à dix pour cent* des hommes dont l'évolution spirituelle supérieure sera bénéfique au nouvel Age d'Or qui règnera sur Terre seront miraculeusement "évacués" au dernier moment. Ils seront amenés à bord de cités virtuelles dans le ciel pendant une durée de 5 à 7 ans, ou jusqu'à ce que la Terre soit restabilisée.

Une garde avancée de ce groupe subit en ce moment une préparation de la part des ovnis et d'autres contacts spirituels. Ils aideront Ashtar et sa flotte intergalactique à acheminer les individus qui ne sont pas encore éveillés mais sont spirituellement avancés vers des havres sûrs où on pourra les accueillir. Une grande partie du travail présent de Tuella et d'autres médiums apparentés consiste à alerter des "ouvriers de la lumière" potentiels. Ils doivent régler leurs affaires terrestres, s'ouvrir à des communications d'importance vitale émanant de plans spirituels et se réinstaller dans des lieux moins exposés, généralement à l'écart des villes polluées si cela paraît juste. Pour finir, ils sont destinés à constituer un réseau de communication de remplacement prêt à fonctionner au cas où les liaisons ordinaires seraient rompues.

Si les compte-rendus de Tuella et d'autres qui lui sont apparentés sont exacts et que d'invisibles "arches ovni" se tiennent prêtes à évacuer plusieurs millions de gens, sur quelles bases vont-ils sélectionner leurs futurs passagers ? Dans le chapitre 14 du Livre de l'Apocalypse, les 144 000 "élus" sont décrits en termes étroits, sexistes, comme : "ceux qui ne se sont pas souillés dans la compagnie de femmes... et dont la bouche n'a jamais prononcé de mensonge" (Apocalypse 14:4-5) Si l'on s'en tenait à ces critères, bien peu des habitants de la Terre, y compris la plupart des adeptes du Nouvel Age ou des soi-disant prêcheurs évangélistes, rempliraient les conditions requises !

Fort heureusement, nos Frères de l'Espace semblent avoir une plus grande compréhension des faiblesses humaines que ceux qui déclament la rhétorique apocalyptique, même si les normes qu'ils annoncent paraissent difficiles à atteindre. Ainsi d'après un collègue d'Ashtar, le "Commandant Alphon", qui communique par l'intermédiaire d'une des amies de Tuella appelée "Lyara", la "condition d'embarquement pour tous [ceux qui seront sauvés] sera la *présence d'amour dans l'aura*, car sans elle il est impossible de supporter les fréquences vibratoires plus élevées qui seront nécessaires". C'est pourquoi — comme Jésus et Saint-Paul dans le Nouveau Testament, et pour des sources contemporaines comme Edgar Cayce et "Lazaris" — les Frères de l'Espace nous rappellent que le développement des vibrations d'amour inconditionnel reste notre seul passeport valable vers "l'au-delà".[1]

L'une des suppositions les plus curieuses auxquelles ont donné lieu les communications des Frères de l'Espace au cours des deux dernières décennies est qu'"Ashtar", "Alphon", "Hweig" et d'autres astronautes ovni de forme bêta qui apparaissent aux êtres humains soit sur le plan physique soit sur le plan psychique, seraient en fait des voyageurs à travers le Temps issus du futur de la Terre elle-même, plutôt que des extraterrestres. Certains des messages télépathiques reçus par des contactés comme Tuella, Ida K. et d'autres comme la Révérende Diane Tessman de San Diego en Californie, à qui l'astronaute ovni "Tibus" a spécifiquement déclaré qu'il vient du futur, indiquent que c'est là une interprétation au moins en partie juste. En fait, la Révérende Tessman (de l'Eglise Mystique Starlight) pense qu'elle et "Tibus" sont une "conscience divisée de la même identité globale, seulement séparée dans le temps. Il pourrait donc s'agir de l'un de ses "moi" futurs venu psychiquement l'aider à traverser cette époque difficile.[2]

Si Tibus, Hweig et d'autres astronautes ovni de forme bêta voyagent en fait dans le temps plutôt que dans l'espace, il est alors possible que des liens génétiques aussi bien que spirituels existent entre certains contactés contemporains et leurs Frères de l'Espace. De telles chaînes d'ADN pourraient étayer les explications psychologiques et spirituelles qu'on donne au fait que les contacts avec les occupants d'ovni surprennent des individus qui n'y sont nullement préparés, tandis que d'autres qui aspirent à cette chance ne sont jamais appelés.

Un autre élément de cette théorie sur la relation génétique existant entre les contactés et les occupants d'ovnis est dû au médium et guérisseur Frances (Francie) P. Steiger. Cette dernière affirme que

---

[1] Tuella, *Op. cit., p. 94.*

[2] Lettre personnelle de Diane Tessman, 13 novembre 1984. La Rev. Tessman édite aussi "Star Network Hotline".

certaines personnes ont en elles des caractéristiques génétiques héritées non pas du futur mais d'humanoïdes extraterrestres qui ont rendu visite à la Terre des dizaines de milliers d'années avant notre ère et se sont accouplés avec des spécimens humains primitifs, accélérant ainsi l'évolution physique et spirituelle de notre espèce. Elle les nomme les "Starseed" (Semences des Etoiles). Les anomalies physiques les plus courantes qu'on rencontre chez les représentants de ce groupe sont une tension basse, une température corporelle inférieure à la normale, des vertèbres et des côtes en surnombre, des groupes sanguins peu répandus (en particulier un rhésus négatif) et de la sinusite. Ils semblent aussi caractérisés par une sensibilité particulière à la lumière et à l'électricité, une ouïe fine et un sens développé de la responsabilité personnelle.[1]

D'autres individus qui leur sont apparentés, dont les ancêtres ou les "moi" des vies antérieures ont prêté leur aide aux astronautes de jadis, ont reçu des "empreintes" psychiques d'un niveau supérieur au lieu de liens génétiques. Ce sont les "Star Helpers" (Auxiliaires des Etoiles). Avec les Starseed, ils constituent les "Star People" (le Peuple des Etoiles), groupe distinct d'humanité qui à travers les âges s'est consacré à la poursuite d'idéaux spirituels élevés. Les caractéristiques les plus communément reconnaissables du Peuple des Etoiles, applicables à la fois aux "Starseed" et aux "Star Helpers" sont un sentiment profond de parenté avec les étoiles et les occupants d'ovnis et un désir ardent d'utiliser leurs talents et leurs capacités diverses à servir leurs semblables. N'importe qui peut découvrir qu'il appartient au Peuple des Etoiles ! La plupart de mes lecteurs, attirés par le message de ce livre, font sans aucun doute partie de cette humanité positive orientée vers le futur.

Frances Steiger, qui avec son mari Brad Steiger a analysé ce concept à fond dans leur livre publié en 1981, *The Star People*, a depuis mis sur pied *The Star People Foundation* pour aider d'autres personnes de la même famille spirituelle à reconnaître leur héritage des étoiles et à se servir de leurs dons pour œuvrer de manière plus efficace. Elle pense que ce n'est pas par hasard que le Peuple des Etoiles a commencé à s'éveiller à son identité spirituelle et à se rassembler au cours de ces dernières années. Un message commun a été imprimé dans leurs âmes il y a des éternités, en accord avec le plan divin pour l'évolution humaine dans l'univers spatio-temporel. Le message que "les temps sont maintenant arrivés", qui se fait jour

---

[1] Brad et Francie Steiger, *The Star People*, Berkley Publishing Co., New York 1981, pp. 46-53.

actuellement dans les pensées, les visions et les rêves de beaucoup de gens, a été déclenché par le passage de la Terre en rotation dans le cycle des Ages dont j'ai parlé au chapitre 3. Cela veut dire que nous nous trouvons au seuil d'un nouveau cycle d'énergie vibratoire et de potentiel spirituel supérieurs.

L'élévation prochaine de la fréquence de notre système nous affectera sur les plans physique, mental et spirituel. Elle sera précédée d'une période difficile au cours de laquelle la Terre connaîtra un "grand tremblement de transition". Ainsi, comme tant d'autres, Frances Steiger prédit que : [1]

> *Nous approchons d'une période de cataclysmes, d'inondations, d'éruptions volcaniques, d'importants bouleversements géologiques, de l'effondrement des structures sociales et politiques [et] de la disparition d'un grand nombre de religions mondiales.*

Le Peuple des Etoiles est en ce moment amené à prendre conscience de sa véritable identité, afin qu'en Ouvriers de la Lumière ils puissent aider l'humanité à accomplir cette transition aussi harmonieusement que possible. L'exercice quotidien de la méditation, le contact renouvelé de chacun avec son âme immortelle et ses guides spirituels, la pratique de la tolérance, du pardon et l'ouverture du cœur à la "vibration de l'amour inconditionnel que vous devez répandre sur toutes les formes de vie" doivent être instaurés *dès maintenant*, avant que la vague du changement ne submerge la planète. Ce n'est qu'en intensifiant ce genre de discipline dans la vie quotidienne que le Peuple des Etoiles se trouvera prêt à découvrir des havres sûrs au cours de la tourmente qui se prépare, et à aider ceux qui sont disposés à écouter et à évoluer.[2]

Le concept émis par Frances Steiger (que de nombreuses personnes qui se trouvent sur Terre en ce moment sont reliées génétiquement aux astronautes de jadis ou, pour une raison ou une autre, portent leur empreinte psychique) reflète la croyance la plus ancienne et la plus répandue de l'humanité : que nous sommes les enfants, délibérément créés, d'une Intelligence divine supérieure qui n'appartient pas à la Terre. Comme nous l'avons exposé précédemment dans le chapitre 3, les mythes et les légendes sur l'origine céleste de la race humaine sont universels. Seul le langage utilisé pour décrire les contacts a changé dans les récits contemporains.

---

[1] Brad Steiger, *The Promise*, Timewalkers Inc., 1987, p. 106.

[2] *Ibid.*

Donc, virtuellement tous les peuples de la Terre font remonter leur origine aux étoiles, à des êtres divins qui descendirent des cieux et qui soit créèrent sur la Terre les êtres humains à leur image soit s'unirent à des Terriens déjà existants. Beaucoup de peuples primitifs ont conservé les récits oraux de l'arrivée de leurs ancêtres sur cette planète à partir d'autres systèmes solaires. Pour ne citer que quelques exemples spécifiques, les membres de la tribu des Dogons en Afrique Occidentale croient qu'ils descendent d'êtres venus de Sirius ; les Cherokees conservent des légendes d'un ancien lieu d'origine dans la constellation d'Orion, tandis que d'autres peuples indigènes d'Amérique, dont les Mayas et les Hopis, revendiquent une parenté avec certains visiteurs issus de planètes des Pléiades. Les dieux de la Grèce et de la Rome classiques ont fréquemment engendré une progéniture semi-divine tandis que la famille impériale du Japon a prétendu officiellement descendre d'ancêtres célestes, jusqu'à la fin de la Deuxième guerre mondiale où l'empereur fut contraint de désavouer son statut divin parce que ce dernier avait fourni au Japon le prétexte de proclamer sa supériorité raciale et nationale sur ses voisins.

Des récits d'interactions mythiques entre des dieux célestes et les êtres humains forment la base de toutes les religions mondiales importantes y compris de la trilogie monothéiste du judaïsme, du christianisme et de l'islam. Des descriptions archaïques, en vocabulaire courant, de bateaux et de chars célestes emplissent les pages des écrits religieux les plus anciens de la Terre. Dans toutes les Ecritures anciennes de l'Inde, du Tibet et de l'Egypte, on trouve relatées des visites d'ovnis et des batailles livrées dans les airs. Les musulmans du monde entier s'efforcent d'accomplir au moins une fois le pèlerinage de la célèbre *Ka'ba* de la Mecque, pierre noire d'origine extraterrestre qui, selon certaines légendes, fut donnée à Abraham par des visiteurs "angéliques" venus des cieux. Les Radicaux shiites disciples de l'Ayatollah Khomeini ont déjà tenté en 1979 d'arracher la *Ka'ba* à la possession des modérés saoudiens en vue de préparer leur propre version de l'Apocalypse qui s'annonce.

La Bible elle-même est remplie de récits allégoriques que beaucoup décriraient comme des incidents ovni s'ils se produisaient aujourd'hui. Les Ecritures ne mentionnent pas moins de trois différents types d'engins spatiaux servant de véhicules à Dieu lors de ses interventions dans les affaires des hommes. La première catégorie est représentée par le char de feu qui enleva Elie dans un "tourbillon". Il était tiré par des "chevaux de feu" (II Rois 2:11-12). Le prophète Zacharie relate la vision de trois chars célestes du même genre descendus entre “des montagnes d’airain” (sorte de vaisseau amiral ?). Les conducteurs angéliques recoivent l’ordre suivant : “Allez parcourir la Terre !” (Zacharie 6:1-7).

Le propre char “de nuée” du Seigneur est le vaisseau spatial biblique le plus fréquemment mentionné. Les Ecritures abondent en descriptions d’interventions-clés dans les affaires de la Terre effectuées par des êtres divins qui se servaient de “nuées célestes” dont les mouvements soigneusement contrôlés ne laissent planer aucun doute sur leur nature mécanique. Ainsi, l’exode d'Egypte par Israël fut contrôlé par une “colonne de nuée” qui brillait dans l’obscurité comme une “colonne de feu” (Exode 13:21-22). Lorsque Moïse gravit le mont Sinaï pour recevoir les Dix Commandements, “la nuée recouvrait la montagne”. Aux yeux de ceux qui se trouvaient en bas, elle ressemblait à “une flamme dévorante” (Exode 24:15-17). Plus tard, le prophète Isaïe vit le Seigneur “monté sur une nuée rapide” (Isaïe 19-1). D’autres prophètes de l’Ancien Testament, comme Daniel, dépeignent aussi des chars “de nuée” célestes. Dans le Nouveau Testament, l’identité divine de Jésus fut annoncée au cours de la transfiguration par une voix qui sortait “d’une nuée lumineuse” (Mathieu 17-5), tandis que dans son Ascension “une nuée vint le soustraire à leurs regards” (Actes 1-9).

La dernière catégorie d’ovni biblique est en forme de disque et fut décrit comme une “roue au milieu d’une roue”. Il s’agit de l’engin si poétiquement évoqué par Ezéchiel qui le vit “tournoyer dans l’air” et qui fut même emmené à son bord pour une promenade céleste (Ezéchiel 1:16-28). L’histoire d’Ezéchiel associe cet engin à la nuée et au tourbillon céleste, prouvant ainsi la relation étroite existant entre ces divers types de vaisseaux extraterrestres.

La description qu’il fait de l’engin qui l’emmena est de loin le récit le plus détaillé que nous donne la Bible d’une rencontre de ce genre. Longtemps considéré comme une simple allégorie spirituelle, il a récemment incité un ancien ingénieur de la NASA, Joseph Blumrich, à vérifier si le véhicule décrit dans le livre d’Ezéchiel était ou non capable de voler. A sa stupéfaction, il découvrit que transposé en termes modernes le récit d’Ezéchiel décrit un engin dont les caractéristiques et les capacités sont très proches de ceux des modernes ovnis ! Blumrich a fait une présentation de sa re-création réussie de la “soucoupe volante” biblique dans *The Spaceships of Ezekiel* (Bantam Books : 1974).

Dans son introduction, Ezéchiel a aussi appelé l’engin spatial circulaire lumineux qui lui était apparu : “la gloire du Seigneur”.

C'est là l'expression exacte utilisée par Moïse pour exprimer la manière dont Dieu descendit sur le sommet du mont Sinaï pour le rencontrer : "la gloire du Seigneur s'établit sur le mont Sinaï" (Exode 24:13), et par le prophète Habaquq dans une prière visionnaire où il mentionne également le char céleste et ses chevaux de feu (Habaquq 3:3). Ces références démontrent clairement que la "gloire du Seigneur" était l'expression couramment utilisée pour désigner la navette spatiale du seigneur Yahvé. Il est intéressant de remarquer que cette expression, dont on a depuis longtemps oublié qu'elle fut à l'origine associée aux ovnis, réapparaît dans le Nouveau Testament au cours du récit que fait St Luc des événements familiers de Noël :

> *Il y avait dans la contrée des bergers qui vivaient aux champs et qui la nuit veillaient tour à tour à la garde de leur troupeau. L'Ange du Seigneur leur apparut et la gloire du Seigneur les enveloppa de sa clarté; et ils furent saisis d'une grande frayeur... (souligné par l'auteur)*

Aurions-nous une réaction très différente en voyant subitement apparaître, en pleine nuit, un ovni lumineux et son astronaute revêtu d'une combinaison brillante ? Je me le demande. Quoi qu'il en soit, le fait que d'après la Bible elle-même, la naissance de celui que nous appelons "le Christ, Prince de la Paix" a peut-être été soigneusement préparée par de bienveillants amis extraterrestres est un signe important, de nature à remplir certains d'espoir. Souhaitons que les chars enflammés de Dieu "parcourent" encore la Terre, car si les messages de nombreux contactés contemporains sont exacts, nous aurons prochainement besoin de leur aide !

Ces références bibliques à ce qui, d'après la démonstration d'un ingénieur contemporain du moins, est un engin spatial techniquement au point ont un écho dans d'autres littératures anciennes du globe, comme le démontre la recherche de Erich von Daniken et d'autres adeptes des théories sur les "astronautes de jadis". La vénérable épopée hindoue du *Mahabarata* (qui remonte à 2500 avant notre ère) les appelle *vimana* ("machines volantes") et décrit de vastes combats aériens où furent utilisées des armes terrifiantes capables d'anéantir des cités entières dans une seule explosion incandescente qui rappelle l'effet des bombes à hydrogène. Les antiques parchemins tibétains *Tantyua* et *Kantyua* décrivent les ovnis comme des "perles dans le ciel" en avertissant que cette connaissance est un secret réservé aux prêtres.

Les cultures pré-colombiennes d'Amérique du Nord et d'Amérique du Sud ont adoré un panthéon de dieux et de déesses qui, disent-ils, sillonnaient autrefois les cieux dans de fantastiques vaisseaux. Les Navajos de l'Arizona, par exemple, ont une légende qui parle d'un "dieu" blond, à la peau blanche, qui descendit d'une "nuée" dans un "tourbillon" (exactement comme dans la Bible) à l'époque préhistorique, dotant leurs ancêtres d'un code de conduite morale et politique semblable aux Dix Commandements. D'autres histoires similaires, dont les légendes du Kate-Zahl (Quetzacoatl) blond, à peau blanche, abondent chez les Amérindiens. La description qu'en donnent ces légendes rappelle celle des extraterrestres de forme bêta si communément évoqués dans les observations contemporaines des occupants d'ovnis.

Un texte hiéroglyphique égyptien remontant à 1480 avant Jésus-Christ, donc à peu près à l'époque de Moïse et de l'Exode, nous dit que le pharaon Toutmosis III et ses troupes virent un "cercle de feu" descendre du ciel dans un "souffle nauséabond" (des fumées) et "sans voix" (silencieusement). Saisis d'effroi, ils se jetèrent à terre en signe d'obéissance à la divinité. Une partie suivante de ce texte, malheureusement très endommagé et incomplet, raconte que le pharaon lui-même fut temporairement enlevé et monté "dans le centre" de la boule enflammée.[1] Selon toute apparence, cette "rencontre rapprochée du troisième type" se passa bien, car Toutmosis III devint par la suite le stratège militaire le plus célèbre d'Egypte, conquérant l'Ethiopie et étendant la civilisation supérieure de l'Egypte à travers le Moyen-Orient jusqu'aux frontières de la Perse. Peut-être avait-il appris quelque chose dans cette boule de feu divine !

Il semble toutefois que Toutmosis III ne mit pas suffisamment en pratique les conseils spirituels qu'il avait pu recevoir de son contact ovni, car il est aussi accusé par nombre de savants bibliques d'avoir été le "grand oppresseur" du peuple juif. La dureté de ses méthodes, comme lorsqu'il força les esclaves hébreux à faire des briques sans paille, incita Moïse à se révolter et à fuir dans le Sinaï où il eut sa propre "rencontre" avec Yahvé dans le "buisson ardent". Ce contact physique avec le surnaturel incita Moïse à revenir en Egypte pour diriger le fameux Exode pendant le règne du faible successeur de Toutmosis III, Amenotep II. Comme on a déjà pu le voir, l'intervention divine se manifestait à cette époque en faveur des rebelles.[2]

---

[1] Erich von Daniken, *Chariots of the Gods*, Souvenir Press, London 1969, p. 80; George H. Williamson, *Secret Places of the Lion*, Destiny Books, Rochester, Vt., 1983 (édition originale 1958), pp. 43-44.

[2] Voir *Halley's Bible Handbook* pp. 111-13. Il est surprenant de remarquer que d'après Zecharia Sitchin, le Sinaï, où Moïse rencontra Dieu avant et après l'Exode, avait été précédemment le site d'une base d'atterrissage pour les anciens "dieux" astronautes qui avaient civilisé l'Egypte et Sumer. Bien que Sitchin affirme que ce site avait été dévasté

Les théories sur les anciens astronautes et sur le Peuple des Etoiles sont complémentaires en ce qu'elles tentent d'expliquer la condition humaine et les contacts ovni par une sorte "d'ensemencement" préalable de la Terre par une sagesse supérieure au cours de son lointain passé, acte qui commencerait seulement à porter ses fruits. L'auteur bien connu Ruth Montgomery a étudié une autre facette de cette étonnante relation entre les êtres humains et les étoiles à partir de l'hypothèse controversée des "Walk-ins" (Visiteurs) avancée par ses guides. Bien que les "Walk-ins" ne soient nullement limités à des esprits extraterrestres, si l'on en croit le best-seller de Mme Montgomery, *Aliens Among Us,* nous subissons en ce moment l'influence sur une vaste échelle d'âmes très avancées dont les premières expériences de vie physique se sont déroulées sur d'autres planètes. Elles ont volontairement revêtu des corps humains adultes, avec le plein consentement des âmes qui les habitaient précédemment, afin d'aider l'humanité à effectuer une transition cruciale, un "bond quantique dans les développement de la conscience" jusqu'à la naissance d'un nouvel hologramme, plus vaste, de l'univers.

Dans cette étude, comme dans d'autres livres sur les ovnis ou sur les transmissions, on voit se détacher trois amas stellaires considérés comme des sources particulièrement importantes pour ces êtres, nés sur les étoiles, qui sont les fers de lance d'une invasion pacifique de la Terre. Ce sont Arcturus, Sirius et les Pléïades. De même que pour les Frères de l'Espace dont beaucoup proviennent, dit-on, de l'un ou l'autre de ces systèmes stellaires, il faudrait un volume entier pour analyser convenablement l'intérêt que la race humaine leur a porté à travers le temps. Tous trois ont été reconnus comme les demeures célestes des dieux créateurs par plusieurs cultures traditionnelles de la Terre, les Pléïades étant sans doute plus universellement considérées comme le berceau de l'humanité.

En dépit du fait que ces "sept sœurs", comme on les appelle dans la mythologie grecque, ne forment qu'un petit groupe d'étoiles d'importance mineure et à peine visibles de la constellation de Taurus, les observatoires terrestres les plus anciens que nous connaissions étaient conçus pour mesurer leur passage à travers notre ciel. Les calendriers aztèque, maya et hopi étaient basés sur les

---

par une explosion longtemps avant Moïse, il existait manifestement encore dans la région des connexions énergétiques particulières entre la Terre et les Cieux. Pour de plus amples détails sur le prétendu terrain d'atterrissage, consulter le livre de Zecharia Sitchin *The Wars of Gods and Men.*

levers et couchers des Pléiades. L'une des étoiles les plus brillantes de cette constellation, Alcyone, fut longtemps considérée par plusieurs cultures traditionnelles, dont celle de la Chine ancienne, comme le grand soleil central de notre galaxie autour duquel tourne notre propre système solaire.[1]

Il est intéressant cependant de noter que le voyant contemporain Edgar Cayce semble attribuer ce rôle à Arcturus, du moins en ce qui concerne le développement spirituel de l'âme. Au cours de ses transes hypnotiques, sa source désincarnée fit une fois cette remarque :

> *Arcturus est ce qu'on pourrait appeler le centre de cet univers, à travers lequel passent les individus. Au cours de cette période vient le moment où ils doivent décider s'il leur faut revenir compléter [les expériences de la vie matérielle] ici, c'est-à-dire sur notre système planétaire : notre Soleil, la Terre... ou passer sur un autre [système solaire]. (Lecture 5749-14)*

"Lily, Arthur et le Groupe", les guides désincarnés qui communiquent à travers l'écriture automatique de Ruth Montgomery, ont appelé Arcturus :[2]

> *Une étoile-levain, une force du bien, qui est utilisée pour polir le caractère et instiller chez ceux qui s'y attardent le désir de revenir vers leurs planètes respectives et informer tous les hommes de ce qu'ils ont découvert : que chacun d'entre nous est une partie de Dieu et que nous ne faisons qu'un.*

Le personnage appelé Lazaris, qui communique à travers le médium (channel) californien Jach Pursel, a dit à Jon Klimo lors d'une interview au sujet de son livre *Channeling* que des images mentales créées dans "sa" dimension sont projetées vers le bas à travers des niveaux de réalité de plus en plus denses jusqu'à ce qu'ils atteignent notre univers spatio-temporel. Ils pénètrent ensuite dans notre système solaire en passant par l'étoile double Sirius, la plus

---

[1] La théorie qui fait d'Alcyone notre soleil central semble être née en Chine, où des textes astronomiques vieux de plus de 40 000 ans mentionnent les Pléiades. Elle fut plus tard reprise par l'auteur allemand du dix-neuvième siècle Paul Otto Hesse dans son ouvrage *Der Jungste Tag* (écrit aux environs de 1880), où il affirme que notre système solaire décrit une orbite d'une durée de 24 000 ans autour d'Alcyone, en traversant des bandes de radiations cosmiques d'un niveau exceptionnellement élevé émanant de cette étoile tous les 12 000 ans. Hesse a déclaré que nous recommencerions à pénétrer dans cette zone en 1962. L'astronomie orthodoxe, toutefois, récuse toutes les théories sur "le grand soleil central".

[2] Ruth Montgomery, *op. cit.*, p. 128-9.

brillante de celles qu'on voit depuis la Terre et vingt fois plus puissante que notre Soleil.[1]

L'entité "Albion", transmise par le médium Page Bryant, est du même avis. Elle dit que les "Enseignements de la Sagesse" appellent Sirius "le grand Soleil spirituel". De plus, Albion prédit qu'une "explosion d'énergie spirituelle" émanant de Sirius débuterait en 1990 et durerait environ 25 ans. Ce rayon d'énergie à haute fréquence devrait produire son effet maximum dans ce qu'Albion appelle les "centres coccygien et splénique" de notre planète qu'on situe sous l'océan Pacifique - l'infâme "Ceinture de Feu".[2]

Sirius a également été identifiée par les guides de Ruth Montgomery comme "un système planétaire où se rendent ceux qui ont achevé leurs cycles terrestres afin d'apprendre comment continuer à servir l'humanité". Appelée dans l'antiquité "l'étoile du Chien", elle était vénérée comme une puissante divinité par les anciens Egyptiens sous les noms de Sothis et d'Isis. Son apparition dans leur ciel marquait le début de l'inondation annuelle du Nil.[3]

Les guides de Ruth Montgomery ont par ailleurs désigné Sirius et Arcturus comme les points de départ d'un grand nombre de "Walk-ins" spirituellement évolués. Ils lui ont spécifiquement mentionné les âmes "siriennes" qui sont entrées dans les corps des contactés Joyce Updike du Colorado, David Paladin, peintre indien du Nouveau- Mexique, et Charlotte King de Californie dont l'extra-ordinaire sensibilité aux secousses telluriques en a fait un "sismographe ambulant", ainsi que l'instructeur et astrologue "arcturien" Frederick van Mierers et son ami et associé John Andreadis.

Parmi ces individus qui sont tous présentés dans *Aliens Among us*, Frederick van Mierers semble être celui qui prend le plus à cœur sa mission spécifique de réunir les "Walk-ins" et de les aider à préparer la prochaine génération aux changements énergétiques prédits pour l'arrivée du Nouvel Age. Il suggère que notre jeunesse renonce à notre culture hédoniste pour embrasser un mode de vie relativement ascétique comprenant une alimentation végétarienne,

---

1 Jon Klimo, *op. cit.*, p. 72.

2 Page Bryant, *The Earth Changes Survival Handbook*, Sun Books, Santa Fe, N. M., 1983, pp. 94, 151-53.

3 Ruth Montgomery, *Aliens Among Us*, p. 80. Pour connaître deux interprétations différentes de la "relation Terre-Sirius" consulter le livre de Robert Temple, *The Sirius Mystery*, Sidwick and Jackson, Ltd., Londres, 1976, et celui de Musaios, *The Lion Path*, Golden Sceptre Publishing, Berkeley, Calif., 1985.

des remèdes à base de plantes et la pratique du yoga traditionnel dans le but de rendre leur corps et leur esprit sensibles aux hautes vibrations énergétiques qui selon lui sont en train de pénétrer la Terre.

Comme la plupart des autres instructeurs du Nouvel Age, Frederick et John affirment que nous "atteignons la fin d'un vaste cycle", plus important que la traditionnelle précession des équinoxes qui marque le passage entre deux signes de notre zodiaque. Comme l'énergie est "transmuée pour atteindre une fréquence vibratoire plus élevée" avec le retour sur la Terre de la conscience illimitée du "Je Suis" (Dieu), seuls ceux qui seront capables de fonctionner à ces niveaux pourront effectuer la transition sans souffrance excessive. Il faut cesser de nous identifier à la conception étroite que nous avons de notre moi, et ouvrir nos esprits à la conscience plus haute, qui va se manifester, de la puissance illimitée et de l'amour inconditionnel.

Ce que nous avons dans l'esprit, à quelque niveau que ce soit, forme un schéma qui attire à nous les événements concrets correspondants. C'est pourquoi il nous faut nous débarrasser des schémas émotionnels négatifs hérités du passé et nous harmoniser avec les êtres qui se consacrent à la régénération du vaisseau spatial Terre et de tous ses passagers. Les "Walk-ins", comme le Peuple des Etoiles et les Frères de l'Espace, semblent avoir fait leur apparition en ce moment de notre histoire pour nous aider à combler le fossé qui sépare l'état de conscience qui dit "je suis seulement moi" et celui qui affirme "je suis aussi tous les autres". Ou encore, comme le disent en conclusion les âmes "arcturiennes" John et Frederick dans *Aliens Among Us*, "nos frères et sœurs de l'espace ont véritablement atterri. Et nous sommes eux !" [1]

Bien que les recherches sur les ovnis soient habituellement limitées à l'étude de notre parenté avec des êtres physiques venus de l'espace extérieur, parmi lesquels des dieux et des déesses, il est des hommes et des femmes qui depuis les âges les plus reculés ont aussi affirmé qu'ils avaient la capacité de quitter leur corps physique et de voyager au-delà des limites de notre univers spatio-temporel.

On trouve de semblables récits d'expériences en dehors du corps, les OBE ("Out of the Body Experiences"[2]), dans certains des textes les plus vieux de l'humanité. Dans l'Egypte ancienne, l'histoire de l'envol spirituel d'Una jusqu'aux étoiles pendant un rite d'initiation

---

[1] Ruth Montgomery, *Op. cit.*, p. 167.

[2] NdT : Expériences hors du corps.

remonte à plus de 4 300 ans.[1] Les mystères initiatiques des grandes civilisations de l'Egypte et de la Grèce mettaient l'accent sur la capacité que possède l'âme de transcender les limites corporelles et d'acquérir ainsi une connaissance sacrée, d'importance cruciale, sur d'autres plans d'existence. Pour nos ancêtres, la vie était un continuum qui unissait le matériel et le spirituel, un seul fil qui reliait Tout ce qui Est, à tous les niveaux de réalité. Cette connaissance était néanmoins considérée comme "ultra secrète" et jalousement gardée par les prêtres des temples et les initiés occultes.

Aujourd'hui, après une longue interruption au cours de laquelle le dualisme cartésien et la vision mécaniste du monde héritée de Newton ont rigoureusement séparé le matériel et le spirituel, voici que la mécanique quantique, la parapsychologie et les théories sur les champs énergétiques ont réveillé l'intérêt scientifique pour les zones frontières entre le corps, le mental et l'âme. Libérées des interprétations dogmatiques religieuses ainsi que des superstitions et des secrets indus, les recherches sérieuses qui ont été faites sur les expériences en dehors du corps, et les rencontres avec des ovnis jettent une lumière nouvelle sur ce que nous sommes en tant qu'espèce et sur nos relations possibles avec des dimensions plus vastes de la réalité.

Robert A. Monroe, homme d'affaires prospère et ancien ingénieur acousticien, est l'un des pionniers actuels de cette entreprise aux frontières de l'extrême qui consiste à explorer en dehors du corps des dimensions extérieures au monde physique. Aujourd'hui directeur de l'Institut des Sciences Appliquées Robert Monroe, centre de recherches sur la conscience caché au pied des célèbres montagnes Blue Ridge de l'Etat de Virginie, Monroe a consacré sa vie à aider les autres à découvrir leur propre voie d'accès à "l'espace intérieur". Ses séminaires, où il propose de faire l'expérience du "Gateway Voyage" (Voyage au-delà de la Conscience) et "Explorer Guidelines" (Techniques d'exploration), ont aidé des milliers de nos contemporains — dont une importante proportion d'infirmières, de médecins et de scientifiques — à élargir les frontières de la réalité au moyen d'une procédure brevetée qui utilise des signaux acoustiques pour harmoniser les ondes électriques des hémisphères droit et gauche du cerveau. Ainsi de nombreuses personnes, dont je suis, qui ont expérimenté ces programmes ont pu faire avec ceux que Monroe appelle plaisamment "nos amis non-

---

[1] William R. Fix, *Star Maps*, Jonathan James Books, Toronto, 1979, pp. 89 et suivantes.

physiques" ou simplement les "inspecs" ("intelligent species"; en français : espèces intelligentes) des rencontres importantes qui rappellent les contacts psychiques avec les occupants d'ovnis.

Robert Monroe nous a fait le récit fascinant de la manière dont ses expériences spontanées de sortie du corps, qui commencèrent à la fin des années 50, ont radicalement changé sa vision de la vie et l'ont conduit à fonder l'Institut Monroe, dans deux ouvrages bien connus : *Journeys Out of the Body* et *Far Journeys*. Moins connue est la "rencontre" télépathique qu'il fit en 1958 et qui précéda ses premières OBE. Il en discuta avec le Dr Jeffrey Mishlove au cours d'une émission radiodiffusée en mars 1975, intitulée "Mindcast". L'histoire est relatée dans l'étude classique de Mishlove sur les états parapsychologiques, *The Roots of Consciousness*. Elle est basée sur les propres notes, très précises, que l'ingénieur Monroe prit immédiatement après le contact.[1]

L'incident se déroula dans un petit bureau que Monroe avait fait construire sur son lointain domaine de Virginie, pour lui servir de retraite loin de l'existence active d'homme d'affaires et de personnalité sociale qu'il menait à Washington. Un soir qu'il s'y trouvait seul, il devint tout d'abord conscient d'un son vibrant et persistant, d'une fréquence de 800 cycles à la seconde. Puis arriva un rayon de chaleur dont la source était extérieure et située à 30° environ au-dessus de l'horizon. Il traversa le mur du bureau et frappa le corps de Monroe sans le brûler. Dès que le rayon l'eût touché, il perçut la présence de "trois ou quatre entités" qui procédèrent à un examen de son corps. Il se rappelle même qu'une "coupe" métallique fut placée sur son aine, détail qu'il eut la surprise de découvrir aussi en 1961 dans l'histoire du contacté Barney Hill (voir *The Interrupted Journey* de John Fuller, publié en 1966). Les Hill, qui furent sortis de leur voiture pour être emmenés à bord d'un ovni, ont également mentionné qu'ils avaient entendu un bruit très aigu juste avant leur "enlèvement". Ils ne purent se rappeler les détails de ce qui était arrivé que plus tard, sous hypnose.

Bien que Monroe (comme il arrive généralement lors des premiers contacts) n'ait jamais eu l'impression de quitter corporellement son bureau, il se rappelait clairement l'incident. Il n'y avait aucun blocage dans sa mémoire. Il raconta au Dr Mishlove qu'il

---

[1] Robert A. Monroe, *Journeys out of the Body*, Doubleday & C., Garden City, N.Y., 1971 (en français : *Le voyage hors du corps*, Garancière, 1986), et *Far Journeys*, Doubleday & Co., Garden City, N.Y., 1985. Jeffrey Mishlove, *The Roots of Consciousness*, Random House, New York, 1975, pp. 195-96.

avait aussi eu un dialogue télépathique de plus de deux heures avec ces êtres sur le mode de ce qu'il appela plus tard NVC ("nonverbal communication"; en français : "communication non verbale"), qui selon lui est le langage de base utilisé partout ailleurs que sur Terre par la vie intelligente. Chose plus importante, il avait l'impression qu'on avait sondé son cerveau et examiné ses pensées. Il se demanda ensuite si cette expérience avait eu une influence directe sur ses OBE qui suivirent.

Robert Monroe est personnellement convaincu qu'il existe une différence qualitative entre ce genre de voyage en dehors du corps et les contacts avec des ovnis sur le plan physique; et pourtant sa "rencontre rapprochée" de 1958 présente des ressemblances certaines avec de nombreux rapports sur des ovnis datant de la même époque. Il est également clair que cet événement et les OBE qu'il eut ensuite ont modifié son existence. Dans son second livre, *Far Journeys*, il suggère qu'il est également possible de voyager à travers le temps en étant hors du corps, car le temps linéaire n'existe pas dans d'autres dimensions. Il laisse même entendre qu'il a rencontré son propre "moi" futur des environs de l'an 3000 — un "inspec" qu'il appelle "AA", de la dimension "KT-95" — au cours de plusieurs OBE, et que cette suite de rencontres l'a aidé (comme d'autres) de manière décisive à se libérer de ce qu'il appelle notre "illusion de l'espace-temps".

Les commentaires de Robert Monroe, notre principal explorateur des états hors du corps sur notre situation présente et notre futur immédiat probable, sont fascinantes. L'une des perceptions qu'il eut de la Terre à partir de l'espace extérieur lui permit de voir que notre planète est littéralement enveloppée de couches de plus en plus épaisses de "parasites" d'origine psychique. Il l'appelle la "bande M". Ce brouillard mental et spirituel, qui est formé par les vibrations émotionnelles de l'humanité, semble maintenir notre mental conscient dans la prison de l'illusion spatio-temporelle que nous avons créée. Seule notre conscience intérieure qui se libère au cours des rêves, de la méditation, des OBE et sous l'effet de drogues psychotropiques peut temporairement effectuer un passage dans la réalité extérieure du "Tout". Notre âme, qui à l'origine était au dehors et libre, s'est trouvée emprisonnée dans cette illusion matérielle en s'impliquant dans le monde émotionnel jusqu'à perdre le souvenir de sa véritable identité. Seul un réveil de nos perceptions et de nos buts spirituels, qui ne peut s'accomplir qu'à travers une considération désintéressée pour les autres, c'est-à-dire par l'amour inconditionnel, nous permettra d'atteindre ce que Monroe appelle la "vitesse de libération", et de franchir le mur psychique du son.

De plus, comme nous le savons, la Terre et le champ énergétique qui l'accompagne sont en constante évolution, se déplaçant à travers l'espace et le temps (à moins qu'on considère que les événements spatio-temporels défilent devant nous, observateurs stationnaires - choisissez votre formule !). Au cours de ce processus, il leur arrive occasionnellement de croiser d'autres champs énergétiques qui traversent également notre univers spatio-temporel. De telles conjonctions sont rares. D'après les contacts de Robert Monroe lors de ses OBE, notre système solaire est en ce moment même au bord d'un “confluent de plusieurs champs d'énergie intense différents qui arrivent au même point de notre espace-temps”. Ces contacts l'ont informé que cette interpénétration particulière des énergies ne se produit tout au plus que tous les 87 millions d'années. On peut donc s'attendre à un événement spectaculaire porteur “de dangers et de possibilités tout à la fois”, avec l'humanité terrestre dans le rôle de vedette ! [1]

En conséquence, les “inspecs” qui voyagent à travers l'espace et le temps depuis de nombreux “systèmes d'énergie voisins” se rassemblent sur terre et autour d'elle pour étudier ce qui va se passer. Certains, apparemment, se servent d'engins de nature physique que nous appelons des ovnis, tandis que d'autres se projettent sur le plan psychique à partir d'autres dimensions. Il est même possible, comme je l'ai mentionné précédemment, que certains de ces êtres soient issus de notre propre “futur”. La source désincarnée de Monroe lui a dit qu'il y a parmi nous un grand nombre de ces “visiteurs”. Leur arrivée en prévision d'un changement énergétique pourrait bien expliquer la fréquence accrue des contacts ovni sur les plans physique et psychique au cours de ces dernières décennies.

Dans *Far Journeys*, Robert Monroe décrit ses contacts avec un groupe d'êtres supérieurs capables de se fondre en une seule “conscience de groupe” ou en une seule “intelligence collective”. Monroe pense que c'est cette intelligence qui manipule notre réalité spatio-temporelle à partir d'une autre dimension. Ces “sur-êtres” ne se sont fait connaître de lui qu'après qu'il eût accompli plusieurs voyages en dehors du corps. Ils lui ont dit que ce sont eux qui projettent l'énergie qui crée notre univers holographe. D'après Monroe, ces êtres évolués disent que la jonction prochaine de champs énergétiques dans le voisinage de la Terre va soumettre les forces physiques et électromagnétiques de notre planète à une tension extrême. C'est pourquoi la vague de catastrophes naturelles prédite

---

[1] Robert Monroe, *Far Journeys*, pp. 231-32. Citations autorisées par l'auteur.

par Edgar Cayce et d'autres prophètes représente une menace très tangible. Il existe de nombreux risques de bouleversements et de souffrances sur une vaste échelle susceptibles de décimer la population terrestre.

Toutefois, la véritable crise qui nous attend dans le futur proche n'est pas d'ordre matériel mais d'ordre mental et spirituel. L'ouverture de la conscience humaine à un accroissement de ses capacités créatrices et à la perception de champs plus vastes de la réalité, qui apparemment résultera de l'élévation vibratoire de notre environnement, pourrait bien se révéler comme une épée à double tranchant. Comme les récents progrès de la science et de la technologie qui nous ont apporté à la fois la médecine nucléaire et les bombes à hydrogène, cette énergie est neutre en elle-même. Ses effets en bien ou en mal dépendent entièrement de la manière dont l'humanité en fera usage. Une fois de plus, pour employer la terminologie du Dr M. Scott Peck, c'est notre volonté individuelle et collective qui va être testée !

C'est pourquoi la crise réelle aura lieu en chacun de nous. Selon les propres termes employés par la source de Robert Monroe, la transformation prochaine "offrira à la conscience humaine la possibilité rare d'émerger rapidement dans un système unifié d'énergie intelligente qui s'étendra bien au-delà de votre illusion spatio-temporelle créant, construisant, enseignant comme seule peut le faire une énergie pleinement qualifiée, dirigée par l'homme. Ou alors les êtres humains finiront par se retirer en tant qu'espèce dominante de la Terre au point de ne plus survivre comme conscience active sous aucune forme". [1]

Mais nous ne sommes ni seuls ni abandonnés face à cette crise. Il y a la promesse éternelle répétée par les religions, les médiums et même les physiciens quantiques. Des forces invisibles, qu'on les considère sous l'angle d'ovnis, "d'inspecs", d'esprits, de champs énergétiques ou de saints et d'anges, contrôlent constamment la réalité terrestre et l'influencent subtilement par l'intermédiaire de notre mental subconscient. En nous "intériorisant" et en nous harmonisant avec nos valeurs humaines les plus essentielles, celles dont les grands instructeurs spirituels nous ont donné l'exemple en nous enseignant constamment l'amour et le service oblatif, nous pouvons invoquer ces forces pour le bien commun. C'est là le vrai sens de "l'expiation", condition préalable à toute croissance

---

[1] *Ibid.* p. 232.

spirituelle. Au fond de nous, *nous savons reconnaître ce qui est "bien" et ce qui est "mal"* dans les circonstances diverses qui nous affectent, quelle que soit la profondeur à laquelle nous ayons enfoui cette connaissance pour la dérober à notre conscience de veille. C'est pourtant ce que je fais et vous aussi. Pensons-y !

Entreprendre un tel "nettoyage de printemps" intérieur n'est jamais tâche facile; la plupart d'entre nous ont consacré tant de temps et d'énergie à créer toutes sortes de pensées, de désirs, de peurs et de préjugés illusoires au cours de plusieurs existences peut-être. Comme Jésus l'a fait justement remarquer, il est beaucoup plus facile de voir la paille dans l'œil de son prochain que la poutre qui obstrue notre propre vision. Néanmoins, les explorateurs de l'espace extérieur et intérieur estiment tous que le moment est *maintenant* venu de cesser de rêver, qu'il est temps de nous éveiller et de mettre en ordre notre demeure mentale et spirituelle pour être à même de faire face à ce que demain ne nous apportera que trop tôt.

— XI —

En Sa Présence

"Vous allez faire un grand et bon bâillement... Voilà... Détendez-vous simplement et laissez votre mental se concentrer sur mes paroles... Vos yeux sont fermés et cela vous semble bon de fermer les yeux... Maintenant, les muscles de votre visage se détendent et votre respiration est calme et régulière..."

Une fois de plus, je laissai le timbre familier, un peu rocailleux, de la voix hypnotique et apaisante de Helen Wambach résonner à mes oreilles. Je me renversai sur l'oreiller moelleux de son lit d'appoint et laissai dériver mon mental conscient. Nous étions déjà au début de décembre 1984, et nous nous préparions à partir ensemble dans un voyage à la découverte du futur. Cette fois, nous devions explorer l'éventualité pour moi d'une autre existence terrestre au cours de ce vingt-et-unième siècle crucial.

Des séances précédentes avaient révélé qu'au cours des premières décennies du prochain siècle, j'aurais quitté le corps de Chet Snow et que je ne ferais pas partie des individus destinés à revenir à l'une des deux périodes de temps que nous avions explorées dans nos ateliers de groupe (les années 2100 et 2300). En fait, lorsque je fus progressé jusqu'au vingt-deuxième siècle à la fin d'une séance mémorable, je sus instantanément que je n'étais plus dans un corps terrestre. Je m'étais sentis libéré et en même temps très "pensif et distant", d'après les notes prises après la séance. D'une voix mesurée et neutre que je reconnus difficilement comme mienne, j'informai le Dr Wambach que "la conquête de l'espace dans un corps physique" ne m'intéressait guère et que je n'avais pas l'intention d'être présent à cette phase de l'évolution humaine.

J'avais l'impression qu'il m'était loisible de décider de revenir sur la Terre un peu plus tard, si j'en avais envie, afin de "revoir certaines choses sur les relations humaines", mais que ce n'était pas indispensable et que, si je le voulais, je pouvais "sauter" cette dernière incarnation terrestre et m'en aller directement vers ce que je ne pouvais identifier que comme le "Niveau Sept" — ce qui n'avait aucun sens pour mon mental conscient mais paraissait évident à la personnalité intérieure qui prononçait ces paroles d'un ton mesuré et impassible. Je me rendis compte que, quel que fût le lieu où je me trouvais dans cet état désincarné, "Je" était toujours très vivant. J'avais l'impression de faire partie d'un vaste réseau psychique composé d'autres énergies créatrices semblables qui dansaient et vibraient en une interaction naturelle, foncièrement harmonieuse, au-delà de toute parole et de toute émotion.

Au cours d'aucune de nos séances sur les vies passées et futures je ne m'étais senti aussi détaché. Les mots sont impuissants à transmettre mon expérience de cette personnalité intérieure. Il n'y avait aucun jugement de valeur, aucun sentiment de supériorité attachés à mes paroles. Je ne me sentais ni heureux ni attristé par ce que l'avenir me réservait. Il y avait dans tout cela une atmosphère de calme et de concentration simple, et comme le sentiment que "c'était comme ça". A ce niveau de réalité, ce qui est "est", un point c'est tout.

Avant de quitter cet état qui n'apparut qu'à la fin d'une longue séance consacrée à mon voyage au Canada de 2002, dont j'ai parlé au chapitre 1, j'eus la nette impression qu'il me restait encore à traverser une dernière existence au cours du prochain siècle. Je la comprenais comme l'accomplissement d'une promesse faite longtemps auparavant, si l'on s'en réfère au temps historique humain. En conséquence, dès que nous entreprîmes de réaliser ensemble ce travail, Helen et moi décidâmes finalement d'explorer cette potentialité. Bien qu'aucun de nous n'en eût conscience, ce devait être notre dernière séance commune de "progression dans le futur".

Cette idée était toutefois bien éloignée de moi lorsque je laissai mon corps et mon mental conscient se détendre dans l'appartement californien de Helen Wambach, à Pinole, en cet après-midi frais de décembre. Le rythme apaisant de sa voix engourdit bientôt mes sens extérieurs et je me concentrai intérieurement sur ses injonctions. Bientôt, j'avais quitté le corps physique de Chet Snow et mon mental était en paix lorsque je l'écoutai énumérer les années pour retrouver celle de mon retour éventuel : 2015... non, trop tôt; Chet était-il déjà "mort", me demandai-je; 2025... on s'approchait, mais il n'y avait encore aucun signal que j'étais sur le point de revenir sur Terre; 2035, oui, cela y ressemblait davantage. Je m'agitai sur le lit et le mot "oui" jaillit de ma bouche presque avant que les lèvres de Helen eussent fini d'articuler le nombre de l'année.

Doucement, presque sans transition, je sentis ma conscience se glisser dans le petit corps d'un bébé. Comme je le notai plus tard, j'éprouvai une "drôle d'impression bizarre à me sentir comprimé dans ce tout petit bout de protoplasme dont les préoccupations essentielles tournaient manifestement autour de ce qui entrait dans son ventre et en ressortait". Je remarquai une sorte de blancheur vide au "plafond" de ce qui m'entourait. Apparemment, j'étais couché dans un berceau recouvert d'une sorte de gaze blanche. En même temps, j'éprouvais une impression de chaude sécurité. C'était tellement différent de l'humidité froide que j'avais précédemment connue en tant que Chet Snow dans ce ranch de l'Arizona à la fin de 1998 !

Helen, que les réminiscences de cet enfant au berceau n'intéressaient pas particulièrement, me fit avancer rapidement jusqu'à l'âge de quatre ans. Je sentis mon corps grandir, s'étirer comme celui d'un jeune animal souple, fier de la santé de ses membres et de ses fonctions, ses muscles et ses nerfs fourmillant de vie dans son enveloppe encore petite. C'était une impression sensuelle et plaisante. De plus, j'avais déjà conscience de ma personnalité distincte et d'un lien de communauté avec ce qui m'entourait.

"Je suis debout dans une piscine peu profonde du complexe où nous vivons", répondis-je à la question que me posait Helen sur l'endroit où je me trouvais. "Il y a une demi-douzaine d'autres enfants d'à peu près mon âge. Certains d'entre eux sont blancs, d'autres ont la peau brune et basanée. Deux femmes rondes, amicales, de type slave, sont en train de rire et de plaisanter pendant que nous nous baignons. C'est une sorte de crèche communautaire, je crois, car je sais qu'aucune d'elles n'est ma mère. J'ai l'impression que nous vivons ensemble, en unités familiales, au sein d'une communauté plus grande, planifiée et dotée d'installations communes. Elle est assez réduite, cependant; peut-être quinze à vingt familles."

Prié de regarder mon reflet dans l'eau, je déclarai : "Oh, oui, je suis un petit garçon et ma peau est brun clair. J'ai un peu le type des gens de l'Inde du nord ou du Pakistan, avec des traits fins, un nez droit et des cheveux foncés. Et j'ai des yeux extraordinaires, Helen; ils sont assez grands et les iris paraissent violet foncé. Je n'ai jamais rien vu de pareil ! Ils sont saisissants, mais beaux. Et je m'appelle Mark."

Ayant ainsi déterminé mon identité future, Helen me fit avancer sur le courant du temps linéaire jusqu'à l'époque de mes quinze ans, quelque part aux environs de 2050. Cette fois, je me trouvai vêtu d'une sorte d'ensemble composé d'une tunique et d'un pantalon souple et ample, qui était serré à la taille par une cordelette. Il me faisait penser à un costume de judo, avec des attaches en velcro qui lui donnaient l'air d'être d'un seul tenant. Toute la tenue était lâche et confortable. Elle semblait se présenter dans des teintes différentes. Je remarquai que, tandis que la mienne était violet clair, celles des autres adolescents de mon groupe étaient semblables mais roses, vertes et bleues.

"Nous sommes une vingtaine sur un terrain de jeux, à quelque distance de notre résidence. La plupart sont des garçons de mon âge, avec quelques adultes. Mais les adultes ne sont pas nombreux. J'ai l'impression que j'habite toujours chez mes parents mais que je passe la plus grande partie de mon temps à l'école, en compagnie de ce groupe. Bien que je ne sois pas avec mes parents, je connais leurs activités et je sens leur amour; c'est comme une chaleur rassurante, juste en dessous du niveau de ma conscience de veille."

En prononçant ces mots, des visions fugitives de mon père et de ma mère m'apparurent sans que je les aie provoquées. Elle était petite, brune et mince. Une belle femme de l'Inde vêtue parfois d'un sari de couleur vive, parfois d'une longue robe couleur ivoire serrée à la taille par une ceinture. Je remarquai une seule mèche blanche dans ses cheveux d'un noir de jais, tandis qu'elle courait de-ci de-là, évoquant un joli petit oiseau dont les nombreuses couleurs éclatent au soleil comme des joyaux, toujours en train de fredonner un air allègre en accomplissant ses tâches quotidiennes. Si légère, et pourtant si capable et si responsable. Ses yeux noirs brillaient d'intelligence et d'affection. Je l'aimais profondément.

Mon père était complètement différent. C'était un homme grand, très blond, à la peau blanche, qui me faisait penser à un Russe, associant la carrure et les manières d'un Viking à un solide sens de l'humour et à une retenue douce qui le maintenait à l'écart quand il ne discutait pas de son travail. Je crois qu'il était ingénieur ou mathématicien. Son esprit profond, investigateur, et ses fortes mains adroites m'inspiraient une sorte de crainte et d'amour respectueux. Je savais qu'en toutes circonstances je pourrais compter sur lui. C'était là une pensée rassurante.

Après avoir écouté quelques instants ces réminiscences familiales, Helen me ramena à mon environnement immédiat en me demandant de lui décrire le paysage. Y avait-il des arbres à proximité ?

"On dirait un matin de printemps, bien qu'assez sec", répondis-je. "Oui, il y a des arbres, surtout des eucalyptus et plusieurs variétés de genévriers et de pins. C'est drôle, maintenant que vous m'y faites penser", dis-je, "on dirait qu'ils ont tous été plantés au cours des vingt ou vingt-cinq dernières années. Je sais seulement qu'il n'y avait pas d'arbres ici avant, et je n'en vois pas de vraiment grands ou vieux. Il y a quelques jeunes chênes; nous les considérons comme particulièrement précieux, une ressource pour la communauté."

En répondant aux questions de Helen, je me rendis compte que quelle que fût la localisation de cette communauté, il s'était produit dans le climat et dans la vie végétale de grands changements quelques générations plus tôt. Beaucoup de gens avaient souffert, mais la Terre avait survécu. Je me rendis compte que mon attitude à l'égard du passé était curieusement neutre. Ce qui s'était produit semblait de l'histoire ancienne et n'avait pas d'impact sur moi. Apparemment, mes parents eux-mêmes étaient nés peu après le "bouleversement". Nous prenions les choses comme faisant partie d'un plan plus vaste d'évolution humaine et de progrès spirituel. La vie exigeait un effort, mais nous étions forts et organisés et il semblait faire bon vivre à ce moment-là. J'avais particulièrement conscience de la profondeur de notre sentiment communautaire. Comme si chacun vivait en communion constante avec tous les autres.

"Vous m'avez dit que vous vous trouviez en compagnie de quelques jeunes pendant cette récréation scolaire", me dit Helen de sa voix chaude et insistante en interrompant le cours de mes pensées. "A présent, je voudrais que vous avanciez jusqu'au moment où, en tant que Mark, vous êtes en train d'apprendre quelque chose d'important. Que faites-vous et où vous trouvez-vous ?"

Ces questions me ramenèrent à mon entourage immédiat.

"Je vois plusieurs constructions en forme de pyramide reliées les unes aux autres, tout près d'ici", répondis-je à mesure que la scène apparaissait dans mon champ de vision. "Je crois que ce sont des classes. Oui, j'en suis sûr. Nous apprenons à développer nos capacités de communication télépathique; pas seulement de pouvoir être en contact ici les uns avec les autres, ce qui paraît naturel, mais de pouvoir échanger des messages spécifiques à distance avec d'autres groupes avec lesquels nous maintenons le contact. Quelque chose dans la forme de ces bâtiments et dans leur couverture de cuivre nous aide à concentrer notre pensée et facilite notre travail.

Oui, j'y suis maintenant. Je vis dans une sorte de centre scientifique, et je choisis et forme des volontaires pour un projet de communication télépathique. Les meilleurs d'entre nous sont encore des adolescents, bien qu'il y ait quelques hommes et femmes plus âgés dotés de capacités exceptionnelles. Comme ce talent est encore sélectif, une partie du projet consiste à étudier la possibilité de le développer par des stimuli pratiqués au stade prénatal et des techniques spéciales au moment de la naissance. Je pense que mes parents et moi participons à ce projet, ainsi que les autres gens qui sont nés ici. Cela nous paraît très important, comme si nous participions à quelque projet spécial ayant une importance spirituelle autant que scientifique. Notre communauté est à la fois scientifique et spirituelle."

Helen décida alors de me faire avancer jusqu'au début de mon âge adulte pour voir comment progressait mon travail, qui semblait un développement de ce que je m'étais vu commencer à la fin des années 90 en tant que Chet Snow. Comme nous avions auparavant discuté de la perspective de ma réunion avec mon "âme jumelle" [1] dans cette existence future, elle me posa alors une question qui me fit presque sortir de mon état de transe tellement je me sentis déchiré au moment de lui répondre.

Le mental subconscient est très littéral dans son fonctionnement, et quand il n'existe pas de réponse unique pour l'ensemble des "faits" qui composent son expérience, le sujet est soumis à une tension presque insupportable. C'est pourquoi ceux qui travaillent avec des états modifiés comme l'hypnose doivent choisir avec le plus grand soin les termes exacts dont ils se servent pour dialoguer avec le sujet en état de transe. Les meilleurs médiums et les meilleurs "channels" le savent et ils "filtrent" fréquemment les questions de l'auditoire par l'intermédiaire d'un ami ou d'un associé de confiance qui les reformule correctement. Helen était d'habitude très attentive à ces choses, mais cette fois-ci elle n'aurait pu en aucune manière prévoir ma réaction, car je fus moi-même surpris de ce que j'éprouvais.

---

[1] Pour Helen Wambach et moi-même, le terme d' "âme jumelle" désignait cette entité unique à laquelle on reste lié depuis le début de la création. Ce lien psychique spécial dure éternellement, que les deux "jumeaux" passent ensemble telle ou telle existence ou non. Ce concept est différent de celui des "âmes sœurs", où il s'agit d'âmes apparentées qui se réincarnent souvent ensemble et sont souvent engagées dans des relations affectives, par exemple mari et femme, parent et enfant. Selon nous, par conséquent, une âme individuelle n'a qu'une seule âme jumelle. Ce concept limitatif, bien que jusque là apparemment juste, provoqua alors une confusion.

Malgré mon désir de répondre à sa question, la manière dont elle avait été posée ne me permettait pas de lui trouver une réponse unique. Elle m'avait demandé :

"Soyez vivement conscient de votre âme jumelle... Cette âme est-elle actuellement avec vous sur le plan physique et dans ce cas, quelle est votre relation avec elle ?" En entendant ces paroles je sus qu'elle se référait à quelqu'un que j'avais autrefois connu sous le nom de "Louise" au cours d'une vie antérieure (aux environs de 1900), et qui avait promis de se réincarner plus tard en même temps que moi. Mon mental conscient reconnut immédiatement que cette entité était mon âme jumelle. Je savais qu'elle s'était réincarnée et qu'elle était une fois encore ma compagne bien-aimée dans cette existence future.

Pourtant, et c'était là le problème, mon mental subconscient me disait maintenant qu'en tant que Mark j'étais "jumelé" à une autre âme dans un sens aussi étroit et aussi signifiant que j'étais lié avec "Louise", mais d'une façon différente. C'était un lien qui transcendait les limites physiques, qui semblait durer pour l'éternité. Et pourtant, je l'éprouvais en même temps comme concrètement réel et présent, et je fus un instant submergé de joie par ce qui me parut être une "réunion d'âmes" longtemps attendue. Ici encore, les mots paraissent inadéquats.

Je me sentais donc "ne faire qu'un" simultanément avec deux âmes ! Le conflit que produisit cette découverte entre mes sentiments et mes convictions conscientes me plongea dans une sorte de stupeur et me projeta presque dans l' "ici et maintenant". Que se passait-il ?

Helen perçut ma détresse en voyant une larme (de joie) rouler sur ma joue. Elle me suggéra de me rappeler *clairement* ce qui avait jailli dans ma conscience et promit que tout deviendrait instantanément "aussi clair que le cristal".

C'est à ce moment-là que je compris : le "projet scientifique et spirituel" dans lequel Mark et sa communauté se trouvaient engagés n'était rien moins que la préparation au retour et à l'accueil du Christ en ce monde. Et c'était une réussite ! Nous vivions quotidiennement "en Sa présence", diffusant télépathiquement Ses ondes d'amour et de lumière sur toute la planète et vers tous ceux qui pouvaient et souhaitaient les recevoir. Le Christ était mon autre "âme jumelle" !

Je regrette de devoir dire que non seulement les mots mais aussi la logique ordinaire du "cerveau gauche" ne peuvent traduire l'expérience que j'eus de la présence de cette âme jumelle dans cette existence future. En tant que Mark, je ne vis à aucun moment un homme ou une femme parmi nous que je pusse désigner comme "le

Christ". Et pourtant, le Christ était là *en personne* et non comme une simple "conscience" partagée psychiquement. Et il n'y avait rien d'exclusif non plus dans cette présence personnelle. Nous n'étions pas un groupe spécialement désigné composé de gens "privilégiés". Le Christ n'était pas un Messie spécifiquement juif ou chrétien. Il n'était même pas mâle ou femelle. Le Christ était universel.

Cette universalité ne faisait aucun doute pour ma personnalité future. La présence du Christ se manifestait à chacun de nous d'une manière particulière et unique tout en étant partout la même. Ainsi, je suis convaincu que certains verront Jésus, d'autres le Bouddha, d'autres Krishna, d'autres le Madhi et d'autres encore la "divinité". Mais *tous* seront en présence du Christ. Les seules limites à cette expérience sont celles que peut imposer notre propre droit à refuser de reconnaître cette présence. Donc, même en 2050, le Christ ne pouvait apparaître qu'à ceux qui étaient prêts à le recevoir sous la forme qui leur convenait le mieux.

C'était comme si le Christ était tout-à-coup personnellement présent pour tous ceux qui voulaient permettre à cette "réunion d'âmes" miraculeuse de s'accomplir. Pour chaque individu, cette présence était aussi réelle et aussi concrète que celle de son compagnon ou de sa compagne d'élection, ou de son âme jumelle incarnée. L'expérience présentait sans aucun doute quelques différences pour chacun, mais c'était en même temps partout la même présence et la même personne. Le Christ était en quelque sorte devenu l'âme jumelle de la planète Terre. Ce que notre groupe avait de spécial, c'était uniquement qu'il s'était préparé à cet événement et diffusait consciemment l'expérience de vivre "en Sa présence" à travers le corps et l'esprit de chacun. C'était une responsabilité et un don que nous avions accepté... joyeusement.

J'ai déjà dit que les mots et la logique ordinaires ne peuvent exprimer de manière adéquate les sentiments qui me balayèrent quand ma très chère amie et guide, Helen Wambach, suggéra que mes pensées et mes sentiments deviendraient "clairs comme le cristal". Edgar Cayce avait souvent indiqué que le seul moyen de résoudre les problèmes de la Terre était l'adoption par chacun du même "Idéal". Cet idéal est le Christ, quelle que soit la manière dont nous Le représentons. Cayce poursuivait en disant que nous continuerions chacun à avoir nos propres "idées", c'est-à-dire nos opinions et nos expériences individuelles, mais que lorsque nous souscrivons à un idéal commun nous manifestons l'une-ité de Dieu avec la Terre. Cette Seconde Venue du Christ est l'incarnation de cet Idéal unitaire. En tant que telle, elle transcende toutes les distinctions religieuses, ethniques ou historiques.

Après m'avoir donné l'assurance que je conserverais un souvenir détaillé de cet incident émotionnel (à ce moment-là, je me sentais dans l'incapacité de décrire verbalement la présence du Christ), Helen continua à me faire progresser dans cette existence du vingt-et-unième siècle. Elle me demanda de retrouver une expérience de "lumière brillante dans le ciel" qui paraîtrait de quelque importance. Instantanément, j'avançai vers ce que j'identifiai comme l'année 2067, bien que, comme toujours, la datation exacte des événements par le mental subconscient soit l'aspect le moins fiable de ce travail en état de conscience modifié. En tous cas, c'était à coup sûr *après* le retour du Christ sur la Terre.

"Je me trouve dans un vaste champ en compagnie de plus de cent personnes; je crois que c'est le plus vaste rassemblement que j'aie jamais vu. C'est exaltant, mais tout le monde a l'air calme et heureux. Il règne une attente muette, comme si quelque chose allait se produire. Et voici qu'apparaît une lumière brillante dans le ciel. Elle s'approche à une vitesse fantastique, mais dans un silence complet. Je pense qu'elle va atterrir ici."

"Maintenant, l'engin a atterri et vous pouvez mieux le voir. A quoi ressemble-t-il et que se passe-t-il ?"

"Il ne touche pas vraiment le sol, mais semble planer à une dizaine de centimètres au-dessus de l'herbe aplatie, sans aucune source d'énergie apparente. C'est manifestement un engin spatial d'une technologie très avancée. Il a la forme d'un huit aplati ou de deux ellipses rassemblées. Il n'est pas très grand. Il a environ quarante mètres de long et vingt mètres de large... Voici qu'une écoutille est en train de s'ouvrir et que des silhouettes apparaissent. Elles nous ressemblent exactement et sont vêtues de sortes de combinaisons brillantes couleur argent. Ce sont des gens !"

Helen m'interrompit alors pour me donner de nouvelles instructions :

"Avancez maintenant dans le temps, jusqu'au moment où les gens du vaisseau sont en train de communiquer avec votre groupe. Quel est leur message ?"

J'hésitai une seconde pour recevoir la communication, puis je me mis à rire tout haut.

"Ils disent : «Félicitations... Bienvenue à la race humaine !» "

Au bout d'un moment, je poursuivis la description de la scène. "Il ne s'agit là apparemment que d'un petit vaisseau éclaireur, car il ne semble y avoir à bord qu'une douzaine de gens. Ils nous disent qu'ils viennent d'un système solaire identifié comme "D-629", d'après leurs cartes. J'ignore duquel il peut s'agir quand on observe depuis la Terre. J'ai l'impression qu'il appartient à une autre galaxie, peut-être à Andromède. Ils sont capables de manipuler les vibrations électromagnétiques et de "faire des sauts" à travers l'espace-temps. Ils apparaissent en ce moment-même en plusieurs endroits de la Terre en même temps pour inviter l'humanité terrestre à entrer dans leur fraternité, et pour nous aider à nettoyer certaines zones de la planète où une radio-activité dangereuse s'est trouvée libérée au cours du "bouleversement" antérieur. Plusieurs de nos scientifiques semblent particulièrement intéressés à participer à ce nettoyage.

Certains d'entre nous vont aussi les raccompagner jusque dans leur propre système solaire pour apprendre les techniques de navigation transdimensionnelles. Tout est coordonné à travers le Christ, qui apparemment est aussi présent parmi eux, et je crois que seuls ceux d'ici qui percoivent Sa présence peuvent voir ces êtres. C'est passionnant. Mais je sais que je ne pars pas avec eux car mon travail de communication télépathique se fait ici sur la Terre. J'ai le sentiment que c'est un moment indicible, un événement auquel ces êtres et nous-mêmes avons travaillé à des niveaux invisibles pendant des éternités de temps humain. C'est une célébration de la vie !"

"Bien. Maintenant vous allez avancer encore dans cette existence de Mark... Retrouvez un autre moment particulièrement important, quelque chose qui vous paraît signifiant". Les intonations calmes de Helen m'éloignèrent de cette foule heureuse qui entourait l'engin et je me trouvai à la recherche d'un autre moment-clé.

Une fois encore, j'éprouvai la sensation d'être réglé sur "l'avance rapide" d'un magnétoscope en voyant un kaléidoscope d'images filer à toute vitesse devant mes yeux. J'eus un instant la vision claire de mon autre âme jumelle, à laquelle je continue de penser comme à Louise. Dans cette vie future, elle avait l'apparence d'une belle Eurasienne aux pommettes hautes, aux yeux sombres étincelants et à la longue chevelure noire. Helen ne me demanda pas son nom, mais cela n'avait pas d'importance. Notre union semblait parfaite dans l'unité plus grande de Sa présence qui emplissait nos vies. Je savais que nous avions trois enfants, deux garçons et une fille. Ils avaient l'air en bonne santé et joyeux. L'un me parut adolescent, les deux autres un peu plus jeunes.

"Leur destinée est dans l'espace", me murmurai-je au moment où la scène changea. Je ne sais comment je sus en cet instant que je ne les verrais pas grandir. Un sentiment de regret me traversa l'esprit pour être instantanément remplacé par la connaissance que c'était là notre choix mutuel. Nous étions tous des âmes qui avions passé ensemble de nombreuses existences à apprendre et à évoluer. Notre amour et notre communion allait bien au-delà d'une simple présence physique. Pour le moment, chacun d'entre nous avait d'autres projets à mener à bien, d'autres dimensions de la vie à explorer. Ces "liens qui attachent" les unes aux autres les âmes apparentées ont une solidité qui dépasse la compréhension humaine ordinaire.

Après avoir vu défiler d'autres scènes de ce genre, je me rendis compte que l'une des leçons que Mark avait apprises, c'est que *chaque* moment de la vie est un moment central. Vivre chaque journée "en Sa présence" signifiait l'abandon des regrets venus du passé et des craintes du futur, et la capacité d'exister totalement dans le présent, ce que les philosophes appellent le "Maintenant", dans un état de parfaite confiance et d'amour. Naturellement, nous faisions des projets et nous avions des occupations; naturellement nous nous rappelions avec plaisir certains moments particuliers ainsi que les amis qui nous avaient quittés. Ces choses font partie du cours normal de la vie dans "l'illusion" linéaire d'un univers de causes et d'effets. Mais nous les accomplissions parce qu'elles donnaient plaisir et sens à notre voyage physique dans le temps et l'espace, et non par crainte, par nécessité ou par sentiment du devoir. Tout cela faisait partie d'un vaste dessein, partie de l'évolution d'un Etre plus grand dans lequel nos existences étaient incluses.

Après d'autres scènes de travail où nous étions occupés à tester de nouvelles inventions mécaniques et biochimiques destinées à accroître les capacités télépathiques humaines, ainsi que quelques moments forts de la vie familiale comme le jour où ma plus jeune fille "fit rebondir" correctement un message depuis un relais satellite, l'envoyant ainsi à l'autre bout du monde vers un autre groupe de recherche, je me rendis compte que cette existence future en tant que Mark tirait à sa fin. Je dis à Helen qu'il n'y avait pas d'autres événements essentiels à examiner pour le moment.

"Bien. Rendez-vous au jour où vous allez mourir dans cette existence. Vous n'éprouverez ni douleur ni crainte. Allez-y maintenant !" Les instructions données par Helen étaient claires et faciles à suivre.

Toujours étonnamment jeune d'aspect, je me retrouvai en train de me préparer à la "transition", comme nous appelions la mort. Chacun dans notre communauté savait que la vie continue après cette phase humaine et que la séparation n'est qu'une autre illusion partagée, comme l'espace-temps lui-même. Rien n'aurait jamais le pouvoir de séparer ceux qui avaient choisi d'être unis dans le Christ. Mon travail dans ce corps était achevé; je savais que ma bien-aimée resterait quelques temps encore ici-bas, jusqu'à ce que les enfants aient quitté la maison, car tel était son choix. La promesse du Christ était accomplie, et j'étais prêt à partir.

"C'est passionnant", dis-je en décrivant l'expérience à Helen Wambach. Nous avons un ravissant jardin à l'intérieur d'une verrière, que nous appelons "le champ de préparation". Et c'est là qu'ont lieu les transitions. Tout est organisé à l'avance et considéré comme une sorte de célébration. En général, un seul individu s'en va à la fois, bien qu'il arrive que des groupes décident de partir ensemble. De toutes façons, il s'agit d'une décision strictement personnelle.

"Le moment est venu. Je suis vêtu d'une robe blanche de tissu souple, et je suis assis sur un banc de pierre sculpté. J'ai déjà dit au-revoir à tous ceux qui comptaient pour moi. Bien sûr, le Christ est toujours là, à mes côtés, et je plonge mon regard dans ces clairs yeux bleus qui projettent l'amour à travers tant de dimensions et qui contiennent tant de souvenirs. Il sourit et acquiesce de la tête, presque d'un air complice pendant que nous respirons une dernière fois côte à côte. Et c'est fini. Mon corps se désintègre simplement, pour ne plus former qu'un petit tas, et je suis libre. J'éprouve un instant de stupéfaction en voyant que mon corps physique se réduit à un si petit tas de poussière, et un soupçon de curiosité à l'égard de ce que mes enfants accompliront, mais c'est tout. Enveloppé d'une lumière chaude et vive, je sais que je reste "en Sa présence" où que je sois."

Dès qu'elle sentit que je m'étais dégagé du corps de Mark, Helen posa les deux questions qu'elle soumettait toujours à ses sujets : "Regardez vers la Terre et laissez venir dans votre esprit le nom du lieu où vous avez passé cette existence", et "En quelle année êtes-vous mort ?"

Instantanément, le nombre 2091 traversa mon cerveau en un éclair, et je sus que c'était l'année où Mark accomplirait sa transition. La "position" géographique demanda un peu plus de temps. Je vis une grosse boule bleu-vert flotter au-dessous de moi, et je sus que c'était la Terre. En la regardant tourner, le "sommet" du monde, l'Océan Arctique entouré du Canada et de la Sibérie m'apparut. Au début, il était presque entièrement blanc, recouvert d'une calotte de glace et de nuages. Puis, lentement, l'océan prit une teinte d'un bleu profond et la masse de la Sibérie se moucheta de vert brun en descendant à mi-chemin vers l'équateur. Je me rendis compte que je voyais là se produire le "basculement des pôles" qui a été prédit. Des îles apparurent au large de la côte nord de la Russie et j'entendis les mots "Novaya Zemlya" prononcés distinctement à mes oreilles avec un accent étranger. C'était là que Mark vivrait.

Dès que j'eus prononcé ces mots qui n'avaient aucun sens pour mon mental conscient, Helen entreprit de me ramener complètement à la réalité de l' "ici et maintenant" de Pinole, en ce mois de décembre 1984. Comme pour nos autres progressions dans les vies futures, elle suggéra que mon expérience ressemblerait à un "rêve très net" qui ne m'affecterait pas émotionnellement de manière excessive. Evidemment, cette vie avait été tellement plus satisfaisante et plus agréable que nos explorations précédentes dans le temps linéaire que j'étais presque euphorique quand je me retrouvai pleinement conscient.

L'une de mes premières réactions, toutefois, fut de chercher ce nom étrange que j'avais si clairement entendu à la fin de la séance dans un dictionnaire géographique. Ce que je découvrit me "renversa" presque, comme on dit. Il semble que Novaya Zemlya (ou Nova Zembla) soit un archipel de deux grandes îles (83.000 km^2) qui se trouvent dans l'océan Arctique au large de la côte nord de la Russie, à laquelle elles appartiennent actuellement. Aujourd'hui recouvertes d'une toundra en grande partie gelée, elles sont connues comme le site du principal centre d'essais nucléaires souterrains de l'URSS.

"Oh, mon Dieu", pensai-je, "est-ce que cela veut dire qu'on m'a désigné pour revenir sur un ancien site d'essais d'armes nucléaires ? Cela expliquerait-il le caractère scientifique de notre communauté, le fait qu'elle ait survécu pratiquement intacte au "bouleversement" et le mélange inhabituel de races eurasiennes que j'y ai remarqué ? Mais que penser d'un centre spirituel en Sibérie et du retour du Christ sur le site d'un ancien dépôt d'armes nucléaires ?" Ici encore, le bon sens conventionnel et la logique ordinaire paraissent inadéquats pour expliquer le fait. Rien d'étonnant à ce que les scientifiques de la "communauté de Mark" fussent si motivés par le "nettoyage" des déchets nucléaires de la planète proposé par les astronautes de l'ovni !

Quoique cet aspect de mon expérience reste une énigme, je ne peux que relater ce que j'ai "vu" et "entendu" au cours de cette séance. Je sais que jusqu'à ce jour de 1984, "Novaya Zemlya" ne signifiait rien pour ma conscience de veille. Quant à son sens ultime dans ma prochaine incarnation terrestre, c'est à l'avenir de le révéler.

*

* *

Bien que la perspective de passer une existence future sur un ancien site d'essais souterrains d'armes nucléaires m'inspirât des sentiments plutôt mitigés, l'expérience incitait à la réflexion. En reprenant les notes de cette séance, qui remontent à plusieurs années, je me rends compte que le moindre détail exprime le thème essentiel de ce livre consacré à nos "rêves collectifs du futur". Ce thème, c'est "le choix" ou "le discernement".

Comme je l'ai déjà fait remarquer, les forces naturelles, comme la fission de l'atome, sont en elles-mêmes moralement neutres. Elles ne sont que des aspects de la force créatrice unifiée que nous désignons comme "le Tout", "Dieu", "la Divinité" ou "Tout Ce Qui Est". C'est en conséquence de nos choix individuels et collectifs que cette fission s'effectuera à l'intérieur de bombes thermonucléaires, de centrales atomiques génératrices de dangereux déchets ou d'isotopes radio-actifs qui détruiront des cellules cancéreuses. Ce sont nos choix qui engendrent les distinctions morales au sein de ces activités, qui toutes reposent sur les mêmes facteurs neutres. Semblablement, il se peut que plus tard les connaissances scientifiques et l'isolement physique, dont l'association aboutit au centre d'essai de Novaya Zemlya, serviront l'humanité au lieu de la menacer d'une destruction massive.

En tant qu'êtres humains, nous vivons et nous nous déplaçons dans un univers spatio-temporel dont la fonction première est de nous fournir des occasions de choix. La Nouvelle Physique de la mécanique quantique démontre que la nature même de la réalité dont nous faisons l'expérience dépend de l'aspect du monde matériel que nous choisissons d'observer. La psychologie enseigne que le choix, opposé à l'instinct, est une caractéristique spécifiquement humaine. C'est une manifestation de ce que nous appelons "volonté". La philosophie et la religion établissent une relation entre nos choix et nos responsabilités morales en leur attribuant des conséquences "bonnes" ou "mauvaises". Dans la mesure où nous vivons dans un monde de responsabilité morale, ce sont les décisions journalières présidant à nos actes, et les motifs qui nous les font accomplir, qui déterminent la manière, le lieu et le moment où nous devrons payer nos dettes réciproques.

Apprendre à faire des choix avec discernement est la base de l'éducation dans les systèmes humains existant dans les limites du temps linéaire. L'antique Principe de cause et d'effet, connu aussi sous le nom de Karma, illustre ce rôle éducatif de l'existence dans l'espace-temps. Que nous acceptions ou non le concept de disposer de plusieurs existences pour perfectionner notre connaissance de "Tout Ce Qui Est", ou que nous croyions devoir tout faire tenir dans une seule incarnation physique, nous sommes tous obligés de vivre avec les conséquences de nos actes à travers le temps linéaire tant que nous existons sous une forme humaine. Nous *avons besoin du tampon du temps* entre ce que conçoit notre mental toujours actif et les conséquences de nos décisions. La vie serait un chaos si nos pensées avaient un effet immédiat !

Prenons un exemple très simple : apprendre à marcher. Pour la plupart des adultes en bonne santé, marcher est une fonction naturelle. D'habitude, nous prêtons peu d'attention à la manière dont nous le faisons. Notre mental conscient présume que nous savons marcher et quand nous le décidons, nous nous bornons à faire un pas, puis un autre. C'est devenu un schéma habituel. Pour la plupart d'entre nous, le mental conscient a délégué les choix impliqués par la marche au subconscient, qui a la charge des activités répétitives comme la respiration, la digestion et la circulation sanguine. Qui accorde beaucoup d'attention à ces choses ? Et pourtant, la santé physique dépend de leur bon fonctionnement !

Pour un bébé, toutefois, l'art de la marche doit être appris. Cet apprentissage est toujours un processus qui se déroule dans le temps, implique des choix et en supporte les conséquences. Au début, le petit enfant doit décider consciemment de la manière dont il va effectuer chacun de ses pas. Toute décision incorrecte a des résultats pénibles : il se cogne les pieds ou il tombe. Dans l'apprentissage de la marche, ces conséquences apparaissent en général rapidement et leur rapport à la décision "erronée" est évident, ce qui accélère le processus. C'est pourquoi, après avoir trébuché un certain nombre de fois, la plupart des bébés apprennent à coordonner les mouvements de leurs pieds. Finalement, après avoir échappé aux conséquences pénibles de nombreux "mauvais" choix, la capacité de faire les choix corrects permettant la marche devient une habitude. L'enfant a utilisé le temps linéaire pour apprendre.

La philosophie de la Sagesse Immémoriale, aussi bien que des voyants contemporains comme Edgar Cayce et des intelligences désincarnées comme "Seth" et "Lazaris", nous disent que nous nous incarnons sur la Terre parce que nous avons besoin des conditions éducatives fournies par le temps linéaire. Nous sommes ici pour tirer profit d'expériences destinées à faire de nous de meilleurs co-créateurs de nouvelles réalités exaltantes au sein de Tout Ce Qui Est, ou de Dieu. Que nous croyions en une "chute originelle" qui se serait produite à une époque préhistorique, ou que nous pensions qu'il s'agit d'une expérimentation imposée par nous-mêmes, il est clair que faire des choix et être enseigné par leurs conséquences est un élément décisif de notre développement dans cet univers spatio-temporel. Aussi longtemps que nous existerons ici-bas, nous ne pourrons éviter de faire des choix et d'en récolter les effets.

Par ailleurs, d'après les enseignements et les traditions anciennes venues du monde entier, nous approchons d'un moment particulier où les choix que nous allons faire auront des influences étendues et durables sur l'histoire humaine. Bientôt, les conditions qui existent dans le monde du temps linéaire vont devoir changer. Les énergies psychiques collectives qui poussent à ce changement ont déjà pris un caractère irrésistible. Comme un fœtus qui approche de son terme, nous sentons au plus profond de nous arriver les douleurs de l'enfantement, même si nous nous cramponnons encore au sein chaud, obscur et familier dans lequel nous nous trouvons. Le fait d'attribuer les changements immenses à venir au déséquilibre écologique, aux inégalités socio-économiques, aux cycles astrologiques, aux ovnis ou à la volonté de Dieu, a moins d'importance que le fait d'admettre que les premières contractions, prélude à une nouvelle naissance, ont déjà commencé.

Ce qui reste à déterminer, c'est la manière dont cette dynamique du changement sera canalisée et quelle sorte de changement elle apportera. Les progressions dans le futur entreprises par le Dr Helen Wambach, et analysées dans les chapitres 5 à 8, permettent d'entrevoir certains des principaux archétypes de notre futur, du moins en ce qui concerne les Américains d'aujourd'hui. Ces scénarios, dont les images proviennent en grande partie du subconscient, au cours d'états proches du rêve, illustrent un schéma de prévisions communes déjà profondément ancré dans le subconscient de nos contemporains. Ils renforcent notre conviction intime que des changements importants sont sur le point de se produire. Dans une large mesure, ils réitèrent aussi les prédictions anciennes et modernes qui affirment l'imminence de catastrophes naturelles et d'origine humaine.

Mais ces visions contemporaines, y compris ma propre progression, nous certifient aussi qu'il y aura un futur pour la race humaine et que la menace nucléaire tant claironnée détruira moins vraisemblablement notre civilisation que l'irresponsabilité mondiale persistante en matière d'écologie. Finalement, ces "rêves collectifs du futur" offrent la promesse qu'en dépit de pertes sévères l'humanité sera capable de repeupler "le vaisseau spatial Terre" (non sans aide extérieure !) et revendiquera un jour son héritage parmi les étoiles.

Les sources de ces visions archétypes sont nombreuses et variées. Elles ont pénétré dans notre subconscient à travers les écrits religieux et les traditions prophétiques — à partir d'un héritage génétique commun, puisque nous descendons des survivants de quelque cataclysme préhistorique que nous appelons le Grand Déluge — et sont véhiculées par les souvenirs provenant d'incarnations précédentes. Nombre de ceux qui vivent aujourd'hui portent dans les profondeurs de leur subconscient l'angoisse des dernières heures de l'ancienne Atlantide. Nous avons aussi subi l'influence d'interventions surnaturelles comme les apparitions de la Vierge Marie à Fatima et à Medjugorge, de prédictions médiumniques depuis celles de Nostradamus jusqu'à celles de voyants contemporains comme Edgar Cayce et Jach Purcell ("Lazaris"), et de phénomènes comme les NDE, les ovnis et les OBE[1], qu'on ne peut expliquer par des causes physiques ordinaires. Toutes ces sources convergent pour former le flot de nos "rêves collectifs" actuels sur ce qui nous attend.

Aujourd'hui, nous nous trouvons confrontés à deux schémas distincts et fondamentaux des changements à venir, qui ont été si abondamment présagés qu'ils sont déjà dotés d'un dynamisme psychique énorme. Nous avons été avertis par des prophètes et par les apparitions surnaturelles de la Vierge Marie que ce qui se produira dans le futur est en grande partie subordonné à nos attitudes et à nos actes présents. Ainsi, ce sont nos choix individuels et collectifs de ces prochaines années qui détermineront dans une large mesure celui des deux schémas qui influera le plus sur la naissance prochaine du Nouvel Age, astrologiquement connu comme l'Age du Verseau.

---

1 NdE : NDE = Near Death Experience, expérience proche de la mort. OBE = Out of the Body Experience, expérience hors du corps (Rappel).

Le premier de ces schémas est communément appelé l'apocalypse. C'est l'archétype révolutionnaire traditionnel de l'humanité et il a été abondamment prédit pour la fin de ce vingtième siècle par de nombreux prophètes au cours des âges. L'une des caractéristiques de la version judéo-chrétienne et musulmane de l'apocalypse, c'est de l'interpréter comme la "fin" définitive du temps linéaire et de notre histoire. Ailleurs, en Orient par exemple, les apocalypses comme l'Age de Kali des Hindous sont basées sur une conception cyclique du temps, et par conséquent comprises comme des nettoyages ou des renouvellements périodiques indispensables. Elles provoquent donc une réaction moins désespérée que le schéma d'une catastrophe survenant "une fois pour toutes" proposée par la tradition judéo-chrétienne et musulmane.

L'archétype apocalyptique implique l'interaction de la force, de la résistance, du conflit et de la destruction. Si la force est particulièrement dynamique et la résistance particulièrement étendue, alors le conflit sera d'autant plus important et il en résultera une destruction immense. Comme nous venons de le dire, notre schéma occidental est violent parce qu'il s'agit d'une purification unique de toutes les imperfections humaines, déclenchée par la force dynamique ultime qu'on appelle Dieu. Ses effets ont aussi une importance cruciale, car ce qui est prédit n'est rien moins que le triomphe ultime du Bien sur le Mal. Nous nous attendons à ce que le Ciel sur la Terre suive notre passage par l'Enfer.

En outre, la conception apocalyptique occidentale d'un changement radical de type "tout ou rien" est devenu une force psychique considérable dans l'inconscient collectif de l'humanité, car son déroulement a été annoncé puis reprogrammé par des générations de prophètes au cours de plusieurs millénaires. Il n'est donc guère surprenant qu'il nous fascine et nous terrorise tout à la fois. C'est particulièrement vrai aujourd'hui où plusieurs cycles de temps naturels et culturels semblent culminer ensemble. Les plus connus sont le millénaire chrétien (l'An 2000), l'Age du Verseau (2011), celui de l'analyse géométrique de la Grande Pyramide (2010), le crépuscule du *Kali Yuga* hindou (1939, plus ou moins cinquante ans), les cycles aztèques et mayas (2012), et la Grande Purification des Hopis (la bombe post-atomique, 1945 et après). On doit y ajouter la prédiction par Nostradamus d'un désastre survenant en 1999 et la mention par Edgar Cayce d'un basculement potentiel des pôles en 1998-2000, car toutes deux ont eu un très large impact.

Mais bien que nous ayons tendance à être "culturellement hypnotisés" par des archétypes psychiques généraux puissants comme celui de l'apocalypse, avec sa dynamique formidable de peur et d'attraction, ce dernier ne constitue pas la seule vision de notre futur planétaire. L'arrivée de l'autre archétype n'a pas été aussi explicitement prophétisée au cours des âges, mais il n'en est pas moins un schéma en développement dans la conscience humaine contemporaine. Cette alternative est le rêve ancien conçu par l'humanité d'une coopération, d'une initiation et d'une renaissance générales. C'est l'extension de l'esprit christique à toute la planète, si bien que la Terre elle-même assume une identité planétaire unifiée (Gaïa).

Au cours de l'histoire, les sciences spirituelles nous ont rappelé à maintes reprises qu'en dépit de notre séparation apparente tous les êtres, et même en fait toute la création, procèdent d'une Source commune unique. Le but ultime de notre existence physique au sein de l'univers spatio-temporel est d'opérer notre réunification complète et parfaite au sein de cette Source, exaltée et glorifiée par les expériences que nous avons faites ici-bas. L'éternelle promesse de la Sagesse Immémoriale, c'est que cette réunification devra s'effectuer car, sur un plan extérieur à la réalité matérielle spatio-temporelle, elle est déjà accomplie. Le vaste Tout qui englobe la création est à jamais un et indivisible.

Néanmoins, en tant que co-créateurs bien-aimés de Tout Ce Qui Est, nous conservons la liberté individuelle d'avancer ou de retarder cette réunification au sein de notre conscience. Aussi, bien que la réalisation ultime de l'Unité soit déjà prescrite, le caractère et la qualité du processus qui la rendra effective sont subordonnés à nos choix individuels et collectifs. D'une certaine façon, pour une raison quelconque, c'est nous qui avons choisi de faire l'expérience de cette séparation temporaire de la conscience universelle, de cette amnésie cosmique. L'illumination consiste à reconnaître notre moi réel à l'intérieur de toutes les choses et de tous les êtres, à tous les niveaux de l'existence. Comment et quand nous nous souviendrons enfin de notre nature multi-dimensionnelle dépend de nous. Quand il nous sera possible de ne faire qu'un avec le Tout sans pour autant perdre la conscience de nous-mêmes, alors nous accroîtrons l'Esprit Universel et nous accompliront le but d'être.

Comme nous le disions dans le chapitre 4 ("Les transmissions contemporaines concernant le futur"), pour accomplir cette réunification complète il faut de la discipline ou de la force de volonté.

Comme pour l'apprentissage de la marche, avant que la discipline puisse devenir une habitude subconsciente, elle devra être apprise au moyen de choix répétés et de "trébuchements" occasionnels. Le best-seller du psychiatre américain, le Dr Scott Peck, *The Road Less Traveled*, indique cependant que c'est l'unique chemin qui conduise de manière sûre à une croissance spirituelle durable, tout comme le fait d'atteindre la conscience planétaire est l'unique moyen sûr d'éviter l'apocalypse. La grâce divine, ou "Sa présence", ne se manifeste qu'après que nous ayons exercé notre volonté et choisi de l'intégrer à notre vie.

Les lectures médiumniques d'Edgar Cayce, l'un des voyants spirituels les plus purs de ces derniers temps, répètent que "constance et persistance" sont les qualités requises pour réussir dans toute entreprise. Cayce affirme que le "péché" (c'est-à-dire un choix qui nous sépare de Dieu et de notre identité véritable) le plus fondamental est celui de l'égoïsme. Il consiste à suivre les désirs limitatifs, liés au temps, de l'ego ou du moi inférieur (y compris le désir d'avoir raison quelles que soient les conséquences) au lieu d'élargir notre conscience au-delà de la satisfaction immédiate du moi et de reconnaître notre véritable rôle multi-dimensionnel au sein de la vastitude de Tout Ce Qui Est.

Aligner sa volonté sur cette puissance supérieure permet de connaître la joie de l'amour inconditionnel. Car "les semblables s'attirent", comme le rappelait souvent Cayce à ceux qui venaient chercher son aide. Donc, si vous voulez être aimé, commencez par témoigner de l'amour aux autres et à vous-même. Si nous souhaitons un monde de coopération et de paix au lieu d'un monde de compétition et de violence, il nous faut tout d'abord développer ces vertus en nous-mêmes, et nous comporter en conséquence dans nos relations courantes, dans les conditions qui sont les nôtres aujourd'hui. Catherine Ann Lake, écrivain du Nouvel Age qui a exploré "l'espace intérieur", et dont je fis la connaissance en 1986 au séminaire de Robert Monroe sur l'Expérience au-delà du Seuil, a raconté de manière émouvante comment le contact qu'elle a eu avec son moi supérieur et avec d'autres chercheurs ont transformé sa vie. Son livre, *Linking Up : How the People in Your Life Are Roadsigns to Self-Discovery* contient des suggestions précises susceptibles de vous aider à entreprendre votre propre quête spirituelle. [1]

---

[1] Catherine Ann Lake, *Linking Up : How the People in Your Life Are Roadsigns to Self-Discovery*, The Donning Company, Norfolk, Va., 1988.

En dépassant nos désirs et notre orgueil égoïstes, nous devenons capable de coopérer avec les autres pour trouver des solutions acceptables par tous aux problèmes actuels. En nous tenant de plus en plus à l'écart du moi et en nous mettant au service d'un bien supérieur, nous élevons naturellement notre niveau énergétique spirituel. Nos cellules elles-mêmes se mettent à vibrer plus rapidement et nous retrouvons le sens de l'émerveillement et l'amour qui habitent notre "enfant intérieur". Paradoxalement, ce n'est qu'en mourant à nos désirs égoïstes que nous nous élèverons au véritable esprit de la vie éternelle, qui en fait est en ce moment même partout alentour, si seulement nous voulions nous en aviser ! C'est cet esprit que nous pouvons manifester ici même dans notre corps physique en tant qu'énergie bio-électrique, ce à quoi nous convie l'instructeur du Nouvel Age, Chris Griscom, dans son récent traité d'une force rare, *Ecstacy Is a New Frequency*. C'est cet esprit qui reconnaît le Christ ("l'Oint du Seigneur") au cœur de toute âme humaine. [1]

C'est pourquoi je pense, quant à moi, que l'un des groupements mondiaux actuels les plus importants est la Commission Planétaire. Celle-ci réunit des millions d'individus du monde entier qui ont décidé de passer une heure, de midi à treize heures (heure de Greenwich), tous les 31 décembre, unis dans la prière et la méditation autour du thème de la paix et de la guérison du monde. Lancé en décembre 1986, ce mouvement a le pouvoir d'élever le champ vibratoire bio-énergétique de la Terre à condition qu'un nombre suffisant de gens de toutes races, de toutes croyances et de toutes nationalités parviennent à mettre de côté leurs différences pendant cette heure particulière et à se concentrer pour visualiser notre Terre comme un tout uni, sain et paisible. En même temps que les célébrations de la Convergence Harmonique, la Journée mondiale pour la Paix du 31 décembre nous fait espérer qu'il est encore temps de nous libérer de nos systèmes de croyances égocentriques méfiants et limitatifs, et de détourner une apocalypse qui se profile déjà à l'horizon subconscient collectif de l'humanité. [2]

---

[1] Chris Griscom, *Ecstacy Is a New Frequency*, Bear and Company, P.O. Drawer 2860, Santa Fe, N. M. 87504, 1988.

[2] Pour de plus amples informations sur la Commission Planétaire, et sur la manière de participer aux manifestations annuelles du 31 décembre, contacter la Quartus Foundation, P.O. Box 1768, Boerne TX 78006-6768, USA. On a estimé à plus d'un milliard de gens la participation du 31 décembre 1988. La célébration de 1989 promet d'être plus importante encore, car José Arguelles et d'autres militants du mouvement de la Convergence Harmonique se sont associés pour envoyer un appel à nos "Frères de l'Espace", leur demandant de descendre pour nous aider à nettoyer l'environnement pollué de la Terre. Voir à ce sujet la note de la page 345.

Parmi les nombreuses transmissions médiumniques récentes qui nous invitent à abaisser les barrières dressées par notre ego et à assumer notre véritable nature qui est l'amour, celles de Ken Carey, ancien employé des postes devenu fermier du Nouvel Age, attirent l'attention par leur beauté poétique et leur appel à une transformation mutuelle à l'échelle mondiale. Dans ses livres, *The Starseed Transmissions* et *Vision*, Carey présente un vaste tableau de l'évolution humaine. Il nous dit que la scène est maintenant prête pour l'émergence ici, sur la Terre, de l'Etre planétaire, et que nous sommes conviés à participer à sa destinée.

Dans une évocation poétique d'un processus semblable à celui que propose la théorie de "Lazaris", à savoir que nous sommes continuellement influencés par nos choix futurs (voir le chapitre 9), Carey affirme que des "îlots d'amour et d'harmonie" émanant du futur sont déjà en formation dans des communautés humaines contemporaines. Ces flambeaux d'amour et de coopération aident à triompher des sentiments destructeurs de colère et de peur de la majorité des hommes. Il prédit une période de transition inspirée par le divin au cours des trente prochaines années *et culminant en 2011.*

Au cours de ces décennies cruciales, la plus grande partie de l'humanité reconnaîtra la présence en elle de niveaux de potentialité créatrice inexploités. Nous reconnaîtrons notre statut de cellules vivantes d'un unique Corps divin, et comprendrons que les divergences individuelles doivent être considérées dans cette perspective. Toutes les cellules contiennent l'essence vitale du Tout. Elles coopèrent au lieu de lutter entre elles. Ainsi, par exemple, les cellules hépatiques ne craignent ni n'envient les cellules cérébrales. Par ailleurs, bien que les cellules individuelles meurent et soient remplacées par d'autres, l'identité et la destinée de l'être dans son ensemble restent stables.

Ken Carey prévoit que ce panorama de la transformation humaine se déroulera en trois phases. En ce moment, nous traversons ce qu'il appelle la "Période de l'éveil individuel". Autrement dit, c'est le passage de la compétition et de la peur à la coopération et à l'amour. Ce changement est indispensable pour que nous puissions nous ajuster aux énergies en transformation de la Terre. Seuls ceux qui seront en harmonie avec les vibrations supérieures pourront continuer à vivre ici-bas. Cette phase sera suivie d'une "Période d'éveil planétaire" d'une durée de mille ans, au cours de laquelle toutes les formes de vie terrestre coopéreront pour créer une conscience christique planétaire. Finalement, après la transformation de la planète elle-même, nous participerons à un "Age de Découverte", au cours duquel l'humanité essaimera parmi les étoiles.

Ainsi, d'après les traditions prophétiques anciennes et les transmissions contemporaines comme celles de Cayce et de Carey, le monde transformé de demain s'approche rapidement. La manière dont nous l'aborderons, à travers l'Apocalypse ou l'Eveil, dépend des choix que nous faisons aujourd'hui. Que pouvons-nous donc faire pour amener l'alternative la plus favorable ? A nouveau, la Sagesse Immémoriale exprimée à travers Edgar Cayce affirme que "le mental est le constructeur" — nous devenons ce que nous croyons.

Les croyances sont produites par l'interaction des schémas d'habitudes subconscients élaborés au cours de nombreuses existences et des décisions conscientes de la volonté. Les croyances actuelles proposées par notre culture nous dirigent vers une solution apocalyptique aux graves problèmes du monde. C'est pourquoi seul un effort soutenu émanant d'une volonté collective, et la transformation de nous-mêmes à l'échelle individuelle, pourra endiguer ce flot et nous orienter vers l'éveil planétaire décrit par Ken Carey, parmi d'autres.

Mais le mental conscient ne peut porter seul la totalité de ce fardeau. Il n'est pas assez fort pour cela. Il faut nous garder d'un "machisme du Nouvel Age", cet orgueil qui prétend que nos pensées conscientes sont responsables de tous les succès et coupables de tous les échecs et de toutes les maladies. Il nous faut aussi utiliser le potentiel illimité du subconscient, en confessant (à nous-même du moins) nos programmes négatifs secrets issus de la peur et du désir égoïste. Entrez en contact avec votre passé intérieur si vous voulez changer votre futur extérieur. C'est le début du processus de purification.

Il existe de nombreuses voies qui mènent vers l'intérieur. Les plus connues sont la prière et la méditation introspectives, la thérapeutique des vies antérieures, le yoga, l'interprétation des rêves, la "thérapie holotropique" du Dr Stanislas Grof, la méthode Silva et l'expérience du Passage au-delà du Seuil de Robert Monroe. Des groupes d'études locaux, comme ceux de "La recherche de Dieu" de l'A.R.E., les groupes du "Cours sur les Miracles", ou même un cercle de prières hebdomadaires à l'église peuvent fournir le cadre par où débuter. Choisissez celui qui vous attire *à partir de votre perspective actuelle* et commencez par là. La nature exacte de votre exploration initiale importe beaucoup moins que votre décision de commencer *maintenant.* J'ai fait l'essai de toutes les approches que je viens de mentionner et je les ai trouvées toutes utiles à différents moments. Pour ceux qu'intéresse ma méthode actuelle, j'ai préparé une cassette audio, indépendante du présent ouvrage, dont le but est d'aider à amorcer le dialogue avec soi-même et à s'harmoniser avec les forces intérieures créatrices. [1]

Une fois que nous avons commencé à nous observer intérieurement, nous devons alors substituer à notre programmation négative dépassée l'idéal spirituel le plus positif qu'il nous soit actuellement possible de concevoir. Que cet idéal devienne un schéma sur lequel vous fonderez vos décisions quotidiennes. Faites-en quelque chose de réel et de personnel dans votre vie. Méditez sur lui et priez pour être guidé. Libérer les pouvoirs du mental sans avoir un idéal spirituel serait téméraire et, comme dans la parabole de Jésus sur l'homme qui fut "exorcisé d'un démon" et se retrouva possédé par sept fois plus d'entités perverses, pourrait nous rendre vulnérable à des influences encore pires que celles que nous avions connues jusque là (Luc, 11:4-26).

Quand nous avons commencé à reconnaître qui nous sommes réellement et à suivre un sentier d'évolution spirituelle dans nos occupations quotidiennes, deux choses se produisent généralement, de manière souvent simultanée. La première, c'est la rencontre d'une somme de résistances que nous n'avions pas imaginées, venues à la fois de l'intérieur et de circonstances extérieures soi-disant indépendantes. Il faut du temps pour rompre les schémas d'habitudes établies et notre mental sans cesse en mouvement cherche souvent, tout comme les rivières, le vieux lit familier. Il teste notre détermination.

Ceux qui s'initient à la méditation, par exemple, se sentent souvent frustrés car toutes sortes de pensées conscientes oubliées se mettent à interférer avec leur tentative de "faire le silence" dans la conscience de veille pour se concentrer sur ce qui vit à l'intérieur. Etablir une routine quotidienne de 15 minutes de méditation à la même heure est souvent une aide. Et puis, il ne faut pas hésiter à chercher de l'aide auprès d'amis qui partagent les mêmes intérêts ou auprès de petits groupes spirituels. Quant à ces "obstacles extérieurs", une nouvelle occupation, une visite inattendue, un coup de téléphone, etc., ils font aussi partie de votre résistance mentale ! Votre mental intérieur inventif les suscite pour mettre votre résolution à l'épreuve.

---

[1] Cette cassette s'intitule "Voyages intérieurs" en français. Pour tout renseignement, écrire : B.P. 90, 83602 Fréjus Cédex, France.

Il n'y a pas de meilleur test pour nos nouvelles résolutions que de devoir choisir entre elles et les anciennes priorités.

Le deuxième résultat de ce début d' "éveil intérieur" est plus subtil au début. Ultimement, toutefois, il est beaucoup plus puissant que les résistances que je viens de décrire si nous persistons dans notre résolution de changer. Il s'agit de la modification lente mais sûre de nos réactions à des problèmes, à des attitudes émotionnelles, et même à des besoins physiques, à mesure que notre corps et notre mental s'ajustent à la croissance spirituelle que nous avons amorcée. De plus, bien que des résultats précis puissent prendre du temps à se matérialiser, l'évolution spirituelle commence intérieurement à partir du moment où nous adoptons une meilleure ligne de conduite et nous nous mettons à la suivre.

Bien que je sois loin d'être un modèle de développement spirituel (vous pouvez m'en croire !), je me souviens que lorsque j'ai commencé mon propre voyage en vue du développement de la conscience, tout dans mon existence est d'abord devenu plus difficile. Puis, graduellement, lentement, presque imperceptiblement, je me suis "surpris" en train de réagir lorsque on appuyait sur mes vieux "boutons émotionnels". Et j'ai plutôt une nature émotionnelle ! Souvent, la vieille réaction négative faisait irruption avant que "la petite voix" ne m'ait rappelé ce qui se passait en réalité. Et cela se produit encore ! Mais, de plus en plus souvent, je me retrouve en arrêt au beau milieu de la réaction, me rendant compte soudain que je recommençais à écouter les "vieux refrains" au lieu d'utiliser ma nouvelle capacité d'attention. J'étais alors confronté à un choix conscient. Appliquerai-je mon idéal choisi ou resterai-je bloqué dans mon passé ?

Il serait malhonnête de ma part de prétendre que j'ai toujours pris la bonne décision, même aujourd'hui; certains vieux schémas sont particulièrement incrustés. J'ai encore besoin du tampon offert par le temps linéaire entre ma première impulsion et ce qu'en fin de compte je choisis de faire. Mais j'ai perdu l'habitude de réagir aveuglément. Et le même genre de transformation s'est effectué dans d'autres domaines de mon existence, comme l'alimentation, par exemple. J'adore les plats savoureux; c'est là un des grands plaisirs de l'existence physique ! Elevé dans un foyer américain traditionnel de la classe moyenne, la viande fut pendant des dizaines d'années ma nourriture de base. Et pourtant, je suis maintenant devenu végétarien à 80 pour cent environ, tout à fait naturellement, en obéissant aux choix de mon corps. La nourriture végétarienne est maintenant celle qu'il a tendance à désirer. Peut-être que dans ma vie future la viande ne m'attirera plus du tout, mais aujourd'hui il m'arrive encore d'apprécier un gigot d'agneau ou une dinde rôtie, et c'est bien aussi ! Mon but premier est d'être attentif à ce dont j'ai intérieurement besoin, en opposition à mes désirs égoïques, puis d'agir en conséquence. [1]

Peu importe s'il faut des mois ou même des années pour atteindre la "connaissance intime" qu'un réel changement s'est produit, tout effort accompli dans cette direction contribue aux fondements du futur progrès spirituel. Ce progrès se réalise, semble-t-il, à l'intérieur de l'âme, d'une existence à l'autre, bien qu'il puisse rester en sommeil pendant des années si l'activation de la volonté consciente fait défaut. D'autre part, comme notre être est multi-dimensionnel et qu'il existe en dehors de l'espace-temps, ce qui dans la perspective de notre personnalité actuelle nous apparaît comme le "passé" peut très bien ne pas encore faire partie du répertoire de notre âme. De la même manière, ce que nous percevons actuellement comme le "futur" peut très bien avoir déjà été vécu. Si Einstein a raison, c'est ainsi qu'un habitant d'Alpha Centauri verrait les choses. C'est pourquoi toutes les comparaisons qu'on peut faire sur le "progrès" spirituel de l'âme dans le domaine du temps linéaire sont tout à fait superficielles. La réalité sous-jacente de Tout Ce Qui Est existe dans un présent intemporel qui n'est accessible qu'aux niveaux les plus profonds de notre mental, mais constitue la demeure naturelle de notre âme.

Néanmoins, quelles que soient les difficultés éprouvées par le mental conscient pour comprendre ce concept, la "constance et persistance" dans l'exercice de la pratique spirituelle qui répond le mieux à nos besoins individuels nous rapproche toujours plus de la réunification ultime qui est notre droit de naissance et le but final de la vie. C'est seulement quant nous en serons là que nous pourrons nous réveiller de notre rêve immémorial et proclamer que passé, présent et futur ne forment qu'une seule et même expérience. Ce sont peut-être les anciens maîtres orientaux qui ont le mieux transmis cette connaissance, aussi vieille que la création elle-même. L'un d'eux l'a exprimée dans un vénérable poème que j'ai choisi pour conclure cette étude de nos "rêves collectifs" sur le futur de notre planète car, pour le sage, le futur comme le passé ne sont accessibles

---

[1] NdA : Ces lignes datent de 1988. Aujourd'hui (en 1992), je ne mange plus de viande du tout et du poisson rarement.

que dans le "Maintenant" illimité de l'âme, dont la vacuité nous fait accéder à la plénitude d'une joie tranquille. [1]

L'INFINITE VIDE

Sans commencement, sans fin,
Sans passé, sans avenir,
Un halo de lumière entoure le monde de l'esprit,
On s'oublie mutuellement, silencieux et purs,
pleins de puissance et vide.

Le vide est irradié par la lumière
venue du cœur et des cieux.
L'eau de la mer est lisse
et reflète la lumière à sa surface.
Les nuages s'évanouissent dans l'espace azuré;
les montagnes étincellent de clarté.
La conscience se dissout dans la contemplation;
le disque de la lune repose solitaire.

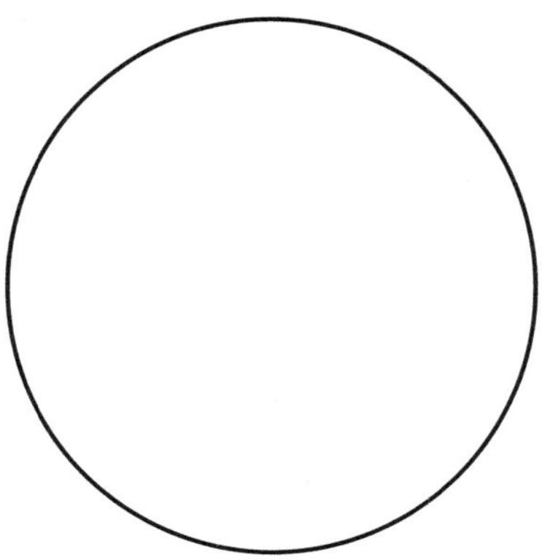

[1] "Empty Infinity" tiré de *The Secret of the Golden Flower : a Chinese Book of Life*, trad. par Richard Wilhelm et C. G. Jung, A Harvest Book of Harcourt, Brace, Jovanovich, Inc., New York, 1962, pp. 77-78 (première publication en 1931). Sur autorisation de Harcourt, Brace, Jovanovich, Inc.

Postface

Bien que je continue d'animer des ateliers de "voyages collectifs dans le temps" aux Etats-Unis et en Europe depuis 1987, je n'ai hélas pas eu jusqu'à maintenant le temps nécessaire pour étudier les compte-rendus afin de les comparer à ceux des années 1980.

En règle générale, d'après mes souvenirs des commentaires des participants aux ateliers, j'ai constaté une assez grande continuité dans les récits, et cela indépendamment du fait que le "voyageur" avait lu ou non mon livre auparavant.

Cependant, pour répondre à la demande amicale de mon éditeur français, je viens de dépouiller une dizaine de questionnaires sur les périodes de 2100 à 2500 recueillis après deux ateliers que j'ai animés à Paris et à Zürich cet été 1992. Ceux-ci correspondent à environ un quart des participants à ces deux journées de travail, le reste se partageant entre les voyages dans les vies antérieures et les pages blanches de ceux qui n'ont pas pu "partir". Nous continuons donc de trouver une proportion aussi faible de voyage dans ces périodes futures.

Comment analyser les informations contenues dans ces dix compte-rendus ?

Leurs auteurs sont aujourd'hui sept femmes et trois hommes, avec une moyenne d'âge de 51 ans. La plupart ont suivi des études supérieures (Bac +) et exercent des professions libérales (psychologue, architecte, peintre, enseignants) ou commerciales (banquier, consultant en affaires, compagnie aérienne); deux ménagères complètent le groupe.

Dans leurs vies futures, six se voient de retour entre 2100 et 2200, et les autres au XXIVe, XXVe et XXVIIIe siècles. Le taux de retour vers 2100 est donc plus élevé que parmi les participants des années 1980, mais l'échantillon est bien trop petit pour en tirer des conclusions générales. La proportion des sexes futurs est de six femmes, trois hommes et un androgyne. En ce qui concerne les conditions de vie rencontrées, pas de grandes surprises, si ce n'est qu'aucun ne se voit vivre hors de la Terre. Une seule personne raconte son voyage à bord d'une navette spatiale au XXIVe siècle, mais se voit basée dans une technopole assez agréable (Type IIIb) en Amérique. En plus, il n'y a qu'un cas de "vie rurale" future : une vie de chasseur en 2100 en Afrique. Tous les autres récits se partagent entre les Types II (Nouvel Age) et III (Technopoles) avec une majorité de 5 à 4 pour le modèle de vie plus agréable du Nouvel Age. Un seul cas (la vie d'un médecin en Italie en 2100) pourrait être décrit comme une projection de notre vie moderne mais plus avancée : sans voiture ni viande ni pollution. Autrement, les récits, quoique très individuels, ressemblent beaucoup aux exemples types rassemblés depuis 1980 et décrits dans ce livre. Ceux des technopoles parlent de grands immeubles recouverts d'une coupole ou à moitié souterrains. Ceux des communautés Nouvel Age décrivent des espaces illuminés et des jardins fleuris (c'est une "sorte de Shamballa" a écrit une participante suisse). On voit aussi la même évolution vers des technopoles au visage plus humain vers la période 2300 à 2500 (Type IIIb). C'est une vie communautaire avec des maisons en forme de pyramide, un régime végétarien et une mort naturelle dans un jardin qui est décrit par un autre participant.

Quelles conclusions peut-on tirer d'un si petit échantillon analysé rapidement, à la fin d'un été chargé de voyages et de travail ? Dans un sens étroitement scientifique, certainement rien de définitif. Mais sur le plan du comportement humain, certaines idées s'imposent quand même. Il semble évident qu'en général les participants aux ateliers européens de 1992 partagent largement les mêmes visions des vies futures entre 2100 et 2500 que celles des Américains des années 1980. Les exceptions aux quatre types de groupes sociaux envisagés et décrits dans ce livre restent très rares. Néanmoins, il existe peut-être le début d'une amélioration parmi les modèles envisagés, car il y a moins de descriptions de technopoles (Type III) sèches, froides et déprimantes de 2100-2200 que dans les ateliers d'Outre-Atlantique d'il y a dix ans. Et on aperçoit encore moins le portrait d'une planète minée par de désastreuses guerres ou accidents nucléaires. Enfin, on rencontre dans les questionnaires de 1992 davantage de vies futures du style positif du Nouvel Age.

Tout ceci est encourageant et marque peut-être le début d'un réel changement positif au niveau subconscient : le précurseur d'un éveil spirituel planétaire qui pourrait supplanter notre vieux cauchemar apocalyptique. Je l'espère en tout cas, et j'en suis encouragé par ces résultats. A vous et à moi, chers lecteurs, de traduire ce potentiel d'éveil en transformation réelle afin de créer ensemble la plus belle vision du futur de notre humanité dont nos esprits conscients et subconscients réunis sont capables.

Dr Chet Snow,
24 août 1992.

par

Achevé d'imprimer,
avec les films fournis,
en octobre 1992
IMPRIMERIE LIENHART
à Aubenas d'Ardèche

Dépôt légal octobre 1992
N° d'imprimeur : 5928